Valentina Cebeni wurde 1985 in Rom geboren. Latium mit seinen malerischen Gebirgen und dem grünen Hügelland kennt sie bereits seit ihrer Kindheit – schon früh hat Valentina Cebeni ihre Leidenschaft zu ihrer Heimat und den Rezepten ihrer Familie entdeckt. In ihren Romanen erzählt sie so gefühlvoll wie warmherzig vom Glück, der großen Liebe und dem Schicksal, das alles verändern kann. *Kirschblütensommer* ist die Fortsetzung ihrer emotionalen Trilogie über die Frauen der Fontamara-Familie.

Außerdem von Valentina Cebeni lieferbar:
Die Zitronenschwestern
Die Blütenmädchen
Die Wildrosentöchter
Der Orangengarten
Das Limettenhaus

Teil 1

Die italienische Originalausgabe erschien unter dem Titel
La saga dei Fontamara – In guerra.

1. Auflage 2022

Umschlag: Favoritbüro
Umschlagmotiv: © Shutterstock (RESTOCK images, Emilio100, Victoria Ki)
Redaktion: Brigitte Lindecke
Satz: Greiner & Reichel, Köln
Druck und Bindung: GGP Media GmbH, Pößneck
Printed in Germany
ISBN 978-3-328-10862-7
www.penguin-verlag.de

VALENTINA CEBENI

Kirsch-blüten-sommer

ROMAN

Aus dem Italienischen
von Ingrid Ickler

PENGUIN VERLAG

1

5. Oktober 1942

Ein Spatz ließ sich auf dem Fensterbrett direkt neben der mit Samen gefüllten Schale nieder, die ihre Tochter Clio regelmäßig nachfüllte, wenn sie nach der Schule im Büro ihrer Mutter vorbeikam. Eva lächelte dem Vogel zu. Dann schloss sie erschöpft die Augen. Sie fühlte sich müde und ausgelaugt. Daran konnte auch die Tasse Ersatzkaffee nichts ändern – diese braune Brühe, die immerhin nach Kaffee roch, mittlerweile aber längst kalt war.

Carlos, die rechte Hand ihres Schwiegervaters in Kuba, hatte ihr versichert, dass sie auf ihrer »Spezialroute« eine Zuckerlieferung bekommen würde – illegal natürlich, aber das war ihre kleinste Sorge. Der Krieg, der sich nun schon zwei Jahre hinzog und bei dem kein Ende in Sicht war, legte die Industrie lahm und zwang die Menschen in einen nicht enden wollenden Stillstand. Seit vier Jahren leitete sie nun schon die »Forneria Principi«.

»Darf ich?«, fragte ihr Mitarbeiter Andrea, der zur Tür hereinsah.

Eva nickte.

Andrea hängte Mantel und Hut an den Ständer, sein Hemd war bis zu den Ellbogen hochgekrempelt, Bartstoppeln zierten sein Gesicht. Er zog sich einen Stuhl an Evas Schreibtisch.

»Du wolltest mich sprechen?«, fragte er.

»Ja, ich möchte, dass du einen Brief auf die übliche Weise für mich verschickst und dich um das Entladen des Zuckers aus Kuba kümmerst. Hoffentlich können wir die Kontrollen auch diesmal umgehen.«

»Wir bezahlen viel Geld dafür. Ich würde mir keine großen Sorgen machen«, beruhigte er sie und zog eine Schachtel Zigaretten aus der Hosentasche. »Ich habe gehört, was gestern in La Gioiosa vorgefallen ist. Die Contradas haben deine Pläne mit dem Caffè Borghi wohl nicht so gut aufgenommen.«

Eva war das Caffè Borghi von einer Familie anvertraut worden, die ins Exil geflüchtet war. Sie wollte den Laden in eine Bäckerei verwandeln, um die Produktion der Keksfabrik zu steigern und beide Geschäfte am Laufen zu halten. Das gefiel nicht allen. Vor allem die Contradas hatten sich ihr in den Weg gestellt.

»Das war nicht anders zu erwarten. Aber von ihnen lasse ich mich nicht aufhalten«, entgegnete Eva und schaute noch einmal zu dem Vogel, der emsig Samen aus der Schüssel pickte. »Das Leben muss weitergehen. Ich habe die Pflicht, an das Wohl der Firma und meiner Familie zu denken. Und da wir gerade von Sorgen sprechen: Clio hatte heute Morgen Fieber. Der Arzt wird gleich nach ihr schauen.«

»Ich hoffe, es ist nichts Schlimmes.«

»Das hoffe ich auch. Vermutlich hat sie sich nur verkühlt. Aber der Punkt ist ein anderer.«

»Nämlich?« Andrea runzelte die Stirn.

»Ich muss die Firma auch deshalb am Leben erhalten, um mich um die Gesundheit und das Wohlbefinden meiner Kinder zu kümmern. Und um die der Arbeiter. Die

Andrea sah sie von der Seite an. »Stimmt, das muss ich nur bei ihrer Mutter machen.«

Eva zwinkerte ihm zu und brachte ihn zur Tür. »Ich sehe, du beginnst, in die richtige Richtung zu denken, mein Junge.« Sie winkte ihm nach, kehrte zu ihrem Schreibtisch zurück und nahm den Telefonhörer ab. Eine unangenehme Aufgabe stand ihr bevor: ein Abendessen mit Carnai, einem hohen Parteifunktionär, der über die Auftragsvergabe für die Lebensmittelversorgung entschied und der eine Schwäche für sie hegte. Ihr Schwager Tommaso warf ihr vor, mit dem Feuer zu spielen, aber sie musste mit allen Waffen kämpfen, und bisher hatte sich das als gute Strategie erwiesen. Sie standen mit dem Rücken zur Wand, ihr blieb also gar nichts anderes übrig, als sie weiterzuverfolgen. *In der Hoffnung, dass diese Geschichte bald zu Ende geht*, dachte sie. Ihr blieben nur noch zwei Stunden bis zu ihrem Treffen, und sie musste noch die Abrechnungen der letzten Monate durchgehen. Aber immer wieder wanderten ihre Gedanken zu Clio, auch wenn ihre Schwägerin Lia sie beruhigt und ihr versprochen hatte, sich sofort nach dem Arztbesuch bei ihr zu melden. Das waren die Momente, in denen sie ihre Arbeit, die sie von ihrer Tochter fernhielt, hasste.

»Besser nicht daran denken«, ermahnte sie sich, während aus dem Erdgeschoss der Duft nach frischem Gebäck heraufzog – eine beruhigende Reminiszenz an eine Normalität, die es nicht mehr gab. Sie schaute in den Hof hinunter, wo zahlreiche Frauen geschäftig umherliefen, und dann zu der Schüssel, vor der noch bis vor Kurzem der Spatz gesessen hatte. Überall waren Samen verstreut, doch der Vogel war weggeflogen. Die Lieferwagen kehrten von ihrer Runde zurück, es wurden wegen der Vorgaben der Regierung immer weniger. Sie presste die Stirn an die Scheibe und seufzte.

»Wann wird das endlich ein Ende haben?«, sagte sie halblaut zu sich selbst und ballte die Hände zu Fäusten.

Eva schritt durch den Rosenbogen, dessen Blüten trotz Lias sorgfältiger Pflege mittlerweile verblüht waren. Sie schloss den Schirm, schüttelte sich in der feuchten Abendluft und betrat entschlossen das Haus. Beim Verlassen des Restaurants waren sie von einem Sturm überrascht worden. Blieb nur zu hoffen, dass ihre neuen Schuhe nicht ruiniert waren. Das Leder war sehr empfindlich, Ersatz würde sie nicht finden. Auf dem Kopfsteinpflaster hatte sie sich fast einen Absatz abgebrochen, als sie rasch aus Carnais Auto ausgestiegen und in einem Zwischenraum hängen geblieben war. Es war mehr eine Flucht gewesen.

Tommaso hat recht, das ist ein gefährliches Spiel, dachte sie, während sie mit schnellen Schritten das dunkle Wohnzimmer durchquerte. Ihre Absätze klapperten laut in der Stille des Hauses. Sie stellte ihre Tasche neben der Lampe im Art-Nouveau-Stil ab, die Diana vor dem Krieg auf einem Flohmarkt am Fluss ergattert hatte. *Es kommt mir vor, als wäre es eine Ewigkeit her. Es wird wohl nie wieder so werden*, dachte sie betrübt und betrachtete die bunten Glasstücke, die vom Licht, das aus der Küche hereinfiel, beleuchtet wurden und zusammen eine Blüte formten.

Sie ging durch den Flur, blieb dann auf der Schwelle zum Salon stehen. Am Esstisch aus Nussbaum, an dem sonst Micol und Lara – die beiden Hausmädchen, die sie seit vier Jahren beschäftigte – ihrer Arbeit nachgingen, saßen ihre Tochter Myriam und Tommaso. Zu seinen Füßen stand seine Reisetasche, seine Hände hielten die seiner Nichte. Myriam saß ihm schweigend und kerzengerade gegenüber.

»Willkommen zurück«, begrüßte Eva ihren Schwager, der sich zu ihr umwandte und sogleich zu lächeln begann.

Regentropfen liefen die Scheiben hinunter, die Stille im Haus wurde nur vom Rauschen des Regens in der Dachrinne unterbrochen, und es war ungewöhnlich kalt. Eine Lampe malte eine schwache Lichtsichel auf den Tisch, doch sie konnte die Stimmung von Onkel und Nichte nicht erhellen. Beide saßen regungslos auf den Stühlen.

Eva legte ihren Mantel über die Stuhllehne und beugte sich zu ihnen hinunter. »Darf man erfahren, was los ist?«, sagte sie und schaute zwischen den beiden hin und her.

»Giovanni …«, begann Tommaso und räusperte sich.

»Mein Mann ist verhaftet worden«, unterbrach ihn Myriam.

Evas Knie gaben nach, sie suchte Halt an der Stuhllehne. »Wie ist das möglich? Warum?«

Tommaso seufzte tief.

»Er hat den faschistischen Gruß verweigert. Ich war gestern in einem Theater an der Bastille, um ihn spielen zu hören. Ich wollte den Vertragsabschluss mit den Franzosen feiern, also habe ich ihn angerufen, und er hat mir einen Platz in der ersten Reihe reserviert. Kurz vor dem

Konzert hat er mich noch begrüßt, und wir haben kurz gesprochen, dann musste er auch schon auf die Bühne. Was niemand wusste: In der ersten Reihe saß auch ein hoher Parteifunktionär aus Berlin. Nachdem die Musiker ihr Programm zu Ende gespielt hatten, hat er darauf bestanden, standesgemäß begrüßt zu werden. Und alle haben den Arm gehoben, bis auf Giovanni.«

»Warum nicht?«

»Weil er das Regime schon immer gehasst hat«, erklärte Myriam knapp und schaute ihrer Mutter dabei ins Gesicht.

Eva war immer noch eine schöne Frau, trotz des Kummers und des Krieges. Sie war immer noch die Frau, die Myriam seit ihrer Kindheit bewunderte, mit ihrem starken Charakter, um den sie sie immer beneidet hatte.

Bis zu diesem Abend. Denn nach Tommasos nüchternen Worten hatte sie tief in ihrem Inneren das Echo eines neuen Ich wahrgenommen. Im zitternden Blick ihrer Mutter erkannte Myriam an diesem Abend zum ersten Mal eine Schwäche, ein Zögern, das ihr sonst immer fremd gewesen war. Im Schein der Lampe wirkte Eva nur noch wie eine verängstige Mutter. Eine von vielen.

»Was heißt das, Giovanni hat das Regime schon immer gehasst? Ist er ein Aufrührer, ein Kommunist? Und was zum Teufel ist passiert?«, fragte Eva jetzt etwas vehementer und sah Tommaso und ihre Tochter fest an. Der Zorn, der aus dem Blick des Mädchens sprach, machte ihr Angst. Das war doch Myriam, ihre süße und verträumte Myriam, die einen leidenschaftlichen Musiker geheiratet hatte und davon träumte, einen Haufen Kinder mit ihm zu bekommen.

Der Krieg hat ihr auch diesen Traum geraubt, dachte sie und schaute in Myriams plötzlich so harte meergrüne Augen.

»So wie es aussieht, hat man ihn als Regimegegner verhaftet«, schaltete sich Tommaso ein und lenkte die Aufmerksamkeit auf sich. Er kratzte sich an der Stirn und versuchte die richtigen Worte für etwas zu finden, was er selbst kaum verstand, was ihn in diesen ganzen stillen Stunden seit seiner Abreise aus Paris begleitet hatte. Er fuhr sich mit der Hand durch die dunklen Locken und versuchte, etwas klar zu sehen, etwas, das ihm immer wieder entglitt. Es war still, nur hin und wieder waren von draußen die Geräusche von Reifen auf der regennassen Straße zu hören. »Ich habe mit allen Mitteln versucht, mehr herauszufinden, aber seit seiner Verhaftung ist er wie vom Erdboden verschluckt. Das letzte Mal, als ich ihn gesehen habe, stand er auf der Bühne und sah dem Parteifunktionär direkt in die Augen, den Arm als Einziger nicht zum Hitlergruß erhoben. In diesem Moment habe ich nicht verstanden, was da vor sich geht. Alles wirkte normal, ein Protest wie viele«, berichtete er und starrte vor sich auf den Tisch, um Myriams Blick zu entgehen, die sein frisch rasiertes Gesicht unverwandt anstarrte.

»Und was ist dann passiert?«, fragte Eva.

»Nichts. Ich bin zum Seiteneingang gegangen, zum Künstlereingang, und habe auf ihn gewartet, aber er kam nicht heraus. Dann habe ich einen der anderen Musiker gefragt, und der hat mir dann heimlich anvertraut, dass die Deutschen hinter die Bühne gekommen seien und ihn weggebracht hätten.«

»Und keiner hat etwas dagegen unternommen?«, protestierte Eva, woraufhin Tommaso nur den Kopf schüttelte.

»In Paris haben alle so viel Angst vor den Deutschen, dass sie fast den Atem anhalten, wenn sie einen sehen. Da stellt sich wohl kaum einer schützend vor einen anderen.«

»Giovanni ist doch nicht irgendwer!«, empörte sich Eva. »Er hat sich immer für andere eingesetzt, er ist ein guter Mensch. Was für Feiglinge!«

Tommaso schüttelte den Kopf. »Du machst dir keine Vorstellung davon, was es heißt, unter deutscher Besatzung zu leben. Die sind nicht wie die Faschisten bei uns: Gegen die SS sind unsere Schwarzhemden Waisenknaben.«

Eva ballte die Fäuste und presste die Lippen aufeinander, während sich Myriams Mund verzog, als würde sie jeden Moment weinen.

»Als sie ihn wegbrachten, hat er kein Wort gesagt und auch keinen Widerstand geleistet«, schloss er seufzend. Myriam sprang auf, schob den Stuhl zurück und stürzte hinaus. Eva wollte ihr nach, doch Tommaso hielt sie zurück.

»Warum?«

»Das ist nicht dein Kampf, Eva. Sondern der deiner Tochter«, erwiderte er. »Giovanni ist ihr Mann. Und er ist ein Dissident«, fuhr er fort und schob Eva sanft auf den Stuhl zurück.

»Erklär mir das.«

»Ich habe mich erkundigt und herausgefunden, dass er viele Feinde hat. Wahrscheinlich hat er sich festnehmen lassen, um zu verhindern, dass Myriam in die Sache hineingezogen wird. Wenn diese Leute etwas wollen, dann gehen sie nicht zimperlich vor.«

Eva starrte auf die Lampe über ihnen, die Gedanken wirbelten ihr durch den Kopf. Vergebens versuchte sie, sie zu ordnen, ihre Angst um ihre Tochter zu beherrschen.

Sie fuhr sich mit der Zunge über die Lippen und betrachtete ihre Hände. »Meinst du, Giovanni hat sich absichtlich festnehmen lassen?«

Tommaso richtete sich auf und holte ein Zigarettenetui aus der Tasche. »Ich meine gar nichts. Was ich gesagt habe, ist alles, was ich weiß. Es ist besser, Myriam in Ruhe zu lassen. Vielleicht sieht sie ihren Mann nie wieder. Sie braucht Zeit.«

Diana blieb vor dem Gästezimmer stehen, die Hand auf der Klinke. Es war still, nur aus dem Erdgeschoss waren gedämpft die Stimmen von Tommaso und ihrer Mutter zu hören. Sie horchte kurz, dann öffnete sie die Tür.

»Ich habe das mit Giovanni gehört«, sagte sie zu Myriam, die am Fenster stand und ihr den Rücken zuwandte. Die Vorhänge waren geöffnet, sodass der Sternenhimmel über der schlafenden Hauptstadt zu sehen war. Mit behutsamen Schritten ging Diana auf ihre Schwester zu. Seitdem sie mit Giovanni verheiratet war, ließ Myriam sich die Haare nicht mehr wachsen, sondern trug nun einen Pagenschnitt. Etwas in ihrem Gesicht, an ihrem Blick auf die Welt hatte sich verändert. Myriam hatte sich zunehmend der Politik zugewandt, sprach nun eine Sprache, die Diana stets abgelehnt hatte. Diese intellektuelle Herangehensweise an die Dinge ging ihr auf die Nerven, sie fühlte sich unwissend. Sie war immer die Schönste, aber nie die Klügste gewesen. Dieser Makel haftete seit ihrer Kindheit an ihr. »Du weißt, ich interessiere mich nicht für Politik, deshalb verstehe ich auch nicht, warum man ihn festgenommen hat. Aber ich weiß, dass du leidest, und deshalb bin ich hier.« Sie fuhr ihrer Schwester mit der Spitze des Zeigefingers über die Schulter. Myriam erstarrte, senkte den Blick und beugte sich nach vorne. *Sie ist so zart*, dachte Diana, als sie die Rippen sah, die sich wie Flügel unter ihrer Haut abzeichneten.

»Giovanni war alles, was ich hatte«, flüsterte Myriam. Ihre Stimme brach, ein namenloser Schmerz durchfuhr sie, der ihr den Atem nahm.

»Warum sprichst du in der Vergangenheit? Wir wissen doch nicht, ob ...«

»Ich weiß es sehr wohl«, entgegnete Myriam mit harter Stimme und wischte sich resolut die Tränen von der Wange. Sie drehte sich langsam um, die Augen rot vom Weinen. »Giovanni wird nicht zurückkommen, Diana. Niemand kommt zurück, der von den Deutschen festgenommen wird. Das ist so«, sagte sie und richtete sich kerzengerade auf, als wollte sie ihren Worten so mehr Gewicht verleihen.

»Aber das können wir nicht mit Sicherheit ...«

»Diana, bitte lass es«, fiel Myriam ihr ins Wort und hob die Hand, um ihre Schwester zum Schweigen zu bringen. Myriam trug einen Morgenmantel, der bis zu den Knöcheln reichte, der schmale Körper zeichnete sich vor dem Mondlicht ab, ihr Atem ging schwer. Sie stützte sich mit der Hand am Fensterrahmen ab. »Lass mich bitte allein, ich brauche Ruhe.« Diana ging zur Tür, öffnete sie und warf einen Blick in den leeren Korridor, in die Dunkelheit, die sie erwartete.

Auf der Schwelle blieb sie noch einmal stehen. So einfach wollte sie sich nicht wegschicken lassen. Sie atmete tief durch. Sie kannte ihre Schwester gut, auch der Ring an ihrem Finger hatte sie kaum verändert.

Heute kann sie große Reden schwingen und alle Denker dieser Welt zitieren, aber damals in Kuba sind wir zusammen barfuß über die Felder gerannt und haben in reife Mangos gebissen, erinnerte sie sich. Sie wandte sich um, und ohne ihrer Schwester Zeit zu lassen, zu reagieren, nahm sie sie behutsam in den Arm und hielt sie ganz fest, so wie früher. »Weine, schrei, sei verzweifelt. Lass den Schmerz zu. Mir machst du nichts vor. Bitte behandle mich nicht, als wäre ich eine Fremde. Wir gehören zu einer Familie.«

Diana hielt ihre jüngere Schwester ganz fest, und nach und nach gab Myriam nach. Sie legte ihre Stirn an Dianas Schulter und klammerte sich an sie, die Brust von Schluchzern geschüttelt. Sie gab sich ganz der Zärtlichkeit hin, die immer noch da war, trotz allem, was geschehen war. Diana küsste ihre dunklen, nach Jasmin duftenden Haare und schloss die Augen. Sie versank in Erinnerungen an Kuba, an ihre Kindheit, daran, wie sie gemeinsam über die Plantage gerannt waren, an den schrecklichen Brand, nach dem sie nach Italien geflohen waren, an die Angst, die andere zu verlieren. Und doch hatten sie einander immer wiedergefunden, sich einander wieder genähert.

Im dunklen Flur stand Eva und beobachtete unbemerkt ihre Töchter. Die beiden waren so verschieden und doch vereint, auf ihre Weise. Dann löste sie sich von dem Anblick, ging zur kleinsten Fontamara, ihrer Clio, die an schwerem Fieber litt.

Wir sind immer noch eine Familie, auf die Fernando stolz gewesen wäre, dachte sie.

2

Diana betrat das Arbeitszimmer ihrer Mutter, die mit Tommaso gerade die aktuellen Zahlen der Firma durchging. »Ich gebe auf, ich weiß nicht, was ich noch machen soll«, seufzte sie und ließ sich in den Sessel fallen.

Eva hob den Blick von ihren Papieren. »Myriam?«

»Wer sonst?«

Tommaso schlug die Beine übereinander und kratzte sich an der Schläfe. Draußen blies ein scharfer Wind Blätter und Zeitungen durch die Straßen – mit Nachrichten, die keiner mehr las. Das Feuer im Kamin brannte zu langsam, um das Haus warm zu halten. Es duftete nach dem Essen, das Micol in der Küche zubereitete.

»Was ist mit deiner Schwester?«

»Alles und nichts«, antwortete Diana. »Seit Giovanni tot ist ...«

»Wir wissen nicht, ob er wirklich tot ist«, korrigierte sie Tommaso.

»Myriam ist davon überzeugt. Sie ist nicht mehr dieselbe, seitdem sie die Nachricht bekommen hat. Sie bleibt für sich, sitzt im Gästezimmer und schreibt. Nur ab und zu verlässt sie das Haus und kommt nach ein paar Stunden wieder. Und wenn ich sie frage, wo sie gewesen ist, weicht sie aus. Als ich sie eben gefragt habe, ob alles in Ordnung ist, hat sie gesagt: ›Diana, halte dich von den Nazis fern.‹ Ich glaube, sie verliert langsam den Verstand«, sagte Diana und tippte sich mit dem Zeigefinger an die Schläfe. Tommaso sah sie missbilligend an.

Eva seufzte und schob die Papiere in den Ordner zurück. »Ich rede mit ihr«, sagte sie, stand auf und machte sich auf den Weg zum Gästezimmer, das Myriam bewohnte, seitdem sie wieder in Rom war.

»Du könntest wieder mit deiner Schwester zusammenziehen, wenn du willst«, begann sie. Sie war in der Tür stehen geblieben und lehnte sich gegen den Rahmen. Myriam schrieb gerade auf der Schreibmaschine, sie hatte ihr den Rücken zugekehrt und schaute nun auf den kleinen Garten im Innenhof. Man konnte ein Stück des Rosenbogens sehen und die Avocado- und Mangopflanzen, die ihre Großmutter Sophia noch in Friedenszeiten bei ihrem letzten Besuch in Rom mitgebracht hatte. Sie nahm die Finger von den Tasten und zog einen eng beschriebenen Bogen aus der Maschine.

»Schreibst du einen Artikel?«

»Nein«, sagte Myriam. Die Oktobersonne fiel auf ihre eingefallenen Wangen. »Ich wollte Großmutter einen Brief mit der Maschine schreiben, weil sie so schlecht sehen kann. Aber ich schaffe es nicht. Ich kann so nicht mit ihr reden.« Sie deutete auf die Schreibmaschine, ihre treue Gefährtin, die sie überall mit hin nahm.

Eva setzte sich auf den Sessel in der Ecke zwischen Kommode und Schreibtisch und beugte sich vor, um diese zerbrechliche junge, Frau, die voller Ideen steckte, genauer zu betrachten. »Dann nimm doch Tinte und Papier. Sophia wird dir das verzeihen.«

»Das werde ich.«

Eva hustete und wandte sich dann wieder an ihre Tochter. »Gibt es etwas Neues von Giovanni? Hast du von eurem französischen Freund etwas gehört?«

»Nein, aber das habe ich auch nicht erwartet.«

Eva schaute sich um. Der Zimmer war penibel aufgeräumt. Bücher stapelten sich ordentlich auf dem Nachttisch, andere standen in alphabetischer Reihenfolge in dem kleinen Bücherregal, die Kleider hingen nach Farben geordnet im Schrank, auf dem Koffer am Ende des Bettes lagen einige Zeitschriften. »Du rechnest also mit dem Schlimmsten?«

»Wir reden hier von Nazis«, erwiderte Myriam und stand auf. Sie strich ihren dunkelblauen Faltenrock glatt und knöpfte ihre Strickjacke zu. Dann ging sie zum Nachttisch, nahm ein kleines, blau gebundenes Büchlein und blätterte durch die Seiten. »Sie haben ihn geholt, Mama«, murmelte sie leise, die Augen fest auf die Seiten geheftet, um nicht zu zeigen, wie tief getroffen sie war. »Sie haben ihn in eines ihrer Lager gebracht. Dorthin, wo sie politische Gegner, Homosexuelle und vor allem Juden hinbringen. Giovanni hat schon lange von diesen Gräueln gewusst. Er hat versucht, es vor mir geheim zu halten. Aber er konnte keine Geheimnisse vor mir haben und hat mir am Ende doch alles erzählt.«

Eva umklammerte die Sessellehnen, immer weiter nach vorne gebeugt, um die ganze Tragweite dessen zu erfassen, was ihre Tochter da sagte. »Bitte«, begann Eva zögerlich, »von was für Lagern sprichst du? Ich habe noch nie davon gehört. Und du weißt, ich kenne Leute, die mit der Partei zu tun haben.«

»Viele wissen wirklich nichts, andere tun nur so als ob«, antwortete Myriam. »Offiziell handelt es sich um Arbeitslager für Regimegegner, in denen sie dem Vaterland dienen sollen. Aber in Wahrheit wird in den Lagern gefoltert, gelitten, gestorben. Die Deutschen sollen mit den Gefangenen sogar medizinische Experimente machen.«

Eva schluckte. »Und Giovanni hat sich festnehmen lassen, um in eines dieser Lager zu kommen?«

»Das weiß ich nicht, aber möglich ist es. Er wollte, dass die Wahrheit ans Licht kommt. Dass die Amerikaner erfahren, was hier in Europa passiert. Es gibt Leute, die versuchen, Bildmaterial aus den Lagern aus dem Land zu schmuggeln, aber der Weg ist noch weit, und unser Netzwerk ist noch nicht groß genug, um die Informationen schnell genug auf die richtigen Schreibtische zu bringen.«

Eva richtete sich auf. »Unser? Was willst du damit sagen, Myriam?«

»Ich habe begonnen, anonym über die Lager zu schreiben, um die Wahrheit über sie zu verbreiten.«

Eva schüttelte aufgebracht den Kopf. »Bist du verrückt geworden? Du könntest im Gefängnis landen oder Schlimmeres. Was hast du dir dabei gedacht?«

»Papa hat mir beigebracht, dass man gegen Ungerechtigkeit kämpfen muss. Wir müssen uns auflehnen, und ich bin eine von denen, die das tun. Und wir sind viele, Mama, viel mehr, als du dir vorstellen kannst.«

»Ihr seid verrückt, ihr wisst nicht, worauf ihr euch da einlasst«, widersprach Eva, während ihre Tochter sie weiter fest ansah.

»Die Menschen müssen wissen, dass man in diesen Lagern stirbt. Die Deutschen sind grausame Schlächter. Ich tue nur das, was ich für richtig halte, so wie man es mir beigebracht hat. Ich kann nicht einfach schweigen.«

»Nein«, entfuhr es Eva, und sie ballte die Faust, während ihr Blick unruhig durchs Zimmer glitt. »Du hast recht: Angesichts all dessen darf man nicht schweigen. Aber dennoch bitte ich dich, sprich mit niemandem in der Familie und der Firma über das, was du mir erzählt hast. Ich werde mir etwas einfallen lassen. Micol, Lara, Rachele und dem kleinen Mosè darf kein Leid geschehen. Aber du musst mir schwören, dass du dich nicht in Schwierigkeiten bringst. Wir haben schon Fernando verloren. Und Gabriel kämpft in Griechenland für ein Regime, das er hasst.«

Myriam sah sie an, den Rücken fest gegen die Stuhllehne gepresst. »Mama, ich kann nicht schweigen.«

»Myriam, schwöre es mir. Es ist das Einzige, was ich von dir verlange. Das Einzige.«

Eva hielt ihrer Tochter die Hand hin, damit sie einschlagen konnte, doch die Finger streckten sich ins Leere. Sie sahen sich lange an, bis Myriam schließlich ihre Hand in die ihrer Mutter legte. »Ich schwöre es.«

3

Schon seit einer halben Ewigkeit starrte Eva auf den Brief in ihren Händen, doch ihre Gedanken waren überall, nur nicht bei diesen Zeilen.

Ein weiterer Gefallener, eine weitere Familie, die es zu trösten galt, ein Päckchen mit den Habseligkeiten und etwas Geld für die Hinterbliebenen eines Arbeiters aus der Fabrik. Es war die Idee ihrer Schwägerin Ottavia gewesen, eine Stiftung für die Angehörigen der gefallenen Arbeiter zu gründen, und sie hatte darauf bestanden, dass sie im Andenken an den Mann benannt wurde, der die Firma gegründet hatte, bevor viele Jahre später Eva das Unternehmen in die »Pregiata Forneria Principi« verwandelt hatte. Doch die Kasse der Stiftung war von Monat zu Monat leerer, es wurde immer schwieriger, Gelder aufzutreiben. Die Kriegsabgaben an die Regierung wogen schwer.

Die Kasse ist leer wie die Flure der Fabrik, sagte sich Eva, nachdem sie ihr Büro verlassen hatte, um in die Abteilung Produktion und Verpackung zu gehen. Sie hatte einige Neuerungen veranlasst und auch in moderne Teigknetmaschinen investiert, die in Friedenszeiten rund um die Uhr gearbeitet hatten. Damals waren auch die von Tommaso entworfenen Blechdosen bis an den Rand mit Keksen gefüllt gewesen. Jetzt standen sie traurig und leer in der Ecke. Der Duft aber war noch immer der gleiche, ebenso wie die Handgriffe der Angestellten: Die Bäcker bestäubten die Arbeitsflächen mit Mehl, um die Brote zu formen, an den Öfen standen die erfahrensten Arbeiter, immer ein Rasiermesser in der Tasche, um mit der scharfen Klinge Muster in die Brotlaibe zu schneiden – Handgriffe, die sie schon von ihren Vorfahren gelernt hatten.

Das ist zwar eine große Firma, aber immer noch ein Familienunternehmen, genau wie früher, als wir ausschließlich süßes Gebäck hergestellt haben, dachte Eva und grüßte die Arbeiter mit einem Lächeln, während das Rumoren der Maschinen ihre Gespräche überdeckte.

Sie hielt inne und betrachtete die Produktionsstrecke der stranggepressten Kekse, die direkt aus der Düse kamen, aufs Band fielen und dann zum Backen fuhren. Sie stellten Hunderte davon her, aber die neuen Anweisungen würden die Produktion drastisch herunterfahren, auch für diese wenigen Gramm puren Glücks.

»Die da oben sollten begreifen, dass der Mensch nicht allein von Brot lebt, stimmt's?«

Eva drehte sich um und sah Andrea, der sich gerade einen noch warmen Keks vom Band genommen hatte, der intensiv nach Südfrüchten und Honig duftete.

»Stimmt, aber die interessiert vor allem, dass sie genug für sich selbst haben. Die anderen zählen nicht. Und natürlich haben die Leute immer weniger Geld. Wenn dieser Krieg nicht bald zu Ende ist, wird alles nur noch schlimmer.« Sie grüßte zwei Frauen, die gerade die Formen für die Brotlaibe neu befüllten.

»Signora Sarti meinte, dass der Verkauf in den Geschäften noch gut läuft. Aber wer weiß, wie lange wir noch durchhalten«, sagte Andrea.

»Meine Schwägerin kann sich bei den Verkäuferinnen bedanken, die sich an die neue Situation angepasst haben. Und bei mir, für meine Kontakte in die Partei. Die wichtigsten Familien kaufen bei uns, auch die Aristokratie ist unseren Produkten gewogen. Was mir mehr Sorgen macht, ist die Tatsache, dass wir einen weiteren Arbeiter an der Front verloren haben.«

»Wen?«

»Einen jungen Mann, der kurz nach meiner Übernahme in die Firma gekommen ist und am Ofen gearbeitet hat. Er war genauso gut wie seine erfahreneren Kollegen.«

Andrea vergrub die Hände in den Taschen seiner Wollhose und ließ den Blick umherwandern. »Es wird immer schwieriger, diese Arbeiter zu ersetzen. Die wenigen Männer auf dem Arbeitsmarkt sind entweder wehruntauglich oder alt.«

Eva seufzte und betrachtete fasziniert die Hände einer Packerin, die rasch und präzise, ohne eine einzige überflüssige Bewegung, eine perfekt symmetrische Schleife formte. Sie musste an ihr Gespräch mit Myriam vor einigen Tagen denken. Sie nahm Andrea am Arm und zog ihn in eine Ecke der Produktionshalle.

»Finde Frauen, damit sie hier arbeiten. Auch Alte und Kinder, alle.«

Andrea riss überrascht die Augen auf. »An wen genau denkst du dabei?«

»Juden.«

Andrea wich einen Schritt zurück.

»Schau mich nicht so an. Ich möchte ihnen helfen. Ich muss an den kleinen Mosè denken, an Rachele, die Verlobte meines Sohnes. Was für eine Welt erwartet sie, wenn diese Verrückten den Krieg gewinnen? Was wird aus all diesen Menschen, wenn niemand diesen Wahnsinn stoppt?«

Andrea atmete tief durch und schaute sich um. »Ich verstehe, was du sagen willst, aber lass uns lieber nicht hier darüber reden. In Zeiten wie diesen haben sogar die Wände Ohren.« Er zog sie hinaus in den Hof und zündete sich eine Zigarette an.

»Denkst du etwa, mein Büro wird abgehört? Immerhin mache ich Geschäfte mit der Partei.«

»Eben drum. Also, was genau willst du mir sagen?«, fragte Andrea.

Eva warf einen Blick zu den Fahrern, die die Waren verluden. Allesamt ältere Männer, die ihre Söhne ersetzen mussten, die an der Front kämpften. »Ich möchte jüdische Arbeiter. Die Nazis sollen keine Gelegenheit bekommen, Menschen wie den Contradas oder unseren Hausangestellten zu schaden. Ich möchte nicht, dass ihnen noch Schlimmeres zustößt als das, was wir ohnehin alle erdulden.«

Andrea drückte seine Zigarette aus und verschränkte die Arme vor der Brust. »Was genau meinst du? Wovor hast du Angst?«

Eva fuhr sich mit der Zunge über die Lippen und knetete unruhig die Bündchen ihres smaragdgrünen Kleides. Sie seufzte. Über ihr war der blaue Himmel verschwunden, dichte Wolken drängten sich aneinander wie die Sperrballons des Luftschutzes. Sie hatte das Gefühl, keine Luft mehr zu bekommen, und sie versuchte, ihren Kragen etwas zu lockern. Doch ihr Brustkorb hob sich unter ihrem Kleid keinen Millimeter.

»Ist alles in Ordnung?«

Andrea berührte sie sanft mit den Fingerspitzen, doch sie nahm seine Stimme kaum wahr. Sie nickte, doch in ihrem Kopf hallten Myriams Worte nach.

»Es gibt Orte in Deutschland, wo Juden eingesperrt werden und wie Sklaven arbeiten müssen, und wie es scheint, macht man auch Experimente mit ihnen. Orte, die keiner mehr lebend verlässt.«

»Ich weiß ja nicht, wer dir das erzählt hat, aber wer auch immer es war, muss eine schreckliche Fantasie haben«, entgegnete Andrea mit einem heiseren Lachen, dann sah er Eva ernst an. »Die Deutschen sind verrückt, das stimmt. Aber doch nicht so.« Er schüttelte den Kopf. »Das ist viel zu absurd, um wahr zu sein«, fügte er hinzu, aber Eva schaute auf ihre Hände, die sich langsam zu Fäusten ballten.

»Mir wäre auch lieber, wenn das nur grausame Fantasien eines kranken Geistes wären, aber meine Quelle ist absolut verlässlich. Ich habe keinen Grund, an ihren Worten zu zweifeln.« Sie wandte den Blick von ihren lackierten Fingernägeln wieder auf die Arbeiter und stellte sich vor, wie sie Tausende Kilometer von zu Hause zu einer Armee von Gespenstern werden mussten. »Diese Orte gibt es, Andrea. Und wenn ich mir anschaue, wie die Regierung mit den Juden umspringt, habe ich allen Grund zu befürchten, dass sie auch bei uns in Lager gebracht werden könnten. Auf welcher Seite wären wir als Bevölkerung dann? Wo stehen wir, wenn wir schweigen und nicht laut aufbegehren?«

»Das ist eine ziemlich unangenehme Frage.«

»Ich weiß. Aber irgendwann werden wir uns die Frage gefallen lassen müssen, was wir getan oder eben nicht getan haben. Es wird der Moment kommen, in dem wir uns entscheiden müssen. Ich weiß, auf welcher Seite ich stehe. Auf welcher Seite stehst du?«

Andrea wandte den Blick ab und sah einem Blatt nach, das der Wind davonwehte. »Ich habe keine Angst zu wählen, denn mir ist die Gefahr bewusst. Und ich weiß, woher ich komme. Ich steckte in einem Hamsterrad fest, dasselbe, in dem auch mein Vater und mein Großvater gesteckt haben. Du hast mein Leben verändert. Du hast mir eine Alternative zu meinem vorbestimmten Weg aufgezeigt, auch wenn ich mir manchmal die Hände dafür schmutzig machen musste. Aber ich verstehe, dass du das Gleiche auch für Rachele und Mosè willst. Für sie steht viel mehr auf dem Spiel als nur ihr Lebensglück. Für sie geht es um Leben und Tod.«

»Genau. Man macht ihnen das Leben Tag für Tag schwerer, es gibt immer neue Einschränkungen«, klagte Eva. Der Wind hatte aufgefrischt und fegte nun durch den Hof wie ein böses Omen. Sie strich sich eine Locke hinters Ohr und wandte sich wieder Andrea zu. Sie erinnerte sich noch genau daran, wie sie einander zum ersten Mal begegnet waren, nachdem sie in der Firma angefangen hatte: er ein junger Mann voller Energie und Tatendrang, sie eine Frau, die fest entschlossen war, den Brudermord zu rächen, dem ihr Mann zum Opfer gefallen war. Sie hatten beide nach einer Chance gesucht, auch wenn es ihm, der jetzt mit Vollbart und Nadelstreifenanzug vor ihr stand, damals noch nicht bewusst gewesen war. Sie trat näher zu ihm. »Dann hilfst du mir?«

Andrea schaute sich um, dann zündete er sich eine weitere Zigarette an. »Was soll ich für dich tun?«

»Ich brauche falsche Papiere.«

»Was?«

»Jetzt sieh mich nicht so an, du hast schon richtig verstanden. Wenn ich Juden beschäftige und die Regierung morgen beschließt, dass das nicht mehr geht, dann war alles umsonst. Mit gefälschten Papieren können wir dieses Problem umgehen. Verstehst du?«

»Ich verstehe schon, aber das würde nur für die Frauen funktionieren. Gesunde Männer zu beschäftigen, würde Verdacht erregen. Dann müssten wir auch noch gefälschte ärztliche Bescheinigungen besorgen.«

Eva biss sich auf die Lippe. »Daran habe ich nicht gedacht.«

Andrea blies den Rauch aus. »Du weißt, was sie mit uns machen, wenn wir entdeckt werden?«

Eva nickte. »Keine Sorge, ich habe mir alles gut überlegt. Meine Kinder sind erwachsen, mit Ausnahme von Clio. Sie wäre bei Lia und bei ihren Schwestern in guten Händen. Und mein Mann ist schon so lange tot, dass ich die Jahre kaum mehr zählen kann. Ich habe also nicht viel zu verlieren.« Sie runzelte die Stirn. »Diana könnte eine ganze Liste meiner Fehler aufzählen, aber ich habe immer für das gekämpft, woran ich geglaubt habe.«

Sie schauten sich lange an, mit angehaltenem Atem, während um sie herum das Leben weiter seinen Gang ging. Die letzten Lastwagen fuhren mit ihren Lieferungen vom Hof, während andere auf der Straße darauf warteten, auf den Hof zu fahren.

Andrea rauchte seine Zigarette zu Ende und betrachtete die Packer: junge Burschen, beinah noch Kinder, mit glatter Haut und dem selbstsicheren Lächeln derer, die zu schnell erwachsen werden mussten. Sie standen in Gruppen beisammen, aßen ein Stück halb verbranntes Brot, das sie nicht verkaufen konnten, und rauchten, während am Tor ein Mädchen mit viel zu dünnen Beinen wartete. Sie war die Tochter eines Verwandten von Gino, auch sie Jüdin, und sie kam jeden Morgen mit ihrem Korb zur Fabrik, um das Brot abzuholen, das zu dunkel oder nicht dunkel genug gebacken war. Wenn man ihr den Korb füllte, sagte sie nie ein Wort außer »Danke« und verschwand so schnell, wie sie gekommen war. Eine Unsichtbare unter den Unsichtbaren. Ein jeder kannte sie, aber niemand sah sie.

»Ich bin dabei«, sagte Andrea plötzlich in die Stille, und dabei knetete er das Zigarettenpäckchen in seiner Hosentasche. »Aber eines muss ich dir gestehen.«

Eva runzelte die Stirn, während einer der älteren Arbeiter dem Mädchen den Korb füllte. »Und was?«

»Ich habe es gewusst. Aber mir war nicht klar, ob wir auf derselben Seite stehen.«

»Was hast du gewusst?«

Andrea schaute sie mit einem bitteren Lächeln an. »Ich wusste von den Lagern. Ich habe die Beweise ihrer Existenz mit eigenen Augen gesehen.«

Eva blickte zu Boden. Die ersten schüchternen Regentropfen fielen vom Himmel, während ihre Fingerspitzen nach ihrem Herzschlag tasteten.

»Geht es dir nicht gut?«

»Doch, doch«, sagte sie und blickte zu dem Mädchen am Zaun. »Ich hatte nur gehofft, dass alles nur ein böser Traum wäre.«

Liebe Sophia,
es ist schon eine Weile her, dass ich dir geschrieben habe. Ich war mir nie sicher, ob meine Briefe dich überhaupt erreichen, und wenn ja, ob sie vielleicht zensiert worden sind. Diesmal aber weiß ich sicher, dass mein Schreiben unzensiert bei dir ankommen wird.

Ich schreibe dir, weil in Europa schreckliche Dinge vor sich gehen. Menschen verüben grausame Verbrechen: Noch nie hat jemand von solchen Gräueltaten berichtet, nicht einmal in den Heiligen Schriften. Hier werden Menschen aufgrund ihrer Rasse, ihrer politischen Einstellung oder ihrer Religion getötet. Es gibt kein Mitgefühl mehr, ein Menschenleben ist nichts mehr wert.

Ich habe das alles erst vor Kurzem erfahren, aber seitdem kann ich nicht mehr schlafen, nicht mehr essen.

Deshalb habe ich mich entschlossen, das Meine zu tun, um Widerstand zu leisten. Aber ich habe Angst, große Angst.

Ich fürchte um das Leben meiner Kinder, denn das Regime ist hinterhältig und rachsüchtig. Und ich fürchte um die Firma, die ich wiederaufgebaut habe, nachdem Giacomo sie fast zugrunde gerichtet hätte. Manchmal, wenn ich nachts wach liege und die Decke ansehe, versuche ich an Fernando zu denken. Der Gedanke an ihn gibt mir Kraft, denn er hätte nicht gezögert, das weiß ich. Zu wissen, dass er mein Handeln auf die eine oder andere Weise gutheißt, tröstet mich.

Er fehlt mir sehr, auch wenn ich mir das nur selten eingestehe. Mir fehlt seine Nähe, die Gewissheit, dass er mich jederzeit verteidigen und beschützen würde.

Tommaso meint, ich solle andere Männer kennenlernen ... Aber jeder Mann muss sich mit Fernando messen – und es gibt niemanden, der es mit ihm aufnehmen könnte.

Vielleicht sollte ich es für Clio tun, aber ich habe nicht die Kraft dazu. Ich kann mich nicht der Notwendigkeit beugen, einem Kind einen Vater zu geben. Bin ich eine schlechte Mutter, Sophia? Bin ich noch die Frau, auf die du stolz warst, vor dem Krieg, als du uns besucht hast?

Eva schrieb und schrieb, füllte Seite um Seite mit Gedanken, inneren Kämpfen, die sie nur der Frau anvertrauen konnte, die sie wie eine Mutter liebte. Als sie endlich fertig war und der Brief vor ihr auf dem Schreibtisch lag, schaute sie hinaus in den Herbst, der mit großen Schritten durch den Garten zog und den Sommer verabschiedete.

Der Oktober in Rom ist wie ein zweiter Sommer, hatte Tommaso ihr einmal erklärt. Die Straßen am Fluss sind dann in goldenes Licht getaucht, während sich auf den Hügeln, die die Stadt schützend umgeben, bereits der Winter ankündigt. Der kühle Abendwind weht die Wärme des Sommers fort, doch etwas von seiner Süße bleibt.

Dennoch konnte Eva nur das Chaos des Krieges sehen, die Armut, die die Menschen dazu brachte, nicht mehr in den Himmel zu schauen und zu lächeln, sondern im Müll nach etwas Essbarem oder gar nach einer Münze zu suchen, die einem zerstreuten Passanten aus der Tasche gefallen war. Alles wurde aufgehoben und aufbewahrt – für noch schlechtere Zeiten, wie viele sagten.

Als ob dieses Elend nicht schon reichen würde, sagte sie sich, als das Telefon im Flur klingelte. Micol kam herein und teilte ihr mit, dass Andrea sie sprechen wolle.

»Ich habe besorgt, worum du mich gebeten hat. Wir können also loslegen.«

Eva nickte, als stünde Andrea ihr gegenüber, und wickelte sich die dunkle Telefonschnur um den Zeigefinger. Ihr Blick traf den von Diana, die soeben mit ihrer Schwester nach Hause gekommen war. »Sehr gut«, sagte sie zu Andrea ins Telefon und winkte den beiden zu, doch sie verschwanden sofort in ihren Zimmern.

»Diana weiß davon natürlich nichts. Ich habe sie in der Firma gesehen, aber ich habe ihr nichts gesagt.«

»So soll es auch sein«, antwortete Eva und legte auf, als aus Richtung des Gästezimmers plötzlich aufgeregte Stimmen zu hören waren. Sie ging rasch über den Flur, um nach dem Rechten zu schauen. Vor der geschlossenen Tür stand Diana und flehte ihre Schwester an, ihr aufzumachen.

»Myriam, bitte«, rief sie eindringlich. Als sie die kühlen Finger ihrer Mutter auf ihrer Schulter spürte, fuhr sie herum.

»Was ist passiert?«, fragte Eva, doch ihre Tochter sah sie nur kalt an.

»Was passiert ist? Sie hat ihren Mann verloren. Schon vergessen?«

Eva schluckte.

»Warum hat sie sich eingeschlossen?«

Diana starrte auf die Tür. »Ich hatte sie endlich überredet, mal rauszugehen und Tante Ottavia im Geschäft zu besuchen, aber auf dem Weg ist uns eine Gruppe Soldaten begegnet. Sie ist sofort zurückgerannt und hat sich eingeschlossen«, seufzte sie und verschränkte die Arme vor der Brust.

Eva faltete die Hände wie zu einem Gebet. »Dann lassen wir Myriam heute in Ruhe, wenn sie das möchte. Sie braucht eben Zeit. Komm schon, gehen wir«, sagte sie und trat beiseite, um ihre Tochter vorbeizulassen. Diana zögerte einen Moment, dann ging sie hinauf in ihr Zimmer.

»Lass mich raten: Es geht um Myriam?«

Eva fuhr herum. Ihre Schwägerin war hinter ihr aufgetaucht. Sie nickte. »Diana versucht verzweifelt, ihrer Schwester ihren Lebensmut zurückzugeben. Anscheinend begreift sie nicht, wie groß Myriams Schmerz ist.«

Lia sah zur Treppe und seufzte. »Sie will ihr eben helfen. Auf ihre Art.«

»Das weiß ich. Aber sie muss doch verstehen, wie schwer es ist, den Ehemann zu verlieren. Das ist ein Schmerz, der nie vergeht, und Myriam hat diesen Weg gerade erst begonnen. Sie braucht Zeit und Geduld.«

Lia lächelte. »Zwei Eigenschaften, die Diana leider nicht hat.«

»Stimmt. Vielleicht sollte ich versuchen, mit Myriam zu reden.«

Lia griff nach Evas Hand. »Du bist eine gute Mutter und eine gute Schwägerin«, sagte sie mit einem melancholischen Lächeln, dann ging sie gebeugt und so langsam, als fürchtete sie hinzufallen, durch den Flur davon. Eva blickte ihr nach, dann klopfte sie an Myriams Tür. Doch da sich nichts rührte, kehrte sie seufzend ins Wohnzimmer zurück.

Derweil saß Myriam in ihrem penibel aufgeräumten Zimmer und schaute aus dem geöffneten Fenster, die Arme fest um sich geschlungen. Sie fröstelte, aber das war ihr egal. Ein Teil von ihr wünschte, die gleiche Kälte, die gleiche Hitze, den Hunger und den Schmerz zu fühlen, den auch Giovanni fühlte, wo immer er sein mochte. Seinen Schmerz zu spüren, erlaubte es ihr, einen Teil von ihm zu bewahren, das festzuhalten, was das Leben ihr genommen hatte.

Sie fühlte sich bestohlen, verletzt, wütend, oftmals aber auch einfach nur leer. Sie legte die Wange auf ihr knochiges Knie und schloss die Augen, wie damals als Kind, wenn sie auf der Plantage inmitten der Zuckerrohrpflanzen gesessen und auf die Geräusche der Natur um sich herum gelauscht hatte. Sie hörte den Wind, die leichte Brise, die die Wolken wegschob und sich in ihr Zimmer schlich, ihr durch die Haare strich, ihre Schultern streichelte, den Baumwollstoff ihres Nachthemds, das am Kleiderschrank hing, sanft bewegte. Die Schranktür klapperte, ein Rhythmus, der die Zeit einteilte, die Myriam nicht mehr zählte. Sie war müde. Sie stand auf, hängte das Nachthemd in den Schrank, zog die Schuhe an, warf sich den olivgrünen Mantel über die Schultern und setzte das ziegelbraune Barett auf den Kopf. Als sie am Wohnzimmer vorbeischlich, saß dort ihre Mutter und las, Lia war mit Clio und Viola in der Küche, wo sie mit Micol Kekse buken. Auch Diana hatte sich zu ihnen gesellt.

Draußen atmete sie tief durch und entspannte sich langsam. Sie sog den Geruch nach feuchter Erde, nach dem nassen Laub der Bäume tief ein. Noch immer war fernes Donnergrollen zu hören. Sie betrachtete die Pfützen, die an das Unwetter erinnerten. Mit dem Schirm in der Armbeuge lief sie los, durch die wohlbekannten Straßen der Nachbarschaft, wo sie jede Pflanze, jeden Baum, die Farben der Fassaden kannte, selbst die Stimmen, die durch die geschlossenen Läden drangen. Sie lief weiter über die breiten Alleen, die von den Schienen der Straßenbahn durchzogen waren, die täglich Hunderte von Frauen transportierte. Männer waren immer seltener zu sehen. Sie kam an den dunklen Fassaden der Palazzi im Neorenaissance-Stil vorbei, die mit schmiedeeisernen Balkonen geschmückt waren, an den Schaufenstern der Via Nazionale, wo ihre Tante Ottavia arbeitete, dann ging sie immer weiter, bis sie schließlich den Fluss erreichte, der in kleinen Wellen die Insel umspülte – das Auge des Tibers. Auf der Brücke blieb sie endlich stehen.

Schweigend betrachtete sie den Fluss und lauschte seinem Rauschen. Nach dem langen Spaziergang war sie verschwitzt, die Füße taten ihr weh, die Schuhsohlen waren so durchgelaufen, dass sie jeden Stein spürte, aber das störte sie nicht. Sie musste an ihr erstes Treffen mit Giovanni denken, an einem Abend vor vielen Jahren in einem illegalen Lokal, an den ersten Kuss, ihr Versprechen zusammenzubleiben, für immer, was auch geschehen mochte. Die Hochzeit, genau so, wie sie es sich gewünscht hatte: mit wenigen Gästen in der kleinen Kirche auf dem Hügel nahe La Gioiosa, dem Limettenhaus, ein selbst genähtes schlichtes Kleid und eine unvergessliche Nacht in einem Haus am See.

Es war nicht so romantisch gewesen, wie sie es sich vorgestellt hatte, aber sie war bei Giovanni, und alles andere zählte nicht.

Sie stellte sich vor, wie er tot dalag, in einem schnell ausgehobenen Loch auf einem Acker, der leblose Körper merkwürdig verdreht, die Augen weit aufgerissen. Myriam umklammerte das Brückengeländer, die Brust schmerzte, sodass sie kaum atmen konnte.

»Geht es Ihnen gut?«, fragte ein Fremder hinter ihr. Myriam blieb reglos liegen und starrte den Mann mit aufgerissenen Augen an.

Myriam schüttelte den Kopf. Dann sah sie sich den dunkelhaarigen Mann genauer an. Er wirkte angespannt, sein Mund war unter dem dichten Bart kaum zu sehen.

Myriam befeuchtete sich die Lippen und schaute auf das wogende Wasser. Ihr Herz schlug schneller. Sie dachte an Giovanni, an das Gefühl der Verlorenheit, das sie seit Tagen begleitete, das ihr den Schlaf und die Luft zum Atmen raubte, das ihren Tagen die Farbe genommen hatte. Giovanni war verschwunden, und auch weil es keinen Leichnam gab, den sie begraben konnte, war es, als wäre ihr Leben angehalten worden, als steckte sie fest mit ihren Ängsten. Sie presste die Hand auf die Brust, um die hämmernden Herzschläge zu beruhigen, um sich nicht von ihren Gefühlen überwältigen zu lassen, nicht jetzt, vor einem Fremden. Aber ehe sie wusste, wie ihr geschah, füllten sich ihre Augen mit Tränen, und sie konnte nur die Hände vors Gesicht schlagen und einen Schritt zurückweichen. »Gehen Sie, bitte«, flehte sie mit tränenerstickter Stimme, doch der Mann umfasste ihre Handgelenke und zwang sie, ihn anzusehen.

»In dem Zustand lasse ich Sie nicht einfach hier auf der Straße stehen.«

»Gehen Sie, bitte.«

»Das kann ich nicht. Tut mir leid.« Er suchte Myriams Blick.

Myriam sah ihm geradewegs in die Augen.

Er wischte seine Hand am Hosenbein ab und streckte sie ihr entgegen. »Ich heiße Giovanni Guida. Ich arbeite als Arzt im Krankenhaus, dort auf der Insel.«

»Myriam Fontamara«, stellte sie sich mit ihrem Mädchennamen vor. Sie musste unwillkürlich lächeln über den Scherz, den sich das Schicksal mit ihr erlaubte: ein Giovanni, ihr Giovanni, hatte sie geliebt, ein anderer fremder Giovanni kümmerte sich nun um sie.

»Gut, Myriam, was halten Sie davon, mit mir ins Krankenhaus zu kommen? Sie können von dort Ihre Familie anrufen und sie informieren, dass es Ihnen gut geht und sie Sie abholen können.«

»Das ist nicht nötig, ich kann alleine nach Hause gehen«, entgegnete sie, doch Giovanni schüttelte den Kopf.

»Tut mir leid, aber das kommt nicht infrage. Es ist dunkel, da sollte eine junge Frau nicht mehr alleine auf der Straße unterwegs sein. Schon gar nicht in Ihrem Zustand. Sie sind völlig aufgelöst.«

»Mein Mann ist festgenommen worden«, stieß sie hervor, während das Knattern eines Motorrads zu hören war, das im Viertel patrouillierte. »Er war Musiker. Er war ein guter Mensch und vor allem ein freier Geist.« Sie verschränkte die Arme vor der Brust und seufzte tief. »Sie haben ihn weggebracht, und keiner weiß, wohin, noch, wie er gestorben ist.«

»Woher wollen Sie wissen, dass er tot ist?«

Sie hob den Kopf und warf ihm ein bitteres Lächeln zu. »Niemand, der von ihnen geholt wird, überlebt.«

Giovanni legte ihr eine Hand auf die Schulter und fuhr sich mit der anderen über das Gesicht. »Dieser verdammte Krieg trifft uns alle.«

»Es war nicht der Krieg. Es waren die Deutschen. Sie haben ihn mir genommen. In Paris«, erklärte sie dem Arzt. »Und ich hasse sie von ganzem Herzen, oder dem, was davon noch übrig geblieben ist.«

Sie sahen sich lange an: sie eine zierliche junge Frau mit geballten Fäusten und voll verzweifelter Wut, er ein Mann, der Leben retten wollte.

»Sie können mich gerne anzeigen, wenn Sie wollen. Ich habe keine Angst mehr«, erklärte Myriam schließlich, als ihr klar wurde, was sie da gerade gesagt hatte. Doch der Mann schüttelte den Kopf und legte ihr beruhigend die Hand auf den Arm.

»Kommen Sie mit mir ins Krankenhaus, bitte. Trinken Sie etwas Warmes, und dann können Sie meinetwegen nach Hause gehen. Aber ich lasse Sie hier nicht so auf der Straße stehen«, sagte er und bemerkte aus dem Augenwinkel zwei Soldaten, die in ihre Richtung liefen. »Man weiß nie, was in den Köpfen bestimmter Menschen vor sich geht«, fügte er leise hinzu, während er Myriam sanft in Richtung Krankenhaus schob.

Sie gingen über die Ponte Fabricio, die schmale Straße an der Apotheke und der Kirche San Giovanni Calibita vorbei und erreichten einen freien Platz, auf dem die Basilika San Bartolomeo all'Isola mit ihrer Barockfassade, den drei Arkaden und dem romanischen Glockenturm aufragte. Gegenüber lag das kürzlich renovierte Krankenhaus, das sie durch den Nebeneingang betraten. Durch ein Gewirr von Korridoren und Wartesälen mit hohen Decken und riesigen Fenstern ging es immer weiter. Hin und wieder drangen Klagelaute aus den im Halbdunkel kaum zu erkennenden Betten, übertönt von dem Geräusch der raschen Schritte der Schwestern, die den zahlreichen Patienten zu Hilfe eilten.

»Sie bekommen gleich erst mal etwas Warmes zu trinken, und dann zeige ich Ihnen das Telefon«, sagte Giovanni und führte sie weiter durch die schier endlosen Gänge. Hin und wieder grüßte er einen Kollegen oder eine Stationsschwester. »Wir sind hier wie eine große Familie, jeder kennt jeden und man hilft sich, wo man kann.«

»Klingt nach einem idealen Arbeitsplatz.«

»Ja und nein«, sagte er und führte sie auf seine Station. Er begrüßte die Stationsschwester und brachte Myriam in ein kleines Zimmer, das als Personalküche genutzt wurde und in dem ein Topf Wasser auf dem Herd stand, daneben eine Kaffeemaschine, einige Dosen mit Kamillen- und Malventee sowie Kaffeeersatz. »Wenn ich nicht mindestens vier Tassen Ersatzkaffee trinke, komme ich nicht durch die Nacht«, sagte er, während er für sie einen Kamillentee zubereitete. Sie trank ihn lauwarm, mit einem Teelöffel Honig. »Den hat eine Krankenschwester mitgebracht, die auf dem Land lebt, ihr Schwiegervater züchtet Bienen. Du musst ihn probieren, er ist einfach köstlich«, sagte er, wobei er unwillkürlich zum Du übergegangen war.

Myriam saß in der Ecke auf einem Stuhl, eingezwängt zwischen dem Tisch und dem Fenster, durch das der Fluss und der Sternenhimmel zu sehen waren. Sie war schon seit Stunden von zu Hause fort und fürchtete, ihre Mutter könnte sich Sorgen machen. »Wann kann ich telefonieren?«, fragte sie, woraufhin Giovanni sie sogleich in das Zimmer des Oberarztes führte.

»Nachts dürfen wir sein Telefon benutzen. Nimm dir so viel Zeit, wie du brauchst«, sagte er auf der Türschwelle, während sie den schwarz glänzenden Hörer umklammerte. »Ist alles in Ordnung?«, fragte er freundlich und ging auf sie zu. Myriam ließ den Hörer sinken. »Ich schäme mich. Ich bin seit Stunden verschwunden. Meine Familie macht sich sicher Sorgen«, sagte sie.

Giovanni legte ihr sanft die Hand auf den Rücken.

»Wir verlieren alle mal die Orientierung, wenn der Schmerz übermächtig scheint.«

Giovanni, der nachdenklich vor sich hin gesehen hatte, blickte Myriam jetzt direkt an, eine der schönsten Frauen, die er je gesehen hatte, mit ihren riesigen meergrünen Augen und den weichen Lippen. »Bleib hier.«

»Bitte?«

»Arbeite als Hilfskrankenschwester. Wir haben nicht genug Personal, wir können jede helfende Hand gebrauchen. Wenn du die Grausamkeit des Krieges lindern willst, dann hilf uns, diejenigen zu pflegen, die Hilfe brauchen. Und vielleicht kommt für dich irgendwann der Tag der Rache.«

Myriam richtete sich auf und verschränkte die Arme. »Was meinst du damit?«

Giovanni räusperte sich: »Früher oder später werden die Alliierten bei uns einmarschieren, so viel ist sicher. Die Deutschen wollen aus uns Schlachtvieh machen, mit Unterstützung der Faschisten, die ihnen schwanzwedelnd hinterherlaufen. Aber wir werden das nicht zulassen.«

Myriam wich einen Schritt zurück. »Wer, wir?«

»Alle, die die Freiheit lieben«, antwortete er und schaute ihr forschend in die Augen, um zu sehen, ob sie verstand. »Es ist deine Entscheidung. Wenn du möchtest, kannst du morgen anfangen. Frag nach mir oder nach der Oberschwester: Die weiß, was zu tun ist. Was den Rest angeht, kannst du jederzeit zu mir kommen, dann werde ich dir sagen, was es zu wissen gibt. Aber jetzt mach deinen Anruf, ich muss zu meinen Patienten zurück.« Er wandte sich zum Gehen und ließ Myriam im Halbdunkel des Zimmers vor dem Telefon zurück. Während sie wählte und mit leiser Stimme in den Hörer sprach, hielt er auf der Türschwelle noch einmal kurz inne, wandte sich um, betrachtete ihre Silhouette.

Diana riss die Tür auf und funkelte ihre Schwester wütend an: »Wo zum Teufel warst du?«

Myriam winkte Andrea zum Abschied, der sofort weiterfuhr. Sie hatte sich doch nicht getraut, ihre Mutter anzurufen, sondern hatte stattdessen Andrea gebeten, sie abzuholen. Sie schob sich an Diana vorbei ins Haus. »Ich bin müde, ich möchte jetzt nicht darüber reden.«

»Natürlich, die Prinzessin hat jetzt keine Lust zu reden! Aber bis spätabends herumstreunen, das kannst du!«

Beklommen ging Myriam in Gästezimmer, wandte sich aber dann doch noch einmal um. »Das sagst ausgerechnet du! Du hast doch immer nur gemacht, was du wolltest, und hast dich einen Dreck um die anderen geschert! Du bist die Letzte, die mir Vorwürfe machen sollte.«, donnerte sie und wollte gerade in ihrem Zimmer verschwinden, als plötzlich ihre Mutter vor ihr stand.

Sogleich senkte sie den Blick. »Es tut mir leid, dass ich euch Sorgen gemacht habe. Ich habe mich verlaufen. Zum Glück habe ich einen freundlichen Arzt getroffen, der mich mit ins Krankenhaus genommen hat, von wo ich euch anrufen konnte.«

Eva sah sie aufmerksam an, während Diana mit theatralischem Türenknallen in ihrem Zimmer verschwand. »Myriam«, sagte sie leise. Am liebsten hätte sie ihre so leidende Tochter in den Arm genommen und ihr gesagt, dass der Schmerz mit der Zeit nachlassen würde; aber sie konnte sie nicht belügen. Sie streckte ihr die Hand hin und führte sie in die Küche. Es war inzwischen tiefe Nacht, Lia und die Kleinen waren bereits zu Bett gegangen, und auch Micol hatte sich auf ihr Zimmer zurückgezogen. Auf dem Tisch stand das Frühstück für den nächsten Morgen, Micol hatte es mit einem Baumwolltuch abgedeckt. Eine Feigentarte, Violas Lieblingskuchen aus dem Rezeptbuch ihrer Mutter. »Setz dich, dann können wir reden«, forderte Eva sie auf und goss Milch in einen Topf. »Möchtest du ein Stück?« Sie hob das Geschirrtuch etwas an, damit Myriam den Kuchen sehen konnte. »Ich gebe noch einen Löffel Honig dazu, dann wird der Schlaf schon kommen, oder?«

Myriam nickte und nahm die Dose mit dem Firmenlogo vom Fensterbrett. »Dann brauchen wir aber auch ein paar Kekse. Marisol hat uns abends immer so viele gegeben, dass Diana und ich oft mit Bauchweh ins Bett gegangen sind.«

Eva lächelte, füllte die Milch in zwei Tassen und gab zwei Esslöffel Honig dazu. »Als Kinder wart ihr echte Leckermäuler. Und was Diana angeht …«

»Ich werde mich morgen bei ihr entschuldigen«, fiel Myriam ihr ins Wort. Sie faltete die Hände auf der dunklen Tischplatte. »Ich weiß, dass ich nicht so hätte reagieren sollen, aber sie versteht einfach nicht, wann es genug ist. Ich habe so oft versucht, ihr zu erklären, wie ich mich fühle, aber das interessiert sie überhaupt nicht. Ihrer Meinung nach sollte ich Giovanni einfach vergessen und mein Leben weiterleben, als ob nichts passiert wäre. Diana begreift einfach nicht, dass manche Menschen nicht so leicht mit gewissen Dingen fertigwerden. Sie hat eine sehr egoistische Sicht auf die Welt, und wer sie nicht so sieht wie sie, liegt in ihren Augen falsch.«

Eva brach einen Keks in der Mitte durch und legte ihn wieder auf die Serviette. »Ich weiß, dass Diana nicht immer einfach ist, aber sie liebt dich wirklich, auf ihre Weise.«

»Ich will auch anfangen, die Dinge auf meine Weise zu machen«, entgegnete Myriam und dachte an die letzten Stunden zurück, an ihr Treffen mit Giovanni und sein merkwürdiges Angebot. Sie war selbst überrascht, wie natürlich sich alles zwischen ihnen entwickelt hatte. Sie hatten einander sofort vertraut.

»Was meinst du damit, du willst die Dinge auf deine Weise machen? Willst du wieder anfangen zu arbeiten? Wenn du möchtest, kann ich mich bei Freunden umhören, es wird sich sicher etwas finden. Oder du fängst bei uns in der Firma an. Damit würdest du mich sehr glücklich machen.«

Myriam legte den Kopf schief und biss in einen Keks. »Danke für das Angebot, aber die Firma ist nichts für mich. Das weißt du ebenso gut wie ich«, sagte sie vorsichtig und dachte an Giovannis Angebot. Die Vorstellung, Teil eines großen Ganzen zu werden, gefiel ihr. Es wäre viel bedeutsamer als alles, was sie bisher getan hatte. Natürlich wäre Giovanni, ihr Giovanni, nicht mehr an ihrer Seite, um sie zu beschützen. Aber vielleicht war jetzt die Zeit gekommen, auf eigenen Füßen zu stehen.

»Schluss mit dem Artikelschreiben, es ist Zeit zu handeln«, entschied sie am nächsten Morgen, als sie mit angezogenen Knien im Bett saß und den Sonnenaufgang betrachtete.

Sie spritzte sich kaltes Wasser ins Gesicht und zog sich rasch an, schob einen Entschuldigungsbrief unter der Tür ihrer Schwester durch und ging in die Küche, wo sie mit Micol eine Tasse Ersatzkaffee trank, dann verließ sie das Haus.

Wenige Minuten später radelte sie durch die stillen Straßen der Stadt in Richtung Fluss. Sie trat kräftig in die Pedale, der Himmel war golden und ließ sie den Krieg für kurze Zeit vergessen. Einen Moment lang, in der vollkommenen Stille des frühen Morgens, hatte sie das Gefühl, dass es noch Schönheit gab. Doch als sie nur einen Augenblick später in der Ferne den dunklen Umriss eines Militärlasters sah, zog sich ihr Magen zusammen.

Nein, der Krieg war hier, er lauerte hinter jeder Ecke, hinter den Fensterscheiben der Häuser. Er war in den traurigen Augen der Frauen zu sehen, die um ihre Männer weinten, in den immer wieder geflickten Hosen der Kinder.

Sie trat in die Pedale, fuhr, begleitet von Vogelgezwitscher, direkt auf den Fluss zu, an den noch verwaisten

Straßenbahnschienen entlang und über die Brücke, die die Insel mit der Stadt verband. Dort stieg Myriam mit geröteten Wangen und völlig außer Atem ab. Der Weg war lang. Sie ließ das Rad neben dem Seiteneingang stehen, den sie auch am Vorabend benutzt hatte, und ging hinein. Eine Schwester mit auffallend heller Haut und himmelblauen Augen kam sofort optimistisch lächelnd auf sie zu.

»Guten Morgen, Schwester«, stammelte Myriam. »Ich suche die Oberschwester oder Doktor Guida. Wissen Sie, ob sie im Dienst sind?«

Die Frau musterte sie von oben bis unten, ihr Lächeln erlosch.

»Einen Moment«, sagte sie und entfernte sich mit kleinen Schritten. Myriam wartete eine ganze Weile und gerade als sie sich fragte, ob sie überhaupt noch einmal zurückkommen würde, tauchte die Schwester mit einem freundlichen Lächeln wieder auf.

»Bitte, kommen Sie mit.«

Myriam folgte ihr durch dieselben Gänge wie am Vorabend, nur in einer gänzlich anderen Verfassung. Sie hatte die ganze Nacht über das Geschehene nachgedacht, über ihr schicksalhaftes Zusammentreffen mit Giovanni. Und über ihr Bedürfnis, sich nützlich zu machen, Teil eines Prozesses zu werden, von dem erst die Geschichte zeigen würde, ob er gut war.

»Hier entlang, bitte«, sagte die Schwester und führte sie auf die Station, die ganz anders aussah als noch vor wenigen Stunden. Die großen Räume waren voller Patienten, zahlreiche Ärzte und Schwestern liefen geschäftig umher, schoben kleine Rollwagen, wechselten Verbände, maßen Fieber und gaben Medikamente aus.

Unablässig eilten sie von einem Patienten zum nächsten, ohne auch nur die Zeit zu haben, sich die Haube auf dem Kopf zu richten.

Myriam betrachtete alles aufmerksam und versuchte, jedes Detail des geordneten Durcheinanders um sie herum in sich aufzunehmen. Gleichzeitig beobachtete sie ihre Begleiterin, die sich mit kleinen Schritten und vor der Brust gefalteten Händen durch die Menge bewegte, wobei sie immer wieder das Holzkreuz, das um ihren Hals hing, berührte.

»Sie sind also die junge Dame, auf die wir gewartet haben«, begrüßte sie eine kleine Frau, fast zwei Köpfe kleiner als die Schwester, die Myriam begleitet hatte. Sie übergab einem jungen sommersprossigen Mädchen eine Karteikarte und wandte sich dann wieder an Myriam: »Guida hat mir von dir erzählt.«

Myriam senkte den Blick.

»Habe ich etwas Falsches gesagt?«, fragte die Frau und rückte die Brille vor ihren kleinen dunklen Augen zurecht. Myriam schüttelte den Kopf.

»Nein, überhaupt nicht. Es ist nur alles so neu für mich.«

»Das kann ich mir vorstellen.« Sie nahm die Brille ab und putzte die Gläser mit dem Ärmel ihrer Schwesterntracht. »Ich bin die Oberschwester. Alle Krankenschwestern, auch die Schwesternschülerinnen, unterstehen mir. Ich werde dich Livia anvertrauen, der besten Schwester, die wir haben. Sie wird dir erst mal alles beibringen, was du wissen musst, bevor sie an die Front geschickt wird. Ich hoffe, das wird noch eine Weile dauern«, schob sie hinterher, während sie gedankenverloren auf dem Bügel ihrer Brille herumkaute. »Und nun geh zu ihr, sie wird dir sagen, was zu tun ist«, fügte sie hinzu und deutete auf eine junge Frau, die gerade eine übel aussehende Wunde versorgte. Myriam ging langsam auf sie zu, voller Neugier, aber auch voller Furcht, zur Last zu fallen.

»Du bist die Freundin von Giovanni, nicht wahr?«, fragte Schwester Livia, während sie die Hüfte des Patienten verband, der vor Schmerzen die Zähne zusammenbiss und die Finger ins Kissen bohrte. »Er hat schon viel von dir erzählt.«

»Ehrlich gesagt kenne ich ihn erst seit gestern. Er hat mir in einer schlimmen Lage geholfen und mir vorgeschlagen hierherzukommen. Ich möchte mich nützlich machen, etwas Sinnvolles tun.«

Die Schwester lächelte sie an. »Dann bist du hier richtig.« Sie hatte große dunkle Augen, die Myriam gütig anblickten. »Ich bin hier fertig, wir können sofort los. Ich zeige dir, wo du dich umziehen kannst, dann kannst du gleich anfangen.«

Myriam wich einen Schritt zurück. »Jetzt gleich?«

»Der Krieg wartet nicht, Liebes. Je früher du anfängst, desto besser. Komm mit«, forderte sie Myriam auf, und die folgte ihr durch die Flure, durch die verschiedenen Abteilungen und schließlich in den Keller, wo sich die Umkleideräume für das Personal befanden. Sie hatte Mühe, sich alles zu merken.

Das ist ja das reinste Labyrinth, dachte sie, während Livia wieder in einen neuen Gang einbog und schließlich die Tür ganz am Ende öffnete.

»Hier entlang, komm.« In einem kleinen Zimmer blieb sie stehen und reichte ihr einen Schlüsselbund und zwei komplette Schwesterntrachten. »Die sind für dich, die musst du im Dienst tragen. Und wasche und bügele sie sorgfältig, sonst schmeißt dich die Oberschwester sofort raus. Wir Schwestern sollen immer perfekt aussehen. »Hier sind die Toiletten und die Duschen«, fügte sie hinzu und deutete auf einen weiteren Raum.

Myriam nickte, aber sie wusste schon jetzt, dass sie den Rückweg alleine nicht finden würde, und so bat sie Livia zu warten und zog sich rasch um. Dann gingen sie gemeinsam auf die Station zurück.

»Später kommt Giovanni, er hat Nachtdienst. Er wird sich freuen, dich zu sehen«, meinte Livia und schaute sie aufmerksam an.

Myriam musterte ihre dunklen Augen, die eine gewisse Melancholie verrieten. »Ich möchte gerne helfen, und soweit ich es verstanden habe, bist du die Beste, von der ich lernen kann. Alles andere ist Nebensache«, sagte sie und zwinkerte ihr zu, bevor sie weitergingen.

4

Diana drehte sich auf die Seite, zu dem halb geöffneten Fenster. Von draußen war das Rascheln der letzten Herbstblätter zu hören. Nachdenklich stützte sie den Kopf auf die Faust. »Myriam überzeugt mich nicht.«

Andrea fuhr sich mit der Hand über das Gesicht und wandte sich zu ihr. Er lächelte. Er hatte sich gleich vom ersten Tag an, als er Diana das erste Mal in der Firma gesehen hatte, in sie verliebt, und das Gefühl war mit jedem Mal, wenn er mit ihr sprach, stärker geworden, bis es schließlich vollends entflammt war. Es war eher zufällig geschehen: Sie war damals sehr traurig gewesen, und er war der Richtige, um sie wieder zum Lachen zu bringen: ein Spaziergang in der Stadt, ein Ausflug ans Meer, ein Abendessen im Mondschein. Ein Lächeln, ein Kuss und dann die Liebe: die echte, intensive Liebe, die einem den Atem raubte.

Er betrachte ihren sanft geschwungenen Rücken, die Rippen, die sich unter der schneeweißen, mondbeschienenen Haut abzeichneten, und schmiegte sich an sie, was Diana mit einem wohligen Seufzer quittierte. »Was meinst du damit?«

Diana schnaubte: »Ich weiß nicht, aber dass sie ernsthaft als Krankenschwester arbeiten will, nehme ich ihr nicht ab. Meine Mutter war natürlich begeistert, sie hat es schon überall rumerzählt, aber wenn du mich fragst, steckt irgendwas anderes dahinter.«

»Das ist alles?«

Sie seufzte und schaute ihn an. »Nein«, gab sie zu. »Seit meine Schwester in diesem verfluchten Krankenhaus arbeitet, kann ich nicht mehr mit ihr reden. Allein schon durchzublicken, wann sie zu Hause ist und wann nicht, ist ein Ding der Unmöglichkeit!«

Andrea lächelte und nahm ihr Gesicht zwischen seine Hände, dieses zierliche Oval, hinter dem sich so viele widersprüchliche Gefühle verbargen, so viele Gegensätze, so viel Weiblichkeit und gleichzeitig eine Härte, die er schon allzu oft zu spüren bekommen hatte. »Gib ihr Zeit. Immerhin hat sie ihren Mann verloren.«

»Das ist ja nicht einmal sicher.«

»Stimmt. Aber vielleicht ist es besser, wenn sie sich keine unnötigen Hoffnungen macht«, entgegnete er. »Myriam braucht nur ein bisschen Zeit, dann ist sie wieder ganz die Alte.«

Diana schüttelte den Kopf und schmiegte ihre Wange in seine Hand. Sie schloss die Augen, aber Andrea spürte, dass sie keine Ruhe fand. »Vielleicht hast du recht, aber im Moment sind eben so viele Dinge nicht so, wie sie sein sollten.«

»Zum Beispiel?«

Sie öffnete die Augen. »Das Caffè Borghi. Meine Mutter hat sich in den Kopf gesetzt, diese neue Bäckerei zu eröffnen. Keine Ahnung, was sie sich davon erhofft.« Sie fuhr sich mit der Zunge über die Lippen und wartete, dass er etwas sagte, aber Andrea schwieg. »Du sagst ja gar nichts.« Sie rückte von ihm ab. »Wenn ich es recht überlege, hast du überhaupt noch nichts dazu gesagt, von Anfang an nicht.«

Er atmete tief durch. Er hatte Eva versprechen müssen,

über ihre Pläne Stillschweigen zu bewahren, denn sie wusste, dass ihre Tochter alles tun würde, um die Eröffnung der neuen Bäckerei zu verhindern, für die er die Verantwortung übernehmen sollte. Er sah eine Weile in Dianas Augen, deren Farbe zwischen Schokoladenbraun und Gold changierte, dachte an die vielen Male, in denen sie sich schon mit Tränen der Freude, aber auch der Wut gefüllt hatten. »Ich weiß ja, wie schwierig die Beziehung zwischen dir und deiner Mutter manchmal ist, da vermeide ich das Thema lieber. Du bist der wichtigste Mensch in meinem Leben, aber deine Mutter ist meine Chefin.«

Sie nickte, doch ihr Blick verriet, dass seine Antwort sie nicht zufriedenstellte. »Gut, dann weiß ich ja jetzt, auf wessen Seite du stehst, falls du dich entscheiden müsstest.« Ihr Tonfall hatte sich verändert.

»So weit sind wir schon?«

Sie wandte sich ab und sah aus dem Fenster, durch das ein Ausschnitt der Stadt zu sehen war. »Lassen wir das«, antwortete sie knapp und schlang ihre Arme um sich, während er neben ihr auf dem Rücken lag und sich die Vorahnung in ihm breitmachte, dass ein Unwetter im Anzug war.

5

Die Tür stand offen, überall im Raum waren Bauschutt und Staub, der Boden war von Farbflecken übersät. In einer Ecke klopfte ein Arbeiter eine Wand auf, während die gegenüberliegenden Wand gestrichen wurde.

»In diesem Tempo schaffen wir das nie.«

Andrea wandte sich an Eva und räusperte sich. »Ich weiß, dass du nicht zufrieden bist, aber einige Umbauten haben länger gedauert als erwartet, und wie du siehst, sind die Arbeiter, die ich auftreiben konnte, nicht mehr die jüngsten.« Er deutete auf zwei Männer, die schon zu alt waren, um noch eingezogen zu werden.

Eva wirkte müde. »Das sehe ich.« Sie bahnte sich einen Weg durch den Staub. Als die Arbeiter sie sahen, nahmen sie ihre Papierhüte ab, die sie vor Farbspritzern schützten. »Arbeiten Sie ruhig weiter, kümmern Sie sich nicht um mich«, sagte sie zu den Männern, denen es sichtbar schwerfiel, ihr Folge zu leisten. Ihr himmelblauer Mantel zwischen den nackten Wänden und das Klappern der Absätze schrien förmlich nach Aufmerksamkeit.

»Morgen werden die Öfen geliefert«, erklärte Andrea. »Wir stellen sie hierhin, wo unser Freund so tut, als würde er streichen.« Er deutete auf die weiße Wand.

»Ich nehme an, sie waren teuer.«

»Falsch«, konterte er, »ich habe sie zum Sonderpreis bekommen. Ich kenne jemanden, der seinen Betrieb schließen musste und sie mir für die Hälfte des Marktpreises verkauft hat.« Eva blickte sich um.

»Morgen? Bist du sicher, dass dieses Chaos bis dahin beseitigt ist?«

»Worauf Sie sich verlassen können, Signora«, antwortete einer der Arbeiter, der ältere der beiden. »Wir sind anständige Handwerker, wir wissen, was wir tun«, fügte er empört hinzu.

Eva wechselte einen Blick mit ihrem Geschäftspartner, dann gab sie ihm ein Zeichen, dass er ihr folgen solle, und führte ihn in das ehemalige Lager des Cafés, in dem die Arbeiter ihre persönlichen Sachen und die Farbe aufbewahrten. Der Raum war klein und feucht, eine alte Lampe an der Decke verbreitete ein spärliches Licht, aber nur hier konnten sie frei reden. Eva schaute sich um und begann, auf und ab zu gehen. »Ich muss mit dir reden.«

»Worum geht's?«

»Um diesen Ort und um das hier.« Sie holte einen Brief aus ihrer Tasche. Andrea kniff die Augen zusammen, um den Absender zu erkennen, aber Eva steckte ihn sofort wieder ein. »Er ist von meinem Sohn Gabriel.«

»Verstehe«, sagte er und runzelte die Stirn. »Kommt er zurück?«

»Nein, leider nicht. Sosehr er es sich auch wünscht.«

»Worum geht es dann? Ich verstehe nicht recht.«

Einer der Arbeiter betrat den Raum und fragte, ob er sich umziehen und nach Hause gehen dürfe. »Ich bin für heute fertig«, sagte er.

Eva nickte und verließ das Lager, dann blieb sie vor dem Schaufenster stehen, das zur Hälfte mit Zeitungspapier beklebt war, um die neugierigen Blicke der Passanten abzuhalten. Wie jeden Nachmittag waren Mütter mit Kinderwagen unterwegs, und Soldaten patrouillierten in den Straßen. Es war immer noch warm, obwohl es schon November war.

»Ich möchte wissen, ob auch du deinen Beitrag leisten willst. Aktiv. Ich habe dich gebeten, mir die Papiere zu besorgen, und das hast du gemacht. Aber jetzt bitte ich dich, diese Leute einzustellen und hier im Laden zu beschäftigen. Als Geschäftsführer nimmst du damit eine gewisse Verantwortung auf dich.«

Andrea schob die Hände in die Hosentaschen und trat neben Eva an das Fenster. Er sah vor sich hin und zog die Nase hoch. »Habe ich je einen Rückzieher gemacht?«

»Nein, aber diesmal ist es anders.«

Er zuckte mit den Schultern. »Du weißt, dass ich keine Angst vor den Faschisten habe.«

»Vielleicht solltest du das aber. Und ich auch«, sagte sie leise. »Der Brief, den ich von Gabriel bekommen habe, hat mich sehr wütend gemacht.«

»Warum?«

»Weil er darüber nachdenkt, seine Verlobung mit Rachele zu lösen. Er hat in dem Dorf, in dem er stationiert ist, eine junge Frau kennengelernt. Sie heißt Maria Vardalos und ist die Tochter eines Musiklehrers.«

»Und das gefällt dir gar nicht, nehme ich an.«

»Nein, es gefällt mir nicht. Rachele ist nicht mit ihrer Familie nach Argentinien gegangen, weil sie bei Gabriel bleiben wollte. Sie hat auf eine sichere und ruhige Zukunft verzichtet, weit weg von diesen verrückten Nazis, nur um bei ihm zu bleiben. Und wie dankt mein Sohn es ihr? Er lässt sich von einem Mädchen, das er gerade erst kennengelernt hat, den Kopf verdrehen. Ich hätte nie gedacht, dass er ein solcher Egoist ist.«

»Ist es nicht besser, als wenn er Rachele vormachen würde, dass er sie noch liebt?«

Eva schüttelte den Kopf und presste die Lippen aufeinander. »Rachele ist Jüdin, sie macht gerade eine schlimme Zeit durch. Und er benimmt sich wie ein frisch verliebter Backfisch.«

Andrea senkte den Blick auf die noch schmutzigen Fugen am Boden, dann lächelte er. »Du fühlst dich Rachele gegenüber schuldig, nicht wahr?«

»Wie könnte ich auch nicht? Sie hätte sich retten können.«

»Hast du Gabriel zurückgeschrieben?«

»Und ob! Dem habe ich gehörig den Kopf gewaschen. Wenn er meint, er könnte den Don Giovanni spielen, dann hat er sich geschnitten.«

Andrea versuchte, sich seine Erheiterung nicht allzu sehr anmerken zu lassen. »Ich wage mir den Brief gar nicht vorzustellen.«

»Ich habe ihm lediglich geraten, keine Dummheiten zu machen und keine voreiligen Entscheidungen zu treffen, die er hinterher bereuen wird.«

»Das geht ja noch.«

»Na ja, ich habe ihm natürlich nicht geschrieben, dass ich vorhabe, Rachele zu bitten, nach Rom zu kommen. Aber mein Sohn muss ja auch nicht alles wissen.«

»Du willst sie bitten herzukommen? Bist du sicher?«

»Natürlich«, sagte sie und straffte den Rücken. »Und hier kommst du ins Spiel.«

Andrea fuhr herum. »Ich?«

»Du hast mich sehr wohl verstanden, tu nicht so. Ich brauche dich. Du musst sie hier in der Bäckerei beschäftigen, und mit ihr so viele Leute wie möglich. Wir müssen diesen Menschen helfen. Ich fürchte, uns steht großes Unheil bevor.« Eva hielt inne, um Atem zu holen. Er war kein Kind mehr, sondern ein Mann, und gemeinsam hatten sie bereits viele Herausforderungen gemeistert und genauso viele Erfolge gefeiert. Dieses Mal aber verlangte sie etwas von ihm, was weit über seine sonstigen Aufgaben hinausging. Sie legte ihre Hand auf seine. »Ich weiß, dass ich viel von dir verlange. Hier geht es nicht darum, eine Zuckerlieferung aus Kuba einzuschmuggeln und Beamte zu schmieren. Ich wage gar nicht, mir vorzustellen, was passieren wird, wenn man uns entdeckt, aber wir müssen das Risiko eingehen. Ich kann die Vorstellung nicht ertragen, dass mein Neffe Mosè oder irgendjemand in eines dieser Lager gebracht wird.«

Andrea senkte den Blick und dachte an Diana. Sie würde seine neue Aufgabe nicht gutheißen. »Wir spielen also um alles oder nichts.«

»Darunter mache ich es nicht. Das weißt du doch.«

Er lächelte. Ja, das wusste er. »Dann ist es beschlossene Sache. Ich werde mich umhören. Hier sind wir ja bald fertig, es fehlt nicht mehr viel.« Er betrachtete die frisch gestrichenen Wände und stellte sich vor, wie es nach Abschluss der Arbeiten aussehen würde. Vom Caffè Borghi war nichts mehr geblieben, von der alten Herrlichkeit einer in der ganzen Stadt bekannten und angesehenen Familie, von den Kronleuchtern aus Muranoglas und der Einrichtung im Liberty-Stil. *Es ist Krieg, für Leichtigkeit ist kein Platz mehr*, dachte er, dann begleitete er Eva nach draußen, sah sich ein letztes Mal um und stieg ins Auto.

6

Mit einem hellen Pfiff kündigte der Zug seine Ankunft im Bahnhof an. Auf dem Bahnsteig stand Eva, an ihrer Seite Myriam, die gerade ihre Nachtschicht im Krankenhaus beendet hatte. Myriam gähnte. Die Arbeit war schwer, und oft hatte sie nach ihrer Schicht starke Rückenschmerzen, aber sie hatte darauf bestanden, ihre Mutter zum Bahnhof zu begleiten.

»Ich brauche nur einen Kaffee oder zumindest etwas, was wie Kaffee aussieht«, hatte sie gesagt, als sie sich untergehakt auf den Weg gemacht hatten.

Der Himmel war klar, nicht das kleinste Wölkchen störte das perfekte Blau, das sich von Ost nach West erstreckte. Nur der Duft des feuchten Grases nach dem Regen der letzten Nacht verlieh der frischen Morgenluft eine herbe Note.

Myriam unterdrückte ein weiteres Gähnen und legte ihrer Mutter den Kopf auf die Schulter. »Rachele müsste jeden Moment aussteigen, oder?«

»Ja, mein Schatz.«

»Hoffentlich fühlt sie sich wohl bei uns.«

Eva lächelte und küsste sie auf die Haare. »Sind wir so schrecklich?«

»Nein, aber ich möchte nicht, dass es wieder zu solchen Spannungen kommt wie damals, als wir in das Limettenhaus gezogen sind.«

»Damals wart ihr Kinder. Jetzt seid ihr erwachsen«, winkte Eva ab. »Außerdem ist sie hier sicher besser aufgehoben als in Livorno. Racheles Familie ist schon vor einiger Zeit nach Argentinien ausgewandert. Als ich sie kontaktiert habe, hatte sie gerade ihren Job verloren.«

Myriam seufzte und fuhr sich mit den Fingern durchs Haar, das ihr bis auf die Schultern fiel. »Hoffen wir, dass sie hier rasch eine neue Arbeit findet.«

Eva drückte zur Bekräftigung die Hand ihrer Tochter. »Ich habe vor, sie bei uns in der Firma zu beschäftigen, wenn sie das möchte. Sie ist die Verlobte deines Bruders, und damit gehört sie zur Familie. Da ihre Eltern außer Landes sind, habe ich die Verpflichtung, mich um sie zu kümmern und sie zu beschützen«, erklärte sie. Sie löste sich von ihrer Tochter und ging mit raschen Schritten Rachele entgegen, die soeben aus dem Zug gestiegen war und sich suchend umsah. Unsicher umklammerte sie mit beiden Händen ihre Reisetasche.

Myriam folgte ihrer Mutter, trotz der schweren Beine und ihrer großen Müdigkeit.

»Hallo, Rachele, ich bin Myriam«, begrüßte sie die junge Frau. Als sie ihr die Hand entgegenstreckte, entdeckte sie unter den langen Wimpern unterschiedliche Augenfarben – das eine Auge war hellblau, das andere hellbraun.

»Es freut mich«, sagte Rachele lächelnd und nahm Myriams Hand. Sie war attraktiv, von schmaler Statur, mit langen Beinen und wohlgerundeten Hüften.

»Ich bin froh, dass du nun hier bist«, entgegnete Eva, »aber lasst uns zu Hause weiterreden, ja?«

Rachele nickte, und sie verließen den Bahnhof, vor dem Andrea mit dem Auto wartete. Er stieg aus und stellte sich vor, nahm Rachele das Gepäck ab und legte es in den Kofferraum.

»Ich hoffe, Rom wird dir gefallen«, sagte Eva nach kurzem Schweigen und drehte sich zu den beiden jungen Frauen auf der Rückbank um. »Als wir damals aus Kuba hierherkamen, konnten wir gar nicht genug staunen. Vor allem das Licht hat uns beeindruckt. Man sagt, das Licht in dieser Stadt sei anders, intensiver.«

»Das ist es«, stimmte ihr Rachele zu, die fasziniert aus dem Fenster sah. Sie betrachtete die Palmen zwischen den römischen Ruinen und nahm das Hoppeln des Autos auf dem Kopfsteinpflaster wahr, das zwischen den großen Häusern zu beiden Seiten ein Geflecht bildete. In der Luft lag der süßliche Geruch einer sonnenverwöhnten Stadt, die Frauen unterhielten sich von einem Balkon zum anderen.

»Es wirkt alles so fremd, aber doch vertraut«, stellte Rachele fest, während Myriam ihr die Geschichte der Stadtviertel erzählte, durch die sie fuhren. »Man könnte fast meinen, es gäbe den Krieg hier gar nicht.«

»Leider doch, aber er ist gut versteckt hinter der Schönheit, die der Fremde als Erstes wahrnimmt«, erklärte Myriam, während Andrea den Wagen vor dem Palazzo der Fontamaras parkte. Auf der Türschwelle warteten bereits Lia und die Mädchen, um den Neuankömmling zu begrüßen.

Sobald Rachele aus dem Auto gestiegen war, kamen ihr Clio und Viola entgegengerannt, um sich vorzustellen. Beiden verschlug es die Sprache, als sie die zweifarbigen Augen der jungen Frau sahen.

»Warum sind denn deine Augen unterschiedlich?«,

fragte Clio. Noch bevor Rachele antworten konnte, deutete Viola auf die junge Frau und erklärte ihrer Cousine im Brustton der Überzeugung: »Weil sie eine Fee ist! Nur Feen sehen so aus, das weiß doch jeder.« Alle lachten. Viola ging auf Rachele zu, und als diese sich zu ihr beugte, legte das Mädchen ihr die Hand ans Ohr und flüsterte: »Du bist eine Zauberin, oder? Du kannst es mir ruhig sagen, ich verrate es auch niemandem. Nicht mal Clio, und die ist meine beste Freundin.« Als Antwort gab Rachele ihr einen Kuss auf die Wange und strich ihr über den langen Zopf, während Lia den Mädchen einen Wink gab, dass es jetzt Zeit für die Schule war.

»Entschuldige«, sagte Lia, »aber wir müssen jetzt gehen. Die Schule fängt gleich an, und wir dürfen nicht zu spät kommen. Die beiden wollten dich nur unbedingt vorher kennenlernen, und ich natürlich auch.« Sie lächelte ihr zu und legte die Hände auf die Schultern der Mädchen, die sich nur widerwillig von ihr fortführen ließen.

Eva sah den dreien nach, bis sie um die Ecke verschwunden waren, dann ging sie Rachele voran ins Haus. Rachele wandte sich zu Andrea um.

»Kommst du nicht?«

»Das würde ich gerne, aber die rothaarige Dame da hätte sicher etwas dagegen«, erwiderte er und sah dabei Eva an, die drohend die Faust in die Hüfte stemmte.

»Was willst du damit sagen?«

»Dass ich gehen muss. Die Arbeit ruft«, rief er fröhlich und winkte, dann stieg er in den Wagen.

Rachele hob lächelnd die Hand und wandte sich dann zu Eva und Myriam, die auf der Schwelle stehen geblieben waren. Der Garten rund um das Haus beeindruckte sie, die vielen blühenden Pflanzen und die Bäume, die ihre letzten Blätter abwarfen. »Dieser Rosenbogen ist wunderschön. Was ist das da hinten für ein Baum?«, fragte sie und deutete auf eine große Kübelpflanze in einer Ecke.

»Ein Avocadobaum«, erklärte Myriam und bedeutete ihr, ihr ins Haus zu folgen. »Wir haben ihn aus Kuba mitgebracht. Gabriel hat dir sicher erzählt, dass wir alle dort geboren wurden.«

»Ja, natürlich. Er hat mir viel von euch erzählt.« Rachele wickelte gedankenverloren eine Haarsträhne um den Finger, während sie den Blick über den Fliesenboden des Wohnzimmers schweifen ließ, in das Eva sie geführt hatte.

»Ich habe Micol gebeten, deine Sachen in Gabriels Zimmer zu bringen. Du kannst dort wohnen, wenn du magst.«

»Sehr gerne. Ich weiß gar nicht, wie ich euch danken soll. Ihr seid alle so nett zu mir. Ich möchte euch nicht zur Last fallen«, fügte sie hinzu, worauf Eva sie unters Kinn fasste und ihr Gesicht anhob.

»Hör mir gut zu, Rachele. Du gehörst zur Familie«, erklärte sie machte eine ausladende Handbewegung, die Myriam mit einschloss. Sie hielt einen Moment inne, bis Micol die Schokoladenkekse serviert hatte, nahm sich einen und fuhr fort: »Außerdem habe ja ich dich gebeten, herzukommen. Ich bin dir etwas schuldig«, erklärte Eva und dachte an den letzten Brief ihres Sohnes. »Du hättest mit deiner Familie fortgehen können, doch stattdessen hast du dich entschieden, bei meinem Sohn zu bleiben. Und nun gehst du jeden Tag größere Risiken ein. Ich weiß, dass das Leben für dich als Jüdin nicht einfach ist.«

Rachele rührte mit dem Löffel in ihrer Tasse herum. »Nein, das ist es wirklich nicht.«

»Und deshalb möchte ich, dass du bei uns bleibst und uns als deine Familie betrachtest. Außerdem möchte ich dir einen Vorschlag machen.«

Myriam und Rachele hoben beide neugierig den Kopf. Eva schlug die Beine übereinander und sah zur Treppe, von der jetzt Schritte zu hören waren.

»Hallo, Diana«, begrüßte Myriam ihre Schwester, die im Morgenmantel und mit zerzaustem Haar, als sei sie gerade erst aufgestanden, hereinkam. Diana runzelte die Stirn, als sie die junge Frau erblickte, die neben ihrer Schwester auf dem Sofa saß, und nickte nur.

»Das ist Rachele, Gabriels Verlobte«, erklärte Myriam, doch Diana achtete gar nicht auf sie, sondern nur auf den ungewöhnlichen Blick der jungen Frau und runzelte die Stirn.

»Meine Güte«, murmelte sie leise, dann verschwand sie in der Küche.

Eva seufzte und fuhr sich mit der Hand über die Stirn, um ihre Verlegenheit zu verbergen, während Myriam Rachele eilfertig ein paar Kekse anbot.

»Du hast uns noch nicht gesagt, was du Rachele vorschlagen möchtest«, fügte sie hinzu, um die peinliche Stille zu durchbrechen.

»Das ist eigentlich ganz einfach: Willst du bei uns in der Firma arbeiten, Rachele?«

»Wie bitte?«, sagte Rachele erstaunt, während Eva einen Schluck Schokolade trank.

»Ich nehme an, Gabriel hat dir von der Firma erzählt?«

»Ja, schon, aber …«

»… aber du weißt nicht, dass ich sie gerade vergrößere und Personal brauche.«

»Du vergrößerst sie?« Nun war auch Myriam überrascht.

»Genau. Die Pregiata Forneria Principi wurde als ›kriegswichtig‹ eingestuft, und bald werden wir neue Aufträge bekommen. Deshalb habe ich das Caffè Borghi in eine Bäckerei umbauen lassen«, fügte sie hinzu, aber Myriam seufzte und schüttelte den Kopf. »Stimmt etwas nicht?«

»Doch, alles in Ordnung«, log sie. Sie lächelte Rachele zu, die Evas Angebot erfreut annahm. Sie selbst aber dachte voller Sorge an Diana und an die neuerlichen Spannungen zwischen ihr und ihrer Mutter, zu denen das zwangsläufig führen würde. *Zum Glück habe ich das Krankenhaus und bin aus der Schusslinie*, dachte sie, als sie erschöpft auf ihr Zimmer ging, um sich hinzulegen. Kaum hatte sie die Augen geschlossen, klopfte es an der Tür.

»Herein«, rief sie und drehte sich auf die Seite, als Diana zur Tür hereinschaute.

»Schläfst du?«

»Ich versuche es. Was ist los?«

Ihre Schwester kam herein und ließ sich neben ihr aufs Bett fallen. »Ich habe Angst, Myriam«, sagte sie. Myriam setzte sich auf.

»Wovor?«

Diana senkte den Kopf und nestelte an dem Band herum, das Micol ihr in ihren französischen Zopf eingeflochten hatte, um den sie sie heute Morgen gebeten hatte. »Ich habe Angst, dich wieder zu verlieren. So wie damals wegen Angela«, gab sie zu. »Ich musste mich daran gewöhnen, dass du dein eigenes Leben hast, dass du einen Ehemann hast und zwischen Frankreich und Italien pendelst. Aber jetzt, wo du wieder hier bist, ist alles … anders«, flüsterte sie und suchte nach den richtigen Worten, um sie nicht zu verletzen. »Und schon taucht wieder jemand anders auf.«

»Rachele ist nicht irgendjemand, sie ist die Verlobte deines Bruders.«

»Schon, aber was wissen wir schon von ihr?«

Myriam lächelte und sah sie an. Es waren Jahre vergangen seit den Wirren der Jugendtage, seit dem Schmerz darüber, wie ihre symbiotische Beziehung durch die Last eines Lebens voller Veränderungen immer mehr Brüche bekam, doch es rührte sie zu sehen, dass Diana sich trotz der Schminke und der eleganten Kleidung nicht verändert hatte. Sie war noch immer das eifersüchtige und etwas egoistische kleine Mädchen von einst. Myriam fuhr sich nachdenklich mit der Zunge über die Lippen, von draußen waren die gedämpften Stimmen von Rachele und Lia zu hören, ihre Tante führte sie gerade durchs Haus. »Wir wissen, dass sie aus Liebe zu Gabriel alles aufs Spiel gesetzt hat, sogar ihr Leben. Das reicht doch, oder?«

Diana sah ihre Schwester an, goldene Staubpartikel tanzten in der Luft. Dann wandte sie den Blick ab. »Nein, für mich nicht.«

7

Lia goss den Kaffee ein und reichte Rachele die Tasse.

»Was muss ich machen, damit du den Kaffeesatz lesen kannst?«

»Überleg dir eine Frage oder einen Wunsch, aber nur einen, und denk ganz fest daran. Trink den Kaffee, bis du den Satz zwischen den Zähnen spürst. Dann legst du die Untertasse auf die Tasse, drehst das Ganze ein paarmal auf den Kopf und wieder zurück und stellst die Tasse dann vor mich auf den Tisch.«

Rachele legte die Hände um das warme Porzellan, fixierte ihren Gedanken in der dunklen Flüssigkeit und begann mit kleinen Schlucken zu trinken. Sie folgte Lias Anweisungen genau, stellte dann die Tasse ab und knetete nervös die Finger.

Lia betrachtete das Ergebnis aufmerksam und schüttelte dann den Kopf. »Unmöglich«, sagte sie, lächelte verlegen und stand auf.

»Hast du etwas Schlimmes gesehen?«, fragte Rachele. Unterdessen lagen Clio und Viola auf dem Teppich vor dem lodernden Kamin, lasen ein Buch und aßen dabei die Kekse, die Eva nicht verkaufen konnte, weil sie misslungen waren, und die sie oft für die Mädchen und ihre Schulkameradinnen mit nach Hause brachte.

Lia schaute aus dem Fenster. Es regnete schon seit der vergangenen Nacht ununterbrochen. »Nein«, begann sie langsam. »Nur eine Mahnung, dass du aufpassen sollst mit dem, was du dir wünschst, und mit den Entscheidungen, die du triffst oder schon getroffen hast«, fügte sie ausweichend hinzu.« Rachele schüttelte den Kopf und versuchte die Tränen zurückzuhalten.

»Es geht um Gabriel, nicht wahr?«, fragte sie Lia, aber in diesem Augenblick trat Myriam ein und informierte ihre Tante, dass Eva sie am Telefon sprechen wolle.

»Entschuldige«, sagte Lia, eilte aus dem Zimmer und ließ die beiden anderen mit den Mädchen zurück.

»Ist alles in Ordnung?«, fragte Myriam und beugte sich zu Rachele, die das Gesicht in den Händen vergrub.

»Nein, nichts ist in Ordnung!«, rief sie mit tränenerstickter Stimme. »Deine Tante hat mir aus dem Kaffeesatz gelesen.«

Erst jetzt bemerkte Myriam die Tasse und senkte den Kopf. »Meine Tante hat das schon sehr lange nicht mehr gemacht, vielleicht ist sie ein bisschen eingerostet und hat etwas verwechselt«, versuchte sie sie zu beruhigen, aber Rachele schüttelte den Kopf.

»Das ist es nicht«, sagte sie leise und tupfte sich die Tränen aus den Augen. »Ich habe schon lange ein komisches Gefühl, der Kaffeesatz ist nur die Bestätigung.«

»Was meinst du damit?«

»Gabriel«, sagte sie und starrte auf die Tasse. »Ich schreibe ihm fast jeden Tag, aber er antwortet seit Wochen nicht mehr. Erst dachte ich, ihm sei etwas passiert, aber seit ich von deiner Mutter erfahren habe, dass sie Briefe bekommt, weiß ich, dass hinter seinem Schweigen etwas anderes steckt.«

»Wenn sich seine Gefühle für dich verändert hätten, hätte er doch nicht zugelassen, dass meine Mutter dich zu uns holt, meinst du nicht?«

»Doch, das hätte er. Du weißt vielleicht nicht, wie dein Bruder jetzt ist.«

Myriam runzelte die Stirn. »Wie ist er denn?«

»Gut«, antwortete Rachele beinah flüsternd und schluchzte. »So gut, dass er mich in Sicherheit wissen will, auch wenn er mich nicht mehr liebt. Denn ich spüre, dass etwas nicht stimmt. Und wie deine Tante sich eben verhalten hat, hat meinen Verdacht nur bestätigt.«

Myriam seufzte und ließ sich tiefer in das Sofa sinken. »Wie kannst du dein Glück von einer Tasse Kaffee abhängig machen? Das ist völlig irrational!«

»Aber alle sagen, Lia sei die beste Kaffeesatzleserin der Stadt.«

»Weil es keine andere gibt«, stellte Myriam klar. »Und wenn du wirklich wissen willst, ob deine Zweifel berechtigt sind, dann schreibe ihm ein paar Zeilen, und wir schicken sie zusammen mit unserem nächsten Brief an meinen Bruder. Lass nicht zu, dass die Entfernung eure Liebe schmälert.«

»Mir fehlt unser gemeinsames Leben, die Spaziergänge, das Lachen, unsere Zukunftspläne, seine Umarmungen. Alles scheint so leer, seit er nicht mehr da ist«, flüsterte Rachele. Myriam nahm ihre Hände und schenkte ihr ihr sanftestes Lächeln.

»Ich weiß, wie du dich fühlst. Aber weißt du, vielleicht kommen dir eines Tages selbst Zweifel an der Beziehung zu meinem Bruder. Vielleicht triffst du jemand anderen, der in dir die Leidenschaft weckt, die jetzt in so weite Ferne gerückt scheint. Und du wirst dich verloren fühlen, und verwirrt, sehr verwirrt.«

»Du sprichst jetzt von dir, oder? Und von diesem Arzt,

von dem du mir letzten Sonntag beim Frühstück erzählt hast.«

»Vielleicht«, sagte Myriam und lächelte. »Vielleicht spreche ich auch von allen, die der Krieg getrennt hat.«

Sie ließ resigniert die Schultern sinken, während Racheles Hände sich fester um ihre schlossen. »Ganz gleich, wie verwirrt man ist, man muss sich immer treu bleiben«, fuhr Myriam fort. »Meine Mutter sagt immer, dass es keinen richtigen oder falschen Weg gibt, wichtig ist nur, dass wir uns entscheiden. Ich glaube, sie hat recht. In deinem und in meinem Fall«, fügte sie hinzu und nahm Rachele fest in den Arm.

Diana, die in genau in diesem Augenblick aus der Fabrik zurückkam, wurde unfreiwillig Zeugin dieser Umarmung. Sie blieb etwas abseits stehen, um zu warten, bis die beiden sich voneinander lösten. Es störte sie, dass Rachele immer in Myriams Nähe war, sie verstand nicht, was ihre Schwester an ihr fand.

»Ich mag sie nicht«, hatte sie beim Mittagessen zu Andrea gesagt.

»Wieso denn nicht?«

»Sie weicht Myriam nicht mehr von der Seite«, hatte sie entgegnet, und als sie jetzt ihre Schwester mit Rachele dasitzen sah, dachte sie, dass da etwas Wahres dran war. Fast wollte sie diesen intimen Moment zerstören, ließ es dann aber bleiben, seufzte nur und ging auf ihr Zimmer.

»Was ist denn heute mit dir? Du hast den ganzen Abend kaum ein Wort gesagt.« Andrea fuhr mit der Hand durch Dianas Haar. Sie hatte ihn zu seinem Auto begleitet, das er vor dem Gartentor der Villa geparkt hatte. Wie gerne hätte sie sich wie sonst dieser Zärtlichkeit hingegeben und ihre Wange in seine Hand geschmiegt, doch sie musste wieder daran denken, wie er und Rachele während des Abendessens miteinander gelacht hatten, und widerstand ihrem Drang.

Sie baute sich vor ihm auf, ballte die Fäuste und sah ihn herausfordernd an: »Du hättest mir sagen sollen, dass die bei dir arbeitet.«

Andrea steckte die Hände in die Hosentaschen und stellte den Fuß auf die Treppenstufe, auf der Diana stand und ihn wütend ansah. »Rachele ist die Verlobte deines Bruders«, stellte er klar, »und deine Mutter will ihr nur helfen.«

Sie verzog den Mund zu einem unglücklichen Lächeln. »Jedes Mal, wenn meine Mutter jemandem helfen will, muss ein anderer darunter leiden.«

»Jetzt bist du wirklich ungerecht.«

»Ihr habt euch beim Abendessen ja sehr gut verstanden.«

Er grinste: »Verstehe. Du bist eifersüchtig.«

»Mach dich nicht lächerlich.«

»Was stört dich dann daran, dass Rachele bei mir arbeitet?«

»Mich stört, dass mir nie jemand etwas sagt und mich alle wie ein dummes kleines Mädchen behandeln!«, schimpfte sie, das Gesicht rot vor Zorn. Sie zog den Schal enger um sich und sah Andrea fest in die Augen. »Ich habe euch gehört, weißt du? Euer Gerede darüber, was man ändern, was man verbessern, wie man den Laden organisieren könnte. Ihr habt euch benommen, als wäre ich gar nicht da.« Trotzig verschränkte sie die Arme vor der Brust. »Wie soll man sich denn da fühlen?«

Andrea stieg die Stufe hinauf und nahm ihre Hände. Er dachte an all das, was er ihr verschwieg: an Evas Pläne, daran, warum Rachele wirklich bei ihnen war, den wahren Zweck der Bäckerei. Aber sosehr er sich auch wünschte, ihr in diesem Augenblick die Wahrheit zu sagen – er hatte Eva ein Versprechen gegeben, und das zählte mehr als Dianas Wut. Und so fuhr er ihr durch die weichen, nach Blumen duftenden Haare, atmete ihren Duft tief ein und sagte: »Ich liebe dich, Diana. Ich habe dich vom ersten Moment an geliebt, und es gibt nichts, was mich von dir fernhalten könnte.« Zärtlich fuhr er mit der Hand ihren Hals hinab, dann löste er sich von ihr und stieg ins Auto. Sie sah ihm nach, während er durch die römische Nacht davonfuhr. Von fern schlug eine Glocke die Stunde, Stille kroch durch die Gassen, und über allem lag das fahle Licht eines Landes im Krieg.

8

Tommaso leerte das Glas und stellte es auf den Tisch. »Ich finde, du übertreibst. Andrea liebt dich über alles, und Rachele ist die Verlo...«

»Jetzt sag du es nicht auch noch, bitte«, fiel Diana ihm ins Wort, während sie die Mappe mit den Werbetafeln, die ihr Onkel gestaltet hatte, zuband. »Ich weiß, wer Rachele Tarquini ist. Ich habe es in der letzten Woche mindestens ein Dutzend Mal gehört.«

»Dann solltest du langsam begreifen, dass sie es nicht auf Andrea abgesehen hat, und endlich Frieden geben, findest du nicht?«

Diana warf ihm einen wütenden Blick zu und legte die Mappe auf den Tisch. »Versuch du das mal, wenn deine Mutter ständig jemand anderen lobt. Rachele kommt aus einer Architektenfamilie, sie hilft uns sehr bei der Einrichtung des Ladens ... Rachele hier, Rachele da«, äffte sie ihre Mutter nach. »Ich kann es nicht mehr hören. Ich habe das alles doch schon mal erlebt! Sie hat sogar schon meine Schwester eingewickelt!«, protestierte sie, während ihr Onkel sie belustigt ansah.

»Ich weiß, worauf du anspielst. Aber Myriam ist eine vernünftige junge Frau und kann einschätzen, was echt ist und was nicht. Als Angelas Onkel sollte ich es nicht sagen, aber sie und Rachele sind so unterschiedlich wie Tag und Nacht.«

»Stimmt, Angela ist nicht gerade mit einem ausgeprägten Intellekt gesegnet. Rachele dagegen ist schlau. Sie schaut alle mit ihren Rehaugen an, und jeder fällt darauf herein.«

Sie trat ans Fenster und sah in den Innenhof, wo Andrea und Rachele gerade zum neuen Laden aufbrachen. Sie schnaubte verächtlich. Tommaso legte ihr sanft die Hände auf die Schultern und legte seine Stirn an den Kopf seiner Nichte.

»Er liebt dich, Diana. Er versucht nur, sein Bestes zu geben. Die Eröffnung steht unmittelbar bevor, und es gibt noch so viel zu tun. Rachele hilft ihm einfach nur. Du solltest ihm vertrauen. Warum gelingt dir das nicht?«

Sie tastete nach ihrem pochenden Herzen, den Blick fest auf Andrea gerichtet, der mit Rachele davonging. Sie hatte sich oft gefragt, warum sie so wütend auf die Verlobte ihres Bruders war, ob sie tatsächlich eifersüchtig war. Doch die Antwort darauf machte ihr zu viel Angst, um sie sich einzugestehen: Sie liebte ihn, und diese Erkenntnis brachte sie durcheinander, hatte sie doch immer gedacht, sie könne nur Enrique Ferrer lieben. Oder aber sie liebte ihn nicht, sondern hatte ihn nur besitzen wollen, und der Gedanke erschreckte sie nur noch mehr, denn das würde bedeuten, dass sie wie ihre Mutter war …

Nachdenklich blickte sie in den nun verlassenen Hof. »Es ist schwer, jemandem zu vertrauen, wenn man noch nicht mal sich selbst vertraut.«

Eva schnitt das Band durch, an ihrer Seite war der Regierungsbeamte und ihr Freund Carnai, der Fotograf und Journalist, der bestellt worden war, um den Moment festzuhalten. Hinter Eva war die ganze Familie versammelt, etwas abseits standen Andrea und Rachele, die begeistert applaudierten. Auch eine kleine Gruppe Schaulustiger hatte sich eingefunden, die auf etwas zu essen hoffte, doch Carnai hatte das kostenlose Verteilen von Brot und Gebäck verboten. Der Krieg verlangte solche Einschränkungen ohne Ausnahme.

»Heute ist ein großer Tag für diese Stadt und dieses Land«, hatte er verkündet, während der von ihm herbeigerufene Journalist sich eifrig Notizen machte. »Die Pregiata Forneria Principi trägt in diesen für uns alle schwierigen Zeiten mit dieser neuen Bäckerei zur Entwicklung unserer Stadt bei. In meinem und im Namen der Regierung spreche ich Ihnen meine Dankbarkeit und meinen Stolz darüber aus, dass …«

»Eine Diebin ist sie«, schrie es plötzlich aus der Menge, die sich vor dem Geschäft gebildet hatte. Eine Frau bahnte sich durch die ärmlich gekleideten Menschen einen Weg nach vorne, ohne Scheu, Carnai und Eva Fontamara ihr Gesicht zu zeigen.

»Jetzt beginnt der lustige Teil«, sagte Diana leise und stupste ihre Schwester in die Seite. »Ich habe mir schon gedacht, dass jemand von den Borghis kommt. Na bitte, da haben wir das Drama!«

Myriam verdrehte die Augen und seufzte. »Misch du dich nicht auch noch ein. Die Bäckerei gibt vielen Menschen zu essen, reich wird man damit sicher nicht.« Doch als sie Ada Borghi erkannte, zog sich ihr der Magen zusammen.

»Signora, beruhigen Sie sich«, ermahnte Carnai sie kühl und hob abwehrend die Hand, als Eva sich einschalten wollte. Eva starrte Samueles Schwester mit aufgerissenen Augen an und flehte sie stumm an, so schnell wie möglich zu verschwinden, doch die Frau musterte sie mit offenkundiger Verachtung von oben bis unten.

»Du bist eine Diebin, eine Profiteurin«, rief sie noch einmal, wobei sie mit dem Finger auf Eva zeigte. »Mein Bruder hat dir das Café überlassen, ein alteingesessenes Haus, das jeder in der Stadt kannte. Nun sieh dir an, was du daraus gemacht hast.« Sie deutete auf den Eingang, über dem der Name »Principi« deutlich zu sehen war, und auf die Schaufenster, in denen jetzt Brote lagen statt Schachteln mit edlem Konfekt und raffinierte Torten. »Mein Vater hat sich jahrzehntelang abgerackert, er hat sein ganzes Leben hier in diesem Laden verbracht, und wozu? Damit du daraus eine Bäckerei für das Regime machst, für dich und deine Faschistenfreunde? Ich verfluche dich, Eva Fontamara, dich und deine ganze Familie«, zischte sie. Sie hatte schon zu viel verloren, um noch Angst zu haben.

Um sie herum schwiegen alle betreten, nur der Fotograf machte weiter seine Bilder, trotz der wütenden Blicke von Carnai, der sich räusperte und auf die Frau zutrat: »Nun gut, ich denke, wir haben genug gehört. Es reicht jetzt«, beendete er die Szene, wobei er den Fotografen, der jetzt auch noch schrieb, nicht aus den Augen ließ. Er gab seinem Fahrer ein Zeichen, dass er sich weiter um die Angelegenheit kümmern solle, dann setzte er sein schönstes Lächeln auf und verschränkte die Arme vor der Brust. »Signora Borghi, nehme ich an?«, wandte er sich in väterlichem Ton an die Frau. »Ich verstehe ja, dass Sie mit Wehmut an das denken, was jahrzehntelang die Geschichte Ihrer Familie bestimmt hat. Aber die Zeiten ändern sich, und manchmal wandelt sich das Bekannte, ohne dass wir etwas dagegen tun können. Und auß…«

»Wenn Sie glauben, dass Sie mich mit Ihren schönen Worten zum Schweigen bringen können, täuschen Sie sich gewaltig«, unterbrach ihn die Frau brüsk. »Ihr habt meinen Bruder dazu gezwungen, sich wie ein Dieb aus dem Staub zu machen. Aber ich bin noch hier. Ich bin Jüdin, und ich gehe hier nicht weg. Ich will euch in die Augen sehen, wenn ihr mich an die Wand stellt und erschießt. Denn das ist es, was Leute wie Sie machen. Oder nein, die Drecksarbeit lassen Sie andere erledigen. Sie haben nicht einmal den Mut, sich selbst die Hände schmutzig zu machen«, sagte sie und sah ihm dabei direkt in die Augen, während Eva erschüttert den Kopf schüttelte.

»Schluss jetzt, Ada«, schaltete sich Evas Schwägerin Ottavia ein und nahm die Frau am Arm. Sie war blass, und ihr ganzer Körper wurde von Hustenanfällen geschüttelt, doch ihr Griff war kraftvoll genug, ihre alte Freundin auch gegen ihren Protest fortzuziehen.

»Das wird Carnai ihr nicht durchgehen lassen«, flüsterte Diana ihrer Schwester belustigt zu.

»Ich begreife wirklich nicht, wie du dich darüber amüsieren kannst«, entgegnete Myriam und machte sich von ihr los, um zu ihrer Mutter zu gehen, zu der sich bereits Tommaso und Andrea gesellt hatten. »Alles in Ordnung?«

Eva nickte abwesend, den Blick auf den Beamten gerichtet, der mit dem Journalisten sprach. »Ja. Das ist es nicht, was mir Sorgen macht.«

Myriam folgte ihrem Blick. »Sie wissen jetzt, wer sie ist.«

»Ada ist in der Stadt nicht mehr sicher«, erklärte Andrea und zündete sich eine Zigarette an. »Sie sollte besser eine Weile verschwinden.«

»Wer ist schon sicher in diesem verfluchten Land?«, sagte Tommaso und legte einen Arm um seine Schwägerin, die sich jedoch sogleich losmachte.

»Es geht mir gut, Tommaso, wirklich. Aber kannst du bitte dafür sorgen, dass über diesen Vorfall nicht in der Zeitung berichtet wird? Sie sollen nur schreiben, dass es eine neue Bäckerei gibt, die das Leid der hungernden Bevölkerung lindern wird. Kannst du das für mich tun?«, fragte Eva, die mit Unbehagen die Menschentraube betrachtete, die sich um sie gebildet hatte und mal auf Ada und mal auf sie zeigte.

»Natürlich. Ich werde Carnai fragen, was er mit dem Journalisten besprochen hat, und gebe dir später Bescheid«, antwortete er und war schon bei Ada und dem Beamten.

Eva seufzte tief, dann fuhr sie sich mit den Händen durchs Haar.

»Rachele und du, ihr werdet euch wie abgesprochen um alles kümmern. Ihr seid jetzt für die Bäckerei zuständig, ihr könnt das ebenso gut wie ich, wenn nicht besser. Ich werde mich eine Weile von hier fernhalten, und bald ist dieser Vorfall hoffentlich vergessen. Ihr arbeitet bitte weiter wie bisher.«

»Dann war also alles von Anfang an geplant?«, sagte Diana, die plötzlich hinter Andrea aufgetaucht war, ihn unsanft beiseiteschob und sich vor ihrer Mutter aufbaute, mit schneidender Stimme. Sie sah ihr herausfordernd in die Augen, die Fäuste in die Hüften gestemmt. »Verstehe ich das richtig, dass du Rachele aus Livorno geholt hast, damit sie und Andrea den Laden führen, den du den Borghis weggenommen hast?«, fügte sie mit immer lauter werdender Stimme, die sie kaum noch unter Kontrolle hatte, hinzu. In ihrem Kopf tobte ein Orkan, alles kam wieder hoch, ohne dass sie etwas dagegen hätte tun können: Kuba, Enrique, Angela, der Brief, der ihr Leben verändert hatte. »Sind wir wieder an dem Punkt, Mama? Wo du mir verschweigst, was vor sich geht?«, stieß sie hervor. Ihre Kehle war wie zugeschnürt, entsetzt wich sie zurück. Wieder war da dieser Schmerz, der Schmerz darüber, dass sie betrogen, von wichtigen Entscheidungen ausgeschlossen worden war. Und wieder war sie allein. Die Wunden der Vergangenheit brachen mit aller Kraft wieder auf. Verbittert sah sie ihre Mutter noch einmal an, dann drehte sie sich um und lief, lief diesem Schmerz davon.

»Ich kümmere mich um sie«, sagte Andrea, doch Myriam hielt ihn zurück.

»Nein, nicht jetzt, damit machst du alles nur schlimmer.« Sie sah ihrer Schwester nach, die am Ende der Straße verschwand, wechselte dann einen langen Blick mit ihrer Mutter. Unterdessen hatte sich Carnai von dem Journalisten verabschiedet und war mit Verweis auf eine dringende Sitzung eilig davongefahren.

»Da bin ich wieder.« Ottavia tupfte sich die Stirn mit einem Taschentuch ab, das ihr Mann ihr gereicht hatte, und presste es dann auf den Mund, um einen neuerlichen Hustenanfall zu unterdrücken. Besorgt legte Raffaele einen Arm um ihre Taille, doch sie schüttelte nur den Kopf und zwang sich zu einem beruhigenden Lächeln.

»Ist alles in Ordnung?«, fragte Eva und nahm die Hand ihrer Schwägerin.

»Ja, es geht mir gut. Wo sind denn alle hin?«

»Lia ist mit Rachele und den Kindern nach Hause gegangen.«

»Und Diana?«

Eva seufzte. Ein paar Schritte entfernt diskutierte Andrea mit Myriam, die ihn zu beruhigen versuchte. »Als sie erfahren hat, dass Andrea und Rachele gemeinsam die Bäckerei leiten werden, ist sie wie eine Furie davongerannt.« Sie verschränkte die Arme vor der Brust. »Sie denkt, dass ich einen Keil zwischen sie und Andrea treiben will. Dabei will ich ihr doch gar nichts Böses«, seufzte sie.

Ottavia sah sie mitfühlend an, dann hakte sie sich bei ihr unter. »Weißt du, was? Wir beide gehen jetzt zu Fuß nach Hause. Und unterwegs kannst du mir alles in Ruhe erzählen. Was hältst du davon?«

Eva nahm Ottavias Hand und drückte sie fest. »Du bist ein Engel«, sagte sie, und gemeinsam machten sie sich auf den Weg durch die immer leerer werdenden Straßen der Stadt. Nur vereinzelt trafen sie auf Passanten, die fest in ihre Mäntel gehüllt nach Hause eilten. Vor den dunklen Schaufenstern der Geschäfte baten ein paar Kriegsversehrte um ein Almosen, ansonsten lagen die kleinen Gassen verlassen vor ihnen. Der Himmel kündigte schlechtes Wetter an, vielleicht würde der Regen aber auch vorbeiziehen. Wer wusste das schon.

»Diana hasst mich«, brach Eva das lange Schweigen. »Vielleicht hat sie nie damit aufgehört, und ich habe mir all die Jahre nur vorgemacht, dass es besser geworden wäre. Heute habe ich in ihren Augen den gleichen Groll, die gleiche blinde Wut gesehen wie damals.«

»Vielleicht ist sie nur eifersüchtig. Lia meinte, dass es ihr missfällt, dass Rachele und Andrea so eng zusammenarbeiten.«

»Ich weiß nicht, Diana missfällt so einiges«, antwortete Eva, wurde aber von Ottavia unterbrochen, die von einem weiteren Hustenanfall geschüttelt wurde und sich bei ihr festhalten musste.

»Entschuldige, aber dieser verfluchte Husten will einfach nicht aufhören. Seit Wochen geht das schon so. Ich weiß nicht mehr, was ich machen soll.«

»Was sagen denn die Ärzte?«

»Das wüsste ich auch gerne, aber ich hatte bisher noch keine Zeit, einen Termin auszumachen. Es war einfach zu viel zu tun in den letzten Wochen, und die Situation meiner Tochter bereitet mir schlaflose Nächte. Ihr Mann und der kleine Mosè sind in größter Gefahr. Raffaele und ich tun, was wir können, aber die Lage wird von Tag zu Tag schlimmer.«

»Das verstehe ich, aber deshalb darfst du dich doch nicht vernachlässigen«, sagte Eva vorwurfsvoll, doch als Ottavia gereizt antwortete, dass ihr Mann genau das Gleiche sage, hielt sie sich zurück. Sie wusste, dass ihre Schwägerin nicht gern auf ihre Gesundheit angesprochen wurde. Nachdem sie vor einiger Zeit ihr Kind verloren hatte, war Ottavia eine andere geworden: als ob die Trauer ihr jede Sanftheit genommen hätte.

Der Himmel über ihnen verdüsterte sich zusehends. Als sie schließlich die Straße erreichten, in der das Haus der Fontamaras lag, sahen sie mit Staunen Andrea aus dem Haus stürzen, ins Auto steigen und mit quietschenden Reifen davonrasen.

»Was ist denn nun wieder passiert?«, fragte Eva, während das Heulen des Motors die Nacht durchschnitt. Aus einem Haus ein Stück die Straße hinauf erklangen heitere Kinderstimmen, dann kehrte wieder Stille ein. Trotz der zugezogenen Vorhänge konnten sie sehen, dass Dianas Zimmer hell erleuchtet war.

»Das wird ein langer Abend«, bemerkte Ottavia.

»Stimmt, und kein sehr angenehmer.«

Ottavia legte ihr die Hand auf die Schulter und lächelte. »Du bist stark, du schaffst auch das.«

»Und Diana sehr dickköpfig«, entgegnete sie, während sie langsam ins Haus gingen.

Sie umarmte Ottavia noch einmal, dann eilte sie die Treppenstufen zum Zimmer ihrer Tochter hinauf. Vor Dianas Tür fand sie Myriam vor, die sofort aufsprang und ihre Mutter an das Ende des Flurs zog, wo Diana sie nicht hören konnte.

»Ich glaube, sie hat Andrea verlassen. Er kam, und sie hat nur geschrien, sie hat ihn angebrüllt, dass er gehen solle. Es war furchtbar.«

»Lass mich mit ihr reden – falls sie mich lässt.«

Myriam sah zur Zimmertür ihrer Schwester, dann zu ihrer Mutter. »Das wird nicht einfach.«

»Die einfachen Dinge haben mich noch nie interessiert«, seufzte Eva mit einem Lächeln und ging auf das Zimmer ihrer Tochter zu, die ihr zuvorkam und beim Klang ihrer Stimme bereits die Tür aufriss.

»Willst du dir anschauen, ob ich auch genug gelitten habe?«, fragte sie. Ihre Schminke war verwischt, die

Wimperntusche lief ihr über die Wangen. Es war offensichtlich, dass sie geweint hatte.

»Wenn du mir nur einen Moment zuhören würdest, könnte ich dir alles erklären. Ich hatte nie vor, dich und Andrea auseinanderzubringen.«

»Glückwunsch, dann ist dir etwas gelungen, was du gar nicht gewollt hast.« Sie nahm ein Taschentuch aus der Schublade, um sich die Schminke abzutupfen. »Ich habe mich von Andrea getrennt. Ich kann nicht mit jemandem zusammen sein, der mit meiner Mutter Geheimnisse vor mir hat und ihr das Vertrauen schenkt, das er eigentlich mir geben sollte.«

Eva fasste sich an die Stirn. Dieser Tag war viel zu lang gewesen. »Du übertreibst. Außerdem war ich es, die Andrea gebeten hat, die Sache geheim zu halten. Ich wollte ihm schon immer die Leitung der neuen Bäckerei anvertrauen, lange vor Racheles Ankunft, die dich so verärgert hat.«

»Ich kenne Frauen wie sie. Sie tun so, als könnten sie keiner Fliege etwas zuleide tun. Aber das ist nur gespielt.«

»Wie kannst du so etwas behaupten?«

»Und wie kannst du das Gegenteil behaupten? Was wissen wir denn von ihr? Nur das, was Gabriel uns erzählt hat, der natürlich nicht objektiv ist. Wir wissen nichts über sie. Aber ich sehe, wie sie sich verhält, wie sie mit Andrea flirtet. Das sagt alles über ihren wahren Charakter.«

»Diana, bitte …«

»Nein«, fiel Diana ihrer Mutter ins Wort und sah sie drohend an. »Die Wahrheit ist, dass du Andrea und Rachele zusammenbringen willst, weil du nicht willst, dass er mit mir zusammen ist. Vielleicht auch deshalb, weil es dir nicht gefällt, dass dein Sohn mit einer Jüdin zusammen ist. Immerhin hast du ja auch den Borghis ihr Café weggenommen«, fügte sie hinzu. Während sie sprach, ging sie im Zimmer auf und ab, ohne ihre Mutter anzusehen. »Wir reden immer über das Gute, bezeichnen uns als Antifaschisten, aber dann macht man mit den Faschisten Geschäfte und teilt sogar das Bett mit ihnen«, sagte sie leise, als spreche sie mit sich selbst. »Wo ist sie hin, die moralische Überlegenheit, frage ich mich!«, schloss sie. Sie schaute durch das Fenster auf die menschenleere Straße. Die Sterne hatten sich hinter einem undurchdringlichen Nebel versteckt, der nach und nach auf die Erde herabsank und alle Konturen verschwimmen ließ.

Eva senkte den Blick. Sie fragte sich, ob nicht der Moment gekommen war, Diana in ihre Pläne einzuweihen, so wie sie es bei Myriam getan hatte. Doch selbst Myriam hatte sich ihrer Schwester nicht anvertraut, aus Angst, sie könne die Last einer solch schwer zu ertragenden Wahrheit nicht verkraften. *Besser sie hasst mich, ist aber in Sicherheit.* Und so ging sie aus dem Zimmer und ließ Diana mit ihrer Wut allein.

»Wie geht es Diana?«, fragte Tommaso, sowie er Eva die Treppen herunterkommen sah. »Myriam hat mir von dem Streit zwischen ihr und Andrea erzählt. Stimmt das?«

»Ja, das stimmt. Wie es aussieht, hat sie sich von ihm getrennt.« Eva massierte sich die Schläfen und dachte zurück an das Gespräch mit ihrer Tochter. »Diana denkt, dass ich gegen sie arbeite. Und dass ich Gabriel und Rachele auseinanderbringen will, damit er kein jüdisches Mädchen heiratet. Und als ob das nicht genug wäre, glaubt sie, ich hätte den Borghis das Café weggenommen, um mit den Faschisten schmutzige Geschäfte zu machen. Hübsch, nicht?«

Tommaso fuhr sich mit der Hand über die Stirn und schaute zum Zimmer seiner Nichte. »Wirklich großartig«, bemerkte er resigniert.

»Kannst du nicht mit ihr reden? Ihr hattet schon immer ein gutes Verhältnis.«

»Ich kann nichts versprechen.« Er sah seine Schwägerin an, die unruhig ihre Hände knetete. »Aber ich kann es versuchen«, fügte er hinzu.

»Ich bitte dich darum, Tommaso.« Sie sah ihm nach, wie er die Stufen nach oben ging – voller Dankbarkeit dafür, dass er ihr schon einmal geholfen hatte.

Tommaso war stark, wegen seiner Homosexualität hatte er schon so vieles ertragen müssen. Er war der Rebell unter den Fontamaras, der verstoßene Sohn, und doch war er innig mit seinen Geschwistern verbunden und liebte seine Schwester Lia. Aber noch mehr liebte er seine Nichten und Neffen, vor allem Diana. Mit ihr einte ihn ein besonderes Band.

9

Myriam massierte sich die Schultern und genoss den heißen Zichorienkaffee, den ihr Giovanni zubereitet hatte. Er ließ sich auf einen Stuhl fallen, völlig erschöpft von einer Operation.

»Alles in Ordnung?«

Myriam legte die Hände um die Tasse und pustete auf die heiße Flüssigkeit. Sie hasste Zichorienkaffee, aber in dieser Nacht spendete er ihr etwas Trost. »Gestern wurde die neue Bäckerei unserer Firma eingeweiht, das ehemalige Caffè Borghi, aber meine Schwester hat das nicht gut aufgenommen, und die Familie der Vorbesitzer auch nicht. Alle waren angespannt, und am Ende hat meine Schwester die Nerven verloren und ihren Verlobten sitzen gelassen, einfach so, nach jahrelanger Beziehung. Und für alles hat sie meine Mutter verantwortlich gemacht, die in ihren Augen ohnehin an allem Unheil auf der Welt schuld ist.«

»Und gibt es da noch mehr?«

»Was für einen Sinn soll es haben, auf diese Weise Zeit und Energie zu verschwenden? Vor allem in diesen Zeiten. Mit diesen Dummheiten, diesen endlosen Streitereien verlieren wir nur Zeit, und das Leben zerrinnt uns zwischen den Fingern, ohne dass wir es merken. Es ist einfach verrückt.« Sie trank einen weiteren Schluck Kaffee und sah schweigend auf den Fluss.

Giovannis Hand legte sich sanft auf ihre Schultern und verscheuchte ihre finsteren Gedanken.

»Du bist eine außergewöhnliche Frau, weißt du das? Auch die Oberschwester ist beeindruckt davon, wie schnell du lernst.«

»Ich versuche mich einfach nur nützlich zu machen. Dafür bin ich doch hier, oder?«

Er fasste sie bei den Schultern und drehte sie zu sich. Sie sahen sich in die Augen. Noch nie waren ihr die großen Augen unter den langen Wimpern so deutlich aufgefallen, diese Augen, die ihm einen melancholischen und selbstsicheren Ausdruck verliehen.

»Ich sage es noch einmal, Myriam: Du bist eine außergewöhnliche Frau«, flüsterte er und strich ihr behutsam mit den Fingerspitzen über die Wange, als die Wanduhr zwei Uhr morgens schlug und er sie für einen langen, innigen Kuss an sich zog.

Myriam riss überrascht die Augen auf. Das vertraute Gefühl eines Kusses, diese kleine intime Geste, die sie so lange vermisst hatte, ließ sie ihren Widerstand aufgeben, nur dieses eine Mal. Giovanni, ihr Giovanni, fehlte ihr, aber ihr fehlten auch die kleinen Rituale der Liebe, die Körperlichkeit, die Gesten der Zuneigung.

Als plötzlich Schritte auf dem Flur zu hören waren und die Schwestern nach dem Arzt riefen, sagte Giovanni leise: »Ich muss gehen.«

Sie nickte schwach.

Die Tür öffnete sich. Im Flur glomm die Nachtbeleuchtung, während der Fluss jenseits der Fensterscheibe weiter langsam Richtung Meer floss.

Myriam lauschte dem Geräusch des Wassers und legte die Hand auf ihre glühend heiße Stirn. Es war passiert. Sie hatte fast das Gefühl gehabt, ihr Körper hätte sich von ihr gelöst, als hätte sie sich von außen betrachten können, ohne dass sie sich selbst hätte aufhalten können. Ein kleiner Stich im Herzen, und Giovanni, ihr Giovanni, verlor sich in den Wolken, die der Wind fortblies.

Der gleiche Wind ließ wie ein Sturm Lias Herz auflodern. Am Nachmittag war ein Brief für sie angekommen, doch weil sie so sehr damit beschäftigt gewesen war, Clio und Viola nach dem aufwühlenden Vorfall zu beruhigen, hatte sie ihn schlicht vergessen. Erst als sie nach schlaflosen Stunden im Bett in ihrem Nachttisch nach den Tropfen suchte, die ihr der Arzt gegen ihre Schlaflosigkeit verschrieben hatte, fiel er ihr ins Auge. Die tiefe Unruhe, die sie quälte, diese unerklärliche Angst, die ihr Herz rasen ließ, hatte sie auf den vielen Kaffee nach dem Abendessen zurückgeführt. Beim Anblick des Umschlags mit den üblichen Regierungsstempeln wusste sie jedoch sofort, dass sie sich geirrt hatte. Ihre Angst hatte eine andere Ursache.

Sie hatte nach dem Umschlag gegriffen und die Knitterfalten des Briefes glatt gestrichen.

Die vielen Worte ermüdeten ihre Augen, verschwammen, sie konnte sie nicht richtig erfassen. Bis auf eines, das schlimmste von allen, das ihr aus dem weißen Rechteck entgegensprang.

»Vermisst« stand da, gefolgt von einer Reihe von Informationen über Afrika, das sie nur von der Weltkugel im Kinderzimmer kannte. Lia wusste nichts von diesen Orten, die Namen mit vielen Bindestrichen trugen, voller Konsonanten, warm und trüb wie der Staub, den der Augustwind aufwirbelt. Lia wusste nur, dass ihr Ehemann dort war, irgendwo, und sich an das Leben klammerte, um zu ihr zurückzukehren.

Und jetzt wurde er vermisst, verschluckt von diesem ihr unbekannten Land und seinen grellen und unbarmherzigen Farben.

»Ettore«, stammelte sie, und der Brief glitt ihr aus den Händen.

10

Eva unterschrieb das letzte Dokument, das ihre Sekretärin ihr gebracht hatte, und verschränkte die Finger auf dem Schreibtisch. Ihr gegenüber saß Ottavia und hustete in ihr Spitzentaschentuch.

Vom Hof drangen die Stimmen der Lagerarbeiter herauf, die immer jünger wurden und in ihrer Pause ungeachtet der Kälte mit einem Ball aus Lumpen Fußball spielten.

»Was hat denn der Arzt gesagt?«, fragte Eva.

»Er hat mir erst mal einen Hustensirup verschrieben, er will mich im neuen Jahr noch einmal untersuchen«, sagte sie. »Und du? Bist du bereit für das Abendessen heute?«

Eva seufzte und fuhr sich über das müde Gesicht. »Ja, ich werde mich gleich hier umziehen, nach Hause schaffe ich es nicht mehr. Ich muss mit Tommaso noch mal die Bestellungen des letzten Monats durchzusehen.«

»Stimmt etwas nicht?«

»Die Regierung hat beschlossen, den Verkauf von Süßwaren an Zivilisten zu verbieten. Was für einen Sinn soll es haben, wenn man bei all den Entbehrungen des Krieges auch das noch verbietet?«

Ottavia schüttelte den Kopf und legte die Hand auf die Brust. »Kannst du nicht noch mal mit Carnai reden?«

»Ich glaube, in diesem Fall sind auch ihm die Hände gebunden. Das sind Entscheidungen, auf die er keinen Einfluss hat.«

Ottavia schlug die Beine übereinander, lehnte sich in den Stuhl zurück und biss sich auf die Lippen. »Wir könnten den Verkauf illegal weiterlaufen lassen. So lassen wir uns ja auch unseren Zucker liefern, oder nicht?«

Eva nickte, auf ihren Lippen lag ein bitteres Lächeln. Sie stand auf, griff nach dem Kleidersack, der an der Garderobe hing, und zeigte Ottavia das Kleid, das sie beim Abendessen mit Carnai und den anderen Parteimitgliedern tragen würde: ein langes nachtblaues Kleid mit tiefem Rückenausschnitt und einem handgestickten, mit kleinen Brillanten besetzten Gürtel.

»Das ist ein wundervolles Kleid, Eva. Aber ist es nicht ein wenig zu gewagt für ein offizielles Essen?«

»Normalerweise würde ich dir recht geben, aber wenn ich eines gelernt habe, dann, dass du als Frau in diesem Land nicht zählst. Wenn du dir hier Gehör verschaffen willst, musst du lauter sein als die anderen, du musst dafür sorgen, dass man dich sieht. Denn hier beachtet dich keiner, es sei denn, um abzuwägen, ob sie dich ins Bett bekommen können. Anfangs hat mich das sehr gestört. In Kuba war das völlig anders. Aber inzwischen habe ich gelernt, mir diese Tatsache zunutze zu machen: Ich verspreche etwas, was ich nicht geben werde, aber lasse mein Gegenüber in dem Glauben, dass er es bekommen könnte. Und in der Zwischenzeit hole ich mir von ihm das, was ich brauche. Wie sagt man so schön? ›Der Zweck heiligt die Mittel.‹ Und bisher bin ich gut damit gefahren.«

»Du treibst ein gefährliches Spiel. Früher oder später wirst du Probleme bekommen.«

»Mach dir keine Sorgen, ich habe Tommaso gebeten, mich zu begleiten. Ich habe sicher nicht vor, ein Risiko einzugehen. Aber ich kann nicht zulassen, dass die Regierung unsere Produktivität noch weiter beschneidet. Unsere Einnahmen sind ja ohnehin schon völlig eingebrochen. Pass bitte auf, dass niemand reinkommt«, sagte sie und schlüpfte aus dem Tageskleid, um das Abendkleid anzuziehen. Ottavia wachte an der Tür.

Eva gab etwas Puder auf ihre Wangen, legte Lippenstift auf und wandte sich dann ihrer Schwägerin zu: »Wie sehe ich aus?« Sie drehte sich einmal um sich selbst und griff nach Ottavias Händen. »Mach dir keine Sorgen, es wird alles gut gehen. Es ist nur ein Abendessen.«

Ottavia seufzte. »Mehr nicht?«

Eva nickte. »Da kannst du sicher sein.«

Tommaso bot seiner Schwägerin den Arm, und gemeinsam betraten sie den festlich geschmückten Saal: eine lange Tafel mit Silberbesteck und Kristallgläsern, imposante Leuchter und riesige Vasen mit frischen Blumen, die das Zimmer mit frühlingshaftem Duft erfüllten. Für eine heitere Stimmung sorgte ein Streichquartett, das von einer Sängerin in einem glänzenden schwarzen Kleid und mit einem Samtband in den kurzen blonden Haaren begleitet wurde. Kellner in schwarzem Anzug und mit weißen Handschuhen liefen geschäftig zwischen den zahlreichen Parteimitgliedern und Politikern umher. Unter den Gästen waren, wie Tommaso feststelle, nur wenige Frauen, deren weiße Haut sich von den schwarzen Anzügen der Männer abhob. Die Herren rauchten Zigarren, tranken Wein und unterhielten sich. Tommaso registrierte mit Unbehagen die schmeichelnden Blicke und süßen Worte, mit denen diese Männer die anwesenden Frauen bedachten – ein schriller Kontrast zu der Aggressivität und der Grausamkeit, die sie Dissidenten gegenüber an den Tag legten.

»Diese Leute machen mir Angst«, raunte er Eva leise zu, die ein Dauerlächeln aufgesetzt hatte und unentwegt Hände schüttelte. Mit den funkelnden Smaragdohrringen, einem Geschenk ihres Mannes, sah sie einfach hinreißend aus.

»Mir auch. Aber momentan sorgen sie dafür, dass wir etwas zu essen haben und wir die Arbeiter bezahlen können. Also sei nett und lächele«, antwortete sie, während sie Carnai am anderen Ende des Saals ausmachte und ihm zunickte.

Tommaso folgte dem Blick seiner Schwägerin und rückte die Manschettenknöpfe zurecht, die er für diesen Abend ausgewählt hatte. »Ich hoffe, du weißt, was du tust«, sagte er, während er sie zu ihrem Verehrer begleitete.«

»Vertrau mir.«

»Eva Fontamara, wie immer eine Augenweide«, begrüßte Carnai sie, der bewundernd einen Schritt zurücktrat und ein breites Lächeln aufsetzte, das seine tabakgelben Zähne entblößte.

Sie erwiderte sein Lächeln, während Tommaso sich noch einmal zu ihr neigte und ihr ins Ohr flüsterte: »Was hast du vor?«

Sie dachte an Myriam, daran, was sie ihr über die Lager erzählt hatte, und nach einem Augenblick des Zögerns reichte sie Carnai die Hand und wandte sich ein letztes Mal zu Tommaso um. »Ich tue das, was für die Fontamaras, Myriams Mann und dieses Land am besten ist«, raunte sie, dann ließ sie sich von Carnai um die Taille fassen und in die Mitte des Saales ziehen. Tommaso betrachtete noch lange den weißen Rücken seiner Schwägerin, der aus all dem Grau der Militäruniformen hervorblitzte.

»Das hoffe ich, Eva. Das hoffe ich sehr«, murmelte er, während die samtige Stimme der Sängerin den Saal mit einer heiteren Melodie erfüllte und die Gäste sich allmählich zu Tisch begaben.

»Könnt ihr bitte die Musik ausmachen?«

Rachele schreckte hoch, während Andrea, der mit hochgekrempelten Ärmeln über eine Kiste Kekse gebeugt war, sich aufrichtete und das Grammofon ausschaltete.

»Guten Abend«, begrüßte er Diana freundlich und legte die Hände an den Gürtel.

»Guten Abend«, antwortete Diana kühl.

»Was führt dich zu so später Stunde noch zu uns?«

Diana zog den Pelzkragen des cognacfarbenen Mantels enger um sich und verschränkte resolut die Arme vor der Brust. »Ich bin gekommen, um die Geschäfte meiner Familie zu überprüfen«, verkündete sie und warf einen raschen Blick auf die Auslage im Schaufenster und auf dem Tresen. Von der Ware des Tages war kaum noch etwas übrig, das restliche Brot hing in einem Jutesack neben der Kasse. »Wie es aussieht, läuft der Verkauf gut, nicht wahr, Rachele?«, fragte sie, baute sich vor der jungen Frau auf und musterte sie von oben bis unten. »Ihr müsst wirklich viele Kunden gehabt habe, wenn du nicht mal Zeit hattest, dir die Haare zu richten.« Sie deutete auf ihre zerzausten Locken. Rachele errötete und strich ihre Haare glatt.

Andrea, der Dianas Racheversuch bisher schweigend beobachtet hatte, schaltete sich ein. »Du bist doch gekommen, um zu sehen, wie das Geschäft läuft, oder? Bitte, dann mach das. Inzwischen arbeiten wir weiter, wenn es dir nichts ausmacht, denn wie du schon richtig bemerkt hast, haben wir alle Hände voll zu tun.« Er trat neben Rachele, die ihm dankbar zulächelte.

Diana schluckte eine giftige Antwort herunter und schritt durch das Geschäft. Das Geräusch ihrer Absätze klang wie Knallfrösche, ihr scharfer Blick suchte nach allem, was zu beanstanden sein könnte. »Was ist in den Kisten da oben?«, fragte sie Andrea, der den Kopf hob.

»Abgelaufene Ware. Deine Mutter hat darum gebeten, sie jeden Tag wegzupacken. Darum kümmert sie sich«, antwortete er knapp. »Aber frag sie ruhig selbst, wenn du wieder zu Hause bist.«

»So schnell werde ich nicht zu Hause sein.« Sie wartete, bis ihre Bemerkung ihre Wirkung tat, und tatsächlich zuckte Andrea kurz zusammen, lächelte aber weiter.

»Gut, dann wünsche ich dir einen schönen Abend.«

»Den werde ich sicher haben«, entgegnete Diana spitz und schlug die getuschten Wimpern nieder. »Ich bin mit einem guten Freund zum Abendessen verabredet, aber danke.« Sie fuhr sich mit der Zunge über die Lippen, als ein Auto vor dem Geschäft hielt.

Andrea machte Anstalten, auf sie zuzugehen, riss sich jedoch zusammen und nickte nur. Er hatte den Fahrer des Wagens erkannt, er hatte ihn bereits einmal im Laden gesehen: ein Freund von Carnai, und sicherlich wie er Parteimitglied. »Dann lass deinen Freund lieber nicht zu lange warten. Leute wie er sind nicht sehr geduldig. Auch nicht mit Frauen«, fügte er finster hinzu. »Und jetzt entschuldige mich bitte, ich muss weitermachen.«

Diana wollte gerade etwas erwidern, als es draußen hupte. Zu ihrem Missfallen grinste Andrea zynisch. Sie warf einen letzten Blick auf Rachele und verabschiedete sich.

Rachele seufzte erleichtert auf, als die Tür sich hinter Diana schloss.

»Du musst raus bei den Fontamaras«, sagte Andrea. »Aber hier kannst du auch nicht noch länger schlafen, das ist auf Dauer nicht gesund. Ich frage mal rum. Vielleicht finde ich ein Zimmer in einer Pension für dich.«

Rachele wandte sich zu Andrea um, der noch immer fassungslos die Tür anstarrte. »Abgesehen von Diana sind alle sehr freundlich zu mir.«

»Eben, abgesehen von Diana. Du machst dir keine Vorstellung davon, wie unangenehm sie werden kann.«

»Warum ist sie so feindselig mir gegenüber? Was hat sie gegen mich?«

Andrea warf einen letzten Blick auf die Tür und stützte sich dann auf den Tisch. Er kannte Dianas Temperament, ihre blinde Wut und ihre blinde Leidenschaft nur zu gut. Es war wie ein Fieber, das sie verzehrte, das sie von einer Liebe zur nächsten trieb, von einer Leidenschaft zur anderen.

Dabei hatten sie so oft von der Zukunft, vom Heiraten gesprochen. Nur beim Thema Kinder war sie immer gleich verstummt, in Erinnerung an das Kind, das sie vor Jahren verloren hatte. *Wo sind all diese Träume geblieben? Wo ist die Frau hin, die ich liebe?*, fragte er sich betrübt und gab sich den Erinnerungen an die Diana hin, die er immer noch liebte.

»Sie ist unglücklich«, sagte er schließlich.

Rachele schüttelte den Kopf. »Dann ist sie wirklich dumm, denn sie hat alles, was man sich nur wünschen kann: Sie ist schön und klug und kommt aus einer wohlhabenden Familie. Sie hat keine Probleme wie ich, die fliehen muss und auf die Großzügigkeit anderer angewiesen ist.« Sie drehte sich zu den Kisten für die jüdische Gemeinde, die sie kurz vor Dianas Ankunft befüllt hatte. »Alle lieben und bewundern sie. Mit ihrer sinnlosen Wut verschwendet sie nur ihre Energie. Wenn sie nur ein wenig davon nutzen würde, um anderen zu helfen, so wie ihre Mutter es tut, dann hätte dieses Land nur halb so viele Probleme. Ich verstehe nicht, warum manche Menschen sich nur auf ihre schmerzhaften und negativen Gefühle konzentrieren.«

Andrea betrachtete ihre schmalen Schultern und dachte an Dianas gehässige Bemerkungen, an ihren giftigen und zornigen Blick, an ihre Eifersucht, die ihre Beziehung zerstörte. Diese zarte Frau vor ihm erschien ihm wie ein Riese, verglichen mit der anderen, die er vom ersten Augenblick an in ihrer strahlenden Schönheit geliebt hatte – und die sich jetzt seinen schlimmsten Feinden in die Arme warf, um sich an ihm zu rächen.

Rachele dagegen erstrahlte in einer ganz anderen Schönheit, einer ganz leisen, unauffälligen.

Und trotzdem, dachte er.

»Und trotzdem«, sagte er leise.

11

Myriam wischte sich erschöpft mit dem Handrücken über die Stirn, und sobald sie in der Personalküche war, ging sie zum Fenster und lockerte den steifen Kragen ihrer Schwesterntracht, um besser Luft zu bekommen. Sie öffnete beide Fensterflügel, und der Dezember drang mit aller Macht in den kleinen Aufenthaltsraum des Pflegepersonals.

Die beiden Schwesternschülerinnen am Tisch drehten sich zu ihr um und rieben sich fröstelnd die Arme. »Fontamara, würdest du bitte das Fenster zumachen. Oder sollen wir uns alle eine Lungenentzündung holen?«, beschwerten sie sich, doch Myriam beachtete sie gar nicht. Die beiden blickten sich verblüfft an. Die kleinere von ihnen sprang auf und wollte Myriam gerade die Meinung sagen, als Giovanni den Raum betrat und ihr mit einem Nicken zu verstehen gab, dass sie sich wieder hinsetzen solle.

Myriam stand immer noch reglos in der eiskalten Brise und atmete schwer, als wäre sie gerannt, das Blut pochte in ihren Schläfen.

Giovanni wartete, bis die beiden Schwesternschülerinnen die Küche verlassen hatten, dann fragte er: »Alles in Ordnung?«

Ein Windstoß schüttelte die Bäume gegenüber und ließ die Straßenlaternen schaukeln.

»Kennst du einen gewissen Vittorio Manfredi?«

»Warum fragst du?«

Myriam umklammerte die Fensterbank. »Meine Schwester trifft sich mit ihm. Er war irgendwann mal mit Carnai bei uns in der Firma, das ist der für uns zuständige Regierungsbeamte, mit dem meine Mutter zusammenarbeitet. Seitdem schwirrt er ständig um Diana herum. Andrea hat mir erzählt, dass er ihr hinterherläuft wie ein Hund. Jeden Tag kommt er ›zufällig‹ in der Firma vorbei, und das gefällt mir gar nicht.«

»Gut, aber was genau stört dich daran? Mal davon abgesehen, dass er Carnais Handlanger ist.«

»Er ist ein arroganter und aufgeblasener Idiot. Und wenn er einen ansieht, läuft es einem eiskalt den Rücken runter. Ich bin ihm nur einmal begegnet, als er abends Diana nach Hause gebracht hat. Sie war betrunken, und er hat sie einfach vor der Tür abgeladen wie einen Sack Kartoffeln. Als ob sie ihm völlig egal wäre.«

Giovanni sah sie nachdenklich an und rieb sich das Kinn. »Gut, wenn es dich beruhigt, versuche ich etwas über ihn herauszufinden.«

»Ich wäre dir sehr dankbar.«

Myriam schaute weiter auf den Fluss. Sie ballte die Fäuste, die kalte Luft drang langsam in ihre Lungen und füllte sie mit eisigem Winter. In ihrem vor lauter Anspannung glühenden Körper fühlte es sich an wie eine leichte Brise. Wieder stockte ihr der Atem, als sie an die Gruppe von Flüchtlingen dachte, die gerade mit dem letzten Krankenwagen im Krankenhaus eingetroffen war. Eine Familie, hatte ihr die Älteste von ihnen erzählt, bevor sie durch Rassengesetze getrennt worden waren. Die Eltern waren im Krankenhaus gelandet, er als falscher Seminarist und sie als Schwesternschülerin, während ihre

Kinder im Kloster San Bonaventura auf dem Palatin untergebracht worden waren. Diese Trennung würde ihnen das Leben retten, aber an der Art, wie sie sich aneinandergeklammert hatten, hatte Myriam begriffen, wie sehr sie litten.

»Sie entreißen den Müttern die Kinder, den Frauen die Ehemänner, den Schwestern die Brüder. Wie kann man angesichts dessen so gleichgültig sein?«, fragte sie sich und dachte wieder an Giovanni, der Nacht für Nacht rauchend durch das Haus gelaufen war und verzweifelt von den Gräueltaten der Nazis gesprochen hatte. Sie schluckte, versuchte den schmerzhaften Gedanken zu verdrängen. »Wer tröstet die Kinder, die zwar in Sicherheit sind, aber jede Nacht nach ihren Eltern rufen? Wer bringt diese Familien wieder zusammen, wenn all das vorbei ist?«, fragte sie mit vor Wut bebender Stimme. »Was werden wir diesen Kindern sagen? Welche Antworten werden wir ihnen geben, wenn sie uns nach dem Warum fragen?«, grübelte sie laut und schaute zu Giovanni. »Und dann kommt mir das triumphierende Lächeln meiner Schwester in den Sinn, die mit diesem Monster, diesem Unmenschen ausgeht, und das macht mich verrückt, Giovanni, das ist ein Albtraum«, fügte sie hinzu und schüttelte den Kopf, während ihr Blick sich in der Nacht verlor. Giovanni wollte ihr über den Kopf streicheln, hielt aber inne.

»Geh nach Hause, Myriam«, sagte er leise. Sie drehte sich zu ihm um. »Du bist emotional zu sehr involviert.«

»Das bin ich nicht«, verteidigte sie sich.

»Deine Augen sagen das Gegenteil. Heute Nacht hat auch der Oberarzt Schicht, ich möchte nicht, dass wir

Schwierigkeiten bekommen. Geh nach Hause, vertrau mir.« Sie sahen sich lange an.

»Gut«, gab sie schließlich nach und seufzte, löste sich vom Fenster und ging hinaus, verschwand im stillen Korridor, ohne sich auch nur noch ein einziges Mal umzusehen.

Sie fuhr mit ihrem Rad durch die Nacht, die Straßen auf und ab, so schnell sie nur konnte, den Wind als ihren einzigen Begleiter. Mit aller Kraft trat sie in die Pedale, um alles hinter sich zu lassen, ihre Gedanken, ihre Sorgen, ihre Gefühle. Sie ließ zu, dass die rollenden Räder all ihre Energie verschlangen, ihre Lungen sich leerten, bis sie schweißüberströmt vor ihrer Haustür ankam. Sie bedauerte, dass sie nicht länger gebraucht hatte, aber die Knie taten ihr weh, und sie hätte keinen Meter mehr weiterfahren können. Deshalb ließ sie ihr Rad im Garten stehen und klopfte, in der Hoffnung, dass Micol noch wach war – und niemand anders, denn sie hatte keine Lust, Erklärungen abgeben zu müssen.

Sie wartete, bis ihr Atem sich wieder etwas beruhigt hatte, als die Tür endlich aufging.

»Schatz, was machst du denn hier um diese Uhrzeit? Solltest du nicht im Krankenhaus sein?«

Myriam seufzte und versuchte ihrer Tante zuzulächeln, die vor ihr in der Tür stand und fröstelnd ihre Strickjacke fester um sich zog.

»Ja, das sollte ich, aber ich war so müde, dass der Arzt, der Dienst hatte, mich nach Hause geschickt hat«, log sie, während Lia erleichtert zur Seite trat, damit sie eintreten konnte. »Komm rein und zieh deine Sachen aus, du bist ja ganz nass geschwitzt. Mach schnell, sonst holst du dir noch eine Lungenentzündung.« Sie deutete auf das Bad im ersten Stock. »Ich mache dir in der Zwischenzeit Wasser warm.«

Myriam gehorchte und stieg in das heiße Bad, das ihre Tante ihr eingelassen hatte. Das Badesalz duftete nach Vanille und tropischen Pflanzen, ihre Großmutter hatte es aus Kuba geschickt. Sofort ließ sie sich von glücklichen Erinnerungen davontragen, dachte daran, wie sie als Kind barfuß durch den Garten gerannt war, an Marisols Lieder, die Köchin, die sie großgezogen hatte, an die hellen Farben des Hauses, an das Licht, das sie so nirgendwo sonst wiedergefunden hatte. Auch in Rom war das Licht besonders, Künstler und Wissenschaftler aus der ganzen Welt hatten sich damit beschäftigt. Aber es war nicht so schön und einzigartig wie das in ihrer Heimat.

»Kuba fehlt mir so sehr, Tante Lia«, sagte sie, als ihre Tante ihr den Rücken einseifte, wie sie es schon getan hatte, als Myriam noch ein Kind gewesen war. »Mir fehlt unser Haus, und die Großeltern, Marisol, Carlos, der Duft der Zuckerfabrik. Ich versuche, nicht daran zu denken, aber seitdem der Krieg ausgebrochen ist, ist die Villa Santa Maria der einzige Ort, an dem ich zumindest in Gedanken noch glücklich sein kann.«

Lia legte den Schwamm beiseite und griff nach ihren Händen. »Sie fehlt mir auch.«

»Warum sind wir dann nicht dort?«

Lia küsste ihre Nichte auf die Haare. »Weil das hier jetzt unser Zuhause ist.«

Unser Zuhause, dachte Myriam, als sie eine Stunde später mit angezogenen Knien auf ihrem Bett saß. Plötzlich vernahm sie ein Geräusch und richtete sich auf. Sie registrierte, wie die Eingangstür zuschlug, dann hörte sie unsichere Schritte auf dem Flur, sah unter der Tür, wie das Licht kurz angeschaltet wurde, dann ein Lachen.

Diana, dachte Myriam und sprang aus dem Bett. Sie tappte hinunter in die Küche, wo Diana, offensichtlich betrunken, sich mit dem Wasserkrug abmühte, um sich ein Glas einzuschenken. »Lass mich das machen«, sagte Myriam und nahm ihrer Schwester den Krug aus der Hand, bevor sie ihn noch fallen ließ. Sie füllte das Glas und sah zu, wie Diana amüsiert die Kohlensäurebläschen betrachtete. Myriam hingegen war gar nicht amüsiert. »Du warst mit Manfredi aus, stimmt's?«

Diana hob kaum den Blick. »Was geht dich das an?«

»Wenn ich dich das frage, habe ich einen guten Grund.«

»Und welchen? Willst du mich verurteilen?«, fragte sie provozierend. Ihr Lippenstift war verschmiert. Myriam seufzte und schob das Tablett beiseite, das zwischen ihnen stand.

»Nein. Das würde nichts nützen, das machst du schon selbst.«

»Was soll das heißen?«, fragte Diana, und ihre verwaschene Stimme war lauter geworden.

»Dass du dich nicht mehr mit ihm treffen solltest. Er ist kein guter Mensch. Und er ist kein Umgang für dich.«

Diana lachte, dann tönte ihre raue, wütende Stimme durch die Küche: »Was weißt du schon davon, wer gut und wer schlecht ist?«

»Genug, um beides auseinanderhalten zu können.«

Diana tat gespielt überrascht: »Oh, dann bist du ja wirklich so klug, wie alle sagen. Ich sollte mir wohl ein Beispiel an dir nehmen.«

»Vielleicht besser nicht. Anscheinend bin ich nicht klug genug bin, um dir klarzumachen, dass du dich von diesem Typen fernhalten solltest. Manfredi ist ein Faschist und Carnais Speichellecker. Reicht dir das nicht?«

»Du findest also, dass man Menschen nach der Farbe ihres Hemdes beurteilen sollte? Ist das nicht diskriminierend?«

»Dein Freund beurteilt Menschen nach ihrer Herkunft und ihrer Religion. *Das* ist diskriminierend«, gab Myriam zurück, und ihr Blick wurde weicher. Sie hasste es, mit ihrer Schwester zu streiten.

»Stimmt«, nickte Diana, zog einen Stuhl zurück, ließ sich darauf fallen und schlug die schlanken Beine übereinander. »Und welche Farbe hat das Hemd unserer Mutter? Wie es aussieht, macht sie viele Geschäfte mit den Faschisten. Aber sie hat ja ein reines Gewissen, schließlich hat sie die arme Jüdin aufgenommen! Für den Fall, dass der Krieg doch eine andere Wendung nimmt. Nur schön auf Distanz – man könnte sich ja anstecken! Und damit sie bloß nicht in unsere Familie einheiratet, hat sie alles dafür getan, sie mit Andrea zu verkuppeln.«

»Fängst du schon wieder damit an, Diana?«, erwiderte Myriam entnervt. »Du hast Andrea verlassen, unsere Mutter hat damit nicht das Geringste zu tun. Das hast du nur dir und deiner dummen Eifersucht zu verdanken.«

Diana schüttelte den Kopf, ihre Finger trommelten auf die Tischplatte. »Ich habe Andrea wirklich geliebt, aber das hat keinen interessiert, schon gar nicht unsere Mutter. Und jetzt habe ich ihn verloren, genau wie damals Enrique«, schloss sie mit zitternder Stimme und starrte eine Weile ins Leere, eine Weile, die Myriam erschien wie eine halbe Ewigkeit. Draußen war es still, die Deckenlampe tauchte die Küche in ein schwaches Licht. Auf dem Tisch zwischen den Schwestern standen ein Obstkorb und ein Brotkranz, den Micol für das Frühstück am nächsten Morgen vorbereitet hatte, wenn Clio und Viola aus dem Bett springen und das Haus für das Weihnachtsfest schmücken würden. Myriam erinnerte sich an die Diana von früher, das verträumte junge Mädchen, das daran geglaubt hatte, dass die Liebe alle Unterschiede und alte Fehden überwinden würde. Und daran, wie sehr sie unter der Trennung von Enrique gelitten hatte. Seitdem war so viel Zeit vergangen, Jahre, in denen Andrea versucht hatte, ihre Wunden zu heilen. Jetzt, beim Anblick der weinenden Frau mit der verschmierten Schminke, verstand Myriam, dass das verzweifelte junge Mädchen noch immer in ihr wohnte.

»Du warst so schön damals, so strahlend«, sagte sie und lächelte, während Diana nur den Mund verzog.

»Tja, von dem naiven jungen Ding von damals ist nicht viel übrig geblieben«, entgegnete sie schroff und wischte sich mit dem Handrücken über das Gesicht. Ihre Brust unter dem leichten Stoff hob sich kaum. Ihr Herz war schwer von Gefühlen, die Myriam schon lange nicht mehr kannte, seit ihre Leben unterschiedliche Richtungen genommen hatten. Doch es versetzte Myriam einen Stich, als sie ihre Schwester dort sitzen sah, eingeschlossen in ihre eigene Welt.

»Diana«, begann sie, aber ihre Schwester hob abwehrend die Hand.

»Und eines sage ich dir«, fügte Diana hinzu und sah sie im fahlen Licht an. »Ich würde Manfredi noch heute heiraten, wenn unsere Mutter daraufhin einen Herzanfall bekommen würde.«

»Warum sagst du das? Warum bist du ihr gegenüber immer so feindselig?«

»Weil ich sie hasse, Myriam«, sagte sie, stand auf und torkelte davon. Die Dunkelheit legte sich über das Haus, und Myriam blieb allein mit ihren Gedanken zurück.

»Was wird das nur für ein Weihnachtsfest werden?«, fragte sie sich, während die Standuhr zur vollen Stunde schlug.

12

Viola stand auf einem Stuhl, stellte sich auf die Fußspitzen und platzierte den Stoffengel zwischen den Zweigen. Dann wandte sie sich an ihre Tante und Clio: »Geht das so?«

Lia nickte: »Perfekt! Das hast du sehr gut gemacht, mein Schatz«, fügte sie lächelnd hinzu und betrachtete den Tannenbaum, den sie wie jedes Jahr in der Gärtnerei nebenan gekauft hatten und nach dem Fest im Park der Villa La Gioiosa einpflanzen würden. Nachdem sie Ettore kennengelernt hatte, hatten sie den Baum immer gemeinsam ausgesucht. Dieses Jahr aber, nach dem Brief, hatte sie niemanden an ihrer Seite haben wollen. »Ich muss mich an die Vorstellung gewöhnen«, hatte sie sich gesagt. Doch als sie allein in der Gärtnerei stand, hatten die Erinnerungen sie übermannt, und sie war sehr dankbar gewesen, dass Myriam mit den Mädchen »zufällig« vorbeigekommen war.

»Tante Lia, wenn wir die Kugel neben den Engel hängen, passt das?«, fragte Clio nun und ließ eine rote Samtkugel mit Schottenkaromuster vor ihrem Gesicht hin- und herschaukeln.

Es war eine etwas gewagte Kombination, aber sie nickte trotzdem. »Aber natürlich, mein Schatz«, log sie. Clio zog sich einen Stuhl neben den ihrer Cousine, während die Nachmittagssonne auf den Boden des Zimmers fiel.

»Sind sie nicht zauberhaft?«, fragte Myriam, die sich

mit einer Tasse Tee auf den Sessel setzte, den sie und Micol am Morgen neben das Fenster gestellt hatten, um Platz für den Baum zu schaffen.

»Sie erinnern mich an dich und Diana, als ihr klein wart. Ihr wart unzertrennlich«, sagte Lia.

»Stimmt«, nickte Myriam und fuhr mit dem Zeigefinger über das Blumendekor der Tasse. »Ich weiß gar nicht, was mit uns passiert ist, warum wir uns so voneinander entfernt haben«, fügte sie leise hinzu. Sie nahm einen Schluck Kräutertee, zog sich die Wolldecke bis ans Kinn, ließ den Kopf gegen die Rückenlehne des Samtsessels sinken und blickte hinaus in den Garten. Der Rosenbogen war verblüht und nur noch ein dorniges Skelett, eine Erinnerung an den Sommer, genau wie der Jasmin und der Limettenbaum, der zum Schutz vor dem nahenden Frost in ein Tuch gehüllt worden war. Die nackten Äste, die sich unter dem Stoff abzeichneten, erinnerten an ein Spinnennetz.

»Ich bin wieder da«, rief Diana aus dem Flur.

»Wenn man vom Teufel spricht«, sagte Myriam, die aus dem Augenwinkel draußen ein Auto mit hoher Geschwindigkeit davonfahren sah.

Lia warf ihrer Nichte einen vielsagenden Blick zu, die sich unter dem Vorwand, sie wolle ihr noch andere Kugeln zeigen, zu Clio setzte.

»Was ist denn mit Myriam los?«, fragte Eva und sah ihrer Tochter verwundert nach.

»Ihr missfällt die Beziehung zwischen Diana und diesem Manfredi.«

Eva zog die Augenbrauen hoch: »Geht mir genauso. Seit sie sich von Andrea getrennt hat, benimmt sich meine Tochter wie eine Verrückte. Und das Schlimme ist, sie macht mich dafür verantwortlich.«

Sie schob die Ärmel des Wollpullis hoch und wippte nervös mit dem Fuß. »Je länger ich über alles nachdenke, desto absurder kommt es mir vor: Gabriel verliert den Kopf wegen eines griechischen Mädchens, Diana verlässt Andrea und ist wütend auf mich, Myriam ist verzweifelt, weil ihr Mann verschwunden ist, und ich weiß nicht, was ich tun soll. Und Rachele vergießt bittere Tränen darüber, dass mein Sohn nicht mehr schreibt. Es kommt mir alles vor wie in einem Albtraum.«

Lia senkte den Blick und verschränkte die Arme vor der Brust. Aus der Küche drang der Duft nach gegrilltem Fleisch, das ihr Ettore so geliebt hatte. »Ich kann Myriam und Rachele nur zu gut verstehen. Ich habe überall nach meinem Mann gefragt, aber niemand weiß, was aus ihm geworden ist.«

Eva legte ihr die Hand auf den Arm und drückte ihn sanft. »Ich verstehe deine Angst. Und glaub nicht, dass ich dich vergessen habe. Ich habe Carnai nach Ettore gefragt, aber selbst er kann nichts herausfinden.«

»Ich weiß. Aber ich danke dir trotzdem. Tommaso konnte auch nichts erreichen.«

Eva seufzte. Clio und Viola hatten begonnen, Weihnachtslieder zu singen, während sie mit Myriam weiter den Baum schmückten. In diesem Moment betrat Tommaso das Wohnzimmer, und mit einem strahlenden Lächeln breitete er die Arme aus. »Da sind ja die niedlichsten Mädchen der Welt«, rief er, worauf die beiden Kinder im Chor »Onkel Tommaso!« krähten und sich in seine Arme warfen, während Micol auf der Schwelle schüchtern ankündigte, dass es in einer Stunde Abendessen geben würde. Aus dem Radio drangen die Nachrichten des Tages: Am Nachmittag war Neapel von einem schweren Bombenangriff der Alliierten getroffen worden. Viele Gebäude waren zerstört, es gab zahlreiche zivile Opfer.

Die Bomben, verkündete die Stimme weiter, seien auf die Altstadt und die Bevölkerung gerichtet gewesen und hätten die unvergleichliche Schönheit Neapels zerstört.

Lia bekreuzigte sich, während es im Haus ganz still wurde.

»Der Krieg wird auch hierherkommen. Bald wird er an die Türen dieser Stadt klopfen«, murmelte sie leise. Sie ging zum Fenster und schaute zu den Wolken, die der Sonnenuntergang rötlich färbte – als ob die Farbe des Himmels ein Vorzeichen wäre für das, was ihnen bevorstand. »Seit die Alliierten in Turin mit ihren Bombardements begonnen haben, haben sie nicht mehr aufgehört. Sie werden kommen, es ist nur eine Frage der Zeit.« Sie suchte den Blick ihrer Schwägerin, die jedoch in die Betrachtung von Clio und Viola versunken war, die mit ihrem Onkel auf dem Teppich saßen und ihm mit ausladenden Gesten von ihren Plänen für Weihnachten berichteten und auf den geschmückten Weihnachtsbaum deuteten.

»Für sie läuft die Zeit einfach weiter«, sagte Eva. »Aber wie lange noch werden wir sie noch vor all dem, was da draußen vor sich geht, beschützen können?«, fragte sie, als Micol sie unterbrach, weil sie am Telefon verlangt wurde.

»Signor Sarti wünscht Sie zu sprechen«, meldete sie,

und Eva ging rasch in den Flur und griff beunruhigt nach dem Hörer.

»Raffaele, ich bin's, Eva. Was ist los?«

Ein Seufzer war zu hören, der Evas Unruhe nur noch verstärkte. Sie fragte noch einmal, er räusperte sich und hustete. »Eva, es geht um Ottavia. Es geht ihr immer schlechter«, brachte er endlich hervor.

»Immer noch dieser furchtbare Husten?«

»Ja. Sie kommt kaum noch aus dem Bett. Sie hustet ununterbrochen, Tag und Nacht. Ich weiß nicht mehr, was ich noch machen soll.«

»Was sagt denn der Arzt? Er hat ihr doch schon vor Wochen etwas verschrieben.«

»Du hast ihr also die Lüge auch geglaubt.«

»Was willst du damit sagen?«

»Ottavia war nie beim Arzt«, erklärte er. »Sie ist nicht hingegangen, weil sie Angst hatte, ins Krankenhaus zu müssen. Sie wollte Mosè und Angela in diesen schwierigen Zeiten nicht im Stich lassen.«

Eva umklammerte den Hörer fester. »Gut, dann musst du eben jetzt einen Arzt rufen. Und wenn sie sich noch so sträubt.«

»Das habe ich bereits getan, er muss jeden Moment hier sein. Ich halte dich auf dem Laufenden.«

»Ich danke dir.« Sie legte auf, blieb jedoch stehen und starrte auf das Telefon. Lauter Gedanken stürmten auf sie ein, daran, wie viel ihre Schwägerin in ihrem Leben hatte ertragen müssen: angefangen bei ihrem Mann, der sie und die Firma betrogen hatte, dann das Kind, das sie verloren hatte, die Gewalt, die Anschuldigungen. Dann hatte sie mit Raffaele noch einmal die Liebe gefunden und ihn nach dem Tod ihres Mannes geheiratet. Und jetzt? Was erwartete sie jetzt?

»Micol hat uns gerufen, das Abendessen steht auf dem Tisch«, unterbrach Lia jäh ihre Gedanken. Sie berührte sie am Arm, doch als sie den Gesichtsausdruck ihrer Schwägerin sah, runzelte sie die Stirn. »Stimmt etwas nicht?«

Eva sah zu Boden, als suchte sie nach den richtigen Worten, dann holte sie tief Luft. »Ich brauche Antworten, aber ich weiß nicht, ob ich den Mut habe, die richtigen Fragen zu stellen.«

13

Clara nahm das Radio vom Tisch und trug es aus dem Wohnzimmer.

»Warum bringt sie es weg?«, fragte Tommaso und trank einen Schluck Glühwein, den Lia zubereitet hatte, nachdem sie im Limettenhaus angekommen waren.

Eva fuhr sich mit den Händen durchs Haar und trank ebenfalls einen Schluck: Der Wein schmeckte nach Zimt, Sternanis und Nelke, dazu Orangenschalen, die ebenfalls im gesüßten Wein mitgekocht worden waren. »Weil ich in diesen Tagen nichts von Politik und Krieg hören möchte«, antwortete sie und stellte das Glas auf das Tablett neben sich. Es war dunkel geworden, der Himmel versprach baldigen Schnee. Tatsächlich waren für die Festtage ergiebige Schneefälle angekündigt, und schon beim Auspacken der Koffer hatten Clio und Viola ausgemacht, zum Morgengrauen aufzustehen, um nachzusehen, ob der Himmel sein Versprechen auch wahr gemacht hatte. »Wir sind ins Limettenhaus gekommen, um die Festtage fernab aller Probleme und Sorgen zu verbringen. Vor allem weit weg vom Krieg«, sagte Eva und deutete auf die Zimmerecke, in der sich Clio, Viola, Angela, Lia und Myriam um den riesigen Weihnachtsbaum versammelt hatten. »Ich möchte ihnen einfach ein paar Tage der Sorglosigkeit schenken. Wir werden uns früh genug wieder mit der hässlichen Seite des Lebens auseinandersetzen müssen.«

»In der Tat. Wir hatten wirklich genug schlechte Nachrichten. Wir können alle etwas Ruhe gebrauchen«, erwiderte Tommaso und beobachtete Clio und Viola, die mit ihrem Kater Nero spielten. Er legte ein Scheit im Kaminfeuer nach, das schnell Feuer fing und mollige Wärme spendete.

Myriam, die neben dem Baum im Sessel saß und ihrem Cousin Mosè ein Märchen vorlas, schaute kurz auf und lächelte Tommaso dankbar an. Als aus dem Nebenzimmer das *Ave Maria* von Gounod erklang, sah Eva erstaunt auf. Auch Angela, die gerade mit Micol die Vorspeisen servierte, war überrascht, schließlich war Rachele, die ein neues Zimmer gefunden hatte, in der Stadt geblieben, trotz aller Proteste derer, die ihre Abwesenheit bedauerten.

»Das ist Diana«, sagte Eva leise und lauschte dem Klavierspiel ihrer Tochter. Sie lächelte Tommaso zu.

Es war Weihnachten, ein Abend, der sich für alle Unglücklichen, die Verluste zu verkraften hatten, von allen anderen Abenden unterschied. Für alle, die mit ihren Gedanken bei ihren Liebsten in der Fremde waren und beteten, dass sie zurückkehren würden. Für alle, deren Glaube an diesem Abend tiefer war und die sich mit aller Kraft daran festhielten.

Eva durchquerte das Zimmer, blieb auf der Schwelle stehen und blickte in den Nebenraum, aus dem Licht auf das dunkle Holz des Korridors fiel. Am liebsten wäre sie zu Diana gelaufen und hätte sie fest in den Arm genommen, diese komplizierte Tochter, die ihr so ähnlich war. Sie war so sensibel. Doch sie blieb stehen und lauschte ihrem Spiel, sah zu, wie ihre Finger über die Tasten glitten. Stumm betete Eva für ihr Glück.

»Ich fahre jetzt nach Rom zurück.«

Eva fuhr zu Andrea herum, der hinter ihr aufgetaucht war. »Aber warum denn? Du kannst gerne bleiben, das weißt du.«

Andrea fuhr sich mit der Hand über den Bart. Er hatte den Hemdkragen gelöst und die Ärmel hochgekrempelt, trotz der beißenden Kälte. Ermes lag mit Grippe im Bett, deshalb hatte er sie gefahren. »Ich denke, ihr braucht mich hier nicht.«

»Hast du etwas vor?«

Er schüttelte den Kopf. »Nein. Wer wie ich keine Familie hat, mag die Festtage nicht besonders.«

»Dann bleib doch«, insistierte Eva. »Ich bin sicher, dass Ottavia dich ebenfalls gerne hier hat. Auch wenn sie gerade in ihrem Zimmer ist.«

»Hat sie sich immer noch nicht erholt?«

»Leider steigt das Fieber wieder, Raffaele und sie werden nicht zur Christmette kommen.«

»Wenn das so ist, sollte ich vielleicht wirklich bleiben. Dann kann ich euch notfalls fahren.«

»Nicht nötig«, unterbrach ihn Diana, die in ihrem lavendelfarbenen Kleid und mit weich fallenden Locken ins Wohnzimmer getreten war. »Mein Onkel Tommaso ist ein guter Fahrer. Ich selbst habe bei ihm gelernt.« Sie lehnte sich gegen den Türrahmen. »Wenn du in die Stadt zurückwillst, tu das. Wir halten dich nicht zurück.«

Sie schauten sich lange an. Eva wich zurück, blickte erst zu Andrea, dann zu Diana.

»Ich bleibe.«

Diana schluckte. »Gut«, sagte sie und sah Andrea weiter fest an. »Ich sage nur gleich, dass ich morgen nach dem Weihnachtsessen verabredet bin. Ich treffe Manfredi.«

Eva schüttelte den Kopf, Andrea hatte die Hände in den Taschen zu Fäusten geballt. »Wenn es dich glücklich macht, bitte. Du bist erwachsen genug, um zu wissen, was du tust«, entgegnete Eva. Traurig schaute sie Diana nach, die schweigend zu den anderen Mädchen hinüberging.

»Mama ist sehr krank«, flüsterte Viola ihr jetzt Hilfe suchend zu, während sie ängstlich Clios Hand hielt.

Eva beugte sich zu dem kleinen Mädchen hinunter und nahm ihr Gesicht zwischen die Hände. »Es wird alles gut, du wirst sehen, sie erholt sich wieder«, versuchte sie Viola zu beruhigen. Aber die Lüge schmeckte bitter, war mehr Hoffnung als Gewissheit.

»Leider steigt das Fieber«, schaltete sich Angela sorgenvoll ein. »Der Arzt weiß nicht, wie er es in den Griff bekommen soll. Keines der Arzneimittel hat geholfen, sie wird immer schwächer.« Sie sah zu Gino hinüber, der neben Tommaso eine Zigarette nach der anderen rauchte und zur Bestätigung nickte.

Eva faltete die Hände und seufzte. »Was sagt Raffaele?«

Angela zuckte ratlos mit den Schultern. »Der Arme weiß nicht mehr weiter, es geht ja schon seit Monaten so.« Eva nickte. »Ich versuche zu helfen, aber du weißt, was wir zu Hause für Probleme haben. Wenn ich nur an die Schikanen denke, die die Familie meines Mannes tagtäglich erdulden muss. Ich mache mir solche Sorgen um die Zukunft von Mosè.« Bei den letzten Worten hatte sie die Stimme gesenkt, während ihr Mann die Hände an die Schläfen presste, als ob er Gedanken im Kopf zurückhalten wollte, die auszusprechen zu gefährlich waren. Eva legte Angela die Hand auf den Arm und nickte besänftigend.

»Mach dir keine Sorgen, irgendwie werden wir auch dafür eine Lösung finden«, versuchte sie ihr Mut zu machen und nahm sie in den Arm.

»Das Abendessen steht auf dem Tisch«, rief Lia und hakte sich bei den beiden Frauen neben sich unter. »Lasst uns nur an heute Abend denken, und machen wir das Beste daraus für uns und unsere Familien. Wir alle können einen Moment der Ruhe und des Friedens gut gebrauchen.«

Die Tage und Stunden vergingen im immer gleichen Rhythmus: Der Arzt sah täglich nach Ottavia, die mit hohem Fieber im Bett lag, Tommaso und die Mädchen vertrieben sich die Zeit mit immer neuen Spielen. Draußen lag so viel Schnee, dass sie ans Haus gebunden waren – zum Leidwesen Dianas, die sah, wie all ihre gesellschaftlichen Pläne sich in Wohlgefallen auflösten.

Myriam nutzte die Zeit zum Lesen, Eva führte mit Rachele lange Telefongespräche über geschäftliche Angelegenheiten. Lia schrieb Briefe, die sie nie abschicken würde, und wachte mit Raffaele am Bett ihrer kranken Schwägerin, Angela versuchte, Gino und Mosè abzulenken. Dennoch sank Ginos Laune von Tag zu Tag mehr, und schließlich verlangte er, dass sie in die Stadt zurückfuhren.

»Kümmere dich um meine Mutter«, flüsterte Angela Eva beim Abschied ins Ohr, während Gino schon ungeduldig im Auto wartete.

»Geh nur, du kannst ganz beruhigt sein.«

»Das kann ich nicht«, hatte sie entgegnet. Tränen waren ihr das Gesicht hinabgelaufen, und sie hatte traurig zum Fenster ihrer Mutter hochgeschaut. »Ich spüre, dass ich sie nicht wiedersehen werde.«

Eva hatte ihr heftig widersprochen, doch der Gedanke ließ sie nicht mehr los. Sie versuchte, sich mit einfachen Tätigkeiten im Haushalt abzulenken, doch ihr fehlte jegliche Energie. Die Stunden, die die Standuhr im Wohnzimmer zählte, verwandelten sich in ein klebriges Spinnennetz. Der düstere Himmel hing schwer über den Graustufen des Schnees, der jedes Geräusch verschluckte.

»Ich frage mich, wie lange Raffaele diese Anspannung noch aushält. Der Arme ist nur noch ein Schatten seiner selbst«, sagte Andrea zu Eva, während sie im Auto aus dem Dorf zurückkehrten, wo sie Medikamente besorgt hatten. Er versuchte sich nützlich zu machen, reparierte dies und das und griff Raffaele unter die Arme, wo er nur konnte. Diana ging er weitgehend aus dem Weg.

Es war der letzte Abend des Jahres. Bald würde 1943 Einzug in ihr Leben halten, ein Jahr, auf dem die Hoffnungen der ganzen Welt ruhten. Nur wenige wagten davon zu träumen, es offen auszusprechen schon gar nicht. Es war allen bewusst: Die Hoffnung war nur eine Illusion. Die Hoffnung, dass der Krieg bald enden würde und die Männer, die vor zwei Jahren frohen Mutes in den Kampf gezogen waren, heil und gesund zurückkommen würden.

Eva schaute auf das Päckchen, das sie fest an sich presste: »Beten wir, dass Ottavia sich rasch wieder erholt und diese Medikamente ihre Wirkung tun. Die beiden brauchen endlich mal eine Atempause. Bisher hatten sie nur an ihrem Hochzeitstag wirklich Grund zur Freude.«

Sie fuhren die Auffahrt hoch, die an diesem Morgen vom frisch gefallenen Schnee geräumt worden war. Der Garten ums Haus schien einem Märchenbuch entsprungen: Die Zweige der Hecke waren nur noch vereiste Stacheln, und die Wege, die sonst von Hortensien und Kirschblüten gesäumt waren, bildeten kaum mehr als schmale Striche unter dem endlosen Weiß. Selbst das Wasser im Springbrunnen, den Ottavia in einer Ecke des Gartens hatte anlegen lassen, war seit Tagen eingefroren.

»Es ist alles so ruhig. Als ob alles Leben verschwunden wäre«, murmelte Eva. Stumm und unnahbar zeigte sich auch die Villa, doch die umherhuschenden Schatten im Zimmer ihrer Schwägerin versetzten sie in Alarmbereitschaft.

»Etwas stimmt nicht«, flüsterte Eva.

Andrea schloss die Autotür und kam zu ihr. »Warum, was hast du gesehen?«

»Nichts, aber ich weiß es. Ich fühle es.« Schnell lief sie zum Haus, wo sie an der Tür mit der in Tränen aufgelösten Lia zusammenstieß.

»Sie schafft es nicht«, stammelte sie unter Schluchzern.

»Was ist passiert?«, fragte Eva, die sie zu beruhigen versuchte.

»Sie hatte einen Anfall.« Lia presste sich die Hand auf den Mund.

»Einen Anfall?«

»Der Arzt ist bei ihr, sie wollen sie ins Krankenhaus bringen.«

»Was ist los?«, fragte auch Andrea und wollte ihnen hinterher ins Haus, als ihn Micol beiseitezog.

»Signorina Rachele hat gerade angerufen. Es gab Probleme mit den Papieren einiger Bäcker«, fuhr sie leise fort. »Sie war sehr aufgeregt, deshalb habe ich versprochen, Ihnen gleich Bescheid zu sagen.«

»Das hast du gut gemacht«, bedankte sich Andrea und wollte sich Eva zuwenden, doch die war nicht mehr zu sehen.

»Sie sind alle oben im Zimmer der Signora«, erklärte Micol.

Andrea nickte. »Ist Tommaso da?«

»Ja, er ist eben gekommen. Signora Lia hat ihn angerufen.«

Er fuhr sich mit der Hand über das Gesicht und schaute nach oben, von wo schnelle Schritte und leise Stimmen zu hören waren. »Es ist besser, wenn ich nach Rom zurückfahre. Ich komme so schnell wie möglich zurück.« Er legte seine Jacke über die Schultern und ging zum Wagen.

»Andrea.«

Er drehte sich um. Die Stimme kannte er nur zu gut. »Diana. Was kann ich für dich tun?«

Sie kam langsam die Treppe herunter und ihre leisen Schritte hallten in der Stille wider. »Du fährst in die Stadt zurück?«

»Ja.« Er legte eine lange Pause ein, um ihr Zeit zu geben, sich dazu herabzulassen, auszusprechen, was ihre Augen ihm längst verrieten. Doch ihr Stolz ließ es nicht zu, und so sagte er mit einem Lächeln: »Lass mich raten: Du brauchst eine Mitfahrgelegenheit?«

Sie nickte, und in ihm stiegen Wut und Abneigung gegen Manfredi auf, dem sie hinterherlief, sie, die sich immer gerühmt hatte, unabhängig zu sein. Er steckte die Hände in die Taschen und zuckte die Schultern. »Wenn dein Geliebter sich von ein paar Schneeflocken davon abhalten lässt, dich hier abzuholen, würde ich mir schon ein paar Fragen stellen.«

»Sehr witzig«, entgegnete sie gereizt. »Auf deine Bemerkungen kann ich gut verzichten, fahr ruhig ohne mich in die Stadt.«

Andrea streckte ihr die Hand hin. Trotz ihres schwierigen Charakters übte sie immer noch ihre Macht über ihn aus, der er sich nicht entziehen konnte. »Nun komm schon, fahren wir.«

»Die Signora muss dringend ins Krankenhaus, ich kann hier nichts mehr ausrichten.« Das waren die Worte des Arztes gewesen, während er das Stethoskop in seiner Tasche verstaute. Er hatte sie alle, Tommaso, Myriam, Eva, Lia und Raffaele zum Gespräch gebeten und sie über Ottavias wahren Gesundheitszustand unterrichtet. Angesichts der Tragödie, die ihre Familie erfasst hatte, war der Krieg nur noch ein ferner Schatten.

»Die Signora hat einen Lungentumor im Endstadium. Im jetzigen Zustand können wir nur noch ihr Leiden lindern. Eine Behandlung ist nicht mehr möglich. Es tut mir leid, Signor Sarti, aber mehr können wir nicht tun«, fügte der Mann hinzu und schob seine Brille auf seiner spitzen Nase hoch.

Myriam hatte darauf bestanden, dass Ottavia in das Krankenhaus gebracht wurde, in dem sie arbeitete. Jetzt suchte sie Giovannis Blick, der zu Boden schaute, die Hände in den Taschen seines Arztkittels vergraben.

»Was meinst du?«, fragte sie und zog ihn hinaus auf den Flur. »Es kann nicht sein, dass meine Tante stirbt, das ist absurd! Außerdem akzeptiere ich keine Diagnose von einem Arzt, der von morgens bis abends raucht und die meiste Zeit angetrunken ist.«

»Sei ruhig wütend auf ihn, wenn dir das hilft. Du hast ja auch recht: In seinem Privatleben lässt er sich gehen. Aber beruflich gesehen ist er einer der Besten auf seinem Gebiet, Myriam«, antwortete Giovanni. »Es tut mir sehr leid für deine Tante.« Er wollte ihr die Hand auf die Schulter legen, aber sie wich zurück und sah ihn wütend an, als hätte sie einen Feind vor sich, und nicht einen Kollegen. Dann blickte sie hinaus auf den Fluss, in den eisige Regentropfen fielen, die Zähne aufeinandergepresst, um die Worte zurückzuhalten, die ihr durch den Kopf wirbelten und hinausdrängten.

»Myriam«, sagte er leise und versuchte noch einmal, sich ihr zu nähern, doch sie wich erneut zurück.

»Sag nicht, dass es dir leidtut, denn das tut es nicht«, warf sie ihm vor. »Ich kenne euch Ärzte. Euch geht es nicht um die Menschen. Für euch sind sie nur Diagnosen, Dinge, die man reparieren muss. Und wenn das nicht möglich ist, schiebt ihr sie beiseite und wartet, bis die Natur ihr Werk vollbringt. Manchmal, wenn ihr einen Funken Mitgefühl empfindet, gebt ihr ihnen ein wenig Morphium mit auf den Weg. Aber wirklich leid tut es euch nicht.«

»Hör auf.«

»Warum? Stimmt es etwa nicht?«

Giovanni atmete lange aus. »Nein«, sagte er dann, drehte sich um und ließ sie mit ihren Albträumen allein, während wenige Meter entfernt, im Krankenzimmer, Myriams Cousine in Tränen ausbrach.

Alle nahmen sie in den Arm, versuchten sie zu trösten, doch sie klammerte sich schluchzend an Raffaele, der wie betäubt vor Schmerz dastand, vor sich hin starrte und kaum aufnehmen konnte, was der Arzt sagte. Die wärmende Umarmung seiner Familie erreichte ihn nicht.

»Danke für alles, was Sie für meine Schwägerin tun«, sagte Tommaso zu dem Arzt, ehe der das Zimmer verließ, dann wandte er sich zu Eva: »Wir müssen Lia Bescheid geben, sie muss Viola darauf vorbereiten. Ottavia hat sie immer wie ihre eigene Tochter behandelt.«

Eva schluckte. »Bitte sprich nicht in der Vergangenheit von ihr. Noch lebt sie. Und wir müssen alles dafür tun, dass sie die Zeit, die ihr noch bleibt, so gut wie möglich verbringen kann.« Sie ging zu Raffaele und Angela hinüber und schloss sie in die Arme. »Sorgen wir dafür, dass Ottavia ihre letzten Tage und Wochen in Frieden verbringen kann, ja?«

Raffaele nickte. Er bewegte langsam die Lippen, doch es gelang ihm nicht zu sprechen. Sie sahen sich nur an, vereint im Schmerz.

14

Angela verließ das Zimmer ihrer Mutter, die immer noch nicht wieder bei Bewusstsein war. Mit einem Umschlag in der Hand ging sie auf Diana und Myriam zu, die in einer Ecke saßen und sich unterhielten. Ihre Schritte waren unsicher, als müsste sie eine Entscheidung treffen.

Draußen tauchte der Sonnenaufgang die Stadt in ein fahles Licht, der Himmel suchte nach guten Vorzeichen für das neue Jahr. Nach dem Silvesterfest lief das Leben jedoch weiter wie bisher: Die Menschen standen vor den Geschäften nach Lebensmitteln an, man unterhielt sich von Balkon zu Balkon über die aufgehängte Wäsche hinweg, die Kinder spielten auf dem Hof mit ihren Bällen aus Lumpen, die Menschen wurden von Tag zu Tag ärmer.

Angela blieb vor den beiden Schwestern stehen, die sofort verstummten und sie erwartungsvoll ansahen. »Kannst du das bitte deinem Freund Manfredi geben?«, brachte sie schließlich mühsam hervor und drückte Diana den Umschlag in die Hand.

»Was ist das?«, fragte Diana misstrauisch.

»Ein Brief an Ernesto. Er soll so schnell wie möglich zurückkommen.« Sie schaute auf den Umschlag. »Er muss sich wenigstens noch von seiner Mutter verabschieden können.«

»Verstehe«, sagte Diana mit unbeweglicher Miene. Als sie jedoch Myriams vorwurfsvollen Blick bemerkte, lächelte sie ihre Cousine aufmunternd an. »Ich kann es versuchen. Aber versprechen kann ich nichts«, fügte sie hinzu und steckte den Umschlag in ihre Tasche.

»Danke«, presste Angela hervor.

»Nichts zu danken«, antwortete Diana, und nachdem ihre Cousine wieder im Krankenzimmer verschwunden war, wandte sie sich Myriam zu, um ihr Gespräch fortzusetzen, doch ihre Schwester stand auf und richtete ihre Haube.

»Ich muss auf meine Station zurück«, erklärte sie. »Du machst das Richtige, ich bin stolz auf dich. Wir wissen beide, wie viel Überwindung es Angela gekostet hat. Sie hat es für Ottavia getan, und sie war immer freundlich zu uns. Es ist schlimm, was mit ihr passiert.«

»Glaubst du wirklich, dass nichts mehr zu machen ist?«

Myriam schüttelte den Kopf. »Leider ja. Ich habe mit einem befreundeten Arzt gesprochen, er ist der gleichen Meinung wie sein Kollege. Der Tumor ist zu groß, und Ottavia ist einfach zu geschwächt. Wir müssen es akzeptieren und können nur hoffen, dass Ernesto noch rechtzeitig aus Russland zurückkommt, um sich von seiner Mutter zu verabschieden.« Sie hielt inne. »Du versuchst es also?«

Diana warf einen raschen Blick auf den Brief in der Tasche und lächelte dann Myriam zu. »Ja, ich versuche es«, sagte sie und küsste ihre Schwester auf beide Wangen, glücklich darüber, dass es für einen Moment so war wie früher, als nichts ihre Beziehung erschüttern konnte.

In der Personalküche ließ Myriam sich erschöpft auf einen Stuhl sinken.

»Hey.«

Überrascht blickte sie auf, vor ihr stand Giovanni.

»Ich wusste gar nicht, dass du da bist.«

»Seit du hier bist, komme ich hier einfach nicht weg«, erwiderte er scherzhaft. Er deutete auf den Platz neben ihr. »Darf ich?«

»Wenn du mich nach dem, was ich neulich gesagt habe, nicht hasst, gerne. Wenn ich nur daran denke, komme ich mir so dumm vor.«

»Das brauchst du nicht. Die meisten reagieren so, wenn sie eine derart niederschmetternde Nachricht bekommen. Das ist nur menschlich. Wir wollen uns mit dem Tod nicht abfinden, Krankheit macht uns Angst. In solchen Situationen werden uns die Grenzen unserer menschlichen Existenz bewusst.«

Myriam seufzte.

»Ich hoffe nur, dass es Diana oder meine Mutter gelingt, sich mit meinem Cousin in Verbindung zu setzen, und dass er rechtzeitig zurück ist, um mit seiner Mutter Frieden zu schließen.«

»Warum, was ist denn passiert?«

»Ernesto lehnt ihren zweiten Mann ab, er spricht nicht mit ihm. Ich weiß auch nicht, warum. Dabei ist Raffaele ein guter Mensch und meiner Tante zutiefst zugetan. Als sie krank geworden ist, war er immer an ihrer Seite. Er hat alles aufgegeben, sogar die Leitung seiner Parfümerie. Er würde sein Leben geben, wenn er sie retten könnte.«

»Dann könnte Ernesto doch glücklich sein für seine Mutter. Sie war doch Witwe. Hat sie denn nicht das Recht, sich ein neues Leben aufzubauen?«

Myriam atmete tief durch. Auch sie war Witwe, aber allein die Vorstellung, einen anderen Mann zu lieben als ihren Mann, den Mann zu lieben, der vor ihr saß, verursachte ihr beinah körperliche Schmerzen.

»Ich weiß nicht, Giovanni. Natürlich wäre es manchmal einfacher weiterzugehen. Besonders wenn man nicht geliebt wurde, wie es bei meiner Tante der Fall war. Mein Onkel hat sie nicht so geliebt, wie sie es verdient hätte. Genau genommen hat er sie gar nicht geliebt. Aber dennoch kann man die Vergangenheit manchmal nicht so einfach hinter sich lassen und neu anfangen. Manchmal kann man die Liebe eben nicht loslassen. Das ist unmöglich.«

»Unmöglich.«

Eva starrte auf das Telefon und trommelte mit den Fingerspitzen auf den Schreibtisch. Auf der anderen Seite des Schreibtischs saß Tommaso und blätterte mit abwesendem Blick durch die Geschäftszahlen.

»Er hat mir gesagt, es ist unmöglich«, wiederholte sie laut.

Tommaso sah auf und schlug den Ordner zu. »Wovon redest du?«

»Carnai«, sagte sie nur. Dann fügte sie hinzu: »Ich habe ihn um Hilfe gebeten, um unseren Neffen zurückzuholen, aber er sagte, es geht nicht. Die Verbindung mit Russland sei so gut wie tot. Es sei denn …«

Tommaso richtete sich auf und beugte sich vor. »Was will er?«

»Zucker«, presste sie hervor. »Er will ihn auf dem Schwarzmarkt verkaufen.«

Tommaso schnaubte. »Wie viel haben wir noch?«

»Nicht viel. Ich habe schon Carlos geschrieben und

ihn um eine Sonderlieferung gebeten, aber wer weiß, wie lange das dauern wird und ob sie überhaupt ankommt. Es wird Tag für Tag schwieriger, den Ozean zu überqueren.«

Tommaso stützte die Ellbogen auf den Tisch und verschränkte die Hände. »Wenn wir Carnai den Zucker geben, den wir auf Lager haben, und dann geht etwas mit der Lieferung aus Kuba schief, haben wir ein Problem. Aber wenn wir erst auf die neue Lieferung warten, ist es vielleicht schon zu spät.«

»Bitte, sag so etwas nicht.« Eva sprang auf. Sie fuhr sich mit der Hand durchs Haar und stützte sich dann auf das Fensterbrett. Suchend blickte sie in den Sonnenuntergang. »Was für eine verfahrene Situation. Ich stehe mit dem Rücken zur Wand. Wenn ich nur daran denke, dass Clio sich nicht von ihrem Vater verabschieden konnte, weiß ich eigentlich genau, was zu tun ist. Aber wir haben ja noch die Verantwortung für so viele andere Menschen.« Wütend ballte sie die Faust, als die Tür aufflog, Diana hereinkam und sich in den Sessel neben dem Schreibtisch fallen ließ.

»Dieser Mistkerl hat Nein gesagt«, zischte sie wütend, verschränkte die Arme vor der Brust und schlug die Beine übereinander.

Eva wandte sich zu ihrer Tochter um und nahm wieder hinter ihrem Schreibtisch Platz, während Tommaso überrascht fragte: »Verrätst du uns, was passiert ist?«

Diana blickte rasch von ihrer Mutter zu ihrem Onkel, während ihr Fuß unter dem Tisch nervös auf und ab wippte. »Angela hat mich wegen Ernesto um Hilfe gebeten, sie hat mir einen Brief für ihn gegeben. Ich sollte

Manfredi bitten, dafür zu sorgen, dass er ihn bekommt, damit Ernesto sich wenigstens von seiner Mutter verabschieden kann.« Eva fuhr sich mit der Zunge über die Lippen und schüttelte den Kopf. »Und er will es nicht tun.«

Diana sah ihrer Mutter direkt in die Augen und wandte sich dann an ihren Onkel: »Er meinte, wenn ich keine Schwierigkeiten will, soll ich mich besser von Angela und Gino fernhalten!«

»Dieser Mistkerl! Aber du solltest besser nicht insistieren«, meinte Tommaso. Er wechselte einen Blick mit Eva, die die Hände hob, dann räusperte er sich und fuhr fort: »Das war eine großzügige Geste von dir, Diana. Aber du solltest dich nicht mehr als nötig in Gefahr bringen. Wir haben schon genug Probleme. Dass die Faschisten auf uns aufmerksam werden, hat uns gerade noch gefehlt.«

»Du hättest ihm besser nichts gesagt«, gab Eva ihm recht, »aber dafür ist es jetzt zu spät.« Sie suchte den Blick ihrer Tochter, doch die starrte auf die Maserung der Tischplatte. Sie stand auf, ging zur Tür und wartete darauf, dass Diana sich erhob. »Sorg dafür, dass Manfredi Angela und ihren Mann schnell wieder vergisst. Um den Rest kümmern sich Tommaso und ich«, fügte sie hinzu und schaute Diana nach, die mit gesenktem Kopf, wütend und gekränkt das Büro verließ.

»War das wirklich nötig?«

Eva drehte sich zu ihrem Schwager um, in dessen Stimme ein deutlicher Vorwurf lag, und seufzte: »Diana muss erwachsen werden und lernen, sich die Menschen, mit denen sie Umgang hat, besser auszusuchen und sich nicht aus einer Laune heraus oder, noch schlimmer, aus Rachegelüsten auf jemanden einzulassen. Als ihre Mutter habe ich die Pflicht, sie darauf hinzuweisen, wenn sie einen Fehler macht. Auch wenn es manchmal schmerzhaft ist.«

»Stimmt, aber in deinen Augen macht sie ja nur Fehler, und das ist ungerecht. Damit machst du eure Beziehung nur noch schwieriger.«

»Ich weiß, aber ich habe keine Wahl.« Sie schaute zur geschlossenen Tür und seufzte. Tommaso hatte recht: Diana gegenüber zeigte sie sich immer von ihrer härtesten und unnachgiebigsten Seite. *Ich liebe sie genauso sehr wie meine anderen Kinder, aber sie ist anders als Gabriel, Myriam und Clio*, dachte sie. *Sie ist mir so ähnlich. Zu ähnlich, das muss einem ja Angst machen.*

15

Eva eilte die Treppe hinauf, der Gürtel ihres Mantels schlug gegen die nackten Beine. Das violette Licht des Februarmorgens tauchte die Stufen in rotes Licht. Atemlos stieg sie zur Station hinauf, in der Ottavia behandelt wurde. Sie hatte ihr etwas zu sagen, was sie sicher aufrichten würde, auch wenn sie im Halbschlaf der Medikamente dämmerte.

Im Flur zur Station malte das Licht, das durch die Scheiben fiel, Schachbrettmuster auf den Boden. Es war ein kalter Tag, doch der Nordwind hatte die Wolken vertrieben, die seit Tagen über der Stadt hingen, und man konnte bereits den Frühling zwischen den kahlen Ästen der Platanen erahnen. Die Bäume entlang des Tibers trugen vorsichtige erste Blättchen, bereit, die ersten Sonnenstrahlen zu umarmen, ungeachtet des Krieges, ungeachtet des Wehklagens der Mütter hinter verschlossenen Fenstern und Türen, ungeachtet der Armut und Not.

»Raffaele«, rief Eva, erstaunt, ihren Schwager noch im Krankenhausflur anzutreffen. Myriam hatte ihr erzählt, dass er die ganze Nacht am Bett seiner Frau gesessen hatte, doch die Glocken der Kirche gegenüber schlugen bereits zum Mittag, und noch immer war er dort, in seinem für seinen ausgemergelten Körper viel zu großen Pullover.

»Eva. Schön, dich zu sehen.« Er lächelte schwach und begrüßte sie mit einer liebevollen Umarmung. Das fröhliche Hellblau seines Pullovers bildete einen schreienden

Kontrast zu seinen müden Augen, kaum mehr als zwei Schlitze.

Den hat ihm sicher Ottavia gestrickt, dachte sie, während sie die Umarmung erwiderte.

»Was machst du hier?«

»Ich bringe eine gute Nachricht. Ist Ottavia wach?«

»Ja«, stammelte Raffaele und fuhr sich mit der Hand über das bleiche Gesicht. »Soweit es ihr das Morphium erlaubt.«

»Gut, dann wird es sie freuen zu hören, dass Ernesto auf dem Weg nach Hause ist«, sagte sie. Er sah sie ungläubig an, dann hellte sein Gesicht sich auf.

»Wie hast du das geschafft? Ich habe an alle geschrieben, die ich kenne, aber niemand konnte mir helfen.«

»Das spielt jetzt keine Rolle. Hauptsache, er kommt«, sagte sie und legte ihm eine Hand auf die Schulter. Sie schwiegen einen Augenblick, hin und wieder kam eine Krankenschwester vorbei. Sie dachte an ihr Telefonat mit Carnai vor einigen Wochen, an den Zucker, der heute Morgen endlich im Hafen eingetroffen war, an ihre Erleichterung, dass das Risiko, das sie zum Wohl ihrer Schwägerin auf sich genommen hatte, belohnt worden war. Sie zog die Nase hoch, dann deutete sie auf die Tür, hinter der Ottavia lag. »Ich werde es ihr sagen, sie wird sicher sehr glücklich sein.«

»Ganz bestimmt. Sie will ihren Sohn unbedingt noch einmal sehen, bevor sie …« Er beendete den Satz nicht, sondern senkte den Kopf und schlug die Hand vor den Mund.

Eva machte noch einmal kehrt und wollte auf ihn zugehen, doch Raffaele schüttelte den Kopf. »Ottavia wird glücklich sein. Das allein zählt«, sagte er, dann wandte er sich ab, um mit der diensthabenden Krankenschwester zu sprechen.

Eva betrachtete ihn einen Moment. Die Krankheit seiner Frau zehrte sichtlich an ihm. Dann betrat sie seufzend das Zimmer ihrer Schwägerin. Ottavia lag zusammengerollt auf der Seite. »Sie sieht aus wie ein Kind«, murmelte sie. Ottavia, die ihre Stimme erkannt hatte, öffnete die Augen und lächelte.

»Eva«, sagte sie leise und versuchte sich hochzuziehen.

»Komm, ich helf dir. Du bist so dünn geworden.« Eva schob ihr ein Kissen in den Rücken. »Besser?«

Ottavia nickte.

»Gut. Ich habe gute Nachrichten.«

Ottavia war nur noch Haut und Knochen. Selbst unter der dicken Wolldecke konnte man sehen, wie sich die Knochen abzeichneten. Ihr Gesicht war eingefallen und bleich. Aus der einst energiegeladenen Frau war jede Farbe gewichen.

Ottavia zog sich die Decke bis zum Kinn, lächelte ihre Freundin an und klopfte auf die Decke, damit Eva sich neben sie setzte. »Also, was gibt es?«

Eva folgte der Einladung und nahm Ottavias eiskalte Hand, ein untrügliches Zeichen, dass ihr Stoffwechsel nicht mehr gut funktionierte. Eva lächelte. »Ernesto kommt nach Hause.« Ottavias Gesicht begann zu leuchten, und ein hoffnungsvolles Lächeln zeichnete sich auf ihren Lippen ab, ehe sie die Hand auf die Brust presste, weil sie husten musste.

»Mein Ernesto kommt nach Hause. Dann stimmt es

wirklich, dass ich sterben werde.« Sie schaute aus dem Fenster.

»Er kommt, weil er eine Erlaubnis bekommen hat. Ein Urlaub, nicht mehr«, log Eva, obgleich es ihr schwerfiel.

»Gut. Aber ich will nicht, dass er mich hier sieht. Ich möchte zurück nach La Gioiosa. Wenn es zu Ende gehen soll, dann zu Hause. Das einzige Zuhause, das ich habe. Der Ort, an dem ich aufgewachsen bin. Ich habe so viele glückliche Erinnerungen an das Limettenhaus.«

Eva kratzte sich an der Stirn. »Ich weiß nicht, ob …«

»Bitte, mach mir nichts vor. Ich liege im Sterben. Fang nicht auch du noch damit an, mich zu belügen.« Sie ließ sich erschöpft ins Kissen zurücksinken.

»In Ordnung.«

»Ich habe den Arzt gefragt, der mit Myriam zusammenarbeitet. Giovanni. Ein guter Junge. Er hat mir versprochen, dass er sich dafür einsetzt, dass ich nach Hause darf. Hoffen wir, dass Ernesto es rechtzeitig schafft.«

Eva lächelte. »Ja, wir wollen es hoffen.«

Ottavia Principi starb in der Nacht des 28. Februar in ihrem Bett in La Gioiosa. Sie trug ihr schönstes Kleid, in dem sie das zweite Mal geheiratet hatte.

Ihren letzten Atemzug tat sie in Raffaeles Armen, der anschließend noch zwei Stunden alleine neben ihrem toten Körper wachte. Erst dann rief er die Familie, damit sie sich verabschieden konnte. Er selbst verließ den Raum, tief gezeichnet von der Angst, die ihn die letzten Monate begleitet und jede Schönheit aus seinem Gesicht hatte weichen lassen. Er bat Clara, ihm einen starken Kaffee zu machen, und Micol, ihm das Telefon ins Nebenzimmer zu bringen, um die Familie und Freunde anzurufen und die Trauerfeier mit dem Priester zu besprechen, der am Vormittag zwei Männer schickte, die Ottavia vorbereiteten und in den Sarg betteten.

Alles geschah rasch und leise, während über La Gioiosa eine unwirkliche Stille lag. Kein Wind, kein Murmeln, kein Geräusch war zu hören.

»Ist Tante Ottavia in den Himmel geflogen wie Papa?«, fragte Clio ihre Tante Lia, die sie fest an der Hand hielt und zusah, wie die Kerzen für die Totenwache angezündet wurden. Das Mädchen biss sich auf die Lippen, stellte sich auf Zehenspitzen, um besser sehen zu können, und war von ebenso großer Neugier wie Angst erfüllt.

»Ja, mein Schatz, Tante Ottavia ist im Himmel wie dein Papa. Aber bis morgen bleibt ihr Körper noch hier, damit wir uns von ihr verabschieden können«, erklärte Lia. »Möchtest du zu ihr?«

Clio schüttelte den Kopf. »Ich gehe lieber zu Viola. Als Onkel Raffaele ihr gesagt hat, dass ihre Mama nicht mehr da ist, ist sie in den Garten gelaufen. Sie hat gesagt, sie will niemanden sehen. Aber ich finde, man darf einen traurigen Menschen nicht allein lassen. Wenn Marisol traurig war, hat sie mich immer ganz fest in den Arm genommen und an ihr Herz gedrückt. Sie hat gesagt, das soll man machen, wenn die Menschen, die man gerne hat, traurig sind.«

»Ganz fest ans Herz drücken?«

Clio nickte, und Lia fuhr ihr durchs Haar. »Marisol ist eine sehr kluge Frau. Geh zu Viola, und drücke sie ganz fest an dein Herz«, sagte sie und küsste sie auf die Stirn, bevor das Mädchen in den Garten rannte, aus dem gerade Myriam mit Giovanni und Angela hereinkamen. Mosè war mit Gino bei den Schwiegereltern untergebracht, und Diana würde erst zum Begräbnis am nächsten Tag anreisen. Tommaso und Andrea wurden zum Nachmittag erwartet, nachdem sie in der Firma das Nötigste geregelt hatten.

»Sie hat dieses Haus mit Licht erfüllt. Ohne sie wird es nicht mehr dasselbe sein«, sagte Eva, die im Kreis der Familie am Sarg stand. Auf einer Seite hatte sich die Dienerschaft aufgestellt und betete für die Seele der Frau, der sie viele Jahre gedient hatte. Nur Micol bat darum, ein jüdisches Gebet vorlesen zu dürfen, und alle hielten sich dabei an den Händen.

»Kommst du morgen in die Kirche?«

Viola schüttelte den Kopf und blätterte weiter in ihrem Märchenbuch. Seit Stunden saß sie hinter dem Vorhang in Ottavias Schlafzimmer.

»Ich bleibe bei ihr.«

»Aber Tante Ottavia ist nicht mehr hier. Sie ist im Himmel, bei meinem Papa.«

»Nein, Clio, das stimmt nicht. Sie ist hier, das kann ich spüren. Sie sitzt hier neben uns und möchte, dass wir Onkel Raffaele trösten, weil er so traurig ist.«

Clio riss überrascht die Augen auf. »Du siehst sie?«

Viola nickte. »Ja, ich sehe viele Leute. Es hat letzten Sommer angefangen, als ich mich vor dem Unwetter in Sicherheit bringen wollte und in dem hohlen Olivenbaum oben am See versteckt habe, der dann vom Blitz getroffen wurde. Seitdem sehe ich Leute, aber ich wusste nie, wer sie sind. Erst heute, als ich Mama erkannt habe,

habe ich verstanden, dass ich Menschen sehe, die gestorben sind, aber die immer noch bei uns sind.«

Clio hielt den Atem an und presste die Hand auf die Brust. »Kannst du auch meinen Papa sehen?« Viola runzelte die Stirn.

»Das weiß ich nicht, ich kannte ihn ja nicht. Zeig mir ein Foto, vielleicht habe ich ihn ja schon gesehen.«

Clio rannte ins Zimmer ihrer Mutter und kam mit dem gerahmten Hochzeitsfoto zurück. Es zeigte Eva und ihren Mann und war während der Feier in Kuba aufgenommen worden, lange bevor Clio auf die Welt gekommen war. Sie zeigte ihrer Cousine das Bild, die es lange ansah und dabei konzentriert die Stirn in Falten zog.

»Also, hast du ihn gesehen?«

Viola lächelte. »Ja, er steht immer neben Tante Eva. Aber jetzt ist er gerade bei Mama. Sie sind eben hinuntergegangen und warten im Wohnzimmer auf das Begräbnis.«

»Und dann gehen sie weg?«

Viola schüttelte den Kopf. »Nein, sie gehen nie weg. Auch nicht, wenn wir sie begraben haben. Sie bleiben immer da. Aber bitte, Clio, erzähle niemandem davon. Das darf niemand wissen, nicht mal Tante Eva oder Tante Lia. Ich will nicht verbrannt werden wie die Hexen, von denen sie uns in der Schule erzählt haben. Oder dass man mich in ein Krankenhaus bringt, dorthin, wo man die Verrückten einsperrt. Was ich dir gesagt habe, ist die Wahrheit, aber du musst mir versprechen, dass du mein Geheimnis nicht verrätst. Schwörst du es?«

Clio schaute sie lange an und biss sich auf die Lippen. Sie wollte nichts lieber als ihrer Mutter sagen, dass ihr

Vater immer bei ihr war, doch sie spürte Violas Angst, und ihre Zuneigung zu ihr war stärker.

»Ich schwöre es. Niemand wird jemals davon erfahren.«

Am nächsten Morgen, nach einer langen Totenwache, wurde Ottavia zu Grabe getragen. In aller Frühe kamen zwei schwarz gekleidete Männer, um den Sarg zu schließen und zur Kirche zu tragen. Eva und Lia, beide erschöpft von der langen Nacht, halfen ihnen, während Myriam mit Micol für alle Kaffee kochte. Angela war neben dem Sarg eingeschlafen, auf den Wangen noch Spuren ihrer Tränen. Clio und Viola waren mit Clara auf ihrem Zimmer, um die passende Kleidung herauszusuchen, und auch die Männer bereiteten sich auf diesen langen Tag vor.

Diana kam, nachdem die Zeremonie bereits begonnen hatte, hastete durch das Mittelschiff und ließ sich neben ihrer Schwester in die Bank fallen, die sie vorwurfsvoll ansah. Und erst als sie auf dem Friedhof standen und der Priester ein Gebet sprach, tauchte aus der Friedhofsallee ein Mann in zerschlissener Uniform auf, die Stiefel schlammverkrustet, die Mütze in den Händen. Es hatte die ganze Nacht geregnet. Erst am Morgen, als Ottavias Leichnam La Gioiosa verlassen hatte, hatten sich die Wolken aufgelöst, und nun konnte man den blauen Himmel sehen.

»Mama.« Erst war es nur ein Flüstern, dann wurde es zu einem durchdringenden Schrei, den alle hören konnten. Die Trauergemeinde wandte sich um. Ernesto, der mit dem letzten Zug eingetroffen war, rannte den kleinen

Hügel hinauf, auf dem seine Mutter begraben war, fiel auf die Knie, grub verzweifelt mit den Händen in der frischen Erde und schluchzte wie ein verwundetes Tier. Gebeugt, das erdverschmierte Gesicht in den Händen vergraben, weinte er. Er hatte den Kampf gegen die Zeit verloren.

»Mama hat bis zum letzten Atemzug auf dich gewartet. Wo auch immer sie jetzt ist, sie ist sicher glücklich, dass du hier bist«, flüsterte ihm seine Schwester ins Ohr, die neben ihm vor dem Kreuz mit dem Namen der Mutter kniete.

Die versammelte Schar verharrte noch eine Weile schweigend und betete, bis Eva den anderen ein Zeichen gab, Ernesto und Angela alleine zu lassen.

»Es wird schwer für die beiden«, sagte Lia zu Eva.

»Es wird für alle schwer«, murmelte Eva, während sie in Raffaeles leere Augen sah.

16

Clara füllte die Marmelade, die sie zum Frühstück in kleinen Schüsseln angerichtet hatte, in die Gläser zurück. »Ich weiß nicht, wie Ernesto das macht: Er isst nicht, er schläft nicht, er ist den ganzen Tag draußen unterwegs und blass wie ein Leichentuch. Dass er überhaupt noch stehen kann, ist mir ein Rätsel.«

Myriam zerbrach einen Keks und ließ ihn in die heiße Milch fallen. Sie war nach ihrer Schicht im Krankenhaus nach La Gioiosa zurückgekehrt und hatte lange geschlafen. Sie tauchte den Löffel in die Milch und führte den aufgelösten Keks zum Mund, als Micol aus dem Gemüsegarten zurückkam, wo sie Zutaten für das Mittagessen geholt hatte, und missbilligend die Augenbrauen hochzog. Doch dann lächelte sie der jungen Frau zu, die mit zerzausten Haaren zur Mittagszeit noch frühstückte.

»Diese Schichten im Krankenhaus bringen mich völlig durcheinander«, rechtfertigte sich Myriam und trank ihre Milch aus. »Mitten in der Nacht schlinge ich Pasta oder trockenes Brot in mich hinein, zu Mittag esse ich Milch und Kekse.«

»Immerhin isst du. Im Gegensatz zu Ernesto«, meinte Micol und begann das Gemüse zu putzen. »Von dem haben wir gerade gesprochen«, sagte Clara.

»Habt Geduld mit ihm. Seine Mutter ist noch nicht lange tot, und er ist gerade erst von der Front zurück. Es ist sicher nicht leicht für ihn.«

»Nein, das ist es sicher nicht, aber ihr gebt euch alle so viel Mühe mit ihm, man muss ihm jedes Wort aus der Nase ziehen. Was macht er nur den ganzen Tag?«

»Er ist auf dem Friedhof«, sagte Myriam. »Ich habe ihn gestern an Ottavias Grab getroffen, aber als ich kam, ist er weggegangen. Onkel Tommaso ist es genauso gegangen. Ernesto igelt sich ein.« Sie stellte die leere Tasse auf den Tisch und sah auf das Gemüse, das Micol putzte. »Es ist nicht mehr viel übrig von dem überzeugten Faschisten, der begeistert in den Krieg gezogen ist. Er hat schon ziemlich viele graue Haare für sein Alter, und sein Blick ist leer, als ob etwas in ihm für immer erloschen wäre. Manchmal höre ich ihn nachts im Haus herumlaufen.«

»Stimmt, wenn ich morgens in den Hühnerstall oder in den Garten gehe, sitzt er schon in der Küche und raucht, oder er sitzt vor der Tür und starrt in den Himmel.«

»So kann das nicht weitergehen.«

»Nein, er verliert noch den Verstand.«

»Giovanni hat mir Tropfen empfohlen, damit er besser schlafen kann, ich bringe sie ihm später mit. Vielleicht helfen sie ja.« Myriam fuhr sich mit der Hand über das müde Gesicht. Die Nacht im Krankenhaus war wie gewohnt anstrengend gewesen. »Nicht mal Angela dringt zu ihm durch. Er hat sich hinter einer Wand aus Schweigen zurückgezogen.«

»Daran ist der verdammte Krieg schuld. Der richtet nur Unheil an«, murmelte Micol und stieß das Messer in den Kohl, schnitt ihn klein, gab die Hälfte davon in den Topf und rührte ein paarmal um.

Clara stellte den Korb zurück in die Ecke und wischte sich die Hände an der Schürze ab. Sie warf einen Blick auf ihren Ehering und dachte an ihr eigenes Leid. »Hoffen wir, dass er bald zu Ende ist.« Sie seufzte: »Könnten wir doch nur so unbeschwert sein wie die beiden.« Sie deutete auf Clio und Viola, die ausgelassen einem Drachen hinterherrannten.

Die drei Frauen sahen zum bunten Stoffviereck am Himmel, das hoffnungsvoll umherflog.

Myriam dachte daran, was Giovanni in der Nacht bei einer Tasse Ersatzkaffee zu ihr gesagt hatte: dass die Alliierten bald in Italien landen und sie von den Faschisten befreien würden. Und wenn nicht sie, dann die Russen, denn auf die könne man sich verlassen. In seiner Stimme hatte so viel Sicherheit gelegen, dass sie Hoffnung geschöpft hatte.

Sie lächelte bei dem Gedanken, dass Clio und Viola bald in Freiheit über die Wiesen von La Gioiosa rennen konnten. »Es wird zu Ende gehen. Früher oder später wird es zu Ende gehen«, flüsterte sie.

Auch Ernesto sah Clio und Viola dabei zu, wie sie ihren Drachen steigen ließen. Er saß auf dem Bett in seinem Zimmer. Die Luft war staubgetränkt, die goldenen Körnchen schwebten anmutig durch die Luft, drehten sich und sanken dann zu Boden.

Alles war unangetastet geblieben, so wie Ottavia es bestimmt hatte: die Bilder, die Wimpel, die Boxhandschuhe neben dem Schrank und das Foto von Mussolini auf dem Nachttisch. Doch in seinem Inneren war nichts mehr wie vorher.

Er schaute auf seine Hände, die durch die Kälte aufgerissenen Knöchel, die Narben. Er dachte daran, wie er mit bloßen Händen nach Wasser gegraben hatte, das er auf dem Feuer heiß machen konnte, das er und seine Kameraden bei Sonnenuntergang anfachten, um die Kälte zu vertreiben. Allein beim Gedanken daran fröstelte er, und er rieb sich die Arme. Von draußen wehte ein Windstoß herein. Er stand auf, schloss das Fenster und setzte sich wieder aufs Bett.

Wie sehr hatte er von einer Matratze wie dieser geträumt, wenn er nachts nur in seinen Mantel gehüllt auf dem eisigen Boden gelegen hatte; von dem guten Essen zu Hause, wenn er vor einem Teller farbloser Brühe saß, in dem hin und wieder ein Stück Maultier schwamm, das in der Kälte verendet war. Schon von dem Geruch war ihm schlecht geworden. Wenn er jetzt jedoch die Augen schloss, konnte er sich deutlich an das Glücksgefühl erinnern, das ihn durchströmte, wenn er in das zähe Fleisch biss. Er lächelte und dachte an seinen besten Freund, der ihm im Tausch gegen Zigaretten seine Essensration überlassen hatte, und an den merkwürdigen Schnaps, der aussah wie Wasser und den die Russen wie ebensolches tranken, der im Magen brannte und einem Tränen in die Augen trieb.

Eine Erinnerung trübte seine Gedanken, die Erinnerung an einen kalten Tag. Der Himmel war von einem strahlenden Blau gewesen, unterhalb der weißen Horizontlinie war alles gefroren. Er spürte wieder das Wasser in den Stiefeln, das in Wirklichkeit Blut gewesen war von den aufgeplatzten Fersen und Blasen, die bei jedem Schritt schmerzten. Es war ein langer, unendlich langer Marsch gewesen, fast vierzig Kilometer am Tag, und das jeden Tag. Bis zu dem Tag, an dem sie von den Russen überrascht wurden, die ihre Kolonne angriffen, als sie durch ein Dorf zogen. Er erinnerte sich an die Schüsse, an den Geruch des Waffenöls, an das pfeifende Geräusch der durch die Luft fliegenden Kugeln, bevor sie ihr Ziel trafen, an die Männer, die tödlich getroffen zu Boden sanken. Er erinnerte sich an das Versprechen, nicht mehr zurückzukehren in den Krieg, auch wenn er sich jahrelang verstecken müsste, als Fahnenflüchtiger. Pietro, seinen Freund, hatte es getroffen. Eben noch war er an seiner Seite gelaufen, dann lag er am Boden, tödlich von einer Kugel an der Schläfe getroffen.

Im Angesicht dieser Erinnerungen riss er die Augen auf und griff nach der Pistole, die er von der Front mitgebracht hatte. Er hatte sie einem polnischen Soldaten gestohlen, der sich ihnen angeschlossen hatte, wie auch die Stiefel, mit denen er nach Hause gekommen war.

Er schloss die Finger um den Griff der Waffe. Die Bilder dieser letzten Tage, in denen sie gestorben waren wie die Fliegen, ließen ihn nicht los. Er presste den Lauf gegen die Schläfe und schloss die Augen, um den Schatten, dem Widerhall der Schüsse, den Schreien der Männer, dem Dreck, der Kälte, dem Schmerz in den Beinen, dem Feuer, das sie nicht mehr gewärmt hatte, und dem gebrochenen Blick derer, die es nicht geschafft hatten, zu entfliehen. Und den Augen derer, die überlebt hatten, weit aufgerissen wie die Augen Wahnsinniger, die sich mit Tränen füllten, wenn sie an zu Hause, eine warme Mahlzeit, eine Decke dachten. An ein Kind, das ihnen entgegenrannte.

Schluss damit, Schluss, rief es in ihm, und er entsicherte die Pistole. Auf seiner Hose breitete sich ein dunkler Fleck aus.

»Ernesto, nicht!«

Die Tür des Zimmers wurde aufgerissen, und Angela kam hereingestürzt, warf sich vor ihrem Bruder auf die Knie, packte die Pistole mit beiden Händen und versuchte, sie ihm zu entreißen, aber Ernesto war stärker.

»Geh weg!«, brüllte er seine Schwester an.

»Nein, das lasse ich nicht zu! Ich will dich nicht auch noch verlieren«, schrie sie zurück und schüttelte den Kopf, während ihr die Tränen über die Wangen liefen. »Ich bitte dich, Ernesto. Tu das nicht!«

Doch er sah sie nur unbeweglich und emotionslos an.

»Nenn mir einen guten Grund, warum ich es nicht tun sollte.«

»Unsere Mutter, unsere Familie. Ich. Reicht das nicht?«, antwortete sie.

Er sah sie lange an, die Pistole in der Hand, die Lippen fest aufeinandergepresst. Noch immer kniete Angela vor ihm, und er spürte die Wärme ihrer Hände, spürte, wie sehr ihm dieser Kontakt, diese Liebe gefehlt hatten. Sein Mund verzog sich zu einem gequälten Lächeln und er brach in Tränen aus. »Ich will nicht zurück«, flüsterte er.

Von draußen drangen die fröhlichen Stimmen von Viola und Clio zu ihnen herauf, Erinnerungen daran, dass das Leben trotz allem weiterging.

Angela fuhr sich mit der Zunge über die Lippen und schluckte. »Dann gehst du eben nicht zurück«, sagte sie schließlich.

Ernestos Kopf schoss hoch, in seinen Augen lag ein trauriges Lächeln. »Du weißt, dass das nicht geht. Deserteure werden an die Wand gestellt und erschossen.«

Sie sah sich um. »Du kannst dich verstecken, in die Berge fliehen. Es gibt viele, die das machen, die vor diesem absurden Krieg fliehen. Niemand kann dich zwingen, wieder dorthin zurückzukehren, und ich schwöre dir, dass ich alles tun werde, damit du nicht zurückmusst. Aber leg bitte die Waffe weg, ich flehe dich an.« Ernesto senkte den Blick, dann ließ er endlich die Pistole sinken und legte sie aufs Bett, ganz langsam, als müsste er jede Geste abwägen.

Er schaute aus dem Fenster in den Garten, wo seine beiden Cousinen spielten. »Sie wissen nicht, was Krieg ist«, sagte er leise, »aber Mosè, der nicht mal halb so alt ist wie sie, ist schon fürs Leben gezeichnet. Das ist ungerecht. Und das weiß ich jetzt.«

Angela seufzte. Ernesto war Gino und seiner Familie gegenüber immer feindselig gewesen. Sie war froh und erleichtert, dass er endlich aus seiner ideologischen Verblendung erwachte. »Ich bin überrascht, das zu hören, aber ich freue mich, dass du deine Einstellung geändert hast«, sagte sie vorsichtig.

»Ja, ich habe mich verändert, während ich fort war«, sagte er. »Sehr sogar«, fügte er hinzu. »Ich habe so vieles gesehen, Angela. So viele schreckliche Dinge, die Männer wie ich im Namen dieser Regierung getan haben, an die wir wirklich geglaubt haben. Sie haben uns zum Sterben nach Russland geschickt und uns dort vergessen. Und nicht nur uns, sondern alle Soldaten, überall auf den Schlachtfeldern dieser Welt. Jede Woche hat man uns Nachschub und Fahrzeuge versprochen, aber die kamen nie. Und weißt du, warum sie nie kamen? Nicht weil der Feind sie in die Hände bekommen hätte, wie wir anfangs vermutet haben, sondern weil man sie nie losgeschickt hat. Und in der Zwischenzeit sind die Männer gestorben, Soldaten wie ich. Sie starben wie die Fliegen, durch russische Maschinengewehre, durch die Kälte, die in dich eindringt und dich von innen auffrisst. Und warum? Weil wir einem Mann versprochen haben, dass wir siegen werden. Dabei hat er uns einfach dem Feind in die Arme getrieben, ohne uns auch nur eine einzige Decke mitzugeben, um uns gegen die Kälte zu schützen.« Er presste sich die Fäuste gegen die Schläfen, um die Erinnerungen in seinem Kopf zum Schweigen zu bringen.

»Ernesto …«

»Weißt du, wie viele ich habe sterben sehen?«, schluchzte er. Angela schüttelte den Kopf. Sie hatte ihren Bruder noch nie weinen sehen, sie kannte ihn nur als hinterhältig und gewalttätig, seine verletzliche Seite hatte er nie gezeigt.

»Nein, das weiß ich nicht. Aber ich weiß, dass du mein Bruder bist, und du wirst nicht sterben. Wann musst du nach Rom zurück?«

»Am Samstag.«

»Gut, dann wirst du Freitagnacht fliehen, also in zwei Tagen. Ich kenne jemanden, der dir helfen kann, der Sohn einer Kundin aus der Apotheke. Gib mir etwas Zeit, alles zu organisieren. Vertrau mir. Es wird alles gut gehen, das verspreche ich dir.«

Ein Windstoß warf die Tür zu und ließ die beiden zusammenzucken, während Myriam, die gerade nach oben gekommen war, um Ernesto die Tropfen zu bringen, überrascht auf die verschlossene Tür starrte. Das, was sie gehört hatte, behielt sie für sich. Sie sprach weder mit

Giovanni noch mit ihrer Mutter darüber. Als sie zwei Tage später nachts am Fenster saß, um den Sternenhimmel zu betrachten, und sie eine Gestalt mit einem Sack über der Schulter durch den Garten davonschleichen sah, wusste sie, dass Angela ihr Versprechen gehalten hatte. Ernesto war nun offiziell ein Deserteur.

»Rette dich. Wenigstens du«, flehte sie leise und lehnte die Stirn an die kalte Scheibe.

An diesem Morgen war der Notar Badeschi, ein Mann um die siebzig mit weißen Haaren und einem Seidentuch um den Hals, im Limettenhaus eingetroffen, um den letzten Willen seiner Klientin zu verlesen.

Er holte einen Ordner aus seiner glänzenden Ledertasche und legte ihn auf den Tisch, um den sich die gesamte Familie Fontamara und Raffaele versammelt hatten.

»Können wir beginnen?«, fragte er und betrachtete die Anwesenden durch seine halbrunden dicken Brillengläser, die seine Augen merkwürdig vergrößert erscheinen ließen. Alle nickten. Er stand auf und überreichte Eva, Raffaele, Angela, Tommaso und Lia je einen Umschlag, der jeweils einen Brief von Ottavia enthielt. Den von Ernesto legte er in die Tasche zurück.

»Sie können ihn ruhig mir geben«, sagte Angela, doch der Notar schüttelte den Kopf.

»Es tut mir leid, Signora Contrada, aber das sind Dokumente, die ich persönlich an den Adressaten aushändigen muss«, sagte er und verlas dann das Testament, was nicht lange dauerte. Mit monotoner Stimme verkündete er Eva, dass sie La Gioiosa erben würde und dass das restliche Vermögen an Raffaele überging, da Angela durch ihre Eheschließung mit Gino von jeder Erbschaft ausgeschlossen war. Ernesto würde die Waffensammlung seines Großvaters bekommen.

»Für die anderen«, las er Ottavias letzte Worte vor, wobei er die Brille von der Nase zog, »habe ich einige Zeilen geschrieben, mit denen ich meine Dankbarkeit ausdrücken möchte.«

Alle schauten sich überrascht an. Ottavias Entscheidungen waren unerwartet, und als Evas Blick den ihrer Nichte traf, senkte sie den Blick.

»Ich weiß nicht, was ich sagen soll. Ich wusste nicht, dass deine Mutter vorhatte, mir dieses Haus zu hinterlassen. Damit habe ich nicht gerechnet«, sagte sie entschuldigend.

Angela schüttelte den Kopf, in ihren Augen lag Trauer. »Du hast keine Schuld, Tante Eva. Und nachdem ich gelesen habe, was sie mir geschrieben hat, ist es die beste Entscheidung«, erklärte sie. »Meine Mutter wusste, dass ich nicht erben darf. Deshalb hat sie alles Raffaele hinterlassen. Er kann es an uns weitergeben, wenn er das möchte. Und an diesem Haus hänge ich ohnehin nicht besonders. Ich habe keine guten Erinnerungen daran …«

Eva legte ihr die Hand auf die Schulter und zwang sich zu einem Lächeln. »Behalte nur die guten Erinnerungen und lass alle anderen ziehen. Lass dir das von jemandem gesagt sein, der in seinem Leben genug schlechte Erinnerungen gesammelt hat.«

»Ich werde es versuchen. Aber es wird nicht leicht sein.«

»Ach, hier seid ihr«, rief Diana, die zur Tür hereinschaute, und kam zu ihnen. Sie musterte einen Moment lang ihre Cousine in ihrem abgetragenen Kleid, das am Kragen und an den Ellbogen abgewetzt war, dann wandte sie sich an ihre Mutter. »Tante Lia schickt mich. Sie möchte wissen, ob ihr heute Abend oder morgen nach Rom zurückfahrt, damit sie Clara wegen des Gepäcks Bescheid geben kann. Ich denke, ich fahre gleich, ich will hier nicht mehr so lange bleiben. In diesem Haus bekommt man ja eine Gänsehaut«, fuhr sie fort und rieb sich die Arme, während Eva vorwurfsvoll die Augenbrauen hochzog.

»Ich denke, wir reisen heute Abend ab. Die Mädchen müssen wieder in die Schule, sie haben schon genug Stoff verpasst.«

»Gut, ich sage ihr sofort Bescheid.« Diana machte Anstalten zu gehen, hielt aber noch einmal inne. »Ach, Angela«, sagte sie und warf dabei einen Seitenblick auf ihre Mutter.

»Ja?«

»Das wollte ich dich den ganzen Tag schon fragen: Wo ist eigentlich Ernesto? Ich dachte, er wäre auch bei der Testamentseröffnung dabei.«

»Er musste früher weg«, stammelte Angela nervös. »Und er wird auch nicht so bald zurückkommen, soweit ich weiß.«

Diana lächelte. Sie hatte begriffen, dass etwas nicht stimmte, und würde nicht so schnell lockerlassen. Eva räusperte sich, doch Diana ignorierte sie. »Meine Schwester meinte, er wäre mitten in der Nacht verschwunden. Ist das nicht ein bisschen merkwürdig, wenn er doch bald wieder an die Front muss?«

Angela straffte den Rücken, während Eva ihre Tochter vorwurfsvoll anblickte.

»Was willst du damit sagen, Diana?«

Sie zuckte mit den Schultern. »Keine Ahnung, sag du es mir.«

Angela ballte die Fäuste. »Mein Bruder ist kein Feigling.«

»Das habe ich auch nicht gesagt. Aber vielleicht ist er ja ein Deserteur.«

»Diana …«, schaltete Eva sich ein.

Diana hob abwehrend die Hände und sah zu ihrer Mutter: »Ist das denn so abwegig?«

»Hör auf.«

»Warum?«

»Muss ich dir das noch erklären? Wir haben gerade das Testament deiner Tante verlesen bekommen, wir sind in Trauer und …«

»Alle bis auf einen, so wie es aussieht. Ich sage nur, dass es für einen überzeugten Faschisten wie meinen Cousin ungewöhnlich ist, dass er plötzlich während seines Heimaturlaubs verschwindet. Vielleicht ist er der Partei und der Heimat doch nicht so zugetan, wie er immer sagt, und nicht so mutig, wie er tut.«

»Was weißt du denn schon?«, blaffte Angela zurück. »Hast du vielleicht eine Vorstellung davon, was er durchmachen muss? Hast du auch nur den kleinen Finger gerührt, um ihm zu helfen, wieder nach Hause zu kommen, um sich von seiner Mutter zu verabschieden? Du, die du dich stets deiner Beziehungen rühmst, aber am Ende doch immer nur an dich selbst denkst.«

»Ehrlich gesagt …«

»Du bist immer noch die eingebildete und bösartige Göre, die du früher warst. Es ist unglaublich. Ich habe mir in all den Jahren eingebildet, dass du dich geändert hättest. Aber ich habe mich geirrt. Du bist immer noch dieselbe falsche Schlange wie früher«, erboste sich Angela, während Eva sich die Hände vor das Gesicht schlug.

»Ach, das denkst du also von mir?«

»Diana, du hast deine Cousine provoziert. Lass es gut sein«, schaltete Eva sich ein. Diana starrte sie mit offenem Mund an und sah dann abwechselnd sie beide an …

»Nicht zu glauben! Ich hätte nie gedacht, dass du dich auf ihre Seite schlägst.«

»Ich schlage mich auf gar keine Seite. Ich versuche nur zu verhindern, dass ihr euch in einem so schmerzhaften Moment streitet«, stellte Eva klar, aber ihre Tochter lachte nur bitter.

»Ich will gar nicht streiten, ich habe nur eine Frage gestellt.«

»Eine sinnlose Frage.«

»Eine infame Unterstellung«, legte Angela nach.

»Die Wahrheit ist keine Unterstellung. Dein Bruder ist ein Deserteur«, sagte Diana laut und deutlich. Noch bevor sie den Satz ganz ausgesprochen hatte, griff Angela nach dem Wasserkrug auf dem Tisch und schüttete ihn über ihrer Cousine aus.

»Geht doch zum Teufel, du und deine Faschistenfreunde!« Angela machte sie auf dem Absatz kehrt und lief davon.

17

Eva unterzeichnete das letzte Dokument von dem Papierstapel, den ihr die Sekretärin gebracht hatte. Durch das Fenster drang warme Aprilluft herein. Endlich zeigte sich der Himmel von seiner strahlend blauen Seite, die Bäume rund um die Firma trugen weiße Blüten und verliehen der Umgebung trotz aller Spannungen etwas Heiteres. Der Krieg war in vollem Gange und hielt die Welt in seinem schmerzhaften Griff. An der immer brüchiger werdenden Front und in den Gefangenenlagern verschlang er unersättlich Träume und Leben.

Eva griff nach ihrer Tasse, nahm einen Schluck und verzog das Gesicht zu einer Grimasse. »Wenn du Ersatzkaffee nicht magst, warum trinkst du ihn dann immer wieder?«, fragte Tommaso, der just in diesem Moment mit neuen Skizzen unter dem Arm das Büro betrat.

»Ich trinke ihn, weil er auf den ersten Blick wie Kaffee aussieht und ich mir jedes Mal einbilde, ich könnte den Geschmack ertragen. Aber sosehr ich mich auch anstrenge: Er ist und bleibt ekelhaft. Ich weiß nicht, warum sie ihn so sehr mag«, sagte sie und deutete auf ihre Sekretärin, die im Vorzimmer saß und unüberhörbar auf der Schreibmaschine tippte.

Tommaso schloss die Tür und setzte sich auf den mit Papieren übersäten Schreibtisch. »Ich mag ihn auch nicht besonders, aber etwas anderes gibt es im Moment nicht. Wir müssen uns mit vielem abfinden, auch was die Geschäfte betrifft. Wie sieht es aus?«

»Die Zahlen sinken, aber durch den Brotverkauf können wir uns noch über Wasser halten. Ich hoffe nur, dass dieser Albtraum bald ein Ende hat und wir zur Normalität zurückfinden. Das Volk ist am Ende.«

»Stimmt, aber …«

Er konnte seinen Satz nicht beenden. Die Tür flog auf, und Angela stürmte herein, das Gesicht feuerrot. Eva und Tommaso sprangen erschrocken auf.

»Was ist passiert?«, fragte Eva, als Angela die Hände vors Gesicht schlug und in Tränen ausbrach.

»Sie haben Gino festgenommen, meinen Gino«, schluchzte sie und wiederholte den Satz immer wieder, wie eine Litanei. Dann vergrub sie das Gesicht an Tommasos Brust.

»Wer?«

»Die Faschisten, sie haben ihn verhaftet!«

»Aber wie ist das möglich?« Tommaso schob sie sanft von sich. »Haben sie wenigstens gesagt, warum? Warst du dabei?«

Angela schüttelte den Kopf und holte ein Taschentuch heraus. »Nein, ich war nicht dabei. Die Nachbarn haben es mir erzählt. Sie haben ihn eingekreist und dann verhaftet, unter dem Vorwand, er sei ein Oppositioneller. Und die Tatsache, dass er Jude ist, macht die Sache für ihn natürlich nicht einfacher. Mehr weiß ich nicht. Ich weiß nicht mal, wohin sie ihn gebracht haben. Bitte, Tante Eva, bitte, unternimm etwas, wenn du kannst. Ich will ihn nicht auch noch verlieren – nicht, nachdem ich gerade erst meine Mutter zu Grabe getragen habe«, fügte sie hinzu und brach erneut in lautes Schluchzen aus.

»Ich werde ein paar Telefonate führen. Vielleicht kann Carnai etwas tun«, versuchte Eva sie zu beruhigen und verschwand ins Vorzimmer.

»Wer ist Carnai?«, wollte Angela wissen.

»Ein einflussreicher Mann, den deine Tante ein paarmal um einen Gefallen gebeten hat. Wenn es in seiner Macht steht, wird er ihr helfen. Da kannst du sicher sein.«

»Hoffentlich kann er etwas tun. Ich weiß nicht mehr ein noch aus. Meine Eltern sind tot, mein Mann ist im Gefängnis, ich muss ein Kind großziehen, und über meinem Kopf hängt ein Damoklesschwert, weil ich einen Juden geheiratet habe.« Sie hielt einen Moment inne und blickte leer vor sich hin, dann fuhr sie fort: »Ich weiß gar nicht, wie ich das seinen Eltern beibringen soll. Die trifft der Schlag. Wie soll ich nur weiterleben, ohne den Verstand zu verlieren?«

Tommaso drückte seiner Nichte einen Kuss auf die Stirn. »Es wird alles gut, Liebes. Mach dir keine Sorgen«, murmelte er und wartete ungeduldig auf Evas Rückkehr.

»Bitte, komm rein«, sagte Diana und hob den Blick von den Papieren, mit denen sie gerade beschäftigt war. Sie schlug die Beine übereinander und lehnte sich in ihrem Sessel zurück.

»Du wirkst etwas angespannt. Ist alles in Ordnung?«, fragte Tommaso.

»Ja«, antwortete sie knapp und wich seinem Blick aus. »Ich habe gehört, Angela ist in Schwierigkeiten?«

»Ja, leider. Gino wurde festgenommen, unter dem Vorwand, er wäre ein Oppositioneller. Und da er Jude ist, wird deine Mutter große Mühe haben, ihn wieder freizubekommen. Diesmal wird sie deiner Cousine vielleicht nicht helfen können.«

Diana riss entsetzt die Augen auf, sagte aber nichts. Sie bat ihre Sekretärin um eine Tasse Ersatzkaffee, die sie in wenigen Zügen leerte.

»Ist wirklich alles in Ordnung?«, wiederholte Tommaso seine Frage. Nachdem die Sekretärin das Tablett mit der leeren Tasse abgeräumt hatte, schlug Diana die zitternden Hände vors Gesicht.

»Mein Gott, was habe ich getan?«

Tommaso ließ seine Nichte keine Sekunde aus den Augen. Auch diesmal hatte ihn sein Instinkt nicht getäuscht. Diana wagte immer noch nicht, ihm in die Augen zu sehen. »Sag mir bitte, dass du mit Ginos Verhaftung nichts zu tun hast«, sagte er langsam. »Diana?«, fragte er etwas drängender, als sie nicht antwortete. Sie nickte.

»Es tut mir leid«, flüsterte sie.

»Was soll das heißen, es tut dir leid?«

Sie hob den Kopf und schaute ihn an. »Ich war es. Aber bitte sag Mama nichts davon«, gab sie kleinlaut zu und schlug sich die Hand vor den Mund. Tommaso presste die Lippen aufeinander und starrte sie ungläubig an.

»Was hast du getan?«

Diana blickte nervös zur Tür. Eva redete immer noch am Telefon, man konnte ihre Stimme bis auf den Flur hören.

»Deine Mutter wird so schnell nicht kommen. Also.« Tommaso verschränkte die Arme vor der Brust und seufzte tief. Er hatte komplizierte Menschen wie Diana schon immer gemocht, Menschen, auf die alle anderen mit den Fingern zeigten, ohne je wirklich zu versuchen, sie zu verstehen. Vielleicht weil er früher selbst so gewesen war. Aber sie jetzt hier vor sich zu haben, während Gino gerade sonst was erleiden musste, machte es ihm fast unmöglich, seine Nichte weiter zu lieben. »Los, rede! Was ist jetzt wieder zwischen dir und Angela vorgefallen?«

Diana strich ihren petrolfarbenen Rock glatt und zog die Nase hoch. »Vor einigen Tagen, als Ottavias Testament verlesen wurde, habe ich Angela provoziert. Ich hatte mich darüber geärgert, wie Mama mich behandelt hat, als ich ihr von Manfredi erzählt habe. Und über die Art, wie Angela mit mir umgegangen ist, obwohl auch ich mich bemüht habe, Ernesto nach Hause zu holen. Als ich ihr bei Ottavias Beerdigung mein Beileid ausdrücken wollte, hat sie mich brüsk weggestoßen und gesagt, ich könne mir meinen Höflichkeitsbesuch sparen, es hätte mich schon zu Lebzeiten ihrer Mutter nicht interessiert, wie es ihr geht. Ja, sie hat ja recht, ich bin bis zum Tag der Beerdigung in Rom geblieben und auch noch zu spät zur Kirche gekommen. Aber das heißt ja nicht, dass ich Ottavia nicht gemocht habe.«

»Manchmal sorgt großes Leid dafür, dass man Dinge sagt, die man so nicht meint, dass man die Schuld für den Schmerz bei den anderen sucht.«

»Völlig egal, ob man es so meint oder nicht: Es tut weh. Das habe ich nicht verdient«, verteidigte sich Diana. »Sie hat mich wütend gemacht, und deshalb habe ich Ernesto vor allen Leuten als Deserteur verunglimpft.«

Tommaso hob die Hände. »Warum, Diana?«

»Ich weiß es nicht«, erwiderte sie unter Tränen. »Ich weiß selber nicht, was in mich fährt, wenn ich so etwas tue, was da in mir falsch läuft. Ich wollte sie einfach provozieren, damit sie sich so fühlt wie ich auf der Beerdigung. Jedenfalls hat sie mich fürchterlich beschimpft, und als ich wieder in Rom war, habe ich Manfredi erzählt, dass ihr Bruder desertiert ist und dass sie mit einem Juden verheiratet ist, der halber Kommunist ist und den ich immer schon blöd fand. Ich war so wütend, Onkel Tommaso, so wütend.« Sie hielt die Faust in die Luft gereckt, während sie um Worte rang, und ließ sie dann wieder in den Schoß sinken. »Ich weiß nicht, warum ich es ihm gesagt habe, was ich mir damit beweisen wollte. Es ist hier drin.« Sie klopfte mit der Faust an die Schläfe. »Ich weiß nur, dass ich mich jetzt schrecklich fühle. Allein der Gedanke, dass Gino meinetwegen im Gefängnis sitzt, nimmt mir die Luft zum Atmen.« Sie schluckte. »Was werden sie mit ihm machen?«

Tommaso betrachtete die Plakate an den Wänden. Die Werbeanzeigen der letzten Jahre, der Jahre vor dem Krieg, zeigten glückliche Frauen, Familienidyllen, die eine Heiterkeit ausstrahlten, die es schon lange nicht mehr gab. Und die es für Diana vielleicht noch nie gegeben hatte. Sie hatte nach dem Glück gesucht, es aber nie zu fassen bekommen, und die Frustration darüber führte zu neuer Frustration, die zu einer Wut anwuchs, die keine Grenzen kannte. Eine Wut, die dazu geführt hatte, dass sie Gino ans Messer geliefert hatte. Und die nun in aufrichtiger Verblüffung darüber mündete, was sie angerichtet hatte.

»Das weiß keiner, aber wir versuchen, ihn aus dem Gefängnis herauszuholen.«

»Kann ich etwas tun? Vielleicht kann ich mit Manfredi reden, ihm sagen, dass ich mich geirrt habe …«

»Nein«, schnitt er ihr das Wort ab. Er fasste Dianas Kinn und hob ihr Gesicht an, schaute in ihre rot geweinten Augen. »Deine Mutter und ich werden uns darum kümmern. Du verhältst dich ruhig und redest mit niemandem darüber, verstanden?«

»Ja«, sagte Diana kleinlaut. »Ist es in Ordnung, wenn ich nach Hause gehe? Mir dreht sich alles, und mir ist schlecht. Ich fühle mich nicht gut.«

»Ja, geh nur. Ich komme heute Abend nach der Arbeit bei dir vorbei«, erwiderte Tommaso und sah ihr dabei zu, wie sie ihre Sachen achtlos in ihre Tasche warf, den Regenmantel überzog und das Büro verließ. Vor der Tür stieß sie fast mit Eva zusammen, die ihrer Tochter verblüfft nachsah.

»Was ist denn los?«, fragte sie ihren Schwager.

Tommaso zog sie ins Zimmer und schloss die Tür hinter ihr. »Komm rein und setz dich einen Moment. Ich muss mit dir reden.«

Sie nahmen Platz, dann holte er einmal tief Luft und erzählte ihr alles, was Diana ihm gerade anvertraut hatte. Hin und wieder hielt er inne und wartete auf eine Reaktion seiner Schwägerin. Aber Eva saß vollkommen unbeweglich da. Als er fertig war, schlug sie die Beine übereinander und faltete die Hände in ihrem Schoß. Sie senkte den Blick, als wollte sie dem seinen nicht begegnen, und seufzte.

»Eva, ist alles in Ordnung? Dass du so gar nichts sagst, macht mir Sorgen.«

»Zu Recht«, antwortete sie und starrte weiter vor sich hin, »denn wenn mir jetzt meine Tochter gegenübersitzen würde, würde ich ihr eigenhändig den Hals umdrehen.« Sie schaute auf. »Sie hat diesen armen Teufel nur deshalb ins Gefängnis werfen lassen, weil ihr meine Reaktion und die Reaktion ihrer Cousine nicht gefallen haben. Und jetzt, da ihr die Monstrosität ihres Handelns bewusst geworden ist, spielt sie die Erschütterte. Das alles nur wenige Wochen nach Ottavias Tod, eine Tragödie, die meine Familie wortwörtlich zerstört hat: Angela ist verzweifelt, Ernesto halb verrückt vor Schmerz und im besten Falle irgendwo auf der Flucht, Raffaele, der wunderbarste Mensch, den ich kenne, schleppt sich Tag für Tag kraftlos durchs Leben. Und meiner Tochter fällt nichts Besseres ein, als ihre persönliche Rache auszuleben, und das in der hinterhältigsten und bösartigsten Weise, die ich mir vorstellen kann.« Sie blickte auf das Familienfoto auf dem Schreibtisch und versuchte eine Ähnlichkeit zwischen Diana und ihren Geschwistern zu erkennen. »Die ganze Zeit suche ich nach einer Erklärung für ihr Verhalten. Doch ich stelle mir mehr Fragen als ich Antworten finde. An Liebe hat es ihr nicht gefehlt, ihr Vater hat sie vergöttert, und auch ihre Großeltern.«

»Und du?«, unterbrach sie Tommaso. »Hast du deine Tochter geliebt, und liebst du sie noch immer? Wenn du mich fragst, ist es das, was Diana fehlt: deine Führung, deine Unterstützung, dein Wohlwollen.«

Eva verzog ärgerlich das Gesicht und wischte sich mit der Hand über die Stirn. »Immer die gleiche Geschichte. Das wird ja fast zu einem Alibi. Ich ertrage das nicht mehr. Ich liebe meine Kinder und habe sie immer geliebt, ein jedes von ihnen. Gib mir nicht die Schuld für Dianas Boshaftigkeit. Sie ist eine erwachsene Frau, und es wird Zeit, dass sie Verantwortung für ihr Handeln übernimmt.«

Tommaso nickte und goss sich ein Glas Wasser ein. »Du willst sie also dafür büßen lassen?«

»Nein. Das besorgt schon ihr Gewissen – falls sie noch eins hat. Ich werde mit dem einzigen Menschen sprechen, auf den sie seit dem Tod ihres Vaters noch hört.«

Tommaso runzelte die Stirn. »Und wer ist das?«

Eva schaute ihn an. »Lass mich nur machen. Wenn alles gut geht, werde ich es dir bald verraten«, antwortete sie und stand auf. Vom Hof waren die fröhlichen Stimmen der Arbeiter zu hören, die in ihrer Pause Fußball spielten.

»Ich hoffe nur, dass sich alles zum Guten wendet, für Gino und für Diana«, sagte Tommaso, doch Eva war mit ihren Gedanken weit weg. Abwesend beobachtete sie die Fußballspieler, sog die warme Aprilluft tief ein.

»Fehlt er dir nie?«, fragte sie schließlich seufzend und betrachtete das Foto auf seinem Schreibtisch. Er steckte die Hände in die Hosentaschen, während seine Gedanken wieder zu seinem letzten Abend mit Roberto zurückkehrten, bevor er sich vor einer Gesellschaft in Sicherheit gebracht hatte, die Künstler wie ihn nicht verstand und verfolgte. Seine große Liebe war nach New York gegangen und hatte ihn gebeten, ihn zu begleiten. Doch Tommaso hatte sich für seine Familie entschieden und war mit Eva und den Kindern in Italien geblieben.

Roberto hatte eine große Leere in seinem Herzen hinterlassen.

»Jeden Tag«, antwortete Tommaso mit einem abwesenden Lächeln. »Ich habe ihm fast zwei Jahre lang geschrieben, doch nie eine Antwort erhalten.«

»Hast du jemals bereut, dass du hiergeblieben bist?«

Tommaso überlegte kurz und schüttelte dann den Kopf. »Nein«, sagte er und lächelte sie aus seinen tiefblauen Augen an. »Natürlich tut es weh, ihn verloren zu haben, aber wenn er wirklich die Liebe meines Lebens gewesen wäre, wie Fernando für dich, dann hätten wir eine andere Lösung gefunden. Oder er hätte auf meine Briefe geantwortet. Er hat ein neues Kapitel aufgeschlagen, und ob ich will oder nicht, ist vielleicht auch für mich die Zeit gekommen, es zu tun.« Eva ging auf ihn zu, nahm sein Gesicht in beide Hände und betrachtete seine hohen Wangenknochen, die vollen weichen Lippen.

»Wer weiß, vielleicht werdet ihr euch nach dem Krieg wiederfinden, wenn wir endlich wieder nur Menschen sind und nicht mehr Freund oder Feind.«

Er lächelte und küsste sie auf die Stirn. »Du wirkst so eisern und unbeugsam, aber ich weiß, was sich unter der harten Schale verbirgt«, sagte er sanft.

»Isst du mit uns zu Abend?«

Er drehte sich in der Tür noch einmal um. »Natürlich, sehr gerne.«

Beim Abendessen herrschte Stille.

Myriam, die mittlerweile ebenfalls Bescheid wusste, hatte sich hinter einem betroffenen Schweigen verschanzt, Diana war in Gedanken versunken, Lia stocherte in ihrem Essen herum, und Eva saß mit geradem Rücken am Tischende und grübelte darüber nach, wie man die verfahrene Situation, in der sich ihre Familie befand, lösen könne. Tommaso versuchte zusammen mit Clio Viola aufzuheitern, die seit dem Begräbnis ihr Lachen verloren hatte.

Es klingelte an der Tür, und kurz darauf tauchte Micol im Esszimmer auf.

»Signora Fontamara, da ist jemand für Sie.«

Eva schob den Stuhl zurück und legte die Serviette beiseite. »Wer ist es?«

»Eine von Signor Sartis Angestellten. Ich wollte sie wegschicken, aber sie hat darauf bestanden, zu warten.«

»Schon gut, Micol«, beschwichtigte sie Eva und folgte ihr in den Flur, wo die Besucherin wartete: eine robuste Gestalt in einem nüchternen dunkelblauen Wollkleid. Ihre schwarzen Haare trug sie in einem Knoten, sie wirkte kühl und streng. »Guten Abend«, begrüßte Eva sie und versuchte sich zu erinnern, ob sie sie schon einmal gesehen hatte. »Ich bin Eva Fontamara. Ich kann mich leider beim besten Willen nicht an Ihren Namen erinnern. Wo haben wir uns schon einmal getroffen?«

»In der Parfümerie von Signor Sarti. Ich bin seit der Eröffnung dort Geschäftsführerin. Vera Sabatini.« Sie streckte Eva die Hand entgegen.

»Deshalb kommen Sie mir so bekannt vor«, antwortete Eva und bat die Frau in ihr Büro. Sie bot ihr einen Stuhl an und goss ihnen beiden ein Glas Wein ein. »Was kann ich für Sie tun?«

»Für mich nichts. Aber für Signor Sarti«, antwortete Vera Sabatini und faltete nervös ein Taschentuch, das sie in den Händen hielt. »Seit Signora Ottavia uns verlassen hat, ist er leider nicht mehr derselbe. Als die Signora krank wurde, hat er mir die Leitung der Parfümerie übertragen. Aber jetzt, da er wieder arbeiten könnte – sei es auch nur für ein paar Stunden, vielleicht sogar, um sich abzulenken –, hat er komplett das Interesse verloren.

Seit Wochen war er nicht mehr im Laden. Die wenigen Kundinnen, die wir noch haben, und auch die Lieferanten fragen nach ihm, und ich weiß nicht mehr, was ich ihnen sagen soll. Die Geschäfte laufen immer schlechter. Ich weiß, dass die Einnahmen dazu dienen, Signora Contrada zu unterstützen, aber wir sind inzwischen an dem Punkt, dass wir schließen müssen.«

Eva seufzte und fuhr sich mit den Händen durchs Haar. »Weiß Signor Sarti davon?«

»Natürlich, ich rufe ihn jeden Abend an, um ihn zu informieren, wie der Tag verlaufen ist, aber ich frage mich, was davon überhaupt noch bei ihm ankommt. Er ist immer abwesender, in seine eigene Welt versunken. Vor einigen Tagen war ich bei ihm zu Hause, weil er Dokumente unterschreiben musste, und habe ihn in einem erschreckenden Zustand vorgefunden.«

»War er betrunken?«

»Nein, keineswegs. Aber er war sehr verändert«, fügte sie hinzu.

»Was wollen Sie damit sagen?«

»Seine Haare«, sagte Vera, »sie sind auf einen Schlag weiß geworden. Und sein elegantes, jugendliches Aussehen ist verschwunden, er wirkt wie ein alter Mann.« Sie legte die Hände auf die Knie. »Sehen Sie, Signora Fontamara, ich fürchte, dass Signor Sarti sich aufgibt, wenn er nicht lernt, den Tod seiner Frau zu akzeptieren. Und was wird dann aus den Parfümerien, die sein Vater gegründet hat?«

Eva stützte die Ellbogen auf den Tisch. »Das hat uns gerade noch gefehlt«, sagte sie und verabschiedete sich von Vera, nachdem sie ihr versichert hatte, alles zu tun, um ein wenig Struktur in Raffaeles Leben zu bringen. Dann bat sie Tommaso, nach dem Essen noch ein Glas Wein mit ihr zu trinken.

»Ich habe gestern mit ihm gesprochen, aber nach der Sache mit Diana habe ich das völlig vergessen. Raffaele geht es sehr schlecht. Er ist in der Tat auf einen Schlag alt geworden, und das Haus ist verwahrlost. Ich habe ihm angeboten, Micol vorbeizuschicken, damit sie Ordnung schaffen kann, aber er hat sofort abgelehnt. Er möchte nicht, dass jemand die Räume betritt, in denen er mit Ottavia gelebt hat. Es hat mir fast das Herz gebrochen, ihn in diesem Zustand zu sehen. Er ist so einsam und alt, völlig am Boden zerstört«, sagte er und schüttelte traurig den Kopf.

Eva ließ sich in den weichen Sessel zurücksinken. Der Abend war lau, die beißende Kälte des Winters nur noch eine ferne Erinnerung.

»Ich bin so müde, Tommaso«, sagte sie schließlich und schaute in den Nachthimmel, als könne sie dort die Kraft wiederfinden, die ihr fehlte. »Ich habe an deine Mutter geschrieben, um ein wenig Trost zu finden. In Gedanken spreche ich jeden Tag mit meinem Mann, ich versuche die Familie zusammenzuhalten, aber sosehr ich mich auch anstrenge, es reicht nie. Das ist frustrierend, und ich fühle mich so unfähig.« Sie schloss die Augen und umfasste den Ehering ihres Mannes, den sie an einer Kette um den Hals trug.

»Du darfst so etwas nicht sagen. Und vor allem musst du lernen, andere um Hilfe zu bitten«, entgegnete Tommaso vorwurfsvoll. Er beugte sich zu ihr und krempelte entschlossen die Ärmel über seinen muskulösen Armen hoch. »Ich bin bei euch geblieben, um meine Familie an meiner Seite zu haben, nach so vielen Jahren des Exils. Deshalb bitte ich dich, mich mehr einzubeziehen. Ich möchte dich unterstützen, dir helfen. Lass mich ein wenig von dem zurückgeben, was ich bekommen habe. Du wirst sehen, zu zweit ist alles ein bisschen leichter«, fügte er hinzu und lächelte sie aufmunternd an, ein Lächeln, das sie an Fernando erinnerte.

»Du hast ein großes Herz, Tommaso. Schade, dass dein Vater das nicht erkennen will«, sagte Eva leise und stand auf, um ihn zu umarmen. »Morgen werde ich mit Raffaele sprechen und versuchen, ihn zu überreden, für eine Weile nach La Gioiosa zu gehen. Nur so lange, bis er wieder ein wenig Frieden gefunden hat.«

»Hoffentlich hilft ihm das. Vielleicht könnten Angela und Mosè ihn begleiten. Es würde ihnen allen guttun, in diesen schweren Zeiten zusammen zu sein.«

Eva lächelte bitter und schüttelte den Kopf. »Ich glaube nicht, dass es Angela momentan irgendetwas helfen kann. Solange sie nicht weiß, was mit ihrem Mann ist, wird sie keine Ruhe finden.« Sie seufzte. »Ich wünschte nur, meine Tochter hätte damit nichts zu tun. Aber Diana hat mich wieder einmal enttäuscht.«

18

Myriam umklammerte die Griffe ihres Lenkers und trat kräftig in die Pedale. Der Fluss neben ihr glitt träge dahin, die Straßenlaternen legten ihr sanftes Licht auf das Wasser. Sie musste den Wind in den Haaren spüren, die körperliche Anstrengung bis zur Erschöpfung, nicht einmal von einer Gruppe Soldaten hätte sie sich aufhalten lassen. Sie gab sich der Geschwindigkeit hin, als könnte sie so dem Gedanken an Diana davonfahren, dem, was sie Gino angetan hatte.

Sie war so entsetzt gewesen, dass sie ihre Schwester angebrüllt hatte, was nur in ihrem Kopf vorgehe, wie sie so kaltherzig sein könne und warum sie sich mit Menschen wie Manfredi abgebe, einem verabscheuungswürdigen Scheusal und Mörder. Fast hätte sie ihr in ihrer Wut gestanden, dass sie daran arbeitete, dass Leute wie er ins Gefängnis kämen und die Regierung, die ihr Giovanni genommen hatte, zusammenbreche und all ihre Unterstützer, Gefängniswärter und Anhänger mit in den Abgrund ziehe. Aber sie hatte sich zurückgehalten und sie nur angeschrien, dass sie sie nicht mehr wiedererkenne und dass sie nicht die Schwester war, mit der sie den Nachnamen teilen wolle.

»Vielleicht ist sie ja doch noch zu retten«, hatte sie gegrübelt, als sie vor dem Krankenhaus ankam und ihr Rad neben dem ihrer Kollegen abschloss. Sie erkannte das rot gestrichene Fahrrad von Giovanni, sein einziges Zugeständnis an seine politische Gesinnung. Rasch stieg sie die Treppen hoch, zog sich um und betrat ihre Station. Es war noch dunkel, die Patienten lagen in ihren Betten. Hin und wieder war ein Wimmern zu hören, manche schnarchten.

Zum Glück scheint alles ruhig zu sein, dachte sie erleichtert und machte sich auf den Weg zur Küche, aus der Giovannis ruhige Stimme zu hören war.

Sie beschleunigte ihren Schritt, um schnell zu ihm zu gelangen. Sie brauchte jetzt dringend seine Küsse und ein paar beruhigende Worte, dass alles gut werden würde. Als sie jedoch noch eine zweite Stimme vernahm, hielt sie inne. Dort war noch jemand, dem markanten Akzent nach vom römischen Umland. Sie blieb neben der angelehnten Tür stehen.

»Ich habe getan, worum du mich gebeten hast. Das Material ist am üblichen Ort im Keller. Was das Essen angeht, kann ich dir erst morgen Bescheid geben. Wir müssen vorsichtig sein«, hörte sie den Unbekannten sagen.

»Und was die beiden anderen Angelegenheiten betrifft? Hast du nachgefragt?«, wollte Giovanni wissen. Der andere senkte den Blick, so wie Myriam es von Ärzten kannte, die eine schlechte Nachricht zu überbringen hatten.

»Nichts zu machen, dieser Contrada wird nicht leicht rauszubekommen sein. Wie es aussieht, hat Manfredis Wort dort einiges an Gewicht. Aber ich versuche es weiter. Mach dir dennoch keine Illusionen: Du solltest den armen Teufel lieber aufgeben.«

Aufgewühlt trommelte Giovanni mit den Fingerspitzen auf die Tischplatte und löste den Knoten seiner Krawatte. »Und die andere Sache? Gibt es da etwas Neues?«

»Leider ja«, erwiderte der Unbekannte und zündete sich eine Zigarette an. »Der Mann deiner Freundin wurde vor einigen Monaten in einem Lager in Deutschland umgebracht. Soweit ich weiß, hat er diese Hölle nicht lange überlebt, aber doch lange genug, um Beweise sammeln zu können. Die Alliierten reden zwar viel, aber passiert ist bislang dennoch kaum etwas.«

»Dann hat er sein Leben aufs Spiel gesetzt, ohne zu wissen, ob sein Opfer etwas genutzt hat.«

»Leider ja. Das blüht uns allen, wenn sie uns kriegen. Wir landen im Gefängnis, in einem Lager in Deutschland, oder sie stellen uns gleich an die Wand. Wir wissen alle nicht, ob das, was wir tun, etwas nutzt. Es ist immer die gleiche üble Geschichte, mein Freund.«

»Wirklich übel«, nickte Giovanni und fuhr sich übers Kinn. »Das wird Myriam sehr treffen.« Ihren Namen zu hören, gab ihr endgültig Gewissheit. Ihre Beine gaben nach, sie sank zu Boden, während ihre Augen starr geradeaus blickten.

Sie griff sich ans Herz, presste beide Hände fest darauf, als könnte sie so verhindern, dass nicht alles in ihr zerbrach, dass die Wut und die Trauer über diese Wahrheit, die sie so lange von sich gewiesen hatte, ihr ganzes Leben umwarfen.

»Giovanni ist tot«, formten ihre Lippen tonlos. Sie schlug die Hand vor den Mund, um diese Worte zu ersticken, das Entsetzen, das in ihr aufstieg, die Wut in ihrem Inneren zu unterdrücken. Der Wunsch, die Augen zu schließen, die Zeiger zurückzudrehen, schien übermächtig. Zurück in die Zeit, als es noch keinen Krieg gab und ihr Mann noch Musik machte, wunderschöne

Musik im Mondschein, bei einer Flasche Rotwein und in dem Wunsch, auf ewig glücklich zu sein. Sie dachte an Giovanni, der ihr sagte, wie schön sie war, an sein Lächeln, als sie geheiratet hatten, an sein Lachen, wenn sie sich liebten, daran, dass sie sich blind verstanden. Sie sah ihn ganz deutlich vor sich, bis sein Bild sich langsam auflöste, als wäre er nie da gewesen. Alles verschwamm, und ein überwältigender Schmerz bemächtigte sich ihrer.

»Myriam, was machst du hier?«

Erschrocken rapppelte sie sich hoch, klopfte den Staub von der Schwesterntracht und rieb sich die verweinten Augen. »Ich bin gerade gekommen und habe gehört, dass jemand bei dir ist. Da wollte ich nicht stören.«

Giovanni schaute ihr in die Augen und zog sie dann an sich. »Es ist schwer, ich weiß«, sagte er leise, während sein Freund, der hinter ihm in den Flur getreten war, sich an den Hut tippte und verabschiedete. Myriam schmiegte sich an ihn, sog den Duft nach Desinfektionsmittel und Seife ein. Er roch gut, auch wenn der Geruch mit Krankheit, Leiden und Tod verbunden war. Sie klammerte sich fest an ihn. »Es ist alles zu viel«, murmelte sie.

»Möchtest du darüber reden? Heute Nacht scheint alles ruhig zu sein, jedenfalls im Augenblick«, sagte er und führte sie in die Küche.

»Gut, aber ich will nicht über meinen Mann sprechen. Wir können es ohnehin nicht ändern, und es hilft mir nicht, die grausamen Einzelheiten seines Todes zu erfahren.«

Giovanni nickte, während die andere diensthabende Krankenschwester ihn zu sich winkte. »Gib mir eine

Minute, dann bin ich wieder bei dir«, sagte er, während Myriam traurig zu Boden blickte. Sie zählte die ergrauten Fugen der Fliesen und dachte an ihren Mann, der nie wieder zurückkehren würde.

»Ich habe ihn für immer verloren«, vertraute Diana ihre Gedanken dem Wind an. Sie stand auf dem Bürgersteig gegenüber der Bäckerei Principi, in der Andrea und Rachele seit einigen Monaten Seite an Seite arbeiteten. Im Licht der Straßenlaternen wurde Diana in dieser Nacht Augenzeugin ihrer bittersten Niederlage: der innigen Umarmung zwischen Andrea und Rachele. Ein Schmerz, der sie vollkommen unvorbereitet traf.

»Ich dachte, ich wäre stärker, aber das war ich nie«, vertraute sie Tommaso später in einem der wenigen Restaurants an, die noch geöffnet hatten. Sie schob die Nudeln auf dem Teller von rechts nach links und ließ dann die Gabel sinken. »Ich war überzeugt, dass mir Manfredi reichen würde und dass ich Andrea immer zurückhaben könnte, dass er mir stets treu sein würde, trotz meiner Launen. Doch als ich ihn heute mit Rachele gesehen habe, wurde mir bewusst, dass ich ihn unterschätzt habe. Ich dachte, ein so einfacher Mann wie er könne mich nicht überraschen. Aber ich habe den Bogen überspannt, und jetzt zerrinnt mir alles zwischen den Fingern«, gab sie offen zu und trank einen Schluck Wein.

Tommaso strich nachdenklich über die rot-weiß karierte Tischdecke und seufzte: »Vielleicht ist das, was du gesehen hast, nicht das, was du denkst. Vielleicht hat Andrea Rachele nur getröstet. Immerhin schreibt Gabriel ihr schon seit einer Weile nicht mehr.«

»Ich glaube, dass mein Bruder sich auf der sonnenverwöhnten Insel in der Ägäis zu trösten weiß«, entgegnete Diana lakonisch. »Mama hat sich des Öfteren darüber beklagt, dass er sich mit einem Mädchen von dort eingelassen und Rachele in einem ihr feindlich gesinnten Land allein zurückgelassen hat. Wie es aussieht, hat er vollständig mit ihr gebrochen.«

»So ein Typ ist Gabriel nicht.«

»Menschen ändern sich, Onkel Tommaso, und nicht immer zu ihrem Besten. Andere dagegen, wie ich, machen immer die gleichen Fehler, in der Hoffnung, dass früher oder später jemand kommt, der in ihrem Verhalten einen Sinn findet und alles in Ordnung bringt.« Sie trank noch einen Schluck Wein. »Manchmal frage ich mich, warum ich so bin, warum ich allen um mich herum wehtun muss.« Sie hielt ihre Serviette fest umklammert, ihr Mund verzog sich zu einem unsicheren Lächeln: »Warum bin ich so bösartig?«

Tommaso nahm ihre Hände. Sie waren hell und schmal und erzählten von einem Leben fernab der Fabriken.

»Es ist nichts falsch an dir, Diana. Du hast nur vergessen, was es heißt, geliebt zu werden.«

»Ich wurde mal geliebt, vor langer Zeit. Ich habe mir vorgemacht, dass ich eine solche Liebe auch mit Andrea erleben kann. Aber ich habe alles kaputt gemacht.«

»Was empfindest du für ihn?«

Sie schüttelte den Kopf. »Was für einen Sinn hat es, jetzt darüber zu reden?«

»Für dich hat es einen Sinn. Du bist mir keine Antwort schuldig, aber dir selbst.«

Sie atmete tief durch, von ihrem Teller stieg der Duft

von Tomaten und Basilikum auf. »Wenn alle Dinge so einfach wären wie dieses Gericht, dann hätte ich nur ein Zehntel der Probleme.«

»Ich wäre nicht so pessimistisch«, meinte Tommaso und rollte die Spaghetti auf seine Gabel. »Vielleicht ist noch nicht alles verloren, meinst du nicht?«

»O doch!« Sie schob den Teller zur Seite. »Wenn du jemanden enttäuschst, der dich liebt, wirklich tief enttäuschst, dann kannst du nicht mehr zurück. Ich weiß, dass Andrea mich liebt und immer lieben wird. Aber dieses ›Wir‹ in ihm ist zerstört und wird nicht mehr so sein, wie es einmal war. Wenn es noch eine Chance gäbe, dann hätte er Rachele nicht auf diese Art in den Arm genommen.«

»Und sie, was ist mit ihr?«, fragte Tommaso. Diana wich seinem Blick aus und schaute zum Inhaber, der an der Kasse in seinem halb leeren Lokal saß.

»Sie wird es überleben, Onkel Tommaso, genau wie alle Frauen.«

19

Angela fegte eine Handvoll Kirschblüten vom Bürgersteig vor der Apotheke, die der Wind zu ihr herübergeweht hatte. Es war warm, der Himmel war blau, ein paar Schönwetterwolken zogen vorbei, und die Sonne brannte auf der Haut.

Angela tupfte sich mit einem Taschentuch den Schweiß ab und lauschte Mosè, der im Haus leise summend mit seinem neuen Holzzug spielte. Sie grüßte den Arzt von gegenüber. Auch er war Jude und hatte wegen der Rassengesetze das Krankenhaus verlassen müssen, an dem er drei Jahrzehnte lang gearbeitet hatte. Sie fluchte und schimpfte leise auf das Regime, das sie dazu verdammte, ihr Kind ohne Vater großzuziehen.

Seit seiner Verhaftung hatte es keine Spur mehr von Gino gegeben. Angela hatte sich sogar so weit erniedrigt, Diana um Hilfe zu bitten. Allein der Gedanke daran ließ Hass in ihr aufsteigen. *Es hat rein gar nichts genutzt, diese Hexe zu fragen*, dachte sie und fegte etwas energischer.

In der Ferne hörte sie ein bekanntes Motorengeräusch: Tommaso. Andrea hatte den Motor des Lancia im vergangenen Jahr etwas frisiert, sodass er leicht zu erkennen war. Angela richtete sich auf und schirmte ihre Augen gegen das grelle Sonnenlicht ab. Und trotzdem glaubte sie, einer Sinnestäuschung zu erliegen, als der Wagen vor der Apotheke hielt und Tommaso Gino heraushalf – ihrem Gino!

Angela ließ den Besen fallen und schrie vor Freude auf, um sogleich erschrocken die Hand vor den Mund zu schlagen, als sie die gebeugte Gestalt vor sich sah. Gino hatte den Blick starr auf den Boden gerichtet und hinkte so stark, dass Tommaso ihn stützen musste. Er versank fast in seiner verschlissenen Kleidung, und unter dem Stoff zeichneten sich die hervorstehenden Knochen deutlich ab. Seine Haare waren zerzaust, sein Bart ungepflegt. Angela lief ihnen entgegen und hakte sich bei Gino unter, um ihn auf der anderen Seite zu stützen.

»Du bist zu Hause«, wiederholte sie in einem fort, doch Gino hob nicht einmal den Kopf. Mit Mühe und ihrer beider Hilfe schleppte er sich bis in die Apotheke, wo Angela ihn auf einen Stuhl neben der Kasse setzte. Im Hinterzimmer war Mosè noch immer in sein Spiel vertieft.

»Lass ihn spielen«, sagte Gino und schaute in die glücklichen Augen seiner Frau. Seine Augen indes waren leer und ausdruckslos, die Wangen eingefallen. Er schien wie im Fieberwahn.

»Willst du denn deinen Sohn nicht sehen?«

»Nicht so«, antwortete er und deutete auf seine schmutzige Kleidung. »Gib mir ein Glas Wein, ich habe Durst«, befahl er ihr brüsk.

»Ich habe keinen. So etwas haben wir in der Apotheke nicht, das weißt du doch.«

»Dann war es ein Fehler hierherzukommen«, sagte er und stand auf. »Ich gehe nach Hause, ich muss mich waschen.«

Angela betrachtete die knochigen Schultern ihres Mannes, der sich umsah, als hätte er diesen Ort, an dem er jahrelang an der Seite seiner Eltern gearbeitet hatte, noch nie gesehen. Sie lächelte ihn an, obwohl er sie nicht ansah. Seine schlechte Laune schmerzte sie.

»Es gibt nichts, worüber ich reden will«, erklärte Gino knapp und bat Tommaso, ihn wieder nach draußen zu bringen. Und Angela fegte weiter, während Mosè ein Kriegslied anstimmte.

»Warum ist er nicht glücklich?«

Myriam trank das Glas Wasser aus und stellte es auf den Tisch. Sie war Angela nach ihrem Dienst im Krankenhaus besuchen gegangen. Tommaso hatte ihr von den Spannungen zwischen Angela und ihrem Mann berichtet, und sie nutzte die Gelegenheit, dass Mosè zufrieden mit einem Keks in der Ecke saß, um mit ihrer Cousine zu reden.

»Ich weiß es nicht. Vielleicht trägst du diese Hölle immer in dir, auch wenn du wieder in dein altes Leben zurückkehrst.«

»Vielleicht kann Gino sich einfach nicht von seinen Geistern befreien«, sagte Myriam und dachte dabei an ihre eigenen.

Angela zuckte die Schultern und fächelte sich mit einer Zeitung Luft zu. »Seitdem er wieder zu Hause ist, schläft Gino kaum, und wenn, wacht er immer wieder auf. Er schwitzt, schlägt um sich und schreit so verzweifelt, dass er davon aufwacht. Ich versuche, ihn zu beruhigen, bitte ihn, mit mir zu reden, sich zu öffnen. Aber er weist mich jedes Mal ab, geht in die Küche und beginnt zu trinken.« Von draußen hörte man die Kinder auf der Straße spielen, hin und wieder fuhr ein Auto vorbei. »Er trinkt fast ununterbrochen, zu den Mahlzeiten, danach, sogar zum Frühstück. Er stinkt nach Alkohol, aber wenn ich ihn darauf hinweise, wird er wütend und sagt mir, ich solle mich um meine eigenen Angelegenheiten kümmern. Aber genau das mache ich ja. Ich kümmere mich doch um meine Angelegenheiten und die meiner Familie«, sagte sie und tippte sich mit dem Zeigefinger auf die Brust, während Myriam ihr schweigend zuhörte. »Ich weiß nicht mehr, was ich machen, wie ich mich verhalten soll. Ich habe es mit Freundlichkeit versucht, dann mit dem Gegenteil, aber nichts zu machen: An meinem Mann prallt alles ab, ganz gleich, ob ich ruhig mit ihm rede oder ihn anschreie.«

Myriam nahm sich eine Kartoffel und begann sie zu schälen. »Wie hat Mosè die Rückkehr seines Vaters aufgenommen?«

Angela lächelte und begann ebenfalls Kartoffeln zu schälen und sie anschließend in eine Schüssel mit Wasser zu legen. »Er hat Freudensprünge gemacht, als er ihn gesehen hat. So glücklich habe ich ihn noch nie erlebt. Aber Gino spricht kaum mit ihm. Mosè sucht immer wieder seine Nähe, will mit ihm spielen, Zeit mit ihm verbringen, so wie sie es früher gemacht haben, aber Gino schiebt ihn weg. Es ist, als ob ein Teil von ihm noch im Gefängnis wäre, oder wo auch immer.«

Myriam senkte den Blick. »Das muss für euch beide die Hölle sein.«

»Ja. Die Tatsache, dass ich nicht weiß, was passiert ist, entfernt uns voneinander. Er will nicht reden, und ich versuche ihm die ganze Zeit klarzumachen, dass das Schweigen ihn zerstört. Aber er weigert sich. Ich fühle mich so unnütz und einsam.« Sie seufzte und fuhr sich mit dem Handrücken über die Stirn. »Ich bin einsam in dieser Ehe. Ich versuche meinen Mann doch nur zu unterstützen, den Mann, den ich liebe.« Ihrer Stimme war die Verzweiflung deutlich anzuhören. »Er hat mich gerettet, er hat mir die Hand gereicht, als ich vor Jahren am Boden zerstört war. Doch jetzt, wo er meine Hilfe braucht, lässt er nicht zu, dass ich das Gleiche für ihn tue. Ich frage mich, welchen Sinn eine Ehe hat, wenn man sich nicht gegenseitig unterstützt.«

Myriams Messer bohrte sich in das harte Fruchtfleisch der Kartoffel und löste dann die dünne Schale. »Lass ihm Zeit. Du wirst sehen, nach einer Weile wird es besser werden«, sagte sie. »Der Schmerz lässt nach, und er wird wieder etwas Frieden finden und sich dir öffnen. Zwing ihn nicht. Es ist sicher nicht leicht, über das zu sprechen, was er erlebt hat. Den Faschisten in die Hände zu fallen, besonders als Jude, muss furchtbar sein. Es ist ein Wunder, dass er überhaupt zurückgekehrt ist«, fügte sie leise hinzu und dachte an ihren Giovanni. Er war kein Jude, aber seine Freiheitsliebe hatte ihm den Weg zu ihr nach Hause verwehrt. Jedes Mal, wenn sie an ihn dachte, raubte ein tiefer Schmerz ihr den Atem, und für einen Moment war sie wie gelähmt. Auch im Krankenhaus war ihr das schon passiert.

»Ist alles in Ordnung? Du bist auf einmal so blass«, fragte Angela besorgt, aber Myriam hob nur abwehrend die Hand, worauf sie sich zu Mosè umwandte, der auf der Treppenstufe saß und spielte. »Jeden Abend sage ich mir, dass ich Geduld haben muss, dass es morgen besser sein wird. Aber dann fange ich doch wieder an zu grübeln, mich zu fragen, wann er endlich seinen Frieden wiederfinden wird, wann ich meinen Mann wiederhaben werde, wann mein Sohn, der keiner Fliege etwas zuleide tut, endlich so aufwachsen kann, wie ein Kind aufwachsen sollte«, sagte sie. »Warum musste ausgerechnet mein Mann ins Gefängnis kommen? Warum kann die Laune eines einzigen Faschisten eine ganze Familie zerstören?«

Myriam ließ die Kartoffelschale auf die Abfälle fallen, die Angela später kochen würde, und schaute in den Himmel dieses perfekten Maitages. Und doch konnte sie das Echo des Krieges hören. Im Radio verkündeten sie, dass alles unter Kontrolle sei, der Sieg kurz bevorstehe. Sie aber schaute jeden Tag in die Augen derer, die an die Tür des Krankenhauses klopften und sich und ihre Familie in Sicherheit bringen wollten. Und jedes Mal schien ihr, dass der Krieg schon lange verloren war.

20

Myriam umklammerte die Henkel ihrer Handtasche, während ihr Blick die Fassade der Firma hinaufwanderte. Der sanfte Maiwind streichelte ihr Gesicht, während die rosa blühenden Kirschbäume die Straßen mit Frühlingsduft erfüllten.

Sie straffte den Rücken, und ihr Daumen suchte ihren Ehering. Erinnerungen an die gemeinsamen Morgen mit Giovanni in Paris kamen zurück, an das Frühstück mit Croissants und einem Kaffee, über den sie sich zwar immer beschwerten, den sie aber im Grunde sehr gerne mochten.

Aus der Firma wehte der Duft nach Keksen herüber. Ihre Mutter hatte das Unternehmen kurz nach ihrer Ankunft aus Kuba in Rom übernommen, vor dem furchtbaren Streit mit Diana, der die ganze Familie erschüttert hatte, und bevor sie selbst Giovanni begegnet war, dem Mann, der ihr Leben verändert hatte.

Der Mann, den ich immer lieben werde, dachte Myriam mit einem bitteren Lächeln, und ihre Gedanken gingen zu dem anderen Giovanni, der durch einen Zufall in ihr Leben getreten war.

»Auch er hat mein Leben verändert, auf seine Weise. Wenn ich ihn nicht getroffen hätte, wäre ich heute keine Krankenschwester«, sagte sie sich und betrachtete weiter das Firmengebäude, die weiß-gelb gestreifte Markise über dem Schaufenster des kleinen Ladenlokals. Auch wenn dort offiziell ausschließlich Brot verkauft wurde, hatte Myriam den Chauffeur der Contessa Lais dabei beobachtet, wie er große, akkurat eingepackte Schachteln ins Auto geladen hatte, die ganz sicher kein Brot enthielten.

»Sondern ihre geliebten Kekse«, flüsterte sie amüsiert.

»Hin und wieder denke ich an ihn, weißt du.«

Myriam fuhr herum, als sie die Stimme ihrer Tante vernahm, die Clio und Viola von der Schule abgeholt hatte. Sie lächelte das Trio an.

»An wen denkst du?«

Lia legte den Kopf schief und biss sich auf die Unterlippe. »An Martelli. Und daran, wie es hätte sein können, wenn wir uns nicht aus den Augen verloren hätten. Ich war überzeugt, er wäre nach Carlos meine große Liebe. Aber er ist verschwunden, genau wie mein Mann. Verschluckt vom Treibsand der Geschichte.«

»Oder von einem sinnlosen Krieg«, fügte Myriam hinzu.

»In der Schule haben sie gesagt, dass der Krieg bald vorbei ist«, mischte sich Clio ein.

»Vielleicht wird er zu Ende gehen. Nur wie?«, sagte Myriam. »Vor wenigen Tagen haben wir Tunesien verloren, die afrikanische Front ist in den Händen der Alliierten«, fügte sie, an Lia gewandt, hinzu.

»Was wird denn nun passieren?«, fragte Lia.

»Das kann niemand genau sagen.« Myriam dachte an die Neuigkeiten, die sie von Giovanni und anderen Kommunisten, die sich im Keller des Krankenhauses versteckt hielten, erfahren hatte. »Es heißt, dass die Alliierten hier einmarschieren und zusammen mit den wenigen verbliebenen Antifaschisten das Land von Mussolini und seinen Leuten befreien werden.«

Lia dachte einen Moment über ihre Worte nach, dann sagte sie: »Ich glaube, dieses Land hat genug von Mussolini, aber zu viel Angst, um etwas gegen ihn zu unternehmen. Die Menschen sind müde und desillusioniert, Myriam, sie können nicht mehr. Als wir hergekommen sind, hatten sie noch ein Leuchten in den Augen, trotz der Diktatur. Aber der Krieg hat jedes Licht, jede Menschlichkeit erlöschen lassen. Ich weiß nicht, wie viel von dem Willen, sich zu wehren, noch übrig ist. Während in den Palästen über unsere Köpfe hinweg entschieden wird, verhungern die Menschen und die Zahl der Vermissten steigt täglich an.«

Myriam kickte einen Kieselstein zur Seite. Sie bemerkte sehr wohl, dass ihre Tante versuchte, ihren Schmerz hinter einem Lächeln zu verbergen. Sie strich Clio über den Kopf. Viola hatte sich unter einen Kirschbaum verzogen.

»Auch wir zählen unsere Vermissten«, sagte sie leise.

»Seit Tante Ottavia tot ist, hat Viola sich verändert«, sagte Clio, die ahnte, was ihre große Schwester meinte. »Ich versuche, sie zum Lachen zu bringen, und manchmal gelingt mir das auch. Aber dann wird sie doch wieder traurig. Ich weiß nicht, wie ich ihr helfen kann.«

»Vielleicht reicht es schon, dass du bei ihr bist. Und ihr sagst, dass uns die Menschen nie ganz verlassen. Sie sind immer bei uns, jeden Tag, jeden Moment. Wir müssen nur ganz fest an sie denken, und dann können wir ihre Anwesenheit spüren«, sagte Myriam.

»Ich weiß. Und eigentlich weiß Viola das auch.« Clio biss sich auf die Zunge. Sie hatte Viola versprochen, niemandem zu verraten, dass sie die Toten sehen konnte. Sonst würde sie ihr vielleicht nie mehr von ihrem Vater erzählen. »Aber manchmal reicht es nicht zu wissen, dass die Menschen, die wir gernhaben, da sind. Manchmal müssen sie uns an der Hand nehmen und uns sagen, dass alles gut werden wird. Auch wenn gar nicht alles gut werden kann.« Dann lief sie zu Viola hinüber, die ihr eine Kirschblüte zeigte, die auf ihrer Handfläche gelandet war.

Myriam und Lia betrachteten die beiden Mädchen. »Meine kleine Schwester ist gerade mal elf und spricht wie eine erwachsene Frau«, sagte Myriam. »Wie ist das passiert?«

»Das darfst du mich nicht fragen. Ich bin immer noch damit beschäftigt, zu verstehen, dass Diana und du erwachsen geworden seid. Die Zeit vergeht so schnell, ich komme nicht mehr mit. Zu vieles verändert sich, und viel zu schnell.« Sie schüttelte den Kopf.

»Das stimmt«, pflichtete ihr Myriam bei. »Ich muss an Angela und Gino denken. Gino ist nicht mehr der, der er mal war. Den vor Ideen und Humor sprühende Mann, den meine Cousine geheiratet hat, gibt es nicht mehr. Er ist fast nur noch betrunken.«

Lia seufzte. »Vielleicht ist die Zeit für ihn am dunkelsten Punkt stehen geblieben. Auch Eva hat versucht, ihm zu helfen, genauso wie Tommaso, der hat ihm sogar einen Posten in der Firma angeboten, aber Gino will nicht. Er hat sich in seine Wut eingekapselt, man bekommt ihn da nicht raus.«

Myriams Blick wanderte wieder zur Firma. »Und wenn ich es noch mal versuche?«

»Einen Versuch ist es wert. Ich würde alles tun, um dieser Familie wieder etwas Frieden zu schenken«, sagte Lia und sah zu Viola und Clio hinüber.

»Nein, schlag dir das aus dem Kopf!«, schrie Gino und schlug mit der Faust krachend auf den Tisch. Vor ihm saß Myriam und zog eine Augenbraue hoch. Sie hatte Lia und die Mädchen nach Hause gebracht und war gleich danach zu ihm gegangen. Die Sonne war noch nicht einmal untergegangen, und er war schon völlig betrunken. Als sie ankam, hatte sie ihn laut schnarchend in der Küche vorgefunden.

»Bist du fertig?«, sagte sie ruhig und brachte ihn damit aus dem Konzept. Er starrte sie an wie ein Geschöpf von einem anderen Stern. »Denkst du, du machst mir Angst?« Sie lächelte. »Da muss ich dich enttäuschen. Ich habe jeden Tag mit Patienten zu tun, die wesentlich gefährlicher sind als du.« Sie schlug die Beine übereinander. »Ich schlage vor, dass du noch mal über das Angebot meines Onkels nachdenkst. Du arbeitest in der Firma, hörst mit dem Trinken auf und nimmst dein Leben wieder in die Hand. Reiß dich zusammen, verdammt noch mal, du hast eine Frau und ein Kind, um die du dich kümmern musst! Du darfst nicht in Selbstmitleid zerfließen.«

Gino starrte sie wütend an. »Was weißt du schon? Darüber, was es heißt zu leiden?«

»Mein Mann wurde von den Nazis umgebracht, weil er sich für die Rechte aller eingesetzt hat«, gab sie zurück und ließ ihm keine Zeit, darauf zu reagieren. »Ich weiß sehr wohl, was es heißt zu leiden«, fuhr sie ihn wütend an. »Deshalb sieh mich genau an, Gino. Was auch immer sie dir im Gefängnis angetan haben: Du hast die Pflicht, wieder auf die Beine zu kommen, für die, die es nicht mehr können. Du wirst bei Onkel Tommaso arbeiten, oder wenn es dir lieber ist, komm zu uns ins Krankenhaus. Meine Kollegen und ich werden eine Möglichkeit finden, dich und deine Familie unterzubringen. Aber hör auf, den Menschen, die dich lieben und für die du verantwortlich bist, wehzutun. Du hast es geschworen, du bist vor Gott eine Verpflichtung eingegangen, und jetzt musst du sie auch einhalten«, fügte sie hinzu, ohne recht zu wissen, ob sie mit dem Mann ihrer Cousine oder mit ihrem eigenen sprach, dem sie seine Abwesenheit vorwarf.

Gino schwankte und ließ sich auf einen Stuhl fallen. Er sah Myriam gerade in die Augen. »Du bist die Erste, die seit meiner Rückkehr so offen mit mir spricht. Alle behandeln mich wie ein rohes Ei, als könnte ich jeden Moment zerbrechen. Niemand hat den Mut, mir zu sagen, wo es langgeht, die Dinge beim Namen zu nennen, so wie du es gerade getan hast.«

»Dann wurde es ja Zeit.« Sie schluckte und legte ihm die Hand auf den Arm. »Hör zu, Gino, du bist ein guter Mensch, vergiss das nicht. Hör auf zu trinken, oder du wirst dich und deine Familie zerstören. Willst du das? Dass alle leiden, dein Sohn eingeschlossen?«

»Nein.«

»Dann mach was.«

Er lächelte unter Tränen. »Das ist nicht leicht.«

»Ich weiß. Aber du musst es tun, für dich und deine Familie.«

»Es ist nicht leicht«, wiederholte er. »Nach allem, was passiert ist.« Er vergrub das Gesicht in den Händen und begann hemmungslos zu schluchzen. Sein Brustkorb bebte, er hustete, atmete schwer. Myriam konnte seine Scham förmlich spüren. Er war immer ein positiver Mensch gewesen, bei Mosès Geburt hatte er vor Glück geweint. Von diesem Mann war kaum etwas übrig geblieben, dachte Myriam.

»Du weißt nicht, was sie mir angetan haben«, sagte er leise und wiegte den Kopf von rechts nach links. Er zitterte wie ein ängstliches Tier, zusammengekauert auf seinem Stuhl im Abendlicht. Er weinte wie ein Kind, so verängstigt, dass ihn die Tränen nicht kümmerten.

»Nein, das weiß ich nicht, das stimmt. Aber ich weiß, dass du nicht das bist, was dir passiert ist. Du bist ein guter Mensch, Gino, ein Mann, der seine Familie immer geliebt hat und der Kraft aus ihr gezogen hat. Also lass zu, dass sie dir hilft, dir zur Seite steht und dich unterstützt. Es ist nichts Ehrenrühriges daran, um Hilfe zu bitten, wenn man nicht mehr weiterweiß. Wenn der Schmerz in uns zu groß ist für uns allein«, fügte sie hinzu und wiederholte die Worte eines Geistlichen, der einige Tage bei ihnen im Krankenhaus gewesen war und den sie den »kleinen Mann im Büßerhemd, dessen Arme so lang sind, dass er die ganze Welt umarmen kann« getauft hatte. Sie hatte immer noch die Bibel, die er ihr geschenkt hatte, auf dem Nachttisch liegen, und jeden Abend las sie die Psalmen, die er ihr empfohlen hatte, und dachte manchmal noch tagelang darüber nach.

Gino nickte und schwieg. Fast eine Stunde saßen sie so da, ohne ein Wort zu sagen. Dann hob er plötzlich den Kopf und nahm Myriam in den Arm – eine Umarmung, die mehr sagte als jedes Wort.

»Denk an das, was ich dir gesagt habe«, erinnerte sie ihn beim Abschied. Sie nahmen sich noch ein weiteres Mal lange in den Arm, dann stieg sie wieder auf ihr Rad, winkte Gino ein letztes Mal zu und fuhr los. Auf der Straße vor dem Haus parkte ein dunkler Wagen, aus dem in diesem Moment ein Mann in Uniform stieg, auf dem bleichen Gesicht ein Lächeln, das mehr einem Grinsen glich, die Haare mit Pomade nach hinten gekämmt. Er kam ihr seltsam vertraut vor. Myriam unterdrückte ein Schaudern und fuhr weiter. Doch ihre Unruhe begleitete sie den ganzen Abend, bis sie endlich bei Einbruch der Nacht, die Bibel bei Psalm 128 aufgeschlagen, in den Schlaf sank.

21

Das Telefon klingelte und ließ Eva aufschrecken, die über der Lektüre ihrer Geschäftszahlen eingeschlafen war. Sie hatte die Einnahmen aus ihren Schwarzverkäufen zusammengerechnet, mit denen sie ihre Arbeiter bezahlen konnte, und dann ihre offiziellen Zahlen angepasst.

Als es ein weiteres Mal klingelte, schoss ihr Kopf hoch.

»Um diese Zeit?« Verwundert schaute sie auf die Uhr und eilte barfuß zum Telefon am Eingang.

»Wer auch immer das ist, ich hoffe, es ist dringend«, sagte sie ins Telefon, nachdem sie abgenommen hatte.

»Tante Eva, ich bin es, Angela.«

»Angela?«, wiederholte Eva überrascht.

Am anderen Ende war ein Schluchzen zu hören, das in ein verzweifeltes Weinen überging. Eva umklammerte den Hörer, alle Sinne in Alarmbereitschaft. Das konnte nichts Gutes bedeuten. Der Wind schloss mit einem lauten Knall das Küchenfenster und ließ sie zusammenzucken. Fröstelnd zog Eva die Bluse enger um sich, ihre Gedanken rasten. »Was ist passiert?«

»Gino ... er ...« Mehr konnte Angela nicht sagen, wieder weinte sie. Eva hörte schweigend zu und sah Angela vor ihrem inneren Auge vor sich.

»Geht es ihm nicht gut?«, fragte sie in der Hoffnung, dass er nur wieder betrunken war.

Schweigen.

Dann ein tiefer Atemzug und erneutes Schweigen.

»Er hat sich erhängt«, stieß Angela schließlich hervor. Eva erstarrte.

»Aber wie, wie ist das möglich?«

»Mosè hat ihn gefunden. Während ich bei der Arbeit war, hat er mit einem Freund im Hof gespielt. Als er ins Haus zurückgegangen ist, hat er seinen Vater gefunden.«

Sie begann wieder zu schluchzen, während Eva versuchte, den Sinn ihrer Worte in ihrer ganzen Tragweite zu erfassen.

»Aber ich verstehe nicht ... Warum rufst du erst jetzt an?«

»Ich wollte eine Weile mit ihm allein sein. Nur Gino und ich. Bald wird er abgeholt, und ich wollte ihn wenigstens in Ordnung bringen, bevor er beerdigt wird: Ich habe ihn von oben bis unten gewaschen, ihm seinen besten Anzug angezogen und seine Haare gekämmt.«

Eva vergrub das Gesicht in den Händen. Alle Tragödien hatten denselben bitteren Geschmack. »Wie geht es Mosè?«

»Er ist bei der Nachbarin. Sie ist in die Apotheke gekommen, um mich zu holen, während ihr Mann Gino heruntergeholt hat.« Sie schwieg lange. »Er hat sich am Balken im Wohnzimmer aufgehängt. Unter ihm lagen eine leere Cognacflasche und Zigaretten. Nicht mal ein Brief, ein letztes Wort für mich oder seinen Sohn, nichts. Als hätten wir für ihn gar nicht existiert. Und dabei rauchte Gino nicht einmal.«

Eva schüttelte den Kopf und betrachtete das Kruzifix über der Tür. »Ich komme sofort ... Weiß Raffaele Bescheid?«, fragte sie, und Angela antwortete, dass er der Erste gewesen sei, den sie angerufen habe.

»Sag du den anderen Bescheid, ich kann das nicht«, sagte sie leise und legte auf.

Eva starrte lange auf den Hörer, bevor sie ihn auf die Gabel legte.

»Ist alles in Ordnung?«

Sie drehte sich um, vor ihr stand Viola in ihrem Baumwollnachthemd, ihren Teddy fest an die Brust gepresst. »Warum bist du um diese Zeit noch wach, mein Schatz?«

»Ich konnte nicht schlafen, ich habe schlecht geträumt.«

Eva sah zum Telefon, dann in Violas verschlafenes Gesicht. Auf ihrer Wange war noch der Abdruck des Kissens zu erkennen.

»Komm mit, ich mach dir etwas zu trinken, damit du schlafen kannst.« Sie nahm Viola an der Hand und führte sie in die Küche, setzte Viola an den Tisch. Dann begann sie, für sie beide einen Kamillentee zu kochen. Aber ihre Bewegungen waren hektisch, fast erinnerte sie sich nicht mehr, wo die Tassen standen.

»Es ist etwas mit Onkel Gino passiert, stimmt's?«

Eva blieb wie erstarrt stehen. Sie griff nach einer Metalldose und stellte sie auf den Tisch.

»Woher weißt du das?«

Viola umklammerte den Teddy noch fester. »Ich weiß es.«

»Du hast mich am Telefon gehört, nicht wahr?«, fragte Eva, und sie nickte rasch. »Komm her«, sagte Eva und zog das Mädchen auf ihren Schoß, streichelte ihr übers Haar und hoffte, damit die Nachricht etwas abzumildern.

»Was macht ihr denn hier?«, war plötzlich Myriams Stimme zu hören. Sie kam gähnend herein und zog ihren Morgenmantel zurecht.

»Das Gleiche könnten wir dich fragen«, antwortete Eva und schaute auf das Mädchen, das in ihren Armen eingeschlafen war.

»Was hat sie?«

»Sie war aufgeregt und konnte nicht schlafen.«

»Gut, dass sie wieder eingeschlafen ist«, sagte Myriam und nahm sich den Keks, der neben Violas Tasse lag.

Eva streichelte weiter Violas Haar. »Ich habe gerade etwas erfahren«, sagte sie und schluckte.

Myriam kaute und nahm sich noch einen Keks. »Und was?«

»Gino.«

Myriams Hand verharrte in der Luft. »Was ist passiert?«

Eva antwortete nicht, sondern sah sie nur lange an und schüttelte den Kopf.

Der Keks fiel auf den Tisch und zerbarst in lauter Krümel. Myriam griff sich ans Herz. »Unmöglich, ich habe gestern mit ihm gesprochen. Er wollte eine Arbeit in der Firma annehmen, es ging ihm besser. Er wollte mit dem Trinken aufhören, das hat er mir selbst gesagt. Was ist passiert?«

Eva küsste Viola in den Nacken. Sie schlief jetzt fest. »Er hat beschlossen, seinem Leben ein Ende zu setzen«, sagte sie schließlich. Mosè hat ihn gefunden. Angela hat eben angerufen. Die Ärmste ist völlig am Ende.«

Verzweifelt schloss Myriam die Augen. *Du hast aufgegeben*, dachte sie und spürte, wie sich ihre Brust einmal mehr zusammenzog. Sie hatte es versucht und sie hatte verloren, eine der vielen Niederlagen in ihrem Leben als Krankenschwester.

»Könntest du Viola auf ihr Zimmer bringen? Ich muss zumindest Tommaso anrufen«, bat Eva sie.

»Natürlich«, antwortete Myriam und trug ihre Cousine ins Bett, während Eva zum Telefon ging.

Gino wurde im kleinen Kreis beerdigt, nur die Familie Contrada und der Rabbiner waren anwesend. Die Feier fand in gefasster Stille statt, auf ausdrücklichen Wunsch der Familie des Toten, eine Handvoll Personen, die sich gleich nach der Messe zerstreute. Doch als Angela nach Hause kam, wartete dort bereits die Familie Fontamara auf sie.

»Wir respektieren den Wunsch von Ginos Familie und können ihre Angst wegen der Rassengesetze verstehen. Aber wir gehören auch zu deiner Familie und wollen dir nah sein«, erklärte Myriam und zog Angela an sich. Angela war für einen Augenblick wie erstarrt, aber als sie Myriams aufrichtige Tränen sah, ließ auch sie ihrer Trauer freien Lauf, schluchzte und vergrub ihr Gesicht an Myriams Schulter.

»Er ist tot, er ist tot«, wiederholte sie in einem fort. Myriam umarmte sie noch fester und strich ihr übers Haar.

»Ich weiß! Ich weiß, wie du dich fühlst. Ich weiß, dass es wehtut, dass man meint, jemand reiße einem das Herz aus der Brust. Aber mach nicht den gleichen Fehler wie ich. Lass es raus, schreie, weine, aber befreie dich von deinem Schmerz, halte ihn nicht in dir fest«, flüsterte sie leise in Angelas Ohr, während die anderen sie gerührt betrachteten und Angela dann ihrerseits Trost spendeten. Eva, Lia, Tommaso, sogar Clio und Viola: Alle hielten Angela fest umarmt. Als sie sich voneinander lösten, übergaben die Mädchen ihr ein selbst geschriebenes Gedicht. »Damit du an etwas Schönes denkst«, erklärten sie, und Angela drückte die Seiten an ihr Herz und dankte ihnen mit einer weiteren Umarmung.

»Ihr seid so freundlich«, sagte sie und schaute die Anwesenden an. Ihre Nachbarin half ihr, Kaffee zu kochen, und sie begann von den näheren Umständen des Todes ihres Mannes zu erzählen. »Von dem Moment an, als er dieses Haus betreten hat, wusste ich, dass etwas in ihm zerbrochen war. Er hat nur noch getrunken, er war abweisend und grob. Gino trug eine Verletzung in sich, und was mich am meisten schmerzt, ist, dass ich ihm nicht helfen konnte.«

»Du hast dir nichts vorzuwerfen, Angela«, tröstete sie Eva und beugte sich zu ihr. »Du hast alles getan, was in deiner Macht stand. Immerhin hast du noch ein Kind, um das du dich kümmern musst. Gino konnte niemand helfen außer er selbst. Doch es war nicht seine Schuld, dass er nicht die Kraft hatte, auf das zu reagieren, was ihm widerfahren ist.« Sie blickte sich um. »Niemand weiß, was geschehen ist, während er in der Hand dieser Monster war«, fügte sie hinzu und räusperte sich. Als Tommasos Blick dem ihren begegnete, sah er verlegen zu Boden.

»Du hast recht. Aber was auch immer mit ihm passiert ist, es hat ihn so sehr verändert, dass er Dinge getan hat, die man zuvor von ihm nicht kannte. Schaut nur«, sagte Angela und zeigte auf die Gegenstände, die er bei sich gehabt hatte, bevor er seinen verzweifelten Schritt getan hatte: eine Flasche Cognac, ein Aschenbecher, ein Päckchen Zigaretten und ein Feuerzeug. »Vor seiner Verhaftung hat Gino keinen Wein angerührt, höchstens zum Anstoßen, Zigaretten kannte er nur vom Hörensagen, und Feuerzeuge hatten wir auch nicht im Haus. Wer weiß, was im Kopf von Menschen vorgeht, die sich das Leben nehmen«, überlegte Angela und schaute auf den Aschenbecher und die leere Flasche, die im Licht leuchtete.

Myriam seufzte und folgte dem Blick der Cousine, doch etwas ließ sie stutzen. Das Feuerzeug sah genauso aus wie eines, das sie schon bei Diana gesehen hatte. Es war eines der Modelle, die Manfredi immer verschenkte und die nach seinen Anweisungen hergestellt und an seine engsten Freunde verteilt wurden, um sie zu beeindrucken. Ihre Schwester durfte sich dazuzählen. Myriam betrachtete es näher, schaute sich die beiden stilisierten Flügel und die römischen Zahlen an, die auf der Oberfläche eingraviert waren. Ihr fiel wieder der Mann ein, den sie gesehen hatte, als sie sich von Gino verabschiedet hatte, und spürte, wie es ihr eiskalt den Rücken hinunterlief.

Nein, das kann kein Zufall gewesen sein, dachte sie. Unter dem Vorwand, sie wolle ein wenig Luft schnappen, wandte sie sich zur Tür, gab Tommaso ein Zeichen, ihr zu folgen, und auf dem Flur zeigte sie ihm das Feuerzeug. »Diana hat das gleiche, es ist ein Geschenk von Manfredi an seine engsten Freunde.«

Tommaso schüttelte den Kopf. »Und was hat das mit Angelas Ehemann zu tun? Was willst du mir damit sagen?«

Myriam sah zur Decke hoch, dieselbe Decke, an der Gino das Seil befestigt hatte, um sich das Leben zu nehmen, und ballte die Fäuste. »Diese Feuerzeuge sind unverwechselbar, Onkel Tommaso, und als ich gestern nach unserem Gespräch hier weggefahren bin, habe ich einen Mann in Uniform vor dem Haus gesehen. Das kann kein Zufall sein. Ich weiß nicht, aber irgendetwas stimmt hier nicht.« Sie biss sich auf die Unterlippe und dachte fieberhaft nach, als sie plötzlich erstarrte.

Tommaso betrachtete auf das Feuerzeug und hielt den Atem an, während Myriam nun ihn anblickte. »Bitte sag mir, dass es nicht das ist, was ich denke«, sagte sie leise, während aus dem Nebenzimmer Stimmen zu hören waren. »Sag mir, dass meine Schwester nichts mit all dem zu tun hat. Sag mir, dass sie sich heute nicht deshalb mit einer Migräne entschuldigt hat.«

Tommaso senkte den Blick, und Myriam schlug die Hände vors Gesicht und begann zu weinen. »Bitte, Onkel Tommaso, sag mir, dass es nicht so ist, bitte«, doch Tommasos ausweichender Blick sagte mehr als Worte. Ihre Arme sanken schwer herab. »Ich glaube es nicht«, stammelte sie und schüttelte den Kopf.

»Wir müssen gehen.«

Onkel und Nichte wandten sich gleichzeitig zu Eva um, die hinter ihnen im Flur aufgetaucht war, und folgten ihr ins Wohnzimmer, wo sie sich von Angela und ihrer Familie verabschiedeten.

»Ich hoffe, wir sehen uns bald wieder. Du kannst jederzeit vorbeikommen. Und lass auch Raffaele an deinem und an Mosès Leben teilhaben«, bat Lia Angela, die sie zur Tür begleitet hatte, noch eindringlich. »Ihr habt beide geliebte Menschen verloren, ihr könnt euch gegenseitig Kraft geben. Lass diese Chance nicht ungenutzt.«

Doch Angela schien sie gar nicht zu hören, ihr Blick ging an ihr vorbei. Sie wirkte abwesend, eine neuerliche Erschütterung zeichnete sich auf ihrem Gesicht ab, dachte Myriam, als sie Diana aus einer dunklen Limousine steigen sah, die auf der gegenüberliegenden Straßenseite parkte. Angelas Gesicht wurde feuerrot. »Du!«, schrie sie, stürzte auf Diana los und stieß sie so kräftig, dass sie zu Boden fiel. »Du falsche Schlange! Du hast meinen Mann umgebracht!«, brüllte sie völlig außer sich. Diana war so überrascht, dass sie sich nicht einmal wehrte.

Eva eilte ihrer Tochter zur Hilfe, während Tommaso Angelas Taille umschlang und sie von ihrer Cousine fortzog, die sie mit weit aufgerissenen Augen anstarrte.

»Angela, bitte, reiß dich zusammen«, flüsterte er ihr ins Ohr, aber Angela war außer sich und versuchte, sich mit allen Kräften aus seinem Griff zu befreien.

»Verflucht sollt ihr sein, du und dein faschistischer Geliebter!«, schrie sie, und Diana erbleichte. Unter den entsetzten Blicken der Passanten und der restlichen Mitglieder der Familie Fontamara zog Tommaso Angela hastig beiseite.

Lia nahm die beiden Mädchen, die nicht wirklich verstanden, was da vor sich ging, an die Hand, während Myriam sich vorsichtig ihrer Schwester näherte und ihr die Hand reichte, um ihr hochzuhelfen.

»Vielleicht ist es besser, wenn Diana und ich ein paar Schritte gehen«, sagte sie zu ihrer Mutter, die, immer noch wie betäubt, einfach nur nickte.

Eva sah ihren Töchtern nach, dann ging sie zu ihrer Schwägerin hinüber, die mit den Mädchen an der Hand noch neben der Tür stand. Ihr kam wieder in den Sinn, was Tommaso vor einiger Zeit über Dianas Verwicklung in Ginos Verhaftung gesagt hatte, und was sie die ganze Zeit von sich gewiesen hatte, war nun bittere Realität geworden.

Eva legte die Stirn an die gefalteten Hände, als würde sie beten.

»Ich bringe die Mädchen nach Hause. Es ist besser, wenn sie nicht hierbleiben«, erklärte Lia und zog Clio und Viola fort, die sich beklommen umblickten.

Eva nickte und blieb allein auf der Straße zurück, hinter den halb geschlossenen Fensterläden ließen sich neugierige Zuschauer erahnen. Ein paar Alte saßen plaudernd vor ihren Haustüren, Eltern sahen ihren spielenden Kinder zu.

Dort, in der Enge der Straße, verspürte Eva zum ersten Mal einen stechenden Schmerz in der Brust, einen unerträglichen Druck, der ihr den Atem nahm. Sie schnappte förmlich nach Luft, während es ihr eiskalt den Rücken herunterlief.

»Ich kann so nicht weitermachen, ich kann nicht«, wisperte sie, während am Horizont langsam die Sonne unterging.

22

Diana trank einen letzten Schluck eisgekühlten Malventee, den Manfredi ihr hatte bringen lassen, und erhob sich. Sie schwankte, ihr Kopf dröhnte, und ihre Beine waren so schwach wie noch nie in ihrem Leben. Aber ihr Geist war klar, genauso klar wie der Maihimmel über der Stadt.

Bald würde der Frühling dem Sommer Platz machen, doch dieses Mal ließen Siegesbotschaften auf sich warten.

»Du bist so seltsam heute, ist alles in Ordnung?«, fragte Manfredi und bot ihr eine Zigarette an. Sie aber betrachtete die Glyzinien, die die Terrasse vor neugierigen Blicken schützten. *Wie ein geheimer Garten*, dachte sie. *Wie gerne würde ich mich in einem Kokon aus Schönheit verkriechen, weit weg von allem.*

»Nun sag schon, was ist los?«, bohrte Manfredi weiter, aber Diana schaute noch nicht einmal zu ihm hoch. Nachdem er ihr alles erzählt hatte, konnte sie diesem Mann, mit dem sie monatelang das Bett geteilt hatte, nicht mehr in die Augen sehen. Sie war schuld an Ginos Verhaftung und an seinem Tod, wegen einer ihrer Launen. Er hatte es ihr bei einem Glas Wein und einer Zigarette erzählt, mit der gleichen Ungerührtheit, als würde er über das Wetter plaudern.

»Und du hast kein schlechtes Gewissen, nicht mal ein bisschen?«, hatte sie gefragt und ihr Glas fester umklammert, während er nur die Beine übereinandergeschlagen und gelächelt hatte, beinah amüsiert über ihre Empörung.

»Warum sollte ich? Dieser Mann war unnütz, niemand wird seine Abwesenheit von dieser Welt bemerken«, hatte er knapp geantwortet. Seine Worte hallten dumpf in ihr nach, und etwas zerbrach in ihr. Sie erstarrte, es war, als würde mit einem Mal ihre Welt zusammenfallen. Die Wahrheit stand ihr unausweichlich vor Augen.

Sie war in dem zu weichen Sofa versunken, und ihr war klar geworden, dass ein Teil von ihr es immer gewusst hatte. Da sollte die Gewissheit doch nicht so wehtun – aber sie tat es. Wieder keimte das Gefühl in ihr auf, dass etwas mit ihr nicht stimmte, sie verstand sich selbst nicht, sich und ihre Bösartigkeit.

»Ich bin ein Monster«, hatte sie sich gesagt und versucht, ihre schlechte Seite im Spiegel gegenüber zu erkennen. Doch was sie in dem barocken Rahmen sah, war das Bild einer verängstigten Frau. »Ruf mich nicht mehr an, zwischen uns ist es aus«, rief sie Manfredi noch zu und ging. Manfredi sah ihr nur verblüfft hinterher.

Diana zog die Tür hinter sich zu, nahm einen tiefen Atemzug und eilte dann die weißen Marmorstufen hinunter zur Straße. Vom hellen Tageslicht geblendet, blieb sie zunächst unschlüssig stehen. Als ihr Manfredi jedoch aus dem Fenster hinterherrief, begannen ihre Beine sich wie von selbst zu bewegen, sie rannte einfach los, ohne Ziel. Trotz des engen Rockes und der hohen Absätze flog sie dahin: Der Wunsch, vor Manfredi zu fliehen, war stärker als alles andere.

Obwohl sie nun schon einige Jahre in Rom lebte, war ihr die Stadt doch fremd geblieben. Verblüfft betrachtete sie die zwischen den Häusern gespannten Wäscheleinen, die liebevoll gehegten Pflanzen auf den Balkonen, lauschte den klappernden Töpfen und Pfannen, nahm die Gerüche in den engen Gassen und die schmutzigen Gesichter der Kinder immer deutlicher wahr. Neben einer Haustür lag ein Ball aus Lumpen, ein rostiges Fahrrad lehnte an einem Laternenpfahl mit einer seit Langem kaputten Laterne. Seit Beginn des Krieges wurde die Stadt immer dunkler. Ringsum waren Stimmen, zu hören, Türen knallten, Neugeborene schrien. Nach Ausbruch des Krieges, genau neun Monate nachdem die Männer an die Front verschwunden waren, waren viele Babys auf die Welt gekommen, was die schlechten Nachrichten, die man auf den illegalen Sendern zu hören bekam, fast etwas weniger bitter erscheinen ließ. Für ihre Generation, so grübelte Diana, gab es keinen Ausweg. Doch für die Kinder lohnte es sich weiterzuleben und zu kämpfen. Nur so würden die Nachfahren eines Tages hoffentlich eine andere, glücklichere Geschichte leben und wieder lächeln können.

»Weiterleben«, murmelte sie leise und dachte erneut an Ginos verlorenes Leben, an Angelas rot geschwollene Augen und ihre hasserfüllten Schreie. »Ich habe ihre Verachtung verdient«, sagte sie sich und schaute resigniert auf die Lichter, die sich im Wasser des Flusses spiegelten.

»Hey, was machst du denn hier?«

Überrascht erkannte Diana die Stimme ihrer Schwester. Myriam saß auf ihrem Rad und stützte sich am Stamm einer Platane ab, die Handtasche umgehängt, die Wangen rot vor Anstrengung.

Sie zog die Nase hoch und zuckte die Schultern. »Nichts Besonderes, ich habe nachgedacht. Und du?«

»Ich fahre zur Nachtschicht ins Krankenhaus.«

»Du hast oft Nachtschicht, oder?«, sagte Diana und strich sich eine Locke hinters Ohr. »Du bist kaum noch zu Hause, höchstens wenn du dich von deinen anstrengenden Schichten ausruhst. Wir sind schon lange nicht mehr spazieren gegangen.«

Myriam nickte und blickte nachdenklich zu Boden. *Es gab eine Zeit, in der ich nichts lieber getan hätte, als sie mit dir zu verbringen*, dachte sie. *Aber du hast mich keines Blickes gewürdigt, so sehr warst du mit all deinen Dramen beschäftigt. Jetzt ist die Situation umgekehrt.* Die Geräusche der Stadt legten sich über die Stille. »Stimmt«, sagte sie dann laut. »Ich habe noch ein bisschen Zeit. Wollen wir eine Kleinigkeit essen gehen? Wie wär's mit einen Teller Spaghetti? Ich kenne ein Restaurant hier in der Nähe, der Besitzer ist der Mann einer Patientin. Für das Personal aus dem Krankenhaus hat er immer etwas zu essen übrig. Was meinst du?«

Diana schaute sich um, eine Kirchenglocke läutete.

»Die Sonne ist noch nicht mal untergegangen«, gab sie zu bedenken.

»Ich weiß, dass es ziemlich früh ist, aber ich habe nur jetzt Zeit. Sonst könnten wir morgen früh gemeinsam frühstücken.«

»Da treffen Mama, Tommaso und ich uns mit einer kleinen Gruppe von Arbeitern in der Fabrik. Wir müssen die neuen Einsatzpläne besprechen. Ich habe eigentlich keine Lust auf das Treffen, aber ich soll dabei sein.«

»Verstehe. Dann lass uns gehen«, erwiderte Myriam

und hielt ihr die Hand hin. »Du weißt ja, was Marisol immer gesagt hat: Was du heute kannst besorgen …«

»… das verschiebe nicht auf morgen«, vervollständigte Diana den Satz für sie. »Wie könnte ich Marisol vergessen. Also gut, ein Teller Spaghetti«, fügte sie hinzu und kramte nach ihrer Lebensmittelkarte, doch Myriam hielt sie zurück.

»Die brauchst du nicht. Der Besitzer ist ein guter Freund«, erklärte sie und lotste Diana in eine Nebenstraße. Das Restaurant war kaum größer als ihr Wohnzimmer in La Gioiosa, sechs Tische mit rot-weiß karierten Tischdecken und je einem Blumenstrauß warteten auf die Gäste.

»Heute bin ich ein glücklicher Mann. Der Abend hat kaum begonnen, und schon beehren mich zwei hübsche junge Damen mit ihrer Gesellschaft«, empfing sie der Besitzer herzlich und half ihnen aus den Mänteln. Dann erläuterte er ihnen das Tagesgericht, das aus den wenigen noch erhältlichen Zutaten zusammengestellt war.

»Eine einfache Portion Spaghetti reicht vollkommen. In weniger als zwei Stunden beginnt die Schicht, wenn ich jetzt nicht esse, werde ich um Mitternacht zur Gefahr für meine Mitmenschen«, scherzte Myriam, und ihr Gastgeber verschwand in der Küche. Diana sah sich um.

»Einfach, aber gemütlich«, urteilte sie und betrachtete die alten Stiche der Stadt Rom neben Fotos von Künstlern und Berühmtheiten, die schon im Lokal zu Gast gewesen waren, darunter einige, die Diana ein überraschtes Lächeln entlockten. Neben der Kasse hing eine Votivgabe in Form eines weißen Herzens mit türkisfarbenem Rand, von dem unzählige Strahlen ausgingen. In der Mitte waren Initialen eingraviert und ein Datum, das rund ein Jahr zurückreichte.

»Außergewöhnlich«, bemerkte Diana und deutete auf das Herz. Myriam fuhr sich durchs Haar und erklärte ihr die dazugehörige Geschichte: »Die Frau des Wirts war schwer krank. Sie haben Dutzende von Ärzten konsultiert, doch niemand konnte helfen, bis sie schließlich in unser Krankenhaus kam. Giovanni hat sie buchstäblich gerettet.«

»Seitdem ist der Wirt allen im Krankenhaus sehr dankbar. Manchmal müssen wir nicht mal zahlen, und Lebensmittelkarten brauchen wir hier sowieso nicht.«

»Dann verdient er wohl genug. Der Glückliche. Nicht wie wir, die wir uns in der Fabrik gerade eben über Wasser halten«, gab Diana zu bedenken und fing sich damit ohne es zu merken einen bösen Blick ihrer Schwester ein, die daraufhin dem Besitzer zulächelte, der die Spaghetti servierte. Myriam tauchte die Gabel in die Nudeln und begann mit Genuss zu essen. »Schmeckt es dir nicht?«

»Wie bitte?«, fragte Diana zerstreut.

»Die Nudeln, stimmt etwas nicht?«

Diana richtete sich auf und legte die Gabel beiseite.

»Ich habe mit Manfredi Schluss gemacht«, gestand sie. »Ihr hattet recht, er ist ein furchtbarer Mensch, aber ich habe es zu spät gemerkt.«

Myriam seufzte. »Besser spät als nie.«

»Schön, wenn man so einfach über die Sache hinweggehen könnte, aber …«

»Aber was?«

Diana betrachtete den dunklen Wollstoff ihres Rockes. »Aber er war ein großer Fehler. Ein furchtbarer Mensch und … er fehlt mir so«, stammelte sie und begann zu weinen, während Myriam sie verständnislos ansah. Wovon redete ihre Schwester da?

»Ich denke seit Tagen über ihn nach. Er fehlt mir so sehr, auch wenn er eine andere geheiratet hat. Enrique war der Einzige, der mich wirklich geliebt hat und den ich geliebt habe.« Sie tupfte sich vorsichtig die Tränen von den geschminkten Augen und zwang sich, dem Kellner zuzulächeln, der zwischen den Tischen hin und her lief.

»Enrique? Sprechen wir wirklich von Enrique?«, fragte Myriam entgeistert. Kopfschüttelnd faltete sie ihre Serviette zusammen und legte sie neben den Teller. »Diana, Enrique ist seit Langem Vergangenheit.«

»Das weiß ich auch, aber wenn du wirklich geliebt hast, dann ist die Zeit wie eine Perlenkette aus Erinnerungen: Sie hat keinen Takt, keine Sekunden, Minuten oder Jahre. Nur Erinnerungen«, sagte sie leise.

Myriam betrachtete schweigend dieses zerbrechliche Geschöpf vor ihr, das nur zum Selbstschutz bösartig war, zerbrochen an einer lange zurückliegenden Liebe, die noch immer eine ungeheure Macht über sie hatte – trotz der Männer, die Myriam in Dianas Leben hatte kommen und gehen sehen. Sie hatte die Männer benutzt, und diesmal war sie benutzt worden. Männer, die sich ihren Körper genommen hatten oder versucht hatten, ihren Geist zu kontrollieren. Ihr Herz aber hatte niemand gewonnen, das war in Kuba geblieben.

»Ich dachte eigentlich, dass du auch für Andrea viel empfindest«, sagte Myriam vorsichtig und bemerkte in Dianas Augen ein Aufleuchten, ein kurzes Aufblitzen von etwas Vergangenem, jedoch nur für einen kurzen Moment. Diana lächelte und nickte.

»Ja, ich habe Andrea geliebt, und ich liebe ihn immer noch. Ein Teil von mir wird ihn immer lieben, so wie ich Enrique immer lieben werde, aber ich habe begriffen, dass ich nicht gut für ihn bin. Ich habe ihn verletzt, dabei wollte ich ihm nur zeigen, wie wichtig er für mich ist. Und damit habe ich ihn in Racheles Arme getrieben.«

»Ich dachte, Rachele ist mit unserem Bruder verlobt.«

Diana lächelte und versenkte lustlos die Gabel in die fast kalten Spaghetti. »Es gibt viele Dinge, die du nicht weißt, Schwesterchen«, sagte sie und schob den Teller beiseite.

»Wenn du sie nicht isst, esse ich sie«, sagte Myriam. »Wir werden sicher umsonst essen, und ich möchte nichts verkommen lassen. Es gibt Menschen, die hungern.«

»Nimm nur, ich habe keinen Appetit.«

»Wie du willst.« Myriam aß mit großem Genuss. Als sie fertig war, tupfte sie sich den Mund ab und wartete, dass Diana weitersprach. »Es tut mir leid, dass du traurig bist. Ich weiß nicht, was ich tun kann, um dir zu helfen.«

Diana lächelte. »Es gibt Leiden, die nicht mal die Medizin kurieren kann, und Liebeskummer ist eines davon.«

»Du leidest nicht an Liebeskummer, Diana«, erwiderte Myriam mit einem Seufzer. »Du brauchst einen Mann, der dich wirklich liebt, der dich aus deiner Lethargie reißt. Aber vielleicht brauchst du auch niemanden.« Myriam klopfte energisch mit dem Zeigefinger auf den Tisch. »Du warst immer so stark und rebellisch, aber seit die Männer in dein Leben getreten sind, war es, als hättest du dich aufgegeben, als würde das Bedürfnis, geliebt zu werden, dein wahres Wesen ersticken. Du hast dich selbst verloren. In der Frau, die einer alten Liebe nachweint, erkenne ich meine Schwester nicht wieder.« Sie holte tief Luft, versuchte, ihre Wut zu unterdrücken, die sie empfand, weil ihre Schwester einem Mann nachtrauerte, für den sie selbst nur Verachtung übrig hatte. »Dein lieber Enrique hat dich ohne zu zögern durch eine andere ersetzt«, sagte sie und schnippte zur Verdeutlichung mit den Fingern. »Er hat ein rauschendes Hochzeitsfest gefeiert, eine Familie gegründet und kein gutes Haar an dir gelassen. Und diesem Mann weinst du nach? Du hast Besseres verdient, Diana«, fügte sie hinzu, wobei sie sich über den Tisch gebeugt hatte und ihrer Schwester direkt ins Gesicht sah. »Ich sage es noch einmal: Du brauchst keinen Mann an deiner Seite. Du bist perfekt, so wie du bist. Hör auf, Männer als den Mittelpunkt deines Lebens zu betrachten. Sie sind nicht die Sonne. Du musst aufhören, dich ohne Mann nur als halben Menschen zu sehen. Du bist vollständig, so wie du bist«, schloss sie und nahm Dianas Hände.

»Du hast einen Ehemann gehabt. Und ich, was hatte ich?«

»Du hattest Andrea. Aber du hast ihn gehen lassen, weil dein Drang, etwas Schönes zu zerstören, aus lauter Angst, dass du endlich glücklich sein könntest, stärker war.«

Diana senkte den Blick und verschränkte die Arme vor der Brust.

»Mag sein«, gab sie kleinlaut bei, »aber so falsch die Beziehung zu Enrique auch gewesen sein mag, weiß ich doch, dass ich seitdem nicht mehr glücklich war.«

»Weil du das Glück immer in den anderen suchst und nicht in dir selbst. Du bist für dein Glück selbst verantwortlich.«

Diana zuckte mit den Schultern und starrte ins Leere. Aber als der Wirt zu ihnen an den Tisch kam und fragte, ob es geschmeckt habe, lächelte sie. »Es war wunderbar.« Sie log, denn das war der Weg, für den sie sich entschieden hatte.

23

Lia nahm den Unterteller von der Tasse und bereitete sich auf das Kaffeesatzlesen vor. Auf dem Tisch vor ihr malte das Sonnenlicht die Umrisse des Jasmins vor dem Haus, der vom warmen Frühlingswind sanft bewegt wurde. Sie atmete tief durch, die Hände fest um die Tasse gelegt. Ihrem Gesicht war deutlich anzusehen, dass sie schlecht geschlafen hatte. Sie wollte gerade mit dem Lesen beginnen, als Lara, die Hausangestellte, an der Tür klopfte und ihr auf einem Silbertablett einen Brief überreichte. Lia verspürte einen Stich, eine böse Vorahnung machte sich in ihr breit. Aufgeregt öffnete sie den Umschlag.

Rasch überflog sie die Zeilen, und die Buchstaben begannen vor ihren Augen zu tanzen, ihr war, als würden jeden Moment ihre Sinne schwinden. Dieses kleine Stück Papier berichtete vom Tod ihres Mannes und ließ mit einem Schlag ihre ganze Welt zusammenstürzen. Ettore war tot, schrieb sein Kamerad und Freund, ein Freund, der im Krieg doppelt zählte: »Erst rettet er dir das Leben«, so hatte es Ettore einst formuliert, »dann, wenn es so weit ist, belügt er deine Familie, dass du heldenhaft gestorben bist. Dabei hat der Tod auf dem Schlachtfeld nichts, aber auch gar nichts Heldenhaftes.«

Signora Lia,
ich habe traurige Nachrichten für Sie: Unser lieber Ettore ist tot. Ich habe alles versucht, um ihn in Sicherheit zu bringen, aber es war vergeblich: Er ist im

Kampf gegen den Feind gefallen. In Gedanken war er stets bei Ihnen. »Sag ihr, dass ich sie bis zum letzten Atemzug geliebt habe«, waren seine letzten Worte. Und als sein ergebener Freund weiß ich, dass dies der Wahrheit entspricht. Wann immer wir etwas Schönes gesehen haben, bei allem, was er getan hat, waren Sie bei ihm. Jeden Tag, jede Stunde – bis zu seinem letzten Atemzug.

Ich hoffe, es tröstet Sie, dass er Ihr Foto in seinem Notizbuch verwahrte, das er stets am Herzen trug. Das Notizbuch, das ich Ihnen in einem gesonderten Päckchen geschickt habe, hat ihm mehr als einmal das Leben gerettet. Der Umschlag ist eingedrückt, weil es einmal sogar eine Kugel abgehalten hat. Diesmal aber konnte auch das Notizbuch ihn nicht retten.

In dem Paket finden Sie auch all seine persönlichen Sachen, darunter die silberne Hand der Heiligen Fatima: Dieses Amulett trägt man hier, um Schutz und Wohlstand zu erbitten. Ettore wollte es Ihnen als Geschenk in seinem nächsten Brief schicken.

Ich habe beschlossen, das Kind, das meine Frau unter dem Herzen trägt, nach ihm zu benennen. Denn Ettore war ein guter Mann, aufrichtig und tüchtig. Dies ist sicherlich nur ein schwacher Trost, aber ich möchte, dass Sie das wissen.

Diese Zeilen schreibe ich Ihnen mit Tränen in den Augen, und ich hoffe, Sie lesen sie als aufrichtiges Zeichen einer treuen Freundschaft. Was auch immer geschieht: Meinen Schwur, Ettore jederzeit zur Seite zu stehen, werde ich nie vergessen.

Ihr Marco Vivaldi

Langsam faltete Lia den Brief zusammen. Ihre Hände zitterten, ihr Herz flatterte, alles in ihr war aus dem Takt geraten. Sie konnte ihre Gedanken kaum im Zaum halten, Erinnerungen stürmten auf sie ein: Worte, Lächeln, Küsse, Ettores Versprechen zum Abschied. Dann der letzte Kuss, eine verzweifelte Umarmung, das Schließen der Türen, ein letztes Winken, bis der Zug endgültig am Horizont verschwunden war. Seitdem hatte sie die Tage gezählt, die Briefe, hatte jeden Morgen ungeduldig auf den Postboten gewartet. *Es ist alles vorbei*, dachte sie.

»Wann wird es endlich vorbei sein?«, fragte Andrea an Eva gewandt, während die sternenklare Nacht sich über ihre Ängste lustig zu machen schien. Mit schweren Schritten machten sich die Arbeiter auf den Heimweg, erschöpft nach einem langen Arbeitstag. Der heitere Plausch in der Früh war in ein verhaltenes Murmeln übergegangen: Selbst die Gedanken schienen am Abend schwerer zu wiegen.

Eva schob die Ordner mit der Buchhaltung beiseite und faltete die Hände. »Ich verstehe ja, dass du dir Sorgen machst, aber im Moment müssen wir einfach weitermachen. Carnai hat sich sehr für mich eingesetzt, und die Armee hat uns einen weiteren Auftrag erteilt. Dabei dachte ich, dass wir diesmal gegen unsere Konkurrenz den Kürzeren ziehen würden. Ich kann neue Leute einstellen, Leben retten. Meinst du nicht?«

Andrea ballte verärgert die Fäuste in den Hosentaschen. »Stimmt, ein neuer Auftrag ist eine gute Nachricht. Aber dennoch, es ist absurd: Wir stellen Juden ein, um sie vor dem Regime zu schützen, und lassen sie Brot herstellen, damit genau diese Leute zu essen haben. Wenn ich recht darüber nachdenke, ist das völlig verrückt.«

»Ich bin ganz deiner Meinung, aber was ist in diesen Jahren nicht verrückt?«

Er ging zum Fenster. »Rachele erstarrt jedes Mal vor Angst, wenn sie eine Uniform sieht. Die Arbeiter, die Bäcker hier in der Fabrik, sie alle bewegen sich auf dünnem Eis. Was ist das für ein Leben?«

»Wir haben keine andere Wahl. Nicht, solange die Situation sich nicht ändert.«

»Und wann ändert sich die Situation?«

»Wir müssen noch ein bisschen durchhalten, Andrea. Die Faschisten verlieren an allen Fronten, vom Balkan bis nach Nordafrika …«

»Stimmt. Das weiß Lia nur zu gut. Wie geht es ihr?«

Eva seufzte. »Wie soll es ihr gehen? Seitdem sie die Nachricht von Ettores Tod erhalten hat, ist es, als wäre sie erloschen. Sie will das Haus nicht mehr verlassen, es fällt ihr schwer aufzustehen, sie liest nicht mehr im Kaffeesatz.«

Andrea nickte und goss sich Wasser ein. »Manchmal kommt es mir so vor, als würde diese Familie ihren eigenen Krieg erleben. Viel zu viele geliebte Menschen sind von uns gegangen, und alle so kurz nacheinander. 1943 ist noch nicht mal halb rum, und es ist schon jetzt ein furchtbares Jahr.«

»Das kannst du laut sagen«, erwiderte Eva resigniert. »Vor einigen Tagen war ich bei Raffaele. Ich habe ihm vorgeschlagen, mit Angela und Mosè nach La Gioiosa zu ziehen. Für die beiden gibt es keinen Grund mehr, hierzubleiben, und auf dem Land hätten sie sicher weniger

Probleme mit den Autoritäten. Raffaele hat genug Geld, um nicht mehr arbeiten zu müssen, und Ottavias Erbe garantiert Angela und ihrem Sohn ein gutes Auskommen. Warum also sollten sie bleiben?«

»Vielleicht die Erinnerungen? Angela hängt sehr an der Apotheke, für ihren Mann war sie seine ganze Welt, bevor der Krieg alles auf den Kopf gestellt hat. Die Erinnerungen sind das Einzige, was ihr geblieben ist.«

»Erinnerungen sorgen selten für schöne Träume«, sagte Eva. »Meist sind sie für die Hinterbliebenen nur schmerzhaft.«

»Genau. Deshalb sollten wir nicht zu ihren Gefangenen werden, sondern lernen, sie gehen zu lassen, uns nicht an etwas zu klammern, das nicht mehr Teil unseres Leben ist.« Andrea fuhr nachdenklich mit dem Finger über die Maserung des Holztisches. Das Ende seiner Beziehung mit Diana kam ihm in den Sinn. Ein Phantom, das immer da war, Tag für Tag. Unbewusst verglich er alle Frauen mit ihr, und keine konnte dem Vergleich standhalten. Diana war allgegenwärtig. Es war unmöglich, sie zu lieben, aber vergessen konnte er sie auch nicht. Sie war zu kompliziert, zu schwierig, anziehend und abweisend zugleich, ein ewiges Hin und Her, das ihn erschöpft hatte. Dann war Rachele in sein Leben getreten, und nach und nach hatte sich seine Unruhe gelegt, bis sie beinah ganz verschwunden war. Er hatte gelernt zu akzeptieren, was er nicht ändern konnte, dass Diana nicht mehr zurückkommen würde, dass er nach vorne schauen musste. Und dank Rachele hatte er sich mit seiner Gegenwart wieder versöhnt. Er lächelte bei dem Gedanken an ihr unperfektes Gesicht, die ungleichen Augen, die ihn verhext hatten, das ruhige Lächeln derer, die sich mit den Dingen abfinden, die sie nicht ändern können, so schwierig es auch sein mag. »Wenn du dich von ihnen befreist, kehrt die Leichtigkeit zurück«, fügte er hinzu.

Eva lächelte. »Vielleicht hast du recht. Aber um sich von einer Erinnerung, von einem Schmerz zu befreien, musst du sie erst durchleben.«

»Ist dir das gelungen?«

Eva dachte nach. »Die Erinnerung an Fernando ist in mir immer noch lebendig, und das wird sie immer bleiben. Aber ich habe meinen Frieden mit seinem Tod gemacht.«

»Du bist eben stark.«

»Mit Stärke hat das nichts zu tun.« Sie nahm Papier und Stift zur Hand und begann zu schreiben. Andrea schaute ihr neugierig zu.

»Irgendwelche kriegerischen Absichten?«

»Ganz im Gegenteil, ich möchte, dass die Dinge funktionieren, deshalb schreibe ich an jemanden, der mir helfen kann.«

»An wen?«

»An die Villa Santa Maria. Dort sind die Antworten, die die Fontamaras brauchen.«

24

Diana ließ sich wie ein nasser Sack aufs Bett fallen. Die Laken dufteten nach Sonnenschein. »Das hat mir gerade noch gefehlt: ein Umzug nach La Gioiosa, die beiden Turteltäubchen eingeschlossen«, beschwerte sie sich, während Myriam ihre Kleider in den Schrank hängte.

»Wir können kommen und gehen, wann wir wollen, wir sind ja hier schließlich keine Gefangenen. Ich verstehe sehr gut, warum Mutter darauf bestanden hat, dass wir den Sommer hier verbringen. Und auch für Andrea und Rachele ist es sicherer. Die Geschäfte haben ohnehin nicht mehr jeden Tag geöffnet, und für Rachele ist es besser, im Hintergrund zu bleiben.«

Diana rollte genervt mit den Augen und verschränkte die Arme hinter dem Kopf. »Seitdem diese Idioten von Amerikanern Kalabrien und Sizilien bombardiert haben, hat unsere Mutter keine Ruhe mehr. Sie versteht nicht, dass Rom viel zu wichtig ist, um es dem Feind zu überlassen.«

»Für dich sind die Alliierten Feinde?«

»Für dich vielleicht nicht?«

Myriam zuckte mit den Schultern.

»Was ich denke, spielt keine Rolle. Wichtig ist, dass die Alliierten in Italien einmarschieren und den Faschisten das Leben schwer machen.«

»Und was ist mit uns? Wie wird unser Leben dann aussehen, hast du daran mal gedacht?«, entgegnete Diana aufgebracht und rollte sich auf die Seite. »Es heißt, sie sind wie Tiere, sie vergewaltigen Frauen, erschlagen Alte und Kinder. Und du glaubst wirklich, dass uns diese Leute vor der Diktatur retten?«

Myriam legte weiter sorgfältig ihre Kleider zusammen. »Glaubst du wirklich an diese Propaganda? Ich habe dich für klüger gehalten.«

Diana stand auf und trat ans geöffnete Fenster. »Ich möchte nur an schöne Dinge glauben«, sagte sie leise und ließ sich den Wind durchs Haar streichen. Sie schloss die Augen und umklammerte das Fensterbrett. »Ich möchte, dass die Tage wieder leicht und unbeschwert sind. Dass wir einmal nicht am Radio hängen, sondern im Garten zu Abend essen wie früher, wie damals als Kinder, als wir keine Angst haben mussten. Mir fehlt das zu stark gewürzte Essen von Marisol, mir fehlen die Plantage und Großmutters Mangobäume. Wie viele Früchte haben wir ihr stibitzt!«, lachte sie bitter.

Myriam schloss den Koffer, ging ebenfalls zum Fenster und schlang von hinten die Arme um Diana, wie sie es als Kind schon getan hatte. Ihre Schwester wurde von Tag zu Tag dünner. Seit Ginos Tod schien sie von einer Apathie befallen zu sein, die ihr jede Kraft raubte. In der Firma munkelte man, sie leide an einer seltenen Krankheit. Voller Sorge hatte Eva ihr gedroht, sie zum Essen zu zwingen, aber wenn sie ihre Tochter nachts weinen hörte, tat sie es dann doch nicht, sondern bat Myriam, sie zur Vernunft zu bringen.

Aber was ich kann schon tun?, fragte sie sich und legte den Kopf auf Dianas Schulter. »Großmutter wusste immer Bescheid, tat aber so, als würde sie es nicht merken«, sagte sie laut.

»Woher weißt du das?«

»Sie hat es mir verraten, als sie in Italien war.«

»Ach. Ja, Großmutter wusste vieles.« Diana stützte das Kinn auf die Fäuste. Unten besprachen Clara und Giuliana das Abendessen. »Ich habe ihr viel angetan«, fuhr sie fort. »Aber sie hat mir immer verziehen. Manchmal frage ich mich, woher sie die Kraft dazu nahm. Dabei ist sie meinetwegen fast verbrannt.«

»Sie liebt dich. Mehr braucht es nicht, dir zu verzeihen.«

Diana drehte sich um. »Meinst du, das reicht? Meinst du, es reicht, jemanden zu lieben, um ihm die schlimmsten und schrecklichsten Dinge zu verzeihen?«

»Ich glaube schon.«

»Und was ist mit dir?«

Myriam schluckte. »Was willst du damit sagen, Diana?« Doch als sie ihrer Schwester ins Gesicht sah, stand ihr die ganze Wahrheit vor Augen, eine Wahrheit, die sie bereits kannte, auch wenn sie nicht den Mut gehabt hatte, sie sich einzugestehen ... Sie ließ zu, dass ihre Schwester, die jetzt in Tränen ausbrauch, die Arme um sie schlang und sich an sie drückte.

»Ich habe ihn umgebracht, Myriam«, schluchzte Diana. »Es ist meine Schuld, dass Gino sich erhängt hat.«

Myriam nahm ihre Schwester in die Arme und hielt sie ganz fest, vergrub ihr Gesicht in ihrem nach Blüten duftenden Haar. Sie hatte es gewusst, das Feuerzeug in Angelas Haus hatte sie gleich stutzig gemacht, aber dennoch waren Dianas Worte ein Schlag, auf den sie nicht vorbereitet war. »Denk jetzt nicht darüber nach, hör auf, dich zu quälen.«

»Wie soll ich das machen? Angela ist mit den Nerven am Ende, die Familie zerstört, ich habe einem Vater den Sohn genommen … Wie soll ich da nicht verzweifeln?«

»Leider kannst du es nicht mehr ungeschehen machen, aber du kannst dazu beitragen, dass es jetzt besser wird.«

Diana legte ihre glühende Wange an Myriams Schulter, die ihr weiterhin beruhigend über das Haar strich. »Ich kann es wiedergutmachen«, sagte sie leise. »Ich muss es wiedergutmachen.«

»Denk jetzt nicht darüber nach, du bist viel zu aufgewühlt. Lass dir Zeit, wenn man die Dinge überstürzt, erreicht man manchmal nur das Gegenteil von dem, was man sich vorgenommen hat.«

»Mag sein, aber nicht in diesem Fall.«

»Warum, was hast du vor?«

Diana löste sich aus der Umarmung und begann ihre Hände zu kneten, in ihre Augen trat ein Leuchten. »Ich will helfen«, sagte sie schließlich.

»Helfen? Wie? Und vor allem, wem?«

»Menschen, die Hilfe brauchen. Die nicht so sind wie Manfredi. Das tust du ja auch, du kannst mir dabei helfen.«

»Was meinst du damit?«

»Nun ja, vielleicht kann ich ja auch Hilfskrankenschwester werden.«

Myriam riss die Augen auf. »Diana, ich …«

»Ich weiß schon, was du denkst. Du glaubst, ich bin dafür nicht geeignet. Aber gib mir eine Chance, das kostet dich doch nichts.«

Myriam runzelte die Stirn und suchte nach einer Ausflucht. »Ich weiß nicht, Diana. Ich denke, du solltest etwas anderes machen. Bei uns herrscht immer Hektik, wir kämpfen täglich gegen den Tod, überall sind Blut und Schwerverletzte. Sicher, das, was wir tun, kann dir natürlich auch Befriedigung verschaffen, du fühlst dich nützlich, aber wir müssen auch oft schwere Niederlagen einstecken.«

»Was denkst du eigentlich von mir? Dass ich eine verwöhnte Prinzessin bin, die sich die Hände nicht schmutzig machen möchte?« Diana verschränkte beleidigt die Arme vor der Brust.

»Das wollte ich damit nicht sagen. Aber vielleicht könntest du etwas anderes tun, um zu helfen, etwas, was besser für dich geeignet ist.«

»Vielleicht ist es aber auch gerade richtig für mich, endlich eine neue Richtung einzuschlagen, nicht mehr so egoistisch und zerstörerisch zu sein«, insistierte sie so lange und entschlossen, bis ihre Schwester endlich nachgab und ihr versprach, mit dem Verantwortlichen zu sprechen, damit sie zur Probe arbeiten könne.

»Danke, Myriam. Du wirst sehen, ich werde dich nicht enttäuschen«, strahlte Diana.

Myriam nickte, und nachdem sie ihre Kleidung eingeräumt und eine Kleinigkeit gegessen hatte, ging sie hinaus in den Garten. Einige Minuten blieb sie auf der Marmortreppe stehen und genoss die Nachmittagssonne, dann zog sie kurzerhand die Schuhe aus und setzte die nackten Füße auf das frisch gemähte Gras. *Was für ein schönes Gefühl*, dachte sie voller Freude und spazierte durch den Garten, zu den Gemüsebeeten mit den Apfelbäumen am Spalier, den Zucchinipflanzen mit ihren großen Blüten, aus denen die Früchte wachsen würden, die Giuliana für den kommenden Winter einlegte. Hinter einem niedrigen Drahtzaun schlummerten ein paar Hühner, die sie mit frischen Eier versorgten – wie auch so manchen armen Teufel, der am Zaun stand und um etwas zu essen bat.

»Wir sind alle Kinder Gottes, wie kann ich einem Bruder etwas zu essen verweigern?«, hatte Giuliana gesagt, als sie das Gemüse für die Suppe klein geschnitten hatte, und ihre Worte hatten Myriam nicht mehr losgelassen. Ihr kamen die Menschen in den Sinn, die im Krankenhaus um Hilfe flehten, weil sie wegen der Rassengesetze nicht mehr zur Gesellschaft gehörten. Oder weil sie dem Regime kritisch gegenüberstanden und einen sicheren Ort suchten, der nicht von der Polizei überwacht wurde. Die Zahl dieser Menschen wurde stetig größer.

»Sind auch die Faschisten unsere Brüder?«, fragte sie sich und dachte an Dianas Geständnis, an Manfredi, der mitverantwortlich war für Ginos Tod.

»Sie möchte es wiedergutmachen, aber ist das überhaupt möglich? Wird sie ihr Seelenheil dadurch wiederfinden, dass sie Wunden zunäht, Beine schient und Kranken Trost spendet?«, fragte sie sich laut, während sie sich an den Stamm eines Pfirsichbaums lehnte und den Sonnenuntergang über dem Landgut betrachtete.

Sie hatte die Schritte hinter sich nicht gehört und zuckte erschrocken zusammen, als Tommaso ihr eine Hand auf die Schulter legte. Er war verschwitzt, die Kleider klebten ihm am Leib. Sein Rad lehnte an dem kleinen Brunnen, aus dem Ermes für gewöhnlich das Gießwasser für den Gemüsegarten schöpfte.

»Du hast von Diana gesprochen, nicht wahr?«, fragte er und reichte ihr eine Trinkflasche mit kaltem Wasser.

»Ja.«

Tommaso stemmte die Hände in die Hüften und schaute in die gleiche Richtung wie sie.

»Sie hat es dir bestätigt, oder?«

»Ja. Und sie hat gesagt, dass sie es wiedergutmachen will«, antwortete sie und betrachtete die Bewässerungsgräben, die sich durch die Beete zogen. »Sie will jetzt auch Krankenschwester werden.«

»Diana?«, rief Tommaso überrascht und drehte sich zu ihr um.

»Genau. Aber das hält sie nicht lange durch. Ich verstehe ja, dass sie sich nützlich fühlen will, ein Ziel haben möchte.«

»Warum, reichen ihr die in der Firma nicht mehr?«

»Vielleicht. Sie braucht eine Aufgabe, an der sie wachsen und sich bessern kann. Sie weiß ja selbst, wie schwierig sie ist. Und jetzt möchte sie etwas dagegen unternehmen.«

»Deine Mutter wird damit sicher nicht einverstanden sein.«

»Sicher nicht, aber Diana braucht eine neue Richtung. Ständig spricht sie von Kuba und von Enrique. Wie kann man nur jemandem nachtrauern, der einen so schlecht behandelt hat?« Sie sah ihren Onkel an. In ihren Augen spiegelte sich die hereinbrechende Nacht.

»Melancholie, Traurigkeit, das Gefühl, das Leben zerrinnt einem zwischen den Fingern. Es gibt viele Gründe, weshalb man in die Vergangenheit blickt.«

Myriam betrachtete gedankenverloren ihre schmutzigen Füße. Sie waren schwarz – wie damals in Kuba, wenn sie mit Diana und Gabriel auf der Plantage Verstecken gespielt hatte. Ihr fehlte der Geruch nach Erde, nach tropischen Früchten, der Karamellduft der Zuckerplantage und der Geruch der Feuer, mit denen die Felder für die neuen Pflanzen vorbereitet wurden. Eine Diana aber, die Enrique hinterherlief, die sich für ihn aufgab, fehlte ihr nicht. »Behalt sie im Auge! Wenigstens in der Firma, falls sie überhaupt dorthin zurückkehrt. Schließlich hat sie ja gerade ihre Leidenschaft für ein aufopferungsvolles Leben als Krankenschwester entdeckt.«

Tommaso lächelte sie an. »Da kannst du ganz beruhigt sein. Vertrau mir, Diana wird niemals einen Fuß ins Krankenhaus setzen, es sei denn, als Patientin. Sie wird schnell merken, dass das nichts für sie ist.«

»Hoffentlich hast du recht«, erwiderte Myriam und legte ihren Kopf auf Tommasos Schulter.

Tommasos Prophezeiung bewahrheitete sich nur zwei Tage später. Clio, die mit Viola eine Radtour gemacht hatte, verlor auf dem Heimweg plötzlich die Kontrolle über ihr Rad, stürzte in einen Graben voller Dornen und verletzte sich an den Beinen. Auf ihre Cousine gestützt, humpelte sie nach Hause. Diana, die im Garten saß und eine Modezeitschrift las, hörte ihre Schwester weinen und eilte ihr zu Hilfe. Sie gab Clara Anweisungen, ihr das Nötige zu bringen, um die Wunden und Schrammen zu versorgen.

Das ist meine Chance, allen zu zeigen, dass ich das kann, dachte Diana entschlossen. Als sie jedoch die Hosenbeine ihrer Schwester hochkrempelte, um ihre Wunden zu desinfizieren, wurde sie kreidebleich. Sie presste die Hand auf den Mund, wich angewidert zurück und bat Giuliana um ein Glas Zuckerwasser. Die Angestellte war es schließlich auch, die zusammen mit Lia das weinende Mädchen versorgte. Mit einer gewissen Erleichterung beobachteten Eva und Myriam vom Fenster aus die Szene. Dianas Pläne, Hilfskrankenschwester zu werden, hatten sich in Wohlgefallen aufgelöst.

Wenig später war erneut Clios bitterliches Weinen zu hören.

»Ich will aber mit euch und Mama nach Rom!«, jammerte sie, während Diana vor ihr kniete und sie zu beruhigen versuchte.

»Ich verstehe ja, dass du nicht hierbleiben willst, aber hier im Limettenhaus sind wir sicherer als in Rom. Aber wir müssen eben arbeiten, und die Fabrik ist nun mal in Rom«, fügte sie hinzu. Clio wischte sich mit der schmutzigen Hand über die Augen.

»Und wenn ihr dort bombardiert werdet? Was sollen wir dann machen?« Ihre Stimme bebte, die Erwachsenen wollten sie einfach nicht verstehen. »Die Lehrerin sagt immer, dass wir schon fast erwachsen wirken, aber das stimmt nicht. Wir sind doch noch Kinder, und wir haben Angst.«

Diana erstarrte. »Niemand wird euch wehtun, und niemand wird Rom bombardieren, du wirst sehen. Wir haben doch den Papst, der uns beschützt. Niemand würde es wagen, Bomben auf den Vatikan zu werfen«, versuchte sie das Mädchen zu beruhigen und wollte ihr Gesicht streicheln, aber Clio wich zurück und verschränkte die Arme vor der Brust.

»Wenn ihr und Mama weggeht, dann gehe ich mit. Und Viola auch. Wir wollen nicht den ganzen Sommer alleine hierbleiben, wenn ihr weg seid«, protestierte sie und kämpfte gegen die Tränen. »Wenn sie die Stadt doch bombardieren ... Wenn sie unser Haus treffen und ihr seid dort und ...« Sie schaffte es nicht, den Satz zu beenden. »Bei uns in der Schule hat ein Mädchen seine Mama verloren, als sie im Süden bombardiert haben.« Sie konnte die Tränen nicht mehr zurückhalten. »Und deshalb müssen wir immer zusammenbleiben.«

Diana schwieg, während Lia, die jetzt auch da war, auf ihre Nichte zuging und sie fest in den Arm nahm.

»Ich gehe nirgends hin, meine Kleine. Und ich verspreche dir, deiner Mama wird nichts geschehen.«

»Woher weißt du das, hast du den Kaffeesatz gelesen?«, fragte Clio, aber Lia schüttelte den Kopf.

»Nein, mein Schatz, das habe ich hier gelesen«, antwortete Lia und legte die Hand aufs Herz, doch als Clio ihre Mutter im Garten auftauchen sah, riss sie sich von Lia los und rannte auf sie zu.

»Lass mich nicht allein, Mama. Nimm mich mit nach Rom, lass mich nicht hier.«

Verblüfft schaute Eva zu Diana und zu ihrer Schwägerin, dann küsste sie Clio auf das kastanienbraune Haar. »Es ist für dich und die anderen sicherererer, hier zu blei ben. Und du bist auch nicht allein. Lia, Angela, Mosè, Raffaele, Rachele und Viola sind hier.« Sie hielt inne und räusperte sich, dann wandte sie sich an ihre älteste Tochter. »Und du, Diana? Du bleibst doch auch hier und leistest Clio und Viola Gesellschaft, oder?«, fragte sie in einem Ton, der keinen Widerspruch zuließ. Sie sahen sich lange schweigend an, ein Schweigen voller ungesagter Worte, bis Diana den Blick senkte.

»Natürlich, wenn es gut für Clio ist, bleibe ich so lange hier, wie es nötig ist«, sagte sie schließlich, einerseits erleichtert, dass sie jetzt eine Ausrede hatte und sie sich nicht weiter den Kopf darüber zerbrechen musste, wie sie es Myriam beibringen sollte, dass der Job im Krankenhaus vielleicht wirklich nichts für sie war. Andererseits dachte sie mit Sorge daran, dass es ein sehr langer Sommer werden würde.

25

Montag, der 19. Juli, war ein Tag wie jeder andere.

Eva hatte gerade die Geschäftsbücher durchgesehen und die Sekretärin gebeten, ihr einen Kaffee zu bringen – den dritten, seitdem sie wieder in der Firma war. Sie war nach einer unruhigen Nacht mit wenig Schlaf im Morgengrauen in La Gioiosa losgefahren.

Plötzlich durchschnitt ein gellender Heulton die Stille. Sie schaute auf die Uhr. Es war 10.45 Uhr.

Olga riss die Tür zu ihrem Büro auf.

»Sie bombardieren uns, Signora, die Sirenen heulen«, schrie sie mit schriller Stimme.

Eva versuchte mit aller Macht ruhig zu bleiben und atmete tief ein und aus, während sie auf den umliegenden Dächern die Soldaten beobachtete, die die Luftabwehr in Stellung brachten.

»Ich habe sie gehört«, wisperte sie schwach, schloss den letzten Ordner und schob ihn beiseite. Am liebsten wäre sie in die gleiche Hektik verfallen wie ihre Sekretärin, wäre aufgesprungen und aus dem Büro und in den nächsten Luftschutzkeller geflüchtet, aber sie war wie gelähmt, konnte keinen klaren Gedanken fassen. »Die Arbeiter?«, fragte sie knapp.

»Sie haben die Produktion gestoppt und bringen sich in Sicherheit.« Olga schaute sich um und zupfte nervös an ihrem Rock. »Signora, wir müssen auch gehen, hier ist es zu gefährlich.«

»Ja, ich komme. Gehen Sie schon vor.« Sie deutete

zur Tür, aber ihre Sekretärin blieb stehen und starrte sie verständnislos an, während die Sirenen draußen weiterheulten.

Schließlich wandte sich Olga um und rannte über den Flur davon. Eva blieb wie versteinert am Schreibtisch sitzen, unfähig, auch nur einen Schritt zu tun, ihr Herz raste. Sie versuchte, wieder zu sich zu kommen, eine Antwort auf die sinnlose Bewegungsunfähigkeit ihres Körpers angesichts der Tragödie zu finden.

Sie drehte sich zum Fenster. Auf der Straße war niemand mehr zu sehen, alle hatten sich in die Luftschutzräume geflüchtet. Der Hof der Fabrik war menschenleer, es herrschte eine gespenstische Stille, nur die näher kommenden Flugzeuge waren zu hören. Ein Dröhnen, das die Erde erzittern ließ wie ein Erdbeben.

In diesen endlos scheinenden Minuten war es, als würde die Geschichte einen Moment lang den Atem anhalten, sich darauf vorbereiten, der Nachwelt darüber zu berichten, wie der Tod über eine Stadt gekommen war, die zum ersten Mal feindliche Flugzeuge über sich sah, fast fünfhundert an der Zahl – bereit, sie auszulöschen.

Fliegende Festungen in ihren silbernen Rüstungen zogen in Formation über den Himmel der Hauptstadt und bestätigten Evas Ängste. Vor der Wahrheit gab es kein Entrinnen mehr: Der Krieg hatte Rom erreicht.

Die ersten Bomben fielen und trafen neuralgische Punkte der Stadt, Wohngebiete, die überbevölkert waren, seit die Menschen massenhaft aus dem Süden flohen. Als Allererstes traf es den Bahnhof San Lorenzo, dann die Stadtteile Tiburtino, Prenestino, Casilino, Labicano, Tuscolano und Nomentano.

Sieben tödliche Wellen rollten über Rom hinweg, sieben Feuerbälle erschütterten die Ewige Stadt.

Bomben fielen auf die Gräber und die jahrhundertealten Mauern des Friedhofs Verano, störten die Ruhe der Toten, beendeten anderswo Tausende von Leben, meist Zivilisten, die es nicht mehr rechtzeitig in die Schutzräume geschafft hatten und die unter den einstürzenden Häusern begraben oder auf der verzweifelten Suche nach einem Unterschlupf von Maschinengewehren getötet wurden.

Nach der ersten Welle, den ersten Einschlägen, die einem Wohnhaus gegenüber der Fabrik die Fassade weggerissen hatten, spürte Eva, wie ihr Körper plötzlich von einer immensen Energie durchflutet wurde. Sie erhob sich, und die Füße, die eben noch wie auf dem Boden festgeklebt gewesen waren, setzen sich in Bewegung, flogen nahezu über die Treppenstufen hinunter in Richtung Straße. So schnell sie konnte, getragen von unbedingtem Überlebenswillen, rannte Eva zum Luftschutzkeller.

»Aufmachen!«, schrie sie und hämmerte mit den Fäusten gegen die verschlossene Tür. »Aufmachen, bitte!« Am Himmel waren schon die Motorengeräusche der nächsten Bomber zu hören. »Sie kommen zurück«, schrie sie, weinte, flehte. Als sich die Tür endlich öffnete, stürzte sie hinein und blieb, weit weg von der Tür, in der Mitte des kleinen Raumes, stehen. In dem spärlichen Licht einer alten Deckenlampe konnte sie die Gesichter um sie herum, die ebenso verängstigt waren wie ihres, mehr erahnen denn sehen.

»Signora Fontamara, kommen Sie mit mir.«

Die warme Stimme einer Frau, die sie im Dunkeln

nicht gleich erkannte und die sie zu einer Bank führte, auf der schon ein Dutzend Menschen saßen, die ihr jetzt etwas Platz machten. Olga schob sie sanft zwischen zwei junge Mütter, die ihre Säuglinge an die Brust gepresst hielten. Sie lächelte: »Besser?«

Eva faltete die Hände im Schoß und nickte, verblüfft, wie rasch sich die Rollen zwischen ihnen vertauscht hatten. Olga schien die Situation im Griff zu haben, voller Vertrauen in die Sicherheit des Schutzraums und entschlossen, die anderen im Raum zu unterstützen, während sie jedes Mal, wenn die Erde erbebte, zur Decke schaute, von der dunkler Staub rieselte.

Das Dröhnen schien kein Ende zu nehmen. Eva war sich sicher, dass sie es nie vergessen würde, trotz der beruhigenden Worte ihrer Sekretärin.

Du musst ruhig bleiben, befahl sie sich selbst und presste die Hände auf ihre schlotternden Knie, die Augen fest auf die Lampe gerichtet. Dann ließ sie den Blick schweifen, erkannte die Gesichter einiger Arbeiter aus der Fabrik, Männer, die sie vor den Rassengesetzen gerettet hatte, oder Frauen, die die Arbeit ihrer Männer verrichteten, die an der Front waren. Doch alle waren in sich gekehrt, alle beteten, zitterten und weinten, jeder auf seine Art und nach seinem Glauben, während das Licht bei jedem Bombeneinschlag erlosch und gleich wieder aufflackerte.

»Wir werden sterben«, jammerte einer der Bäcker, den der Krieg hatte ergrauen lassen, der in einer Ecke kauerte und ins Nichts starrte, die Hände noch weiß vom Mehl.

»Hier stirbt keiner«, rief eine Frau neben Eva entschlossen.

»O doch«, protestierte der Mann finster. »Es heißt, die Amerikaner und die Engländer wollen uns befreien, aber das ist eine Lüge. Sie wollen uns umbringen, alle miteinander, und dann das Land unter sich aufteilen. Das ist die Wahrheit. Von wegen Befreiung!«, fügte er hinzu, während die Menschen um ihn herum immer lauter den Rosenkranz beteten.

Die Bomben hagelten weiter auf die Stadt.

In der geisterhaften Stille im Schutzkeller, die nur durch das Getöse von draußen durchbrochen wurde, begann eine Mutter ihr weinendes Baby zu stillen, während ein gebrechlicher alter Mann, einer von denen, die Eva nur zum Schein eingestellt hatte, ihr großväterlich zulächelte.

»Meine Tochter hat auch kürzlich ein Kind geboren, es müsste ungefähr im gleichen Alter sein«, sagte er lächelnd, während das Baby friedlich an der Brust der Mutter trank. »Jetzt sind sie auf dem Land. Da gibt es mehr zu essen, und sie sind in Sicherheit«, fügte er hinzu.

Die Frau neben Eva zog eine Scheibe Brot und etwas Käse aus der Tasche, während ihr Kind gerade aufwachte und sich erstaunt umsah. »Wollen Sie ein Stück?«, fragte sie Eva.

Eva lächelte und schüttelte den Kopf. Sie konnte jetzt nicht an essen denken.

»Nehmen Sie ruhig, wer weiß, wie lange wir hier sitzen müssen. Ich wurde mit meinem Kind und meiner Schwiegermutter aus Neapel evakuiert, was glauben Sie, was ich wegen denen da oben schon durchgemacht habe«, sagte sie und deutete an die Decke. »Ich erinnere mich noch gut an das erste Bombardement, dabei war das nicht mal das schlimmste. Die im letzten Dezember werde ich nie vergessen, danach mussten wir dann fliehen. Sie haben das Haus zerstört, einen Teil meiner Familie getötet, die wenigen Freunde, die der Krieg noch verschont hatte. Von einem Moment zum anderen sind ganze Familien ausgelöscht worden. Und die, die übrig geblieben sind, suchen verzweifelt nach Verwandten.« Sie hielt inne, der Schmerz über das, was man mit Worten kaum ausdrücken kann, war ihr deutlich anzumerken. »Innerhalb kürzester Zeit haben sie die Stadt in Trümmer gelegt, eine der schönsten Städte der Welt.«

»Das muss furchtbar gewesen sein«, sagte Eva leise.

»Das können Sie wohl sagen. Wir haben jeden Tag die Toten gezählt. Essen Sie, wir müssen bei Kräften bleiben. Die werden wir brauchen, wenn wir wieder rausgehen«, erklärte sie, während der Keller von einem Donnern erschüttert wurde. »Haben Sie keine Angst.« Sie zündete eine Kerze an, die sie mitgebracht hatte. »So finden wir später wenigstens den Ausgang. Kommen Sie, lassen Sie sich nicht bitten«, drängte sie, und Eva nahm etwas Käse und aß ihn mit kleinen Bissen. Der Geschmack war intensiv, fast scharf, wahrscheinlich, weil der Käse schon überreif war.

»Danke«, murmelte sie lächelnd. Nachdem sie das letzte Stück gegessen hatte, tupfte sie sich mit ihrem Taschentuch den Schweiß vom Dekolleté und fächelte sich Luft zu. Sie schloss kurz die Augen, lehnte den Kopf an die Wand und dachte an ihre Kinder, froh darüber, dass sie in La Gioiosa waren, in Sicherheit. Nur um Myriam, die im Krankenhaus Schicht hatte, machte sie sich Sorgen. »Meine Tochter arbeitet im Fatebenefratelli«, sagte sie in die Stille hinein, die sich während der vierten Welle ausgebreitet hatte, als könnte sie sich so von der Angst befreien.

»Keine Sorge, ihr wird nichts passieren. Krankenhäuser greifen sie nicht an«, erklärte ihre Banknachbarin bestimmt und schob sich noch ein Stück Käse in den Mund.

»Sie haben auch gesagt, dass sie Rom nicht bombardieren würden«, erwiderte eine andere Frau, die gerade ihren Rosenkranz zu Ende gebetet hatte, worauf ihr gleich widersprochen wurde.

»Das haben uns die Faschisten erzählt, aber die Wahrheit könnt ihr doch direkt über unseren Köpfen sehen. Warum sollten sie Rom auch verschonen, bei allem, was es hier zu holen gibt? Hier sind die, die zählen, die hohen Tiere, die Politiker. Sie haben Bahnhöfe und Kasernen bombardiert, und nicht die Krankenhäuser oder Armutsviertel. Für uns arme Teufel interessiert sich niemand.« Die Frau lächelte Eva aufmunternd zu, doch die konnte nicht aufhören, daran zu denken, dass der Krieg all ihre ohnehin zerbrechlichen Gewissheiten mit jedem Tag hatte dahinschwinden lassen. Nichts, rein gar nichts war nach diesem Morgen mehr sicher.

Sie blieben lange im Schutzkeller, beteten, hielten sich an den Händen, Kinder weinten, während der Himmel über ihnen vibrierte und Rom bis in seine Grundfesten erschüttert wurde. Die Zeit erschien Eva endlos.

Über der Stadt regnete es Feuer. Sie konnten es nicht sehen, aber jede Erschütterung, jedes Flackern des Lichts unterstrich ihre Tragödie. Sie warteten, bis die Flugzeuge sich endlich entfernten. Als die Türen des Luftschutzkellers sich endlich wieder öffneten, waren Eva und Olga unter den Letzten, die ihn verließen. Eva zitterten die Beine, sie fürchtete sich vor dem, was sie an der Oberfläche erwartete, doch das Erste, was sie schmerzte, war das grelle Sonnenlicht. Es war Mittag, und die Sonne schien unbarmherzig auf die Ruinen einer verwundeten Stadt.

»Man kann kaum die Augen offen halten«, klagte Eva und hielt sich am Geländer fest, um nicht zu fallen.

»Das ist normal, unsere Augen haben sich an das Halbdunkel gewöhnt«, erwiderte Olga und schirmte sich ebenfalls die Augen ab.

Eine nach der anderen erklommen sie die letzten Treppenstufen, und sowie sie oben waren, begannen sie, sich umzuschauen, inspizierten das Viertel, als wäre es ein Haus, in das gerade eingebrochen worden war. Die Luft war von beißendem Rauchgeruch erfüllt, so dick, dass er sich auf die Atemwege und Lunge legte, während das grelle Sonnenlicht die noch menschenleeren Straßen ausleuchtete. Erst langsam kehrte das Leben zurück, Menschen kamen in kleinen Gruppen aus den Häusern und schauten sich verloren und zitternd um.

»Ihr Unglücksseligen, ihr habt die Stadt des Papstes bombardiert!«, rief ein Mann mit zerzaustem weißem Haar von der anderen Straßenseite und wedelte mit der geballten Faust. Er trug Unterhemd und Schlafanzughose und stützte sich auf einen Stock. »Möge Gott euch alle verfluchen, ihr Teufel!«, schrie er weiter, während sich lange Reihen von Menschen langsam durch die Straßen schoben, um sich dann im Viertel zu verlieren. Mütter riefen verzweifelt nach ihren Kindern, Babys weinten, Männer und Frauen in staubbedeckter Kleidung streiften ziellos durch die Straßen, die Ohren noch taub von den Bombeneinschlägen.

Halb zerstörte Häuser, lodernde Brände, schwarzer Rauch, die Sirenen der Krankenwagen und verzweifelte Schreie derer, die unter dem Bombenhagel einen geliebten Menschen verloren hatten. Die in ihren ärmsten und bevölkerungsreichsten Vierteln getroffene Stadt zählte zahlreiche Schäden und Tote. Wie viele Menschen bei den Bombardements ihr Leben verloren hatten, sollte nie ganz geklärt werden.

Eva hustete und betrachtete die Menschenmenge mit neuen Augen. »Müssen wir uns von nun an an diese Bilder gewöhnen?«, fragte sie Olga, während sie mit schweren Schritten zur Fabrik zurückgingen.

»Ich fürchte, ja. Bisher hatten wir einfach nur Glück, dass sie uns immer nur überflogen haben, ohne Bomben abzuwerfen. Manche meiner Freunde und Verwandte hatten nicht so viel Glück.« Olga klopfte sich den Staub aus den Kleidern und wagte kaum, den Blick zu heben.

»Ich weiß. Ich frage mich nur, ob unser Land an einem Wendepunkt angelangt ist … Ich habe das Gefühl, dass nach diesem Tag nichts mehr so sein wird, wie es war.«

»Das denke ich auch. Drei Jahre lang haben wir uns vorgemacht, dass uns nichts passieren würde, weil Rom ein Symbol ist, weil hier der Papst lebt und Mussolini sie um jeden Preis verteidigen würde. Wir haben die Augen verschlossen vor der Wahrheit. Aber Rom ist nicht immun. Das hat die Bombardierung heute bestätigt.«

»Für diese Erkenntnis haben wir einen hohen Preis bezahlt«, stimmte Eva ihr zu.

Sie betraten die Firma und verschafften sich einen ersten Überblick.

»Sehen Sie nach, ob alles in Ordnung und jeder an seinem Platz ist. Wenn alle Arbeiter da sind, schicken Sie sie nach Hause, wir nehmen die Produktion erst morgen wieder auf. Ich muss telefonieren«, erklärte Eva und verschwand in ihrem Büro, wo sie das Radio einschaltete und erst in La Gioiosa anrief und dann im Krankenhaus, in dem Myriam gerade Schicht hatte. Mit angehaltenem Atem wartete sie, bis sich eine Frau meldete, die ihr hektisch zu verstehen gab, dass sie nicht viel sagen könne und das Krankenhaus von Verletzten geradezu überflutet worden sei.

»Sagen Sie mir nur, ob das Krankenhaus getroffen wurde, ob es dem Personal gut geht, mehr will ich nicht wissen«, insistierte Eva und umklammerte den Hörer, während die Frau ihr sagte, dass sie sich keine Sorgen machen solle und dann auflegte. Eva starrte eine Weile auf den Hörer, bevor sie ebenfalls auflegte und zur Tür ging. Die Sonne schien zwar, aber von der sommerlichen Wärme war nichts mehr geblieben. Die Uhr schlug zur vollen Stunde, und Eva ging hinaus auf den Hof, zu den Lieferwagen, mit denen die Ware ausgeliefert wurde. Andrea hatte sie in einer Ecke parken und mit einer schweren Plane abdecken lassen, um sie zu schonen. Eva hob die Plane eines Lieferwagens an und wollte gerade die Fahrertür öffnen, als ein Mann auf einem Fahrrad über den Hof gefahren kam und wenige Zentimeter vor ihr anhielt. Er war mit Staub bedeckt, unter den Achseln waren Schweißflecken, die Hemdsärmel hochgekrempelt.

»Andrea, was machst du denn hier?«

Andrea wischte sich über die Stirn und spuckte auf den Boden. »Es tut mir leid, aber ich brauche erst mal ein Glas Wasser.« Eva half ihm vom Rad, lehnte es an die

Wand und brachte ihn in die Fabrik, wo ein Arbeiter ihm ein Glas Wasser reichte. Sie wartete, bis Andrea seinen Durst gestillt und sich Wasser in das Gesicht gespritzt hatte.

»Tommaso und ich hatten einen Termin in San Lorenzo, als die Bombardierung losging«, berichtete Andrea nach kurzem Schweigen, wobei er auf das Glas in seiner Hand starrte, das er immer wieder nachfüllte. »Rachele war auch mit, sie wollte heute Morgen unbedingt mitkommen, aber kaum waren wir da, wurden wir von den Bomben überrascht. Ich weiß nicht, was genau passiert ist, ich weiß nur, dass die Sirenen zu heulen anfingen, die ersten Bomben fielen und wir durch die Straßen geflüchtet sind, um nach einem Versteck zu suchen. Alle rannten und schrien, es war ein riesiges Durcheinander, dann hat mich ein Mann mit einem Karren buchstäblich umgerannt, und als ich wieder aufgestanden bin, hatte ich Rachele und Tommaso aus den Augen verloren. Und immer wieder fielen Bomben, es hörte gar nicht mehr auf. Es war das reinste Inferno.«

Eva faltete die Hände und sprach ein Gebet. »Bitte sag mir, dass es ihnen gut geht.«

»Ja, ich habe sie wiedergefunden«, beruhigte Andrea sie sofort. »Ich habe mich in einem Keller verkrochen, aber als der Angriff zu Ende war, bin ich sofort wieder raus und habe Rachele auf der Straße gefunden. Sie war zu Tode erschrocken und in Tränen aufgelöst, aber sie hat mich sofort zu Tommaso geführt.«

Eva hob den Kopf.

»Leider ist er verletzt, aber nicht schwer«, fuhr Andrea fort. »Ihm muss in dem Keller, in dem er und Rachele sich versteckt hatten, etwas auf den Kopf gefallen sein, vielleicht ein Balken, der nachgegeben hat. Er wusste es selbst nicht. Als ich kam, lag er wimmernd am Boden, dann hat er das Bewusstsein verloren. Ich bin nach draußen gelaufen und habe Hilfe geholt.«

Eva atmete erleichtert auf. »Und wo ist Tommaso jetzt?«

»Im Krankenhaus, bei Myriam. Zusammen mit Rachele. Ich komme gerade von dort, Myriam hat mir das Rad geliehen, es ist ihres.«

»Geht es ihr gut? Ich habe im Krankenhaus angerufen, aber man konnte mir kaum etwas sagen.« Andrea lächelte ihr beruhigend zu.

»Ja, Myriam geht es gut. Sie lässt ausrichten, dass du dir keine Sorgen machen sollst, aber sie hat viel zu tun und wird erst in ein paar Tagen wieder nach Hause kommen. Und du sollst den Ärzten vertrauen. Sie kümmern sich um Tommaso. Sie gibt dir so schnell wie möglich Bescheid.«

Eva schaute auf das Rad im trügerischen Sonnenlicht. »Und Rachele?«

»Sie bleibt auch im Krankenhaus. Sie hat eine tiefe Schnittwunde am Bein, aber nichts Ernstes. Wenn du dir Sorgen wegen der Papiere machst: Myriam meinte, es sei alles geregelt. Ich bringe ihr irgendwann das Rad zurück, dann kann ich dir mehr sagen.« Er füllte sich erneut sein Glas. »Dieser Staub hängt in der Lunge fest, er will gar nicht weggehen«, schimpfte er und schlug sich gegen die Brust.

»Ich fürchte, du musst auch ins Krankenhaus. Dieser Husten klingt gar nicht gut«, ermahnte ihn Eva.

»Im Krankenhaus ist kein Platz für mich. Die müssen sich um viel schwerere Fälle kümmern.«

Eva sah ihn besorgt an und seufzte. Die Maschinen standen still, die wenigen Arbeiter, die noch nicht nach Hause gegangen waren, berichteten einander von den Stunden des Angriffs. Am nächsten Tag würden sie die Produktion wiederaufnehmen, während die Stadt weiter brannte und Hunderte von Menschen nach den Überresten ihrer Geschäfte, ihrer Werkstätten, ihres Lebens suchten. Alles war zerstört, verbrannt, unter Schutt begraben.

Für immer verloren.

»Und das ist nur der Anfang«, murmelte Eva und schaute zum Horizont.

26

Tommaso trank einen Schluck Wasser und stellte das Glas auf dem Tischchen neben sich ab. Er musste die Zähne zusammenbeißen, um einen Schmerzensschrei zu unterdrücken. Aus einem Beutel an einem Holzgestell tropfte eine Flüssigkeit in seinen Arm, durchsichtig wie Wasser. So ging das seit Stunden, seit Tagen. In ihn tropften Medikamente, die ihn heilen sollten, doch die Verzweiflung wollte nicht weichen. Tag und Nacht quälten ihn die Schmerzen, er zählte die Sekunden, fragte sich unaufhörlich nach dem Warum.

Die einzige Erleichterung brachte ihm das Morphium, das er Myriam abgerungen hatte und das ihn in einen Dämmerschlaf sinken ließ, in dem die Geräusche gedämpft zu ihm drangen und alles um ihn herum unscharf wurde, ohne je ganz zu verschwinden.

Wenn er aber die Augen wieder öffnete, spürte er ein Brennen, einen metallischen Geschmack im Mund, und der Schmerz begann ihn erneut zu quälen. In seiner Panik rief Tommaso dann nach seiner Nichte, die ihn zu beruhigen versuchte.

»Myriam, bitte, gib mir etwas, damit ich wenigstens ein paar Stunden Ruhe finde«, hatte er sie eines Nachts angefleht, während sie ihm liebevoll über den Kopf gestreichelt hatte.

»Du hast schon die maximale Dosis bekommen, ich kann dir nicht noch mehr geben. Du musst bis morgen durchhalten, ich will nicht, dass du abhängig wirst. Ich habe schon zu viele Menschen gesehen, die wegen dieser Medikamente ihren Verstand verloren haben«, hatte sie entgegnet und dabei gewusst, dass er es, verrückt vor Schmerz, nicht verstehen würde. Und so versuchte sie, ihn abzulenken, und erzählte ihm von der Fabrik, in der wieder produziert wurde, wenn auch in geringerem Umfang, und fast ausschließlich Brot und nur kleine Mengen süßes Gebäck, das unter dem Ladentisch verkauft wurde. Und von Rachele und Andrea, der mit einer Lungenentzündung, hervorgerufen durch das Einatmen des Staubs bei der Bombardierung, auf der Nachbarstation lag.

»Und was ist mit Rachele?«, fragte Tommaso, der ihr nicht ganz folgen konnte.

»Andrea macht sich große Sorgen um sie. Er meint, die Regierung stehe kurz vor dem Zusammenbruch. Niemand weiß, was passieren wird, ob Mussolini abgesetzt wird und was danach kommt. Rachele hat keine gültigen Papiere. Deshalb habe ich ihr gesagt, dass sie zu uns ziehen soll, bei uns ist sie sicherer. Ich habe ihr auch angeboten, dass sie im Krankenhaus wohnen kann, ein paar können wir immer unterbringen.«

»Und sie will nicht?«

»Im Moment möchte sie lieber in ihrem Zimmer in der Nähe der Bäckerei bleiben. Aber ich weiß nicht, ich vertraue niemandem mehr. Was, wenn die Vermieterin sie denunziert? Nicht auszudenken, was passiert, wenn sie den Faschisten in die Hände fällt. Allein bei dem Gedanken bekomme ich eine Gänsehaut.«

»Du hast recht. Wenn man bedenkt, was Angelas Ehemann passiert ist.«

Sie schwiegen beide, und Myriam musste an Ginos Verhaftung und an seine Rückkehr denken. »Wir dürfen nicht zulassen, dass Rachele dieses Risiko eingeht. Auch Andrea würde das nicht erlauben«, fügte sie hinzu, während sie den Infusionsbeutel wechselte.

»Andrea ist ihr ziemlich nahe gekommen«, bemerkte Tommaso. »Vielleicht zu sehr?«, fügte er nach einer kleinen Pause hinzu.

Myriam kontrollierte die Geschwindigkeit der Infusion und setzte sich wieder. Ihr kam das Gespräch mit Andrea wieder in den Sinn, in dem er über seine Gefühle gesprochen hatte.

»Er ist noch immer mit Diana verbunden, und das wird er vielleicht sein Leben lang sein. Aber er ist in Rachele verliebt, und sie in ihn, auch wenn sie offiziell noch mit Gabriel verlobt ist«, sagte sie und zog das Laken glatt. »Weißt du, Onkel Tommaso, sie hat sehr darunter gelitten, dass Gabriel ihr nicht mehr geschrieben hat. Sie weiß natürlich nichts von dem griechischen Mädchen, aber ich denke, sie ahnt etwas. Andrea war ihr in dieser Zeit eine große Stütze. Er war ihr ein guter Freund, und irgendwann ist eben mehr daraus geworden.«

»Und sie haben sich ineinander verliebt«, fügte Tommaso hinzu. »Eine schöne Geschichte, auch wenn sie traurig angefangen hat, nicht wahr?«

Myriam folgte seinem Blick und sah in die Nacht hinaus. Nach all der Aufregung der vergangenen Tage war endlich Ruhe eingekehrt. »Das stimmt. Aber Andrea wird erst Ruhe finden, wenn Rachele in Sicherheit ist.«

Tommaso seufzte, dann fuhr er sich mit der Hand über

das Gesicht und blickte Myriam flehentlich an. »Du gibst mir wirklich nichts mehr?«

Myriam sah ihn zärtlich an: »Es wird dir bald besser gehen, du wirst sehen.«

Wenige Tage später wurde Tommaso in ein anderes Zimmer verlegt, zu einem Mann mit einer Beinverletzung, der Tag und Nacht in sein Tagebuch schrieb, und wie Tommaso ihn so inmitten der Stapel von Büchern und Zeitungen liegen sah, begriff er, dass seine Nichte recht hatte. Bisher hatte er das Zimmer mit Männern geteilt, die im Sterben lagen und sich in ihr Schicksal ergaben. Dieser Mann aber klammerte sich mit einer Kraft an das Leben, die ihn überraschte.

Er beobachtete ihn, wenn er sich im Schlaf unruhig hin und her warf, zusammenhanglose Worte murmelte, aufschreckte und dann sein schmerzendes Bein betastete. Er beschwerte sich selten, unterhielt sich fast nie länger mit den Schwestern, die ihn umschwirrten, angezogen von dem romantischen Zauber, der ihn umgab, von seiner schlanken Gestalt, seinem wilden Haarschopf und seinen Sommersprossen.

»Er wirkt wie ein verkannter französischer Dichter aus dem neunzehnten Jahrhundert«, flüsterte Myriam Tommaso zu, während sie ihm bei Umziehen half, »und intelligent ist er auch.«

»Stimmt. Er liest die ganze Nacht bei Kerzenschein. Er verdirbt sich noch die Augen«, lachte Tommaso.

»Leider ist er für weiblichem Charme völlig unempfänglich. Meine Kolleginnen würden ihren rechten Arm für ein Lächeln von ihm geben, aber er würdigt sie keines Blickes.«

»Wirklich?«

»Es ist ein Wunder, dass er überhaupt mit uns spricht«, scherzte sie, und Tommaso drehte sich interessiert nach seinem schlafenden Nachbarn um, der schwer atmete, als würde er einen hohen Berg erklimmen. Tommaso betrachtete ihn noch eine Weile, dann lächelte er.

»Was liest du da Interessantes?«, fragte er ihn eines Nachmittags.

Da drehte sein Bettnachbar sich zum ersten Mal zu ihm um, hob den Blick von der Zeitung und lächelte ihm freundlich zu. »Wie lange bist du schon hier?«

»Seit dem Tag des Bombardements. Ich habe eine gebrochene Hüfte, mit einigen Komplikationen, die mich noch eine Weile hier festhalten werden. Und du?«

Sein Nachbar hob die Decke und enthüllte einen lange Schnittwunde, die sich über das ganze rechte Bein zog. »Das Gleiche habe ich noch mal auf dem Bauch, deshalb bin ich auch immer noch hier. Als die Bomben fielen, war ich auf der Straße unterwegs, aber an mehr kann ich mich nicht erinnern, bis ich zwei Tage später hier aufgewacht bin. Anfangs wusste ich gar nicht, wo ich bin.«

»Das ging vielen so. Konntest du nicht in den Luftschutzkeller?«

»Nein.« Er stützte sich auf den Ellbogen. »Ich bin Kameramann beim Istituto Luce, ich muss das Geschehen in der Stadt dokumentieren. Ich habe auch schon andere Bombenangriffe gefilmt, aber den in Rom werde ich nie vergessen. Und in den oberen Etagen werden sie ihn auch nicht vergessen. Es heißt, Mussolini werde bald abgesetzt.«

»Das hoffen viele. Die Entscheidungen, die er in den letzten Jahren getroffen hat, haben für die Bevölkerung nur bittere Früchte getragen.«

»Um nicht zu sagen giftige«, fügte der Nachbar ernst hinzu. Er wandte sich zum Fenster, durch das laue, feuchte Luft vom Fluss hereinströmte, inklusive einiger Mücken. Er fing eine mit der bloßen Hand und zerdrückte sie. »Übrigens, ich bin Matteo Mangiagalli«, stellte er sich vor und reichte Tommaso die Hand, der sie energisch schüttelte.

»Tommaso Fontamara.«

»Fontamara, die Bäcker?«

»Genau die.«

»Ich habe schon einiges von euch gehört.«

»Nur Gutes, hoffe ich«, entgegnete Tommaso scherzhaft, und beide lächelten.

»Leider nicht«, antwortete Matteo. »Soweit ich weiß, macht ihr Geschäfte mit der Regierung. Aber ich weiß auch noch einiges anderes.«

»In Kriegszeiten besteht das Leben aus Kompromissen zwischen dem, was wir sind und was wir wollen, und den Vorgaben, denen wir uns unterwerfen müssen, damit das andere möglich wird. Es ist ein Drahtseilakt, aber er ist es wert.«

»Ein ziemlich gefährlicher Drahtseilakt, würde ich sagen.«

»Manchmal haben wir eben keine andere Wahl, wenn wir Menschen bleiben wollen«, sagte Tommaso und dachte an Rachele und all die Arbeiter, die Eva eingestellt hatte, um sie vor dem Regime zu verstecken. Nicht auszudenken, was passieren würde, wenn man sie entdeckte, aber er und Eva hatten keine Minute gezögert. Sie hatten gewusst, was zu tun war.

»Kluge Worte«, meine Matteo und schaute in Tommasos sorgfältig rasiertes Gesicht. Dann wanderte sein Blick zu seinen gepflegten Händen, dem muskulösen Körper unter dem Baumwollhemd, seinem dichten Haar. »Ich bin beeindruckt. Solche Gedanken hätte ich von jemandem aus dem Großbürgertum nicht erwartet.«

Tommaso hustete verlegen, dann blickte er gedankenverloren ins Leere, lauschte den Atemzügen der Kranken um sie herum. »Ich träume von einer Gesellschaft, in der es keine sozialen Klassen, sondern nur Menschen gibt. In der Begriffe wie ›oben‹ und ›unten‹ nur dafür verwendet werden, um den Standort von Dingen zu beschreiben und nicht für Menschen. Klassifizierungen sind nichts als Käfige, in die wir Menschen mit gleichen Eigenschaften sperren. Aber auch wenn sie einander ähnlich sein mögen, sind sie doch nicht gleich. Es gibt Hunderte von wohlhabenden Menschen, darunter altruistische und großzügige, aber auch nichtsnutzige. Mit welchen Parametern wollen wir sie definieren? Über das Geld auf ihrem Bankkonto, über ihren Charakter oder darüber, ob sie blonde oder rote Haare haben, ob sie jemanden vom gleichen oder vom anderen Geschlecht lieben? Oder ob sie Juden oder Arier sind?« Nach dem langen, selbstauferlegten Schweigen purzelten die Worte plötzlich nur so aus ihm heraus. Er hatte nicht den Mut, Matteo dabei direkt in die Augen zu sehen, der ihm schweigend zuhörte. Er blickte verlegen auf seine Hände auf dem Laken, während der Fluss langsam an dieser Insel vorbeiglitt, die nachts mal wie ein Schiff und mal wie ein Floß wirkte.

Tommaso goss sich ein Glas Wasser aus dem Krug ein, den seine Nichte ihm auf den Nachttisch gestellt hatte. »Möchtest du?«

»Ja, danke.«

Er sah ihm zu, wie er trank, und füllte sein Glas nochmals nach.

»Du bist so still. Habe ich etwas gesagt, was dich irritiert hat?«, fragte er dann.

Matteo schüttelte den Kopf und reichte ihm sein leeres Glas. »Ganz im Gegenteil, du hast etwas ebenso Einfaches wie Tiefgründiges gesagt. Etwas, über das ich nie richtig nachgedacht habe.«

»Das ist doch positiv, oder?«

Matteo schaute Tommaso tief in die Augen. Unter dem Baumwollhemd hob und senkte sich seine Brust, sein Atem beschleunigt von einem neuen Gefühl, das noch keine Stimme hatte, doch seinen Blick veränderte und durch seinen ganzen Körper ging. So verblieben sie lange in einem stummen Dialog, bis Myriam atemlos und mit rot glühendem Gesicht an Tommasos Bett trat, die Hand auf die Brust gepresst. Er fuhr hoch, doch die ruckartige Bewegung verursachte einen solchen Schmerz, dass er die geballte Faust in die Matratze drücken musste, um einen Schrei zu unterdrücken. Gleichzeitig suchte er in Myriams erhitztem Gesicht eine Erklärung für ihre Aufregung.

»Mussolini ist gestürzt«, sagte sie zitternd.

»Was?«, rief Matteo so laut, dass einige Patienten aus dem Schlaf hochschreckten.

»Ist das wahr, Myriam?«, fragte Tommaso, das Gesicht noch immer schmerzverzerrt.

»Aber natürlich, es kam gerade im Radio.« Mit hektischen Bewegungen ging Myriam vor seinem Bett auf und ab.

»Was genau haben sie gesagt?«, wollte Matteo wissen.

Myriam steckte sich eine Locke unter die Haube und räusperte sich. »Der König hat die Gewalt über die Armee übernommen und Mussolinis Verhaftung angeordnet, während …«

»Und wer leitet jetzt die Regierung?«, fiel Tommaso ihr ins Wort.

»Das wollte ich gerade sagen, der König hat die Aufgabe …«

»… Badoglio übertragen, richtig?«, schaltete sich Matteo ein, und als Myriam nickte, boxte er in die Luft. Tommaso sah abwechselnd Myriam und Matteo an.

»Dann ist der Krieg vorbei?«, fragte er, doch die beiden sahen ihn finster an.

»Nein, Onkel Tommaso«, antwortete ihm schließlich Myriam. »Der Krieg geht weiter.«

Matteo verzog das Gesicht … »Wir werden sehen, wie es weitergeht. Und wer unsere Verbündeten sein werden«, fügte er nach kurzem Zögern hinzu. Von draußen waren nun Freudenschreie zu hören: der Jubel der Menschen, die jetzt wieder eine Stimme hatten.

»Der Krieg ist nicht vorbei, aber er wird es vielleicht bald sein«, träumte Myriam laut und lauschte den Stimmen in den Straßen, die immer lauter wurden, obwohl es bereits Mitternacht war.

»Oder er hat gerade erst begonnen«, sagte Matteo nachdenklich und schaute zum Fluss, in dem sich sanft die Lichter spiegelten.

Wenig später musste Myriam einen Kranken im Nebenzimmer versorgen. Als sie anschließend zu Tommaso und Matteo zurückkehrte, schliefen beide bereits. Und so ging sie in das kleine zur Küche umfunktionierte Zimmer, setzte sich ans Fenster und schaute in die Nacht hinaus. Noch immer waren Schüsse und Schreie zu hören, die Sirenen der Feuerwehr, die ausrückte, um die überall lodernden Brände zu löschen. Die Häuser einiger Faschisten und ihrer Verbündeten wurden geplündert, ihre Parteizentralen gingen in Flammen auf, Rauchsäulen stiegen auf wie nach einem Bombenangriff.

Giovanni war seit Wochen nicht mehr im Krankenhaus gewesen, der Oberarzt sprach von einem Einsatz an einem anderen Ort. Seit dem Angriff der Alliierten wurden überall dringend Ärzte gebraucht. Myriam wollte gar nicht mehr darüber wissen. Das, was zwischen ihnen gewesen war, war ein kleiner Funken gewesen, eine Knospe, die nie wirklich erblüht war. Sie empfand Zuneigung für Giovanni, hatte dieses Gefühl in einem Moment der Verwirrung jedoch mit etwas anderem verwechselt. Als sie beide allein in einem Zimmer gestanden hatten und sie sich nicht hatte ausziehen wollen, war ihr das klar geworden. Ihre Vergangenheit, ihr Giovanni hatten sie eingeholt. Mit einem Mal war ihr alles zu eng geworden, und sie war davongelaufen. Er hatte verstanden, ihr versprochen, ihr Zeit zu lassen, auf sie zu warten. Aber diesmal hatte Myriam Nein gesagt.

»Es hat nichts mit der Zeit zu tun«, hatte sie ihm gesagt, ohne ihn anzusehen. »Ich fühle mich zu dir hingezogen, und ich bin dir dankbar, dass du mir gezeigt hast, dass ich immer noch eine Frau bin. Aber wenn ich weitergehen würde, würde ich es mir doch vorwerfen. Seinetwegen«, hatte sie Giovanni erklärt und ihren Ehering geküsst. »Ich liebe ihn immer noch, und Sex ohne Liebe ist nichts für mich.«

Vielleicht bin ich doch nicht so modern, wie ich gerne sein möchte, sagte sie sich, als sie an dieses Gespräch zurückdachte. Dann kam ihr Diana in den Sinn, die der Liebe vor vielen Jahren abgeschworen hatte, und Eva, mit der sie sich oft verglich. Auch ihre Mutter hatte den Mann verloren, den sie liebte, und genau wie sie hatte sie noch keinen gefunden, der ihn ersetzen konnte. Für keinen konnte sie eine solche Liebe empfinden, wie sie sie für ihn empfunden hatte.

»Jede Liebe ist anders, Myriam«, sagte Tommaso ein paar Stunden später, als sie noch einmal bei ihm vorbeisah, bevor sie nach Hause ging. Sie bot ihm ein Stück Obstkuchen an, den Micol für sie gebacken hatte, und sah mit Freude, wie Tommaso ihn mit Matteo teilte.

»Ich sehe, ihr habt Freundschaft geschlossen«, sagte sie fröhlich und reichte ihnen noch ein Stück Kuchen.

»Wir haben vieles gemeinsam, und dein Onkel ist sehr nett«, erwiderte Matteo und fegte ein paar Kuchenkrümel von der Bettdecke. »Da ist ja meine Gefängniswärterin«, fügte er hinzu, als eine Krankenschwester hereinkam. »Entschuldigt«, sagte er, als die Schwester den Vorhang zwischen den Betten zuzog, um die Verbände zu wechseln, während Myriam die Waschschüssel füllte.

»Soll ich dich noch ein bisschen frisch machen, Onkel Tommaso?«

»Ich wäre dir sehr dankbar.«

»Gut, dann würde ich dich gerne rasieren, wenn das in Ordnung ist. Dein Bart wächst wie Unkraut.«

»Lass das bloß nicht zu, mein Freund, sie wird dich entstellen«, war von der anderen Seite des Vorhangs zwischen Gejammer und Schmerzensschreien zu hören, während die Krankenschwester Matteos Wunden säuberte.

»Ich kann mich auf meine Nichte verlassen«, entgegnete Tommaso belustigt. »Aber du kannst dich gerne selbst von ihren Rasierkünsten überzeugen.«

»Eher sterbe ich!«, rief Matteo, der jetzt von der Schwester ermahnt wurde stillzuhalten.

»Wollt ihr wohl aufhören, mich zu verspotten«, wies Myriam sie in gespielt ernstem Tonfall zurecht, während sie ihren Onkel zu waschen begann. »Nun gut, dann rasiere ich euch eben nicht. Aber beschwert euch hinterher nicht, wenn eure Bärte so lang sind wie der von Noah.« Alle lachten.

»Von mir wirst du keine Klage hören«, sagte Matteo, und er und Myriam neckten sich so lange weiter, bis sich der Vorhang wieder öffnete, die Krankenschwester zufrieden heraustrat, Myriam und Tommaso von oben bis unten musterte und davonging.

»Was hat sie denn?«

Myriam zuckte mit den Schultern und stellte die Waschschüssel auf den Boden. »Keine Ahnung, manche Leute sind eben einfach unglücklich.«

Tommaso sah sie lange an. Sie hatte sich in den letzten Monaten sehr verändert: Das Leuchten in ihrem Gesicht, das sie immer so einzigartig gemacht hatte, war verschwunden, ihr Körper ausgezehrt. Doch nicht nur

Hunger und Mangelernährung hatten ihre Spuren hinterlassen. Myriam fehlte etwas, was nicht einmal die Zeit heilen konnte.

»Und du, bist du glücklich?«, fragte er unvermittelt.

Sie wandte sich zu ihm und lächelte. »Nein, aber ich komme zurecht.«

»Und Giovanni? Ich dachte, da wäre etwas zwischen euch.«

Sie schüttelte den Kopf und berührte ihren Ehering. »Ich mag ihn sehr, aber ich liebe ihn nicht. Das, was mich mit ihm verbindet, ist nicht im Entferntesten mit dem zu vergleichen, was ich für meinen Mann empfunden habe.«

»Aber Myriam, dein Mann ist …«

»… tot, ich weiß«, antwortete sie und lächelte traurig. Die Abteilung erwachte langsam, die ersten Sonnenstrahlen fielen durch die Fenster und erfüllten die Zimmer mit Wärme und Licht. Myriam betrachtete sie, fasziniert von ihrer Kraft. »Wenn mein Herz heute noch jedes Mal schneller schlägt, wenn ich von meinem Mann spreche, dann kann es nicht genügen, dass ich einen anderen sehr mag«, erklärte sie. »Egal, ob mein Mann lebt oder tot ist, er wird immer bei mir sein.«

»Aber jede Liebe ist anders. Man kann sie nicht vergleichen.«

»Hast du Roberto denn vergessen?«

Er lächelte und sah auf seine gefalteten Hände auf der Bettdecke. Erinnerungen drängten sich in sein Bewusstsein. »Anfangs war ich sehr wütend, weil er mir nicht auf meine Briefe geantwortet hat. Das hat mich sehr verletzt. Aber dann habe ich verstanden, dass auch Schweigen eine Antwort ist und dass man nicht auf etwas beharren darf, was nicht erwidert wird. Erst als ich das begriffen habe, ist eine Last von mir abgefallen«, erklärte er und schaute zu Matteo. »Aber um auf deine Frage zu zurückzukommen: Nein, ich werde Roberto nie vergessen, denn er war sehr wichtig für mich. Aber ich möchte einfach nicht glauben, dass ich mich nie wieder verlieben werde. Das kann nicht alles gewesen sein, das glaube ich nicht. Das will ich nicht.«

Myriam senkte den Blick, sie fing an zu begreifen. »Verstehe. Hat er möglicherweise etwas damit zu tun?« Sie nickte in Matteos Richtung, der eingeschlafen war, und lächelte.

Tommaso wich ihrem Blick aus und errötete, woraufhin Myriam verschwörerisch einen Finger auf die Lippen legte.

»Das ist auch eine Antwort«, sagte sie vergnügt und erhob sich, als der Oberarzt mit finsterem Blick durch den Korridor eilte.

»Da hat wohl jemand schlechte Laune«, bemerkte Tommaso.

»Stimmt. Kein Wunder.« Sie seufzte. »Die ganze Stadt ist in Aufruhr, überall gibt es blutige Auseinandersetzungen, und es werden immer mehr Patienten eingeliefert. Aber jetzt entschuldige mich, ich muss gehen. Du bist ja in guter Gesellschaft.« Sie zwinkerte ihm zu und schaute zu Matteo, der gerade wieder aufgewacht war.

27

Eva verabschiedete Olga, die ihr gerade die letzten Dokumente auf den Tisch gelegt hatte.

»Signora, ich denke, es ist besser, wenn Sie auch nach Hause gehen. Bald ist Ausgangssperre. Es ist schon nach neun, wie wollen Sie nach Hause kommen, wenn man nicht mehr Auto fahren darf?«, ermahnte Olga sie und deutete auf die Standuhr. Aber Eva hörte ihr schon nicht mehr zu, sie war mit ganz anderen Dingen beschäftigt. Seit der Bombardierung hatte sie Myriam nicht mehr zu Gesicht bekommen, sie blieb nun die ganze Zeit im Krankenhaus. Der Rest der Familie war, bis auf Tommaso, in La Gioiosa, aber auch von dort kamen keine beruhigenden Nachrichten. Andrea hatte von einigen Luftangriffen der Alliierten berichtet, und niemand konnte sagen, wie lange sie noch verschont bleiben würden.

»Sie werden auch dort Bomben abwerfen«, sagte sich Eva voller Sorge.

»Wie bitte?«

Eva sah überrascht auf. Mit fragendem Blick stand Olga vor ihrem Schreibtisch. Eva strich sich durchs Haar und schob einen Stapel Papiere beiseite. »Gibt es etwas Neues von den Arbeitern, die demonstriert haben?«, antwortete sie mit einer Gegenfrage.

»Nein, Signora, aber ich wollte Ihnen noch sagen, dass ich es sehr großzügig von Ihnen finde, dass Sie sie haben gehen lassen. Aber was machen wir, wenn sie gar nicht mehr zur Arbeit erscheinen?«

Eva schlug die Beine übereinander und verzog das Gesicht. »Viel können wir nicht tun, und sie haben jedes Recht zu protestieren: So kann es nicht weitergehen. Sie hungern, während in den Häusern der Politiker und ihrer Freunde rauschende Feste gefeiert werden. Das ist schamlos«, schimpfte sie. »Außerdem ist unsere Produktion auf einem historischen Tiefstand. Ich weiß nicht, wie es weitergehen soll, wenn die Geschäfte nicht bald wieder regelmäßig öffnen können. Im Moment kommen wir gerade eben mit den Aufträgen der Regierung über die Runden. Und wie lange hält sich die jetzige Regierung? Gestern Mussolini, heute Badoglio, wer wird es morgen sein? Dieses Land versinkt im Chaos.«

»Wir sind in einer schwierigen Lage, das stimmt. Aber wir dürfen die Hoffnung nicht aufgeben«, sagte Olga, und Eva lächelte sie müde an.

»Ihre Zuversicht möchte ich haben, meine Liebe. Aber ich habe wenig Vertrauen in die Menschen. So viele streben an die Macht, aber niemand weiß, wie er dieses Land regieren soll. Im Moment ist Italien wie ein wild gewordenes Pferd im Galopp, ohne Reiter und vor allem ohne Ziel.«

»Warum fliehen Sie dann nicht auch wie die anderen? Sie könnten nach Kuba zurückkehren, versuchen, eine Schiffspassage zu bekommen.«

Eva griff nach einem Bleistift und drehte ihn zwischen den Fingern, dann hielt sie plötzlich inne.

»Weil das hier jetzt meine Heimat ist. Hier liegt die Zukunft meiner Familie, hier lebt die Verlobte meines Sohnes, in deren Schuld ich stehe, mehr als in der Schuld jedes Kreditgebers der Firma. Hier steht die Fabrik, die meine Kinder eines Tages erben werden. Dieser Krieg wird zu Ende gehen, Olga, jeder Krieg geht irgendwann zu Ende. Und wie du dann dastehst, wenn die Menschen wieder bei Verstand sind und die Waffen schweigen, ist das, was zählt. Dann erst beginnt die wahre Partie, und dann wird meine Rolle als Mutter und Verwalterin des zukünftigen Erbes meiner Kinder entscheidend sein. Für sie bleibe ich, koste es, was es wolle, und für sie tue ich so, als wüsste ich nicht, dass ich zu Hause eine Pistole habe, die ich hoffentlich nie benutzen muss, aber die ich ohne zu zögern benutzen werde, wenn die Situation es erfordert.«

Olga schwieg und sah Eva an, fasziniert von dieser geheimnisvollen Frau, die nach Giacomos Tod die Geschicke der Firma in die Hand genommen hatte und sie gerecht, aber bestimmt führte. Sie verlagerte ihr Gewicht auf den anderen Fuß und knetete das Taschentuch, das sie in Händen hielt, dann seufzte sie tief: »Es gibt Gerüchte über einen Waffenstillstand, wissen Sie.«

»Ja, davon habe ich gehört. Ich denke, dass wir bald einen Umbruch erleben werden, der uns teuer zu stehen kommt. Und dann wird es keine Rolle spielen, dass die Regierung Versammlungen von mehr als drei Personen verboten hat und wir uns nach Sonnenuntergang zu Hause verkriechen sollen. Die Menschen werden sich nicht den Mund verbieten lassen, solange sie ihnen nicht den Magen füllen oder unsere Kinder nach Hause bringen. Aber das können sie nicht. Dazu hat diese Regierung weder die Mittel noch die Macht.«

»Was wird Ihrer Meinung nach passieren?«, fragte die Sekretärin neugierig.

»Wer kann das schon sagen? Vielleicht die Zerstörung, vielleicht die Freiheit? Wir sind in der Hand der Geschichte.«

»Wir schreiben Geschichte, Myriam!«, rief Giovanni, der plötzlich in ihrem Rücken aufgetaucht war, strahlend. Am Horizont ging die Sonne in leuchtenden Orangetönen unter. »Was machst du denn hier?«, fragte sie verwundert und riss überrascht die Augen auf. »Uns hat niemand gesagt, dass du zurückkommst.«

»Jetzt bin ich da. Freust du dich nicht?«

»Doch, natürlich.« Myriam ging zum Schrank und nahm eine Dose mit einem bräunlichen Pulver heraus. »Möchtest du eine Tasse Malzkaffee? Rita hat ihn vor ein paar Tagen mitgebracht. Er schmeckt natürlich nicht wie echter Kaffee, aber er ist ein guter Kompromiss.«

»Kaffee«, sagte Giovanni und schaute aus dem Fenster. »Wer erinnert sich schon an den Geschmack von echtem Kaffee?«

Myriam goss die dunkle Flüssigkeit, die ein leichtes Röstaroma verbreitete, in zwei Tassen und gab zwei Löffel Zucker dazu – ein Luxus, über den sie eifersüchtig wachte. »Nicht viele, fürchte ich, aber jetzt setz dich erst mal und erzähl mir alles«, forderte sie ihn auf und reichte ihm eine Tasse. Sie wartete, bis Giovanni einen Schluck getrunken hatte, legte den Kopf schief und verschränkte erwartungsvoll die Arme vor der Brust. »Also, seit wann bist du zurück?«

»Seit heute«, antwortete er und probierte. »Du hast recht, er schmeckt viel besser, als ich erwartet hätte.«

»Du siehst, Mangel hat auch seine guten Seiten. Ohne

das Embargo wäre diese Köstlichkeit an uns vorübergegangen«, sagte sie neckisch, während er die Tasse auf den Tisch stellte.

»Jetzt übertreib mal nicht, so gut ist er nun auch wieder nicht. Und vergiss nicht, dass ich Neapolitaner bin. Bei uns ist der Kaffee eine ernste Angelegenheit.«

»Weiß ich doch.« Sie gab ihm einen freundschaftlichen Knuff. »Also, wie sieht es in den anderen Krankenhäusern aus?«

»Zum Glück normalisiert sich die Lage, deshalb haben sie mich zurückgeschickt. Aber auf das, was ich seit den Bombenangriffen dort gesehen habe, war ich nicht vorbereitet. Wir hatten Männer und Frauen mit Verletzungen, als hätten sie an der Front gekämpft, Demonstranten, die von den Faschisten brutal zusammengeschlagen worden sind, nur weil sie ihre Freude darüber zum Ausdruck gebracht haben, dass der Albtraum endlich vorbei ist«, erzählte er.

»Wir hatten nach den Ereignissen der letzten Tage auch einiges zu tun. Seit Badoglio an der Spitze der Regierung steht, scheinen plötzlich viele den Mut gefunden zu haben, ihre Meinung über den Faschismus laut auszusprechen.«

»Das ist nur menschlich.«

»Nein, es ist feige«, erwiderte sie und schlug mit der Faust auf den Tisch. »Wo waren diese Leute vorher? Sie haben dieses Land jahrelang diesen Bestien überlassen, sie haben zugelassen, dass sie sich ausgebreitet haben und alle anderen Stimmen zum Schweigen gebracht wurden. Und jetzt reden sie vom Antifaschismus. Ich traue ihnen nicht, und weißt du, warum? Weil diejenigen, die jetzt Parolen gegen den Faschismus brüllen, dieselben Leute sind, die ihre Nachbarn denunziert haben, die gesagt haben, o ja, die Juden sind ja wirklich anders als wir, nur um sich bei den Schwarzhemden lieb Kind zu machen. Sie haben diejenigen in den Tod geschickt, die etwas gegen das Regime unternehmen wollten. Sie sind nichts als Parasiten, die ganz schnell auf den Karren der Sieger aufzuspringen, um ihnen einen Dolch in den Rücken zu stoßen, sobald sie ihnen nichts mehr nützen.«

Ihr Wutausbruch ließ Giovanni zurückweichen. »Myriam, ich verstehe, dass dein Mann …« Er suchte nach einem diplomatischen Weg, ihre Wut etwas abzumildern.

»Nein, das verstehst du nicht. Niemand versteht, was er durchgemacht hat. Du kannst es nicht verstehen. Und wenn du mir meine Frage nicht beantworten kannst, dann tue ich es, ich kann dir sagen, wo diese Leute waren: Sie waren auf der Piazza Venezia und haben diesem Scharlatan, diesem Menschenverführer zugejubelt. Demselben Mann, den sie heute tot sehen wollen. Das ist die Wahrheit. Heute halten sie sich alle für Partisanen und Antifaschisten. Aber sie sind nichts als Heuchler«, schrie sie und reckte das Kinn. »Und deshalb vertraue ich diesen Leuten nicht. Tut mir leid …«

Giovanni schüttelte besorgt den Kopf. »Myriam, du bist zu streng. Ich finde, je mehr Leute wir auf unsere Seite ziehen können, desto besser. Am Ende haben auch die Skeptiker begriffen, dass Mussolini uns an den Abgrund geführt hat, und ich bin sicher, dass viele von ihnen der Kommunistischen Partei beitreten werden.«

»Und du glaubst, dass sie einen aufrichtigen Bewusstseinswandel durchgemacht haben? Glaubst du, sie kennen überhaupt den Unterschied zwischen einem Kommunisten, einem Sozialisten und einem Katholiken, der gegen den Faschismus kämpft?«

»Kennst du ihn denn?«

»Ich weiß, dass ich an Gott glaube, und nicht an Marx. Und ich lasse mir von niemandem einreden, dass das Holzkreuz, das ich unter der Schwesterntracht trage, das Zeichen einer heimtückischen psychologischen Versklavung ist«, antwortete sie. Nur zu gut erinnerte sie sich an ihre nächtlichen Gespräche, in denen Giovanni ihr ihren Glauben als unverzeihliche Schwäche vorgeworfen hatte.

»Du weißt, wie ich darüber denke. Ihr Katholiken seid der Ruin dieses Landes.«

»Das mag sein, aber der Glaube hilft mir, nicht den Verstand zu verlieren. Er schenkt mir den Trost, den Menschen mir nicht geben können. Das habe ich hier gelernt, im Gespräch mit den Geistlichen und den Seminaristen in der Kapelle. Dort habe ich ein bisschen Ruhe und Frieden gefunden, etwas, was mir Stalin und seine Anhänger nicht geben können. Tut mir leid, aber für mich tragen Kommunismus und Faschismus beide das gleiche kranke Gen der Autorität in sich. Auch wenn alle denken, dass sie sich unterscheiden, aber für mich sind sie in dieser Hinsicht gleich.«

Giovanni wollte etwas erwidern, hielt sich jedoch zurück. Stattdessen lächelte er und hob abwehrend die Hände: »In dieser Frage werden wir uns nie einig werden, aber ich bin froh, wieder hier bei dir zu sein.« Myriam lachte und griff nach seinen Händen.

»Ich bin auch froh, dass du wieder da bist. Aber du

musst ein bisschen zunehmen, Herr Doktor. Deine eingefallenen Wangen gefallen mir ganz und gar nicht.«

Giovanni schaute an sich herunter, sein Hemd hing an seinem ausgemergelten Körper herab. »Das würde ich ja gerne, aber es gibt von Tag zu Tag weniger zu essen.«

»Da hast du recht«, pflichtete Myriam ihm bei und holte ein Stück Käse aus dem Schrank. »Aber dank der unermüdlichen Arbeit der Bauern gibt es Orte, an denen es noch etwas Vernünftiges zu beißen gibt. Zum Beispiel in La Gioiosa.« Sie zwinkerte ihm zu, während er sich ein großes Stück Käse abschnitt und voller Appetit hineinbiss.

»Einfach göttlich«, freute er sich und wischte sich mit der Serviette den Mund ab, während er mit der anderen Hand zufrieden über seinen Bauch strich. Dann trank er ein Glas Wasser und betrachtete abwesend die Lichtreflexe im grünen Glas.

»Stimmt etwas nicht?«, fragte Myriam, aber er schüttelte den Kopf.

»Ich habe gerade über etwas nachgedacht. Aber ich weiß nicht, ob du die Richtige dafür bist.«

Sie runzelte die Stirn. »Wenn du nicht fragst, wirst du es nie erfahren.«

»Ich brauche Hilfe.«

»Was für eine Art von Hilfe?«

Giovanni beugte sich zu ihr und schaute sich um. »Lebensmittel. Uns stehen schwere Zeiten bevor.«

»Mussolini ist abgesetzt, was sollen wir jetzt noch fürchten, abgesehen vom Krieg?«

»Die Faschisten, Myriam. Sie werden nicht aufgeben. Sie werden um jeden Preis versuchen, wieder an die

Macht zu kommen und Mussolini wieder einzusetzen. Dieser Mann wird nicht aufgeben, wenn wir ihn nicht stoppen.«

Ihr Herzschlag stockte, sie wagte kaum zu atmen. »Ihr wollt ihn umbringen?«

»Wenn nötig, auch das«, antwortete Giovanni und schaute ihr fest in die Augen. »Wenn du diese Leute besiegen willst, musst du bereit sein, Köpfe rollen zu lassen. Denn nur wenn die Partei keine Köpfe mehr hat, hat dieses Land die Chance, sich zu retten. Wenn auch nur einer von ihnen übrig bleibt, sind wir alle verloren.« Er suchte nach einer Zigarette, ging ans Fenster und zündete sie an, dann schaute er auf das Wasser unterhalb der Insel. Die Augusthitze nahm den Bewohnern Roms den Atem, der Wasserstand des Tibers sank täglich, es regnete kaum. Die schwüle Luft war vom Summen der Mücken erfüllt.

Myriam schaute ebenfalls aus dem Fenster, als man von der Station einen Patienten um Hilfe rufen hörte. Sie wusch die Tassen aus, trocknete sich die Hände am Rock ihrer Schwesterntracht ab und richtete sich den Kragen. »Ich werde gebraucht, ich muss gehen«, sagte sie. Bevor sie das Zimmer verließ, drehte sie sich noch einmal um und betrachtete Giovanni, der gedankenverloren an seiner Zigarette zog. Seine Haare waren gewachsen, sie waren dicht und rebellisch wie sein Bart. In seinem Blick lag der Wunsch nach Rache, beinah ein politischer Wahn, der es ihr immer schwerer machte, sich seine philosophischen Überlegungen zur Arbeiterklasse und der notwendigen Revolution anzuhören. Meist teilte sie seine Meinung nicht, aber dennoch waren es sein Kampfgeist und seine Prinzipien gewesen, die sie angezogen hatten.

Er passte sich nicht einem Regime an, das verlangte, den Blick zu senken und sich zu unterwerfen. Giovanni war nicht wie die anderen, das hatte sie schon damals auf der Brücke gewusst, als er ihr eine neue Perspektive geschenkt hatte.

Aber dennoch.

Aber dennoch.

»Du bist ein guter Mensch, aufrichtig und reinen Herzens. Aber er«, sie berührte den Ehering ihres Mannes, den sie zusammen mit ihrem eigenen trug, »er ist etwas anderes.«

»Gut«, sagte sie dann und wandte sich ein letztes Mal zu ihm um. »Ich werde Lebensmittel besorgen.«

28

Liebe Eva,
ich habe schon lange keine Nachricht mehr von dir erhalten, und ich mache mir große Sorgen um euch. Hier in Kuba erreichen uns nur bruchstückhafte Informationen über das, was in Europa vor sich geht, und ich bete inständig, dass es euch gut geht und ihr in Sicherheit seid. Wir wissen von den Bombenangriffen, von den Tausenden von Kindern, die zu Waisen geworden sind und die durch die zerstörten Städte irren, von den militärischen Niederlagen. Es ist, als ob der Teufel höchstpersönlich sich einen Spaß erlauben würde. Jedes Mal muss ich an unseren lieben Gabriel denken, daran, wie sehr er leiden muss, und an Ernesto, wo immer er sein mag.

Wir leben in finsteren Zeiten, doch wann immer mich diese düsteren Gedanken überfallen, setze ich mich in den Garten und betrachte die Mangobäume, unter denen Fernando und seine Geschwister aufgewachsen sind und deren Früchte auch meine Enkel gegessen haben. Und dann denke ich, dass es noch Hoffnung für uns Menschen gibt.

Wenn ich im Garten bin, ist der Krieg nur eine tragische, aber ferne Geschichte, und wenn der Frühling jedes Jahr wiederkehrt, dann dürfen auch wir hoffen. Wir müssen hoffen.

Du und die Kinder fehlt mir, und in meinem Herzen hoffe ich, dass wir uns eines Tages wiedersehen werden, dass ich meine Kinder und meine Enkel in die Arme schließen kann und, wer weiß, vielleicht sogar meine Urenkel.

Hier hat sich seit eurer Abreise nicht viel verändert. Batista ist immer noch mehr oder weniger an der Macht, und wir Zuckerfabrikanten machen weiter wie bisher. Aber etwas gibt es, was dich wundern wird: Die Ferrers lassen uns neuerdings in Ruhe.

Seitdem die Amerikaner in den Krieg eingetreten sind, hat Miguel viele Verträge mit ihnen abgeschlossen, er reist oft in die USA und lässt uns in Ruhe. Sein Sohn hat das unternehmerische Talent seines Vaters nicht geerbt, er verprasst das Geld, das die Firma einbringt, und gönnt sich jeden erdenklichen Luxus. Seine Ehe ist nicht glücklich, soweit ich weiß, aber ich hüte mich davor, es Diana zu schreiben.

Wenn ich nur daran denke, dass sie einmal in ihn verliebt war, wird es mir eng ums Herz. Wie geht es ihr? Schreib mir, sobald du kannst. Hier denken wir mit großer Liebe an euch.

Ich leite dir die herzlichsten Grüße von Alfredo und von Carlos, Marisol und unseren Arbeitern weiter und all meine Liebe.

Herzlichst, Sophia

Unter Tränen las Eva den Brief immer und immer wieder, ihre Wimperntusche lief in schwarzen Rinnsalen über ihre Wangen.

Erst am Vortag hatte es einen weiteren Angriff gegeben, schwerer und zerstörerischer als der erste. Die Bomben hatten in verschiedenen Vierteln eingeschlagen, und auch diesmal war Myriam im Krankenhaus geblieben. Sie hatten zwei Arbeiter verloren, die unter den Trümmern ihrer Häuser begraben worden waren.

»Ich konnte sie nicht beschützen«, hatte Eva zu Olga gesagt, die in ihr Büro gekommen war, um ihr Dokumente zu bringen. »Sogar Andrea ist wieder im Krankenhaus, und Myriam ist seit Beginn der Bombardierungen gar nicht mehr dort weggekommen. Und Diana bedrängt mich, dass sie nach Rom zurückwill. Sie begreift einfach nicht, wie gefährlich es hier ist.«

Die Sekretärin legte die Unterschriftenmappe auf den Schreibtisch und räusperte sich.

»Wollen Sie mir etwas sagen?«, fragte Eva.

»Wissen Sie, Signora, ich kenne Sie jetzt einige Jahre. Erlauben Sie, dass ich Ihnen etwas sage: Ich weiß, dass Sie es gut meinen, aber sie können nicht alles kontrollieren. Sie können nicht immer alle beschützen. Die Menschen müssen ihre eigenen Entscheidungen treffen, egal, ob sie richtig sind oder falsch.«

»Nein, Olga, tut mir leid«, widersprach Eva und hob die Hände, um sie zum Schweigen zu bringen. »Aber ich bin Mutter, und auch wenn meine Kinder erwachsen sind, werde ich doch nie aufhören, sie beschützen zu wollen, mich um sie zu sorgen.«

»Und die Arbeiter?«

»Die Firma ist wie eine Familie für mich, und Arbeiter zu verlieren, ist, als würde ich Familienmitglieder verlieren. Ich habe mich entschlossen, eine kurze Trauerfeier für die beiden abzuhalten und eine Gedenktafel für sie anzubringen. Ich glaube, das sind wir ihnen schuldig.«

»Das ist eine schöne Geste, aber vielleicht sollten wir warten, bis der Krieg vorbei ist.«

Eva verzog das Gesicht. »Sie meinen, wir sollten warten, bis alles vorbei ist, um dann unsere Toten zu zählen?«

Olga schaute zu Boden. Genau das hatte sie gedacht.

Andrea schlug die Augen auf. Er lag noch genauso da wie eben, als Rachele davongeschlichen war, um nicht wieder von der Oberschwester aufgegriffen zu werden. Sie durfte nur in der Besuchszeit kommen, und dann auch nur kurz, wie die Schwestern immer wieder betonten. Doch es verging kein Tag, an dem sie nicht an seinem Bett stand und ihn mit ihrem sonnigen Lächeln ansah. Seit den neuerlichen Angriffen quoll das Krankenhaus beinah über vor Patienten, aber auf ihren Besuch wollte Rachele nicht verzichten, und auch Andrea nicht, der unruhig wurde, wenn sie einmal auf sich warten ließ.

Eine Unruhe, die sich in den langen Nachtstunden, in denen er an die Decke starrte und an sie dachte, noch verstärkte. Rachele hatte sich in sein Herz geschlichen.

Er atmete tief durch, seine Fingernägel gruben sich in seine Handflächen.

Durch das offene Fenster neben dem Bett drang die Stimme einer Frau herein, die ein trauriges Lied über den Krieg und die Liebe sang, während aus der Küche der Duft nach Suppe herüberwehte. Er runzelte die Stirn, wenn er an das Abendessen dachte. Allein der Gedanke an die dünne Brühe, in der schon seit Tagen die ewig gleichen Knochen und Kartoffelschalen schwammen, war kaum zu ertragen. Ihm fehlten jetzt schon die Kekse, die Rachele ihm ins Krankenhaus schmuggelte, gebacken aus dem wenigen, was sie noch hatten. Mit einem Lächeln erinnerte er sich an den Vorabend, an dem sie bei ihm gewesen und ihm beim Essen geholfen hatte, weil sein rechter Arm eingegipst war und er mit der linken Hand den Löffel nicht halten konnte. Er dachte an die Witze, die sie gemacht hatten, an ihre großen Augen, an ihr Lachen, als sie ihm die Kekse zeigte, die sie für ihn »eingeschmuggelt« hatte. Noch immer hatte er den Geschmack nach Zimt im Mund.

»Du kannst sie essen, wenn du Hunger bekommst«, hatte sie geflüstert, als sie ihm die Packung unter das Kopfkissen geschoben hatte, und in diesem Moment hatte er ihr gesagt, dass er sich in sie verliebt hatte.

»Ich bin die schlechteste Partie, die man sich nur vorstellen kann, und ich habe auch keinen klangvollen Nachnamen wie dein Verlobter, aber …«

»Gabriel ist schon lange nicht mehr mein Verlobter«, hatte sie ihn unterbrochen. Sie war sich mit der Zunge über die Lippen gefahren und hatte zu Boden gesehen, dann hatte sie wieder aufgeblickt. »Ich habe mich auch in dich verliebt«, hatte sie geflüstert und die Schultern gezuckt, als wäre das eine unausweichliche Wahrheit.

Sie hatten gerade noch die Zeit gehabt, sich zu küssen, wie zur Besiegelung eines Versprechens, dann hatte sie davoneilen müssen, denn die Krankenschwestern hatten ihre Runde begonnen und waren nicht gerade bester Laune gewesen. Aber diesen Kuss konnte er noch immer auf seinen Lippen spüren. Er tastete nach den Keksen, um sich zu vergewissern, dass er sie nicht unter dem Eindruck der Medikamente herbeifantasiert hatte. Sie waren noch da.

Er nahm sich einen und aß ihn schweigend, mit geschlossenen Augen, als könnte er so die Schmerzen unterdrücken und die Erinnerungen an jenen Abend zum Schweigen zu bringen, als es Bomben vom Himmel geregnet hatte und er unter den Trümmern erwacht war. Er wusste nur noch, dass Rachele seinen Namen gerufen hatte.

Immer sie. Nur sie.

»Hallo, wie geht es dir?«

Er verschluckte sich fast, klopfte sich schnell ein paar Krümel vom Hemd und richtete sich auf. Vor ihm stand die Vergangenheit, in einem herrlichen weißen Baumwollkleid, die langen gebräunten Beine endeten in Sandalen mit Keilabsätzen, die bei Patienten und Schwestern gleichermaßen für Aufsehen sorgten. »Diana! Das ist ja eine Überraschung«, murmelte er und spürte, wie er vor Nervosität mit seinen ungeschickten Bewegungen die Kekse unter seinem Kopfkissen zerdrückte. Diana löste den Knoten des Tuches, das sie sich um den Kopf gebunden hatte, und setzte sich zu ihm auf die Bettkante.

»Du siehst gut aus«, sagte sie, und beugte sich, die Ellbogen auf die Knie gestützt, zu ihm vor. Andrea bemerkte, dass sie muskulöser geworden war, die Beine wirkten durchtrainiert, und die Sommersprossen hatten das Leid der Kriegsjahre aus ihrem Gesicht vertrieben. Das Landleben bekam ihr offensichtlich. Sie strahlte und wirkte heiter, ihre warme Stimme und ihr Lächeln waren unwiderstehlich wie eh und je.

Unwiderstehlich für ihn, der ihr kaum in die Augen sehen konnte, ohne verlegen zu werden.

»Ich habe schon lange nichts mehr von dir gehört. Ich dachte, du wärst in La Gioiosa geblieben?«

Diana legte den Kopf schief und musterte ihn aufmerksam. »Stört es dich, dass ich vorbeigekommen bin?«

»Nein, natürlich nicht, ich bin nur überrascht. Und ein bisschen verwirrt, das gebe ich zu.« Er schaute auf den Gang, über den Krankenschwestern hin und her eilten. Diana streichelte ihm über die Wange, damit er sich zu ihr umdrehte.

»Mache ich dir so viel Angst, dass du mich nicht einmal ansehen willst?«, sagte sie spöttisch. Ihre Zähne zwischen den kirschroten Lippen waren strahlend weiß. Er senkte den Blick. Dianas Lächeln ließ seinen Widerstand dahinschmelzen. Dieses Lächeln war schuld daran, dass er sich damals Hals über Kopf in sie verliebt hatte.

Er nickte und nahm Dianas Hand. Ihre Haut war noch genauso weich, wie er sie in Erinnerung hatte, und sie duftete nach Blumen, ein Geruch, den er unter Tausenden erkannt hätte. Wie oft hatte er diese Hände gestreichelt, dachte er melancholisch, bevor sie alles zerstört hatte.

»Versteh mich nicht falsch, ich freue mich, dass du da bist. Ich habe nur nicht damit gerechnet. Deine Mutter hat mir gesagt, dass du mit den anderen im Limettenhaus bist, in Sicherheit.«

»›Sicher‹ würde ich das nicht nennen, bei den ständigen Luftangriffen … Außerdem, dieses zurückgezogene Leben auf dem Land ist nichts für mich. Du kennst mich doch, du weißt, dass ich die Stille noch nie mochte.«

Andrea lächelte. »Allerdings.« Sie sahen sich an, ihre Blicke erzählten Dinge, die keiner von ihnen aussprechen würde. Einen Moment lang sah er alles wieder vor sich, jede Sekunde ihrer gemeinsamen Geschichte, ihre Nachmittage im Bett, die heftigen Auseinandersetzungen, ihre leidenschaftlichen Küsse zur Versöhnung. Dianas Groll, der ihre Liebe getötet hatte, an die er sich so verzweifelt geklammert hatte.

»Ich habe eine Beziehung mit Rachele«, sagte er unvermittelt, aus einem plötzlichen Bedürfnis heraus, ihr die Wahrheit zu sagen, sich vor ihr schützen, vor seinem Bedürfnis, sie zu lieben und gleichzeitig zu verletzen, sie, die so grausam sein konnte. Sie, die ihn zerstört hatte.

Diana zögerte kurz, dann wich sie zurück, ein paar Zentimeter nur, aber Andrea spürte es deutlich. Eine Weile sagte keiner von beiden ein Wort. Dann schluckte sie und faltete die Hände in ihrem Schoß. »Ich freue mich für euch. Die Beziehung zwischen Rachele und meinem Bruder ist schon lange vorbei, und ihr versteht euch gut. Von Anfang an, möchte ich hinzufügen.«

»Nein, Diana, wenn du denkst, ich hätte dir irgendetwas verheimlicht, als wir noch zusammen waren, dann täuschst du dich«, verteidigte er sich. Ihm war ihr Misstrauen, der Vorwurf der Untreue, der in ihrem Tonfall mitgeschwungen hatte, nicht entgangen. »Glaub mir. Ich war dir immer treu, und ich möchte, dass das klar ist. Solange wir zusammen waren, gab es für mich niemand anderen als dich. Ich habe nicht mal gewagt, eine andere Frau auch nur anzusehen, weil ich dich so sehr geliebt habe. Du kannst dir gar nicht vorstellen, wie sehr.« Er atmete tief durch, die Hände unter der Decke zu Fäusten geballt.

Sie nickte und versuchte zu lächeln. »Nett, dass du das sagst, aber das musst du nicht.«

»Doch, das muss ich, denn es ist die Wahrheit. Ich habe dich so sehr geliebt wie keine andere Frau in meinem Leben. Vielleicht werde ich auch nie wieder so lieben. Ich liebe dich immer noch, Diana. Ich habe dich geliebt, als du unsere Beziehung beendet hast, und ich werde dich mein Leben lang lieben.«

»Lass das Rachele besser nicht hören. Es würde sie verletzen«, unterbrach ihn Diana und stand auf. »Du hast mir gerade gestanden, dass du dich in eine andere Frau verliebt hast, und hast noch die Stirn, mir zu sagen, dass du mich liebst?«

»Liebe und Verliebtheit sind zwei unterschiedliche Dinge.«

»Du hast dich entschieden, Andrea. Also philosophiere nicht herum, das kannst du sowieso nicht«, erwiderte Diana schneidend, wie immer, wenn sie ihn verletzen wollte. Sie band das Tuch wieder um den Kopf und griff nach ihrer Handtasche. »Ich bin froh, dass es dir gut geht. Meine Mutter hat mir gesagt, dass du bei einem Angriff verletzt worden bist, deshalb wollte ich nach dir sehen. Das habe ich getan, und jetzt werde ich wieder gehen.«

Andrea versuchte sich aufzurichten, aber ein stechender Schmerz im Becken ließ ihn gleich wieder zurücksinken. »Diana, warte, geh nicht«, flehte er, »nicht so.« Aber sie sah ihn nur mitleidig an.

»Erhol dich gut«, sagte sie noch, dann drehte sie sich um und eilte auf ihren hohen Schuhen davon.

Andrea starrte auf das eingedrückte Laken an der Stelle, wo sie gesessen hatte, und fragte sich, warum er sie immer noch liebte und jetzt ein solches Gefühl der Leere verspürte, wo er doch eine andere Frau gefunden hatte, die er lieben konnte.

Auch Diana spürte die Leere, als sie das Krankenhaus verließ. Auf einer der Brücken, die die Insel mit dem Festland verband, blieb sie stehen, betrachtete die kleinen Wasserfälle und Strudel, die sich mitten im Flussbett des Tibers drehten, und fragte sich, warum immer alles so kompliziert sein musste. »Du kennst doch die Antworten, die du suchst. Du bist einfach nur zu schwach, das Leben anzugehen«, schalt sie sich, während die Angst ihr die Kehle zuschnürte. Ihr Herz klopfte wie wild, und ihr war schwindlig, so schwindlig, dass sie sich am Marmorgeländer festhalten musste, das sie von den dunklen Fluten trennte. Sie wandte sich noch einmal zu dem Krankenhaus um, sah zu den gegen die Hitze weit geöffneten Fenstern, an denen einige Patienten standen und heimlich rauchten, auf der Suche nach einem Moment der Zerstreuung. Sie lachten, auch wenn ihnen ein Arm oder Bein fehlte oder sie auf immer entstellt waren. Sie amüsierten sich und riefen den Passanten Bemerkungen zu. Sie lachten, wie sie selbst schon lange nicht mehr gelacht hatte.

»Ich habe alles, was man sich wünschen kann: ein Haus, eine Familie, genug zu essen und mehr Bewunderer als ein Filmstar. Und trotzdem fühle ich mich leer.« Diana betrachtete ihre Hände.

Eine Weile blieb sie so stehen, dann lief sie zurück ins Krankenhaus, eilte durch die überfüllten Gänge und blieb vor dem einzigen Mann stehen, der sie wirklich kannte, der in sie hineinsehen konnte. Sie umklammerte das rostige Bettgestell und sagte mit weinerlicher Stimme: »Onkel Tommaso, sag mir, was mit mir nicht stimmt.«

Als er seinen Namen hörte, schreckte Tommaso aus dem Schlaf hoch. »Oh, was für eine schöne Überraschung«, murmelte er und warf rasch einen Blick zur Seite. Matteos Bett war leer. »Hast du meinen Bettnachbarn weggehen sehen?«

»Nein, habe ich nicht. Aber bitte, hör mir doch zu«, flehte sie. »Hilf mir!«

Tommaso wandte sich zu ihr. »Was ist passiert?«

Sie schüttelte den Kopf. »Wusstest du von Andrea und Rachele?«

»Warum, was haben die beiden denn angestellt?«

»Sie sind verliebt. Hast du das gewusst?«

Tommaso ließ die Schultern sinken. »Ehrlich gesagt, nein. Aber ich liege hier ja auch schon eine Weile. Woher weißt du es denn?«

»Andrea hat es mir gesagt. Ich war gerade bei ihm. Mama hat mir gesagt, dass er verletzt wurde, da wollte ich nach ihm sehen.« Sie seufzte und setzte sich zu ihm auf die Bettkante. »Ich musste weg von unserem Anwesen, Onkel Tommaso. Ein Tag länger, und ich hätte den Verstand verloren. Angela und Lia benehmen sich wie in einem Roman von Charles Dickens. Raffaele ist weg, aber bevor er nach Frankreich zurückgegangen ist, wo seine Familie in der Nähe von Grasse Besitz hat, war er ohnehin die meiste Zeit im Garten, hat die Pflanzen betrachtet und den ganzen Tag kaum ein Wort gesagt, und …«

»Raffaele ist abgereist? Und das hat mir keiner gesagt?«

»Er wollte gehen, ohne Aufsehen zu erregen. Er hat Lia und mich gebeten, nichts zu sagen. Er meinte, er würde selbst nach Rom fahren und es euch sagen.«

»Hat er aber nicht.«

»Ich weiß auch nicht, was ich dazu sagen soll. Jedenfalls, auch wenn ich gerne mit Clio und Viola zusammen bin, aber ich hatte einfach keine Lust mehr, die ganze Zeit Kindermädchen zu spielen.« Sie sah ihn an. »Warum kann ich nicht auch etwas Vernünftiges tun?«

»Das ist also der Grund, warum du in Rom bist?« Als sie nicht antwortete, fügte er hinzu: »Oder doch wegen Andrea? Die Neuigkeiten scheinen dir nicht zu gefallen.«

»Nein, wirklich nicht«, sagte Diana. Sie hielt einen Zettel fest umklammert und starrte zu Boden.

»Wie geht es dir, Diana?«

Sie zögerte und nestelte an dem Zettel in ihrer Hand herum. »Ehrlich gesagt, ich weiß es nicht. Ein Teil von mir möchte am liebsten weinen, der andere sagt: Was hast du denn erwartet? Schließlich habe ich mich von ihm getrennt. Da kann ich mich doch nicht beschweren, dass er eine andere hat.« Sie hielt inne. »Und die Tatsache, dass es Rachele ist, macht die Dinge auch nicht einfacher.«

»Warum?«

»Weil ich ihn mir nicht zurückholen kann«, seufzte sie bedauernd. Sie strich sich über das Kleid, ihre Gedanken wanderten wieder nach Kuba, zu allem, was sie zurückgelassen hatte. »Und dann muss ich auch noch ständig an die Vergangenheit denken. Mein ganzes Liebesleben ist eine einzige Katastrophe. Manchmal denke ich, ich kann einfach nicht glücklich sein. Mir fehlt vielleicht die Begabung dazu. Jedes Mal, wenn mir etwas Schönes widerfährt, wie meine Beziehung mit Andrea, mache ich es kaputt. Und bereue es hinterher.«

»Du bereust, dass du ihn verlassen hast?« Diana senkte den Blick. Als sie ihn wieder hob, glänzten Tränen in ihren Augen. Tommaso nahm sie in den Arm. »Es tut mir so leid, Liebes.«

»Ich möchte ihn so gerne wiederhaben. Aber das würde ich mir nie verzeihen, nicht nach dem, was ich Gino und Angela angetan habe.«

»Ich kann nicht folgen. Was haben sie damit zu tun?«

Diana legte ihre Wange auf den Arm ihres Onkels. »Es ist meine Schuld, dass Gino ins Gefängnis gekommen ist, und das nur, weil ich mich an Angela rächen wollte. Und jetzt ist er tot. Wenn ich mir Andreas Liebe zurückhole, zerstöre ich erneut das Leben zweier Menschen. Das würde selbst ich nicht fertigbringen.«

Tommaso hörte ihr schweigend zu und nahm dann ihre Hände. »Mach dich nicht schlechter, als du bist. Eine wie dich hätten viele gerne an ihrer Seite. Stimmt, du bist eine vielschichtige Frau. Aber ich kenne dich, ich weiß, wie du bist, und vor allem, wer du bist. Und ich kann dir versichern, dass das Monster, das du siehst, wenn du in den Spiegel schaust, nur in deinem Kopf existiert. Ich habe mich lange Zeit ganz ähnlich gefühlt, wenn auch aus anderen Gründen.«

»Aber du bist nicht am Tod eines Menschen schuld.«

»Nein, aber du auch nicht, Diana. Du hast einen Fehler gemacht, das ist richtig, aber nicht du hast ihn ins Gefängnis gebracht, nicht du hast ihn in den Selbstmord getrieben. Diese verdrehte Gesellschaft ist das Problem.«

Diana seufzte und starrte an die Decke, während der Geruch nach Desinfektionsmitteln immer stärker wurde. »Wie kann ich nur all den Schmerz, all die Verzweiflung und all das Leid hinter mir lassen?« Sie brach in Tränen aus. »Warum kann ich nicht glücklich sein, Onkel Tommaso? Warum?« Sie warf sich in seine Arme.

In diesem Moment tauchte Matteo in Begleitung einer Krankenschwester auf. Er wechselte einen kurzen Blick mit Tommaso, und sobald er sich in sein Bett gelegt hatte, griff er nach einem Buch auf dem Nachttisch und begann zu lesen.

Tommaso strich seiner Nichte übers Haar. »Diana, bitte, mach dir nicht solche Gedanken.«

»Ich schäme mich so sehr für das, was ich getan habe, und für das, was ich bin. Je mehr ich über das nachdenke, was Andrea zu mir gesagt hat, desto klarer wird mir, dass ich nie wieder glücklich sein werde.«

Tommaso suchte Matteos Blick und sah ihn lange an. »Ich habe eine Beziehung«, sagte er unvermittelt.

Matteo erbleichte, aber Tommaso nickte ihm beruhigend zu.

Diana hob den Kopf und sah ihn mit rot geweinten Augen an. »Das wusste ich nicht, ich dachte, dass …« Sie fuhr sich durchs Haar und blickte ihn stirnrunzelnd an. »Wer ist es, kenne ich ihn?«

»Er ist näher, als du denkst«, lachte Tommaso, als Matteo das Buch zuschlug und erschrocken die Augen aufriss.

Diana sah von Tommaso zu Matteo und dann wieder zurück. »Ich dachte nicht, dass …«

»Selbst wenn man das Gefühl hat, dass alles schiefläuft, kann man glücklich sein«, sagte er. »Sieh uns beide an. Wir haben uns hier im Krankenhaus kennengelernt, unter denkbar schlechten Vorzeichen und im dunkelsten

Moment der Weltgeschichte. Und trotzdem haben wir uns ineinander verliebt.«

»Ich weiß nicht, ob das eine gute Idee ist«, schaltete sich Matteo ein.

»Diana ist eine kluge Frau, mit ihr kann man offen reden«, beruhigte ihn Tommaso und lächelte seine Nichte an. »Aber du musst es natürlich für dich behalten. Kein Wort zu niemandem, bitte.«

»Natürlich, ich bin stumm wie ein Fisch«, sagte Diana ungläubig und lächelte dann unter Tränen. »Ich freue mich für dich. Für euch«, korrigierte sie sich. Tommaso zog sie an sich und küsste sie in den Nacken.

»Siehst du, du kleiner Trotzkopf. Das Glück kann dich treffen, wenn du am wenigsten damit rechnest.«

»Ja, aber …«

»Nichts aber«, unterbrach er sie und legte ihr den Zeigefinger auf die Lippen. »Das Glück wird auch zu dir kommen, du musst nur Vertrauen haben und versuchen, die beste Version deiner selbst zu sein. Gerade jetzt, da die Geschichte eine klare Entscheidung verlangt. Mehr braucht es nicht, glaube mir«, fügte er hinzu und nahm sie in den Arm.

Die beste Version deiner selbst, sagte sich Diana, als sie vor der Bäckerei in der Via Nazionale stand, die ihre Mutter Rachele und Andrea anvertraut hatte.

»Ich hatte den richtigen Riecher, am Ende sind die beiden doch zusammengekommen. Es musste ja so kommen«, sagte sie sich, den Kopf schwer von Gedanken.

Es war spät geworden. Auch wenn die Ausgangssperre bis zehn verlängert worden war, waren die Straßen fast menschenleer. Nur noch wenige Geschäfte hatten geöffnet, und es fuhren kaum noch Straßenbahnen. Die meisten Arbeiter waren mit dem Rad unterwegs, private Fahrten mit dem Auto waren verboten. Fast jeder hatte ein Fahrrad, und wenn es gestohlen oder beschädigt wurde, konnte man das verzweifelte Fluchen durch die Straßen hallen hören.

Mit den verdunkelten Fenstern sehen die Häuser gespenstisch aus, dachte sie und schaute auf die Fassaden auf der anderen Straßenseite. Von dort war kaum ein Geräusch zu hören und wenn, dann nur ganz leise. »Nach Einbruch der Dunkelheit schließen sie uns in den Häusern ein. Und das sind die Gefängniswärter«, sagte sie leise, als sie eine Gruppe von Freiwilligen der UNPA bemerkte, die für die Einhaltung der Luftschutzmaßnahmen zuständig waren. Einige waren ehemalige Faschisten, es gab aber auch viele Frauen in Uniform, die mit Helm und stolzgeschwellter Brust durch die Straßen gingen.

Diana schaute in den Himmel und seufzte, während die Gruppe sich in Richtung Bahnhof entfernte.

Weiß der Himmel, wozu diese Leute gut sind. Das sind doch die Ersten, die sich bei einem Bombenangriff verstecken, dachte sie und wandte sich dann wieder der Bäckerei vor ihr zu. Sie war für Kunden geschlossen, aber drinnen war Licht zu sehen, und sie erkannte Rachele, die mit Block und Stift in der Hand auf und ab ging.

Sie wusste nicht, ob sie das Richtige tat, aber nachdem sie sich von Tommaso verabschiedet hatte, waren ihre Füße fast von allein hierher in die Via Borghi gegangen. Immer wieder murmelte sie die Worte ihres Onkels vor sich hin, und obwohl es Mitte August war, zitterten ihr die Beine, wenn sie an die bevorstehende Prüfung dachte.

Rachele nahm ihr die Entscheidung ab. Als sie auf der Straße das Putzwasser ausleerte, mit dem sie den Boden gewischt hatte, sah sie zu ihr herüber und winkte sie zu sich.

»Diana, was machst du denn hier? Ich dachte, du wärst auf dem Land. Schön dich zu sehen«, sagte sie warmherzig. Gemeinsam gingen sie ins Hinterzimmer, wo Rachele auf einem kleinen Kocher einen Kaffee aufsetzte.

»Hier, trink, bevor er kalt wird«, sagte sie und reichte ihr eine weiß-blaue Emailletasse, die Diana an ihre Überfahrt von Kuba nach Italien erinnerte.

Schweigend trank sie den Kaffee und gab Rachele die Tasse zurück, die sie sofort wieder auswusch.

»Also, was machst du hier?«, wiederholte Rachele ihre Frage.

»Ich war im Krankenhaus und habe Onkel Tommaso und Andrea besucht. Man hat mir gesagt, dass sie bei den Angriffen verletzt wurden.«

»Wann warst du dort?«

»Heute«, antwortete sie und hielt inne. Sie verstand, was Rachele nicht zu sagen wagte. »Andrea hat es mir gesagt. Herzlichen Glückwunsch«, sagte sie, und Rachele wurde rot. »Es ist alles gut. Ich weiß, dass dir mein Besuch peinlich ist, aber das muss es nicht. Ich bin hier, um dir zu sagen, dass ich dir helfen will.«

Rachele runzelte die Stirn. »Mir helfen? Und wie?«

Diana atmete tief durch. »Ich will auch etwas beitragen. Ich weiß, dass meine Mutter sehr viel mehr Arbeiter eingestellt hat, als wir brauchen, und mein Onkel hat mir gesagt, um wen es sich dabei handelt. Auch Myriam versteckt einige im Krankenhaus. Menschen wie dich und Mosè«, fügte sie hinzu, um ihr zu verstehen zu geben, dass sie Bescheid wusste.

Rachele wich zurück und musste sich am Tisch festhalten. Das fahle Licht der Lampe über ihnen beleuchtete ihre Gesichter.

»Ich bin zu dir gekommen, weil ich die beste Version meiner selbst sein will. Und ich glaube, dass das ein guter Weg ist. Ich will allen und mir selbst zeigen, dass ich nicht mehr die verwöhnte Diana Fontamara bin, sondern dass viel mehr in mir steckt. Da Andrea im Krankenhaus ist, bist du jetzt mit dem Laden allein, und ob du es willst oder nicht, du stehst jetzt mehr im Rampenlicht. Du kannst nicht ganz allein um den Verkauf und die ganze Bürokratie kümmern, und deshalb bin ich hier. Ich werde von nun an den Papierkram erledigen, damit die Menschen, die hier arbeiten, in Sicherheit sind.« Sie schloss die Augen, sah jedoch sofort Ginos Gesicht vor sich und schlug sie gleich wieder auf. »Das ist ein Versprechen, Rachele. Ich bitte dich lediglich darum, mir zu vertrauen. Sind wir im Geschäft?«

Rachele streckte ihr die Hand hin. »Und Manfredi?«

Diana lächelte. »Das ist schon lange vorbei. Zum Glück.«

Rachele atmete tief ein. »Du verlangst viel von mir.«

»Ich weiß. Aber ich halte, was ich verspreche. Sag Ja.«

Rachele schluckte, dann nickte sie. Freudestrahlend griff Diana nach ihren Händen. »Danke für diese Chance, du wirst es nicht bereuen. Du und Andrea«, fügte sie hinzu, und Rachele erwiderte ihr Lächeln.

»Gut, dann bitte ich dich gleich um etwas Wichtiges.«

»Ja?«

»Du hast gesagt, dass du über die Arbeiter und über die Rolle, die deine Mutter dabei spielt, Bescheid weißt.«

»Ja, auch wenn mir Onkel Tommaso nicht viel darüber sagen wollte. Warum fragst du?«

»Weil ich möchte, dass du das Geheimnis für dich behältst. Auch gegenüber deiner Mutter.«

Diana lachte überrascht. »Warum sollte ich meine Mutter belügen?«

»Um die Menschen zu schützen, denen sie bis jetzt helfen konnte. Je weniger man darüber redet, desto besser. Das musst du mir versprechen, Diana.«

Sie dachte kurz nach und nickte. »Gut. Wenn es hilft, werde ich eben auch meiner Mutter gegenüber Stillschweigen bewahren. Aber wie erkläre ich ihr meine Anwesenheit hier?«

»Das hast du doch selbst gesagt. Andrea ist im Krankenhaus, ich schaffe es nicht allein. Du willst mir helfen, weil ich Gabriels Verlobte war.« Diana spürte, dass Racheles Stimme immer noch zitterte, wenn sie über ihren Bruder sprach.

Draußen war es dunkel und still, nur die Zikaden sangen, die Atmosphäre der sternenlosen Nacht war bedrückend. »Hat er dir geschrieben?«, fragte sie.

»Nein«, sagte Rachele, »dein Bruder schreibt mir seit Monaten nicht mehr. Deine Mutter hat mir gesagt, dass er sich in eine Griechin verliebt hat.«

»Das tut mir leid. Ich wünschte, er hätte es dir selbst gesagt.«

»Männer sind mutig, wenn sie eine Waffe in der Hand

halten, aber wenn sie vor einer Frau stehen, machen sie sich vor Angst in die Hose.«

»Andrea ist nicht so«, entfuhr es Diana. Rasch schaute sie zu Rachele, die kurz verstummte.

»Ich weiß, und deshalb liebe ich ihn. Und aus dem gleichen Grund liebt er mich«, gab sie zurück, dann ließ sie den Lappen fallen und ging an ihr vorbei, um noch einmal im Laden nach dem Rechten zu sehen, ehe sie ihn verließ.

Teil 2

1

Mit einem lauten Knall ließ der Wind das Fenster zuschlagen. Eva hob den Kopf und stand auf, um es ganz zu schließen. Die Straßen waren nass vom Regen, in der Luft lag der Duft nach Gras und Melancholie, der diese seltsamen frühen Septembertage begleitete. Auf La Gioiosa reiften die Feigen, sie waren zuckersüß, hatte ihr Clio am Telefon erzählt. Seit Tagen erntete sie zusammen mit Viola und Lia die Früchte, damit Giuliana sie für den Winter einkochen oder auf großen Baumwolltüchern im Garten trocknen lassen konnte. Sie gaben sich große Mühe, all das, was ihnen der Sommer im Überfluss schenkte, für den Winter zu sichern, aber auch vor den Dieben, die nachts über die Felder und durch die wenigen verbliebenen Ställe zogen. Schon oft hatte Ermes bemerkt, dass üppige Tomatensträucher am Morgen abgeerntet waren oder ein paar Hühner fehlten.

»Der Hunger treibt die Leute zu Verzweiflungstaten. Wenn sich die Dinge nicht bald ändern, prügeln wir uns um eine Handvoll Karotten«, hatte ihr Lia noch an diesem Morgen erzählt. »Alle kochen und legen ihr Gemüse ein, damit nichts auf den Feldern bleibt. Aber was passiert, wenn es nichts mehr zu stehlen gibt?« Darauf hatte auch Eva keine Antwort gewusst.

Der Krieg, der Rom auf Zehenspitzen erreicht hatte, hatte sich in der ganzen Stadt ausgebreitet, kroch wie Unkraut die Fassaden der Häuser empor. Die Vorratskammern wurden jeden Tag leerer, die Gedanken immer düsterer. Die Hoffnung, dass der Krieg unter der Regierung Badoglio zu Ende gehen würde, hatte sich nicht erfüllt.

Mussolini war abgesetzt und gefangen genommen worden, das wussten alle, doch immer noch erschütterten Unruhen das Land. Jeden Tag gingen die Arbeiter auf die Straße, was die durch die Entbehrungen des Krieges ohnehin schon angespannte Situation nicht einfacher machte. Der Schwarzmarkt blühte, Krankheiten brachen aus, Menschen verhungerten.

Ein explosives Klima, dachte Eva und starrte ins Leere. Sie stützte sich auf die Fensterbank und schaute auf den Hof, wo immer weniger Arbeiter zur Nachtschicht erschienen.

»Signora Fontamara?«

Sie wandte sich zu Olga um, die mit kleinen Schritten auf ihren Schreibtisch zuging und ein Tablett abstellte. Erst schaute sie kaum hin, doch dann zog sie ein Geruch magisch an: Zucker von hervorragender Qualität, ein Geruch, den sie unter allen anderen erkennen würde.

»Was bringen Sie mir da Feines?«

»Kekse, Signora«, antwortete die Sekretärin. »Ihre Haushälterin hat sie vorbeigebracht, sie hat einen Teil der Ernte Ihrer Tochter darin verarbeitet.« Eva lächelte und ging zum Schreibtisch. Die Kekse waren aus einer Mischung unterschiedlichster Mehle hergestellt, sogar gemahlene Kastanien hatte die Köchin untergemischt. Eva zerbrach einen Keks und Feigenkonfitüre quoll hervor. Sie lächelte. »Das sind Clios Kekse, keine Frage.

Nehmen Sie sich welche, Sie haben sicher Hunger«, lud sie Olga ein.

»Signora, Sie wissen, wie gerne ich Gebäck mag, aber ich kann nicht. Sie essen kaum noch etwas, und auch heute haben Sie noch nichts angerührt.«

»Mir genügen ein paar von diesen Keksen, dann geht es mir schon besser. Machen Sie sich keine Gedanken. Sagen Sie mir lieber, was Sie von ihnen halten und ob wir sie in Zukunft in Serie produzieren sollen.«

Olga nahm einen Keks und brach ihn in der Mitte durch. Als der Teig in ihrem Mund zerging und sich mit der Süße der Füllung mischte, schloss sie genießerisch die Augen. »Ich weiß nicht, ob es daran liegt, dass ich schon so lange keine Kekse mehr gegessen habe, aber er schmeckt himmlisch. Wenn alles vorbei ist, sollten Sie ihn produzieren lassen. Vielleicht mit einem anderen Mehl, Mürbeteig bricht zu schnell auseinander, aber der Geschmack ist köstlich.«

»Gut, sehr gut«, freute sich Eva und nahm noch einen Keks. Sie kaute bedächtig, um genau herauszufinden, was man am Geschmack noch verbessern könnte und was wirklich gut war. »Dieser Keks hat Potenzial, er ist typisch für den Herbst. Wenn wir wieder Kekse produzieren dürfen, die diesen Namen auch verdienen, nehmen wir ihn ins Programm. Ich weiß auch schon, wie wir ihn nennen werden.«

»Und wie?«

Eva schluckte den letzten Bissen hinunter und antwortete: »Das ist ein Geheimnis.« Sie ging zum Schreibtisch, um noch ein paar Papiere durchzusehen, ehe sie nach Hause gehen würde. Sie bat Olga, das Radio einzuschalten. »Hören wir uns die neuesten Nachrichten an«, meinte sie, während Olga Radio London einstellte.

Nach dem ersten Krächzen war die wohlbekannte Stimme zu hören, die sie über den Fortgang des Krieges informierte und dann das Wort an Maresciallo Badoglio übergab. Der Regierungschef wandte sich direkt an das Volk.

»*Die italienische Regierung hat die Überlegenheit der feindlichen Truppen anerkannt, und um weiteren schweren Schaden für die ganze Nation abzuwenden, hat sie General Eisenhower, den Kommandanten der angloamerikanischen Truppen, um einen Waffenstillstand gebeten.*

Der General hat der Bitte stattgegeben.

Als Konsequenz müssen die italienischen Streitkräfte jede kriegerische Handlung an allen Fronten einstellen.

Auf Angriffe, von welcher Seite auch immer, werden sie jedoch reagieren.«

Eva hielt mitten im Schreiben inne, während Olga sie wie versteinert ansah. Sie versuchten, die Bedeutung dieser Worte zu erfassen.

»Ist der Krieg vorbei, Signora?«, fragte Olga. »Ich glaube, ich habe es nicht richtig verstanden.« Doch Eva konnte sich nicht rühren, nicht denken, nicht sprechen.

Das Klingeln des Telefons holte sie in die Realität zurück. Sie nahm ab und presste den Hörer ans Ohr.

»Eva Fontamara, wer spricht?«

»Mama, ich bin's, Myriam. Hast du Radio gehört?«

»Ja, mein Schatz, Olga und ich haben Badoglios Ansprache gehört. Wir fragen uns gerade, was er mit dem letzten Satz gemeint hat.«

Myriam seufzte. »Das heißt, dass der Krieg noch nicht vorbei ist, sondern gerade erst begonnen hat. Von diesem

Moment an sind die Deutschen unsere Feinde, und ich glaube nicht, dass sie das gutheißen werden.«

Eva schlug sich die Hand vor den Mund. »Aber das ist das Ende.«

»Oder der Anfang der Befreiung«, meinte Myriam. »Vielleicht wird dieses Land endlich aufwachen, vielleicht hat sich mein Mann nicht umsonst geopfert. Wir müssen jetzt handeln.«

»Oder einfach unser Leben retten«, antwortete Eva, bevor sie den Hörer auflegte und die Hände faltete.

»Signora, was passiert denn jetzt?«, fragte Olga. Sie knetete ihre langen Hände, ihr Gesicht war angespannt. Alles an ihr drückte Furcht aus.

Die gleiche Furcht, die auch Eva befallen hatte, und auch Rachele, die die Nachricht gemeinsam mit Diana im Laden gehört hatte.

»Die Deutschen werden einmarschieren und alle wie mich töten«, hatte Rachele zitternd gesagt, die Hände vors Gesicht geschlagen und war in Tränen ausgebrochen. Sie dachte an ihre Eltern, denen sie mit ihrer Entscheidung, in Italien zu bleiben, das Herz gebrochen hatte und die sie vielleicht nie wiedersehen würde.

»Ich habe alles falsch gemacht, ich habe alles falsch gemacht«, sagte sie immer wieder. Sie hatte sich in eine Ecke gekauert und bebte am ganzen Körper, geschüttelt von Schluchzern.

Diana kniete sich vor sie hin, packte sie bei den Handgelenken und zwang sie, sie anzuschauen. »Du hast nichts falsch gemacht, du hast aus Liebe gehandelt. Hör auf zu weinen, das nützt nichts. Ich wäre auch in Kuba geblieben, wenn ich gekonnt hätte, aber jetzt bin ich nun mal hier und kann mir nicht ständig Gedanken darüber machen, was gewesen wäre.«

»Aber du bist nicht in Gefahr, von den Deutschen verschleppt zu werden. Du bist keine Jüdin, du weißt nicht, was das bedeutet«, entgegnete Rachele und sah sie mit schreckgeweiteten Augen an. »Ich bin für Gabriel geblieben, weil ich an unsere Liebe geglaubt habe, und dabei habe ich den schlimmsten Fehler meines Lebens gemacht. Er hat mich verlassen, und ich werde meine Eltern nie wiedersehen.«

Diana ließ den Kopf sinken, dann blickte sie wieder hoch und sah Rachele ins Gesicht. »Du hast jetzt Andrea an deiner Seite, und er wird dich nie verlassen. Zumindest, solange du das nicht willst«, fügte sie hinzu. »Und ich kann dir versprechen, dass meine Familie und ich alles tun werden, damit dir nichts geschieht. Wenn meine Mutter etwas verspricht, dann hält sie es auch. Sie wird dich nicht im Stich lassen.«

»Ich weiß«, murmelte Rachele und seufzte tief. »Deine Mutter hat meinen Leuten immer geholfen, von Anfang an. Ich weiß, wer Eva Fontamara ist. Aber dennoch habe ich Angst. Wenn deutsche Soldaten durch diese Tür kommen und mich verhaften, kann auch deine Mutter nichts mehr für mich tun. Niemand kann das.«

»Die Amerikaner werden kommen, du wirst sehen. Sie stoßen immer weiter vor, sie werden bald hier sein«, antwortete Diana, um sie zu beruhigen, aber auch sich selbst.

Rachele ballte vor Wut die Fäuste und ließ sie dann resigniert sinken. »Du kannst dir gar nicht vorstellen, wie sehr ich mir das wünsche. Ich wünschte, ich würde morgen aufwachen, und sie sind hier. Aber darauf kann ich mich nicht verlassen. Ich muss an mich denken, und zwar sofort. Die Ereignisse überschlagen sich, Diana. Was Badoglio gerade gesagt hat, wird Konsequenzen haben, und niemand weiß, wann die Amerikaner kommen werden, um uns zu befreien.«

»Und was willst du tun?«

»Ich muss so schnell wie möglich verschwinden. Ich muss mich verstecken, bis sich die Wogen geglättet haben.«

»Du kannst bleiben, wo du bist, oder du ziehst nach La Gioiosa, dort ist es sicher. Wir haben immer mit der Regierung zusammengearbeitet, niemand wird Verdacht schöpfen. Bei uns zu Hause wird dich niemand suchen.«

Rachele sah auf die Fugen zwischen den Bodenfliesen, dann blickte sie zu Diana hoch: Ihre Haut war matt vor Erschöpfung, die Augenringe und die eingefallenen Wangen erzählten von tiefer Traurigkeit. Und dennoch ging von Diana eine Faszination aus. Diana war schön, dachte Rachele, während sie ihr dabei zusah, wie sie eine Tasse Malzkaffee einschenkte – eine Schönheit, die jeden in ihren Bann zog und nicht mehr losließ.

»Hier, trink. Es wird langsam kalt, und ein heißer Kaffee, auch wenn es kein richtiger Kaffee ist, tut Körper und Geist gut.«

Rachele folgte ihrer Einladung, dann ging sie zum Schaufenster, um in die Nacht hinauszusehen. Aus der Ferne waren Schüsse und Einschläge zu hören, als ob der Krieg nach Badoglios Rede wieder zum Leben erwacht wäre.

»Was sind das für Schüsse?«, fragte Rachele und umklammerte die Tasse.

Diana fasste sie am Ellbogen und zog sie ein Stück vom Schaufenster weg. Flach atmend sah sie auf die Fassaden gegenüber, presste die Lippen mit jedem Schuss fester aufeinander. Dann wandte sie sich zu ihrer Freundin um.

»Das ist der Krieg, Rachele«, sagte sie finster. »Diese Stadt hat lange versucht, ihn von sich fernzuhalten, doch jetzt ist er da. Deshalb machen wir es so, wie du gesagt hast: Du wirst verschwinden. Wir werden dich zu Hause verstecken, bis wir wieder frei sind. Denn das werden wir wieder sein, daran habe ich keinen Zweifel.«

»Die Deutschen!«, rief plötzlich Eva, die, rot im Gesicht und völlig außer Atem, in der Tür stand. »Die Deutschen greifen die Armee an. Auf der Magliana-Brücke wird schon gekämpft, bald werden sie auch in der Stadt sein. Packt sofort alles zusammen und kommt mit.«

Rachele ließ ihren Kaffee auf dem Tresen stehen und lief ihren Mantel holen, während Diana wie versteinert stehen blieb und auf den Lichtkreis der Lampe am Boden starrte. Sie zitterte am ganzen Körper. »Diana, mein Schatz, wir müssen gehen«, hörte sie Eva sagen, aber sie konnte keinen Muskel mehr bewegen, sie war wie gelähmt. Hatte sie eben noch Rachele getröstet, schienen nun nach Evas Worten all ihre Sicherheit und ihr Vertrauen wie weggeblasen.

»Mama«, flüsterte sie, während Rachele an der Tür schon ungeduldig wartete, »der Krieg ist da, oder?«

Eva ging auf sie zu, nahm ihr Gesicht zwischen die Hände und zog sie an sich. »Ja, mein Schatz, er ist da. Wir müssen sofort nach Hause und Lia anrufen und hören, ob bei ihnen alles in Ordnung ist.«

»Das ist eine Tragödie, Mama.«

»Ja, das ist es. Möge Gott uns beistehen«, flüsterte Eva.

»Möge Gott uns beistehen«, sagte auch Myriam, die am Fenster stand, von dem aus man auf den Teil der Stadt sah, in dem am heftigsten gekämpft wurde. Sie bekreuzigte sich und küsste das hölzerne Kruzifix, das sie unter ihrer Schwesterntracht trug. Giovannis Kopfschütteln ignorierte sie.

»Dein Gott wird dich nicht retten. Er wird niemanden retten.«

»Du redest über Dinge, von denen du nichts verstehst«, sagte sie tonlos und blickte auf die andere Seite des Flusses, wo immer wieder neue Rauchwolken aufstiegen. »Bald werden Dutzende von verletzten Soldaten und Zivilisten hier sein, wir müssen uns bereit machen.«

»Das sind wir schon, Myriam. So wie wir bereit sind, uns zu verteidigen.«

»Vor wem denn?«

»Du hast Badoglio doch gehört, oder? Wir müssen auf Angriffe reagieren, von welcher Seite auch immer sie kommen«, erklärte er stolz, »und das werden wir. Die Jungs stehen bereit, sie haben sich in Windeseile organisiert.«

»Wir müssen auch an die Menschen denken, die wir hier versteckt halten. Solange die Situation nicht geklärt ist, sollten sie sich draußen besser nicht blicken lassen.«

Er verschränkte die Arme vor der Brust und schaute sie an. »Dann haben wir ja noch mehr Seminaristen«, lachte er. »So könnt ihr Katholiken wenigstens behaupten, dass ihr die Glaubenskrise überwunden habt.«

Myriam warf ihm einen verärgerten Blick zu, dann lief sie aus dem Zimmer und eilte zu Tommaso und Matteo, die ebenfalls gebannt am Fenster standen.

»Sie werden uns zerstören«, murmelte Tommaso. Myriam nahm ihren Onkel lange in den Arm.

»Ich fürchte, die Kämpfe werden eine Weile dauern.«

Matteo schluckte und betrachtete den Rauch über der Stadt. »Wir werden verlieren. Rom ist verloren. Die Deutschen werden einmarschieren. Wir müssen uns verstecken, bis die Engländer und die Amerikaner kommen. Wir haben weder genug Männer noch genug Material, um einer Invasion standzuhalten.«

»Und was ist mit den Faschisten?«, fragte Tommaso. »Die stehen doch sicher auf der Seite der Deutschen.«

»Ehrlich gesagt habe ich mehr Angst vor ihnen als vor den Nazis«, antwortete Matteo. »Sie sind verzweifelt und zu allem bereit, um wieder an die Macht zu kommen. Und wenn die Deutschen unser Land besetzen, werden sie noch grausamer vorgehen, allein um ihnen zu beweisen, dass sie ein starker Verbündeter sind.«

»Glaubst du, sie wollen sich für das rächen, was nach Mussolinis Absetzung passiert ist?«, fragte Myriam.

»Daran gibt es leider keinen Zweifel. Niemand ist mehr sicher.« Matteo trat vom Fenster zurück, seine Wunde am Bein schmerzte noch immer. »Wir dürfen nicht mehr im Schatten bleiben, wir müssen handeln.«

Myriam blickte sich um: Die Patienten um sie herum hatten kaum eine Überlebenschance. Wer noch stehen konnte, stand rauchend am Fenster und fragte sich, wie es weitergehen würde. »Wir müssen vorsichtiger sein«, ermahnte sie ihn leise. »Auch die Wände haben Ohren.« Sie seufzte, die Nacht würde lang und anstrengend werden. »Entschuldigt mich, ich muss meine Mutter und meine Tante anrufen, ich mache mir Sorgen.« Sie ging ins Büro des Oberarztes, um mit Eva zu telefonieren.

»Im Moment ist hier alles in Ordnung«, versicherte Eva ihrer Tochter. »Zum Glück habe ich mit den anderen im Limettenhaus telefonieren können: Die Mädchen lagen schon im Bett, Lia hat die Ansprache zusammen mit den Dienstboten gehört. Sie sind alle zusammen im Salon.«

»Sie können sich gegenseitig Kraft geben.«

»Das denke ich auch. Wir haben alle Angst«, fügte Eva hinzu. »Drum sag mir bitte, dass es dir auch gut geht.«

»Ja, alles in Ordnung. Wirklich«, beruhigte Myriam sie. »Hier im Krankenhaus haben wir alles, was wir brauchen. Und momentan ist das hier einer der sichersten Orte in der Stadt.« Sie gähnte.

»Du bist müde, nicht wahr?«

Myriam betrachte das Bild, das sich ihr bot: Kranke, Menschen, die im Koma lagen, Verwundete. Sie alle waren auf engstem Raum zusammengepfercht, weil sie zu wenige Betten hatten. Ihr Rücken begann zu schmerzen, und sie runzelte die Stirn: »Wir sind alle erschöpft. Hoffentlich werden wir nicht von noch mehr Verletzten überschwemmt. Wir wissen nicht mehr, wo wir sie noch unterbringen sollen. Aber wer weiß schon, was morgen passiert.«

»Das kann ich dir sagen: Sie werden die Fabriken schließen und die Produktion einstellen. Wir werden auch ab morgen zu haben.«

»Warum?«

»Solange die Situation so unübersichtlich ist, will ich die Arbeiter keiner unnötigen Gefahr aussetzen. In die Fabrik zu kommen, könnte sie ihr Leben kosten. Wenn wieder Normalität einkehrt, öffnen wir wieder. Bis dahin hoffe ich, dass ich nach La Gioiosa komme und dass Andrea aus dem Krankenhaus entlassen wird und sich hier um alles kümmern kann. Wie geht es ihm? Kannst du das herausfinden?«

»Natürlich, ich schaue so rasch wie möglich nach. Ist Diana bei dir?«

»Ja, zusammen mit Rachele und mit Micol. Das Mädchen hat darauf bestanden, bei uns zu bleiben. Ihre Papiere schützen sie vor einer Verhaftung, aber sie hat natürlich Angst, und ich kann es ihr nicht verdenken. Wir haben alle Angst.«

»Ihr braucht keine Angst zu haben, es wird alles gut werden«, beruhigte Myriam sie. Sie blickte gen Himmel und atmete tief durch. »Ich weiß nicht, wieso, und ich weiß nicht, wie lange es dauern wird, aber ich weiß, dass alles gut wird.«

In den folgenden Tagen waren sich Zeitungen, illegale Flugblätter und Radio einig: Das Land versank im Chaos, durchzogen von tiefen Gräben und Kämpfen überall. Vor allem in Rom, das wenige Tage nach dem Waffenstillstand den Deutschen in die Hände gefallen war. Trotz der 60 000 Mann, die zu seiner Verteidigung bereitstanden, hatten die Deutschen, die besser ausgerüstet waren, den Widerstand innerhalb weniger Tage gebrochen, so wie auch in anderen Städten in Mittel- und

Norditalien. Im Süden tobte weiterhin der Kampf mit den Alliierten.

Italien war zweigeteilt, auf der einen Seite die Nazis und die Faschisten, auf der anderen Seite die Amerikaner, die Engländer und die Partisanen – alle auf der Schwelle eines Konflikts, der der blutigste auf italienischem Staatsgebiet werden sollte.

Selbst der September mit seiner Schönheit des Vergänglichen und mit seinen weichen Farben konnte die Wut der Männer nicht besänftigen, die in einer Wolke aus Staub und Angst durch die Stadt marschierten. Auch er musste die Waffen strecken und die Blätter seiner schönsten Bäume fallen lassen, stummer Zeuge der Invasion.

»Nur die Farbe des Blutes verbindet uns noch«, murmelte Eva vor einer Tasse mit heißem Malzkaffee. »Dieses Land steht am Abgrund. Und zu allem Unglück haben wir eine Regierung, die man kaum als solche bezeichnen kann. Der König ist auf der Flucht, und mit ihm Badoglio, während die Armee von den Deutschen geradezu massakriert wird«, sagte sie und tippte mit dem Zeigefinger auf den Artikel auf der ersten Seite der Zeitung vor ihr. »Und die Bevölkerung, die Kinder verhungern.«

»Sie haben uns einfach unserem Schicksal überlassen«, meinte Diana resigniert. Sie blätterte in einer anderen von den Zeitungen, die sie im Morgengrauen nach einer schlaflosen Nacht kaufen gegangen war. Sie hatte es nicht mehr im Bett ausgehalten. Jetzt sog sie jedes Wort auf, wanderte dabei von Zimmer zu Zimmer und wartete ungeduldig darauf, dass die Zeit verging, dass die Sonne endlich aufhörte, unbarmherzig auszuleuchten, was sie nicht mehr sehen wollte. Und wenn die Nacht hereinbrach, ging alles wieder von vorne los. »Es ist eine Schande. Da wird das Brot schon bis aufs Gramm rationiert, und wehe, man isst etwas zu viel. Und was machen die, die das Land führen sollten? Sie fliehen einfach, diese Feiglinge«, schimpfte sie und schlug mit den Handrücken gegen die Zeitung. »Was sind das nur für Menschen, die ihr Volk in einem solchen Chaos zurücklassen? Die eine Kapitulation unterzeichnen und ihre eigenen Leute dem Feind ausliefern?«

Myriam, die eine lange Schicht im Krankenhaus hinter sich hatte, senkte den Löffel in die Suppe, immer die gleiche dünne Brühe, obwohl Micol jeden Tag versuchte, ihr mit etwas Gemüse, einer Scheibe Wurst, ein paar Kichererbsen, die Giuliana ihnen gegen jeden Protest mitgegeben hatte, etwas Geschmack zu verleihen. Das Stück Speck, mit dem sie den Topf einfettete, um die Nudelsauce zu kochen oder Eier zu braten, war seit Wochen dasselbe. Sie wickelte es sorgfältig in Wachspapier, um es vor Insekten zu schützen, auch wenn der Geschmack längst nur noch eine Erinnerung war.

»Ich denke, dass Micol und Rachele nach La Gioiosa gehen sollten«, sagte Myriam und legte den Löffel beiseite. »Die Deutschen kontrollieren die Stadt, irgendwann ist es für sie vielleicht zu spät. Hier sind sie jedenfalls nicht mehr sicher.«

»Auf dem Land gibt es auch keine Sicherheit mehr«, gab Diana zu bedenken, »wenn man liest, dass auch die Dörfer im Umkreis der Städte komplett zerstört werden.«

»Stimmt, ich habe von den Angriffen auf Frascati und

andere Dörfer in den Castelli Romani gelesen, aber du wirst mir recht geben, dass man sich auf dem Land leichter verstecken kann.«

»Ich denke, wir sollten das mit den beiden persönlich besprechen«, schaltete Eva sich ein. »Was gibt es Neues von Tommaso und Andrea?«

»Andrea kann das Krankenhaus verlassen. Onkel Tommaso muss noch abschließend untersucht werden. Wenn alles so läuft, wie wir hoffen, kann er Ende dieser oder Anfang nächster Woche entlassen werden. Hast du etwas von Gabriel gehört?«

Eva schüttelte den Kopf. »Leider nein, und ich fürchte, seit dem Waffenstillstand ist die Verbindung dorthin noch schwieriger als zuvor. Alles, was ich weiß, stammt aus dem Brief vom Sommer.«

Myriam und Diana senkten gleichzeitig den Blick.

»Ich weiß, dass ihr euch beide große Sorgen macht, aber wir dürfen die Hoffnung nicht aufgeben, dass alles gut ausgeht«, sagte Eva und verstummte, als Rachele mit geröteten Augen zur Tür hereinkam und sich neben Myriam setzte. Als Micol ihr die Suppe servierte, schob sie den Teller beiseite.

»Schmeckt dir die Suppe nicht?«, fragte Eva. Rachele schüttelte den Kopf.

»Die Suppe ist bestimmt sehr lecker, aber ich habe keinen Hunger. Am liebsten wäre ich auf meinem Zimmer geblieben, ich fühle mich nicht gut. In den letzten Tagen muss ich oft an meine Eltern denken. Es macht mich traurig, dass sie so weit weg sind.« Myriam legte ihr die Hand auf den Arm. Rachele starrte weiter auf den Tisch, drückte Myriams Hand jedoch dankbar.

»Du wirst sehen, die Situa…« Evas Stimme erstarb, als plötzlich Schüsse erklangen und sich alle erschrocken ansahen. Sofort rannte Rachele auf ihr Zimmer, und Eva forderte Micol auf, die Fenster zu schließen. »Die Tür verriegele ich selbst.« Sie lief zur Eingangstür und drehte mehrmals den Schlüssel im Schloss.

Aus dem Haus gegenüber waren Schreie zu hören, dann das Geräusch von zerbrechendem Porzellan. Diana und Myriam saßen wie gelähmt auf ihren Stühlen und sahen sich ängstlich um. Eine Tür fiel lautstark ins Schloss, dann erfüllten Schreie die Straße. Diana und Myriam eilten ans Fenster, um zu sehen, was vor sich ging. Eine Frau rannte hinter zwei deutschen Soldaten her, die einen Mann zu einem Lastwagen schleppten und auf die mit schweren dunklen Planen verdeckte Ladefläche hievten. Die Frau schrie und protestierte, doch der Lastwagen fuhr an und die Soldaten schossen ihr mehrere Male vor ihre Füße, um sie zu zwingen, nach Hause zu gehen.

Dann fuhr der Lastwagen über die regenfeuchten Straßen davon und es kehrte wieder Stille ein. Eine schwere, erdrückende Stille.

»Hast du das gesehen?«, fragte Diana erschrocken und starrte auf die menschenleere Straße. Das Weinen einer Frau und eines Kindes waren zu hören, dann ging im ersten Stock des Nachbargebäudes das Licht an. »Das Gesicht des Mannes war blutverschmiert, und er konnte sich kaum auf den Beinen halten.«

»Natürlich habe ich das gesehen. Sie tragen eine andere Uniform, aber die Methoden sind die gleichen. Und jetzt lass uns gehen, sonst bekommen wir noch Ärger mit denen von der UNPA, weil wir die Fenster nicht verdunkelt haben«, sagte sie und zog die schweren Vorhänge zu. Sie ging durchs Haus und kontrollierte, ob auch die übrigen Fenster ordnungsgemäß verdunkelt waren. Zurück im Wohnzimmer wollte kein Gespräch mehr aufkommen. Rachele hatte sich auf dem Dachboden versteckt, und Micol hatte sich im Schrank eingeschlossen, obwohl Eva ihr versichert hatte, dass ihr nichts passieren würde.

»Gehen wir ins Bett«, sagte Eva, aber Diana und Myriam wollten noch gemeinsam abräumen. Erst nach einer Stunde des Schweigens löschte Diana das Licht im Wohnzimmer, und nach einem flüchtigen »Gute Nacht« verschwand Eva nach oben. Myriam und Diana gingen in die Küche, um Tee zu kochen.

»Das wird uns helfen einzuschlafen«, sagte Myriam und holte zwei Tassen aus dem Schrank.

»Ich glaube nicht, dass ich heute Nacht ein Auge zumachen werde.«

»Hör auf, daran zu denken.«

»Und wie?«

Sie wartete, bis das Wasser kochte, und gab ein paar Blätter in ein Baumwollsäckchen. »Ganz einfach, denk an etwas anderes.«

»An was soll ich denn denken, außer an den Krieg und das, was ich gerade gesehen habe?«

Myriam biss sich auf das Innere ihrer Wange, wie sie es schon als Kind getan hatte, wenn sie sich konzentrierte. »Ich an deiner Stelle würde an das denken, was ich gerne später machen würde, wenn der Krieg vorbei ist.«

»Keine Ahnung«, antwortete Diana sofort. »Ich hatte schon vor dem Krieg keine klare Vorstellung, und jetzt noch weniger.«

Sie trommelte mit den Fingerspitzen auf den Tisch, während Myriam den Tee eingoss.

»Die Deutschen haben die Villa neben La Gioiosa beschlagnahmt«, sagte Myriam und trank einen Schluck. »Wie es aussieht, sollen dort Offiziere einziehen.«

»Woher weißt du das?«

»Tante Lia hat es mir erzählt. Sie hat vor dem Abendessen angerufen, aber bei dem Chaos habe ich es völlig vergessen.« Sie schluckte und stellte die Tasse ab. Durch die Hitze bildete sich ein feuchter Kreis auf der hölzernen Tischplatte. »Meinst du, sie beschlagnahmen auch unser Haus?«

»Kann sein. Aber sie haben ja schon die andere Villa, ich glaube nicht, dass sie unser Haus auch noch wollen.«

»Ich verstehe das nicht«, rief Diana und schob die Tasse beiseite. »Sie marschieren hier ein, verbieten private Post, hören die Telefone ab, rationieren das Gas, beschlagnahmen unser Fleisch, und jetzt nehmen sie sich auch noch unsere Häuser und behandeln uns wie Schachfiguren. Was wollen sie denn noch?« Sie schlug wütend mit der Hand auf den Tisch.

Myriam verzog das Gesicht. »Sie wollen Rache, Diana.«

»Ja, gut, ich weiß, sie hassen uns wegen des Waffenstillstands. Aber was haben denn die einfachen Leute damit zu tun, dass Badoglio einen Vertrag unterschreibt und sich dann davonstiehlt wie ein Dieb?«

»Du denkst, das ist der Grund? Ich bin überzeugt, dass sie uns schon immer für unterlegen gehalten haben. Früher oder später wären sie sowieso einmarschiert, um uns dem Reich zu unterwerfen.«

Diana ließ sich in den Stuhl zurücksinken. »Das wird niemals geschehen.«

»Und ob. Darauf kannst du wetten«, gab Myriam zurück und griff nach dem Kreuz an ihrem Hals.

2

Myriam ließ sich erschöpft auf die Bank sinken, lehnte sich an die Wand und starrte auf die dunkle Stadt. Bald würde die Sonne aufgehen, eine schmale Linie würde Himmel und Erde teilen, und ein neuer Kriegstag würde beginnen. Die Stadt war in der Hand der Nazis, doch die Menschen taten sich schwer, sich den neuen Herren zu beugen, und auf den Straßen im Stadtzentrum, zwischen den Madonnenfiguren an den Ecken der engen Gassen und unter den aufgespannten Wäscheleinen, war immer lauter werdender Protest zu vernehmen.

Alles vergeht, nur die Zeit scheint stehen zu bleiben in diesen verdammten Jahren, dachte sie, während sie sich den Schweiß von der Stirn wischte und ihre schmerzenden Beine betastete.

»Du bist müde, nicht wahr, Myriam?«

Sie schaute zur Seite und lächelte, als sie ihren neuen Freund erkannte: Padre Francesco, ein Mönch, der erst vor Kurzem Arzt geworden und auf ihre Station versetzt worden war. Ein groß gewachsener junger Mann mit blonden Locken und einem ansteckenden Lachen.

»Ja, das bin ich«, antwortete Myriam und machte ihm Platz. Der Padre setzte sich neben sie und rückte die Brille gerade. »Wir haben seit Tagen so viele Asylsuchende, so viele verzweifelte Menschen, die alles verloren haben. Wir stehen kurz vor dem Kollaps, wir müssen ein paar Familien umquartieren, sonst bleibt bald kein Platz mehr für die Kranken«, sagte sie.

»Ich weiß. Mein Oberer hat schon Vorkehrungen getroffen: Wir bringen die Kinder in den Priesterseminaren außerhalb der Stadt unter und die Erwachsenen in den Klöstern.«

Myriam runzelte die Stirn und schaute ihn an. »Ihr trennt die Familien?«

»Es geht leider nicht anders«, erklärte er. »Die Familien sind zu groß, um sie zusammen an einen anderen Ort zu bringen. Das würde zu viel Aufmerksamkeit erregen und die ganze Organisation in Gefahr bringen. Ich verstehe, dass es schwer für sie ist, aber wir haben keine Wahl.«

Myriam seufzte. »Ich habe ihnen gerade das Abendessen gebracht. Es sind so viele, dass ich jedes Mal mindestens eine Stunde brauche, wenn nicht doppelt so lang. Wenn ich nur daran denke, wie innig sie miteinander verbunden sind. Die Eltern essen nur das Allernötigste und überlassen das meiste ihren Kindern. Sie werden die Nachricht nicht gut aufnehmen.«

Padre Francesco legte die Hände auf die Knie und beugte sich vor, um auch das leiseste Geräusch auf dem Flur mitzubekommen. »Ich werde morgen mit ihnen sprechen«, sagte er, als Giovanni die Kellertreppe heraufkam. Er trug seinen Kittel über eine Schulter gelegt, die Ärmel waren hochgekrempelt, seine Haare voller Staub. Neben ihm ging ein sehr dünner, großer Mann mit einer grauen Baskenmütze, der sich nervös umsah. Er und Giovanni nickten sich rasch zu, dann verschwand der Mann im Dunkeln.

»Ah, hier seid ihr.«

Myriam fuhr sich mit der Zunge über die Lippen.

»Siehst du doch«, sagte sie lakonisch. »Du hingegen kommst wohl gerade aus dem Keller, wie ich sehe.«

»Ja, wir haben Material aufgeräumt.«

Myriam verzog das Gesicht. »Natürlich«, murmelte sie leise und wechselte einen Blick mit dem Padre, der seine Hände gefaltet hatte.

»Der Oberarzt weiß Bescheid, mach dir keine Sorgen.«

»Ich mache mir keine Sorgen, mir gefällt nur nicht, dass hier Fremde auf den Fluren unterwegs sind.«

Giovanni sah dorthin, wo sein Begleiter verschwunden war. »Das war ein Freund. Und er ist absolut zuverlässig. Er ist der Kopf, den wir brauchen, um die Faschisten zu besiegen.«

»Gut.«

»Gut«, wiederholte er und schaute zu Padre Francesco. »Was macht ihr überhaupt hier? Soweit ich weiß, müsstest du jetzt deine Medikamentenrunde machen, und Sie, Padre, sollten in Ihrer Zelle sein und beten.«

»Ich habe gerade erst das Abendessen an die Flüchtlinge verteilt«, sagte Myriam und fuhr sich mit dem Handrücken über die Stirn. »Es kommen täglich mehr, wir wissen schon nicht mehr, wohin mit ihnen, und von deinen Leuten hilft uns niemand. Wir haben keinen Platz mehr, und die Lage ist von Tag zu Tag angespannter.«

Giovannis Miene verfinsterte sich. »Wir müssen kämpfen, wir können uns nicht auch noch um die Flüchtlinge kümmern. Das überlassen wir gerne euch Katholiken. Dafür seid ihr doch bestens geeignet, oder?«

Myriam funkelte ihn wütend an.

»Ich habe gerade eine Runde gemacht«, sagte der Geistliche und zwang sich zu einem Lächeln. »Wir haben einige Entlassungen und auch Neuaufnahmen. Seit Wochen, genauer gesagt, seit dem achten September kommen immer neue Verletzte. Jedenfalls hat vor ein paar Stunden der Oberarzt nach dir gefragt. Er war ziemlich wütend, weil du nirgends zu finden warst, obwohl du Dienst hattest.«

»Ich war beschäftigt.«

»Aha. Und womit?«

Giovanni steckte die Hände in die Taschen und lachte. »Das wollen Sie lieber nicht wissen, Padre.«

Padre Francesco legte die Hände in den Schoß und schüttelte den Kopf. »Pass auf dich auf, Giovanni.«

»Die Deutschen müssen aufpassen, nicht ich. Diese elenden Dreckskerle haben Mussolini befreit, und der hat sich schon neu organisiert.«

Myriam und Padre Francesco schauten sich verblüfft an. »Was soll das heißen?«, fragten sie im Chor.

Giovanni fuhr sich mit der Hand durchs Haar und beugte sich vor, um ihnen direkt in die Augen zu sehen.

»Das wusstet ihr nicht? Vor ein paar Tagen haben unsere ehemaligen Verbündeten Mussolini befreit, und dieser Bastard hat einen neuen faschistischen Staat gegründet. Er hat es auf Radio Monaco verkündet.«

Myriam sackte in sich zusammen. »Das ist ein Albtraum«, stammelte sie, doch Padre Francesco beschwichtigte sie.

»Hab Vertrauen. Das Leben stellt uns nur vor Prüfungen, die wir bewältigen können. Und wenn Gott uns diese geschickt hat, dann werden wir ihr mit seiner Hilfe begegnen können.«

»Nein, Padre, manchen Prüfungen kann man nur mit

einem Maschinengewehr begegnen, glauben Sie mir. Die Partisanen organisieren sich, sie haben bereits Kontakt zu den Leuten von Badoglio und zu anderen Gruppen aufgenommen, wir haben einen Plan. Schon bald werden wir diese Hunde aus der Stadt vertreiben, Sie werden sehen. Mit Gott hat das gar nichts zu tun. Gott ist tot.«

»Du sollst nicht fluchen, Giovanni!«, warnte ihn der Padre mit erhobenem Zeigefinder.

»Dann verraten Sie mir doch mal, was Ihr Gott eigentlich macht, wenn er diesen Mistkerlen, statt ihnen Einhalt zu gebieten, gestattet, sich als Herrscher der Welt aufzuspielen. Ich verstehe das jedenfalls nicht.«

Padre Francesco lächelte. »Du glaubst, die Pläne Gottes zu kennen, und zeigst mit dem Finger auf ihn. Dabei kennst du die Pläne deiner Vorgesetzten auch nicht, und doch vertraust du ihnen blind. Denk darüber nach«, sagte er und stand auf. Myriam folgte ihm.

»Du gehst mit ihm?«, fragte Giovanni und streckte die Hand nach ihr aus, doch Myriam ertrug seine Dreistigkeit immer weniger, ebenso wenig wie das rote Halstuch, das er voller Stolz versteckt unter seinem Arztkittel trug.

»Ich muss auf die Station zurück, das hast du doch selbst gesagt.«

»Ja, aber …«

»Und sei vorsichtig, nimm dich vor ihnen in Acht«, fügte sie hinzu, ehe sie im Gang verschwand und ihn mit seinen Gedanken alleine ließ, mit der Frage, vor wem er sich in Acht nehmen sollte, vor den Faschisten oder vor seinen Kameraden.

3

Eva faltete die Hände und legte sie gegen die aufeinandergepressten Lippen. Vor ihr lag der Vertrag mit dem Vertreter der deutschen Besatzung über die Brotlieferung. Nach einer kurzen blutigen Auseinandersetzung war die Führung Roms an Albert Kesselring und seine Leute übergeben worden. Auf der anderen Seite des Schreibtischs saß Tommaso. Die Tinte, mit der sie das Dokument unterschrieben hatte, war noch frisch, die Verpflichtung nicht mehr rückgängig zu machen, doch ihr Schwager, der von Olga informiert worden war, war fuchsteufelswild geworden.

»Nur so können wir noch mehr Leuten helfen«, hatte sie ihre Entscheidung verteidigt. »Wenn wir mit den Deutschen zusammenarbeiten, haben wir mehr Handlungsspielraum, und wir werden weniger kontrolliert werden, meinst du nicht?« Als Antwort hatte Tommaso die Faust auf den Tisch geschlagen. Erst vor einem Tag war er aus dem Krankenhaus entlassen worden und sofort in die Firma gefahren, die nach der chaotischen Phase der deutschen Eroberung wieder geöffnet hatte. Schließlich mussten die Menschen essen, und ihre Arbeiter mussten arbeiten. Einen Tag später war die Anfrage der Besatzer, ihnen Brot und Gebäck zu liefern, auf ihrem Schreibtisch gelandet. Tommaso aber konnte nicht akzeptieren, dass ausgerechnet sie, die sie so eng mit den Werten des Widerstands verbunden waren, mit den Deutschen zusammenarbeiten sollten.

»Ist dir klar, dass wir uns an den Feind verkaufen?«, hatte er geschrien, nachdem er Olga aus dem Büro geschickt und die Tür zugeschlagen hatte.

»Brüll nicht so«, hatte sie ihn zur Ordnung gerufen und ihm den Vertrag über den Tisch zugeschoben. »Das ist ein guter Vertrag. Wenn sie Wort halten, müssen wir mehr Arbeiter einstellen. Und dann können wir noch mehr Leute aus dem Ghetto holen.«

Er setzte sich auf den Schreibtisch, schlang die Hände um ein Bein und fragte höhnisch: »Gerade heute haben sie dir die letzten Bäcker weggenommen, die wir mit großem Einsatz ausgebildet hatten. Wie willst du das schaffen?«

»Ich weiß, dass die Deutschen alle zwischen 21 und 25 geborenen Arbeiter zum Arbeitseinsatz verpflichten, aber es gibt noch so viele Menschen, denen wir helfen können. Wir haben zum Glück noch ein paar erfahrene Alte, die die Neuen anlernen können. Damit können wir in unserer kleinen Welt einen Unterschied machen, eine Art stillen Widerstand leisten.«

»Und die anderen? Die lassen wir einfach gehen und versuchen nicht mal, sie zu retten? Sie werden sie nach Deutschland bringen und dort als Sklaven arbeiten lassen, oder sie schicken sie gleich als Kanonenfutter an die Front!«

Eva atmete tief durch. Sie versuchte ihre Gedanken zu ordnen und dem Blick ihres Schwagers standzuhalten. »Glaubst du, ich hätte nicht versucht, sie hierzubehalten? Glaubst du, ich muss nicht jedes Mal, wenn ich diese jungen Männer sehe, an Gabriel denken? Glaubst du, ich liege nicht nachts wach und frage mich, wie ich wenigstens ihnen helfen kann, wenn ich schon nichts für meinen Sohn tun kann? Glaubst du, dass ich keine Angst habe um Rachele, dass ich keine Angst habe, dass die Deutschen kommen und sie mitnehmen und mich und meine Töchter verhaften?« Ihre Stimme überschlug sich fast. Sie faltete die Hände und starrte ihren Schwager an, als hätte sie ihn noch nie zuvor gesehen.

Tommaso schwieg einen Moment, dann senkte er den Blick. »Du hast recht, es tut mir leid. Das war dumm von mir.«

»Ja, das war es. Trotzdem, ich bin froh, dass du wieder zu Hause bist. Endlich muss ich diese ganze Last nicht mehr alleine tragen«, fügte sie mit feuerrotem Gesicht hinzu. Sie schaute sich um, auf die Papiere vor sich, die Dokumente mit dem Reichsadler, die Olga später abheften würde, dann zum Fenster, durch das hin und wieder die Stimmen der Arbeiter zu hören waren, zumeist Frauen, aber auch alte Männer, die kriegsuntauglich waren, und Jugendliche, die Eva lieber in der Schule als bei der Arbeit gesehen hätte. »Ich versuche jeden Tag, mein Bestes zu geben, so viele Menschen wie möglich zu retten. In diesen furchtbaren Zeiten ist nichts normal oder gerecht. Wir navigieren nur auf Sicht auf einem unbekannten Meer. Ohne Sicherheiten, ohne irgendwelche Gewissheiten.«

Tommaso seufzte, während Eva sich durch die Haare fuhr. »Heute Morgen war ein Mann hier, der mich um Hilfe für seinen Sohn gebeten hat. Er ist zu Fuß vom Ghetto bis hierher gekommen, in seinen durchgelaufenen Schuhen, und hat mich angefleht, seiner Familie zu helfen. Einer der Arbeiter hier muss ihm etwas erzählt haben, aber ich konnte nichts für ihn tun. Und weißt du, was das Schlimmste war?«

Tommaso schüttelte den Kopf.

»Er hat mir ein Foto seines Sohnes gezeigt«, flüsterte Eva. »Ich will ihre Gesichter nicht sehen. Ich will nicht wissen, ob sie kurze oder lange, blonde oder dunkle Haare haben. Ich will nicht wissen, wie sie heißen, ich will gar nichts über sie wissen, denn sonst werde ich verrückt«, sagte sie mit belegter Stimme, den Tränen nahe. »Doch jetzt habe ich das Gesicht dieses Jungen gesehen, der, wenn sie ihn kriegen, vielleicht in einem deutschen Lager landen wird – weil ich ihm nicht helfen konnte.« Sie schlug die Hände vors Gesicht und schluchzte, ihr Herz klopfte wie wild, die Stimme brach vor Verzweiflung. »Ich weiß nicht mehr, was ich machen soll, Tommaso. Ich muss immerzu an meine Kinder denken. Ich denke an Gabriel und tröste mich damit, dass er vielleicht auch jemanden findet, der ihm hilft, der ihn versteckt. Ich hoffe so sehr, dass meiner kleinen Myriam nichts passiert, denn ich weiß, was im Krankenhaus vor sich geht. Und Diana, hoffentlich muss sie keine Gewalt erleiden, denn überall sind Soldaten unterwegs. Wenn ich nur daran denke, bricht es mir das Herz. Und Clio, meine süße Clio, die ich schon seit Wochen nicht mehr gesehen habe. Nur Gott weiß, wie sehr mir dieses Kind fehlt. Und jetzt kommst du hier herein und schreist mich an, weil ich es nicht geschafft habe, unsere Leute vor den Soldaten zu beschützen. Ich habe es versucht, das weißt du nur nicht. Ich habe es versucht. Aber manchmal habe auch ich Angst. Und ich bin müde.« Ihr Atem stockte. Sie schaute ihn mit leerem Blick an. »Du warst ungerecht«, murmelte sie leise, dann versagte ihr die Stimme, und ihr Schwager eilte zu ihr, nahm sie in den Arm und begann zu schluchzen.

»Verzeih mir, Eva, ich bitte dich inständig um Verzeihung. Ich weiß auch nicht, was in mich gefahren ist«, stammelte er. »Ich komme gerade erst aus dem Krankenhaus und sollte mich erholen, aber Matteo hat mir furchtbare Dinge erzählt. Die Nazis sind Bestien, du kannst dir nicht mal im Ansatz vorstellen, wozu sie imstande sind.«

»Ich weiß, aber …«

»Wusstest du, dass sie auch Menschen wie mich und Matteo einsperren?« Er zitterte am ganzen Körper. »Sie schlagen und foltern sie, und wenn sie genug haben, schicken sie sie in den Tod. Roberto hatte recht, nach Amerika zu gehen. Dort passiert so etwas nicht, dort ist es kein Verbrechen, so zu sein, wie ich es bin. Hier hingegen hält man uns für Abschaum, für unheilbar krank, nur weil wir Menschen unseres Geschlechts lieben. Nicht nur Rachele oder Mosè und ihre Glaubensgenossen sind in Gefahr, wir alle sind potenzielle Opfer dieser Mörderbande. Wir müssen handeln, und zwar schnell.« Er löste sich von ihr und legte ihr die Hände auf die Schultern. Seine Augen waren gerötet, die Tränen auf den Wangen noch nicht getrocknet, doch sein Griff war entschlossen. »Ich werde dir helfen. Und deshalb bin ich hier.«

»Was willst du tun?«

Tommaso ging zur Tür und deutete auf den Sack, den er dort abgestellt hatte. »Wir müssen das hier verstecken.« Doch als Eva zu ihm trat und sich hinunterbeugte, um zu sehen, was in dem Sack war, hielt er sie zurück. »Besser, du weißt nicht, was drin ist.«

»Warum?«

»Wenn du es nicht weißt, kannst du dich nicht verraten.«

»So weit sind wir schon?«

Tommaso lächelte traurig. »Es geschehen seltsame Dinge. Schon wenn ich darüber rede, läuft es mir eiskalt den Rücken herunter.«

»Was meinst du damit?«

Tommaso zog sich einen Stuhl heran. »Kennst du das deutsche Kulturinstitut, in der Via Tasso?«

Eva überlegte. »Nein, ich glaube nicht. Warum? Was ist denn dort?«

Tommaso fuhr sich mit der Hand übers Gesicht. »Wie es aussieht, ist es jetzt das Hauptquartier der SS. Sie haben sogar die Fenster zugemauert.«

Eva, die zu ihrem Schreibtisch zurückgekehrt war, tastete nach dem Stuhl in ihrem Rücken und ließ sich darauf sinken. »Glaubst du, es ist ein Gefängnis?«

»Aus einem Gefängnis kommst du wieder lebend heraus, aber das Haus verlässt niemand mehr auf seinen eigenen Beinen.«

Eva schaute zu Boden, dann stand sie wieder auf. Sie wusste, dass es kein Zurück mehr gab, wenn sie sich einmal entschieden hatte. »In Ordnung«, sagte sie schließlich leise und deutete auf den Sack. »Tun wir das, was getan werden muss. Und sobald wir wieder Einkünfte haben, nehmen wir uns einen von unseren Lieferwagen und decken uns mit Vorräten ein. Du hilfst mir dabei.«

»Ich tue, was ich tun muss und was ich tun will«, antwortete Diana ihrer Schwester, die nach ihrer Nachtschicht bei ihr vorbeigekommen war. Sie fegte den Laden, den die Leute auf der Suche nach Brot fast gestürmt hatten. Ihre zerzausten Haare hatte sie in einem Knoten zusammengefasst, die Ärmel trotz der frischen Morgenluft hochgekrempelt. Durch die Straßen wehte ein beißender Wind, der Himmel war grau. »Wie geht es dir? So abgekämpft, wie du aussiehst, warst du schon lange nicht mehr zu Hause.«

»Danke für die aufmunternden Worte, Schwesterherz«, gab Myriam ironisch zurück.

»Sei nicht so empfindlich, uns geht es doch allen so. Schau mich mal an: Früher habe ich Kleider aus Seide und Organza getragen, und heute bin ich Bäckerin«, sagte Diana und begann wieder zu fegen.

Myriam zog einen Stuhl hinter dem Tresen hervor und ließ sich erschöpft darauf nieder. »Ich bin einfach müde. Wir haben unzählige Verletzte und Hilfsbedürftige, wir kommen gar nicht mehr nach. Wir versuchen, für alle eine Lösung zu finden, aber es wird immer schwieriger. Vor allem seit die Deutschen hier sind.«

»Tja, der Waffenstillstand hat ein Riesenchaos ausgelöst«, bemerkte Diana und stützte sich auf den Besen. »Seitdem versteht man gar nichts mehr.«

»Wenn du mich fragst, ist alles nur noch schlimmer geworden. Vorher gab es nur selten Kontrollen, aber jetzt steht immer irgendein Faschist vor der Tür und versucht Ärger zu machen, zum Glück ohne Erfolg. Wir haben keine Zeit für solchen Blödsinn, die Stationen sind voll, selbst die Flure quellen über vor Kranken«, berichtete Myriam.

Diana schob den Schmutz auf die Kehrschaufel und wischte sich die Hände an ihrem Rock ab. »Kann ich dir einen Kaffee anbieten? Ich habe guten Malzkaffee da.«

»Sehr gerne, danke. Ich bin so müde, im Moment würde ich auch Putzwasser trinken.«

Diana ging ins Hinterzimmer und kam wenige Minuten später mit zwei dampfenden Tassen und in Zeitungspapier eingewickelten Keksen zurück, bei deren Anblick Myriam das Wasser im Mund zusammenlief.

»Wo hast du die denn her?«

Diana schob sich eine Locke hinters Ohr, setzte sich neben ihre Schwester und tauchte einen Keks in ihren Kaffee. »Sie sind für die Deutschen. Mama hat einen guten Auftrag bekommen, sie beliefert einige ihrer Büros. Die Deutschen bieten ihren Gästen gerne feines Gebäck an. Wir wurden von der Contessa Lais empfohlen, erinnerst du dich noch an sie?«

»Die Mutter des Bankiers, in den Lia verliebt war? Martelli?«

»Genau. Anscheinend hat sie mit dem Feind angebändelt, nur um an ihre geliebten Kekse zu kommen.«

»Sei nicht so gehässig, sie ist eine alte Frau. Was weiß sie schon von Politik.«

Diana griff nach einem zweiten Keks und brach ihn in der Mitte durch. »Mag ja sein, dass sie alt ist, aber ihr Sohn wird vermisst, und sie lässt sich mit den Faschisten und den Deutschen ein. Findest du das normal?«

»Was ist in diesen Zeiten schon normal?«

Diana nickte. »Touché, Schwesterherz. Aber sag mal, was führt dich eigentlich hierher?«

Myriam unterdrückte ein Gähnen und trank den letzten Schluck Malzkaffee. »Ich bin auf dem Weg nach Hause. Ich muss mal für ein paar Tage in einem richtigen Bett schlafen, auf diesen Feldbetten mache ich kein Auge zu. Und bei der vielen Arbeit bekomme ich ohnehin nur wenige Stunden Schlaf.«

Diana bot ihr einen weiteren Keks an, dann stellte sie die Tassen zurück auf das Tablett. »Andrea ist noch im Krankenhaus?«

»Ja, es gab ein paar kleine Komplikationen, aber zum Glück nichts Ernstes.«

»Das freut mich.« Diana wusch die Tassen aus und trocknete sie rasch ab, den Blick zu Boden gerichtet. »Rachele wird auch wissen wollen, wie es ihm geht. Sie hat aus Angst vor den Soldaten seit Tagen das Haus nicht mehr verlassen.«

»Geht es ihr gut?«

»Soweit das möglich ist. Sie macht sich Sorgen um Andrea, sie …«

»Ja, ich weiß«, unterbrach Myriam sie, als sie bemerkte, dass Diana nach Worten rang. »Diana, was Andrea und Rachele angeht …«

»Es ist alles in Ordnung, mach dir keine Gedanken. Ich habe die Beziehung zu ihm beendet. Er hat das Recht, sich eine neue Freundin zu suchen. Und jetzt entschuldige mich, ich habe viel zu tun.« Sie griff wieder nach dem Besen.

»In Ordnung.« Myriam stand auf und streckte ihre müden Glieder, ehe sie wieder auf ihr Rad stieg. Nachdem sie eine Weile geradelt war, kam ihr Giovanni eilig auf dem Fahrrad entgegen. Sofort winkte er sie in eine

Nebenstraße, wo er sein Rad an eine Hauswand lehnte. »Was machst du denn hier?«, fragte sie, überrascht über dieses unerwartete Zusammentreffen. In der Gasse war es ganz still. An der von Haus zu Haus gespannten Leine über ihnen hing nach Seife duftende Wäsche, neben den Türen standen Kübel mit blühenden Blumen in allen erdenklichen Formen und Farben.

Giovanni rieb sich sein erschöpftes Gesicht. »Ich war erst bei dir zu Hause, aber dann fiel mir ein, dass du auch bei deiner Schwester sein könntest.«

»Ja, ich war bei Diana. Aber warum hast du mich gesucht, ist etwas passiert?«

Giovanni seufzte. »Ich habe Rachele getroffen. Sie hat nach Andrea gefragt.«

»Sie macht sich eben Sorgen um ihn. Dabei ist sie in weit größerer Gefahr. Aber ich verstehe immer noch nicht, warum du hier bist.«

Er wischte sich mit dem Hemdsärmel über die Augen.

»Langsam machst du mir Angst. Jetzt rede schon«, drängte Myriam.

»Sie haben jemanden festgenommen. Einen von uns.«

Myriam schluckte, sie hatte plötzlich einen bitteren Geschmack im Mund. »Bist du in Schwierigkeiten?«

»Nein, ich nicht, aber mein Freund. Sie haben ihn in die Via Tasso gebracht, wo anscheinend die SS jetzt ihren Sitz hat. Dort schaffen sie Leute wie mich hin, um sie zum Reden zu bringen. Sie foltern sie halb tot, und wenn sie ihrer überdrüssig sind oder ein neues Opfer gefunden haben, bringen sie sie um.« Er holte tief Luft und versuchte, seine Tränen zurückzuhalten. »Nachts, wenn alles still ist, soll man dort die Schreie hören. Und niemand, der dorthin gebracht wurde, soll je wieder herausgekommen sein.«

»Aber wer erzählt denn so was? Und woher weißt du es?«

»Schlechte Nachrichten verbreiten sich schnell, und leider sind die Quellen in diesem Fall verlässlich.«

Myriam schüttelte den Kopf und tastete nach ihrem Kreuz. Dann sah sie Giovanni an und nahm ihn in den Arm. *Vielleicht ist es das, was er braucht, jemand, der ihn in den Arm nimmt*, dachte sie. Er ließ den Kopf auf ihre Schulter sinken, doch als er ihn wieder hob und auf ihre vollen Lippen blickte, löste sie sich aus der Umarmung. »Mein Gott, wie furchtbar«, sagte sie und fuhr sich mit den Fingern durchs Haar, während er sich räusperte und die Hände in die Hosentaschen schob, ohne sie anzusehen.

»Sie suchen nach den Verantwortlichen für den Angriff auf die Kaserne in der Via Duse«, sagte er, wobei er weiter auf das Straßenpflaster starrte, »und wenn sie sie finden, werden auch sie in der Via Tasso landen. Das ist so gut wie sicher.«

»Dann hoffen wir mal, dass sie sie nicht finden«, antwortete Myriam und schaute ihm in die Augen. »Was weißt du von dieser Geschichte?«

»Ich war nicht beteiligt, falls du das meinst. Aber einige meiner Freunde, und ich mache mir Sorgen um sie. Ich habe gefragt, ob ich sie im Krankenhaus verstecken kann, aber noch keine Antwort erhalten.«

»Es wird alles gut gehen, du wirst sehen.«

»Das hoffe ich, denn die Lage wird immer schlimmer. Die Deutschen bekommen nie genug Männer, die sie als

Arbeitssklaven nach Deutschland schicken können. Hast du eine Ahnung, wie viele untergetaucht sind oder sich auf dem Land und in den Wäldern verstecken?«

»Nein, aber ich kann es mir vorstellen. Seitdem die Armee sich aufgelöst hat, kehren unzählige Soldaten in Zivil zurück und versuchen sich zu verstecken. Sogar bei meiner Tante in La Gioiosa sind eines Nachts welche aufgetaucht, zwei blutjunge Burschen, die Schutz und Nahrung gesucht haben. Nach ein paar Tagen hat Tante Lia sie weggeschickt. Sie sind schließlich ganz allein dort, nur Ermes ist bei ihnen. Zu viele Frauen und zwei Kinder allein, das ist gefährlich.«

»Deine Tante hat richtig gehandelt. Sie hat ihren Beitrag geleistet, aber auch an die Sicherheit deiner Schwester und deiner Cousine gedacht. Aber das ist nicht das, was mir Sorgen macht.«

»Sondern?«

»Die Vergeltung der Nazis. Ich fürchte, wenn wir nicht genügend Arbeitskräfte liefern, werden sie ungemütlich werden. Sie sind unberechenbar.«

Myriam atmete tief durch und wandte den Blick zur Straße. Ein Kind spielte mit einer Puppe, deren Bauch mit einem dicken dunklen Faden zugenäht war, während seine Mutter es hinter sich herzog, einen wenige Wochen alten Säugling auf dem Arm. Der Junge war völlig außer Atem, seine kleinen dünnen Beine hielten kaum mit seiner Mutter Schritt. Als sie erschöpft und verzweifelt stehen blieb und ihm eine Ohrfeige gab, warf der Junge die Puppe zu Boden und trat ihr so fest ins Gesicht, dass das Gesicht mit den als Augen aufgenähten Knöpfen aufsprang und die Füllung herausquoll. Eine Geste voller

Wut, voller Frust und voller Schmerz, die auch aus seinem leeren Blick sprachen.

»Vielleicht ist es schon zu spät, vielleicht haben sie uns schon mit ihrer blinden Wut angesteckt. Und vielleicht genügt es nicht, sie alle an die Wand zu stellen, denn wir tragen ihre böse Saat bereits in uns, ohne es zu merken«, flüsterte sie und sah dem Kind beklommen nach, das mit seiner Mutter weiterging. Die Puppe blieb in einer schmutzigen Wasserpfütze zurück. Vergessen und zerstört.

4

Matteo sank erschöpft auf die Ladefläche des Lieferwagens, den er gerade mit Tommaso entladen hatte, steckte sich eine Zigarette an und streckte die schmerzenden Beine aus.

»Ich würde sagen, es ist hervorragend gelaufen«, sagte Tommaso, der sich vor ihn stellte und sich seinen schmerzenden Rücken massierte. »Die Kinder waren so aufgeregt, sie sind die ganze Zeit um Myriam und mich herumgehopst. Sie haben sich gefreut wie zu Weihnachten. Verrückt, wie wenig es manchmal braucht, um sie wieder zum Lächeln zu bringen.«

»Wo ist Myriam?«

»Noch drinnen, sie muss noch etwas regeln.« Er streckte sich mit einem Seufzer und unterdrückte ein Gähnen. »Natürlich, es war anstrengend, mir tut alles weh. Aber das war es wert. Was wir über die Lebensmittelkarten, den Schwarzmarkt und die Spenden reinbekommen haben, wird sicher bis Ende des nächsten Monats reichen«, meinte er zufrieden, verstummte jedoch, als er Matteos Gesicht sah. Er hatte ihm anscheinend gar nicht zugehört, sondern rauchte abwesend weiter. »Stimmt etwas nicht?«

Matteo zuckte die Schultern, warf die Zigarette auf den Boden und drückte sie mit dem Schuh aus.

»Kappler, dieses Schwein«, presste er wütend hervor.

»Was ist mit ihm?«

»Erinnerst du dich an die Arbeitsverpflichtung, die vor ein paar Tagen in Kraft getreten ist?«

Tommaso runzelte nachdenklich die Stirn. »Ja, natürlich. Eva war stinksauer.«

»Und mit Recht. Sie haben nicht annähernd so viele Arbeiter bekommen, wie sie wollten, und jetzt wollen sie sich rächen.« Er beugte sich vor, die Hände so fest verschränkt, dass die Knöchel weiß hervortraten. Tommaso schluckte und suchte seinen Blick, das Herz schlug ihm bis zum Hals. »Was verlangen sie diesmal?«

»Fünfzig Kilo Gold.«

»Was?«

»Du hast richtig verstanden. Dieses Schwein hat von der jüdischen Gemeinde verlangt, dass sie ihm das Gold innerhalb von zwei Tagen liefern, sonst werden sie nach Deutschland deportiert. Stell dir mal vor, er macht das wirklich wahr.«

Tommaso setzte sich neben ihn und starrte vor sich hin, als suchte er nach einer Erklärung für diesen Wahnsinn, der vor fünf Jahren in Italien begonnen hatte und noch immer kein Ende fand. Er dachte an den fiebrigen Blick in Ginos Augen, nachdem er den Faschisten in die Hände gefallen war, kurz bevor er auf so tragische Weise starb. »Sie werden es tun. Wenn sie es gesagt haben, kannst du darauf wetten, dass sie es auch tun werden.« Er schloss einen Augenblick die Augen und sah Mosè, Rachele und Micol vor sich, eingepfercht in einen Viehwaggon, der mit unbekanntem Ziel davonrollte.

»Wir haben gerade erst so viele überall in der Stadt untergetauchte Menschen mit Lebensmitteln versorgt, und jetzt das. Wir setzen unser Leben aufs Spiel, um ihres zu retten. Man hat uns aufgegeben, man hat uns den Feinden ausgeliefert und …«

»Ja, die da oben sind geflohen und haben uns dem Chaos überlassen, das stimmt. Aber deshalb können wir doch nicht einfach tatenlos zusehen«, widersprach Matteo und ballte die Faust. »Diese verdammten Deutschen dürfen damit nicht durchkommen.«

»Und das werden sie auch nicht«, erklang Myriams Stimme. Sie hatte sich gerade von der Schwester des Klosters verabschiedet, das sie soeben versorgt hatten. Sie warf kurz einen Blick in die Ferne, auf die schmale Horizontlinie, die die Stadt von der Nacht trennte. »Das ist eine Falle, Kappler wird sich mit dem Gold nicht zufriedengeben. Er will diese Menschen, Kinder und Alte, jeden, den er kriegen kann. Für die SS ist das Ganze wie eine riesige Jagd, und wir müssen so viele Menschen wie möglich vor ihnen in Sicherheit bringen.«

»Du hast recht«, stimmte Matteo zu, »wir müssen uns nur organisieren. Ich werde mit meinen Leuten sprechen und über eine Strategie nachdenken.«

»Sehr gut. In der Zwischenzeit bringen wir schon einmal all die Menschen in Sicherheit, die wir kennen. Und ich werde mit Rachele und Micol sprechen und sie überzeugen, dass sie fliehen müssen. Es ist für uns alle zu gefährlich, wenn sie bleiben.«

»Vielleicht sollten sie nach La Gioiosa gehen«, schlug Tommaso vor, aber Myriam schüttelte den Kopf. »Das ist zu kompliziert, sie müssten zu viele Kontrollen passieren. Außerdem würde ich sie lieber trennen.«

»Das ist eine gute Idee«, schaltete sich Matteo ein. »Wenn etwas schiefgeht, dann kann sich wenigstens eine retten.«

»Ich will gar nicht daran denken.«

»Ich weiß, Myriam, aber wir müssen realistisch sein. Die Lage ist ernst. Wir werden versuchen, so viele Menschenleben wie möglich zu retten, aber es ist nicht sicher, dass es uns gelingt. Wir können nur hoffen, dass das Schicksal auf unserer Seite ist«, sagte er und sprang von der Ladefläche. »Aber Schluss jetzt mit der Plauderei, lasst uns an die Arbeit gehen. Tommaso und ich bringen den Lieferwagen zurück in die Firma, und dann versuchen wir, noch für heute Abend ein Treffen mit meinen Freunden zu organisieren.«

»Gut, und ich fahre ins Krankenhaus. Ich muss dort mit jemandem reden, damit Rachele so schnell wie möglich die Stadt verlassen kann.«

»Und Andrea?«, fragte Tommaso. »Es wird nicht leicht sein, sie dazu zu bringen, ihn alleine zu lassen, solange er noch im Krankenhaus ist.« Myriam zuckte mit den Schultern.

»Glaub nur nicht, dass ich es auf die diplomatische Tour versuche. Rachele wird sich damit abfinden müssen. Sie hat schon zu viel riskiert, als sie für meinen Bruder hiergeblieben ist …«

»Stimmt, aber du weißt doch selbst, wie schwer es ist, eine verliebte Frau zu überzeugen.«

»Ich habe gute Pfeile im Köcher.«

»Gut, Myriam, ich will nicht mit dir diskutieren. Und was ist mit Angela und Mosè?«

»Sie sind zum Glück in La Gioiosa, ich denke, dort sind sie momentan in Sicherheit. Und wenn es nötig ist, wird meine Cousine für ihren Sohn und sich ein gutes Versteck finden. Es gibt also keinen Grund, sie noch mehr zu verunsichern.«

Matteo klatschte in die Hände, worauf ihn Myriam und Tommaso ansahen. »Hut ab, Myriam, wirklich. Als Tommaso meinte, wir könnten uns auf dich verlassen, hätte ich nicht gedacht, dass du so entschlossen vorgehen würdest. Schade, dass du dich keiner politischen Gruppe anschließen willst. Sowohl die Roten als auch die Anhänger Badoglios hätten dich sicher gerne in ihren Reihen.«

Myriam räusperte sich, auf den Lippen das desillusionierte Lächeln derer, die aufgehört hatten, an Märchen zu glauben. »Die Nazis haben mir das Liebste genommen, was ich auf der Welt hatte. Ich betrachte es als meine Mission, dazu beizutragen, sie zu zerstören. Aber ich will nicht unter einer Fahne dienen, und ich mag die Kommunisten nicht. Oder besser gesagt, sie mögen das hier nicht«, sagte sie und zog ihr Kreuz hervor. »Aber das ist mir egal. Ich bleibe meinen Überzeugungen treu und tue das, was ich für richtig halte, für mich und für die Erinnerung an meinen Mann.«

Tommaso verzog den Mund zu einem Grinsen. »Hier spricht eine echte Fontamara!«

Myriam lächelte ihn nachsichtig an, griff nach seiner Hand und drückte sie.

5

Wie so oft in den ersten Oktobernächten in Rom war die Nacht klar und die Luft lau. Die Bäume zu beiden Seiten des Tibers warfen ihre Blätter ab. Der Regen fiel in die goldenen Fluten, die die melancholische Stimme des Flusses ins Meer leitete. Auf der einen Seite lagen die pittoresken Gassen von Trastevere und die majestätischen Gebäude des Vatikans, auf der anderen das Ghetto, das jüdische Viertel, das Papst Paul IV. vor vierhundert Jahren hatte errichten lassen. Seitdem war es von vielen Menschen bevölkert worden, und durch die Rassengesetze wurden es immer mehr, die gezwungen waren, auf engstem Raum zusammenzuleben. Viele Juden hatten nach 1938 ihre Häuser und ihren Besitz aufgeben müssen, um in das Ghetto zu ziehen. In den engen Gassen rund um die Synagoge lebten etwa 10 000 Menschen.

Myriam seufzte und presste die Hand auf die Brust, um ihr wild klopfendes Herz zu besänftigen. Den ganzen Tag lang hatte sie vom Krankenhaus aus immer wieder auf das Ghetto geschaut, wo sie mit Tommaso schon oft gewesen war und ihr Lieblingsgebäck gekauft hatte. In dem von einfachen Menschen bevölkerten Viertel lebten in letzter Zeit auch immer mehr Flüchtlinge. Nachmittags waren die Gassen voller Kinder, die Ball spielten, um wenigstens einen kurzen Augenblick der Freude zu erhaschen, die aus den Gesichtern der Väter längst verschwunden war. Seit jedoch der Schatten von Kappler über den stillen Straßen des Ghettos schwebte, war Stille eingekehrt.

Jemand muss ihnen ihre Stimme wiedergeben, dachte Myriam und atmete tief durch, um die Angst nicht die Oberhand gewinnen zu lassen.

Sie vergewisserte sich, dass die Straße leer war, dann winkte sie Rachele zu sich. Am Straßenrand flossen die Rinnsale des nachmittäglichen Regenschauers. Myriam und Rachele hatten ihn abwarten müssen, an ihren Plänen aber hatte er nichts geändert.

In dieser Nacht würde Rachele fliehen.

Micol war mithilfe der Mutter von Oberschwester Rita, einer Schwarzmarktverkäuferin, geflohen und wohlbehalten in La Gioiosa eingetroffen, wie Lia ihnen in einer verschlüsselten Botschaft mitgeteilt hatte. Da Padre Francesco gerade nicht in Rom war, war Giovanni für ihn eingesprungen und hatte darauf bestanden, dass Rachele in einem Schweigekloster unweit des Kolosseums untergebracht wurde.

»Vertrau mir und bringe sie in dieses Kloster, es ist ein sicherer Ort. Ich werde mit einem Kontaktmann sprechen und alles organisieren, aber wir müssen uns beeilen. Vor wenigen Tagen haben die Nazis Listen mit den Namen und Adressen aller Juden beschlagnahmt, wir haben keine Zeit zu verlieren.«

»Weiß man Genaueres?«

»Nein, aber diese Schweine bereiten etwas Großes vor, das spüre ich, und je schneller wir Rachele und alle anderen, denen wir helfen können, in Sicherheit bringen, desto besser. Jetzt helfen auch keine falschen Papiere mehr, sie können die Leute auch anhand dieser Listen identifizieren«, hatte er besorgt hinzugefügt. »Dein Mönch hat schon einige aus der Stadt gebracht – sie machen angeblich eine Pilgerreise –, aber in ein paar Stunden kommen schon die Nächsten. Wir versuchen die Leute aus dem Ghetto zu holen und an den unterschiedlichsten Orten unterzubringen. Das Krankenhaus ist nicht mehr sicher, das haben sie im Auge. Irgendjemand hat geplaudert.« Dann hatte er ihr versichert, sich so schnell wie möglich wieder zu melden. »Noch heute, wenn ich es schaffe.« Am nächsten Morgen hatten sie einen Malzkaffee zusammen getrunken. »Auf dem Zettel unter deiner Tasse steht eine Adresse. Dort bringst du sie heute Abend um Punkt zehn hin. Da fängt zwar gerade die Ausgangssperre an, aber mein Kontaktmann schafft es nicht vorher. Außerdem tritt heute Abend vor den Truppen eine Sängerin auf, die die Deutschen sehr mögen. Es werden also heute nicht so viele wie sonst unterwegs sein, und wenn, dann sind sie betrunken.«

»Das hoffe ich«, hatte Myriam erwidert und den Zettel in die Tasche gesteckt.

»Es ist ein ganz schönes Stück, ich schlage vor, sie nimmt das Fahrrad. Wenn sie das Kloster erreicht, ist gleich daneben eine kleine Seitenstraße. Auf der rechten Seite befindet sich eine blaue Pforte, die mein Freund extra für sie offen lassen wird, aber nur bis Mitternacht. Sobald sie diese Pforte hinter sich schließt, ist sie in Sicherheit. Denn das ist ein Schweigekloster, die Soldaten werden es nicht wagen, dort einzudringen. Auch wenn dein guter Papst noch so schwach ist, zu etwas ist er dann doch zu gebrauchen«, neckte er sie. Er fuhr sich mit der Hand durch die Haare und sah sich noch einmal nach allen Seiten um. »Sie muss dann nur noch die Treppe hinunter, dort wartet dann mein Freund auf sie.«

»Perfekt.«

»Ach, noch etwas«, hatte Giovanni noch hinzugefügt, nachdem er sich bereits erhoben hatte.

»Und zwar?«

»Was auch immer geschieht: Begleite sie nicht!«, hatte er sie gewarnt. Doch als sie die verängstigte Rachele vor sich gesehen hatte, hatte Myriam beschlossen, sich über diese Anweisung hinwegzusetzen.

Die Stadt wirkte wie ein Teppich aus Spiegeln, jedes Geräusch verstärkte sich bis ins Unendliche, das schwächste Licht wurde plötzlich grell. Die Soldaten schienen überall zu sein, eine Armee aus Geistern, die ihnen an jeder Straßenecke auflauern konnten, in den offen gelassenen Haustüren der Mietskasernen und vor den verbarrikadierten Eingängen der Privathäuser, und gleichzeitig schienen sie nirgends zu sein. Zwei Drittel des Weges hatten sie bereits zurückgelegt und waren keiner Menschenseele begegnet, außer ein paar Katzen, die nach etwas Essbarem suchten. Sie fuhren durch dunkle Straßen, und jeder Tritt in die Pedale brachte Rachele einen Schritt weiter weg von Andrea, hin zur Freiheit.

Tatsächlich war die Trennung von ihm ihre einzige Sorge.

»Ich weiß, dass es das Beste ist. Ich kann nicht hierbleiben und dich und deine Familie noch länger in Gefahr bringen. Aber ich habe Angst, Andrea nie wiederzusehen«, hatte sie Myriam anvertraut, als sie am Nachmittag ihre wenigen Habseligkeiten gepackt hatte.

»Ihr wart für mich wie eine Familie, und noch mehr. Ich werde euch immer dankbar sein für das, was ihr für mich getan habt. Aber Andrea ist meine Zukunft, das spüre ich. Es zerreißt mich, mich von ihm trennen zu müssen. Seitdem die Nazis die Stadt erobert haben, habe ich ihn nicht mehr gesehen. Ich liebe ihn so sehr, Myriam, wenn du nur wüsstest, wie sehr!«

Myriam hatte ihr schweigend zugehört und sie dann in den Arm genommen. »Ich verstehe dich, Giovanni fehlt mir auch jeden Tag. Aber wir müssen jetzt an dich denken. Du hast so viel für die anderen getan, du hast dein Leben in Gefahr gebracht. Jetzt ist es Zeit, dass du dich um dich kümmerst.« Sie war einen Schritt zurückgetreten und hatte ihr fest in die Augen gesehen. »Glaub mir, niemand versteht dich besser als ich, aber wir müssen gehen. Du musst dich retten, Rachele.«

Rachele hatte ihre Hände genommen und sie fest umklammert. »Ich habe solche Angst, Myriam.«

»Ich weiß«, hatte Myriam gesagt und sie sanft gewiegt. Nach einem letzten Blick in das Zimmer, in dem sie die letzten Wochen verbracht hatte, hatte Rachele sich von Diana und Eva verabschiedet, die sie an sich drückte wie eine Tochter, und war dann gemeinsam mit Myriam aufgebrochen.

Rachele dachte immer wieder an diese Szene zurück, während sie durch die Nacht fuhren. Sie dachte an Gabriel, der sie aus seinem Leben verbannt hatte, daran, wie sie wieder aufgelebt war, als sie Andrea getroffen hatte, an den Schutz der Familie Fontamara, an Myriam, die eine treue Freundin geworden war und für ihre Sicherheit alles riskiert hatte.

Ich habe Glück, dachte sie, während sie am Bahnhof Termini und der Basilika Santa Maria Maggiore vorbeiradelten, deren Glockenturm sich vor der Dunkelheit abhob, und dann in Nebenstraßen einbogen. Unter normalen Umständen wären sie die Via Merulana hinuntergefahren und vor der Basilika San Giovanni in Richtung Kloster abgebogen, aber wegen der vielen Soldaten in der Stadt war das zu gefährlich.

»Wir werden ein paar Umwege machen müssen, aber so vermeiden wir unangenehme Begegnungen«, hatte Myriam gesagt, als sie ihr den Weg erklärt hatte, für den Fall, dass sie sich aus den Augen verlieren würden. Als sie jetzt über einen kleinen Platz fuhren, durchzuckte das Licht einer Taschenlampe das Dunkel, und Rachele verlor vor Schreck die Kontrolle über ihr Rad.

Die schneidende Stimme eines Soldaten ließ ihr das Blut in den Adern gefrieren, das »Halt!« klang wie eine Maschinengewehrsalve. Sie sah sich suchend um und entdeckte Myriam, die ihr zuwinkte, ihr in die Dunkelheit zu folgen. »Du musst fliehen!«, rief Myriam und begann, so schnell sie konnte, durch die Gassen zu radeln. Hinter sich hörte sie Rachele, die kräftig in die Pedalen trat, hastig atmen, und sie hörte die wütenden Stimmen der Soldaten, die ihnen folgten, und so fuhr sie noch schneller. Das Blut pochte in ihre Schläfen, sie überquerte einen weiteren kleinen Platz, ohne zu wissen, wo sie war, entdeckte eine winzige Gasse und bog ab. Das Kopfsteinpflaster unter ihr schüttelte sie durch, und als sie eine Mauernische fand, sprang sie vom Rad und versteckte sich darin. Dann beugte sie sich vorsichtig vor, um zu sehen, ob Rachele ihr gefolgt war. »Mach, dass sie diese

Gasse sieht«, betete sie und suchte nach dem Holzkreuz an ihrem Hals. Aber von Rachele war nichts zu sehen. Sie rührte sich nicht, bis sie plötzlich Racheles Stimme hörte. Sie schrie.

Ihr Schrei zerriss die Stille, und Myriam schlich bis zur Einmündung der Gasse und spähte um die Ecke, und da sah sie Rachele am Boden liegen. Vier Soldaten standen über ihr, hielten ihre Waffen auf sie gerichtet und brüllten etwas in ihrer harten Sprache.

»Nein, nein, nein«, flüsterte sie und wollte gerade loslaufen, um irgendetwas zu tun, um Rachele zu retten, da riss sie jemand am Arm zurück und presste ihr ein Taschentuch auf den Mund. Verzweifelt versuchte sie, sich zu befreien, bis ihr der Mann den Arm auf den Rücken drehte und sie mit dem Gesicht an die Mauer drückte.

»Mein Gott, beruhige dich, ich bin's«, hörte sie Matteos leise Stimme.

»Rachele«, stammelte Myriam.

»Ja, ich hab's gesehen«, antwortete er und schob sie in die entgegengesetzte Richtung.

»Wo willst du hin? Wir müssen ihr helfen«, protestierte sie und versuchte umzukehren, aber Matteo drückte sie erneut gegen die Wand. »Hör mir gut zu. Wir können nichts für Rachele tun. Das ist schlimm, das stimmt, aber wir können nichts mehr für sie tun. Die Soldaten nehmen sie gefangen und bringen sie wahrscheinlich in die Via Tasso. Vielleicht bringen sie sie auch vorher schon um«, fügte er hinzu, als er die dumpfen Schläge der Soldaten und Racheles flehende Stimme hörte. »Wir werden jetzt so unauffällig wie möglich von hier weggehen, denn ich werde nicht zulassen, dass diese Bastarde dich zerfleischen. Es nützt nichts, sich ihnen entgegenzustellen: Sie sind bis an die Zähne bewaffnet, und wir haben nur zwei Fahrräder und einen alten Colt.« Myriam hätte ihm die Waffe am liebsten aus dem Gürtel gezogen, aber Matteo hielt ihre Hand fest. »Denk nicht mal dran. Wir gehen jetzt.«

»Aber …«

»Kein Aber. Wenn du auch nur einen Schritt in diese Richtung machst, erschieße ich dich.«

Myriam starrte ihn an. »Du bist ja wahnsinnig.«

»Denk, was du willst, aber ich opfere dich nicht sinnlos.«

»Rachele zu retten, ist nicht sinnlos.«

Matteo wandte sich zu dem Platz, wo die Soldaten die junge Frau jetzt hinter sich herschleiften. »Ich habe zu viele Menschen sterben sehen, die andere retten wollten, die nicht zu retten waren, und ich lasse nicht zu, dass dir das auch passiert. Wenn dir etwas zustößt, wird deine Familie unendlich leiden. Hast du mal daran gedacht?«

Myriam schaute ihrer Freundin nach, die in der Dunkelheit immer kleiner wurde. Die Räder ihres Fahrrads, das am Boden lag, drehten sich noch, bis sich eine Haustür öffnete, ein Junge herausglitt und es rasch ins Haus zog. In all dem gab keine Logik, sondern nur Leid, Schmerz und Tod.

Sie fühlte sich, als hätte ihr jemand ein Messer ins Herz gestoßen, und während sie mit dem Rad ihr Versteck verließ, griff sie sich an die Brust. Ihre Augen brannten, sie konnte keinen klaren Gedanken fassen, sie hatte keine

Kraft mehr. Ihre Beine waren schwer, ihre Muskeln wie gelähmt. Sie blieb stehen, umklammerte die Griffe des Lenkers und starrte auf das Vorderrad.

»Wie soll ich das Andrea erklären?«

Matteo blieb stehen und drehte sich um. »Wenn du willst, komme ich mit dir. Aber jetzt lass uns von hier verschwinden.«

»Gut, aber wir fahren ins Krankenhaus. Ich kann jetzt nicht nach Hause gehen.«

»Umso besser. Je weiter wir weg sind, desto weniger Aufmerksamkeit lenken wir auf deine Familie.«

Andrea schoss nach oben und sofort durchzuckte ihn ein Schmerz, dass er die Faust in die Matratze pressen musste. »Was soll das heißen, sie haben sie gefasst?«

Matteo hatte die Hände in den Taschen vergraben und starrte zu Boden, Myriam saß an seinem Bett. »Es ist kompliziert«, begann sie, aber Andrea warf ihr einen wütenden Blick zu.

»Mach es nicht komplizierter, als es ist, sondern sag mir einfach, was passiert ist.«

Sie schloss einen Moment die Augen und sah sofort die Bilder dieser Nacht wieder vor sich. Sie hatte unablässig darüber nachgedacht, was falsch gelaufen war, warum die Soldaten sie trotz aller Vorsicht entdeckt hatten, fand aber keine Erklärung.

»Ich wünschte, ich könnte dir erklären, was heute Nacht schiefgelaufen ist, ich wünschte, ich könnte Worte finden, um deinen Schmerz zu lindern, aber es gibt sie nicht. Alles, was ich weiß, ist, dass wir schon fast am Kloster waren. Nur wenige Hundert Meter davor sind plötzlich aus dem Nichts Soldaten aufgetaucht, sie haben Rachele mit Taschenlampen geblendet, und sie hat die Kontrolle über ihr Rad verloren. Ich habe ihr zugerufen, dass sie fliehen solle, aber als ich mich umgedreht habe, war sie nicht mehr da. Ich habe mich in einer Gasse versteckt und dort auf sie gewartet, aber sie kam nicht.«

»Haben sie sie gerammt?«

»Ich weiß es nicht. Ich weiß nur, dass ich irgendwann um die Ecke gespäht habe, und da lag sie am Boden. Ich wollte umkehren und ihr helfen, aber er hat mich nicht gelassen«, fügte sie hinzu, und Matteo schluckte.

»Ich habe sie weggezogen«, gab er zu, während Andrea weiter vor sich ins Leere starrte, die Hände kraftlos auf der Decke liegend. »Ich war zufällig in der Gegend, weil ich einem unserer Leute eine Nachricht überbringen wollte, aber als ich erkannt hatte, was los war, habe ich eingegriffen und getan, was ich für das Beste hielt«, erklärte er. »Wir waren in der Unterzahl und hatten nur eine Waffe. Wir hätten sie nicht retten können.«

»Du hast das Richtige getan«, sagte Andrea, dann griff er nach Myriams Hand. »Ich weiß, dass du versucht hättest, sie zu retten. Ich kenne dich gut genug, Myriam. Aber Matteo hat die richtige Entscheidung getroffen, auch wenn sie schmerzhaft ist: Wir hätten nichts tun können.« Er fuhr sich mit der Hand über das Gesicht und seufzte. »Wahrscheinlich haben sie sie in die Via Tasso gebracht.«

»Ja, das denke ich auch«, sagte Matteo.

»Gut. Kann man irgendetwas organisieren, vielleicht mit Verstärkung?«, fragte er, aber als er Matteos gesenkten Kopf sah, konnte er seinen Schmerz nicht länger zurückhalten.

»Es tut mir leid«, stammelte Matteo, doch Andrea hob nur abwehrend die Hand.

»Lasst mich einen Moment allein, bitte.«

»Bist du sicher?«

»Geht, bitte!«

Myriam und Matteo standen auf und gingen hinaus. Draußen sagte keiner von beiden ein Wort. Myriam trat ans Fenster und schaute über den Tiber zum Ghetto hinüber. Über der Stadt hingen tiefe Wolken und brachten kalten Wind, es war grau und feucht.

»Was können wir tun?«, fragte sie und schaute auf das blaue Dach der Synagoge.

»Du musst fliehen, Myriam«, sagte Matteo. »Du bist hier jetzt nicht mehr sicher. Rachele wird nichts sagen, aber wir sollten besser nichts riskieren.«

Sie drehte sich zu ihm um und sah ihn mit geweiteten Augen an. »Und wohin soll ich deiner Meinung nach gehen?«

»Fürs Erste nach La Gioiosa.«

»Und was sage ich meinen Kolleginnen?«

»Das übernehme ich. Ich spreche mit deinem Freund, ich werde ihm die Situation erklären. Er wird verstehen, dass deine Sicherheit jetzt Vorrang hat.«

»Matteo, ich weiß nicht, ob …«

»Lass mich das machen, ich kann sehr überzeugend sein«, unterbrach er sie und strich ihr über den Arm.

»Lass mich, Diana. Es gibt nichts, was du tun oder sagen könntest«, sagte er, als sie sich neben ihn setzte.

»Nein, ich lasse dich nicht«, erwiderte sie knapp und schlug die Beine übereinander. »Ich bleibe hier, ob es dir gefällt oder nicht.«

Andrea verschränkte die Arme und seufzte. »Dann mach, was du willst. Mit dir kann man ohnehin nicht diskutieren.«

»Ich sehe, wir verstehen uns.« Sie räusperte sich und sah sich um. »Myriam hat mir alles erzählt. Ich kann nur ahnen, wie du dich fühlst.«

»Dann muss ich ja nicht viel sagen, oder?«, gab Andrea feindselig zurück.

»Du bist wütend, das verstehe ich. Myriam und Matteo haben schon gesagt, dass es nicht einfach werden würde.«

»Wirklich, Diana, geh wieder, ich brauche nichts.«

Sie wich zurück und fuhr sich über den selbst genähten Rock. Ihre Haare waren jetzt länger und fielen in sanften Wellen über ihre Schultern, was ihr deutlich gezeichnetes Gesicht weicher wirken ließ. »Es ist völlig legitim, dass du wegen dem, was mit Rachele passiert ist, wütend bist. Aber es gibt keinen Grund, dass du wütend bist auf die, die versuchen, das wieder in Ordnung zu bringen. Rachele wurde festgenommen, und wir haben alle Hebel in Bewegung gesetzt, alle möglichen Leute kontaktiert, aber bisher hat nichts geholfen. Willst du uns dafür bestrafen? Du kannst nicht auf die ganze Welt wütend sein, denn die eine Hälfte versucht dir zu helfen. Bitte erklär es mir, ich verstehe es nicht.«

»Du weißt nicht, wovon du redest.«

»Gut, dann sag du es mir.«

Er verzog das Gesicht. »Lass es bitte.«

Sie senkte den Blick und ballte die Fäuste. Ihre Schwester hatte ihr vor ihrer Abreise nach La Gioiosa alles erzählt, sie hatte ihr gesagt, dass Andrea nicht mehr derselbe war, seit Rachele gefangen genommen worden war.

»Er spricht kaum noch. Vielleicht kannst du den Panzer, den er sich zugelegt hat, etwas aufbrechen. Du bist vermutlich die Einzige, die das kann.«

»Ich wünschte, es wäre so, Schwesterherz«, sagte sie sich, während sie sich mit den Händen durchs Haar fuhr und versuchte, einen Weg zu finden. Doch es war vergeblich. Sie seufzte.

»Wenn du lieber gehen willst, ich halte dich nicht auf«, sagte Andrea. Diana beugte sich vor, fasste ihn am Kinn und zwang ihn, ihr in die Augen zu sehen.

»Hör zu, die Tatsache, dass du einen wichtigen Menschen verloren hast, erlaubt dir noch lange nicht, dich wie ein Despot aufzuführen und die schlecht zu behandeln, die auf deiner Seite sind. Falls du es noch nicht bemerkt hast: Wir sind im Krieg, und du bist nicht der Einzige, der einen geliebten Menschen verloren hat. Ich weiß nicht, was aus meinem Bruder geworden ist, und die Meldungen aus Griechenland sind nicht gerade rosig. Aber ich weine nicht und behandele meine Freunde nicht schlecht. Und das wirst du auch nicht tun. Ab sofort ist Schluss damit! Reiß dich zusammen, dein Verhalten hilft Rachele und all den anderen auch nicht. Krempele die Ärmel hoch: Wir brauchen jeden Mann, um die Deutschen zu besiegen«, brach es aus ihr hervor, und sie holte erst Atem, als Andrea sie überrascht ansah. Die ganze Station hatte ihre Tirade gehört.

Sie stand auf und strich sich den Rock glatt, aber als

sie zur Tür gehen wollte, nahm Andrea ihre Hand und drückte sie fest.

»Was willst du, Andrea?« Ihre Stimme war matt.

»Danke«, sagte er leise. »Ich möchte nur Danke sagen.«

Sie wandte sich zu ihm um. Er war schön, und sie liebte ihn, sie konnte es nicht mehr leugnen. »Du wirst bald entlassen, und dann werde ich deine Hilfe brauchen. Ich bin jetzt allein in der Bäckerei. Ich habe Menschen Unterschlupf gewährt, aber es gibt noch andere, die uns brauchen.«

»Ich werde dir helfen.«

Sie sahen sich lange schweigend an, während draußen lauter Donner ein Unwetter ankündigte.

6

Diana faltete den Brief, den ihr ein Freund von Matteo überbracht hatte, schleppte sich zu einem Stuhl neben der Kasse und ließ sich darauf fallen. Vor dem Laden spielte sich Tag für Tag die gleiche Szene ab, das traurige Ende einer Episode des Guerillakriegs: Junge Männer mit rotem Halstuch saßen auf der Ladefläche eines Militärlastwagens und fuhren einem unbekannten Ziel entgegen. Manche sagten, sie würden zur Zwangsarbeit nach Deutschland geschickt, denn um den Krieg weiterzuführen, brauchte es billige Arbeitskräfte, und die, die die Organisation Todt den Nazis lieferte, reichten nicht aus. Andere flüsterten hinter vorgehaltener Hand, dass man sie an irgendwelche entlegenen Orte der Welt verschleppen würde, wo sie Schützengräben für Hitler und die Seinen würden ausheben müssen, bis sie elendiglich verendeten.

»Sie haben sogar Polizisten festgenommen«, stellte Diana überrascht fest, als sie unter den Gefangenen mehrere Uniformierte entdeckte. Sie waren die Letzten, die einem kopflosen Staat gedient hatten, der ihnen keine klaren Anweisungen mehr gegeben hatte. Ihnen waren nur eine fadenscheinige Uniform und ihre Liebe zu einem Vaterland ohne Herrscher geblieben.

»War das auch dein Schicksal, Gabriel?«, fragte sie laut und schaute auf den kleinen schmutzigen Brief, der sie darüber informierte, dass Gabriel sich nach dem Waffenstillstand den griechischen Partisanen angeschlossen hatte und jetzt Gefangener der Deutschen war. Seine Kameraden setzten alles daran, um ihn zu befreien, aber er würde bald nach Deutschland deportiert werden, und dann würden sie nichts mehr für ihn tun können.

Sie trommelte mit den Fingern gegen ihre Schläfen, während sie auf die Bodendielen starrte, auf den Staub, der sich jedes Mal ansammelte, wenn die hungrigen Frauen in die Bäckerei stürmten, um wenigstens ein bisschen Brot für sich und ihre Kinder zu ergattern. Sie schloss die Augen und sah wieder die lange Schlange vor dem Laden, die schlotternden Kleider, die an den ausgemergelten Körpern der Frauen herabhingen, Schatten der Menschen, die sie einmal gewesen waren. »Hoffen wir, dass es bald vorbei ist«, murmelte sie und wandte sich zum Schaufenster. Es war Nachmittag, die orangefarbene Herbstsonne fiel in einem Halbkreis auf den schmutzigen Boden.

»Gabriel ist in der Hand der Deutschen«, sagte sie immer wieder. »Wie soll ich das Mama sagen?« Sie presste ihre Faust gegen die Stirn und kämpfte mit den Tränen, als plötzlich ein Rascheln, ein dumpfer Schlag und dann das Geräusch von zersplitterndem Glas zu hören war. »Was zum Teufel …?« Plötzlich stand ein junger Mann mit rotem Halstuch und einem Gewehr aus dem Ersten Weltkrieg vor ihr.

»Keine Angst, ich tu dir nichts, ich komme in Frieden«, beteuerte er rasch, als sie die Arme hochriss. »Ich suche nur nach einem Versteck. Bitte. Die Soldaten haben schon vier von uns verhaftet.«

Diana musterte ihn überrascht. Er musste etwa im Alter ihres Bruders sein, vielleicht etwas jünger, aber er hatte die gleiche Augenfarbe, was sie aus ihrer Betäubung riss.

Sie stand auf und ging mit erhobenem Kopf auf ihn zu, die erste Regel, die sie in ihrer Kindheit in Kuba bei Raufereien gelernt hatte: immer Selbstsicherheit zeigen. Sie räusperte sich und sagte: »Wie heißt du?«

»Il Rosso. Weil ich rote Haare habe«, fügte der junge Mann hinzu und schüttelte den rotblonden Lockenkopf. »Ich bin Kommunist, deshalb suchen die Deutschen nach mir.«

»Sie suchen dich, weil du Partisan bist, und nicht wegen der Farbe deines Halstuchs«, entgegnete sie, während sich ihr Gegenüber besorgt umschaute.

»Bitte, zeig mir irgendwas, wo ich mich verstecken kann. Die Deutschen könnten jeden Moment hier sein.«

Diana warf einen Blick auf die Straße, wo die Soldaten damit beschäftigt waren, Gefangene auf die Lastwagen zu verladen.

»Geh nach hinten, zieh das Halstuch aus und staub dich mit Mehl ein.«

»Was?«

»Du bist in einer Bäckerei. Was wird man hier wohl machen? Brot natürlich. Ich muss den Soldaten ja irgendetwas erzählen.«

Der junge Mann starrte sie an.

»Und vergiss nicht: Alles, was du da hinten siehst, existiert eigentlich nicht, verstanden?«

Er runzelte die Stirn.

»Verstanden?«

»Verstanden«, sagte er und ging in die Backstube, wo an der Wand zwischen Mehlsäcken ein teigverschmiertes

Baumwollzelt stand, in dem zwei Kinder versteckt waren, die Andrea gerettet hatte. »Ist das gar keine Bäckerei?«, fragte er leise, als er die Feldbetten bemerkte, die übereinandergestapelt in einer Ecke standen. Er sah die Kinder, die ihn verängstigt anstarrten, kaum an, als er jedoch hörte, dass die Soldaten die Bäckerei betraten, gab er ihnen ein Zeichen, leise zu sein und hinter den Mehlsäcken zu verschwinden.

»Was wollt ihr?«, fragte Diana die vier Soldaten, die, ihre Maschinengewehre im Anschlag, sich im Laden verteilten.

»Wir suchen einen Mann«, sagte der Größte unter ihnen.

»Hier bin nur ich und einer der Bäcker.«

»Ruf ihn nach vorne.«

Diana verschränkte die Arme vor der Brust. »Roberto, komm bitte her«, rief sie laut und wandte sich dann wieder den Soldaten zu. Sie spürte ihren Blick auf sich, aber sie hatte gelernt, die Angst zu beherrschen, die sie in solchen Situationen überkam. »Sagt man bei euch zu Hause nicht Bitte oder Danke? Oder hat das nur damit zu tun, dass ihr eine fremde Sprache sprecht?«, fragte sie provozierend, aber sie bekam keine Antwort.

Von Rosso war nichts zu sehen.

»Ruf den Bäcker nach vorne, *bitte*«, wiederholte der Soldat mit der Betonung auf dem letzten Wort. Diana zog die Augenbrauen hoch, sie konnte ihre Feindseligkeit gegenüber den Eindringlingen nicht verbergen, doch sie zwang sich, die Ruhe zu bewahren, und ging mit zögernden Schritten hinter den Tresen.

»Roberto, kommst du bitte«, rief sie und winkte den

jungen Mann nach vorne, der sie nur erschrocken anstarrte. Also blickte sie sich kurz um, ging nach hinten, packte ihn am Kragen und flüsterte: »Hör zu, du kommst jetzt mit mir nach vorne und spielst das Spiel mit.« Sie griff in den offenen Mehlsack, nahm eine Handvoll Mehl und warf sie ihm entgegen, sodass seine Haare und sein Oberkörper ganz weiß waren. »Pass bloß auf«, sagte sie und drohte ihm mit dem Finger, »wenn diese Bestien auch nur ansatzweise riechen, dass du nicht der bist, der du zu sein vorgibst, und mir Schwierigkeiten machen, bist du ein toter Mann«, fügte sie hinzu und schob ihn nach vorne.

»Ist das der Bäcker?«, fragte der Soldat. »Ziemlich schwächlich, oder?«

»Warum? Er ist Bäcker, kein Boxer«, sagte Diana, während die Männer leise miteinander sprachen.

»Der ist kein Bäcker«, sagte schließlich einer von ihnen, und Diana und Rosso begannen unmerklich zu zittern.

»Ich bin noch nicht lange hier und lerne noch. Mein Vater ist an der Front, ich habe seinen Posten übernommen«, erklärte der junge Mann und versuchte das Beben in seiner Stimme zu verbergen. Einer der Soldaten sagte: »Gut, dann heb mal den Sack da hoch«, sagte er und deutete auf einen Mehlsack neben dem Tresen. »Das machen Bäcker jeden Tag, das solltest du gewöhnt sein.«

»Aber …«, sagte Diana.

»Und du schweig«, fuhr der Soldat sie an. Diana warf Rosso einen ängstlichen Blick zu. Sie ahnte, dass er den Sack nicht mal mit der Hälfte des Gewichts würde stemmen können. »Komm schon, du schaffst das, heb den Sack hoch«, flüsterte sie ihm dennoch zu, und er nickte sichtlich schwitzend und ging auf den Tresen zu. Er schlug das obere Ende des Sacks einmal um, dann packte er es fest mit beiden Händen, ging in die Knie, hob den Sack ein paar Zentimeter an und warf ihn sich dann mit einem Ruck auf die Schulter, wobei er fast vornüberfiel. Dann machte er mit dem Sack auf dem Rücken ein paar Schritte, und als die Soldaten in schallendes Gelächter ausbrachen, gaben seine Beine nach, und er kippte nach hinten und fiel zu Boden.

»Du bist ein netter Junge, Bäcker«, sagte einer der Soldaten spöttisch und klopfte ihm auf die Schulter, als Rosso wieder auf den Beinen war. Dann warfen die Männer Diana einen letzten Blick zu und gingen. Sie folgte ihnen bis zur Tür, und nachdem sie sie hinter ihnen geschlossen hatte, drehte sie sich zu dem jungen Mann um und seufzte erleichtert.

»Sind sie weg?«, stammelte er.

»Ja, sie sind weg. Sieht so aus, als hätten diese Idioten dir nur Angst machen wollen. Anscheinend haben sie uns geglaubt.« Draußen fuhr der Lastwagen mit den Gefangenen rasch davon. Diana zitterten immer noch die Knie, ihre Schläfen pochten, aber sie versuchte, sich nichts anmerken zu lassen. »Hoffentlich kommen sie nicht wieder.«

»Wegen der Schlafstellen im Hinterzimmer? Da waren sicher einige Leute versteckt. Wo sind die jetzt?«

»Das geht dich nichts an«, fuhr ihm Diana über den Mund. Sie war erleichtert, dass nach der Übergabe des Goldes an Kappler viele Flüchtlinge aufs Land gezogen waren, zu Verwandten in den Süden oder auch in die Schweiz.

»Und die Kinder?«, fragte Rosso plötzlich, aber Diana brachte ihn mit einem Blick zum Schweigen.

»Die hast du nicht gesehen, verstanden? Du kannst heute Nacht hier schlafen, aber morgen will ich dich nicht mehr sehen. Ich muss arbeiten und will nicht noch mal Besuch von Soldaten bekommen.

»Morgen bin ich weg. Du hast schon viel für mich getan, du glaubst gar nicht, wie dankbar ich dir bin.«

Und so war es auch. Als Diana am nächsten Morgen in die Bäckerei kam, um ihren kleinen Gästen das Frühstück zu bringen, war er verschwunden.

»Besser so, ein Problem weniger.«

Sie goss Milch in zwei Gläser und weckte die Kleinen, die zwischen den Jutesäcken schliefen. Als sie die beiden nach dem jungen Mann fragte, zuckten sie bloß mit den Schultern. »Ihr habt nichts gesehen oder gehört?« Die Kinder schüttelten den Kopf und konzentrierten sich ganz auf ihr Frühstück, also drängte sie sie nicht weiter. Als Andrea sie gebracht hatte, hatte er ihr erklärt, dass die beiden seit einem Trauma nicht mehr sprachen und es sinnlos sei, ein Gespräch zu beginnen.

»Die Eltern haben Flugblätter für den Widerstand gedruckt. Als die Soldaten kamen, haben sie ihre Kinder im Schrank versteckt. Sie haben mit ansehen müssen, wie ihre Eltern von den Militärs umgebracht wurden. Danach wollten sie nicht mehr reden.«

Diana wurde es eng ums Herz, und sie spürte Hass in sich hochsteigen. *Verdammter Krieg*, dachte sie, während sie den Kindern dabei zusah, wie sie die Kekse aßen, die Eva am Vorabend aus der Fabrik mitgebracht hatte. Ein kleiner Akt des Widerstands gegen die Besatzer, die es sich mit ihrem Gebäck gut gehen ließen.

Sie wartete voller Ungeduld auf eine Brotlieferung aus der Fabrik, und als Andrea endlich aus dem Lieferwagen stieg, trat ein Lächeln auf ihre Lippen. Sie liebte ihn immer noch, aber angesichts des aufrichtigen Schmerzes, den er wegen Racheles Verlust empfand, fehlte ihr der Mut, ihm ihre Gefühle zu offenbaren. »Es tut mir so leid für Rachele. Ich würde mir vorkommen wie ein Schakal, wenn ich die Situation ausnutzen würde. Ich könnte nicht mehr in den Spiegel schauen«, hatte sie noch vor einigen Tagen zu Tommaso gesagt.

»Ich bin stolz auf dich, auf deine Reife und die Kraft, die du an den Tag legst, um die Bäckerei am Laufen zu halten«, hatte er erwidert, und sie hatte ihn glücklich angesehen. »Du bist erwachsen geworden, Diana.« Doch als sie Andrea jetzt lächeln sah, geriet ihre Entschlossenheit ins Wanken.

»Du bist ein echtes Wunder«, sagte er, als sie ihm bei einer Tasse Malzkaffe von ihrem Abenteuer mit den Soldaten erzählte.

»Glaub mir, allein beim Gedanken an diese vier Angeber zittere ich noch«, gestand sie ihm, während sie die großen Brotkörbe hinter dem Tresen verstaute. Ihre Wangen leuchteten rot, und sie war über und über mit Mehl bedeckt. »Ich hätte sie am liebsten an die Wand gestellt, alle vier.«

»Ganz ruhig, kleine Kriegerin«, warnte Andrea sie mit sanfter Stimme. »Ich verstehe deine Wut, aber du musst vorsichtig sein. Wir dürfen nicht …«

»… das Leben der Menschen in Gefahr bringen, die wir beschützen, ich weiß«, beendete sie den Satz und verzog das Gesicht. »Aber ich habe die Übergriffe dieser Verbrecherbande so satt«, platzte sie heraus.

»Das verstehe ich. Ich würde gerne noch bleiben, aber deine Mutter braucht meine Hilfe bei einigen Papieren. Heute Abend komme ich zurück und hole die Kinder ab.«

»Warum müssen sie denn gerade jetzt weg?«, wunderte sich Diana.

»Der Vorfall gestern hat sie sicher verstört, und ich möchte nicht, dass sie noch mehr traumatisiert werden. Es ist besser, das Versteck zu wechseln. Bald werden wir die nötigen Papiere haben, um sie in die Schweiz zu bringen.«

»Ich würde auch gerne gehen«, sagte sie plötzlich und betrachtete das Muster des Geschirrtuchs.

»Möchtest du nach Kuba zurück?«

»Ja, ich glaube schon«, nickte sie und schaute nach draußen in den Sonnenaufgang. »Dort war ich glücklich, dort steht die Zuckerfabrik, dort ist meine Familie, dort sind die Erinnerungen an meinen Vater«, sagte sie leise. »Es ist seltsam, aber seit der Krieg ausgebrochen ist, denke ich oft an ihn. Als ob die Jahre in Italien mich von allem entfernt hätten und erst der Krieg mich daran erinnert hätte, was wirklich wichtig ist«, fügte sie hinzu. »Auch wenn ich manches davon für immer verloren habe.«

Einen Augenblick lang trafen sich ihre Blicke, dann holte das Aufheulen eines Motors sie in die Gegenwart zurück.

»Ich muss gehen«, sagte Andrea und vergrub die Hände in den Hosentaschen.

»Viel Glück bei allem, was du zu tun hast«, sagte sie und sah ihm nach, während er davonging. Dann holte sie den Brief, den sie am Vortag erhalten hatte, wieder hinter dem Tresen hervor. *Ich muss den Mut finden, es meiner Mutter zu sagen*, dachte sie, und ihre Gedanken wanderten zu Gabriel. Er fehlte ihr, sie konnte sich kaum noch an seine Stimme erinnern, an seine Art zu lächeln, sie zu beschützen, wann immer es nötig war. Seit er fortgegangen war, hatte ihr niemand mehr dieses Gefühl von Sicherheit gegeben, außer Andrea für eine kurze Zeit. »Wo bist du, Gabriel?«, flüsterte sie und schloss die Augen. Als sie sie wieder öffnete, blickte sie direkt in den Lauf eines Gewehrs. Sie wich zurück, das Herz schlug ihr bis zum Hals. »Wer seid ihr?«, stammelte sie und starrte die vier Männer vor sich an.

»Partisanen.«

»Ich habe euch nicht reinkommen hören«, sagte sie verwirrt und trat noch einen Schritt zurück. Verzweifelt suchte sie nach etwas, das sie notfalls als Waffe benutzen könnte, eine Flucht war unmöglich. Die Kinder waren zum Glück weit genug weg.

»Es war offen«, sagte der Größte unter ihnen, der einen schwarzen Bart trug. »Wir führen nichts Böses im Schilde«, fügte er hinzu.

»Das sagt ihr so, aber ihr seid zu viert, und ich bin alleine. Und wenn mich der Krieg eines gelehrt hat, dann, dass ich niemandem trauen kann.«

»Das ist sicher richtig, aber vor uns brauchst du wirklich keine Angst zu haben. Rosso hat uns erzählt, dass du ihm geholfen hast, und deshalb sind wir hier. Wir kommen in Frieden.« *Dieser verdammte Junge*, dachte sie und ballte die Fäuste.

»Und was wollt ihr?«

»Brot«, sagte einer mit Baskenmütze und starrte dabei auf die Brote, die sie gerade eingeräumt hatte. Dann winkte er die anderen heran, die hinter den Tresen kamen, einen Sack hervorholten und unter Dianas entsetztem Blick das Brot einpackten.

»Was soll ich den Leuten sagen, die gleich kommen und Hunger haben?«

»Dass es kein Brot mehr gibt«, erwiderte der Mann mit der Baskenmütze und lachte. »Es dient der Sache.«

»Das kann keine gute Sache sein, wenn ihr euch wie gemeine Diebe benehmt«, gab sie zurück, woraufhin ein anderer Anstalten machte, auf sie loszugehen, doch von dem Mann mit dem dunklen Bart zurückgehalten wurde.

»Bitte, Signorina«, sagte er, hob die Hände und ging auf Diana zu, die ihn hasserfüllt ansah. »Mein Freund hier will nur sagen, dass wir ein bisschen Brot brauchen, um die Kraft zu haben, diese Schweine zu vertreiben und das Land zu befreien«, fügte er versöhnlich hinzu, während sie die Arme vor der Brust verschränkte.

»Und deshalb nehmt ihr euch einfach alles? Ist das eine Art, in ein Geschäft einzudringen und diejenige zu bedrohen, die euch etwas zu essen geben soll?«

Der Mann lächelte. »Die Umstände zwingen uns leider dazu. Es sind nicht alle so freundlich wie du, und wir wissen nie, wen wir vor uns haben.«

»Dann kann ich wohl froh sein, dass der junge Mann, der heute Nacht hier geschlafen hat, gut von mir gesprochen hat. Sonst hätte ich jetzt wohl eine Kugel im Kopf, und ihr würdet mir den Laden anzünden«, entgegnete sie provozierend, worauf der Mann lachte und seinen Freunden zuzwinkerte.

»Du hast recht, wir sollten uns bedanken.« Er räusperte sich und küsste ihr die Hand. »Vielen Dank, Signorina.« Dann hob sein Kamerad grüßend die Baskenmütze, sie hängten ihre Gewehre über die Schulter und gingen.

Fassungslos schüttelte Diana den Kopf und vergrub das Gesicht in den Händen. Sie durfte jetzt nicht die Nerven verlieren, aber als sie die halb leere Auslage sah, war ihr klar, dass sie dringend eine Lösung finden musste. Bald würden sich vor dem Laden wieder Schlangen bilden, die Ausgangssperre war fast vorbei. Sie musste nur an die entkräfteten Menschen denken, um zu wissen, dass die Wut der Frauen sich gegen sie richten würde. »Was mache ich jetzt nur?«, fragte sie laut.

Die Antwort kam ihr, als sie sich zum Hinterzimmer umdrehte und ihr Blick auf das Fahrrad fiel, das Andrea dort versteckt hatte. Es war schon ziemlich in die Jahre gekommen, aber immer noch fahrtüchtig.

»Es kann im Notfall nützlich sein«, hatte er gesagt. Sie holte es unter der Plane hervor. Die Kinder beobachteten sie mit weit aufgerissenen Augen: Die Partisanen hatten sie erschreckt. »Hört mir gut zu«, sagte Diana und umklammerte den Lenker, »rührt euch unter keinen Umständen vom Fleck, es sei denn, es gibt einen Angriff. Ich versuche so schnell wie möglich zurück zu sein, in Ordnung?«

Die beiden nickten, sie warf ihnen eine Kusshand zu und radelte davon. Noch herrschte Ausgangssperre, lediglich die Schichtarbeiter waren unterwegs, und Diana war stolz darauf, dass auch sie zu dieser privilegierten Gruppe gehörte. Man grüßte sich untereinander, die Gesichter waren immer dieselben, und sie hatte das Gefühl, zu einer Art Geheimgesellschaft zu gehören, die die Geheimnisse der Nacht wahrte. Sie atmete tief durch, während sie zügig durch die leeren Straßen fuhr und die kühle Luft ihre Wangen kitzelte. So schwer die Situation für das Land, für die ganze Welt auch war: In Momenten wie diesen war sie glücklich.

Das sind die einzigen Momente der Normalität in diesem ganzen Wahnsinn, dachte Diana, während sie an der Statue vorbeikam, die an den Durchbruch der Truppen 1870 an der Porta Pia erinnerte, der zur Einigung Italiens führte, und weiter Richtung Fabrik fuhr, aus der es nach Brot und frisch gebackenen Keksen duftete. Sie ließ das Fahrrad durch das Eingangstor ausrollen, stellte es ab und machte sich sofort auf den Weg in die Produktion.

Die wenigen noch verbliebenen Bäcker arbeiteten noch. In den riesigen Hallen wurden die Teige geknetet, die Brote lagen auf ihren »Tragen«, auch sie deutlich reduziert. Die Belegschaft war auf ein Drittel zusammengeschrumpft.

»Was machst du denn hier?«, fragte Tommaso, dem sie zufällig in die Arme lief.

»Ich muss sofort mit meiner Mutter sprechen.«

»Warum, was ist denn los?«

Sie holte tief Luft, dachte wieder an den Brief und an alles andere. »Wo soll ich anfangen?«

»Am Anfang«, antwortete Tommaso mit sorgenvoller Miene.

Diana schluckte, dann begann sie mit einem Seufzer zu erzählen. »Die Deutschen haben meinen Bruder gefangen genommen.«

»Was?«

»Matteo hat mir einen Brief zugespielt. Ich dachte, du wüsstest davon.«

»Nein, ich habe Matteo schon einige Tage nicht mehr gesehen, ich hatte keine Ahnung.«

»In dem Brief steht auch, dass die Partisanen alles tun, um ihn zu befreien. Verlieren wir also nicht die Hoffnung. Ich will glauben, dass mein Bruder noch lebt, wo auch immer er ist, und bald nach Hause kommt. Er hat es mir versprochen, und bis jetzt hat er seine Versprechen immer gehalten.« Tommaso legte die Stirn an die seiner Nichte.

»Du hast recht. Gabriel wird wiederkommen.«

»Ich weiß nur noch nicht, wie ich es meiner Mutter beibringen soll.«

»Das erledige ich, mach dir keine Gedanken. Das ist keine Nachricht, die eine Tochter ihrer Mutter übermitteln sollte«, fügte er hinzu. Er hielt inne – man konnte förmlich sehen, wie es in ihm arbeitete.

»Da ist noch etwas«, sagte Diana.

»Bitte nicht noch so eine Hiobsbotschaft. Ich weiß nicht, ob ich noch mehr ertragen kann.«

»Nein, ganz so schlimm ist es nicht. Aber es ist auch nicht gerade eine gute Nachricht«, sagte sie und erzählte ihm kurz, was passiert war.

»Verstehe. Ich versuche sofort, eine neue Lieferung zu organisieren. Aber du musst keine Angst vor den Partisanen haben: Sie sind vielleicht manchmal etwas ruppig, aber sie sind ungefährlich.«

»Lieber Onkel, gefährlich hin oder her, aber heute Morgen stand eine Gruppe bewaffneter Männer vor mir in der Bäckerei und hat mir mein Brot gestohlen. Und als ich in den Gewehrlauf direkt vor mir gesehen habe, kamen sie mir nicht gerade wie Lämmchen vor.«

»Ich verstehe dich. Aber sie machen das für uns, sie riskieren jeden Tag ihr Leben.«

»Machen wir das nicht auch, Mama, Myriam, du und ich?«

»Ja, schon …«

»Nur dass wir keine Flaggen oder bunten Halstücher brauchen, um uns von den Kommunisten oder den Badoglio-Anhängern, den Ungläubigen oder den Katholiken abzugrenzen. Du kannst mir sagen, was du willst: Wie ich es sehe, streben all diejenigen, die uns befreien wollen, nach der Macht. Und das um jeden Preis.«

»Mag sein, aber wenigstens haben wir dann eine Demokratie. Und selbst die schlechteste Demokratie ist immer noch besser als eine Diktatur, meinst du nicht?«

Diana nickte. »Stimmt, Onkel Tommaso, da muss ich dir recht geben. Aber ich habe dennoch den Eindruck, dass deine Zuneigung für die Partisanen auch ein klein bisschen was mit einem gewissen Matteo zu tun hat, oder irre ich mich?«, neckte sie ihn.

Tommaso wurde rot und schaute zu Boden. »Kann sein.«

Diana nahm ihn in den Arm. »Ich freue mich für dich. Du verdienst eine Liebe, die diesen Namen auch wert ist«, sagte sie, und ihre Gedanken wanderten zu Andrea, wo auch immer er gerade war.

7

Am 16. Oktober wachte Diana mitten in der Nacht auf, nass geschwitzt und mit laut pochendem Herzen. Sie knipste die Nachttischlampe an.

Es war nur ein Albtraum, versuchte sie sich zu beruhigen. *Aber er kam mir so real vor.* Sie umklammerte das Laken. Noch immer sah sie die toten Körper von Partisanen vor sich, im prasselnden Regen am Boden liegend. Unter den Toten waren zwei der Männer gewesen, die in die Bäckerei gekommen waren: der mit der Baskenmütze und einer von denen, die hinter den Tresen gelaufen waren, um ihr das Brot zu stehlen. In ihren starren Augen auf ewig festgefroren der letzte Moment: die Angst vor dem Ende, der dumpfe Schmerz.

Sie zwang sich immer wieder, nicht mehr an diesen verstörenden Traum zu denken, schließlich war es nicht das erste Mal, dass der Krieg ihr Albträume bescherte, doch diesmal war es anders. Diesmal hatte sich eine reale Schießerei, die nur wenige Meter von der Bäckerei stattgefunden hatte, auf besonders beängstigende Weise in ihren Traum geschlichen.

Sie versuchte, ihre Gefühle unter Kontrolle zu bringen, diese Mischung aus Unbehagen, Wut und Angst, die seit jenem Tag in ihr wütete, aber sie konnte den dichten Nebel der verwirrenden Emotionen nicht durchdringen.

Und doch nahmen sie ihr fast den Atem.

Diana versuchte, sie abzuschütteln, zog sich leise an, um Eva und Tommaso nicht zu wecken, und brach zur

Bäckerei auf. Ihrer Mutter, die seit Gabriels Verhaftung oft rot geweinte Augen hatte, wollte sie nichts von ihren Albträumen erzählen. Sie hätte sich gerne Myriam anvertraut, doch die hatte sich seit Racheles Verhaftung nach La Gioiosa zurückgezogen. Sie stieg auf ihr Rad, das sie jeden Abend neben dem Eingang abstellte, und fuhr durch die unwirkliche Stille einer stehen gebliebenen Zeit. Wie jeden Morgen schien noch der Mond, ihr begegneten die üblichen Gesichter, doch heute nahm sie noch etwas anderes wahr, etwas lag in der Luft.

Zweimal wurde sie von deutschen Soldaten angehalten, denen sie erklärte, dass sie auf dem Weg zur Arbeit sei. Zweimal ließ man sie passieren. Doch je näher sie der Innenstadt kam, desto mehr Militärfahrzeuge begegneten ihr. Für diese frühen Morgenstunden herrschte eine ungewohnte Hektik, wobei die vielen Fahrzeuge so leise durch die Straßen glitten, als würden sie auf Zehenspitzen laufen, um nicht aufzufallen.

»Wer weiß, was sie diesmal vorhaben«, sagte sie leise und schloss die Bäckerei auf. Sie knipste das Licht an und ging dann hinter den Tresen, wo Andrea schon mit der ersten Lieferung auf sie wartete. Diana freute sich immer, ihn zu sehen, doch die Erinnerung an Rachele, das konnte sie in seinen Augen sehen, verließ ihn nie.

»Gibt es etwas Neues?«, fragte sie, doch er zuckte nur mit den Schultern.

»Immer noch nichts. Ich habe Himmel und Hölle in Bewegung gesetzt, aber sie scheint vom Erdboden verschluckt. Niemand kann mir etwas sagen, niemand weiß, ob sie noch am Leben ist. Ehrlich gesagt habe ich die Hoffnung schon fast aufgegeben.«

»Das darfst du nicht«, ermahnte sie ihn und griff sich an den Kragen ihrer Bluse. »Rachele lebt noch, das spüre ich. Hab Vertrauen und gib nicht so schnell auf.«

Er nickte und ließ sich erschöpft auf einen Stuhl fallen. »Wie gern hätte ich ein Viertel deiner Stärke. Ich bin so müde, müde, für jedes Fitzelchen Glück zu kämpfen.«

»So ist das Leben«, sagte sie, während sie den Boden kehrte. »Und angesichts der Lage solltest du dich besser daran gewöhnen.« Vor dem Schaufenster bemerkte sie eine Gruppe von Soldaten. »Das da macht mir gerade mehr Sorgen. Hast du eine Ahnung, was da los ist?«

Andrea folgte ihrem Blick, ebenso verwundert wie sie über die große Zahl Soldaten, die zu dieser frühen Stunde auf den Straßen unterwegs waren. »Das ist wirklich ungewöhnlich.«

»Meinst du, es gibt eine Militäroperation?«

Andrea schüttelte den Kopf. »Vielleicht, aber sie sehen nicht so aus, als wären sie schwer genug bewaffnet für eine Auseinandersetzung mit feindlichen Truppen. Außerdem ist die Front noch weit weg.«

Diana stützte sich auf den Besen. »Aber was machen sie dann?«

Er schloss die Augen und ging in Gedanken all die Informationen durch, die er in den letzten Wochen gesammelt hatte. »Ich weiß es nicht, Diana, aber die Sache gefällt mir ganz und gar nicht.« Er schaute weiter nach draußen, die Hände in den Hosentaschen vergraben. »Ich denke, es ist besser, wenn ich jetzt gehe und mich umhöre. Bleib du heute hier und geh nicht raus, es sei denn, wir werden bombardiert. Schließ ab, wenn es geht, lass immer nur wenige Leute rein, und sei auf alles vorbereitet. Das sieht nicht gut aus.« Er öffnete die Tür, und ein eiskalter Windstoß wehte herein, der sie erzittern ließ. Dann ging er zum Wagen.

»Andrea«, rief sie ihm hinterher. Er drehte sich um, und sie sah ihn lange an.

»Ja?«, fragte er, doch der kalte Nordwind ließ sie einen Schritt zurückweichen. Sie seufzte tief.

»Pass auf dich auf«, flüsterte sie kaum hörbar. Doch Andrea verstand ihre Worte ganz genau, und sie trafen ihn mit einer Wucht, dass er beinah wankte. Er runzelte die Stirn, doch Diana hob nur die Hand zum Abschied, verschwand eilig nach drinnen und schloss die Tür ab.

Im Viertel wurde es wieder still, die Stadt lag noch halb im Schlaf, aus den Schornsteinen stiegen feine graue Rauchwolken auf. Doch plötzlich waren aus dem jüdischen Viertel längs des Tibers Schreie zu hören, die bis zu den alten Stadtmauern hallten, die gerade vom ersten Licht des unglückseligen Tages erhellt wurden.

Innerhalb weniger Augenblicke hüllte der Himmel sich in entsetztes Schweigen, als Dutzende, Hunderte von Soldaten das jüdische Viertel abriegelten und alle Bewohner dort einschlossen. Danach begann eine Razzia, die mehrere Stunden dauern sollte. Je weiter der Tag voranschritt, desto schwieriger wurde es für die Bewohner der umliegenden Viertel, das Geschehen im Ghetto zu ignorieren. Menschen flohen, Soldaten verfolgten sie. Schüsse waren zu hören, Wehklagen, Verwünschungen und verzweifelte Schreie, Lastwagen, die sich in Gang setzten, das Weinen derer, die man gefangen genommen hatte und die nach Antworten suchten, die ängstlichen Rufe der Kinder, die sich in den Rockfalten der Großmütter versteckten und nicht wussten, was vor sich ging.

Eva und Tommaso lauschten fassungslos dem Bericht von Matteo, der, so schnell es ging, durch die Stadt geradelt war.

»Gütiger Himmel, das ist ein Albtraum«, klagte Eva, das Gesicht in den Händen vergraben. Sie dachte an ihre Arbeiter, an die vielen Menschen, die unter falschem Namen bei ihr das Brot in den Backofen schoben. »Was wird aus ihren Familien, wo bringt man sie hin?«

»Und was wird aus denen, denen wir nicht helfen konnten?«, fügte Tommaso hinzu und wandte sich an Matteo, der nass geschwitzt vor ihnen saß. Er atmete schwer, und das nicht nur wegen der Anstrengung. Die Angst nahm ihm den Atem, Angst vor dem, was die Feinde vorhatten.

»Ich würde euch gerne eine Antwort auf all diese Fragen geben, aber ich habe keine. Ich könnte mir vorstellen, dass sie alle nach Deutschland geschickt werden, aber von solchen Plänen wussten meine Kontakte nichts. Die SS muss diesmal alles sehr sorgfältig vorbereitet haben. Niemand weiß, was aus diesen Menschen wird.«

»Vielleicht kommen sie in ein Arbeitslager?«, überlegte Eva. »Aber je länger ich darüber nachdenke, desto unwahrscheinlicher ist das. Wenn es nur darum ginge, warum nehmen sie dann auch die Kinder mit? Sie können nicht arbeiten, sie dienen doch gar keinem Zweck. In der perversen Logik unserer Feinde sind sie nur eine Last, meint ihr nicht?«, fragte sie, doch sobald sie ihre Frage ausgesprochen hatte, war die Antwort schon da, in der Stille, die sich nun in ihrem Büro ausbreitete, in den gesenkten Blicken Matteos und ihres Schwagers, in der unheilvollen Stimme in ihrem Kopf, die Eva seit Monaten zum Schweigen zu bringen versuchte. Der Bleistift rutschte ihr aus den Fingern und fiel auf den Schreibtisch. Ihr Schwager warf Matteo einen Blick zu, und ihr kam das Gespräch wieder in den Sinn, das er mit Myriam geführt hatte, nachdem er aus Frankreich zurückgekommen war, nach dem Verschwinden Giovannis. Wie eine Klinge fuhr es ihr in den Brustkorb, der gleiche Schmerz, den sie empfunden hatte, als sie von ihrem Sohn gehört hatte, für den sie Tag und Nacht betete, damit man ihn nicht nach Deutschland deportierte. »Bitte sagt mir, dass es nicht so ist, wie ich denke. Sagt mir, dass sie nicht all diese Menschen umbringen. Dass das alles nur ein Albtraum ist«, stammelte sie, ihre Stimme brach, Tränen schossen ihr in die Augen.

»Wir alle hoffen, dass es nur ein Albtraum ist, seit dieser verdammte Krieg begonnen hat. Nur der Widerstand kann uns aus diesem bösen Traum aufwecken und uns ein für alle Mal die Augen öffnen«, antwortete Matteo und schlug mit der Faust auf den Tisch. »Diese Bastarde laden Hunderte von Menschen auf ihre Lastwagen und bringen sie weg, wie Gegenstände, die sie nicht mehr brauchen, und niemand tut etwas«, fuhr er fort, während Tommaso ihm den Arm um die Schulter legte.

»Was können wir tun, um diesen Menschen zu helfen? Vielleicht ist es schon zu spät, aber ich denke, wir sollten es versuchen. Und wenn es nur ein einziges Leben ist, das wir retten.«

»Die Lieferwagen«, schlug Eva vor, »sie könnten sich in den Lieferwagen der Firma verstecken. Die stehen seit langer Zeit still. Damit könnten wir die Leute aus der Stadt bringen.«

Tommaso und Matteo wechselten einen raschen Blick, das reichte schon, um sich einig zu sein. »Ich bringe sie nach La Gioiosa«, erklärte Tommaso, »das ist der sicherste Ort, der mir im Moment einfällt. Und der Pfarrer dort wird uns sicher helfen, er ist ein guter Mensch.«

»Passt auf euch auf. Ich versuche in der Zwischenzeit nicht den Verstand zu verlieren«, antwortete Eva, während die beiden Männer zu den auf dem Hof geparkten Lieferwagen liefen. Nach einem Blick auf das Chaos auf ihrem Schreibtisch stand sie auf und ging zum Fenster. Sie beobachtete die beiden, wie sie sich mit Andrea, der gerade von Diana zurückgekehrt war, besprachen und die Aufgaben verteilten. Dann liefen alle drei zu den Lieferwagen. Plötzlich hörte Eva die Schritte ihrer Sekretärin durch die Stille hallen.

»Signora Fontamara, hier ist ein Besucher für Sie.«

»Und wer ist es?«, fragte sie, ohne sich umzudrehen. Sie hatte Kopfschmerzen, eine Migräne bahnte sich an, und sie zählte die Stunden bis zum Sonnenuntergang. Die Schmerzen würden sie den ganzen Tag über begleiten.

»Mein Name ist Francesco, Signora, Francesco Salvi.«

Eva drehte sich um und schaute den jungen Mann, der hinter der Sekretärin eingetreten war, aufmerksam an. Er hatte das Gesicht eines Jungen, doch unter den Augen lagen dunkle Ringe. *Es scheint ihm nicht gut zu gehen*, dachte sie, als ihr Blick auf die zerrissene Hose und die ausgetretenen Schuhe fiel. »Der Name sagt mir nichts. Was kann ich für Sie tun?«

»Ich bin ein Freund Ihres Sohnes Gabriel. Ich war bei ihm, als man ihn verhaftet hat.«

Eva schluckte. »Sie kennen Gabriel?«

»Ja, er ist ein guter Freund.« Evas Beine gaben nach. Sie musste sich stützen, um nicht zu fallen, ihr Herz pochte laut.

»Wenn ein Freund des eigenen Sohnes, der im Krieg vermisst wird, zu Besuch kommt, dann bringt er nie gute Nachrichten. Deshalb sagen Sie bitte, was Sie zu sagen haben, und gehen Sie.«

»Gabriel lebt, Signora. Sie müssen sich nicht aufregen«, sagte er und lächelte. »Maria hat ihn vor der Erschießung gerettet, oder besser gesagt, uns beide.«

Wie benommen starrte Eva ihn an, ihre Hände umklammerten die Stuhllehne. »Gabriel lebt, ist das wahr?«, fragte sie ungläubig.

»Ja, Signora. Wenn Sie wollen, erzähle ich Ihnen, was geschehen ist. Und dann gehe ich und schließe mich den Kameraden in den Bergen an. Gabriel würde das Gleiche für mich tun, wenn er hier wäre.«

Eva ließ ihn Platz nehmen und lauschte seinem Bericht aufmerksam, sog jedes Detail auf, fragte bei jeder Unstimmigkeit nach, beobachtete jede seiner Regungen.

»Ich wünschte, ich würde mich besser daran erinnern, was damals geschehen ist. Ich weiß nur, dass die Deutschen von einem Tag auf den anderen unser Feind waren, und sie schienen es früher zu wissen als wir. Eines Nachts hielten sie uns ihre Gewehre unter die Nase, dieselben Leute, mit denen wir noch wenige Stunden zuvor eine Zigarette geraucht hatten. Die Vorstellung, diese Jungs töten zu müssen, war hart, und vielleicht ging es ihnen ebenso, und deshalb schossen wir nicht. Aber als die deutsche Verstärkung kam, änderte sich das. Sie kannten uns nicht, für sie waren wir Verräter und keine ehemaligen Kameraden.« Er verstummte und versuchte, eine Antwort auf das Geschehene zu finden. Dann schaute er wieder zu Eva. »Die wenigen Überlebenden wurden gefangen genommen, auch Gabriel und ich. Ich kann Ihnen sagen, dass man uns nicht mit Samthandschuhen angefasst hat. Hin und wieder kam ein Einheimischer vorbei und schmuggelte etwas zu essen in unser Lager, aber es war immer zu wenig. Dort sind wir einige Zeit geblieben, wie lange, kann ich nicht sagen. Dann kamen Gerüchte auf, dass wir nach Deutschland verlegt würden. Von diesem Zeitpunkt an brach Chaos aus: Einige versuchten zu fliehen und wurden erschossen, andere verloren den Verstand und brachten sich selbst um, wieder andere wollten eine Rebellion anzetteln. Es war die Hölle, aber in all der Unordnung ist uns die Flucht gelungen. Maria hat uns geholfen, sie ist eine von uns.«

»Ist Maria die junge Frau, in die mein Sohn verliebt ist?«, fragte Eva, und der junge Mann lächelte.

»Wenn der Krieg zu Ende ist, wollen sie heiraten. Und ich soll der Trauzeuge sein.«

»Verstehe«, sagte Eva. »Aber erzählen Sie weiter. Wohin ist Gabriel geflohen?«

Er zuckte mit den Schultern. »Griechenland besteht aus vielen tiefen Tälern und kleinen Inseln. Es ist nicht schwer, sich dort zu verstecken. Wir sind auf Fischerbooten geflüchtet, auf Eseln, zu Fuß durch den Wald, einige sind sogar geschwommen. Und wir haben es alle aufs Festland geschafft und sind Partisanen geworden«, erzählte er mit einem Lächeln. »Wir sind stark. Aber sie haben uns von hinten ein Messer in den Rücken gerammt. Viele meiner Freunde sind tot, und schuld ist der König, der einfach abgehauen ist.« In seiner Stimme lag keine Bitterkeit, sondern nur Trauer um die Freunde und Kameraden, die viel zu früh hatten gehen müssen.

Eva löste die Hände voneinander, hustete und schaute ihn an. »Aber eine Sache verstehe ich nicht. Warum steht mein Sohn jetzt nicht vor mir, wo ist er jetzt?«

»Bei Maria«, antwortete Francesco. »Leider ist er verletzt. Maria hat ihn zu Freunden in den Bergen gebracht, sie ist bei ihm und pflegt ihn. Es wird alles wieder gut, die Wunde ist nicht tief«, fügte er hinzu. Lächelnd setzte er seine Baskenmütze wieder auf. »Er hat mich gebeten, zu Ihnen zu gehen und Ihnen das alles zu erzählen. Das habe ich getan, und jetzt ziehe ich weiter.« Eva brachte ihn zur Tür und verabschiedete ihn mit einer Umarmung.

»Ich muss mich entschuldigen, aber Sie zu umarmen, war ein bisschen, als hätte ich meinen Gabriel umarmt«, erklärte sie mit Freudentränen in den Augen.

»Schon in Ordnung, machen Sie sich keine Gedanken. Auf meiner Reise haben mich schon viele Mütter umarmt, aber Sie sind die Einzige, der ich eine schöne Geschichte erzählen konnte«, sagte er und schaute ihr fest in die Augen. »Wissen Sie, ich bin der Erste von meiner Kompanie, der wieder in der Heimat ist, und ich musste viele schlechte Nachrichten überbringen.«

»Vielen, vielen Dank«, sagte Eva und nahm das Gesicht des jungen Mannes zärtlich zwischen die Hände. Dann zupfte sie ihm den Kragen zurecht und strich die

Ärmel seiner Jacke glatt – genau so, wie sie es immer bei Gabriel getan hatte, bevor er das Haus verließ. Ein Ritual, das ihr lange gefehlt hatte. Sie lächelte und legte ihm die Hand auf den Arm. »Wenn Sie möchten, können Sie sich bei meiner Sekretärin noch etwas zu essen holen. Sie sind mein Gast, sie wird Ihnen alles geben, was Sie brauchen.«

»Danke, Signora Fontamara.«

»Nichts zu danken. Ein Stück Brot ist reichlich wenig für das, was Sie erwartet. Ihre Freunde und Sie, Sie müssen bei Kräften bleiben, das Leben in den Bergen ist hart.«

»Nicht härter als das, was ich in Griechenland erlebt habe«, erwiderte er, tippte sich zum Abschied an die Mütze und ließ Eva mit ihren Gedanken allein.

»Du lebst, mein Sohn«, flüsterte sie. Sie presste sich die Hand vor den Mund, um der Emotionen, die sie überwältigten, Herr zu werden. »Du lebst!«

Tommaso tauchte den Löffel in die Kartoffel-Gemüse-Suppe, die ihm Lia serviert hatte, während Myriam ihm ein Glas Wein eingoss. Clio und Viola saßen, in eine Decke gewickelt, mit ihnen am Küchentisch. Auch Angela, die an der Tür stand, hatte einen Schal um die Schultern geschlungen.

»Weiß man etwas über Rachele?«, fragte Myriam.

»Leider nein, aber wir müssen realistisch bleiben. Sie ist vor Tagen festgenommen worden, sie wird eine der Ersten sein, die nach Deutschland geschickt werden. Es tut mir leid, dir das so sagen zu müssen.«

»Schon gut, es ist nicht deine Schuld«, unterbrach sie ihn und hob abwehrend die Hände. Dann stand sie auf, wusch ihr Glas ab und wischte sich mit dem Handrücken die Tränen aus dem Gesicht.

»Es ist auch nicht deine Schuld«, sagte er zu Myriam, doch die hörte ihm nicht mehr zu, sondern verließ mit einer fadenscheinigen Ausrede die Küche.

»So geht das, seitdem sie hier ist«, sagte Lia und zuckte mit den Schultern. »Ehrlich gesagt, ich weiß nicht, wie ich ihr helfen soll.«

Tommaso fuhr sich über das müde Gesicht und sah zur Tür.

»Myriam ist traurig, weil sie Rachele festgenommen haben«, bestätigte Clio. »Nachts höre ich sie oft weinen, sie geht stundenlang im Zimmer auf und ab«, fügte sie hinzu und fuhr mit dem Finger über die Ziernähte der Tischdecke.

Eine betretene Stille erfüllte den Raum, dann hüstelte Tommaso und sagte: »Die gute Nachricht ist, dass der Priester die Menschen, die wir aus dem Ghetto holen konnten, im Pfarrhaus aufnimmt. Dort sind sie wenigstens sicher.« Plötzlich erlosch die Lampe über ihnen, und alle schauten instinktiv nach oben. Nach kurzer Zeit ging das Licht wieder an und beleuchtete ihre angsterfüllten Gesichter.

»Was war das?«, fragte Viola und umklammerte die Tischkante.

»Da war nichts, Schatz, du kannst ganz unbesorgt sein«, beruhigte sie Tommaso.

»Doch, da ist was, ich höre es.« Sie wandte sich zum Fenster, durch das man in den Garten sehen konnte. Wenig später war ein Motorengeräusch zu hören, das immer lauter wurde, dann die Rufe von Männern, die im Wind verhallten. Tommaso zuckte zusammen und sprang auf, während von der Treppe schnelle Schritte zu hören waren.

»Die Deutschen sind auf der Landstraße!«, schrie Myriam, die in der Tür aufgetaucht war, dann erfolgte ein dumpfer Knall, gefolgt von Schüssen, die die Nacht zerrissen.

Es dauerte nur wenige Augenblicke, dann wurden Rufe laut, und von der Auffahrt waren die quietschenden Reifen von Autos zu hören. Lia packte Clio und Viola bei den Händen und brachte sie weg, Angela rannte zu Mosè, der im oberen Stockwerk schlief, während Myriam und Tommaso das Licht löschten und geduckt nach nebenan in den Salon und zum Fenster schlichen. Myriam löste die Sicherung eines Fensterladens und schob ihn etwas auf. Angespannt spähten sie nach draußen.

»Sie suchen nach jemandem«, sagte Tommaso.

»Ich glaube eher, sie haben ihn gefunden, und er ist ihnen zum Glück entwischt«, meinte seine Nichte. »Verdammt, es ist zu dunkel. Man erkennt überhaupt nichts.«

»Wo sind die Dienstboten?«

»Ermes liegt mit Fieber im Bett, Micol ist im Pfarrhaus und hilft dort bei der Versorgung der Flüchtlinge, und Clara und ihr Sohn sind bei ihrer Schwester im Dorf. Nur Giuliana ist hier, aber sie nimmt meistens ein Schlafmittel, und seit der Ohrenentzündung letzten Sommer hört sie nicht gut.«

»Wir sind also praktisch allein.«

Myriam fuhr sich mit der Zunge über die Lippen. »Und unbewaffnet. Im Haus gibt es keine Waffen, ich habe nachgesehen, als ich gekommen bin.« Sie wandte sich vom Fenster ab, setzte sich auf den Boden und lehnte sich mit dem Rücken an die Wand. »Nicht, dass ich sie benutzt hätte, aber im Falle eines Angriffs wäre es günstig, sie zu haben.«

»Hat Ermes auch keine?«

»Ich glaube nicht. Aber irgendwo müssten noch Onkel Giacomos Jagdgewehre sein«, sagte sie, während Tommaso weiter in die Nacht hinausstarrte. »Siehst du etwas?«

»Rein gar nichts. Was die Waffen angeht, hat Ottavia sie sofort nach dem Tod meines Bruders aus dem Haus geschafft.«

Sie blieben noch einige Minuten unter dem Fenster sitzen, die Dunkelheit leistete ihnen Gesellschaft. Erst als die Standuhr im Wohnzimmer Mitternacht schlug, standen sie fröstelnd auf.

»Hier erfriert man ja, gehen wir lieber schlafen. Im Moment scheint alles ruhig zu sein. Wir werden morgen schon herausfinden, was passiert ist«, sagte Tommaso.

8

Myriam wurde vom Glockengeläut geweckt, das die Gläubigen zur ersten Morgenmesse rief. Die Erinnerungen an die Nacht waren noch da, zwischen einem Gähnen und den Decken, in die sie sich eingewickelt hatte. Sie hatte nur wenige Stunden geschlafen, doch als sie die smaragdgrünen Augen Neros direkt vor ihrer Nase sah, war sie sofort hellwach. »Meine Güte, Nero!«, rief sie, und sofort schoss die Katze erschrocken unters Bett. »Du hast mir noch gefehlt«, sagte sie und fragte sich, wie spät es wohl sein mochte. Das Haus schien noch in tiefem Schlaf zu liegen, das Licht, das durch die Läden fiel, war fahl, als wollte es die Dunkelheit noch nicht ganz vertreiben. Alles war still.

»Sie schlafen alle noch«, flüsterte sie und sah sich benommen um. Ihr Blick fiel auf den Schwanz der Katze in der halb offenen Tür. Nach dem Schreck hatte sie sich dorthin verzogen und saß nun auf der Schwelle, als wollte sie Wache halten. Myriam lächelte und freute sich, dass dieses kleine Wesen bei ihnen war, gesund und munter, und ihnen Momente der Freude schenkte. Die Erinnerungen an die Ereignisse des Vorabends gleichwohl gelang es ihr nicht zu verdrängen.

Schnell schlüpfte sie aus dem Bett, lief ins Bad und betrachtete im Spiegel ihr eingefallenes Gesicht, das ihr ganz und gar nicht gefiel. Dann zog sie sich an und ging in die Küche, in der Tommaso bereits vor einer Tasse Malzkaffee saß.

»Guten Morgen, Myriam«, sagte er und wandte ihr sein von einer trüben Morgensonne beschienenes Gesicht zu. »Du bist ja auch schon wach. Alles in Ordnung?« Sie schüttelte den Kopf und schaute ihren Onkel aufmerksam an, seine hohen Wangenknochen, seinen wachen Blick, in dem man versinken konnte. Er goss ihr ebenfalls eine Tasse ein, und sie nickte dankbar, setzte sich und legte ihren Kopf an seine Schulter. Der Malzkaffee duftete.

»Du hast unseren Zucker reingetan, oder? Den Geschmack würde ich unter Tausenden erkennen«, sagte sie, und er zwinkerte ihr zu. »Ich dachte schon, wir hätten all unsere Vorräte aufgebraucht, aber da habe ich mich wohl getäuscht«, sagte sie und betrachtete fasziniert den riesigen Granatapfelbaum vor dem Fenster. Unter den dichten Blättern lugten Dutzende runder rubinroter Früchte hervor. Sie freute sich schon jetzt auf den Moment, in dem sie die Kerne am Küchentisch aus der Schale lösen und Giuliana schimpfen würde, weil es so spritzte. »Es wäre so schön, eines Morgens aufzuwachen, und alles wäre vorbei. Wir könnten endlich aufhören zu trauern und wieder als freie Menschen leben.«

»Stimmt«, seufzte Tommaso. »Und da du gerade davon sprichst: Ich denke, wir sollten einen Gang ums Haus machen. Die Schüsse gestern haben sicherlich Spuren hinterlassen.«

»Trink deinen Kaffee aus, ich drehe schon mal eine Runde.«

»Ich beeile mich, ich bin gleich bei dir.«

»Lass dir Zeit, Onkel Tommaso. Ich gehe schon vor.«

»Wie du meinst.«

»Ich möchte die Sache so schnell wie möglich hinter mich bringen«, sagte sie und stellte ihre nur zur Hälfte ausgetrunkene Tasse ab, aber kaum war sie ein paar Schritte gegangen, war schon Tommaso an ihrer Seite.

»Ich möchte ja nicht, dass du unter diesem herbstlichen Himmel trübsinnig wirst. Der drückt mir schon aufs Gemüt, und ich bin ein geborener Optimist. Wenn ich mir erst vorstelle, welche Wirkung das auf dich haben muss«, sagte er und deutete auf die grauen Wolken über ihrem Kopf, die sich jetzt vor die fahle Sonne gedrängt hatten. Es würde Regen geben.

Myriam griff nach seiner Hand und drückte sie fest. »Du bist ein außergewöhnlicher Mensch«, sagte sie und bohrte ihre Schuhspitze in einen Laubhaufen. »Du bist einer der großzügigsten Menschen, die ich kenne. Und ich bin froh, dass du jetzt endlich dein Leben im Griff hast. Du hast mit Matteo eine starke und solide Liebe gefunden, und du hast eine Familie, die dich liebt.«

»Ja, ich kann mich wirklich glücklich schätzen«, pflichtete Tommaso ihr bei, steckte die Hände in die Hosentaschen und blickte verlegen zu Boden.

»Das sind doch gute Aussichten, nicht wahr?«

Tommaso seufzte. Der Wind hatte sich gedreht, der Himmel verdüsterte sich. »Das wäre es, wenn es nicht noch so viele Hindernisse auf dem Weg zu beseitigen gäbe, meine Liebe. Denn ich fürchte, auch wenn der Krieg zu Ende sein wird, ist der Kampf für Menschen wie mich noch nicht vorbei.« Mit der Schuhspitze schob er die trockenen Blätter auf dem Weg zur Seite. »Roberto und ich sind von der Gesellschaft noch nie verstanden, noch nie akzeptiert worden. Man hat uns Rizinusöl eingeflößt, uns verprügelt. Wie kann ich da glauben, dass alle Vorurteile einfach weg sind, nur weil eine neue Flagge über dem Land weht?«

Myriam seufzte und ließ den Kopf hängen. Dann deutete sie auf das Gartentor, hinter dem der Wald begann. Sie ließen das Grundstück hinter sich und sogen den Duft nach feuchter Erde ein, das Laub der Bäume leuchtete in Rot, Gold und Grün, wie es Myriam noch nie gesehen hatte. Hier schien der Krieg weit weg, die Stille war fast unwirklich.

»Hier im Wald habe ich immer das Gefühl, dass die Zeit stillsteht«, sagte sie und reckte das Gesicht schnuppernd in die frische Morgenluft. »Die Zweige der Bäume über mir bilden ein Dach, als wollten sie mich vor neugierigen Blicken schützen, die Eichhörnchen klettern die Stämme hoch und suchen nach Nahrung, und unten zwischen dem Moos wachsen Pilze. Wenn ich der Stille hier lausche, ist es mir, als wäre der Krieg für einen Augenblick lang verschwunden.«

»Das wäre zu schön, Liebes«, antwortete Tommaso, der ihr ein Stück voranging, doch hinter einer Kurve sah er plötzlich undeutlich einen farbigen Fleck am Straßenrand und blieb sofort stehen.

Als Myriam bei ihm war, legte sie ihm die Hand auf den Arm und wollte ihn gerade fragen, was er gesehen habe, als sie seinem Blick folgte und erstarrte. »Sag mir, dass es nicht das ist, was ich denke«, flüsterte sie, doch als sie näher herangingen, erkannte Myriam eine Hand, und sofort lief sie los, bis sie den Mann erreichte, ein junger Bursche, jünger als sie, die blonden Haare an der Stelle, wo die Schüsse ihn getroffen hatten, blutverkrustet, die Augen weit aufgerissen. »Mein Gott«, stammelte sie, dann schloss sie ihm sanft die Augen und betete.

»Hier ist noch einer«, rief Tommaso, der vor einem anderen Mann stand, dessen Brustkorb ebenfalls mit Einschusslöchern übersät war.

»Das sind Badoglios Leute, sie tragen ein blaues Halstuch«, sagte Myriam. Dann sprach sie auch für ihn ein Gebet.

»Wir sollten von hier verschwinden, die Soldaten können jeden Moment zurückkommen«, meinte Tommaso, der bei jedem Geräusch zusammenzuckte. »Das müssen die Männer sein, die sie letzte Nacht verfolgt haben. Sie werden sich sicher davon überzeugen wollen, dass sie wirklich tot sind.« Seine Nichte betrachtete die Leichen.

»Wir müssen sie erst wegbringen.«

»Und wie? Wir haben kein Auto, und wohin sollen wir sie bringen?«

»Auf jeden Fall erst einmal weg von der Straße, dann werden wir mit dem Pfarrer sprechen. Wir können sie nicht hierlassen. Komm, wir müssen uns beeilen«, drängte Myriam ihren Onkel.

Tommaso starrte auf die Hand, die seine Nichte ihm entgegenstreckte, und atmete tief durch. Dann schob er seine Angst beiseite und ergriff sie. »Ich habe Angst, aber ich spüre, dass du recht hast.«

Myriam lächelte und drückte seine Hand. Gemeinsam machten sie sich auf den Weg zur Kirche. Weder sie noch Tommaso bemerkten die Gestalt, die ihnen folgte. Als die das Dorf erreichen, blieben sie wie versteinert stehen.

»Soldaten«, flüsterte Myriam und starrte auf den Dorfplatz voller Uniformierter. Sie waren überall, saßen auf den Bänken vor der Kirche, wo sich früher die Liebespaare getroffen hatten, lehnten an den Schaufenstern der geschlossenen Geschäfte, saßen auf dem Rand der Blumenkübel, in denen statt Margeriten Kartoffeln wuchsen. Fast alle öffentlichen Parks und Grünflächen waren in Gemüsegärten verwandelt worden, genau wie die privaten Gärten. Wie die Bauern ihre Felder, bestellten die Stadtbewohner ihre Gärten, um ihnen etwas Essbares abzuringen, doch oft nahmen die Besatzer ihnen die Früchte ihrer Arbeit gleich wieder ab.

»Sie sollen verdammt sein«, flüsterte Myriam und starrte sie hasserfüllt an.

»Lass es gut sein, Myriam. Gehen wir, ich glaube, ich habe den Pfarrer gerade entdeckt«, sagte Tommaso und deutete auf eine Silhouette vor dem Pfarrhaus. Der Geistliche war ein kleiner alter Mann. Als Tommaso und Myriam zu ihm gingen und ihm alles erzählten, nickte er nur und faltete die Hände.

»Ich habe es schon gehört«, sagte er traurig und versicherte ihnen, dass er jemanden schicken würde, um die Leichen zu beerdigen. »Solange der Herr mir die Kraft dazu gibt, wird in diesem Dorf und in den Wäldern ringsum keine Menschenseele ohne Grab bleiben.«

»Danke, Padre«, sagte Myriam und faltete ebenfalls die Hände vor der Brust. »Wir brauchen Menschen wie Sie.« Sie dachte an Giovanni und an seine Verachtung für die Kirche, die ihn von ihr entfernt hatte.

»Wo sind die Leute, die ich aus Rom hergebracht habe?«, fragte Tommaso. Nachdem er sich vergewissert hatte, dass sie niemand hörte, erzählte der Pfarrer, dass er sie über einen Kontaktmann in einem Kloster in den Bergen in Sicherheit gebracht hatte. »Dort werden diese armen Menschen wenigstens ein bisschen Frieden finden«, sagte er und schaute auf den überfüllten Platz, auf die Soldaten, die den wenigen Mädchen, die aus der Kirche kamen, hinterherpfiffen, andere, die jeden, der vorbeiging, wütend ansahen, in den Augen ein verzehrendes Heimweh. »Bei uns wird es mit dem Frieden noch dauern, wenn man sich ansieht, was in Rom passiert. Und wer weiß, was noch alles kommt«, fügte er wehmütig hinzu.

Tommaso und Myriam senkten den Blick. Als Myriam wieder aufsah, bemerkte sie am Fuß der Kirchentreppe plötzlich eine wohlbekannte Gestalt. Obwohl das Gesicht durch einen Schleier halb verdeckt war, hatte Myriam sie sofort erkannt.

Angela, sagte sie sich, verwundert, ihre Cousine gerade hier zu sehen, vor der Kirche, in der sie seit ihrer Hochzeit mit Gino nicht mehr gewesen war, auf einem Platz voller Soldaten, die sie und die Menschen, für die sie sich entschieden hatte, ihren Sohn, ihre Familie hassten. Myriam kniff die Augen zusammen und folgte mit dem Blick ihrer Cousine, die sich langsam durch die Menschenmenge bewegte, doch etwas an ihr, an ihrer nachlässigen Frisur, an der Art, wie sie sich dahinschleppte, machte sie stutzig. *Fast als wäre sie nicht sie selbst*, dachte sie. Als sich ihre Blicke endlich trafen, überlief es sie eiskalt und sie fröstelte. »Was zum Teufel geht da vor?« Und als sie dann sah, wie ihre Cousine plötzlich eine Pistole aus ihrer Handtasche zog, war sie einer Ohnmacht nahe. Entsetzt riss sie die Augen auf, Schwindel ergriff sie, ihr Herz begann zu rasen. »Nein, o mein Gott, nein!«, stammelte sie. Wie im Wahn umklammerte Angela die Pistole, sie trug Ginos Mantel aus kariertem englischem Wollstoff, der ihr viel zu groß war. Sie wirkte fast wie ein kleines Mädchen im Kleid ihrer Mutter, und nicht wie eine verzweifelte Witwe.

»Angela!«, schrie Myriam und lief auf sie zu, doch ihre Cousine sah sie nur mit traurigen Augen an. Sie weinte und presste die Waffe mit zitternden Händen an die Brust.

»Kümmere dich um Mosè«, flüsterte sie ihr noch zu, dann ging sie in Richtung der Soldaten davon.

»Angela, nicht«, schrie Myriam und schlug entsetzt die Hand vor den Mund, doch ihre Cousine ließ sich nicht von ihrem Vorhaben abbringen.

»Ihr sollt sterben!«, brüllte sie, so laut sie konnte, und richtete die Pistole auf eine Gruppe von Soldaten, die gerade neben einem Lastwagen standen und ihren Tabak teilten. »Das ist für meinen Mann, für meine Familie und für meinen Sohn: Fahrt zur Hölle!« Dann drückte sie ab, immer wieder. Die Männer sanken zu Boden, tot oder verletzt. Angela lud nach und schoss weiter. Die wenigen Zivilisten rannten davon, übrig blieb nur diese Frau mit der festen Absicht, so viele Soldaten wie nur möglich zu töten. Jetzt reagierten andere Soldaten und griffen ebenfalls zu ihren Waffen. Angela zögerte nur kurz: Ihr Moment war gekommen. Sie lief nicht davon, sondern lud abermals nach, hörte nicht auf zu schießen. Sie wusste, was geschehen würde. Sie ließ zu, dass die Kugeln der Soldaten in ihren Körper einschlugen, ihn durchbohrten, und schoss so lange weiter, bis sie selbst zu Boden sank und ihr Körper unter dem viel zu großen Mantel zusammensackte. Angela war tot.

Die Soldaten umringten den Leichnam und sahen sich ängstlich nach allen Seiten um, ebenso wie die Zivilisten, die sich in die Kirche geflüchtet hatten und Repressalien fürchteten.

Tommaso hatte Myriam beiseitegezogen, die jetzt hinter der halb offenen Kirchentür kauerte, und starrte auf den Leichnam seiner Nichte. Als Myriam Anstalten machte, sich zu erheben, hielt er sie zurück.

»Bleib hier, um Himmels willen«, befahl er und wischte sich die Tränen aus dem Gesicht. Myriam jedoch konnte sich ohnehin nicht bewegen, ihre Beine waren taub, schwer wie Blei.

Sie konnte nicht mehr denken, sie konnte nur auf das starren, was dort, in der Mitte des Platzes, vor ihr lag und was sie nicht sehen wollte, den leblosen Körper ihrer Cousine. Der jungen Frau, mit der sie das erste Mal im Theater gewesen war, mit der sie erbitterte Diskussionen geführt und gelacht hatte. Die Gefährtin ihrer unbeschwerten Jugendjahre, in denen alles leicht gewesen war. Diese Zeit lag lange zurück und war nun für immer verloren. Ein Band war zerschnitten, aus ihrem Herzen, aus der Geschichte ihrer Familien gerissen worden.

Vor ihrem geistigen Auge tauchten plötzlich all die Menschen auf, die sie in ihren Jahren in Italien verloren hatte – Onkel Giacomo, Tante Ottavia und all die anderen –, dann wanderten ihre Gedanken nach Kuba, zu ihrem Vater, ihren Großeltern, die sie in all den Jahren vermisst hatte. Das alles lag so weit zurück, und sie spürte, wie genau in diesem Moment ein Teil ihrer Familiengeschichte, ein Teil von ihr für immer verschwand.

Es ist alles verloren, dachte sie, ließ sich zurücksinken und zog die Knie an, sie konnte kaum noch atmen. Tommaso legte die Arme um sie und küsste sie in den Nacken. »Wir müssen nach Hause, mein Schatz«, sagte er. »Wir müssen an Mosè denken, in Ordnung?«, fügte er mit gebrochener, kaum hörbarer Stimme hinzu. Er nahm ihr Gesicht zwischen die Hände. »Wir müssen stark sein und an Angelas Sohn denken, einverstanden?«

Myriam nickte und lächelte ihren Onkel an, voller Zärtlichkeit für diesen Mann, der sich trotz allem immer treu geblieben war. »Ich weiß«, sagte sie und schaute ein letztes Mal zum Platz hinüber, wo Angelas Leichnam von einem sanften Regen benetzt wurde.

»Wir sollten ...«

»Nein, Liebes«, unterbrach sie der Pfarrer. »Wenn ihr jetzt zu ihr geht, werdet ihr im Gefängnis landen oder Schlimmeres. Ich kümmere mich darum, ihr geht nach Hause. Heute Abend schicke ich euch jemanden vorbei.«

»Aber ...«

»Der Padre hat recht, Myriam, wir müssen gehen.«

»Nehmt den Hinterausgang, dort ist niemand«, sagte der Geistliche noch, dann griff er nach dem Rosenkranz in seiner Tasche und begann, für die Seele der Toten zu beten.

9

Myriam beugte sich zu Mosè hinunter und knöpfte seinen blauen Wollmantel zu. Neben ihm stand ein kleiner Koffer mit den wenigen Habseligkeiten, die Angela aus Rom hatte mitnehmen können – wenige Kleidungsstücke, die leicht zu ändern waren, für ein Kind, das rasch wuchs.

Zu rasch, dachte sie bedauernd und strich ihm über die weiche Wange. Mosè fiel ihr in die Arme und begann zu weinen.

»Ich will nicht weg, ich will bei dir bleiben«, jammerte er und presste sein Gesicht in die Kuhle an ihrem Hals. Myriam kämpfte mit den Tränen.

Angela war erst seit zwei Tagen tot, und seitdem hatte Myriam Mosè nicht aus den Augen gelassen. Sie hatte ihm erzählt, dass seine Mutter jetzt bei seinem Vater war und ihn von den Wolken aus beschützte, hatte versucht, die Trauer mit Spielen, Vorlesen und langen Spaziergängen zu lindern. Zusammen mit ihm hatte sie eine neue Welt entdeckt, einfach und magisch, in der ein Blatt zum fliegenden Teppich wurde, ein Granatapfel zum Zaubertrank. Abends erzählte sie ihm Märchen, bis er eingeschlafen war, erschöpft, aber voller Hoffnung, am nächsten Morgen glücklich zu erwachen. Sie kauerte mit angezogenen Beinen im Sessel neben ihm und betrachtete voller Staunen den kleinen Brustkorb, der sich unter der Decke hob und senkte, ließ sich von seinem warmen Atem ihr angsterfülltes Herz besänftigen, wann immer sie daran dachte, wie Angela auf dem Dorfplatz zusammengesackt war. Seit diesem Moment hatte sie kaum mehr als ein, zwei Stunden Schlaf finden können. Der Gedanke, fortan für Mosè sorgen zu müssen, überforderte sie. Sie hatte keine Kinder, hatte nicht mal Zeit gehabt, sich welche zu wünschen, und ihrer Cousine dennoch das Versprechen gegeben, ihr Kind zu sich zu nehmen. Als nun aber Matteo an die Tür von La Gioiosa klopfte, wusste sie, dass dies die beste Lösung war, auch wenn sie wehtat.

»Mosè muss zur Ruhe kommen, und er muss Zeit mit Gleichaltrigen verbringen. Er hat lange genug die Hölle der Erwachsenen miterleben müssen, jetzt hat er ein Recht darauf, wieder Kind sein zu dürfen, ein paar Wochen fernab von allem in Frieden zu verbringen, findet ihr nicht?«, hatte sie Lia und Tommaso gefragt, mit denen sie die Situation besprochen hatte. Seit Angelas Tod wurde im Haus nur wenig gesprochen, Tommaso las oder führte berufliche Telefonate, während Lia lange Spaziergänge und Handarbeiten machte. Manchmal half sie Giuliana in der Küche beim Einkochen oder Ermes im Garten, beides Tätigkeiten, bei denen sie einen Moment lang alles vergessen konnte. Wenn sie sich aber wieder im Sessel zurücklehnte, kehrten die Albträume zurück. Myriam hatte mehrere Male versucht, sie und Tommaso in Mosès Leben einzubeziehen, doch ohne großen Erfolg. Deshalb hatte sie sich an Matteo gewandt, der sofort herbeigeeilt war.

»Ich habe ein gutes Versteck für den Kleinen gefunden. Man hat mir versichert, dass er bis zum Ende des Krieges dort bleiben kann«, hatte er sie informiert, als er in La Gioiosa angekommen war und sie gemeinsam am Tisch gesessen hatten.

»Wird er denn jemals enden?«, hatte Tommaso mit matter Stimme gefragt.

»Wir müssen daran glauben. Wir müssen es für Kinder wie Mosè tun, für die Mütter, die ihre Kinder verloren haben, für alle, die nie wieder nach Hause kommen werden. Wir dürfen die Hoffnung nicht aufgeben und müssen dafür sorgen, dass dieses Grauen irgendwann ein Ende haben wird – für unsere Familie, für Angela, für Gino, für alle, die nicht die Wahl hatten«, hatte Myriam eindringlich an sie appelliert.

Als Myriam nun den schluchzenden Mosè fest im Arm hielt, dachte sie an die Zeilen zurück, die Angela ihnen hinterlassen hatte. Heute Morgen hatte sie zwischen Mosès Sachen einen an sie adressierten Brief gefunden, ein sorgfältig gefaltetes Blatt Papier, das gut versteckt war.

In diesem Brief erklärte Angela, was sie zu ihrem Handeln getrieben hatte, warum sie sie bat, worum sie bat.

Liebe Myriam,
ich weiß, dass die Dinge zwischen uns nicht immer einfach waren und dass ich mich in der Vergangenheit dir gegenüber oft schrecklich benommen habe. Aber glaube mir, meine Bewunderung und meine Hochachtung für dich hat das nie geschmälert. Du bist entschlossen und stark, du hast dich diesem Regime nie gebeugt, sondern hast versucht, dich an der Seite deines Mannes, den ich leider nie kennengelernt, jedoch aufgrund deiner Erzählungen zu schätzen gelernt habe, dagegen zu wehren.

Wenn du diese Zeilen liest, bin ich möglicherweise nicht mehr am Leben. Ich möchte dich um etwas bitten, worum keine Mutter je bitten möchte: Ich bitte dich, dich um Mosè zu kümmern.

Ich bitte dich wortwörtlich mit meinem ganzen Herzen, denn dieses Kind, mein Sohn, ist das Einzige, was mir geblieben ist, das schönste Geschenk, das das Leben mir und Gino gemacht hat. Mein Kind ist wertvoll, und ich weiß, dass es unter deiner Fürsorge mit gesunden Prinzipien aufwachsen wird. Du warst schon immer entschlossen und liebevoll zugleich. Ich hoffe sehr, dass du Ja sagst und Mosè annimmst wie deinen eigenen Sohn, ihm all die Liebe schenkst, die er verdient und die ihm seine Eltern nur mehr vom Himmel aus senden können. Pass auf ihn auf und liebe ihn, denn der Hass auf die Menschen hat mein Herz vergiftet, sodass ich nichts als Wut empfinden kann.

Aber du bist anders, du hast ein gutes Herz, das habe ich immer gewusst. Verzeih meine wirren Worte, die mir ein Rest von Zärtlichkeit, die mir noch geblieben ist, diktiert hat. Liebe Myriam, bitte kümmere dich um meinen Kleinen, und wo auch immer ich landen werde, im Himmel oder in der Hölle, ich werde immer ein gutes Wort für dich einlegen.

Deine Cousine Angela

Sie kniff die Augen zusammen, als sie an diese Worte dachte, und küsste den Jungen auf seine vollen Locken. »Ich kann nicht mehr ändern, was mit Angela passiert ist, aber ich kann dafür sorgen, dass ihr Sohn so friedlich wie möglich aufwächst.«

»Wir müssen gehen.« Myriam und Mosè drehten sich zu Matteo um, der schon ungeduldig auf sie wartete.

Der Junge schaute Myriam angsterfüllt an und warf sich noch einmal in ihre Arme. Sie küsste ihn wieder und wieder, atmete den Duft seiner Haut tief ein, den süßen Duft der Kindheit, warf Matteo einen langen Blick zu und umarmte Mosè noch ein letztes Mal. Dann verabschiedeten sich auch Clio und Viola von ihm, die die ganze Zeit kein Wort gesagt hatten und nun mit geröteten Augen stumm in die Umarmung einfielen, bis Matteo sich räusperte und alle wieder in die Wirklichkeit zurückholte. Myriam kniete sich vor Mosè hin und sagte mit zitternder Stimme: »Versprich mir, dass du brav sein wirst.«

Mosè nickte und sah zu Boden. »Ich verspreche es.«

Sie holte tief Luft, verwirrt von der Rührung, die sie überkam: »Versprich mir, dass du den Menschen, die sich um dich kümmern werden, gehorchen und mit den anderen Kindern Freundschaft schließen wirst.«

»Ja.«

»Und teile deine Spielsachen mit den anderen. Es ist wichtig, dass sich niemand ausgeschlossen fühlt. Du weißt ja selbst, wie das ist.«

Mosè sah sich um und umklammerte den kleinen Koffer. »Gut, aber versprich du mir auch, dass du mich besuchen kommst und mich nicht allein lässt, so wie Mama.«

Myriam presste die Faust auf den Mund und schluckte ihre Tränen hinunter. Im Krankenhaus hatte sie vielen Kindern geholfen, die in ferne Länder gereist waren, weit weg von ihren Familien. Jetzt erst verstand sie, wie groß der Abschiedsschmerz wirklich war.

»Ich verspreche es dir«, sagte sie und sah ihm fest in die Augen. »Ich komme, so schnell ich kann, und dann lasse ich dich nicht mehr allein.«

Mosè streckte ihr die Hand entgegen. »Versprochen?«

Myriam drückte sie. »Versprochen.«

Mosè schaute zu Matteo, dann lächelte er Myriam zu. »Dann warte ich auf dich.« Er ging zu Matteo und griff nach seiner Hand, Myriam warf ihm eine letzte Kusshand zu und sah ihnen nach, wie sie in den Lieferwagen stiegen, Matteo den Motor anließ und der Wagen die Auffahrt hinababfuhr und immer kleiner wurde, bis er nicht mehr zu sehen war.

10

Myriam trat aus dem Laden und legte das Fleisch, das sie mit den Ersparnissen der Familie ergattert hatte, in ihren Fahrradkorb. Beim Gedanken an die Brühe, die Giuliana daraus kochen würde, lief ihr das Wasser im Mund zusammen. Sie war eine fantasievolle Köchin und zauberte aus den Erträgen von Ermes' Gemüsegarten immer neue Suppen, aber Myriam konnte keinen Kohl und keine Kartoffeln mehr sehen. Allein die Vorstellung, ein Stück Fleisch zu essen, versüßte ihr den Tag.

Heute Abend bekommen wir endlich wieder etwas Vernünftiges zwischen die Zähne, dachte sie voller Vorfreude und machte sich auf den Rückweg nach La Gioiosa. Sie pfiff vor sich hin und genoss den Sonnenschein. Obwohl es schon November war, war es noch angenehm warm.

»Die Tu-, die Tu-, die Tulpen, die erzählen von Liebe …« Sie hielt inne. Am Dorfeingang bot sich ihr ein schauerliches Bild: Vom mittelalterlichen Stadttor hingen drei Menschen herab. Sie bremste abrupt und presste die Hände auf den Mund. »Drei Jungs«, sagte sie, und ihre Stimme brach. Sie sah sich um, ob da noch jemand war, mit dem sie ihr Entsetzen hätte teilen können, als ihr das Schild auffiel, das mit Stacheldraht um den Leib der Jungen gewickelt war. Mit leicht schrägen Buchstaben stand dort das Wort »Partisanen«.

Myriam schauderte.

Erschüttert riss sie die Augen auf, Tränen rannen ihr über die Wangen. Sie lehnte das Rad an eine Mauer und sah sich die Jungen genauer an. In einem erkannte sie den jüngsten Sohn der Kurzwarenhändlerin. Sie sprach ein Gebet, die Finger fest um ihr Kreuz geschlossen. Als sie versuchte, die Leichen von ihrem Galgen zu lösen, hörte sie den Pfarrer laut ihren Namen rufen.

»Nicht anfassen, um Himmels willen«, rief er. »Man hat mir gerade Bescheid gesagt. Ich bin hier, um ihnen den Segen zu erteilen. Aber bitte, nicht anfassen.« Myriam starrte ihn entsetzt an.

»Aber wir können sie doch nicht einfach hängen lassen!«

»Das müssen wir leider, wenn du nicht möchtest, dass sie uns gleich mit umbringen«, antwortete er und richtete sich seine Trauerstola. »Wenn dir dein Leben lieb ist und du meine Gemeindemitglieder nicht in Gefahr bringen willst, dann müssen sie drei Tage und drei Nächte hängen bleiben. So haben es die Deutschen bestimmt. Bei allen Partisanen. Im Nachbardorf wollte eine Frau ihren Sohn abnehmen. Sie haben sie sofort erschossen.«

Angewidert schüttelte Myriam den Kopf. »Wie lange geht das schon so?«

Der Pfarrer senkte den Blick. »Seit die Invasion begonnen hat. Sie haben sogar Polizisten umgebracht. Romolo war gerade erst vereidigt worden, ich habe ihn getauft und ihm die heilige Kommunion erteilt. Sie haben ihn vor meinen Augen erschossen.« Er schlug die Hände vors Gesicht. Sie blieben noch lange vor den drei toten Jungen stehen, bis der Wind auffrischte und das Dorf in ein finsteres, fast winterliches Licht gehüllt wurde. Sogar das Klappern der Fensterläden klang bedrohlicher als sonst. Doch als der Wind die Wolke vor der Sonne weggeblasen hatte, war alles wieder in Sonnenlicht getaucht. Myriam wurde es eng ums Herz, doch das Chaos in ihrem Kopf begann sich ebenso zu lichten wie der Himmel. Noch einmal schaute sie auf die Gesichter der drei Kämpfer, ehe sie, ohne sich noch einmal umzudrehen, rasch nach La Gioiosa zurückkehrte. Endlich wusste sie, was zu tun war.

Giovanni sah von den Patientenakten hoch zu der Frau in Schwesterntracht vor ihm. »Myriam«, entfuhr es ihm überrascht. Er stellte die Tasse Ersatzkaffee ab und ging zu ihr, strich ihr über den Arm. »Ich freue mich, dich zu sehen. Ich hätte nicht gedacht, dass du so schnell zurückkommen würdest.« Er lächelte sie an. »Wie geht es dir?«

Sie faltete die Hände vor der Brust und nickte einer Kollegin zu. »Viel besser, danke«, antwortete sie und wartete, bis die Schwester den Raum wieder verlassen hatte. »Ich brauchte etwas Ruhe, aber jetzt geht es mir wieder gut, und ich wollte zurück. Es wäre gegenüber den Patienten und den Kollegen respektlos gewesen, noch länger in La Gioiosa zu bleiben.« Sie sah sich um. »Aber da ist noch etwas.« Sie zog einen Stuhl neben Giovannis Stuhl und setzte sich. »Kann ich dich unter vier Augen sprechen?«

»Natürlich.« Giovanni stand auf und schloss die Tür. »Was gibt's?«

Durch die Milchglasscheibe konnte Myriam sehen, wie weiße Schemen vor der Tür vorbeihuschten. Die Erinnerung an jene Nacht löste einen tiefen Schmerz in ihr aus, und sie begriff, dass ihr Aufenthalt in La Gioiosa nichts daran geändert hatte. Sie schluckte. »Hast du etwas von Rachele gehört?«

Giovanni seufzte und faltete die Hände. »Es scheint kompliziert zu sein«, sagte er. Myriam musste lächeln, als ihr Blick auf seine Hände fiel.

»Du siehst aus, als würdest du beten. Der überzeugte Atheist«, meinte sie und versuchte ihre Stimme ganz ruhig klingen zu lassen.

»Dieser Krieg macht uns alle verrückt. Vielleicht konvertiere ich noch«, sagte er, doch Myriam ging nicht darauf ein.

»Also, was kannst du mir über Rachele sagen? Ich habe Matteo gefragt, aber er weiß nichts, und Padre Francesco ist offiziell auf Pilgerreise.«

»Ja, seit der Razzia im Ghetto versuchen wir den Flüchtlingen zu helfen, Unterkünfte für die Kinder zu organisieren oder sie in die Schweiz zu bringen. Aber wer weiß, wie lange das noch gut geht. Die Soldaten könnten langsam Verdacht schöpfen, so viele Seminaristen wie jetzt hatten wir noch nie im Krankenhaus.«

»Ich weiß. Ich habe Matteo wegen des Sohnes meiner Cousine um Hilfe gebeten.« Sie hielt inne und versuchte, den Schmerz nicht übermächtig werden zu lassen. »Angela ist tot, aber zuvor hat sie mir noch ihren Sohn anvertraut. Er hat niemanden mehr außer mir«, murmelte sie mit gesenktem Kopf, während Giovanni sie überrascht ansah.

»Und wo hast du ihn untergebracht? Hoffentlich nicht bei euch zu Hause, da könnten jederzeit Soldaten auftauchen«, machte Giovanni ihr Vorwürfe, doch ehe er weiterreden konnte, unterbrach sie ihn und erzählte ihm von Angelas Tod und Mosès Reise in die Freiheit. »Du hättest dich auch an mich wenden können. Ich hätte dir gerne geholfen.«

»So war es besser. Nimm es nicht persönlich. Aber noch einmal: Was ist mit Rachele?«

Giovanni seufzte: »Anscheinend wurde sie in einem Zug nach Deutschland gebracht, danach verliert sich ihre Spur. Es wird ohnehin immer schwieriger. Die ›Bandiera Rossa‹ wurde von Spionen unterwandert. Diese Schweine scheinen überall zu sein, in den anderen Gruppen ist es nicht besser. Wir tun, was wir können, die Partisanen verüben Sabotageakte, wo es nur geht, aber wenn die Alliierten uns nicht unterstützen, schaffen wir es nicht.«

Das Licht über ihrem Kopf flackerte. »Das ist in La Gioiosa auch oft passiert«, sagte sie. »Manchmal kommt es einem vor wie ein schlechtes Vorzeichen.«

»Vielleicht wurden die Leitungen vor der Stadt getroffen. In Rom geht es sowieso immer chaotischer zu: Die Schwarzhändler verstecken sich nicht mehr, ständig werden Menschen erschossen, überhaupt wird überall geschossen, als ob das nichts wäre, und ab und zu fallen Bomben vom Himmel. Und nebenbei verhungern die Leute, die Juden verstecken sich, und die Partisanen müssen sich in die Berge zurückziehen, wenn sie nicht kopfüber aufgehängt werden wollen.«

Myriam sah ihn mit großen Augen an. »Du hast davon gewusst?«

»Leider geschieht das in letzter Zeit öfter«, sagte Giovanni, und Myriam musste wieder an diese armen Jungen denken. Ihr stockte der Atem.

»Weiß Diana Bescheid? Über Rachele, meine ich«, fragte sie nach einer Weile.

»Nein, ich habe weder mit deiner Mutter noch mit deiner Schwester gesprochen. Ich habe schon eine Weile keinen Kontakt mehr zu deiner Familie.«

»Verstehe«, sagte sie und stand auf. Die Last auf ihren Schultern schien schier unerträglich. »Morgen gehe ich in der Bäckerei vorbei und spreche mit Diana«, fügte sie hinzu, aber als sie einen Schritt machen wollte, wurde ihr schwindlig, und Giovanni musste sie stützen.

»Ist alles in Ordnung?«

»Ja, ich bin nur ein wenig müde.«

»Ich würde eher auf Hunger tippen«, meinte Giovanni und schaute ihr prüfend in die Augen. Du bist dehydriert, du brauchst etwas Vernünftiges zu essen und Vitamine.«

Myriam lachte. »Gibt es denn jemanden, der sich gerade vernünftig ernährt?« Sie richtete sich die Haare unter der Haube und deutete auf einen Jutesack in der Ecke. »Ich habe vom Land ein bisschen was zu essen für die Kinder mitgebracht, um die sich Padre Francesco kümmert. Viel ist es nicht, aber ich hoffe, es hilft.«

»Sehr gut. Ich bringe den Sack an einen sicheren Ort, und sobald dein freundlicher Mönch wieder zurück ist, werde ich ihn persönlich übergeben. Aber du solltest nicht nur an die anderen denken, du musst auch vernünftig essen.«

»Ich weiß, aber im Moment sollen erst mal meine Mutter und meine Schwester die Lebensmittel vom Land bekommen. Ich kann im Krankenhaus essen, sie haben diese Möglichkeit nicht. Die Versorgung in der Stadt wird von Tag zu Tag schlechter, und ich habe nicht vor, unser Geld auf dem Schwarzmarkt zu verschwenden.«

Giovanni schüttelte den Kopf. »Du hast dich nicht verändert: Du kümmerst dich immer nur um andere.«

»Das ist doch meine Aufgabe, oder?«, gab sie zurück und deutete auf ihre Schwesterntracht.

»Ja, das stimmt, aber unter der Tracht steckt ja immer noch ein Mensch.«

Myriam ging zur Tür, dann lächelte sie ihm warmherzig zu. »Unsere kleinen Wortgefechte haben mir gefehlt.«

»Mir auch. Ohne dich ist dieser Ort noch düsterer«, meinte Giovanni.

»Deine Komplimente waren auch schon mal besser.«

»Warum? Ich sage nur die Wahrheit«, verteidigte er sich und schaute ihr tief in die großen Augen. Einmal hatte er den Geschmack ihrer Lippen kosten dürfen, doch dieser Moment war viel zu schnell vorbei gewesen. Er vergrub die Hände in den Taschen seines Arztkittels.

»Du sagst viel, wenn der Tag lang ist, Dottore. Und jetzt lass uns gehen, die Patienten warten.«

»Schade, dass es nicht die Freiheit ist, die auf uns wartet«, sagte er, während wieder ein Lastwagen Richtung Ghetto fuhr, wo die Gassen am Rande des müde dahinfließenden Tibers immer leerer wurden.

Als Myriam in die Via Nazionale einbog, in der die Bäckerei lag, die ihre Schwester führte, brach der Tag an. Es war kalt, der Himmel eine Mischung aus intensivem Blau und flammendem Orange. Am Horizont legte eine fahle Sonne bereits schüchtern einen goldenen Schimmer auf die Platanen, von denen es in der Stadt so viele gab.

Myriam hielt vor dem Schaufenster und betrachtete es einen Moment lang. Der Anblick des bescheidenen und etwas vernachlässigten Ladens versetzte ihr einen Stich. Sie dachte an die glanzvollen Zeiten des Caffè Borghi, in dem sich noch vor wenigen Jahren die Großbürger und die römische Aristokratie getroffen hatten. Von den Tischen im Freien, von der großen Terrasse mit dem Sonnensegel, das die Gäste im Sommer vor der Hitze schützte, von den herrlichen Auslagen im Schaufenster war nichts geblieben. Gar nichts.

Jetzt standen auf dem von minderwertiger Seife matt gewordenen Boden lange Reihen großer Körbe, gefüllt mit dem wenigen Brot, das die hungrigen Frauen sofort an sich rissen.

»Myriam?«, begrüßte sie Diana und öffnete die Tür. Neben ihr stand ein Wassereimer, sie hatte einen Besen in der Hand. »Was machst du denn hier? Ich dachte, du wärst in La Gioiosa.«

»Ich bin früher zurückgekommen, aber ich war noch nicht zu Hause«, antwortete Myriam und öffnete den Mantel über ihrer Schwesterntracht.

»Ein Grund mehr, nicht an der Tür stehen zu bleiben. Komm rein, ich mach dir etwas Heißes zu trinken. Und schließ zweimal ab. Ich möchte keine ungebetenen Besucher am frühen Morgen.«

Myriam folgte ihr zum Tresen, wo Diana einen Malzkaffee zubereitete. Sie gähnte, während sich langsam der malzige Duft im Raum verteilte. »Du hast dich aber recht gut hier eingerichtet«, sagte sie und fuhr mit der Hand über die Regalbretter neben dem Eingang, auf dem einige Säckchen Mehl lagen, die der Rationierung entsprechend abgewogen waren, ein wenig Reis, etwas Gemüse und ein Körbchen mit Eiern. »Ich wusste gar nicht, dass du auch andere Lebensmittel verkaufst.«

Diana goss den heißen Kaffee in zwei Tassen und holte unter dem Tresen ein Päckchen Zucker hervor. »Der Mensch lebt ja nicht vom Brot allein, nicht wahr?« Sie warf einen Blick auf die Soldaten, die am Schaufenster vorbeigingen. »Man tut, was man kann. Wir haben schließlich keine andere Wahl: Wir dürfen nur noch jeden zweiten Tag Brot backen, und auch immer weniger. Zum Glück hat die Fabrik noch Aufträge. Die Deutschen haben keine Ahnung, dass sie mit ihrem Geld dazu beitragen, Juden zu retten. Aber die Einnahmen aus der Fabrik reichen nicht. Es gibt immer mehr Menschen, die Hilfe benötigen, ein Versteck oder etwas zu essen. Und deshalb bleibe ich hier. Im Hinterzimmer leben zwei Familien. Schon deshalb kann ich den Laden nicht aufgeben. Für sie und für Rachele«, fügte sie leise hinzu und rührte abwesend in ihrer Tasse.

Myriam holte tief Luft. Offenbar wusste ihre Schwester nichts. Also musste sie diejenige sein, die ihr die Augen öffnete. »Es gibt etwas über Rachele, das du wissen musst.«

»Ich weiß, dass sie festgenommen wurde. Man hat mir gesagt, dass du bei ihr warst, als es passiert ist, und dass sie in der Via Tasso ist.«

»Ja, aber da ist noch etwas.«

Diana sah auf. »Und was?«

Erst jetzt bemerkte Myriam, wie sehr ihre Schwester sich gewandelt hatte: Die Kleidung hing an ihr herunter, ihre Haut war matt, aber vor allem ihre Augen hatten sich verändert. Die Unruhe darin war verschwunden, ihr Blick wirkte jetzt fester. Ihre Hände, mit denen sie Arbeiten verrichtete, die sie noch vor wenigen Monaten weit von sich gewiesen hätte, waren rissig und aufgesprungen.

»Sie scheint auf einen Transport nach Deutschland gekommen zu sein.«

Diana umklammerte ihren Stuhl. »Nein.«

»Leider ja. Sie wird nicht zurückkommen. Wahrscheinlich ist sie bereits tot, Diana«, sagte sie nach einer kurzen Pause. Sie schwiegen, bis sich die Nachricht gesetzt hatte, es draußen heller wurde und die ersten Frauen sich vor dem Laden in einer Schlange aufstellten.

»Verstehe«, sagte Diana leise. Dann stand sie auf und räumte abwesend den Tresen auf.

»Alles in Ordnung?«

»Ja, ich muss das nur erst mal verarbeiten und mich etwas erholen.« Diana starrte auf die Wand. »Ich habe immer gedacht, sie würde zurückkommen. Ich dachte, irgendwie würden sich die Dinge schon einrenken, Rachele würde zurückkommen, und wir könnten hier weiter Menschen helfen. Ich hasse es, alles alleine zu machen. Die Situation überfordert mich, das ist alles zu viel für mich, ich schaffe es nicht mehr.« Sie wischte sich die Tränen von der Wange. »Nach dem, was mit Gino geschehen ist, habe ich mein Leben völlig verändert. Ich wollte es wiedergutmachen, ein besserer Mensch werden. Aber ohne Rachele fühle ich mich verloren. Andrea hilft mir, wo er kann, aber er hat selbst viel zu tun, und ihm fehlt Rachele noch viel mehr. Ich kann es in seinen Augen sehen, wenn er morgens das Brot bringt. Sein Blick sucht immer noch nach ihr, als könnte sie jeden Moment wieder hier auftauchen, aber das tut sie nie. Und jetzt weiß ich, warum.« Sie fuhr mit dem Finger die Kante des Tresens entlang. »Er war über beide Ohren in sie verliebt. Und jetzt muss er sich wieder mit mir abgeben, die ich ihm das Herz gebrochen habe. Sie war die Richtige für ihn, pragmatisch, klug, präzise. Sie traf immer die richtige Entscheidung, hat alles organisiert. Außerdem war sie viel intelligenter als ich, und auch deshalb liebt Andrea sie.«

»Hör auf«, fiel Myriam ihr ins Wort. »Du hast nie einen Mann gebraucht, um zu sein, wer du bist.«

»Vielleicht. Aber vielleicht habe ich mir das auch nur eingeredet. In Wirklichkeit habe ich immer nur für die Männer gelebt. Ich brauchte das Gefühl, angebetet und begehrt zu werden.« Sie lächelte matt. »Ich habe mich immer für so stark gehalten, doch als ich Rachele kennengelernt habe und Andrea sich in sie verliebt hat, habe ich verstanden, wie schwach ich in Wirklichkeit bin. Rachele hat mir gezeigt, dass es nicht der Lippenstift ist, der eine Frau ausmacht, und dass manchmal Sanftmut die wahre Stärke ist.«

»Hör auf, bitte!«, rief Myriam verärgert. »Das passt nicht zu dir. Du wirst nie nur das Anhängsel eines Mannes sein. Du bist eine starke Frau, die den Laden hier alleine voranbringt, die Soldaten ohne Angst begegnet und Risiken eingeht, um andere zu retten. All das hast du bis heute ganz allein gemacht. Aber die gute Nachrichten ist, dass sich das ab jetzt ändern wird.«

Diana runzelte die Stirn. »Was meinst du damit?«

»Dass ich Giovanni bitten werde, dir über seine Kontakte zu helfen. Ich weiß, dass es von Tag zu Tag schwieriger wird, die Aktionen des Widerstands machen die Soldaten misstrauisch. Aber die Front kommt näher, und wir dürfen jetzt keinen Rückzieher machen. Die Rettung ist nah.«

Diana lächelte und strich sich die Haare zurück. »Alle reden von Freiheit, aber für mich rückt sie jeden Tag in weitere Ferne«, sagte sie, und Myriam nahm ihre Hand und drückte sie fest.

»Sie wird kommen, Diana, wir müssen Vertrauen haben. Und jetzt gehe ich nach Hause, ruhe mich ein paar Stunden aus, und dann komme ich zurück, in Ordnung?«

Diana sah sie schweigend an. Es hatte Monate gegeben, in denen sie kaum miteinander gesprochen, in denen sie sich aus den Augen verloren hatten. Jetzt fanden sie sich wieder. Die Distanz zwischen ihnen war mit einem einzigen Blick, mit einer einzigen Umarmung wie weggeblasen, wie Blätter im Herbstwind.

»Post für dich.« Giovanni zog einen gefalteten Brief aus der Tasche und reichte ihn Myriam, die ihm die Tür geöffnet hatte. »Kurz nachdem du gegangen warst, wurde er abgegeben.«

Myriam zog ihn nach drinnen und bedeutete ihm, ihr ins Wohnzimmer zu folgen. »Du musst vor Mitternacht weg sein, die Soldaten kontrollieren hier ganz genau.«

»Ich bin Arzt, für mich gilt die Ausgangssperre nicht. Also, was steht drin?«

»Myriam, Mama hat noch zu tun und …«, unterbrach sie Diana, die gerade an der Wohnzimmertür aufgetaucht war, jedoch sofort innehielt, als sie Giovanni erblickte.

»Giovanni, schön dich zu sehen.« Sie streckte ihm die Hand hin.

»Freut mich auch.«

Myriam schaute von einem zum anderen. »Gut, bis unsere Mutter da ist, werde ich euch schon mal den Grund für dieses Treffen erklären.«

»Apropos, ich habe etwas zu essen mitgebracht«, unterbrach sie Giovanni und hielt ihr ein Päckchen hin. »Da ist Käse drin, ein Patient hat ihn mir geschenkt.«

»Danke. Das ist in Zeiten wie diesen besser als jeder Blumenstrauß«, freute sich Myriam.

Während Myriam den Käse in die Küche brachte, blieben Diana und Giovanni allein zurück. Verlegen warteten sie, dass sie zurückkam.

»Myriam meinte, dass du Hilfe mit einigen Flüchtlingen brauchst«, sagte Giovanni schließlich, wagte jedoch kaum, sie anzusehen.

»Ja, ich habe Schwierigkeiten mit der Versorgung und der Unterbringung. Im Laden habe ich keinen Platz mehr, aber es stehen jeden Tag mehr Menschen vor meiner Tür.«

»Myriam hat mir davon erzählt. Deshalb hat sie mich heute hierhergebeten. Wenn du willst, kann ich dir helfen. Wir haben einige Frauen, die uns unterstützen und die wir als Kuriere einsetzen. Sie könnten dir Lebensmittel bringen und bei den Unterkünften helfen. Ohne sie wären wir verloren.«

Diana verschränkte die Arme und zuckte mit den Schultern. »Das glaube ich gern. Ich habe von den *Staffette* gehört, ich habe auch schon darüber nachgedacht, mich ihnen anzuschließen.«

»Wirklich?«

»Ja, ich wollte etwas Nützliches tun. Aber dann habe ich erfahren, was Andrea und Rachele machen, und beschlossen, auf diese Weise einen Beitrag zu leisten«, erklärte sie. Er wollte gerade etwas erwidern, verstummte jedoch, als Myriam zurückkam.

»Ich habe gerade mit Mutter telefoniert, sie braucht noch etwas.« Als sie bemerkte, wie die beiden einen Blick wechselten, sagte sie: »Alles in Ordnung?«

»Ja«, antworteten sie im Chor.

»Gut, dann sollten wir jetzt etwas essen. Ich weiß nicht, wie es euch geht, aber ich habe einen Bärenhunger.« Sie ging ihnen voran ins Esszimmer und verteilte die Suppe.

»Ich habe deiner Schwester gerade gesagt, dass wir etwas für sie organisieren können. Die Stafetten könnten deine Schwester unterstützen«, schlug Giovanni an Myriam gewandt vor, die gerade auf eine heiße Kartoffel blies.

»Gute Idee, Frauen werden seltener kontrolliert«, meinte sie und suchte Dianas Blick, als sie nun die Einzelheiten besprachen.

»Du müsstest nur immer ein Feldbett für einen von unseren Jungs frei halten. Manchmal brauchen sie nach einer Aktion für ein, zwei Nächte einen Ort, an den sie sich zurückziehen können«, erklärte Giovanni Diana, während Myriam den Käse in feine Scheiben schnitt. Diana hörte konzentriert zu.

»Gut, ich halte ein Bett frei.« Sie legte sich eine Scheibe Käse auf ein Stück Brot und biss mit Genuss hinein. Dazu tranken sie jungen Wein, den ersten, den die bescheidenen Weinstöcke von La Gioiosa in diesem Jahr abgeworfen hatten. Als Myriam und Diana zwei Stunden später wieder allein waren und Eva immer noch nicht zurückgekehrt war, war ihnen nicht danach, schlafen zu gehen.

Gemeinsam räumten sie den Tisch ab und gingen dann in die schwach erleuchtete Küche. Draußen herrschte wegen der Verdunklungsvorschrift tiefe Finsternis. Von der Straße waren die gedämpften Stimmen der freiwilligen Patrouillen des Luftschutzes zu hören, die leise miteinander sprachen.

»Ich bin zu Hause«, rief Eva aus dem Flur, als Diana den letzten Teller abgetrocknet hatte und Myriam das Geschirr einräumte.

»Wir haben dir das Abendessen warm gehalten«, sagte Myriam, als Eva den Kopf zur Tür hereinsteckte, doch die schüttelte den Kopf.

»Ich habe keinen Hunger. Ich esse etwas Käse und gehe dann gleich ins Bett.«

»Schwieriger Tag?«

»Furchtbar. Wir haben zwei Arbeiter verloren, und einen weiteren mussten wir ins Krankenhaus bringen, weil er vor Erschöpfung zusammengebrochen ist. Kein Wunder: Die Ärmsten geben alles ihren Frauen und Kindern und sind selbst so ausgezehrt, dass sie sich bei der Arbeit kaum auf den Beinen halten können.« Sie setzte sich zu Diana an den Tisch, die ihr etwas Wein einschenkte.

»Probier wenigstens den Wein, er ist gut.«

Eva nippte an ihrem Glas. »Myriam, trinkst du auch einen Schluck?«

»Nein danke, ich bin zu müde.« Als sie sich setzte, fiel der Brief zu Boden, den Giovanni ihr gegeben hatte. Sie hob ihn auf und legte ihn auf den Tisch.

»Was ist das?«, fragte Diana.

»Den habe ich heute im Krankenhaus bekommen«, antwortete Myriam, öffnete den Umschlag und begann zu lesen, dann ließ sie den Brief sinken. »Was ist, schlechte Nachrichten?«, fragte Eva und legte ihrer Tochter die Hand auf den Arm. Myriam schüttelte den Kopf, griff sich ans Herz, und ihr Gesicht hellte sich auf, bis es schließlich zu strahlen begann.

»Myriam, was ist los?«, drängte Diana. Myriam hob den Kopf.

»Gabriel lebt«, stieß sie hervor und hielt ihr und ihrer Mutter den Brief hin. »Er ist von ihm, er ist hier in Italien.«

Eva streckte die Hand nach dem Brief aus, sie zitterte, die Freude überwältigte sie. »Zeig ihn mir.«

»Lass sie doch vorlesen, dann können wir es alle hören«, schlug Diana vor und Eva nickte.

»Gut«, sagte Myriam und räusperte sich.

Myriam, meine liebe Schwester,
ich weiß, es ist seltsam, nach so langer Zeit einen Brief von mir zu bekommen, aber ich bin's wirklich, Gabriel, dein Bruder. Meine Zeilen erreichen dich auf einem inoffiziellen Weg, denn in unserem schönen und verfluchten Land gibt es schon lange keine Regeln mehr, und ein paar Hundert Kilometer nördlich von hier riskieren Menschen wie ich für ihre Freiheitsliebe ihr Leben.

Ich bin mit Freunden im befreiten Teil Italiens, in Apulien, in der Nähe von Bari – eine wunderschöne Stadt, die dir gefallen würde.

Ich schreibe dir, damit du weißt, dass ich lebe und dass es mir gut geht.

Ich nehme an, dass ein Freund bereits bei Mama war und sie informiert hat, dass ich am Leben bin. Wir haben uns leider aus den Augen verloren, aber wir haben einander geschworen, dass derjenige von uns, der Rom als Erster erreicht, den Eltern des jeweils anderen die gute Nachricht oder aber, falls der andere es nicht geschafft hat, die schlechte Nachricht überbringt …

Aber ich habe es geschafft, Myriam.

Ich bin der Hölle entkommen, ich habe schreckliche Dinge gesehen, aber sobald ich konnte, habe ich beschlossen, in dieses Land zurückzukehren, das uns vor vielen Jahren aufgenommen hat, und ihm etwas zurückzugeben.

Wir müssen kämpfen, Schwesterherz, die kommenden Monate sind entscheidend. Die Deutschen werden den Krieg verlieren, das ist sicher. Die Frage ist nur, wie und was sie zu opfern bereit sind, wenn ihnen das Wasser bis zum Hals steht. Wir machen uns große Sorgen um euch, denn hinter den feindlichen Linien ist niemand sicher.

Mir geht es gut, um mich müsst ihr euch keine Sorgen machen. Im Moment arbeite ich hier vor Ort als Dolmetscher für die Alliierten. Dafür bekomme ich jeden Tag eine warme Mahlzeit, und ein Bett habe ich auch. Doch mein Blut ruft mich zu meinen Gefährten. Ich bin Partisan, Myriam, in meinem Herzen war ich das schon immer, schon vor dem Waffenstillstand. Und nun tue ich, was ich schon immer gespürt habe. Ich habe mich dem griechischen Widerstand angeschlossen, der mir geholfen hat herzukommen, und bald werde ich nach Norden zu den Brigaden aufbrechen. Wir sind nicht viele, aber wir sind so viel wert wie Tausende.

Wenn ich in Rom vorbeikomme, werde ich euch besuchen und in die Arme schließen. Ihr fehlt mir, und es tut mir sehr leid wegen Rachele. Ich habe ihr wehgetan, aber es wäre unrecht gewesen, sie in einer Beziehung festzuhalten, die es nicht mehr gibt. Sie hat ein Recht darauf, glücklich zu sein, und ich ebenfalls.

Doch nun genug davon, ich möchte euch nicht traurig machen. Wie geht es meinen kleinen Wirbelwinden? Umarme alle von mir, ich verspreche, dass wir uns bald wiedersehen.

Dein Gabriel

Eva schluchzte vor Glück und nahm Diana und Myriam in die Arme.

»Mein Junge lebt wirklich. Gabriel lebt«, sagte sie immer wieder.

»Alles wird gut, Mama«, flüsterte Myriam.

»Es muss alles gut werden«, fügte Diana hinzu und drückte sie fest. So hielten sie sich alle drei lange fest umschlungen, bis die Standuhr zu schlagen begann.

»Ich wünschte, dieser Moment würde nie enden«, seufzte Myriam mit geschlossenen Augen.

»Warum haben wir damit aufgehört, Mama?«, fragte Diana und legte ihre Wange auf Myriams Schulter.

»Warum, weiß ich nicht, ich weiß nur, wann es passiert ist. Der Tod eures Vaters hat nicht nur euer Leben aus den Angeln gehoben, sondern auch meines. Wenn ich zurückblicke, verstehe ich, dass mit Fernando auch ein Teil von mir gestorben ist. Vielleicht der weichste, mütterlichste«, gestand sie und löste sich aus der Umarmung. Es fiel ihr schwer, dem Blick ihrer Töchter standzuhalten. Sie zog ein Taschentuch hervor und faltete es immer und immer wieder wie auf der Suche nach einer unerreichbaren Perfektion, und schließlich ließ sie es in ihren Schoß sinken.

»In dem Moment haben die Probleme begonnen, vor allem mit euch Mädchen, bis dann mit unserer Abreise aus Kuba alles explodiert ist. Danach wurde es immer nur noch schlimmer, die Probleme mit Giacomo und der Firma kamen dazu, dann der Krieg, dieser verdammte Krieg, der einfach kein Ende nehmen will.« Sie seufzte tief. »Ich habe die Firma für euch übernommen, damit ihr eine Zukunft habt, weil wir nicht wussten, ob wir jemals nach Kuba zurückkehren würden. Aber dieser Krieg hat all meine Pläne durchkreuzt, und jetzt seid auch ihr in dieser Hölle gefangen. Ich habe das alles nicht gewollt. Wenn ich das gewusst hätte, hätte ich niemals zugestimmt, unsere Heimat zu verlassen und …« Die Schuldgefühle überwältigten sie, und sie konnte nicht mehr weitersprechen, ihre Augen brannten. »Es tut mir so leid, ich bin untröstlich. Ich habe das alles nicht gewollt«, schluchzte sie. Diana und Myriam sahen sie verwirrt an: So empfindsam, so erschöpft hatten sie ihre Mutter noch nie erlebt.

Und in diesem Augenblick, während die Dunkelheit draußen die ganze Stadt zudeckte, im Halbdunkel dieser

Küche, fühlte sich Diana zum ersten Mal seit dem Tod ihres Vaters wieder als Tochter.

»Wir werden das alles überstehen, Mama«, sagte sie und nahm ihre Hände.

»Aber dazu müssen wir zusammenhalten«, fügte Myriam hinzu.

Eva nickte und knetete ihr Taschentuch. »Ihr habt recht. Ich habe versucht, euch aus allem herauszuhalten, aber ich weiß, dass das nicht länger möglich ist. Und deshalb hört mir jetzt gut zu. Das wird eine lange Nacht werden.«

11

Diana ließ sich erschöpft auf einen Stuhl sinken, als Andrea in den Laden zurückkehrte. »Die letzte Lieferung ist weg, zum Glück.«

»Hoffen wir, dass sie ohne Zwischenfälle das Kloster erreicht, die Soldaten werden von Tag zu Tag misstrauischer.«

»Keine Sorge, an die haben wir auch gedacht. Die meisten von ihnen sind keine kaltblütigen Mörder, sie versuchen nur ihre Position auszunutzen, aber gefährlich sind sie nicht. Mit ein wenig Salami haben wir sie im Griff.«

Diana betrachtete ihn, wie er vor dem Tresen auf und ab ging. »Hoffentlich hast du recht. Wann wird die Familie des Briefträgers weggebracht? Die Papiere müssten doch heute gekommen sein.«

»Es gab eine Verzögerung, es dauert noch ein paar Tage, bis sie da sind. So lange müssen sie noch hierbleiben. Sobald sie weg sind, wird ein Musiker kommen, ein Freund von Myriams Mann.«

»Verstehe.« Sie stützte die Hände auf die Knie.

»Alles in Ordnung?«

»Ja, ich bin nur ein bisschen müde.«

Andrea sah sie an und lächelte. »Du solltest dich ab und zu mal ausruhen, du bist ständig in Bewegung. Da kommt die Anweisung, alle Geschäfte zu schließen, gerade zur rechten Zeit. Du brauchst dringend eine Pause.«

»Ich weiß, aber seit dem Gespräch mit meiner Mutter

kann ich nicht mehr länger als zehn Minuten stillsitzen. Ich habe das Gefühl, den Verstand zu verlieren.« Ihre Gedanken kehrten zu der langen Nacht zurück.

Andrea zog sich einen Stuhl heran und setzte sich neben sie, dabei berührten sich ihre Knie. Draußen war es eiskalt, obwohl die Sonne schien. »Willst du darüber reden? Du bist schon seit ein paar Tagen so merkwürdig.« Er legte seine Hand auf ihre, und sie drückte sie. Er fehlte ihr, seine Nähe, ihre Verbundenheit, die Art, wie er sie nachts gehalten hatte, wenn es draußen blitzte und donnerte. Ihr fehlte all das, was sie miteinander geteilt hatten.

»Ich frage mich, was für einen Sinn das alles hat, wenn ich die Dinge doch sowieso nicht ändern kann«, sagte sie.

»Nein, die Dinge kannst du vielleicht nicht ändern, aber deinen Gefühlszustand.«

Sie lächelte ihn an. »Seit wann bist du so weise?«

»Seitdem ich in diese Augen gesehen habe.«

Sie senkte den Blick und nickte. »Die waren für dich ja leider eher wie Treibsand.«

»Ich hab's überlebt, oder?«

»Ja.« Sie nickte. »Du hast es überlebt und sitzt hier vor mir und fragst mich, was mich bedrückt, als ob zwischen uns alles ganz normal wäre. Dabei wissen wir beide, dass gar nichts mehr normal ist.«

»Rede mit mir, Diana. Versteck dich nicht hinter diesen Floskeln und rede mit mir. Ich höre dir zu.«

Sie sahen sich an, in ihren Augen konnte er ihre Angst davor lesen, sich ihm zu öffnen, über das zu sprechen, was sie so lange unter Verschluss gehalten hatte. Sie bohrte ihre Fingernägel ins Fleisch. »Vor ein paar Tagen hat meine Mutter Myriam und mir die Wahrheit über den Tod unseres Vaters erzählt. Und sie hat uns erzählt, dass sie schon seit Monaten illegale Zuckerlieferungen auf dem Schwarzmarkt verkauft, um Lebensmittel für die Flüchtlinge zu beschaffen. Sie hat mir die Wahrheit erzählt über die Bäckerei und die Fabrik. Zwei Stunden hat sie geredet, und dann hat sie zwei Tage lang kein einziges Wort mehr gesagt.« Er runzelte die Stirn.

»Was genau hat sie denn gesagt?«

»Dass du ihre rechte Hand bist, dass du das von Anfang an warst. Dass ihr, nachdem Myriam aus Frankreich zurückgekommen ist, gemeinsam den Plan geschmiedet habt, Juden zu retten. Dass Rachele die geeignetste Person war, um sich gemeinsam mit dir darum zu kümmern. Und ich war so wütend, ich habe immer gedacht, sie wolle uns nur auseinanderbringen. Ich habe alles kaputt gemacht, Andrea.«

»Ich hätte dir gerne alles gesagt, aber ich konnte nicht«, gestand er. »Ich hätte dir so gerne gesagt, dass die Dinge ganz anders waren, als du dachtest, aber ich konnte nicht. Und du warst so davon überzeugt, dass ich dich irgendwann in dem Glauben gelassen habe. Denn egal, was ich getan hätte, du hättest mir sowieso nicht geglaubt.«

Diana nickte. »Das stimmt.«

»Ich weiß, und deshalb habe ich dich gehen lassen. Als du dich dann auf diesen widerlichen Kerl eingelassen hast, wusste ich, dass sich unsere Wege endgültig getrennt hatten. Ich hätte niemals gedacht, dass wir irgendwann wieder zusammen hier sitzen würden, während sich im

Hinterzimmer zwei Familien verstecken, und dass wir beide mit deiner Mutter gegen die Nazis kämpfen.«

»Stimmt. Wenn ich daran denke, wie wir hierhergekommen sind und was seitdem alles passiert ist ... Ich wünschte, mein Vater wäre noch hier.« Sie sprach nicht weiter, eine tiefe Traurigkeit überkam sie.

Andrea schaute ins Leere, dann fuhr er sich mit der Hand durchs Haar und schüttelte den Kopf. »Ich weiß.«

»Er fehlt mir so sehr, Andrea«, sagte sie schließlich und barg das Gesicht an seiner Brust, und die Tränen lösten den Kloß in ihrem Hals, lösten all die Worte, die sie seit Jahren in sich verborgen hielt, die Wut und den Schmerz, den sie in sich trug. »Mein Vater fehlt mir so sehr, und mit meiner Mutter ... ich habe so viel falsch gemacht, Andrea«, weinte sie und klammerte sich an ihn.

»Ich weiß, dein Vater hat dir immer gefehlt. Diesen Verlust wirst du nie verwinden können. Aber mit deiner Mutter kannst du die Dinge wieder in Ordnung bringen. Hör auf, Krieg gegen sie zu führen. Auch sie hat gelitten, und sie leidet noch immer. Sie versucht, das Beste für ihre Familie zu tun. Auch wenn sie vielleicht nicht immer alles richtig macht.«

Diana atmete tief ein. »Bleib bei mir.«

»Ich gehe nirgendwohin«, antwortete er und küsste sie sanft in den Nacken.

»Du gehst nirgendwohin«, drohte Giovanni und packte Myriam am Arm. »Die Untergeschosse sind kein sicherer Ort für dich. Gib her, ich kümmere mich darum.« Er griff nach dem Rollwagen, den sie auf den dunklen Tunnel vor ihnen zuschob.

Myriam seufzte. »Das sehen deine Freunde mit den roten Halstüchern anders. Sie haben mir die Lieferung überlassen, ohne so viel Theater zu machen.«

»Das können sie ja gerne tun, aber ich lasse dich hier unten nicht alleine. Das ist kein sehr angenehmer Ort hier, und du kennst dich noch nicht aus.«

»Ich bin erwachsen genug, um mich um Flüchtlinge zu kümmern. Dann bin ich auch erwachsen genug, um Waffen zu verstecken.«

Giovanni stellte sich ihr in den Weg. »Myriam, ich bitte dich.«

»Dann gehen wir zusammen. Wie du bereits sagtest, ich kenne mich noch nicht aus. Also zeig mir den Weg.«

Er fuhr sich mit der Hand übers Gesicht. »Mit dir kann man nicht reden, du willst immer das letzte Wort haben.«

»Ich weiß. So sind wir Fontamara-Frauen eben.«

»Ist deine Schwester auch so?«

Myriam lachte. »Die ist schlimmer als ich.«

»Das ist ja nicht gerade ermutigend.«

Als von dem Korridor weitere Korridore abzweigten, sah sich Myriam unsicher um, doch Giovanni ging entschlossen geradeaus weiter.

»Bist du sicher, dass wir in die richtige Richtung gehen? Ich höre Wasser rauschen«, bemerkte sie.

»Ich habe doch gesagt, du sollst nicht mitkommen. Aber ja, wir sind richtig, verlass dich auf mich. Früher dienten die Tunnel dazu, die Leichen der Stationen ins Leichenhaus zu bringen. Dann wurden sie zum Materiallager, und jetzt nutzen wir sie eben für unsere Zwecke.«

»Ein gruseliger Ort. Da läuft es einem eiskalt über den Rücken«, gestand sie und tastete über die feuchte Wand.

»Was ist Diana für ein Mensch?«, fragte Giovanni unvermittelt, während sie weitergingen.

»Warum fragst du das? Seit unserem gemeinsamen Abendessen sprichst du oft über sie.«

»Ich möchte einfach nur wissen, mit wem ich es zu tun habe«, antwortete er so beiläufig wie möglich und zuckte mit den Schultern, aber Myriam zog die Augenbraue hoch und sah ihn forschend an.

»Das ist alles?«

»Das ist alles. Aber wo ich darüber nachdenke, würde ich ihr gerne meine Fleischmarken geben.«

»Du willst deine hundert Gramm Fleisch pro Woche meiner Schwester geben? Sehr nobel. Du willst sie wohl beeindrucken.«

Giovanni wandte sich zu ihr um. »Unsinn.« Sein Gesicht verzog sich zu einem Lächeln. »Bist du etwa eifersüchtig?«

Er blieb vor einer verschlossenen Tür mit der Aufschrift »Eintritt für Unbefugte verboten« stehen. »Achtung: Infektionsgefahr« hieß es weiter. Er fischte einen Schlüsselbund aus der Tasche, steckte einen Schlüssel ins Schloss und drehte ihn langsam um. Die Tür sprang auf, und vor ihnen lag ein weiterer Korridor. Giovanni winkte, sie solle ihm folgen, aber Myriam blieb stehen.

»Bist du sicher?«

»Wenn du das Schild meinst: Das haben wir wegen der Soldaten hängen lassen. Die machen sich schon ins Hemd, wenn sie nur das Wort ›Infektionsgefahr‹ lesen. Aber ich kann dir versichern, dass hier keine tödlichen Krankheiten lauern.«

Sie warf ihm einen unsicheren Blick zu und folgte ihm

ins Innere. Der Anblick verschlug ihr den Atem. Vor ihr öffnete sich ein Raum, dessen Wände komplett mit hohen Regalen bedeckt waren, in denen sich Kleidung, Medikamente und Waffen stapelten.

»Das ist ja ein richtiges Lager. Seit wann gibt es das hier?«

»Schon eine Weile«, sagte er und verstaute die Waffen auf dem obersten Regalbrett.

»Warum legst du sie nach oben?«

»Weil das Schießpulver nicht feucht werden darf, sonst kann man es nicht mehr benutzen. Genau wie die Flugblätter, da oben liegen noch welche, bereit zum Verteilen. Meine Freunde drucken sie, ich bekomme bald Nachschub. Kleider trocknen wieder, und die Konserven der Amerikaner auch.« Myriam schaute sich um, erstaunt darüber, wie viel hier untergebracht war, dabei war der Raum kaum größer als ihr Zimmer. Riesige Kisten mit Kleidung für jedes Alter, Schuhe, Arzneimittel, Waffen und andere Kampfmittel, Obstkonserven und Schokolade der Alliierten. Myriam nahm eine Dose mit einem aufgedruckten Adler heraus und stellte sie dann wieder zurück.

»So viel schicken die Amerikaner euch? Das könntet ihr doch an die Bevölkerung ausgeben«, meinte sie.

»Ja, sie haben schon einiges abgeworfen, vor allem auf einsamen Feldern außerhalb der Stadt. Viel bekommen wir auch aus dem befreiten Teil Italiens, von dort kommt einige Hilfe. Aber die Situation bleibt schwierig: Es fehlt an allem.«

»Verstehe, aber die Nahrungsmittel und die Kleider hier …«

»Dienen den Kämpfern und helfen den Partisanen«, antwortete er knapp.

»Und die anderen? Vielleicht glauben sie nicht an Marx, aber an Jesus. Nur weil sie nicht an den Kommunismus glauben, lasst ihr sie zurück? Manchmal habe ich das Gefühl, es gäbe einen Krieg im Krieg. Da sind die Kommunisten, die Sozialisten, die Badoglio-Anhänger, die Katholiken, die Atheisten, die Anarchisten, die Freigeister: Alle kämpfen gegen das Regime. Aber ich bin mir beinah sicher, dass es nach Ende des Krieges, wenn der Faschismus besiegt ist, eine weitere Abrechnung geben wird. Ihr könntet mit diesen Sachen so vielen Menschen helfen, aber stattdessen stapelt ihr sie hier für eure Freunde und die Freunde von Freunden. Mit Solidarität hat das nichts zu tun.«

»So einfach ist das nicht«, versuchte Giovanni sich zu verteidigen, aber sie schüttelte nur den Kopf und hob abwehrend die Hände.

»Sag mir lieber, wo ich das Zeug hier hinlegen soll«, sagte sie und hielt eine Schachtel Munition hoch. Dann half sie Giovanni, die restlichen Waffen zu verstauen, sprach aber kein Wort mehr. Auf dem Rückweg blieb sie plötzlich stehen. »Man hat mich heute um etwas gebeten«, begann sie, und Giovanni wandte sich um.

»Und worum?«

»Ein Funkgerät im Krankenhaus zu verstecken.«

»Ist das dein Ernst?«

Myriam lächelte. »Warum sollte ich lügen?« Giovanni rieb sich nachdenklich das Kinn.

»Und für wen?«

»Matteo war heute Morgen mit einem Freund hier.

Sie hatten das Gerät noch nicht dabei, es ist an einem sicheren Ort in einer Privatwohnung. Aber der Empfang ist nicht gut, und außerdem ist die Wohnung bald belegt. Also hat er mich gebeten, es so schnell wie möglich ins Krankenhaus bringen zu dürfen.«

»Das gefällt mir nicht. Das gefällt mir überhaupt nicht«, entgegnete Giovanni.

»Weil du kein Funkgerät hier haben willst oder weil deine Anführer dich nicht informiert haben?«, stichelte sie, überzeugt, ins Schwarze getroffen zu haben.

Giovanni schluckte. »Vergiss es. Mit wem hast du darüber gesprochen?«

Myriam lächelte. Die schlechte Laune ihres Freundes deutete sie als Verärgerung darüber, in eine wichtige Entscheidung nicht eingebunden worden zu sein. »Ich habe mit dem Oberarzt und mit Padre Francesco gesprochen, beide waren sofort einverstanden. Das habe ich weitergegeben. Morgen wird das Funkgerät in die Kapelle gebracht, in einen der Beichtstühle, und dann müssen wir warten, bis jemand kommt, der die Kabel legt und kontrolliert, ob auch alles funktioniert. Vielleicht muss es auch woandershin, wenn das Signal zu schwach ist.«

»Warum hast du mir das nicht früher gesagt?«

»Weil ich keine Lust hatte«, antwortete sie und schaute ihm direkt in die Augen, musste jedoch den Blick nach einer Weile abwenden. »Außerdem hattest du anderes im Kopf«, fügte sie hinzu, ohne näher auszuführen, was sie damit meinte. Dass es sie störte, dass er so viel über Diana sprach und versuchte, über sie an sie heranzukommen, als ob zwischen ihnen beiden gar nichts gewesen wäre, sagte sie nicht. Sie ärgerte sich über sein mangelndes Taktgefühl, als hätten ihre Gefühle, das, was sie nach dem Tod ihres Mannes in ihm zu finden gehofft hatte, keine Bedeutung.

Für sie aber hatten sie das. Sie hatten sie gelehrt, dass es einen Unterschied gab zwischen Begehren und Liebe.

Giovanni runzelte die Stirn, richtete sich auf und schob den Wagen auf die Rampe. »Es tut mir leid, aber ich verstehe dich nicht. Ich verstehe nicht, warum du mir eine so wichtige Information vorenthalten hast«, sagte er verärgert, aber sie verdrehte nur die Augen.

»Das kann ich mir vorstellen. Aber es ist auch nicht so wichtig, ob du das verstehst. Ich habe entschieden, und fertig. Das Funkgerät kommt morgen, damit können die Aktionen gegen die Besatzer leichter organisiert werden. Und das wollen wir doch alle, oder?« Ohne ein weiteres Wort schob sie den Rollwagen zurück auf die Station.

12

Myriam löste den letzten Löffel Zucker in ihrem Malzkaffee auf. Sie saß am Tisch in der Stationsküche, ihr gegenüber saß Rita, die erschöpft, aber auch wütend aussah. Jenseits der Fensterscheibe leuchtete der kristallklare Himmel, ein weiterer Kriegswinter stand bevor.

»Da können sie meinetwegen auf sonst was schwören: Wenn du mich fragst, *wollten* sie sie nicht retten«, schimpfte die Oberschwester leise, die knotigen Finger um die warme Tasse gelegt.

»Du hast recht. Bei all den Schießereien und den Verhaftungen verstehe ich nicht, warum sie nicht mehr getan haben, um ihre Leute zu retten.«

»Wer weiß? Manchmal treffen die da oben Entscheidungen, die wir nicht verstehen können.«

»Aber warum? Das waren schließlich ihre Kameraden. Sie haben die Sache unterstützt, Tausende von Flugblättern gedruckt, sie haben die Widerständler und die Stafetten in der Druckerei versteckt. Jeden Tag haben sie ihr Leben riskiert, und zum Lohn hat man sie fallen gelassen. Das geht doch nicht.«

»Was soll ich dir sagen, Liebes«, erwiderte Rita. »Befehle von oben oder Feigheit von unten, wer weiß. Fakt ist, dass diejenigen, die in den letzten Monaten wirklich alles gegeben haben, von denen im Stich gelassen wurden, die sie hätten schützen sollen. Das ist doch absurd, oder?«

»Ich selbst habe Giovanni gesagt, dass er Druck auf seine Leute ausüben soll, damit sie die anderen aus der

Via Tasso befreien«, antwortete Myriam. »Aber nichts zu machen. Es war, als würde ich gegen eine Wand reden.«

»Warum, was hat er gesagt?«

»Dass es zu gefährlich sei, dass sie nicht genug Leute hätten. Nichts als Ausreden. Wenn es darum geht, irgendwelche wichtigen Leute aus dem Gefängnis zu holen, findet sich immer jemand. Diese Ungleichbehandlung ertrage ich nicht«, sagte Myriam resigniert und berührte das Holzkreuz an ihrem Hals. »Wir sind alle gleich, aber einige scheinen gleicher zu sein.«

»Ich weiß: Das, was geschehen ist, war nicht gerecht. Ich weiß auch, dass Matteos Leute in einer Verzweiflungsaktion versucht haben, sie zu retten und vor der Erschießung zu bewahren. Aber es hat nicht geklappt. Ich fürchte, wir haben Spione in unseren Reihen. Jemand muss sie verraten haben. Und eines ist sicher: Die Via Tasso ist und bleibt ein Friedhof ohne Gräber.«

Myriam senkte den Kopf, sie war den Tränen nahe. »Sie wurden gestern Abend erschossen, eine Stafette hat es mir erzählt, sie hat es mit eigenen Augen gesehen. Von den armen Teufeln war ohnehin kaum noch etwas übrig, so haben diese Bestien mit ihrem Prügeln und ihrer Folter sie zugerichtet.« Sie presste sich die Hand auf den Mund, um nicht in Tränen auszubrechen. »Sie hatten nicht mal mehr die Kraft, den Kopf zu heben.«

Rita griff nach ihren Händen. »Ich weiß, meine Liebe.«

»Und deshalb will ich sie nicht mehr sehen. Ich habe schon mit dem Oberarzt und Padre Francesco gesprochen. Ich werde einige Tage zu meiner Familie aufs Land gehen. Meine Tante, meine Cousine und meine kleine Schwester sind dort, und bei all dem, was in der Stadt passiert, hat meine Familie beschlossen, dass wir wenigstens Weihnachten zusammen verbringen. Unter anderen Umständen wäre ich hiergeblieben, um zu helfen, aber ich sehe zu viele Dinge, die mir nicht gefallen. Es werden Unterschiede gemacht zwischen Menschen, die doch ein gemeinsames Ziel haben. Ich kann nicht bleiben, ich kann momentan nicht mit klarem Kopf meine Arbeit machen.«

»Redest du von Giovannis Leuten und den Leuten von Padre Francesco und Matteo?«

»Ich rede davon, dass es mir nicht gefällt, wie die Dinge gehandhabt werden, Rita. Sie kriegen sich wegen Kleinigkeiten in die Haare, statt sich auf das einzige Ziel zu konzentrieren, das wirklich zählt: dieses Land zu befreien.«

»Ich weiß, und du hast vollkommen recht. Trotzdem ist das jetzt nicht der richtige Zeitpunkt, um wegzugehen. Aber gut«, sie trommelte ungeduldig mit den Fingerspitzen auf die Tischplatte, »wenn du dich so entschieden hast, dann geh. Uns Ungläubige und Gottlose interessiert Weihnachten nicht, aber ich verstehe, dass ihr Christen diese Zeit des Jahres gerne mit der Familie verbringen wollt.«

Myriam schaute auf. »Weißt du, dass ich dich am Anfang für eine richtige Hexe gehalten habe? Du warst immer so streng.«

»Das bin ich auch immer noch. Alle Oberschwestern auf der ganzen Welt sind so!«, entgegnete Rita vergnügt und trank einen Schluck Malzkaffee. »Sag mal, macht Giovanni immer noch deiner Schwester den Hof? Das letzte Mal hat er sie mit Blicken fast verschlungen. Er wollte sich sogar bei euch zum Weihnachtsfest einladen – er, der Rote unter den Roten. Lächerlich!«

»O ja, Giovanni ist fasziniert von ihr und würde sicher alles tun, um bei ihr zu landen.« Sie dachte an ihr letztes Gespräch mit Diana, als sie ihr gesagt hatte, dass er an ihr interessiert war. Dianas Augen hatten geleuchtet.

»Stört dich das? Ich dachte, dass zwischen dir und Giovanni …«

»Da war nichts. Wir sind nur Freunde«, stellte sie klar und schaute in den türkisfarbenen Himmel. »Was zwischen Giovanni und Diana passiert, geht mich nichts an. Jetzt lass uns weiterarbeiten, bald kommen mein Onkel Tommaso und Andrea, um mich nach La Gioiosa zu bringen. Dann kann ich auch die Schwesterntracht mitnehmen, die muss mal gründlich gewaschen werden.«

»Gut. Wie es aussieht, werden wir gleich Besuch von den Deutschen bekommen. Sie werden hier sicher alles auf den Kopf stellen.« Rita trank den letzten Schluck Kaffee und schaute auf den Flur. »Du weißt ja, was du mir von zu Hause mitbringen musst.«

Myriam nickte. »Ich weiß Bescheid. Du sollst deinen Käse bekommen.« Sie zwinkerte Rita zu, dann begann sie ihre Runde. Als sie gerade fertig war, hörte sie Lärm auf der Treppe. Rita stand am Eingang zur Station und diskutierte lautstark mit einem deutschen Unteroffizier, der mit einer Gruppe bewaffneter Soldaten vor ihr stand.

»Was ist los?«, fragte sie, doch Rita warf ihr nur einen verärgerten Blick zu.

»Diese jungen Männer haben sich in den Kopf gesetzt, auf meiner Station Unruhe zu verbreiten. Ruf bitte den Oberarzt, er soll sich mit ihnen auseinandersetzen. Außerdem spricht er die Sprache dieser Herren«, fügte sie hinzu, und nachdem Myriam kehrtgemacht hatte, drohte sie den Soldaten mit dem Finger. »Ihr bleibt hier stehen! Das ist ein Krankenhaus, da läuft man nicht mit geladenen Gewehren herum, verstanden?« Der Unteroffizier nickte mit aufeinandergepressten Zähnen. Resolut hielt Rita sie in Schach, doch unter ihrer Schwesterntracht zitterte sie am ganzen Leib. Endlich erschien Myriam mit dem Oberarzt.

»Was gibt es?«, fragte sie der Oberarzt außer Atem.

»Der Herr hier möchte die Station durchsuchen. Keine Ahnung, was er zu finden hofft«, erklärte Rita mit vor der Brust verschränkten Armen.

»Partisanen«, bellte der Soldat mit hartem, schneidendem Akzent und sah den Arzt kalt an. »Wir wissen, dass Sie hier Partisanen verstecken.«

»Da sind Sie falsch informiert«, erwiderte der Oberarzt und versuchte, sich seine Angst nicht anmerken zu lassen, als der Soldat sich vorbeugte, sodass sein Gesicht nur noch wenige Zentimeter von seinem entfernt war. Über sein Gesicht zog sich vom linken Ohr bis zum Mund eine lange Narbe, die ihm alles Menschliche nahm.

»Raus mit der Sprache! Wo sind sie?«

»Sie irren sich, hier gibt es keine Partisanen«, versuchte der Arzt es noch einmal, doch der Soldat schob ihn unsanft beiseite, drängelte sich an ihm vorbei und riss einem Patienten auf einer Trage das Laken hoch, mit dem er zugedeckt war. Sofort wich der Soldat entsetzt zurück, als er die schweren Verbrennungen des Mannes sah. Er war bei einem Angriff auf eine Chemiefabrik schwer verletzt worden, von seiner Gruppe waren in den vergangenen Tagen noch weitere auf der Station eingeliefert worden.

»Was ist das?«

Schweigend nahm der Oberarzt die Reaktion des Soldaten zur Kenntnis, dann räusperte er sich und antwortete mit ernstem Gesicht: »Das sind leider die Auswirkungen des Morbus K.« Er und verschränkte die Hände auf dem Rücken. »Eine furchtbare Krankheit, die derzeit um sich greift, vermutlich ausgelöst durch irgendetwas, was sich im Wasser oder in Nahrungsmitteln befindet. Viel wissen wir noch nicht darüber. Wir wissen auch nicht, wie sie sich verbreitet, noch, wie ansteckend sie ist oder ob sie sogar tödlich ist. Aber wie Sie sich denken können, ist sich unser Personal selbstverständlich der Risiken bewusst und kümmert sich mit großer Opferbereitschaft um diese Kranken«, fügte er hinzu. Dabei ließ er die Schultern hängen, um deutlich zu machen, wie machtlos er dieser Krankheit gegenüberstand.

Die Erklärung verschlug dem Unteroffizier die Sprache, er starrte angewidert auf die verätzte Haut des bewusstlosen Patienten, dann ließ er das Laken fallen, wich zurück und wandte sich zu seinen Soldaten um, um ihnen zu berichten.

»Wenn Sie die Station durchsuchen wollen, tun Sie das. Ich muss Sie aber bitten, äußerst vorsichtig zu sein«, warnte der Oberarzt. Der Unteroffizier gab seinen Männern das Zeichen zum Rückzug. Dem Oberarzt lief eine Schweißperle über die Stirn. Er wartete, bis auch der letzte Soldat um die Ecke verschwunden war, dann ließ er sich gegen die Wand sinken und presste eine Hand auf die Brust.

Sofort eilten Rita und Myriam ihm zu Hilfe. »Bring mir Zuckerwasser«, befahl Rita und lockerte dem Arzt, der ohnmächtig geworden war, den Kragen.

»Ich schau mal in der Küche nach«, rief Myriam und hastete davon. Kurz darauf kehrte sie mit einem Glas zurück, und Rita flößte dem Arzt etwas Flüssigkeit ein. Allmählich kam er wieder zu sich.

»Wie fühlen Sie sich?«

»Ziemlich benommen«, murmelte der Arzt und trank in kleinen Schlucken. »Sind sie weg?«

»Ja, sie sind weg. Schaffen Sie es in die Küche?«

Der Arzt räusperte sich und tastete nach seinem Puls. Nach ein paar Minuten stand er langsam auf. »Es geht schon besser, mein Herz schlägt wieder normal. Aber ich würde mich tatsächlich gerne noch einen Moment in die Küche setzen.«

»Dann kommen Sie.« Myriam bot ihm den Arm an. »Wir haben nur Zichorienkaffee, der Malzkaffee ist leider alle.« Sie kochte ihm eine Tasse.

»Sie können an Ihre Arbeit zurück, es geht mir schon viel besser«, versicherte ihr der Oberarzt.

»Ich weiß, aber ich möchte Sie noch etwas fragen.«

»Ja?«

»Den Morbus K gibt es nicht, oder?«

Der Arzt verbarg sein Lächeln hinter der Serviette. »Nein, natürlich nicht. Die Idee kam mir, als ich gesehen habe, wie empfindlich der Offizier auf die Wunden des Patienten reagierte.«

»Der Mann aus der Chemiefabrik?«

»Genau. Seine eiternden Wunden ähneln stark den Wunden einer Infektion mit tödlichen Viren oder Bakterien. Da dachte ich mir, eine unbekannte schwere Krankheit wäre der schnellste Weg, sie loszuwerden. Ich konnte nicht zulassen, dass sie die Station durchsuchen, bei dem ganzen Material, das wir hier verstecken.«

Myriam runzelte die Stirn. »Ich dachte, das Funkgerät wäre in der Kapelle.«

»Nicht mehr, seit gestern ist es hier, der Empfang ist hier auf der Station besser. Matteo hat allerdings heftig mit Giovanni diskutieren müssen.«

»Das kann ich mir vorstellen. Seit der Sache mit den Druckern verstehen sich die beiden nicht mehr.«

»Ich weiß. Sie haben sich deswegen fast geprügelt. Und demnächst wird die Arbeit für den Widerstand noch schwieriger. In Zukunft sollen Zivilisten auch nicht mehr Rad fahren dürfen.«

Myriam schüttelte den Kopf. »Es wird jeden Tag schwieriger, aber wir geben nicht auf.«

Der Arzt rührte in seinem Ersatzkaffee und trank einen Schluck. »Jetzt konzentrieren Sie sich erst einmal auf Ihre Familie. Wer weiß, vielleicht bekommen wir ja zu Weihnachten das Wunder der Befreiung geschenkt«, fügte er mit einem müden Lächeln hinzu, und Myriam bemerkte, dass seine immer lichter werdenden Haare grau geworden waren. »Für mich erhoffe ich mir nichts mehr: Meine Frau ist schon seit Jahren tot, und mein Sohn ist in Russland gefallen. Aber ihr habt das Leben noch vor euch …«

Myriam hörte ihm schweigend zu und schluckte.

»Beten wir dafür, dass sich Ihr Wunsch erfüllt. Aber bevor ich gehe, möchte ich noch schnell zu Padre Francesco, wenn Sie erlauben. Ich will nicht gehen, ohne mich von meinem geistlichen Lehrer zu verabschieden«, fügte Myriam hinzu und nahm die leere Tasse, die er ihr reichte.

»Sie sind sehr religiös, wie ich sehe.«

»In Wahrheit habe ich meinen Glauben erst vor Kurzem wiederentdeckt. Vorher habe ich ihn eher unbewusst gelebt. Aber der Krieg zwingt mich, etwas gegen die Besatzer zu unternehmen, und der Glaube gibt mir die Kraft dazu«, schloss sie scherzhaft.

13

Myriam zog den dicken Wollschal, den ihre Großmutter ihr vor Jahren geschenkt hatte, enger um sich und setzte sich auf die Treppe vor dem Haus, um den Sternenhimmel zu betrachten. Die kalte Luft brannte auf ihrer Haut, und bei jedem Ausatmen stiegen vor ihr weiße Wölkchen auf. Doch beim Anblick der Sterne wurde ihr warm ums Herz, und in ihrem Rücken spürte sie die Wärme des Hauses. Sie hatte sich fest vorgenommen, einmal für ein paar Tage nicht an die Bombardierungen, den Krieg und die immer heftiger werdenden internen Auseinandersetzungen der Partisanen zu denken.

In La Gioiosa konnte sie wieder durchatmen, sie fühlte sich leichter, weit weg von den schmerzhaften Erinnerungen, die sie noch vor wenigen Wochen von hier vertrieben hatten. Bei ihrer Ankunft hatte sie Tommaso fest die Hand gedrückt, und Clios bezauberndes und unschuldiges Lächeln hatte genügt, alle Schatten zu vertreiben.

Jetzt ist alles anders, jetzt ist es wirklich wie Weihnachten, dachte sie und suchte zwischen den Sternen nach dem Stern ihres Mannes, um ihm alles, was geschehen war, zu erzählen. Seit zwei Tagen war sie nun in La Gioiosa, hatte am frühen Morgen zusammen mit Clio und Viola Moos für die Krippe besorgt und am Nachmittag mit Lia, Eva, Tommaso und Andrea das Haus geschmückt, während Micol und Giuliana in der Küche das Essen zubereiteten und die Mädchen mit Nero spielten. Sie hatten warmen Apfelsaft getrunken und Fritelle gegessen – als ob es keinen Krieg gäbe, als ob La Gioiosa wieder der glückliche Ort von einst wäre.

»Es ist so schön, beinah unwirklich, oder?«

Myriam lächelte Andrea zu, der mit einer Tasse heißem Apfelsaft in der Hand neben ihr Platz nahm.

»Wir haben großes Glück gehabt, dass die Soldaten nicht unser Haus beschlagnahmt haben. Wenn ich daran denke, was unsere Nachbarn ertragen müssen …«

»Schluss damit, Myriam«, sagte er und berührte sanft ihre Schulter. »Wir haben eine schreckliche Zeit hinter uns, lass uns diese Tage, diese Momente genießen. Lass uns versuchen, ein wenig von der Unbeschwertheit zurückzugewinnen, die man uns genommen hat.«

»Wir sollten die Läden schließen, es ist spät«, erinnerte ihn Myriam.

»Sollten wir, aber heute ist Weihnachten. Vielleicht denkt auch ein amerikanischer Pilot an daheim, wenn er die Lichter sieht.«

»Hoffentlich wirft er vorher nicht noch eine Bombe ab.«

Andrea sah in den Sternenhimmel.

»Es wird schon gut gehen, du wirst sehen.«

Myriam sog den Duft nach Zimt und Nelken, der aus seiner Tasse aufstieg, tief ein, dann schaute sie zu Andrea, der plötzlich traurig aussah. »Denkst du an Rachele?«

Er wandte sich zu ihr, in seinen Augen standen Tränen. Mit dem Ärmel seines Pullovers wischte er sich übers Gesicht.

»In den letzten Tagen muss ich oft an sie denken. Auch wenn sie einen anderen Glauben hatte, liebte Rachele das Weihnachtsfest. Sie hat mir erzählt, dass sie als Kind immer in der Kirche war und stundenlang die Krippe bewundert hat. Und bei den Weihnachtsliedern sang sie immer mit.« Er lächelte und dachte an ihre gemeinsamen Momente zurück. »Ihre Augen haben richtig geleuchtet, als sie mir davon erzählt hat.«

Myriam rückte näher an ihn heran und legte ihm den Kopf an die Schulter. »Wer weiß, vielleicht denkt auch sie gerade an diese Momente zurück.«

Andrea seufzte. »Wenn sie überhaupt noch lebt. Manchmal frage ich mich, welchen Sinn es hat, sich dieser Illusion hinzugeben. Denn falls sie noch lebt, wage ich mir nicht mal auszumalen, was sie gerade durchmachen muss«, antwortete er. »Ich denke oft über das Wort ›Hoffnung‹ nach, aber inzwischen hat es für mich keine Bedeutung mehr. Natürlich, wenn ich Clio und Viola sehe, dann denke ich, es ist unsere Pflicht, dafür zu kämpfen, dass sie eine bessere Zukunft haben. Aber die Menschheit hat mich so sehr enttäuscht, dass ich mich frage, ob von uns überhaupt noch etwas Gutes zu erwarten ist.«

Myriam wollte gerade etwas erwidern, als Ermes' Wagen vor der Garage vorfuhr. »Sind Privatautos nicht verboten?«

»Deine Schwester gibt nicht viel auf Regeln. Vielleicht hat sie auch einen Passierschein. Sie ist die Einzige, die noch fehlt, oder?«, fragte Andrea.

Myriam versuchte im Dunkeln etwas zu erkennen. Bei dem Gedanken, dass Diana Giovanni mitgebracht haben könnte, wie Rita angedeutet hatte, schauderte sie.

»Sie hat gesagt, dass sie heute kommt, sie musste nur noch im Laden alles in Ordnung bringen«, bestätigte sie.

»Wir wollen hoffen, dass sie beim Abendessen nicht wieder mit unserer Mutter streitet wie letztes Jahr.«

»Diana ist unberechenbar«, sagte Andrea. »Aber diese Szene wird sich nicht wiederholen. Sie durchlebt nicht gerne dieselben Emotionen zweimal.«

Myriam schaute ihn stirnrunzelnd an. »Ist zwischen euch irgendetwas vorgefallen, wovon ich nichts weiß?«

»Nein. Aber ich werde deine Schwester immer lieben. Ich habe sie vom ersten Moment an geliebt, und ich werde sie immer lieben, ganz gleich, was zwischen uns geschehen ist.«

Sie schlug die Augen nieder. »Das verstehe ich nicht. Ich dachte, dass du und Rachele …«

»Meine Liebe zu Rachele ist etwas anderes, sie ist bewusster und reifer, aber Diana … Sie wird immer die ungreifbare und gefährliche Frau bleiben, die mir den Kopf verdreht hat. Sie verkörpert eine andere Art von Liebe, irrational, verrückt und leidenschaftlich.«

Myriam lächelte. »Aber so ist die Liebe, Andrea«, sagte sie leise, während sie aus dem Augenwinkel Diana und Giovanni die Auffahrt heraufkommen sah, Hand in Hand, die Wangen gerötet. Giovanni stellte eine leere Weinflasche auf den Boden, dann drückte er Diana gegen die Mauer und umarmte sie voller Leidenschaft, die sie erwiderte. Myriam schluckte, Andrea stellte seine Tasse auf die Treppe und stand auf.

»Ich gehe rein, der Ausblick gefällt mir plötzlich doch nicht mehr«, sagte er und ging nach drinnen. Während sie ihm nachsah, lag ihre Schwester, die so sehr unter der Trennung von Andrea gelitten hatte, in Giovannis Armen.

»Wenn ich daran denke, dass ich einmal dachte, ich wäre in ihn verliebt«, sagte sie leise und presste die Lippen aufeinander. Dann verschwand auch sie eilig im Haus, weit weg von Diana und Giovanni.

14

Der Weihnachtsmorgen überraschte La Gioiosa mit einem weichen Licht, das Myriam von ihrem Bett aus mit großer Erleichterung betrachtete. Sie hatte lange wach gelegen und die Decke angestarrt. Sie hatte auf die Geräusche im Haus gelauscht, und ihr waren zu viele Dinge durch den Kopf gegangen. Nicht einmal die Worte der Predigt hatten ihr den Frieden zurückbringen können, den sie in den vergangenen Tagen noch in sich gespürt hatte. Doch als nun das Licht durch die Läden fiel, machte sie die Fenster weit auf und atmete tief durch. Der Sonnenaufgang malte den Himmel türkis. Sie ließ ihre Gedanken treiben, die frische Morgenluft erfüllte sie mit neuer Energie.

Die Erinnerung an ihre schlaflose Nacht, das Bild von Diana und Giovanni, die sich küssten, ihr verletzter Stolz wie auch der Schmerz auf Andreas Gesicht hinterließen dennoch einen bitteren Geschmack im Mund. Die Lieder in der Kirche, das Lachen von Clio und Viola, die Umarmung ihrer Mutter: All das hatte die Enttäuschung nicht aufwiegen können. Sie fühlte sich beraubt und verletzt, und sie war wütend auf ihre Schwester. Doch dann wurde sie von den hellen Stimmen von Clio und Viola, die auf dem Flur Weihnachtslieder sangen, aus ihren Gedanken gerissen. Sie ging zu ihnen, und gemeinsam mit den Mädchen lief sie zum Zimmer ihrer Mutter, wo die Kleinen zusammen mit ihrem treuen Gefährten Nero auf Evas Bett sprangen.

»Frohe Weihnachten«, riefen sie im Chor, während Eva noch ganz benommen aus den Decken auftauchte.

»Kinder, ich weiß nicht, wie spät es ist, aber ich bin sicher, dass es noch viel zu früh ist«, sagte sie und nahm beide in den Arm.

»Mama, es ist Weihnachten, freust du dich nicht?«, fragte Clio und schmiegte sich an sie, während Nero sich auf dem Bett zwischen allen zusammenrollte.

»Doch, mein Schatz, und wie«, antwortete Eva und gähnte.

»Frohe Weihnachten, Mama«, wünschte auch Myriam und ließ sich ebenfalls in den Arm nehmen. So verharrten sie eine Weile. Eva erfreute sich an dem unvergleichlichen Duft der beiden Mädchen nach Kindheit, Myriam genoss die tröstliche Umarmung, die ihr in all diesen schrecklichen Monaten so sehr gefehlt hatte. Nur Nero, der die Szene beobachtete, schien sich nicht weiter für sie zu interessieren. Clio schlug vor, die Geschenke aufzumachen.

»Dafür ist es zu früh, Schatz«, gab Eva zurück. »Die anderen schlafen noch.«

»Aber wir sind doch alle wach. Außer Nero vielleicht. Viola, schau mal, schläft er?«

Ihre Cousine betrachtete die Katze. »Wie ein Stein.«

»Gut«, sagte Eva, »wascht euch das Gesicht und geht runter ins Wohnzimmer. Ich komme gleich nach und mache euch etwas Warmes zu trinken.«

»Darum kümmere ich mich«, sagte Myriam, und wenige Minuten später stand in der Küche das Frühstück bereit. Sie bereitete den Kaffee zu, den Lia extra für Weihnachten aufgespart hatte, und kochte auch frische Eier, die Ermes in einem Körbchen bereitgestellt hatte. Unter dem Körbchen entdeckte sie einen Brief an ihre Tante.

»Guten Morgen und frohe Weihnachten«, rief Tommaso fröhlich, der in die Küche gekommen war und sie umarmte. »Warum bist du nur schon so groß geworden? Ich kann mich immer noch nicht daran gewöhnen, dass du schon so erwachsen bist. Gerade warst du noch ein halbes Kind, und kaum schau ich mal einen Moment nicht hin, bist du schon eine Frau.«

»Du hast doch immer noch Clio und Viola, die du verwöhnen kannst«, scherzte sie und deutete auf die beiden Mädchen, die in ihren Schlafanzügen um den geschmückten Baum herum Fangen spielten.

»Du hast recht. Hoffentlich werden sie nie erwachsen«, seufzte er, ehe er sich wieder Myriam zuwandte. »Was machst du denn da?«

»Zuckerei«, antwortete sie, während sie Eier und Zucker in einer Tasse verquirlte, bis sich ein fester Schaum bildete. »Clio und Viola lieben es, so fängt der Tag gleich gut an. Bis zum Sonnenuntergang verbannen wir den Krieg und alle anderen Probleme aus dem Haus.«

»Du hast recht.« Er nahm das Küchenhandtuch vom Hefezopf, den Micol am Vorabend gebacken hatte, und richtete ihn auf einer Platte an. »Wo sind eigentlich die Hausangestellten?«

»Sie haben frei, wie immer an Weihnachten.«

»Micol auch?«

»Nur weil sie keine Katholikin ist, hat sie trotzdem das Recht auf einen freien Tag.«

»Das stimmt, aber ein bisschen Hilfe wäre nicht schlecht.«

»Ach was, es ist doch alles fertig, wir müssen es nur noch aufwärmen«, sagte sie und deutete auf die Töpfe, die Giuliana und Micol für zwei Tage vorbereitet hatten.

Tommaso zog die Augenbrauen hoch. »Gut, aber besser du und Lia kümmert euch darum. Deine Mutter ist eine Katastrophe in der Küche, und Diana schlägt ganz nach ihr«, scherzte er.

»In Ordnung. Aber das bleibt unter uns«, erwiderte Myriam und zwinkerte ihm zu. Als sie die Tassen auf das Tablett stellte, fiel ihr wieder der Brief ins Auge. »Das hätte ich fast vergessen, da ist ein Brief für Tante Lia gekommen.«

»Für mich?«, fragte Lia überrascht, die soeben auf der Schwelle erschienen war und ihnen frohe Weihnachten wünschte. Sie griff nach dem Brief und las den Absender. »Wer schreibt mir denn da?«

Myriam schüttelte den Kopf zum Zeichen, dass sie es nicht wusste, und goss einen Tee für sich und Diana ein, die sie lachen hörte. »Ist Diana schon unten?«

»Ja«, antwortete Tommaso mit einem Kuchenteller in der einen und einem Tablett in der anderen Hand, »ich glaube, sie ist gerade mit Giovanni heruntergekommen.« Er spähte um die Ecke. »Sie sitzen ganz eng nebeneinander.«

»Ich fürchte, sie haben auch ganz eng nebeneinander geschlafen«, seufzte Myriam. »Was wohl Andrea davon hält«, fügte sie hinzu. »Wo ist er überhaupt?«

»Vielleicht schläft er noch. Oder er ist draußen.«

»Wahrscheinlich Letzteres. Er steht immer früh auf. Und düstere Gedanken sind keine guten Gefährten im

Bett«, meinte Myriam und ließ eine Zitronenscheibe in den Tee fallen. »Wir können servieren, es ist alles fertig.« Sie griff nach dem Tablett, doch als sie ihre Tante reglos auf den Brief in ihren Händen starren sah, stellte sie es wieder ab und wechselte einen Blick mit Tommaso.

»Ist alles in Ordnung?«, fragte Tommaso seine Schwester, doch Lia antwortete nicht, sondern blickte immer noch wie versteinert auf das Papier, reagierte nicht einmal, als er ihr die Hand auf die Schulter legte. »Lia«, sagte er besorgt und warf dann selbst einen Blick auf die Zeilen, tastete nach einem Stuhl und ließ sich darauf sinken.

»Wollt ihr mir wohl endlich verraten, was los ist?«, fragte Myriam inzwischen etwas ungehalten und verschränkte die Arme. »Was steht denn so Geheimnisvolles in diesem Brief? Sagt ihr es mir jetzt endlich, oder wollt ihr den ganzen Morgen schweigen?« Doch als sie Tommasos verstörten Blick sah, überlief sie ein Schauer. »Tommaso?«

»Ruf deine Mutter. Sie soll sofort kommen.«

»Ist etwas Schlimmes passiert?«

Tommaso nickte, dann vergrub er sein Gesicht in den Händen und brach in Tränen aus. »Mein Vater, Alfredo Fontamara …«

»Großvater?«, flüsterte Myriam.

»… ist tot«, sagte Tommaso, und Myriam spürte, wie ihre Knie nachgaben.

Liebe Lia, liebe Familie,
ich schreibe diesen Brief mit großem Schmerz und in tiefer Trauer. Ich hatte gehofft, dass dieser Tag nie kommen würde – aber jetzt ist er doch da.

Alfredo ist tot. Er ist gestern Abend früh zu Bett gegangen, weil er leichte Kopfschmerzen hatte, und heute Morgen nicht mehr aufgewacht. Der Arzt sagte, er habe einen Infarkt gehabt und nichts gemerkt.

Der einzige Trost ist, dass er nicht gelitten hat. Er hat diese Welt im Schlaf verlassen. Als ich ihn heute Morgen gesehen habe, wirkte er ruhig und friedlich. Ich hoffe, ihr nehmt mir nicht übel, dass ich ihn angekleidet habe. So konnte ich meine Dankbarkeit dafür zum Ausdruck bringen, dass er mich wie einen Sohn aufgenommen hat. Ich habe Alfredo Fontamara geliebt wie einen Vater.

Alles, was ich bin, verdanke ich ihm. Aber ich bin kein Fontamara, und auch deshalb halte ich es für meine Pflicht, euch umgehend zu informieren, und ich hoffe, dass dieser Brief euch rasch erreicht, trotz des Krieges.

Vorerst werde ich mich um die Plantage kümmern und übergangsweise die Geschäfte führen, hoffe aber, dass ihr so rasch wie möglich nach Kuba zurückkehrt und du, Lia, die Leitung der Central Santa Sophia übernimmst – als Wertschätzung für die vielen Jahre aufopferungsvoller Arbeit, in denen Alfredo eure Firma aufgebaut hat. Die Zuckerfabrik gehört in die Hände eines Mitglieds der Familie Fontamara, denn es ist eure Firma. Wenn ihr es möchtet, werde ich euch als Berater und rechte Hand weiterhin unterstützen, so wie ich es bereits all die Jahre getan habe. Doch es erscheint mir angemessen, dass jemand von euch sie leitet.

Ihr seid die Fontamaras, ihr seid die rechtmäßigen Eigentümer der Zuckerfabrik, und so soll es bleiben.

So wollte es Alfredo, und ich werde alles tun, um seinem Willen zu entsprechen.

Ihr könnt sicher sein, dass ich alles in meiner Macht Stehende tun werde, um eure Interessen zu vertreten. In dieser schweren Zeit, die uns alle auf eine harte Probe stellt, werde ich für euch beten und an Doña Sophias Seite sein.

Ich muss euch nicht sagen, wie sehr sie dieser Verlust schmerzt. Sie hat ihn bis zu seinem letzten Atemzug geliebt. Aber ich weiß, dass sie eine starke Frau ist und auch diesen Kummer überwinden wird. Doch dafür braucht sie eure Liebe und Nähe. Ihr gebt ihr Kraft.

Betet für sie. Ich werde es ebenfalls tun.

Ich umarme euch, Carlos

Diana hatte den Brief, den ihre Tante ihr am Frühstückstisch gereicht hatte, laut vorgelesen. Ihr Gesicht war tränenüberströmt, alle anderen schwiegen.

»Du musst fahren«, sagte Lia schließlich in die Stille hinein. »Du bist der einzig verbliebene männliche Fontamara. Du musst fahren.« Erschrocken starrte Tommaso seine Schwester an. Er griff sich an die Kehle und versuchte tief einzuatmen, er hatte das Gefühl, keine Luft mehr zu bekommen. Obwohl die Sonne in den festlich geschmückten Raum fiel, schien sich mit einem Mal ein unheilvolles Halbdunkel herabzusenken, das den Gesichtern seiner Familie jede Farbe nahm. »Lia, ich glaube, es ist zu früh für …«

»Wer sonst, Tommaso?« Lia sah ihn mit geweiteten Augen an. »Fernando ist tot, Giacomo ebenfalls, und ich wüsste nicht, was zu tun wäre. Du bist ein Mann, du bist nun das Familienoberhaupt und musst dich um uns kümmern. Du trägst jetzt die Verantwortung für diese Familie«, sagte sie tonlos, während er Hilfe suchend zu Eva schaute.

»Ich glaube, wir sind alle erschüttert von dieser furchtbaren Nachricht. Lasst uns das nicht heute besprechen, ja?«, schlug Eva vor. Dabei strich sie Lia zärtlich über die Schultern und küsste sie aufs Haar. Lia ließ sich dankbar in ihre Arme sinken. »Wir wissen, dass Alfredo diese Welt friedlich verlassen hat, ihm zu Ehren sollten wir auch diesem Verlust friedlich begegnen«, fuhr sie fort. Sie betrachtete nacheinander ihre um den Tisch versammelten Kinder und versuchte, den Schmerz in sich zum Schweigen zu bringen und die Kraft zu finden, die mit jedem Tag zu schwinden schien. *Wann ist nur alles so schwierig geworden?*, fragte sie sich, kannte die Antwort jedoch schon. Trost suchend tastete sie nach dem Ehering ihres Mannes, den sie seit seinem Tod Tag für Tag trug. »Gestatten wir uns heute zu trauern. Über den Rest können wir morgen nachdenken. Heute weinen wir um einen Mann, der alles für seine Familie getan hat. Auch wenn er Fehler gemacht hat«, dabei wandte sie sich an Tommaso, »hat er doch innig geliebt.« Sie blickte zu ihrer Familie rund um den Tisch, die ihren Großvater, ihren Vater beweinte, doch als sie ihrem Spiegelbild begegnete, spürte sie, dass sie die anderen belog. Da war diese eine Eva, die pragmatische und verantwortungsbewusste Frau, die alles tatkräftig in die Hand nahm. Die Frau indes, die Alfredo wie einen Vater geliebt hatte und jetzt ein zweites Mal Waise geworden war, fühlte etwas ganz anderes.

Ich bin nicht stärker oder besser als sie, ich tue nur so. Das Leben hat mich gelehrt, dass ich meine Gefühle verbergen muss, um weiterleben, um meinen Kindern, denen der Vater genommen wurde, Sicherheit schenken zu können. Heute aber bin ich genauso verloren wie alle anderen, erkannte sie, noch immer verzweifelt bemüht, die Tränen zurückzuhalten. Lia und Tommaso waren ihr noch nie so schutzlos vorgekommen wie heute Morgen, sie selbst fühlte sich unendlich allein. *Ich weiß nichts*, dachte sie.

»Ich weiß nichts«, sagte sie laut und vergrub das Gesicht in den Händen, als sie wenig später allein im Arbeitszimmer am Fenster stand und Myriam beobachtete, wie sie mit Clio und Viola im Garten spielte. Neben ihr stand eine Tasse Tee, die Myriam ihr gebracht hatte, nachdem Diana und Giovanni sich verabschiedet hatten. Andrea hatte Lia zum Pfarrer begleitet, um für Alfredo eine Totenmesse lesen zu lassen.

»Darf ich?«

Eva wandte sich um und lächelte ihrem Schwager zu, der in der Tür stand. »Natürlich, komm rein. Ich kann dir einen Kamillen-Lavendel-Tee anbieten. Myriam hat ihn gemacht.« Tommaso nahm in einem gemütlichen dunkelgrünen Chesterfield-Sessel Platz und knöpfte seine Samtweste auf.

»Ich nehme an, sie macht sich Sorgen um dich. Du wirkst nach außen immer so beherrscht, aber tief in dir drin leidest du, nicht wahr?«

Eva zuckte mit den Schultern. »Erwartest du darauf eine Antwort?«

»Die brauche ich nicht, ich habe dich oft genug beobachtet. Eben ist das hier für dich abgegeben worden. Vielleicht hat sich die Nachricht schon verbreitet. Oder eine Lieferung verspätet sich.« Er reichte ihr einen weißen Umschlag.

Eva dankte ihm, nippte noch einmal an ihrem Tee, stellte dann die Tasse ab und schaute nach draußen. »Das Licht im Winter hat mich schon immer fasziniert. Es ist so sanft. Ganz anders als das gleißende Hell des Sommers, das in den Augen brennt. Das Winterlicht hingegen drängt sich nicht auf: Es lässt dir Raum, um auch die Zwischentöne zu erkennen, und es wärmt dich sanft. Die Natur kompensiert das schwächere Licht mit leuchtenden Farben: das strahlende Orange der Zitrusfrüchte, das Scharlachrot der Äpfel.« Aufmerksam betrachtete Eva die Sonnenstrahlen, die den Rasen unter dem letzten Laub leuchten ließen, ein goldener Teppich, durch den hier und da etwas Grün aufblitzte.

Tommaso blickte ebenfalls aus dem Fenster und lächelte, als er Clio und Viola lachen hörte. »Wie können sie nur so stark sein?«, fragte er seufzend.

»Ich glaube, sie lassen der Natur ihren Lauf. In ihnen wohnt noch der Instinkt, der sie mit jeder Krise stärker macht. Sie haben noch nicht das Pflichtbewusstsein der Erwachsenen, die sich an Konventionen, an Regeln halten müssen. Sie können ihre Emotionen ausleben, und das tun sie auch, solange wir es ihnen erlauben. Wir Erwachsenen unterdrücken unsere Gefühle, bis sie uns fast erdrücken. Wir belügen uns selbst, sind nicht ehrlich mit unseren Emotionen.«

Es wurde still, nur die Standuhr tickte. Bis Tommaso mit belegter Stimme sagte: »Ich bin nicht bereit, Eva. Ich denke schon die ganze Zeit darüber nach, aber ich bin nicht bereit.« Er war leichenblass.

»Tommaso ...«

»Nein«, unterbrach er sie, »mein Vater ist tot, und ein Teil von mir wird das immer bedauern. Aber er hat mich aus dem Haus gejagt, weil ich nicht so bin, wie er mich gewollt hätte – weil ich Männer liebe.« Seine Stimme zitterte, in seinen Augen lag eine unermessliche Verzweiflung, wie Eva sie in all den Jahren noch nie an ihm gesehen hatte.

»Du bist wütend auf ihn.«

»Ja, sehr. So leid es mir tut, dass er tot ist, er ist schließlich mein Vater. Aber er hat mich nie wirklich geliebt. Wenn er es getan hätte, wenn er nur einen Funken Liebe für mich empfunden hätte, hätte er mir in all diesen Jahren wenigstens einmal geschrieben. Aber nein, dazu war er zu stolz, und jetzt ist er tot, und ich konnte mich noch nicht einmal von ihm verabschieden. Nicht einmal in den Briefen an euch hat er mir Grüße ausrichten lassen. Deshalb werde ich nicht nach Kuba gehen. Es ergibt keinen Sinn, an einen Ort zurückzukehren, der mir so feindlich gesinnt ist. Es schmerzt zu sehr.«

»Vielleicht solltest du genau deshalb zurückkehren, meinst du nicht?«, gab Eva zu bedenken. »Um den Erinnerungen einen neuen Sinn zu geben, neue Erinnerungen zu schaffen, schönere. Und um bei deiner Mutter zu sein.«

Sie schauten sich an, sagten lange kein Wort.

»Und was wird dann mit meiner Beziehung zu Matteo? Soll ich wieder wegen einer unmöglichen Liebe trauern?«

»Wenn du ihn wirklich liebst, warum sollte euch das trennen?«

Tommaso lächelte, senkte den Blick auf seine gepflegten Hände.

»Weil es Lieben gibt, die man nur ganz leben kann.«

Eva senkte den Blick, dann griff sie nach dem Umschlag, den Tommaso ihr gebracht hatte, und nachdem er sich müde von ihr verabschiedet hatte, brach sie das Siegel auf und legte den Brief vor sich auf den Tisch: ein weißer Fleck in der Dunkelheit. Sie nahm den letzten Schluck Tee, dann sah sie auf den Absender: Miguel Ferrer. Sie rang nach Atem.

Eva,
ich weiß, dass ich mir keine zärtliche Anrede erlauben darf. Aber nach all den Jahren habe ich beschlossen, dir ein paar Zeilen zu schreiben, denn ich kann nicht länger schweigen.

Ich habe von Alfredos Tod erfahren, und die Nachricht hat mich schwer getroffen. Wir waren Gegner, wir haben, vielleicht nicht immer korrekt, gegeneinander gekämpft, um unsere Unternehmen zu verteidigen und zu vergrößern. Aber ich möchte, dass du weißt, dass ich ihn sehr geschätzt habe.

Alfredo Fontamara war ein Mann aus einer anderen Zeit, ein Gentleman, wie es nur wenige gibt, und ich bin weit von seiner Größe entfernt. Jetzt, da ich dir dabei nicht in die Augen sehen muss (siehst du, wie feige ich bin?), muss ich dir gestehen, dass er für mich der strenge, aber gerechte Vater war, den ich nie hatte. Alfredo war ein Vorbild für mich, und ich hoffe, dass ich mir erlauben darf, bei seiner Beerdigung einen Kranz niederzulegen.

Mit aufrichtiger Zuneigung und meiner ganzen Liebe, die ich bis heute nicht zum Schweigen bringen konnte.

Miguel F.

Eva biss sich auf die Lippen. Die Gedanken rasten durch ihren Kopf. Sie dachte zurück an ihre Jugend, als sie noch nichts von Liebe wusste und sich in Miguel Ferrer verliebt hatte, versprochen hatte, ihn zu heiraten – bis ihr klar geworden war, dass sie seinen besten Freund Fernando liebte. Den Vater ihrer Kinder, den Mann, den sie bis heute schmerzlich vermisste.

Aber auch Miguel hatte sie nie vergessen. Sie hatte auf privater wie geschäftlicher Ebene mit ihm gerungen. Jetzt aber seine Worte zu lesen, erfüllte sie mit großer Sehnsucht. Ihr fehlte ihre Heimat, ihr fehlten die Wärme, der staubige Wind, die Geschichten der Alteingesessenen, die strahlenden Farben des Meeres und der prunkvollen Gärten Kubas. Sie dachte an die hängenden Gärten ihrer Nachbarin, an den unvergesslichen Duft des Zuckers während der Ernte, den Duft nach Karamell, der sich gleichsam auf Haut und Hauswände legte. Ihre Heimat war eng mit der Tradition der großen Zuckerplantagen verbunden, dem Gesang der Arbeiter, wenn sie das Zuckerrohr schnitten, dem Rhythmus ihrer Tamburine, wenn sie abends am Lagerfeuer ihre ausgelassenen Tänze tanzten.

Miguel gehörte zu all dem, mit ihm hatte sie die Welt des Zuckers entdeckt. Mit ihm hatte sie zum ersten Mal den Wind in den Zuckerrohrpflanzen singen hören. Mit Fernando aber hatte sie inmitten der Pflanzen, die ihr so hoch wie Bäume erschienen, ihre Weiblichkeit entdeckt, ihre Kinder empfangen.

»Mein Kuba, du fehlst mir so sehr«, seufzte sie, und jetzt brachen sich ihre Tränen Bahn, Tränen über ihre bittersüßen Erinnerungen.

»Und das dank dir«, murmelte sie und strich über Miguels Zeilen. Ihre allererste Liebe, die sie verflucht und geliebt hatte – und nach all den Jahren des Schweigens und des Grolls beschloss sie, wieder mit ihm zu sprechen.

15

Myriam riss die Tür zur Bäckerei auf, überzeugt, Diana so kurz vor der Schließzeit allein vorzufinden, doch sie war noch mit einer Kundin beschäftigt, und so blieb Myriam in einer Ecke stehen und wartete. Ihre Wangen glühten vor Wut. Diana beobachtete sie aus den Augenwinkeln, während sie die Lebensmittelkarte der Kundin entgegennahm und dann die Tür hinter ihr schloss.

»Was machst du denn hier? Und was ist los? Du siehst aus, als ob der Teufel hinter dir her wäre«, scherzte sie und schob sie hinter den Tresen.

»Es ist los, dass dein Verehrer ein herzloser Mistkerl ist!«, schimpfte Myriam, während Diana ihr eine Tasse Malzkaffee einschenkte, der in Myriams Händen fast überschwappte. »Weißt du, was er gemacht hat, um den armen Priester vom Collegio Leonino zu retten, den die Deutschen festgenommen haben?«

»Du meinst die Geschichte mit dem Waffendepot, das sie vor ein paar Tagen entdeckt haben?«, fragte Diana stirnrunzelnd.

»Genau die meine ich.«

»Na ja, ich denke nicht, dass Giovanni und seine Leute dafür zuständig sind, Priester zu retten.«

Myriam blitzte sie wütend an.

»Seit wann unterscheidet man denn zwischen Partisanen und Regimegegnern?«

»Keine Ahnung, aber sollte sich nicht eher der Papst um den Priester kümmern?«

Myriam presste die Zähne aufeinander. »Das tut er natürlich auch, aber jedes Kind weiß, dass er sich nicht zu weit aus dem Fenster lehnen darf, besonders in Anbetracht der vielen Flüchtlinge, die in Klöstern und Gemeinden versteckt werden. Wenn er sich mit den Nazis anlegt, könnten sie auf die Idee kommen, in die Kirchen eindringen. Wer soll dann die Menschen beschützen, die dort Zuflucht gefunden haben?« Sie versuchte, ihre Wut unter Kontrolle zu bringen.

»Gut, aber was hat Giovanni damit zu tun?«

»Ich habe ihn und seine Leute um Hilfe gebeten. Und weißt du, was er mir geantwortet hat?«

»Keine Ahnung, aber so wie du aussiehst, war es nichts Positives.«

Diana trank einen Schluck Kaffee, während vor dem Schaufenster Soldaten vorübermarschierten. Ein Kommandant schrie etwas, und sie beschleunigten den Schritt.

»Dass sie nichts unternehmen würden. Er meinte, sie hätten schon genug Probleme: Die Gestapo habe Spitzel in ihren Reihen, und die Nazis würden andauernd Partisanen zum Forte Bravetta bringen und sie dort erschießen.«

»Wenn das so ist, warum gibst du ihm dann die Schuld?«, fragte Diana.

»Als es darum ging, einen von seinen Leuten aus der Via Tasso herauszuholen, hat er Himmel und Hölle in Bewegung gesetzt. Und dank eines Kontakts von Padre Francesco ist es gelungen. Ich frage mich, warum die Dinge nur in eine Richtung funktionieren.«

»Vielleicht ist Giovannis Gruppe inzwischen zu klein, um andere zu unterstützen. Sie braucht selber Hilfe«, meinte Diana, doch sie konnte nicht weitersprechen, weil auf einmal Maschinengewehrsalven die Stille zerrissen und die Schreie von Soldaten durch die Straße hallten. Sofort flüchteten sie sich hinter den Tresen, während draußen ein Feuergefecht zwischen Partisanen und Soldaten entbrannte. Diana kauerte sich ganz klein zusammen und presste die Hände auf die Ohren, während Myriam über den Tresen spähte, um herauszufinden, was draußen geschah.

Minutenlang peitschten Schüsse durch die Luft, dann kehrte Stille ein, nur durchbrochen von den Rufen der Soldaten, die die Verhafteten auf Lastwagen luden und die Toten als Mahnung für die Überlebenden auf der Straße zurückließen.

»Es ist vorbei, du kannst rauskommen«, sagte Myriam und streckte ihrer Schwester die Hand hin. »Diana«, sagte sie noch einmal sanft, als ihre Schwester sich nicht rührte, dann beugte sie sich zu ihr hinunter und nahm ihr Gesicht zwischen die Hände. »Sie sind weg, ich habe nachgesehen. Hab keine Angst, ich bin bei dir.« Sie zog Diana an sich. »Herz an Herz, wie als Kinder, weißt du noch?«

Diana barg ihr Gesicht an Myriams Schulter, versuchte ihren Atem zu beruhigen und begann zu weinen. »Ich kann nicht mehr, Myriam«, flüsterte sie. »Ich versuche, die Hoffnung zu bewahren, ich bete, dass dieser schreckliche Krieg endlich aufhört. Aber er hört nicht auf. Ich habe es satt zu kämpfen, dauernd an Rachele zu denken, daran, dass überall Soldaten sind. Und jetzt ist auch noch Großvater gestorben. Warum, Myriam, warum?« Sie ließ sich schluchzend in die Arme ihrer Schwester sinken.

Myriam teilte ihren Schmerz. Sie dachte jeden Tag an ihren Großvater, sie hatte eben noch lange mit ihrer Mutter über ihn gesprochen, als sie auf dem Weg zur Arbeit in der Fabrik vorbeigefahren war, um für die im Krankenhaus versteckten Kinder etwas zu essen zu besorgen. Aber auch Eva hatte sie nicht trösten können. Sie hatte gesagt, dass der Krieg bald zu Ende sei, die »Jungs«, wie sie die Partisanen nannte, bald Unterstützung von den Alliierten bekommen würden.

Radio London sendete weiterhin hoffnungsvolle Nachrichten und rief die Bevölkerung zum Widerstand auf, doch das Jahr 1944 war schwer und amerikanische Soldaten nicht in Sicht. Äpfel und Orangen waren rationiert, der Milchpreis stieg stetig. »Wie sollen wir Widerstand leisten, wenn die Leute verhungern?«, fragte sich Myriam. Die Schlangen vor den Lebensmittelgeschäften wurden immer länger, die Kinder litten an Rachitis, die Arbeiter starben an Mangelernährung. Und auch im Krankenhaus häuften sich die Fälle: erschöpfte Arbeiter, Frauen, die bereits mangelernährte Kinder zur Welt brachten, die Tag und Nacht durchweinten.

Der Krieg, das hatte ihr die Arbeit im Krankenhaus gezeigt, waren nicht nur Soldaten in Uniform, die durch die Straßen marschierten. Der Krieg war ein Monster, das einen bei lebendigem Leib verschlang, er war wie ein Krebsgeschwür, das einen von innen auffraß.

Ich wünschte, ich könnte dir versprechen, dass alles gut wird, dachte sie und betrachtete die leblosen Körper auf der Straße.

»Es wird alles gut werden, Schwesterherz«, flüsterte sie. »Wir müssen nur ganz fest daran glauben, wir müssen Vertrauen haben«, wiederholte sie und suchte nach einer Antwort, die sie selbst nicht fand.

»Wir müssen Vertrauen haben, Kinder«, sagte Lia zu Clio und Viola, die mit Giuliana und Clara in der Küche in La Gioiosa saßen. Clio baumelte auf ihrem Korbstuhl mit den Beinen und sah ihre Tante schmollend an. »Warum sind die Deutschen hier? Mama hat gesagt, dass sie weggehen würden, dass sie uns nicht unser Haus wegnehmen würden!«

Lia massierte sich die Schläfen. Ihre Migräne, die sich schon beim Aufstehen bemerkbar gemacht hatte, wurde immer stärker. »Du musst versuchen, es zu verstehen, mein Schatz«, begann sie in versöhnlichem Ton, aber Clios Zorn war nicht zu besänftigen.

»Was gibt es denn da zu verstehen, Tante Lia? Die Soldaten tun so, als wäre das ihr Haus, sie wühlen in unseren Sachen herum, und wir dürfen uns nicht mal beschweren. Das ist ungerecht«, klagte sie.

»Wer hat dir denn beigebracht, so zu reden?«

»Aber es ist doch die Wahrheit. Fremde besetzen einfach unser Haus, und wir dürfen nichts dagegen sagen. Das ist ungerecht«, wiederholte sie, während Giuliana den Kopf schüttelte und Clara weiter Kartoffeln schälte. Die Schalen wanderten in den großen Topf, in dem die restliche Suppe vom Vortag köchelte. Giuliana gab noch eine hauchdünne Scheibe Speck dazu, die sie aus dem Küchenschrank geholt hatte. »Versuchen wir, dieser Brühe ein bisschen Geschmack zu geben«, brummelte sie und fügte noch etwas Knoblauch hinzu.

Lia sah sich um. Es war sicher nicht das, was sie sich

vorgestellt, geschweige denn gewünscht hatte, aber sobald der Hauptmann, den man ihr angekündigt hatte, sich bei ihnen niederlassen würde, würden sie etwas mehr zu essen auf dem Tisch haben. Sie suchte den Blick ihrer Nichte. »Ich weiß, dass das ungerecht ist, der ganze Krieg ist ungerecht. Aber leider sind die Dinge nicht immer so, wie wir sie uns wünschen. Wenn dieser Hauptmann Meyer sich hier einquartieren will, dann können wir nichts dagegen tun«, versuchte sie ihrer Nichte so diplomatisch wie möglich zu erklären. »Außerdem nehmen sie uns nicht das Haus weg. Sagen wir, sie sind für eine Weile unsere Gäste.«

»Gäste wohnen in einem Zimmer und belagern nicht das halbe Haus«, widersprach Viola.

Lia musterte die beiden Mädchen. »Nun gut, ihr habt recht, wir werden auf unseren Zimmern bleiben müssen. Aber es ist ja nicht für immer. Und so lange lasst ihr auf jeden Fall die Soldaten in Ruhe. Man weiß nie, wie sie reagieren, und ehrlich gesagt will ich es auch gar nicht wissen. Wir haben schon genug Probleme, und wenn euch beiden etwas passieren würde, würde Eva mir den Hals umdrehen. Und ich könnte es auch nicht ertragen. Ich will euch nicht auch noch verlieren«, fügte sie in einem Flüstern hinzu und zog ein Taschentuch aus ihrem Ärmel.

»Tante Lia …«

Ein dumpfes Poltern aus dem Salon ließ Clio sofort verstummen.

»Schon den ganzen Tag bringen sie Kisten herein, der arme Ermes wird heute Abend schöne Rückenschmerzen haben«, schimpfte Giuliana und rührte in der Suppe.

Clio sprang vom Stuhl und beäugte durch den schmalen Türspalt den Flur. »Das sind aber viele!«, rief sie leise und wandte sich zu Lia um, während Viola ihre Cousine von ihrem Stuhl aus beobachtete.

»Lass nur, Clio, wir müssen uns damit abfinden. Die werden eine ganze Weile bleiben, glaub mir«, sagte das Mädchen, glitt vom Stuhl und starrte auf die Tür. »Komm, wir gehen in unser Zimmer und spielen mit Nero. Ich habe ihn eingeschlossen, er langweilt sich sicher.«

Clio seufzte und schaute noch einmal nach den Soldaten, die jedes der Zimmer inspizierten, die bisher den Fontamaras vorbehalten gewesen waren. Dann schüttelte sie den Kopf und griff nach der Hand ihrer Cousine. »Du hast recht. Wir haben hier sowieso nichts mehr zu tun.« Dann schlüpften sie aus dem Dienstbotenausgang.

»Sie werden sich schon daran gewöhnen, Signora«, versuchte Giuliana Lia zu trösten, die niedergeschlagen auf ihrem Stuhl saß. »Es braucht vielleicht ein bisschen, Kinder teilen nicht gerne. Aber sie passen sich schnell an.«

»Das stimmt, schneller als wir«, stimmte Clara ihr zu. »Es war auch nicht leicht, meinen Sohn zu meiner Schwester zu geben, Aber das hier ist kein Ort mehr für ein Kind. Nach ein paar Tagen wird er aufhören zu weinen und sich daran gewöhnen.«

»Tja, er muss sich erst mal damit abfinden, dass er seine Mutter nicht mehr sieht«, sagte Lia, die sich inzwischen erhoben hatte. Sie zog den dunklen Schal enger um die Schultern und ging hinaus in den Garten. In der eiskalten Luft ließ sie ihren Gedanken freien Lauf. Es duftete nach Holz, das in den Kaminen Wärme spendete, sie konnte den Rauch über den Schornsteinen aufsteigen sehen. Sie schaute in den Himmel, an dem friedlich die Wolken vorüberzogen. Im Rascheln der Blätter unter ihren Füßen suchte sie nach dem Trost längst vergangener Tage. »Es bräuchte so wenig, um glücklich zu sein«, überlegte sie, sah zum Zimmer ihrer Nichten hinauf und dachte an ihre eigene Kindheit zurück. Ihr Blick wanderte wieder zum Himmel. »Pass auf meinen Mann auf, Papa«, murmelte sie leise. Dann hörte sie, wie einer der Lastwagen, die seit heute Morgen vor ihrem Haus parkten, die Auffahrt hinunterfuhr in Richtung Dorf.

Nach etwa einer Stunde ging sie wieder hinein, in die unwirkliche Stille eines Hauses, das sie kaum wiedererkannte, in dem nun Worte in einer fremden Sprache zu hören war, in dem es nach Stiefelcreme und Tabak roch. Sie ging durch den Flur und hielt den Atem an, als sie eine Gruppe von Soldaten aus dem Salon kommen sah, in dem sie früher Gäste empfangen hatten und das jetzt das Büro des Hauptmanns war. Es war das erste Mal, dass sie den Besatzern so nahe kam, und sie wusste nicht recht, ob sich hinter den Gesichtern, die so sehr denen ihrer Neffen Gabriel und Ernesto ähnelten, nicht auch ähnliche Gedanken verbargen. Sie lächelte den Soldaten höflich zu und ging vorsichtig weiter, doch als sie aus dem Salon neben den männlichen Stimmen der Soldaten die Stimmen von Clio und Viola hörte, erstarrte sie. Sie riss die Tür auf, in der festen Überzeugung, die Mädchen retten zu müssen, und war verblüfft, als sie einen Mann – vermutlich Hauptmann Meyer – Nero behutsam über den Kopf streicheln sah.

»Was ist hier los? Ihr solltet doch auf eurem Zimmer bleiben!«, schalt sie mit schriller Stimme und strenger als beabsichtigt. Der Mann sah sie freundlich an.

»Signora Fontamara«, begann er in einem hart klingenden Italienisch, »bitte schimpfen Sie nicht mit den Mädchen. Der Kater hatte sich in mein Büro geschlichen, und sie wollten ihn zurückholen, das ist alles. Sie haben mich nicht gestört, im Gegenteil. Den ganzen Tag muss ich mit Soldaten sprechen, da ist es angenehm, hin und wieder mit jemandem zu plaudern, der keine Uniform trägt«, erklärte er und zwinkerte den beiden zu.

Lia betrachtete den Mann genauer: die akkurat rasierten Wangen, die aufmerksamen grünen Augen, die sich rasch bewegten. »Das mag ja sein, aber sie haben trotzdem gegen meine Anweisungen verstoßen. Und deshalb entschuldigt ihr beiden euch sofort bei …«, sie wandte sich an den Soldaten.

»Hauptmann Markus Meyer, sehr erfreut«, stellte er sich vor, und Lia nickte ihm zu. Sie war verblüfft, mit welcher Natürlichkeit er Nero in Clios Arme legte, die ihn anstarrte wie einen Oger aus einem Märchen. Viola hörte dem Mann unbeirrt zu und sah ihm dabei furchtlos, mit der ihr eigenen Unbefangenheit, in die Augen. *Sie sieht aus, als könnte sie direkt in seine Seele schauen*, dachte Lia, während sie das Mädchen betrachtete, das ihm zur Antwort zulächelte und dann mit Clio das Zimmer verließ. Lia wandte sich ebenfalls zur Tür. »Die beiden sind lebhaft, aber gut erzogen. Sie können sich als Mutter glücklich schätzen«, sagte der Hauptmann, der ihnen nachsah.

»Ich bin nicht ihre Mutter, und Clio und Viola sind auch keine Schwestern, sondern Cousinen. Sie sind die Töchter meiner beiden Schwägerinnen«, erklärte sie und schlug seine Einladung, sich zu setzen, aus.

»Und wo sind Ihre Schwägerinnen?«

Lia erstarrte, lächelte jedoch weiter. »Violas Mutter ist an einer schrecklichen Krankheit gestorben, und Clios Mutter arbeitet in Rom. Wir waren der Ansicht, dass die Mädchen angesichts der Angriffe auf Rom und der schlechten Versorgung hier besser aufgehoben sind. Und ich hoffe, das wird auch so bleiben.«

Der Hauptmann nickte lächelnd. »Sie wollen wissen, ob es ein Problem sein wird, dass mein Hauptquartier sich jetzt in Ihrem Haus befindet?«

Sie schaute ihn an. »Wird es das?«

»Nein, darauf gebe ich Ihnen mein Wort.«

»Gut, dann hoffe ich, Sie fühlen sich hier wohl.« Sie wollte gerade gehen, als die Stimme des Mannes sie zurückhielt.

»Lia. Verzeihen Sie, dass ich Sie beim Vornamen nenne. Ich habe mich noch nicht an Ihren Nachnamen gewöhnt. Ich würde Sie gerne noch etwas fragen.«

»Bitte.«

»Warum heißt das Haus La Gioiosa?«

Lia dachte nach und zuckte dann mit den Schultern. »Ich würde Ihnen gerne eine erschöpfende Antwort geben, mit Anekdoten zu seiner Geschichte und zu seinen Geheimnissen, aber das kann ich leider nicht. Ich habe dieses Haus erst vor wenigen Jahren kennengelernt, nachdem ich aus Kuba gekommen war. Wenn Sie meine persönliche Meinung hören wollen, dann ist der Name

›Die Frohe‹, ›Die Freudvolle‹ Ausdruck einer Hoffnung, die sich bisher noch nicht erfüllt hat. Denn seit ich dieses Haus kenne, war die Freude hier noch nie zu Hause. Guten Abend.«

»Lia, warten Sie.« Lia wandte sich um, sichtbar ungeduldig. »Würden Sie mir gemeinsam mit Ihren Nichten die Freude machen, mit mir zu speisen?«

Sie verkniff sich eine scharfe Bemerkung. *Du bist hier der Gast, nicht ich*, dachte sie. »Sehr gerne«, sagte sie stattdessen. »Ich werde der Köchin Bescheid geben. Wir essen um acht, wie immer.« Daraufhin verließ sie rasch das Zimmer, um nicht laut aufzuschreien.

Sie aßen ein Stück Fleisch, das Hauptmann Meyer mitgebracht hatte. Es war so still, dass man das Besteck klappern hörte. Hauptmann Meyer stellte einige Fragen, auf die nur Lia antwortete, die Mädchen waren zu sehr mit dem Essen beschäftigt.

»Ihre Familie kommt ursprünglich aus Kuba?«

»Die Fontamaras stammen eigentlich aus Italien und sind nach Kuba ausgewandert, um dort ihr Glück zu suchen. Sie haben mit der Zuckerproduktion begonnen und nach und nach ein kleines Firmenimperium aufgebaut«, erklärte sie und beschrieb die Plantage in leuchtenden Farben.

»Und dieses Haus hier gehört Ihnen?«

»Nein, das Haus gehört der Familie Principi, der Familie meiner Schwägerin«, erklärte sie und sah zu Viola, deren Blick sich bei der Erwähnung Ottavias verfinstert hatte. Als Carla jedoch den Nachtisch hereinbrachte, eine Art Butterkuchen mit kandierten Früchten und Rosinen, war sie wieder bester Laune. Der Hauptmann lächelte über die Freude der Mädchen und nickte Clara zu, ihnen ein großes Stück abzuschneiden. »Er kommt direkt aus meiner Heimat.«

»Wie heißt er?«, fragte Viola neugierig.

»Dresdner Stollen«, antwortete der Hauptmann stolz. »Man isst ihn eigentlich nur an Weihnachten, aber diesmal hat meine Familie eine Ausnahme gemacht.« Er betrachtete den langen, mit Puderzucker bestäubten Kuchen in der Mitte des Tisches und schien einen Augenblick lang mit den Gedanken woanders. Dann lächelte er wieder den Mädchen zu. »Ich esse ihn seit meiner Kindheit. Ich war immer verrückt danach.«

»Er sieht lecker aus«, sagte Clio und sog den Duft der kandierten Früchte und Orangenschale ein.

»Probiert ihn und sagt mir, ob er euch schmeckt«, forderte er sie auf und war zufrieden, als beide nach einem zweiten Stück verlangten.

Clio schmeckte der Kuchen mit dem unaussprechlichen Namen, und sie leckte sich die zuckerverklebten Finger ab, als ihre Tante einen Moment nicht hinsah. Lia legte ihr Besteck beiseite und achtete darauf, dass die Kinder es ihr gleichtaten, dann bat sie Clio, dem Hauptmann als Dank für die Einladung etwas vorzuspielen. »Aber wir sind doch keine Gäste, wir sind hier zu Hause«, protestierte Viola und errötete nicht einmal, als Lia ihr einen vorwurfsvollen Blick zuwarf.

»Das stimmt, meine Kleine, ich bin Gast in eurem Haus«, pflichtete ihr der Hauptmann bei, und Viola lächelte triumphierend. Clio ging ans Klavier und spielte die *Appassionata* von Beethoven, und das Gespräch verstummte. Die intensive, gefühlvolle Musik erfüllte den Raum mit immer schneller werdenden Passagen, die sich mit kurzen Pausen abwechselten, schickte die Tischgenossen auf eine Reise in die Vergangenheit, zurück zu glücklichen Tagen, in Kuba, in Deutschland, im Garten von La Gioiosa. Clios kleine Finger glitten rasch über die Tasten, ihr Herz klopfte, die Augen flogen über die Noten. Sie musste an ihren Vater denken, dessen Bild sie immer in der Tasche ihres Kleides verwahrte, an den Krieg, die Bomben, an eine Welt, die sie immer weniger verstand, in der Menschen schlimme Dinge taten, Menschen wie der Mann, der an ihrem Tisch saß und die Uniform des Bösen trug, wie man ihr gesagt hatte, der sie jedoch mit der Güte eines Vaters ansah, des Vaters, den sie nie kennengelernt hatte, und sie versuchte ihre Rührung zu unterdrücken.

Es ist alles so widersprüchlich, dachte sie, und erst nachdem die letzten Noten verklungen waren, fiel die Anspannung von ihr ab. Als sie sich umdrehte, war der Hauptmann verschwunden.

»Wo ist er hin?«, fragte sie, nachdem ihre Tante und Viola applaudiert hatten. Lia schaute zur Tür, die sich hinter Meyer geschlossen hatte.

»Ich glaube, du hast ihn gerührt«, meinte Viola. Clio runzelte die Stirn und schaute zu ihrer Tante hinüber, die sich um ein Lächeln bemühte und die Arme nach ihr ausstreckte.

»Diese Deutschen sind komisch, Tante Lia«, sagte sie und legte ihren Kopf an Lias Schulter. »Er ist gerührt, nur weil ich Beethoven gespielt habe?«

»Wer weiß. Vielleicht hat er auch Heimweh.«

»Wenn ich das gewusst hätte, hätte ich kubanische Musik gespielt«, meinte Clio.

»Warum? Um ihn zu ärgern?«

»Nein, aber vielleicht hätte er verstanden, dass die Menschen genauso sind wie die Musik: Auch wenn sie aus unterschiedlichen Ländern kommt, von weit weg, es ist immer etwas Gutes in ihr, das zu allen von uns spricht, das jeder versteht.«

Lia streckte ihre Hand nach Viola aus und zog sie zu sich, dann nahm sie ihre beiden Nichten in den Arm. Als Clara das Zimmer betrat, um abzuräumen, lächelte sie, als sie die drei so sah. Lia ließ den Blick durch den Salon schweifen, in dieser Villa, die ihr Zuhause geworden war. Sie dachte an die Menschen, die hier seit Jahren arbeiteten, an die Familienmitglieder, die dieses Haus bewohnt hatten, an die, die gestorben waren. An all das musste sie in diesem Moment denken, während das Stück, das Clio so perfekt gespielt hatte, in ihr nachhallte. »Es scheint alles so weit weg«, seufzte sie, während es im Haus allmählich still wurde.

16

Eva betrat die Fabrik. Den Mantel hatte sie anbehalten, um sich vor der kalten Januarluft zu schützen. Weil sie keine Lust hatte, sich an diesem herrlichen Morgen mit dem blauen Himmel gleich in ihr Büro zu setzen, ging sie direkt in die Produktion. Die Stadt schien noch zu schlafen.

Jetzt verstehe ich, warum die großen Meister vergangener Epochen diese Stadt so sehr geschätzt haben: Dieses Licht ist einzigartig, magisch, dachte sie und betrachtete das goldene Licht, das sich wie ein Teppich auf die Straßen legte. Dann kehrte sie diesem Bild den Rücken und wandte sich den vertrauten Düften und Geräuschen zu, sog den Geruch nach Brot und Gebäck tief ein. Eine geringe Menge durften sie für das deutsche Kommando immer noch produzieren – ein Stück Normalität in einer immer grausamer werdenden Realität.

Sie begrüßte die wenigen Bäcker, die noch für sie arbeiteten, einige kneteten den Brotteig für heute, andere bereiteten den Teig für die folgenden Tage vor, wieder andere kümmerten sich um das Gebäck für das deutsche Kommando. Sie hasste die Nazis aus tiefstem Herzen, und wenn sie an Gabriel dachte und an das, was er erlitten hatte, zog sich ihr der Magen zusammen. Aber sie musste zugeben, dass sie ohne das Geld aus Berlin die Fabrik hätte schließen müssen, bis der Krieg vorbei wäre.

Falls er überhaupt jemals vorbei sein wird, dachte sie und strich sich eine Locke aus der Stirn. Sie begrüßte ein paar neue Arbeiter, die früher bei Raffaele gearbeitet und an ihre Tür geklopft hatten. »Guten Morgen, Vera, alles in Ordnung?«

Die Frau lächelte ihr zu. »Guten Morgen, Signora Fontamara. Ja, alles in Ordnung, danke«, antwortete sie und band eine rote Schleife um eine Gebäckschachtel. »Ich habe mich gefragt, ob Sie etwas von Signor Raffaele gehört haben. Ich hatte ihm gerne eine Weihnachtskarte geschickt, als Geste der Dankbarkeit, aber ich wusste nicht, wohin ich sie schicken soll.« Eva schüttelte den Kopf, während Vera eine Blechdose mit Keksen füllte.

»Leider nein. Seit er sich auf den Familienbesitz nach Frankreich zurückgezogen hat, habe ich keine Nachricht mehr von ihm.«

Vera verschloss die Dose. »Ich wusste gar nicht, dass er Besitz in Frankreich hat. Davon hat er nie erzählt. Es ist einfach zu traurig, was passiert ist.«

»Das stimmt. Ottavias Tod war für uns alle ein schwerer Schlag, aber ihn hat es natürlich besonders getroffen«, erwiderte sie und musste an die Schließung der Parfümerien denken, die seine Vorfahren aufgebaut hatten und die einen so glanzvollen Namen trugen.

»Zum Glück haben Sie mir eine Arbeit gegeben, sonst würde ich in großen Schwierigkeiten stecken«, sagte Vera. »Kekse verpacken ist zwar nicht das Gleiche wie feinen Damen die neuesten Winterdüfte vorzustellen und den Tag zwischen Puder und Badezusätzen zu verbringen, aber jeder Centesimo, den ich verdiene, ist ein Segen. Ich bete für Sie.«

Eva strich ihr lächelnd über die Schulter. »Und jedes Gebet wird erhört, bis dieser Albtraum endlich ein Ende hat und wir wieder zur Normalität zurückkehren können.«

»Das hoffen wir alle, Signora. Und wenn ich an die letzten Tage denke, sieht es aus, als würde etwas in Bewegung kommen.«

Eva runzelte die Stirn. »Gibt es Neuigkeiten?«

Vera lächelte. »Glauben Sie mir, Sie verbringen zu viel Zeit im Büro. Und ob es Neuigkeiten gibt! Die Alliierten sind in Nettuno und Anzio gelandet, und wie es aussieht, treiben sie die Deutschen vor sich her. Es heißt, wenn das so weitergeht, erreichen sie bald auch Rom. Beten wir, dass der Herr Erbarmen mit uns hat und uns endlich von diesen Bestien befreit.«

»Das hoffen wir alle.« Sie fuhr sich seufzend durchs Haar. »Ich frage mich nur, wie lange wir noch durchhalten müssen.«

Vera seufzte ebenfalls. »Ich habe Vertrauen in unsere Jungs, sie werden diese Unmenschen früher oder später aus dem Land jagen. Aber erst einmal stehen uns noch dunkle Zeiten bevor. Jetzt, wo die Deutschen in die Enge getrieben werden, werden sie sich rächen wollen. Ich mag gar nicht daran denken, was noch alles passieren wird …«

»Stimmt«, sagte Eva düster, als sie sah, wie Andrea die Firma betrat und einen Schwall bitterkalte Winterluft mitbrachte, der die Augen tränen ließ. Ein Arbeiter zeigte in ihre Richtung, und Andrea kam rasch auf sie zu.

»Eva, kann ich kurz mit dir sprechen?«

»Natürlich. Ist mit Diana alles in Ordnung?«

Andrea nickte. »Ja, sie ist bei ihrem Arzt. Genau darüber muss ich mit dir reden.« Sie gingen ins Büro, Eva setzte sich hinter den Schreibtisch und wartete, was er ihr zu sagen hatte. »Dann fang an. Es scheint ja wirklich wichtig zu sein.«

Andrea schluckte schwer und blickte verzweifelt an die Decke. »Im Krankenhaus wurden einige Leute festgenommen. Die Deutschen haben herausgefunden, dass sie Juden und Deserteuren falsche Papiere ausgestellt und sie bei sich aufgenommen haben.«

Eva ballte die Fäuste. »Eine Widerstandsgruppe?«

»Nein, nicht wirklich. Ein Priester und zwei Ärzte, im Moment. Aber dabei wird es nicht bleiben. Die Nazis werden tiefer graben, und dann werden sie auf Giovanni und Myriam stoßen, und damit auch auf Diana und uns. Sie haben Angst, Eva. Die Nazis wissen, dass sie den Krieg verlieren werden, aber sie werden bis zum letzten Mann kämpfen. Sie haben nichts mehr zu verlieren. Wenn es mit Hitler und den Seinen zu Ende geht, geht Deutschland mit ihnen unter.«

»Und wir? Was wird aus uns?«

»Ich hoffe, wir können uns retten. Deshalb haben wir ja den Waffenstillstand unterschrieben, oder?«

Eva zuckte mit den Schultern. »Und was hat es gebracht? Nur Chaos. Sag Myriam, dass sie herkommen soll.«

»Nicht nötig. Da bin ich«, antwortete Myriam, die gerade zur Tür hereinkam. »Ich habe gehört, was im Krankenhaus passiert ist, Matteo hat mir Bescheid gesagt. Ich soll mich erst mal nicht mehr auf der Station blicken lassen.«

»Du gehst überhaupt nicht mehr hin«, erwiderte Eva und schlug mit der Faust auf den Tisch. Sie stand auf und schaute auf den halb leeren Hof mit den wenigen Fahrzeugen, die nicht von den Soldaten konfisziert worden waren. Dann schloss sie die Augen und versuchte die Stimme in ihrem Kopf zum Schweigen zu bringen, die ihr sagte, dass sie sich und ihre Töchter sofort in Sicherheit bringen musste, dass sie eine schlechte Mutter war. Fernando würde vom Himmel aus sicher keine Wunder vollbringen und seine Familie beschützen können, wenn nicht sie sich auf der Erde darum kümmerte. Sie zitterte, und sie hörte auch nicht damit auf, als Myriam ihr liebevoll die Hand auf die Schulter legte.

»Mama …«

»Du wirst wieder zurückgehen, nicht wahr?«, fragte Eva, und Andrea senkte den Blick. Er wollte sich nicht einmischen.

»Ja«, sagte Myriam. »Sie haben Padre Francesco festgenommen, den kämpferischsten Priester, den ich je kennengelernt habe. Und einige meiner Freunde, mit denen ich Tag und Nacht Seite an Seite gearbeitet habe, als die Stadt zum ersten Mal angegriffen wurde und auch während der Razzia im Ghetto. Sie sind gute Menschen, und auch wenn wir unsere Differenzen haben, haben wir doch das gleiche Ziel: Wir wollen die Freiheit. Das hat mich Padre Francesco gelehrt. Und er hat es mir gezeigt«, sagte sie und holte ihr Holzkreuz unter der Schwesterntracht hervor.

Eva betrachtete schweigend den kleinen Anhänger, den ihre Tochter um den Hals trug, und versuchte die Fassung zu bewahren. Hilfe suchend sah sie zu Andrea. *Ihr beide seid im gleichen Alter, vielleicht hört sie auf dich. Sag du ihr, dass das verrückt ist, dass ich ihr nicht helfen, dass ich sie nicht schützen kann*, dachte sie, während er weiterhin den Blick gesenkt hielt.

»Dieses Kreuz hat Großmutter mir geschenkt, als sie uns das letzte Mal besucht hat«, fuhr Myriam fort. »Sie hat es von einem Mönch bekommen, als sie noch ein junges Mädchen voller Träume war. Dank Gott sind ihre Träume Wirklichkeit geworden. Und ich träume von einem Land, in dem keiner sein Leben riskieren muss, nur weil er anders ist als die Masse oder weil er Menschen seines Geschlechts liebt. Ich träume von einem Land, in dem Menschen in Frieden zusammenleben, weil wir alle gleich sind. Das hat Gott mir beigebracht, und dass es möglich ist, zeigt er mir jeden Tag aufs Neue, wenn ich Lebensmittel in die Klöster bringe, wo jüdische Kinder gemeinsam mit den Schwestern beten, jeder auf seine Art. Ich weiß, dass es möglich ist, und ich weiß, dass es eines Tages so kommen wird. Ich weiß aber auch, dass es nur dann Realität werden kann, wenn ich mich dafür einsetze, wenn wir uns alle dafür einsetzen, diesem Grauen ein Ende zu bereiten und den Frieden in die Welt zurückzubringen. Jetzt ist die Zeit, eine neue Menschheit zu formen, und es ist die einzige Möglichkeit, die wir haben«, schloss sie und umklammerte das Kreuz. Eva schaute ihr tief in die Augen und lächelte: »Du bist wie dein Vater, mein Schatz.«

17

Myriam legte das eingewickelte Päckchen auf den Nachttisch und vergrub das Gesicht in den Händen. Nicht lange, und die Glocken würden die Verdunkelung ankündigen, die seit letztem Monat bereits um achtzehn Uhr begann. Wieder und wieder las sie im Geiste den Brief, den Giovanni ihr übergeben hatte, als sie das Krankenhaus verließ. Zu Hause angekommen, hatte sie ihn verbrannt, um die Spuren zu vernichten. In Gedanken ging sie noch einmal den Weg zum vereinbarten Treffpunkt durch. Sie schloss die Augen und folgte der Karte des Viertels in ihrem Kopf bis zur ehemaligen Drogerie Mercanti, bis zu dem »Freund«, der sie mit einem Passwort ins Haus lassen würde.

»Der Zug aus Neapel steht am Bahnhof«, wiederholte sie und zuckte zusammen, als plötzlich Diana im Zimmer stand. »Warum platzt du einfach so herein?«, fuhr sie sie an und sprang auf. Aber als sie die feuchten Augen und die geröteten Wangen ihrer Schwester sah, wurde ihre Stimme wieder weicher. »Diana, was ist los?«

»Giovanni.«

»Was hat er diesmal angestellt?«

»Seit die Deutschen die Männer in der Via Nazionale zusammengetrieben haben, um sie zur Zwangsarbeit nach Deutschland zu deportieren, scheint er den Verstand zu verlieren.«

»Das waren zweitausend Leute, Diana, da ist es normal, dass man beunruhigt ist. Warum wundert dich das?«

»Mag ja sein, aber er redet nur noch von Politik, von Aktionen, davon, den Widerstand auszubauen. Es ist unerträglich. Heute hat er erfahren, dass die Nazis in die Kirche San Paolo fuori le mura eingedrungen sind und dort fünfzig Menschen festgenommen haben – da hat er völlig die Nerven verloren. Ich sage ihm immer wieder, dass er gerade jetzt, wo das Ziel greifbar ist, einen kühlen Kopf bewahren muss. Aber nichts zu machen. Jedes Mal, wenn ich mit ihm darüber reden will, macht er zu, dann werde ich wütend, wir streiten uns und sehen uns tagelang nicht.« Sie schlug die Beine übereinander und ließ den Blick durch das Zimmer ihrer Schwester schweifen, über die ordentlich zusammengelegten Kleider, die akkurat gebügelte Schwesterntracht. Wann hatte sich Myriam nur so verändert? Wann hatte sie diese Vorliebe für die nüchterne, graue Kleidung entwickelt, die so anders war als die Kleider, die sie trug, bunt und auffallend.

»Hilf mir, Myriam, ich weiß nicht mehr, was ich mit ihm machen soll. Kannst du nicht mal mit ihm reden?«

Myriam schaute ihre Schwester an, ihre katzenhaften Augen, die Lippen zu einem Schmollmund verzogen wie ein kleines Kind. Sie wollte gerade etwas entgegnen, als die Standuhr zur vollen Stunde schlug und sie an ihren Botengang erinnerte.

»Tut mir leid, dir das sagen zu müssen, aber ich bin kein Mann. Die Masche zieht bei mir nicht«, entgegnete sie barsch und strich ihren dunkelblauen Rock glatt. »Giovanni ist dein Problem. Ihr seid ein Paar, und wenn ihr es bleiben wollt, musst du lernen, eure Konflikte selbstständig zu lösen. Und außerdem: Ein wenig schlechte Laune bringt dich nicht gleich um, versuch doch mal, etwas empathischer zu sein.« Diana verschränkte energisch die Arme und zog die Augenbrauen hoch.

»Ich verstehe nicht, was du meinst.«

Myriam, die inzwischen mit ihrem Päckchen an der Tür stand, das sie unter den Stoffschichten ihres Mantel versteckt hatte, drehte sich noch einmal um und setzte ihre Baskenmütze auf. »Bemüh dich, auch seinen Standpunkt zu verstehen. Wenn man jemanden liebt, muss man versuchen, auch den Blickwinkel des anderen zu sehen, und den eigenen Egoismus einmal beiseiteschieben. Versuch es mal, so schwer ist das nicht.« Sie winkte ihr zu und verließ das Zimmer, ehe sie noch etwas erwidern konnte. Schließlich hatte sie es eilig.

Myriam hüllte sich fester in Mantel und Schal, um sich vor dem schneidenden Wind zu schützen. Als plötzlich die Sirenen zu heulen anfingen, erstarrte sie. Ein Angriff. Die Arme fest vor der Brust verschränkt, aus Angst, ihr Päckchen zu verlieren, suchte sie nach einem Unterschlupf. Sie mied die Via Nomentana, die zu nahe an Mussolinis altem Amtssitz, der Villa Tolonia, lag, und rannte stattdessen durch das Gewirr aus engen Gassen parallel zur Hauptstraße, vorbei an zugenagelten Schaufenstern, auf der Suche nach dem Ort, den Giovanni ihr genannt hatte. Doch als die erste Bombe fiel, war die Adresse wie weggeblasen. Sie warf sich zu Boden und blieb einige Minuten reglos liegen. Ihre Beine zitterten. Als die nächste Bombe in das Nachbarviertel einschlug und die Luft plötzlich mit Staub und Asche erfüllt war, wusste sie, dass sie sich fürs Überleben entscheiden musste.

»Lauf«, sagte sie sich und rannte einfach los. Hauptsache, sie brachte sich in Sicherheit. Das Päckchen, das sie bei jedem Schritt spürte, war ihr jetzt egal: Sie wollte nur noch nach Hause, ihr Leben retten. Sie rannte durch die menschenleeren Straßen, verlor immer wieder die Orientierung, fiel über einen Stein, schlug sich den Kopf an und atmete die staubige Luft ein. Plötzlich sah sie einen Mann, der sie ins Innere eines Hauses winkte und, als sie keine Anstalten machte aufzustehen, auf sie zukam.

»Ich schaffe das schon«, flüsterte Myriam und hob langsam den Arm, um dem Mann zu verstehen zu geben, dass sie seine Hilfe nicht brauchte, war aber dann doch dankbar, dass er sie in das Geschäft zog und auf einen alten Ledersessel setzte. »Wo bin ich?«, fragte sie und betastete die verletzte Schläfe.

»Beim Barbier Alberti«, antwortete der Mann und holte einen Wasserkrug. Überall lag Staub, die Gerätschaften in den Regalen hatte schon lange niemand mehr benutzt. »Wundert mich nicht, dass du meinen Laden nicht kennst. Du hast schließlich keinen Bart.«

Myriam betastete ihr Knie. »Warum sind wir nicht im Luftschutzkeller?«

»Weil das so wäre, als wollte man mit einem Löffel das Meer auslöffeln. Meine drei Brüder sind in einem Schutzraum gestorben, deshalb: Nein, danke! Wenn ich schon sterben muss, dann bei mir zu Hause. Hier, mach dir deine Wunde damit sauber«, sagte er und hielt ihr ein feuchtes Taschentuch hin. Als Myriam es auf die Platzwunde auf ihrer Stirn drückte, schrie sie auf.

»Das brennt wie Feuer«, klagte sie und fächelte sich Luft zu.

»Das muss es auch, es ist Alkohollösung«, erklärte der Mann amüsiert.

Myriam warf ihm einen wütenden Blick zu, doch als sie plötzlich Bilder mit einem Zug an den Wänden erkannte, riss sie überrascht die Augen auf. »Der Zug aus Neapel steht am Bahnhof«, sagte sie und suchte nach der Tür.

Der Mann erstarrte. »Was hast du gesagt?«

»Der Zug aus Neapel steht am Bahnhof«, wiederholte Myriam, ihre Beine zitterten nicht mehr. In ihrem Kopf herrschte noch immer Chaos, aber diese eine Sicherheit hatte sie und wollte sie auch nicht verlieren. »Ich muss gehen, ich muss das Päckchen übergeben.« Sie umklammerte die Lehnen des Sessels. »Mein Gott, wo bin ich? Ich kann nicht bleiben, ich muss gehen«, wiederholte sie und versuchte aufzustehen, doch alles um sie herum begann sich zu drehen, und sie musste sich wieder setzen. Sie sahen sich einen kurzen Moment an. Mit seinem langen Bart sah der Mann aus wie Giuseppe Verdi. Er lächelte sie beruhigend an. »Du bist am richtigen Ort.«

Myriam blieb das Herz stehen. »Was heißt das?«

Der Mann lächelte immer noch, dann hob er die Sitzfläche eines der Sessel an und zeigte auf zwei Pistolen und ein Magazin. »Du hast doch gesagt: ›Der Zug aus Neapel steht am Bahnhof.‹«

»Ja, … ich meine, nein … vielleicht war ich etwas verwirrt«, stammelte sie und klammerte sich an die Lehne. Falls der Mann ein Feind war, war sie bereit, bis zum letzten Atemzug zu kämpfen. Die Befreiung war nah, sie durfte sich jetzt keinen Fehler erlauben.

Der Mann kam näher, die Daumen hatte er in den Gürtel geklemmt. Er fuhr sich über seinen dichten, leicht angegrauten Bart. »So jung und schon so verzweifelt«, murmelte er seufzend und lächelte ihr ermutigend zu. »Gut, mein Mädchen, der Bahnhof ist genau hier. Ich bin dein Kontakt, gib mir Giovannis Päckchen und sag ihm, er soll bei der Auswahl seiner Kuriere das nächste Mal etwas vorsichtiger sein.«

Myriam wich zurück und drückte sich in die Lehne des Sessels. »Aber ...«

»Komm, trink einen Schluck Wasser. Sag mal, ist Giovanni immer noch tiefrot, oder hat er sich inzwischen beruhigt? Beim letzten Treffen hat er einen Brief von Lenin oder irgendeinem dieser Typen vorgelesen, die die Leute zur Revolution aufrufen, und sich dann noch mit einem anderen angelegt, der einen gewissen Padre Francesco verteidigt hat, mit dem er im Krankenhaus zusammengearbeitet hat.«

Myriam schluckte, sie spürte das Päckchen überdeutlich an ihrem mageren Körper und nickte. Dann trank sie das Glas Wasser aus und stand wieder auf. Obwohl ihr immer noch schwindelig war, wollte sie nur noch weg. Sie legte das Päckchen auf den Tisch und schob es zu dem Mann hinüber.

»Fragst du mich gar nicht, wie ich heiße? Ihr fragt doch alle nach meinem Namen.«

»Wozu? Du würdest doch sowieso lügen«, gab sie zurück. Sie wusste, dass viele, ja alle Partisanen einen Kampfnamen hatten. Nur Giovanni und Matteo ließen sich mit ihren Taufnamen ansprechen, die anderen hatten sich die Namen historischer Persönlichkeiten angeeignet oder solche, die auf ihre Eigenschaften verwiesen: Der Oberarzt hieß »der Doktor«, ein junger Mann mit Kriegsverletzung »der Hinkende«.

»Stimmt«, gab der Mann zu und nahm das Päckchen an sich.

»Ich gehe.«

»Bist du sicher?«

Myriam schaute ihn an, dann sah sie nach draußen. Die Straßen waren von einem Nebel aus Staub und Kalk erfüllt, der sich langsam auf die Toten herabsenkte. Ein Junge von etwa sechs Jahren hielt einen Stoffbären an die Brust gepresst und irrte ziellos umher. Der Verlust ihres Mannes und des kleinen Mosè lastete auf ihr. Angela hatte ihn ihr anvertraut, und dieses Kind fehlte ihr. Es war wie ein stummer Vorwurf ihres Gewissens, weil sie nie hatte Mutter werden wollen. *Ein Kind von dir wäre ein Segen gewesen*, dachte sie, und ihre Augen fixierten den Jungen. Dann wandte sie sich wieder an den Mann. »Nein, aber ich muss.« Sie ging zur Tür.

Lia fuhr mit dem Finger über die Buchrücken im Regal und zog dann einen in rotes Leder gebundenen Band heraus.

»Hervorragende Wahl.«

Sie zuckte zusammen und presste das Buch fest an ihre Brust.

»Meine Güte, bin ich so furchtbar?«

»Aber nein«, beeilte sie sich zu sagen, »ich habe nur nicht damit gerechnet, Sie hier zu treffen. Es ist schon spät, ich dachte, Sie schlafen.«

»Mir geht zu viel durch den Kopf, um zu schlafen«,

antwortete er. »Aber wie schön, dass Sie immer noch Märchen lesen«, fügte er hinzu und deutete auf das Buch, das Lia ausgewählt hatte.

»Clio und Viola haben in letzter Zeit Schwierigkeiten einzuschlafen, und wir haben das letzte Märchenbuch zu Ende gelesen. Jetzt suche ich eine neue Geschichte aus. Aber das ist gar nicht so einfach. Die Mädchen haben ein viel zu gutes Gedächtnis, sie wissen genau, was wir in den vergangenen Monaten alles gelesen haben.«

Der Mann beugte sich zu ihr, um den Titel zu lesen, lächelte und sagte: »Ihre Nichten haben großes Glück. Und sie sind sehr intelligent.«

»Ich gebe mein Bestes. Aber ich weiß sehr wohl, dass ich nur ein vorübergehender Ersatz für sie bin.«

»Ich glaube, Sie sollten Ihr Licht nicht unter den Scheffel stellen. Sie leisten gute Arbeit, die beiden sind trotz des Krieges glückliche Kinder.« Er betrachtet Lia, die einen dicken Morgenmantel aus Wolle trug, die Arme vor der Brust fest verschränkt. Sie betrachtete ihrerseits den Soldaten, der in einer Welt lebte, die sie nicht kannte, dessen Sprache hart klang und ihr fremd gewesen war – bis man sie gezwungen hatte, diesen Mann bei sich aufzunehmen. *»Ich mag es nicht, einen Mann im Haus zu haben, der nicht mein eigener ist. Doch Hauptmann Meyer wirkt gut erzogen, er ist freundlich zu mir und den Kindern, für die er immer ein Lächeln übrig hat. Aber ich vertraue ihm nicht, obwohl der Kaffeesatz etwas anderes sagt. Ich misstraue seinen klaren Augen, die heimtückisch sind wie ein Bergsee, ich misstraue seinen guten Manieren, auch wenn mir seine Aufmerksamkeit schmeichelt. Damit, dass er seine Rationen mit uns teilt und über Musik* *spricht, kann er mein Vertrauen nicht kaufen. Er und die anderen sind und bleiben Soldaten, die unsere Städte und Häuser besetzt haben, und man kann nicht vorsichtig genug sein*«, hatte sie an Eva geschrieben.

Und doch wirkt er so friedlich, manchmal denke ich, diese Uniform passt gar nicht zu ihm, dachte sie, als sie ihn in einer alten Originalausgabe von Jules Vernes *In 80 Tagen um die Welt* blättern sah.

»Haben Sie Kinder, Herr Hauptmann?«

Er senkte den Blick und schluckte. »Ja, zwei. In Deutschland«, antwortete er.

»Das ist nicht leicht, so lange von seiner Familie getrennt zu sein«, meinte sie.

»Stimmt, aber man weiß es erst dann, wenn man es selbst erlebt«, fügte er hinzu. »Als ich ging, erwartete meine Frau ein weiteres Kind, und ich habe schon lange nichts mehr von ihr gehört. Ich mache mir Sorgen.«

Sie berührte sein bleiches Handgelenk. »Sie werden sehen, es wird alles gut gehen. Ihre Frau wird ein gesundes und starkes Kind zur Welt bringen.« Sie wusste selbst nicht, warum sie das sagte. Dieser Mann ging sie doch gar nichts an, er hatte ihnen den Krieg ins Haus gebracht.

»Danke, das ist sehr freundlich. Aber wir wissen doch beide, dass wir den Krieg verlieren werden. Es ist nur eine Frage der Zeit.«

Lia riss überrascht die Augen auf. Es machte ihr Angst, einen solchen Satz aus dem Mund eines deutschen Soldaten zu hören. Versuchte er Informationen oder Geheimnisse von ihr zu erfahren? Glaubte er, dass ihre Familie Beziehungen zum Widerstand hatte? »Ich verstehe nicht recht.«

»Da gibt es nicht viel zu verstehen. Die Wahrheit ist offensichtlich«, antwortete er, umklammerte das Buch in seinen Händen und seufzte. »Die Amerikaner rücken vor, und früher oder später werden wir kapitulieren. Wir können es uns nicht erlauben, an so vielen Fronten gleichzeitig zu kämpfen, wir haben weder genug Männer noch genug Material. Der Rückzug von euch Italienern hat nur den letzten Akt einer angekündigten Niederlage eingeleitet. Ich habe schon 1939 daran gezweifelt, dass wir den Krieg gewinnen, aber jetzt ….«

»Schade, dass Ihre Vorgesetzten das nicht in Betracht gezogen haben, bevor sie die halbe Welt in einen Krieg verwickelt haben.«

»Sie haben auch auf Sie gezählt«, sagte der Hauptmann mit sarkastischem Lächeln.

»Tun Sie nicht so, als würden Sie nicht dazugehören. Ich sehe die Rangabzeichen auf Ihren Schultern sehr wohl.«

»Touché.« Er lächelte, wurde dann aber wieder ernst. Das sanfte Licht der Lampe beleuchtete sein erschöpftes Gesicht. »Das stimmt zwar, aber ich fühle mich nicht, als ob ich dazugehöre, auch wenn es anders aussieht. Meine Rangabzeichen spiegeln nicht meine Gedanken, sondern meine Leistung.«

»Das ehrt Sie«, kommentierte Lia kühl und dachte an Ettore, an den heldenhaften Kampf vieler Männer, die die Seite gewechselt und ihren Preis dafür bezahlt hatten, damit Männer wie der Hauptmann diese Abzeichen tragen konnten. Meyer räusperte sich.

»Mir fehlen meine Kinder, und ich fürchte, ich werde sie nie wiedersehen«, gestand er leise. »Mir fehlen meine Frau, die Spaziergänge, die heiße Schokolade in der Weihnachtszeit, die Geschenke für die Kinder, die Pläne für die Sommerferien auf dem Land bei den Großeltern. Mir fehlt es, meiner Frau abends durch die geöffnete Tür zuzuhören, wenn sie den Kindern Märchen vorliest. Mir fehlen ihre schlafenden Gesichter. Und wofür das alles?«

»Wir haben diesen Krieg nicht gewollt, sondern der Mann, den Sie vor vielen Jahren gewählt haben. Auf ihn sollten Sie wütend sein, anstatt einfach nur tatenlos zuzusehen. Falls es das ist, worauf Sie hinauswollen«, fügte sie hinzu.

Meyer nickte müde und schenkte ihr ein bitteres Lächeln: »Leider hatten wir keine andere Wahl.«

»Man hat immer eine Wahl. Was fehlt, ist der Mut, sie zu treffen. Aber wir sind immer die Herren über unser Schicksal.«

»Sie sind sehr mutig.«

»Ich bin eine Frau, und ich bin Witwe, Herr Hauptmann. Mut ist die einzige Waffe, die uns bleibt, um nicht den Verstand zu verlieren.« Dann hob sie die Hand, um sich von ihm zu verabschieden, und verschwand in der Stille des schlafenden Hauses.

18

Andrea öffnete die Tür des Schutzraums, der nur von einer alten Petroleumlampe erhellt wurde.

»Eva!«, schrie er aus Leibeskräften und versuchte, sie in der Menschenmenge zu erkennen. Sein Gesicht war mit Staub bedeckt, die Augen nur zwei schmale Schlitze. »Eva!«, schrie er wieder und schlug gegen die Eisentür, während hinter ihm die letzten Bombeneinschläge zu hören waren.

»Haben sie uns getroffen?«, fragte ein Mann im Halbdunkel, und Andrea schüttelte den Kopf.

»Ich muss mit Eva sprechen, ist sie hier?«

»Hier bin ich«, rief sie und drängte sich an den Neugierigen vorbei zu ihm durch. Sie trug das Kind einer der Arbeiterinnen, einen kleinen Jungen von wenigen Wochen, im Arm. »Er musste gewickelt werden, ich war hinten in einer Ecke und habe dich nicht gehört«, sagte sie und sah Andrea an. Sofort drückte sie das Kind einer Frau neben ihr in den Arm und versuchte, ihre zitternden Hände hinter ihrem Wollrock zu verstecken. »Woher kommst du?«

»Sie haben das Gebiet um den Bahnhof bombardiert. Es ist die Hölle«, berichtete er und griff nach der Trinkflasche, die man ihm reichte. Er trank gierig ein paar Schlucke und wusch sich mit der freien Hand das Gesicht, dann gab er die Flasche zurück. Er war blass und erschöpft.

»Was hast du dort gemacht?«

»Ich hatte etwas zu erledigen. Dann habe ich die Flugzeuge gesehen, die Sirenen waren wie immer zu spät. Meine Begleitung und ich haben uns in ein leer stehendes Restaurant in der Nähe des Krankenhauses geflüchtet und dort abgewartet, bis die Flugzeuge weg waren. Ich dachte, sie würden in Richtung Fluss fliegen, deshalb sind wir wie die Verrückten hierhergerannt. Aber als ich stehen geblieben bin und richtig begriffen habe, was passiert war, dachte ich, dass ich wieder zurückmüsste. Ich habe Angst um Diana, Eva: Das ganze Viertel ist getroffen. Aber ich wollte nicht ohne dich gehen.«

»Diana«, flüsterte Eva und griff sich an die Brust. Sie schwankte und musste sich am Geländer der Treppe festhalten, an deren oberen Ende Andrea stand, der wegen des Staubes hustete und keuchte. Eva versuchte, seine Worte in Gedanken zu wiederholen, ihre Bedeutung zu begreifen, aber sie spürte nichts außer einer bleiernen Müdigkeit. Sie hatte diesen Krieg, dieses Leben mit angehaltenem Atem, die Deutschen auf ihren Panzern mit dem Maschinengewehr im Anschlag so satt. Sie hatte es satt, sich jeden Tag fragen zu müssen, ob sie ihre Töchter am Abend wiedersehen würde, ob die Firma den Krieg überstehen würde, ob überhaupt noch irgendetwas übrig sein würde.

»Diana«, flüsterte sie. Sie sah Andrea an und versuchte, ruhig zu atmen und nicht in Tränen auszubrechen.

Er fixierte sie einen Moment, dann ging er die Treppe hinunter und nahm sie fest in den Arm. Die Sirenen verkündeten das Ende des Bombardements.

»Kopf hoch, wir gehen jetzt zu Diana. Deine Tochter braucht dich«, sagte er nur, und Eva fand ihre Kraft und ihren scharfen Verstand wieder, mit dem sie der Verwüstung, die sie am oberen Ende der Treppe erwartete, begegnen konnte. Sie griff nach Andreas Hand: »Dann los.«

Mit angehaltenem Atem verließ sie den Luftschutzkeller, und langsam drangen sie bis zum Bahnhof vor. Sie hatte keine Vorstellung davon gehabt, was sie erwarten würde. Es verschlug ihr den Atem: Ihr Rom mit dem einzigartigen Licht, diese wunderschöne Stadt lag in Trümmern. Von überall hörte man Schreie, Kinder liefen ziellos durch die Straßen, taub vom Bombenhagel. Von den herrschaftlichen Häusern waren nur noch Ruinen übrig, durch die bereits die ersten Plünderer zogen, während die letzten Verzweifelten Reste ihres Hab und Guts zusammensammelten. Dazwischen Militärfahrzeuge und Krankenwagen.

Eva bewegte sich vorsichtig, mit kleinen Schritten, ängstlich wie ein Kind, während Andrea sie an der Hand rasch vorwärtszog. Nach etwa einer Stunde Fußmarsch standen sie vor dem, was einst das Caffè Borghi und dann eine Filiale der Pregiata Forneria Principi gewesen war. Von dem Haus waren nur noch Trümmer geblieben, ein gähnender Schlund inmitten der Häuserreihe, auch die Häuser rechts und links waren schwer beschädigt. Alles drohte jeden Moment in sich zusammenzufallen, doch Eva blieb nicht stehen, sondern fing mit bloßen Händen an zu graben und hörte auch nicht auf, als sie sich die Hände an Glasscherben aufriss.

»Diana!«, schrie sie, so laut sie konnte, mit blinder Verzweiflung in der Stimme. »Diana«, schrie sie noch einmal aus Leibeskräften.

Dann war plötzlich eine Stimme zu hören, gleich unter ihr. Wenig mehr als ein Röcheln, aber Eva hätte die Stimme unter Tausenden wiedererkannt. Sie erstarrte und sah auf zu Andrea, der an ihre Seite stürzte, um sie von dort fortzuschicken, wo alles in jeder Sekunde einstürzen konnte, um seinerseits weiterzusuchen. Doch Eva grub weiter, räumte mit blindem Eifer Schutt und Steine beiseite, bis sie Diana endlich erreichte, die eingeklemmt unter einem Kreuz aus Balken lag, das sie vor den herabfallenden Mauerstücken gerettet hatte. Sie konnte sich kaum bewegen, doch als Eva und Andrea sie von den Trümmern befreiten, die sie blockiert hatten, gelang es ihnen, sie aus ihrem schützenden Versteck zu ziehen, das sofort darauf in sich zusammenstürzte und eine riesige graue Staubwolke aufwirbelte.

Zitternd starrte Diana auf das, was eben noch ein Haus gewesen war, während Eva nur Augen für ihre Tochter hatte und ihr die Tränen, die sie die ganze Zeit zurückgehalten hatte, über die Wangen strömten. Sie nahm Diana, die sich verstört nach allen Seite umsah, fest in den Arm und wiegte sie wie ein Kind.

»Meine Diana, mein wunderbares Kind, mein Schatz«, wiederholte sie in einem fort, während Andrea die wachsende Zahl von Soldaten beobachtete, die ins Viertel strömten. Es fielen einzelne Schüsse, und man hörte die Rufe flüchtender Partisanen, die Hymnen auf die baldige Befreiung anstimmten.

»Lasst uns gehen, hier können wir nicht bleiben«, sagte er.

»Aber was ist mit den anderen?«, stammelte Diana, doch Andrea schüttelte nur traurig den Kopf. »Wir können nichts mehr für sie tun. Kommt, wir müssen hier weg.« Er legte Diana und Eva die Arme um die Schultern und führte sie fort. Hinter ihnen hallten die Salven der Maschinengewehre durch die zerstörten Straßen. Sie gingen schweigend, wobei Andrea sich immer wieder umdrehte, um sich zu vergewissern, dass ihnen niemand folgte, während Eva vorwärtsdrängte und Diana immer wieder den Mann ansehen musste, der den Arm um ihre Taille geschlungen hatte, um sie zu stützen. Sein Bart war gewachsen und ließ ihn reifer und weiser wirken.

Ihr tat alles weh, aber sie setzte tapfer einen Fuß vor den anderen. Sie wollte, dass Andrea stolz auf sie war.

»Andrea«, flüsterte sie, während eine Träne über ihre staubbedeckte Wange rann, ehe sie über die Brücke zur Tiberinsel gingen, wo Myriam arbeitete.

»Myriam, wir brauchen dich«, rief Andrea, als sie die Station erreichten, wo der Gang voller Verletzter war. Durch einen glücklichen Zufall hatten sie Myriam gleich angetroffen, die gerade eine Schale mit blutgetränkten Verbänden ins Stationszimmer trug.

»Alle brauchen mich«, antwortete sie, doch als er auf Diana deutete, die in einer Ecke kauerte, drückte sie der erstbesten Kollegin die Schale in die Hand und lief zu ihrer Schwester. »Was ist passicrt?«, fragte sie, während sie ihre Pupillen und die Reflexe kontrollierte.

»Sie war unter den Trümmern der Bäckerei vergraben«, berichtete Andrea. »Zum Glück hatten sich die Balken so verkeilt, dass sie eine Art Dach über ihr gebildet hatten. Erst als wir sie herausgezogen haben, ist alles zusammengefallen. Wir sind gerade noch rechtzeitig gekommen …«

Myriam seufzte erleichtert, als sie sah, dass ihre Schwester reagierte, dann winkte sie Giovanni heran, der gerade vorbeiging.

»Diana!«, rief er und erblasste. Sofort beugte er sich über sie.

»Auf den ersten Blick scheint alles in Ordnung zu sein«, sagte Myriam, doch er half Diana hoch und nahm sie mit, um sie zu untersuchen.

»Ich kümmere mich um sie«, sagte er. »Keine Sorge, Signora Fontamara, Ihre Tochter ist bei mir in guten Händen.«

»Das hoffe ich«, erwiderte Andrea und sah ihnen nach, während sie in einem Zimmer verschwanden.

»Du kannst dich auf Giovanni verlassen«, sagte Myriam.

»Das hoffe ich wirklich, Myriam. Für deine Schwester, und vor allem für ihn.«

Sie sah zu Andrea, der immer noch auf die Tür starrte, hinter der Diana verschwunden war, dann beugte sie sich zu ihrer Mutter. »Wie geht es dir, Mama?«, fragte sie liebevoll.

»Ich muss erst wissen, dass es Diana gut geht und sie keine anderen Verletzungen davongetragen hat. Erst dann geht es auch mir gut.«

»In Ordnung, aber in der Zwischenzeit kommst du mit mir. Ihr kommt beide mit mir«, sagte sie, führte sie in die kleine Küche und erklärte ihnen, wie sie sich etwas Warmes zu trinken machen konnten. Als sie wieder auf den Flur trat, folgte Andrea ihr.

»Myriam«, rief er.

»Was gibt's? Ich habe nicht viel Zeit, es kommen immer neue Verletzte«, antwortete sie, während sie einer Hilfskrankenschwester Anweisungen gab.

»Die Partisanen.«

Sie kam zurück und zog Andrea in eine Ecke. »Wovon redest du?«

»Es gab eine Schießerei, als wir hergekommen sind. In der letzten Zeit hat es viele Festnahmen gegeben. Seit dem Tod dieser Frau kommt die Stadt nicht mehr zur Ruhe.«

»Du meinst die Frau, die einfach erschossen wurde, als sie ihrem Ehemann, der von den Deutschen gefangen gehalten wird, etwas zu essen bringen wollte?« Sie schüttelte den Kopf. »Dieses Land versinkt immer tiefer im Wahnsinn.«

»Ja, und wenn ich daran denke, dass diese arme Frau auch noch schwanger war, bin ich froh, dass die Jungs es diesen Hunden heimgezahlt haben. Sie haben einen Wachsoldaten an der Kaserne getötet, aber du kannst sicher sein, dass es nicht dabei bleiben wird, und wenn sie noch so viele in die Via Tasso verschleppen und foltern, um herauszufinden, wer hinter den Attentaten steckt. Die Spannungen nehmen immer weiter zu. Wo soll das nur alles hinführen, Myriam?« Er blickte auf den Fluss, der seit Jahrhunderten ruhig und ungerührt dahinfloss, ungeachtet aller Epidemien und Kriege an seinen Ufern.

Myriam warf einen Blick auf die überfüllten Korridore, hörte das Wehklagen der Verletzten, die Priester, die man in aller Eile herbeigerufen hatte, um den Sterbenden die letzte Ölung zu erteilen. Sie schüttelte den Kopf. »Wir können nur hoffen, dass es nicht noch weitere Tragödien geben wird. Diese Stadt muss endlich zur Ruhe kommen.« Andrea verzog das Gesicht.

»Solange fremde Soldaten durch unsere Straßen ziehen, werden wir keine Ruhe finden. Wir brauchen Frieden, da hast du recht, aber zuerst einmal brauchen wir Freiheit«, sagte er, und sie lächelte ihn bitter an.

»Und wie viel kostet uns diese Freiheit, Andrea?«, fragte sie und ließ resigniert den Kopf hängen.

Fünf Tage später kam es zu einem Attentat in der Via Rasella. Eine Widerstandsgruppe hatte sich mit den Kommunisten zusammengetan und dreiunddreißig SS-Soldaten sowie zwei Zivilisten getötet, darunter ein Kind von zwölf Jahren. Sie hatten einen improvisierten Sprengkörper verwendet, den sie in die Gruppe der Soldaten geworfen hatten. Danach sprach man in Rom von nichts anderem mehr. Die Nachricht über das Attentat verbreitete sich wie ein Lauffeuer und erreichte auch Myriam beim Spätdienst im Krankenhaus. Ein Mann kam zu ihr auf die Station, fasste sie am Arm und stellte sich als ein Freund von Giovanni vor.

»Sie sind Fontamara, nicht wahr?«, fragte er mit einem ungewöhnlichen Akzent, anders als der der Städter, der Akzent der Bevölkerung auf dem Land. Myriam antwortete nicht. Der Krieg und die ständigen Kontrollen durch die deutschen Soldaten hatten sie gelehrt, vorsichtig zu sein. Und so fragte sie nur: »Wer will das wissen?«

»Ich bin Annibale, von derselben Division. Giovanni hat mir oft von Ihnen erzählt. Ich habe Sie sofort erkannt: Sie sind die Einzige mit blauen Augen und einem Kreuz um den Hals.«

»Ich kann mir nicht vorstellen, dass Sie von hinten meine Augen sehen konnten.«

»Ich bin Ihnen gefolgt«, gestand er. »Tut mir leid, aber es sind so viele Verräter unterwegs. Aber verlieren wir keine Zeit: Ich brauche Hilfe für einen Freund.«

»Was hat er?«

»Es geht ihm schlecht. Er hat das Bewusstsein verloren, ich habe ihn auf den Schultern hierhergetragen. Bitte helfen Sie ihm.« Myriam überlegte kurz, dann hörte sie auf ihren Instinkt und vertraute ihm.

»Bringen Sie ihn ins Schwesternzimmer.«

»Ins Schwesternzimmer? Und wenn jemand kommt?«

»Wir haben sonst keine Betten mehr, entweder das oder gar nichts.«

»Gut, ich hole ihn«, sagte der Mann und ließ ihren Arm los. Myriam ging ins Schwesternzimmer, um alles vorzubereiten, doch als der Mann den bewusstlosen Partisanen auf den Tisch legte, entfuhr ihr ein Schrei.

»Das kann nicht sein«, flüsterte sie, worauf Annibale sie überrascht ansah.

»Kennen Sie ihn?«

»Natürlich.« Sie riss dem Verletzten das blutige Hemd vom Leib. Der bewusstlose Mann vor ihr war Ernesto.

»Verdammte Partisanen!«, schrie Meyer, als er die Nachricht las, die ihm sein Mitarbeiter gereicht hatte. Sein Schrei ließ die Scheiben erzittern.

Viola und Clio, die auf der Türschwelle standen, starrten ihn erschrocken an.

»Und ihr zwei, was wollt ihr hier?«

Die beiden streckten ihm einen Teller entgegen. »Wir bringen Ihnen etwas Süßes. Den Kuchen haben wir mit Äpfeln aus dem Garten gebacken«, sagten sie. Meyer wies seinen Adjutanten an, den Teller zu nehmen und die beiden aus dem Zimmer zu schicken.

»Raus mit euch, und kommt nicht wieder«, befahl der Soldat, ein junger Mann mit kurz geschorenen blonden Haaren und sehr hellen Augen. Die Mädchen wichen zurück, dann liefen sie hinaus in den Garten und hielten sich bis zum Abend von Meyer fern. Als Giuliana sie hereinrief, wuschen sie sich die Hände und setzten sich an den Tisch.

»Ist das die rechte Uhrzeit, nach Hause zu kommen?«, fragte Lia, die am Kopfende saß. Ihr gegenüber saß Hauptmann Meyer, sichtlich angespannt.

Clio und Viola antworteten nicht, sondern aßen schweigend die Kartoffelsuppe mit geröstetem Brot und Krautsalat. Überrascht wandte Lia sich dem Hauptmann zu, der auch ungewöhnlich schweigsam war. Sie aßen immer zusammen, und er erzählte ihnen von seinem Tag. Nicht aber an diesem Abend.

»Wie war Ihr Tag, Herr Hauptmann?«

Er atmete tief durch. »Hätte besser sein können. Aber danke der Nachfrage.«

Lia fuhr sich mit der Zunge über die Lippen. »Ich habe von einem Attentat in Rom gehört«, begann sie vorsichtig und beobachtete seine Reaktion. Meyers Wangen überzogen sich mit Zornesröte. »Herr Hauptmann?«

»Ein feiges Attentat! Dieses Partisanenpack!«, schrie er und donnerte die Faust auf den Tisch. »Banditengesindel! Wenn wir sie erwischen, hängen wir sie auf, alle miteinander!«, brüllte er. Clio und Viola erstarrten.

»Herr Hauptmann, die Kinder, bitte«, ermahnte Lia ihn leise, während er versuchte, seine Fassung wiederzugewinnen. »Ich verstehe, dass das ein harter Schlag für Sie ist. Denken Sie, es wird Vergeltungsaktionen geben? Ich habe gehört …«

»Was Sie gehört haben, interessiert mich nicht«, unterbrach er sie kühl und rief nach Clara, damit sie den Tisch abräumte, obgleich Lia und die Mädchen noch aßen. »Wir sind fertig«, sagte er zu Clara, warf seine Serviette angewidert neben den Teller und schaute mit wütendem Blick in die Runde. »Ihr habt mir den Appetit verdorben.«

Nachdem er fort war, nahm Lia die Mädchen in den Arm und brachte sie auf ihr Zimmer. »Keine Sorge, es wird alles gut«, beruhigte sie die beiden. Als sie sich in den Sessel setzte und ihren Nichten ein Märchen vorlas, spürte sie, dass auch sie ihre Ruhe ein Stück weit wiedergefunden hatte.

Sie klappte das Buch zu, küsste die Mädchen auf die Stirn und ging auf ihr Zimmer. Dort knipste sie die Schreibtischlampe an. Auf dem Schreibtisch herrschte ein heilloses Durcheinander, und sie nahm sich fest vor, später ein wenig aufzuräumen. Sie zog den wollenen Morgenmantel an, kämmte ihre Haare und flocht sie zu einem Zopf, wie es ihre Mutter immer getan hatte. Dann setzte sie sich an den Schreibtisch und kramte Carlos' Brief hervor, der sie über den Tod ihres Vaters unterrichtet hatte. Sie stellte sich Carlos, ihre erste große Liebe, dabei vor, wie er ihn geschrieben hatte, und ihr wurde bewusst, dass sie ihn immer noch liebte. Auch den Mann, den sie geheiratet hatte, hatte sie geliebt. Doch mit Carlos war es anders. »Du warst immer die Liebe meines Lebens«, sagte sie leise und fuhr zärtlich mit den Fingern über das Papier mit seiner Handschrift. Sie lächelte, manche Buchstaben wirkten unsicher. Er hatte erst spät zu schreiben gelernt, sich an der Seite von Alfredo Fontamara aus dem Nichts hochgearbeitet. *Ich habe schon immer deine Willenskraft bewundert, deine Entschlossenheit, mit der du allen Hindernissen begegnet bist. Auch bei mir hast du nie aufgegeben, auch wenn du wusstest, dass du mich nicht lieben durftest. Und doch hast du es getan, auf die dir eigene, wunderbare Art.* Sie drückte den Brief an ihre Brust, überrascht von ihren Gefühlen, die sie noch immer durcheinanderbrachten. Plötzlich kam ihr ein Gedanke, ganz wie von selbst. Sie traf eine Entscheidung und fragte sich, warum sie nicht schon früher darauf gekommen war.

Wenn der Krieg vorbei ist, werde ich dieses Land, das mir so viel genommen hat, verlassen, dachte sie und legte eine Hand auf ihre bebende Brust. Sie beschloss, ihrem Herzen zu folgen, trotz ihrer Angst, einen Fehler zu machen, eine Entscheidung zu treffen, die vielleicht nicht jeder verstehen konnte und für die man sie verurteilen würde.

»... ich habe mein Leben lang auf andere gehört und getan, was man von mir verlangt hat, bin dem Weg gefolgt, der mir vorgezeichnet war. Aber jetzt ist Schluss damit. Der Krieg hat mir gezeigt, dass das Leben eine Flamme ist, die jeden Moment erlöschen kann und die Luft braucht, um zu brennen. Ich habe schon vor dem Krieg lernen müssen zu überleben, mit dem wenigen, das die anderen mir übrig gelassen haben. Aber so will ich nicht mehr weitermachen. Ich will jetzt endlich leben und atmen«, schrieb sie an Eva. Als sie fertig war,

wunderte sie sich über sich selbst. Sie zögerte, ob sie ihn tatsächlich abschicken sollte.

»Ich entscheide es morgen«, beschloss sie und legte den Brief auf den Schreibtisch.

Eva verabschiedete Olga, die die Tür hinter sich schloss. Auf dem Tisch stapelte sich die Post. Das Attentat in der Via Rasella lag bereits vierundzwanzig Stunden zurück, aber die Straßen waren noch immer menschenleer. Alle warteten auf die Vergeltung, auf eine Reaktion der Deutschen.

Eva öffnete den Brief, der ganz oben auf dem Stapel lag, und begann zu lesen, ohne auf den Absender zu achten.

»Liebe Eva,
du kannst dir gar nicht vorstellen, wie glücklich mich deine Antwort gemacht hat! Ich war überrascht, denn ich hatte nicht mit einer Reaktion gerechnet, schon gar nicht mit einer so herzlichen.

Ich kann deine Sorgen sehr gut verstehen. In einem Land zu leben, das sich in einem so blutigen Krieg befindet, muss furchtbar sein. Dennoch vertraue ich darauf, dass das alles bald vorbei sein wird, und zwar so, wie alle, die die Freiheit lieben, es sich wünschen.

Dieser Brief wird dich nicht auf offiziellem Weg erreichen, da die Post ja überprüft wird. Wenn du also diese Zeilen liest, kannst du gewiss sein, dass die Alliierten schon wenige Kilometer vor der Stadt stehen. Bald wird Rom frei sein, und das wissen auch die Deutschen. Lass dich von ihrer Kraftprotzerei nicht blenden: Sie sind am Ende, alle Fronten brechen zu-

sammen. Sobald der Krieg vorüber ist, werde ich hoffentlich nach Rom kommen und dich wiedersehen können. In den letzten Jahren habe ich einige der alteingesessenen Zuckerfabriken der Vereinigten Staaten übernommen und mit den alliierten Streitkräften Verträge für die Belieferung mit Zucker geschlossen.

Ich weiß, dass es dir noch wie ein unerreichbares Ziel erscheinen muss, aber das Kriegsende steht vor der Tür, und die Menschen werden ihr Leben wiederaufnehmen, und das mit größerer Leidenschaft als zuvor. Und auch deshalb stürze ich mich in diese neue Herausforderung, denn auch ich brauche einen Neuanfang.

Vor einigen Jahren hatte ich einen Herzinfarkt, der mich gezwungen hat, mich zu schonen – und das, obwohl ich noch nie lange stillsitzen konnte. Und dennoch hat mir diese Auszeit unerwartet gutgetan. Ich hatte plötzlich Zeit, über mein Leben nachzudenken, über die Fehler, die ich gemacht habe, über das Gute, das ich bewirkt habe, über die Menschen, denen ich wehgetan habe.

Am meisten habe ich meine Frau verletzt und meinen Sohn, der nicht mehr mit mir spricht. Und auch dich. Ich habe dich mehr geliebt als jeden anderen Menschen in meinem Leben, und dennoch habe ich dich am meisten verletzt. Du warst mein Leben, du bist es noch, und du wirst es immer bleiben.

Es ist mir egal, ob du die Nase rümpfst, wenn du diese Zeilen liest. Ich war nie ein Romantiker, aber ich habe mich verändert. Du bist das Beste, was mir je passiert ist, und ich habe alles verdorben. Aber so ist das Leben, und uns beiden ist es nicht so schlecht ergangen, zumindest für ein paar Jahre: Du hattest deinen Mann, und ich hatte meine Firmen. Und nun?

Was bleibt uns? Was geben wir an andere weiter, was haben wir für uns selbst aufgebaut? Haben wir je innegehalten und uns gefragt, was aus unseren Leben geworden ist, aus unseren Träumen, den Hoffnungen, die wir hatten?

Ich habe viel über all das nachgedacht und tue es noch, und deshalb schreibe ich dir – ganz ohne Erwartungen. Auch wenn du mir nie darauf antwortest, so habe ich es zumindest versucht. Ich wollte dir sagen, was ich fühle. Das bin ich mir schuldig, und auch dir. Und für all das Leid, das ich dir in all den Jahren angetan habe, möchte ich dich um Verzeihung bitten.

In Liebe, Miguel«

Eva schluckte und steckte den Brief zurück in den Umschlag. Diese Worte Miguels, des Mannes, mit dem sie nach Fernandos Tod so viele Jahre Krieg geführt hatte, den sie ebenso sehr gehasst wie geliebt hatte, waren eine Überraschung.

»Seit wann ist er so klug, so reflektiert?«, fragte sie sich, zog den Brief wieder heraus und überflog noch einmal einige Passagen, über die politische Lage und seine Bitte um Verzeihung infolge einer mysteriösen Krankheit, die ihn zum Ausruhen gezwungen hatte. Eine Nachricht, die sie betroffen machte und sie tief in ihrem Inneren beunruhigte.

Sei's drum, es ist so viel Zeit vergangen, und er hat mich zu sehr verletzt, ermahnte sie sich selbst und schüttelte den Kopf. In diesem Moment klopfte es, und Olga kam herein.

»Ihre Schwägerin ist am Telefon.«

Eva sah sie erstaunt an. »Lia? Ich dachte, man dürfte keine Privattelefone mehr benutzen?« Die Sekretärin zuckte nur mit den Schultern und verschwand.

»Eva?«, hörte sie, als sie abnahm.

»Lia? Wie schön, dich zu hören. Und was für eine Überraschung«, sagte sie und presste den Hörer fest ans Ohr.

»Das kann ich mir vorstellen. Die Kinder wollten unbedingt mit dir sprechen. Vor allem Clio, sie steht neben mir.«

»Mama!«, rief das Mädchen schon in den Hörer, und Eva war überwältigt vor Glück.

»Wie geht es dir, mein Schatz?«, fragte sie und umklammerte den Hörer fester, ihre Augen wurden feucht.

»Es geht mir gut. Und Viola, Nero, Ermes, Giuliana, Clara geht es auch gut. Und Claras Kind auch, es ist wieder bei uns. Es geht uns allen gut, aber du fehlst mir.«

»Du fehlst mir auch, Kleines.«

»Hauptmann Meyer hat uns telefonieren lassen. Als Entschuldigung, weißt du?« Dann erklärte sie ihrer Mutter, was vorgefallen war.

»In Ordnung. Aber sei brav und bleib immer in der Nähe von Tante Lia.«

»Das mache ich, Mama.«

»Und haltet euch von dem deutschen Herrn fern, geht ihm lieber aus dem Weg.«

»Aber warum denn? Er war nur gestern Abend nicht nett, aber sonst ist er immer freundlich. Er schenkt uns

Bonbons, und wir dürfen auf dem Klavier spielen. Ich habe sogar ein Lied aus seiner Heimat gelernt«, erzählte sie und versuchte, ihre Mutter vom guten Willen des Hauptmanns zu überzeugen. Doch Eva lief es eiskalt den Rücken hinunter. Sie bat ihre Tochter, mit Lia sprechen zu dürfen.

»Lia, diese Geschichte gefällt mir gar nicht. Warum kommt ihr nicht nach Rom?«

»Ich verstehe ja deine Angst, aber in der Stadt ist es zu unsicher, darüber haben wir doch schon gesprochen. La Gioiosa ist momentan der sicherste Ort überhaupt.«

»Glaubst du wirklich? Was, wenn die Amerikaner La Gioiosa angreifen, oder die Partisanen? Immerhin lebt ein Nazioffizier unter eurem Dach. Was wird dann aus euch?«

Lia versuchte sie zu beruhigen. »Eva, du bist Clios Mutter, und natürlich kannst du sie nach Rom holen, wenn du es für richtig hältst. Aber, ganz ehrlich, ich halte das für keine gute Idee. Im Moment ist es hier sicher. Aber es gibt noch etwas, was ich dir sagen möchte«, fuhr sie fort. Sie hatte sich entschlossen, den Brief nicht abzuschicken.

»Sag schon. Was ist los?«

»Ich kehre nach Kuba zurück.«

Eva schluckte. »Du willst weg?« Mehr brachte sie nicht heraus.

»Ja, Eva. Wenn der Krieg zu Ende ist, nehme ich ein Schiff und fahre nach Hause. Mein Mann ist tot, und ich habe hier so viel Leid und Kummer erfahren. Außerdem ist meine Mutter in Kuba.«

»Und Carlos«, ergänzte Eva.

»Und Carlos.« Lia nickte, auch wenn Eva es nicht sehen konnte. »Ich habe mein ganzes Leben lang die Regeln der anderen befolgt, getan, was andere von mir wollten. Es wird Zeit, dass ich auf mich höre und eigene Entscheidungen treffe.«

Eva lächelte, auch wenn sie ein Ziehen in der Brust verspürte. »Dazu hast du jedes Recht. Aber du wirst mir schrecklich fehlen. Ohne dich wird die Welt ein wenig farbloser sein«, gab sie zu. »Aber wenn du, wovon ich ausgehe, Carlos heiraten wirst, werde ich sehr glücklich für dich sein. Dieser Mann hat dich vom ersten Augenblick an geliebt, und er hat nie aufgehört, dich zu lieben.«

»Und ich liebe ihn, sosehr ich auch meinen Mann geliebt habe. Aber ein Teil meines Herzens hat immer ihm gehört.«

Eva dachte an Miguels Brief und lächelte. *Der Ruf der Heimat ist stark, jetzt, wo alles so zerbrechlich ist*, dachte sie, als Lia auf das Attentat zu sprechen kam.

»… wenn das stimmt, was ich über das gestrige Attentat gehört habe …«, sagte sie, aber Eva schnitt das Wort ab.

»Es ist wahr, es gab einen Angriff auf die SS-Männer in der Via Rasella …« Sie unterbrach sich, weil in diesem Moment Olga den Raum betrat, um ihr die Zeitung zu bringen, und auf einen Artikel deutete, den sie markiert hatte.

Eva überflog die ersten Zeilen.

»Eva, bist du noch da?«, riss Lia sie aus der Lektüre.

»Ja, ja«, stammelte sie verwirrt und blickte zu Olga, die um Fassung rang.

»Ist alles in Ordnung? Du sagst ja gar nichts mehr.«

»Ich habe gerade etwas Grauenvolles gelesen.«

»Und was?«

Sie räusperte sich, die Buchstaben verschwammen vor ihren Augen.

»Ich lese es dir vor: *Am Nachmittag des 23. März 1944 haben Kriminelle eine Bombe auf eine deutsche Polizeikolonne geworfen. 32 Polizisten starben, zahlreiche andere wurden schwer verletzt. Der feige Angriff erfolgte vonseiten der Kommunisten und der Anhänger der Regierung Badoglio. Die Ermittlungen dauern an, es wird eine Beteiligung der angloamerikanischen Truppen vermutet. Das deutsche Kommando hat beschlossen, diesen Umtrieben ein Ende zu setzen. Für jeden toten Deutschen werden zehn Kommunisten und Männer aus den Reihen Badoglios erschossen.*«

»Eva, ich verstehe nicht. Was ist das, was du mir gerade vorgelesen hast?«

Ihre Schwägerin starrte auf die Zeitung. »Das ist die offizielle Verlautbarung der deutschen Kommandantur zum Attentat.«

»Und was heißt das genau?«

»Dass sie als Vergeltung für den Vorfall in der Via Rasella mehr als 320 Menschen erschießen wollen. Zivilisten und Gefangene aus der Via Tasso.«

Die Leitung brach zusammen, Eva sah erschrocken zu Olga.

»Die Leitung wird sicher überwacht, Signora Fontamara, aber machen Sie sich keine Sorgen. Nach dem, was Signora Lia gesagt hat, behandelt der deutsche Hauptmann sie und die Kinder gut.« Eva sprang auf.

»Und wenn nicht? Ich habe noch nicht mal einen Wagen, und die Fahrräder hat man auch konfisziert. Wir sind hier gefangen.«

»Ich weiß, es ist schwer, Signora, aber im Moment können wir nichts anderes tun als warten. Sie werden sehen, es wird ihnen kein Haar gekrümmt werden.« Doch Eva beruhigte das nicht.

»Das hoffe ich sehr, Olga. Denn diese Nazis sind keine Menschen, sie sind Monster«, sagte sie bitter und schaute wieder auf die Zeitungsmeldung.

Myriam kniete vor dem Kruzifix in der kleinen Kapelle des Krankenhauses und betete. Es gab nur eine Handvoll Bänke, der Altar war ein ausgedienter Schreibtisch. Ärzte, erschöpfte Krankenschwestern und Patienten zogen sich gerne hierher zurück. Die Nonne, die sich um die Instandhaltung kümmerte, kam jetzt aus dem improvisierten Beichtstuhl hinter einer Säule hervor und verließ die Kapelle, um die Besucherin nicht zu stören. Myriam kniete auf dem harten Holz der Bank, den Blick auf das Kreuz gerichtet, das sich vor einem rubinroten Vorhang abzeichnete, das Herz schwer von Angst. Sie dachte an die Frau, die nach dem Attentat ins Krankenhaus gekommen war, sichtlich mitgenommen, aber glücklich über den Erfolg, an Ernesto, der immer noch nicht wieder bei Bewusstsein war und seit Tagen zwischen Leben und Tod schwebte, und an Padre Francesco, von dem sie schon so lange nichts mehr gehört hatte. Voller Wut dachte sie an die Vergeltung der Nazis, von der sie durch eine Nachricht des CLN, des Nationalen Befreiungskomitees, erfahren hatte und die sich ihr eingebrannt hatte:

»Unter dem Vorwand einer Vergeltung für einen Kriegsakt vonseiten italienischer Patrioten hat der Feind nach dem Verlust von zweiunddreißig seiner SS-Männer 320 Unschuldige hingerichtet, Häftlinge, die schon seit Monaten ihre Gefangenen waren. Männer, deren einziges Verbrechen darin bestand, ihre Heimat zu lieben, von denen keiner, weder direkt noch indirekt, die Verantwortung für den Kriegsakt trug, wurden am 24. März ohne einen Prozess, ohne priesterlichen und familiären Beistand nicht gerichtet, sondern hingerichtet.«

Sie las die Zeilen wieder und wieder, und jedes Mal brach beim letzten Wort wieder ihre Wut hervor. Sie hatte sich Giovanni anvertraut und auf ein wenig Trost gehofft, aber er hatte ihr nicht geben können, was sie brauchte. Deshalb hatte sie sich an den Priester gewandt, einen jungen Mann aus Umbrien, der sie eingeladen hatte, für die Seelen der Toten zu beten.

»Vater, wie soll ich mit friedlichem Herzen beten, wenn meine Wut in mir lodert, wenn ich voller Groll gegenüber denjenigen bin, die dieses Verbrechen zu verantworten haben?«, hatte sie eingewandt. »Und dabei denke ich nicht nur an die deutschen Soldaten, sondern auch an diejenigen, die das Attentat verübt haben. Hat man denn keine andere Möglichkeit gefunden als die, die ein Massaker an so vielen Unschuldigen ausgelöst hat, die den Deutschen einen Freifahrtschein gegeben hat, um Hunderte von Menschen zu töten? Ich kann meinen Kollegen nicht mehr in die Augen sehen, den Ärzten, die für den Widerstand arbeiten, den Kämpfern, die müde und hungrig an unsere Tür klopfen. Ich weiß, was sie für dieses Land tun und dass manche für unsere Freiheit sogar mit ihrem Leben bezahlen. Mit jedem Tag wird mein Herz ein wenig kälter, ich habe Angst, dass keine Wärme mehr übrig bleibt für den kleinen Mosè, an den ich immerzu denken muss und der mir so sehr fehlt. Ich brauche seine Unschuld, sein glückliches Lächeln, nur das kann mir meinen Glauben an die Menschheit zurückgeben, dafür sorgen, dass ich nicht verrückt werde«, hatte sie ihm unter Tränen anvertraut, und er hatte ihr schweigend zugehört.

»Dann geh zu ihm und suche in seiner unschuldigen Freude die Zeichen des Herrn. Vertrau auf Ihn und hab keine Angst. Alles wird gut«, hatte er erwidert und ihr die Absolution erteilt.

Danach war sie mit ihren Zweifeln allein in der Kapelle zurückgeblieben, bis sie spürte, dass Giovanni hinter ihr stand. »Lass das Beten und komm mit, dein Cousin ist aufgewacht«, forderte er sie auf und zog sie hoch.

19

Hier wurde Caterina Martinelli von den Faschisten getötet, eine Mutter, die gegen den Hunger ihrer weinenden Kinder gekämpft hat.

Myriam las die Plakette, die man für diese Frau an einer Hauswand angebracht hatte. Zusammen mit anderen Müttern hatte Caterina Martinelli gegen eine weitere Kürzung der Brotration demonstriert. Pro Person gab es auf offiziellem Weg nur noch fünfzig Gramm. Die Demonstrationen vor den Bäckereien waren inzwischen an der Tagesordnung, ein gewaltfreier Akt des Widerstands, und trugen dazu bei, den Unmut gegenüber den Besatzern und ihren faschistischen Verbündeten zu nähren. Doch die Frauen demonstrierten nicht nur gegen die Rationierung, sie boten auch Deserteuren und jungen Partisanen in ihren Häusern ganz selbstverständlich Unterschlupf. Vielleicht dachten sie dabei an ihre eigenen Söhne.

Das sind aber viele, dachte Myriam, als sie das Lichtermeer aus brennenden Kerzen vor dem Schild sah, daneben Blumen, niedergelegt auf den Blutflecken, die dieses Viertel für immer prägen sollten.

Der Frühling hatte Einzug gehalten, es war Mai. Trotz eines wechselhaften Aprils erwachte die Natur in Rom zum Leben, weiße Blüten zierten Kirsch- und Pflaumenbäume ebenso wie die Akazien, in den Gärten blühte blauer Ehrenpreis.

»Ob auch wir einen Frühling erleben werden?«, hörte

sie eine belegte Stimme hinter sich. Sie drehte sich um und sah ihre Mutter, gestützt von Andrea und gezeichnet von großer Erschöpfung und Kummer.

»Mama, was machst du denn hier?«, fragte sie.

»Ich habe an die Frauen aus dem Viertel Mehl und Brot verteilt. Die Deutschen haben uns eine große Mehllieferung geschickt, damit wir ihnen Weißbrot backen, das inzwischen so wertvoll ist wie Gold, aber ich habe die Nase voll davon, ihre Forderungen zu erfüllen. Nachdem ich gehört habe, was hier geschehen ist, habe ich eine Entscheidung getroffen.«

»Du wirst Schwierigkeiten bekommen. Dir könnte noch heute irgendein diensteifriger Nazioffizier einen Besuch abstatten. Ist dir klar, dass sie dich verhaften können?«

Eva sah von ihrer Tochter zu der Plakette an der Hauswand und seufzte. »Sollen sie doch kommen, dann werde ich ihnen ein für alle Mal meine Meinung sagen.«

Myriam sah Andrea mit angstgeweiteten Augen an, doch der schwieg nur und sah zu Boden.

»Mama, was redest du denn da? Wir brauchen dich, deine Kraft, deine Präsenz.« Sie fasste sie bei den Schultern, überrascht und besorgt, dass sie so knochig waren, was nicht nur am Hunger lag. Ihre Augen, die stets gefunkelt hatten wie ein Leuchtfeuer, waren erloschen. »Mama«, sagte sie leise. Es schmerzte sie, ihre Mutter so verzweifelt zu sehen und nichts tun zu können.

»Das, was Ernesto und euch allen zugestoßen ist, der Kleine, der allein in einem Kloster ist, das alles hat mich tief getroffen. Ich bin müde, Myriam. Ich bin es müde zu kämpfen, Widerstand zu leisten, auf ein Morgen zu hoffen, das niemals kommt. Wir warten seit Jahren auf das Ende dieses Albtraums, aber vergeblich.«

»Ich weiß, aber gerade deshalb dürfen wir unsere Hoffnung jetzt nicht aufgeben«, beharrte Myriam. »Denken wir an Ernesto: Nur wenige Tage nachdem er aus der Bewusstlosigkeit erwacht ist, ist er wieder zu einer Widerstandsgruppe in den Norden aufgebrochen. Und das, nachdem er von all dem erfahren hat, was seiner Familie zugestoßen ist. Aber er gibt nicht auf. Ganz im Gegenteil, er kämpft weiter, mit noch mehr Kraft, um dieses Land zu befreien. Wir dürfen nicht aufgeben, nicht gerade jetzt, wo die Befreiung zum Greifen nah ist.« Es fiel ihr schwer, in der gebrochenen Frau vor ihr ihre Mutter zu erkennen. Trost suchend blickte sie in die türkisfarbenen Wolken. »Komm mit mir in die Kirche, in Santa Maria Maggiore findet heute Abend ein Gedenkgottesdienst für die statt, die von den Nazis ermordet wurden.«

Eva wandte sich an Andrea, der ihr bestätigend zunickte: »Das sind keine Menschen mehr«, sagte er verächtlich.

»Wir aber wollen an die Menschen, die wahren Menschen erinnern, und deshalb gibt es diese Gedenkgottesdienste. Und es wird sie auch weiterhin geben, bis der Krieg zu Ende ist. Gib nicht auf, Mama. Wir brauchen deine Kraft und Zuversicht.«

»Wir können jetzt nicht aufgeben, Eva«, sagte Tommaso, als die Soldaten die Fabrik wieder verließen. Sie nickte und schaute aus dem Fenster ihres Büros. »Myriam hatte recht heute Morgen. Sie hat mir gesagt, dass sie sofort kommen und nachfragen würden. Und tatsächlich haben sie es getan, genau wie sie es vorhergesagt hat.«

»Unsere Ausrede war nicht die allerbeste, aber halbwegs glaubhaft. Die Tore wurden ja tatsächlich von den Bomben zerstört und können nicht repariert werden, weil es keine Ersatzteile gibt.«

»Ja, aber damit die Deutschen es nicht an den Arbeitern auslassen, weil sie glauben, dass es unter ihnen einen Maulwurf gibt, habe ich angekündigt, dass ich ihnen den Verdienst kürzen werde. Das haben sie vorerst geschluckt.« Sie fuhr sich mit der Hand über die Stirn.

»Geht es dir gut?«

»Ja, nur leichte Kopfschmerzen. Ich habe zwar schon eine Tablette genommen, aber sie wirkt noch nicht. Bittest du Olga, mir einen Tee zu bringen, oder irgendetwas, was an Tee erinnert?«

Sie griff nach ihren Unterlagen.

Tommaso blieb stehen und trommelte mit den Fingerspitzen unruhig auf den Tisch.

»Gibt es noch etwas, Tommaso?«, fragte sie und setzte ihre Unterschrift unter einige Dokumente.

»Ja.«

»Dann sprich, worauf wartest du?«

Tommaso atmete tief durch. »Matteo ist hier. Deshalb hatte ich eben so große Angst, als die Soldaten hier waren.«

Eva legte den Stift beiseite. »Das habe ich bemerkt. Aber was genau heißt das: ›Matteo ist hier‹?«

»Erinnerst du dich an den Artikel von *Italia Libera* über die Ardeatinischen Höhlen?«

Eva seufzte. »Du meinst die Vergeltungsaktion für die Via Rasella?«

»Genau.«

»Und?«

Er ging um den Schreibtisch herum. »Einige Tage später hat die Gestapo, in Quadraro, San Giovanni und Appio Razzien durchgeführt und die geheime Druckerei des *Avanti!* gefunden. Sie sind sogar bis nach Ostia vorgedrungen, um Leute festzunehmen, die sie als Zwangsarbeiter nach Deutschland schicken. Sie haben alle mitgenommen, egal, ob jung oder alt. Einige haben sie gleich an Ort und Stelle erschossen, sogar ein dreijähriges Kind.«

Eva schluckte. Sie verlor allmählich den Überblick über all die Attentate und Vergeltungsaktionen, doch ihre Grausamkeit erschütterte sie jedes Mal. »Ich weiß nicht, ob ich das hören möchte«, sagte sie und hielt sich die Stirn. »Ich sage mir immer wieder, dass ich stark bleiben muss, aber dieses Blutvergießen nimmt mir die Luft zum Atmen. Ohne Schlafmittel kann ich gar nicht mehr schlafen. Bitte sag mir, was Matteo getan hat.«

»Er hat an einer erfolgreichen Aktion teilgenommen. Sie haben deutsche Uniformen angezogen und Gefangene aus Forte Bravetta befreit, die hätten hingerichtet werden sollen. Aber anstatt mit den anderen in die Berge zu flüchten, ist er hierhergekommen, zu mir«, berichtete er kurz. Eva hörte ihm zu und fragte erschrocken: »Und jetzt?«

»Jetzt ist er hier im Lager, bei den anderen. Ich habe ihnen natürlich nicht gesagt, wer er ist. Je weniger die Wahrheit wissen, desto besser und sicherer ist es für uns alle.«

»Ich bitte dich, Tommaso. Wer ist denn heute noch sicher?«

»Du bist also nicht böse, weil ich dir nichts gesagt habe?«

Eva schaute ihn an. »Matteo ist der Mann, den du liebst. Natürlich tust du alles, um ihn in Sicherheit zu wissen. Mir gefällt allerdings nicht, dass du damit andere in Gefahr bringst und mir nicht Bescheid gegeben hast. Das nächste Mal möchte ich informiert werden, ja?«, bat sie ihn eindringlich.

»Natürlich, entschuldige.«

»Ich bin froh, dass du jemanden gefunden hast, für den du dein Leben riskierst. Aber du solltest auch deinen gesunden Menschenverstand benutzen, Tommaso.«

Sie tauschten einen langen Blick.

»Ich weiß. Es wird nicht wieder vorkommen.«

»In Ordnung.«

»Über Matteo und den gesunden Menschenverstand musst du noch eines wissen.«

Sie lehnte sich auf ihrem Stuhl zurück. »Und zwar?«

Tommaso stützte die Hände auf die Lehne des Stuhls gegenüber seiner Schwägerin. »Ich überlege, nach Kuba zurückzukehren und mich um die Zuckerfabrik zu kümmern, und zwar mit Matteo. Ich habe ihn gefragt, und er unterstützt mich, egal, wie ich mich entscheide.« Seine Stimme brach, als plötzlich eine Erinnerung in ihm aufstieg. Eva schaute ihn liebevoll an.

»Du denkst an Roberto, nicht wahr?«, fragte sie und fixierte die schönen hellen Augen des jüngsten Fontamara. »Er hat dir keine Wahl gelassen, sondern dir ein Ultimatum gestellt: entweder er und New York oder Rom und damit das Ende eurer Beziehung. Matteo nicht. Er ist ganz anders als Roberto, und vor allem scheint er dich so zu lieben, wie Roberto dich vielleicht nie geliebt hat.«

»Stimmt, mit ihm an meiner Seite kann mein Leben wirklich neu beginnen. Und ich kann endlich aufhören, mich zu verstecken. Mit ihm fühle ich mich sicher, egal, was passiert.«

Eva lächelte, ihr traten Tränen der Rührung in die Augen. »Das ist Liebe, Tommaso«, sagte sie und dachte an ihre Liebe, die so weit weg und doch immer noch so nah war.

20

Myriam beugte sich über den Verband eines Kindes, das beim Bombenangriff des Vorabends schwer verletzt worden war, als eine Gruppe Soldaten die Station stürmte. »Keine Bewegung!«, schrie der Anführer, während die Soldaten an allen Betten vorbeiliefen und sich die Gesichter der Kranken ansahen.

Als der Verband saß, ging Myriam auf einen der Soldaten zu und fragte: »Was machen Sie hier? Hier liegen schwer verletzte Menschen, die Ruhe brauchen. Sie können nicht einfach hier hereinkommen und alle erschrecken.« Aus dem Augenwinkel sah sie hinter den Soldaten Giovanni vorbeihuschen und rasch verschwinden.

»Aus dem Weg, Fräulein«, forderte ihr Gegenüber und schubste sie dann so rüde beiseite, dass sie auf das Bett eines Patienten fiel, der sich mühsam aufrichtete, um ihr zu helfen, als die Soldaten weiter ausschwärmten und auch die Küche und das Schwesternzimmer durchsuchten.

Was zum Teufel treiben die da?, dachte sie und richtete sich ihre Schwesterntracht, bevor sie zum Schwesternzimmer eilte. Dort angekommen, wurde sie am Arm gepackt, und jemand zog sie ins Büro des Oberarztes, das bereits durchsucht worden war. Überall im Raum verstreut lagen Krankenakten und private Papiere, die Schubladen waren einfach auf den Boden ausgekippt worden.

»Giovanni, was ist hier los? Was machen die Soldaten hier, was suchen sie?«

»Das Funkgerät. Aber wir sind gewarnt worden, wir haben es auseinandergenommen und im Tiber versenkt. Sollen diese Idioten ruhig alles auf den Kopf stellen, sie werden nichts finden.«

»Wenn sie im Keller suchen, werden sie allerdings etwas finden«, antwortete sie besorgt, »und ich weiß nicht, ob uns der berühmte ›Morbus K‹ dann noch retten wird.«

Giovanni lächelte. »Keine Sorge, wir haben dafür gesorgt, dass sie den Keller nicht betreten werden. Durch die Flure unten werden nur Leichen transportiert, übrigens auch von denjenigen, die an einer Infektionskrankheit gestorben sind, wie Morbus K.« Myriam seufzte.

»Ich wünschte mir nur einen Bruchteil deiner Gelassenheit. Mich macht das alles völlig fertig. Ständig tauchen die Deutschen hier im Krankenhaus auf, und draußen ist es noch schlimmer. Dort weiß man nie, wie man sich verhalten soll, wenn man auf einen Soldaten trifft, wie sie reagieren. Und wenn ich an meine Mutter denke …« Sie hielt inne und schüttelte den Kopf. »Sie ist von Tag zu Tag erschöpfter. Diana hilft ihr jetzt in der Fabrik, aber ich weiß nicht, wie das alles weitergeht.«

»Hab keine Angst, alles wird gut«, besänftigte er sie, dann waren auf dem Flur Geräusche zu hören, und er spähte durch den Türspalt. »Na bitte, was habe ich gesagt?«

»Was?«

»Sie gehen, Myriam. Sie haben nicht gefunden, wonach sie gesucht haben. Der Maulwurf dürfte keinen sehr angenehmen Abend haben. Sie versuchen wirklich alles, um den Kopf aus der Schlinge zu ziehen. Wie es aussieht, haben sie sogar versucht, mit dem CLN über die Kapitulation zu verhandeln, und der Papst soll als Mediator fungieren. Sie wollen sogar über die Entlassung einiger unserer Leute verhandeln, nur um die eigene Haut zu retten. Was für Kanaillen, die SS, und deine Priester sind nicht besser: Sie würden ihre eigene Mutter verkaufen.«

»Hör auf, so zu reden. Denk lieber mal an dieses Krankenhaus und an die Menschen, die hier mit dir gearbeitet und dich geschützt haben. Wenn es so ist, wie du sagst, und der Papst tatsächlich Druck auf das CLN ausübt, dann nur, weil es das Beste ist, wenn wir keinen Häuserkampf riskieren wollen. Hast du eine Vorstellung davon, wie viele Menschen die Nazis umbringen können, wenn man sie in die Enge treibt? Es würde Massenerschießungen geben, wie in Forte Bravetta.«

»Oder in den Ardeatinischen Höhlen«, ergänzte Giovanni, und ihm traten Tränen in die Augen. »Dort waren so viele meiner Kameraden, Menschen, die ich kannte. Also verlange nicht von mir, Mitleid mit ihnen zu haben und meinen Rachedurst runterzuschlucken.«

»Vielleicht gibt es ja noch etwas, was dich von diesem Wahnsinn abhalten kann.«

»Diana«, sagte Giovanni sofort und suchte Myriams Blick. »Ich liebe deine Schwester. Es ist wie eine Krankheit, die sich in deinem ganzen Körper ausbreitet, die jede Zelle, deinen Geist, dein Herz, einfach alles durchdringt. Wenn ich an deinen Gott glauben würde, würde ich sagen, auch meine Seele. Und deshalb will ich sie heiraten.«

Myriam riss verblüfft die Augen auf. »Du willst was?«

»Du hast richtig gehört: Ich will deine Schwester heiraten. Das wollte ich vom ersten Augenblick an. Ich hoffe, das verletzt dich nicht.«

»Nein, überhaupt nicht. Ich frage mich nur, ob dir klar ist, wer Diana ist. Und ob das nicht ein bisschen überstürzt ist.«

Giovanni hob den Kopf. »Ich will keine Zeit verschwenden. Wenn der Krieg mich eines gelehrt hat, dann das: Wenn dir etwas Schönes begegnet, dann halte es fest. Ich will Diana mein Leben lang an meiner Seite haben, und deshalb möchte ich sie heiraten.«

Myriam schüttelte den Kopf. »Hast du sie schon gefragt?«

»Nein, noch nicht, aber das werde ich bald tun. Ich habe es satt zu warten. Ich will endlich leben, und ich will mein Leben mit Diana verbringen.«

Myriam betrachtete ihn schweigend, und das tat sie auch die ganze Nacht, während er die Patienten versorgte und mit ihr Ersatzkaffee trank, während vor dem offenen Küchenfenster die feuchte Luft vom Fluss aufstieg. *Du willst sie bitten, deine Frau zu werden, aber bist du auch dazu bereit, wenn ich dir sage, dass sie immer noch einen anderen liebt?*, fragte sie sich und dachte wieder an den Tag, an dem Diana völlig aufgelöst in ihrem Zimmer aufgetaucht war.

»Was ist los?«, hatte sie gefragt, sie hatte vor Müdigkeit kaum noch die Augen offen halten können.

»Ich liebe Andrea immer noch. Ich weiß, dass diese Liebe zu nichts führen wird. Er liebt Rachele und wird sie immer lieben. Aber mich selbst kann ich nicht betrügen.«

»Und Giovanni? Er liebt dich, das weißt du.«

»Ja, das weiß ich«, hatte sie ernst geantwortet. »Giovanni ist meine Zukunft, aber Andrea wird für immer der Mann bleiben, den ich mehr liebe als mich selbst. Und ich werde mir nie verzeihen, dass ich so dumm war, ihn von mir wegzustoßen.«

In dieser Nacht, in der es nach langer Zeit am Himmel ruhig blieb, konnte Myriam nicht aufhören, daran zu denken. Sie schloss die Augen und griff nach ihrem Kreuz. *Wir sind alle in deiner Hand.*

21

Auch im Mai riss der Bombenhagel über Rom nicht ab. Ein grausamer Niederschlag, der nach Rauch stank und den Boden mit Blut befleckte, salzig wie die Tränen derer, die ihre Lieben unter den Trümmern verloren hatten. Ein Ende war nicht in Sicht.

Die illegalen Radiosender verkündeten optimistische Nachrichten und forderten die Bevölkerung auf durchzuhalten, doch jede Bombe, die auf die Häuser, die Friedhöfe, die Eisenbahnschienen fiel, zerstörte die Hoffnung ein wenig mehr.

Eva saß in ihrem Arbeitszimmer auf dem Boden und schrieb, einen Bogen Papier auf den Knien, mit zitternder Hand einen Brief an Miguel. Sie schrieb all das nieder, was sie lange in ihrer Seele verschlossen gehalten hatte, was durch den Hass und die Wut über den frühen Tod ihres Mannes, über das Glück, das man ihr aus den Händen gerissen hatte, erstickt worden war.

Sie war nicht mit den anderen in den Luftschutzkeller gegangen, sie hatte erst noch die Verträge mit den Deutschen durchgehen und das Schreiben unterzeichnen wollen, in dem sie ihnen ihre Zusammenarbeit kündigte.

»Ich bin müde, ich will mit diesen Leuten nichts mehr zu tun haben«, hatte sie zu Tommaso gesagt, kurz bevor der Alarm aufheulte. Er hatte ihr schweigend zugehört.

»Ich bin froh, dass du diese Entscheidung getroffen hast. Vielleicht müssen wir die Reserven angreifen, um die Löhne an die Arbeiter weiter zahlen zu können, aber

Matteo hat mir versichert, dass die Befreiung unmittelbar bevorsteht. Bald werden wir frei sein, Eva.«

»Und dann wirst du nach Kuba gehen, nicht wahr?«

»Ich weiß es immer noch nicht. Ich bin etwas durcheinander.«

»Gut«, hatte sie gesagt und ihn tröstend in den Arm genommen. »Ich wäre sehr glücklich, wenn du die Leitung der Zuckerfabrik übernehmen würdest, und ebenso, wenn du hierbleiben würdest. Wie auch immer du dich entscheidest: In diesem Haus wird stets ein Platz für dich sein.«

Das scheint alles so weit weg, dachte sie, und die Bilder vor ihren Augen verschwammen, das Dröhnen der Flugzeuge wurde vom Wind verweht.

Eva presste das Blatt an die Brust, mit Sätzen wie *»Ich habe dich wirklich geliebt, aber nicht so, wie du es gewollt hättest. Und wenn ich mich heute frage, weiß ich, dass ich dich immer noch liebe, doch ich habe zu große Angst, es mir einzugestehen«*. Da stand es schwarz auf weiß, eine Wahrheit, die sie zu lange in sich verborgen gehalten hatte, weil sie immer davon überzeugt gewesen war, dass man nicht zwei so unterschiedliche Menschen wie Fernando und Miguel lieben konnte. Lange Jahre hatte sie dieser Gedanke verwirrt.

Aber der Krieg hatte ihren Stolz mehr als einmal gebrochen und ihr gezeigt, was sie nicht sehen wollte, was sie ignoriert hatte, wovor sie weggelaufen war und immer noch weglief. Als der Angriff vorbei war, legte sie den Brief in eine Schublade und ging zum Telefon.

Du magst zwar weiterhin in Miguel verliebt sein, aber deine Kinder werden immer das Wichtigste in deinem

Leben bleiben, sagte sie sich und nahm den Hörer ab, doch die Leitung war tot. Sie ließ den Hörer sinken. Auf ihrem Schreibtisch war alles geordnet: die Dokumente, die Stempel der Fabrik, der silberne Brieföffner. Als ihr Blick auf das Familienfoto fiel, das bei Angelas Hochzeit aufgenommen worden war, verspürte sie einen Stich in der Brust. Sie griff nach dem silbernen Bilderrahmen und strich über die Gesichter ihrer Kinder, von Gabriel über Clio bis hin zu Viola, die sie ebenfalls als Tochter ansah. »Meine Kleinen«, murmelte sie leise. »Meine Kleinen«, wiederholte sie und drückte das Bild an die Brust, während ihr Tränen über die Wangen liefen.

»Habt keine Angst, meine Kleinen«, flüsterte Lia und drückte Clio und Viola an sich. Seit mehr als einer Stunde saßen sie zusammen mit Giuliana, Clara, Ermes und einigen Soldaten im Bunker. Sie sahen einander schweigend an, als hätten sie Angst zu sprechen, weil dann der Bunker über ihnen zusammenbrechen könne. Giuliana ließ den Rosenkranz durch die Finger gleiten, Clara wiegte ihren Sohn, während die Soldaten sie ununterbrochen beobachteten, die Hand an der geladenen Waffe. Vor allem ihre glänzenden Läufe bereiteten Clio Angst, während Viola ängstlich an die Decke starrte.

»Wie lange sind wir schon hier?«, fragte Clara plötzlich.

»Zu lange. Es dauert schon zu lange«, seufzte Giuliana und legte sich den Rosenkranz um die Hand.

»Das sind die Amerikaner, sie kommen, um uns zu befreien. Ich hoffe, sie beeilen sich«, murmelte Ermes.

Plötzlich war draußen ein Geräusch zu hören, wie ein lang gezogenes schrilles Heulen. Die Soldaten stürzten an die Tür, ihre Gewehre im Anschlag, während die anderen sich erschrocken ansahen.

»Was machen die da?«, fragte Giuliana, als die Soldaten ihnen hektisch zuwinkten.

»Schnell! Schnell!«, schrien sie auf Deutsch und stürmten aus dem Bunker.

Hand in Hand liefen Clio und Lia ihnen hinterher, während Viola immer wieder stehen blieb.

Als Lia und Clio das Haus erreichten, war alles totenstill. »Viola?«, rief Clio, aber niemand antwortete, und so verschwand sie in ihrem Zimmer, während Lia in dem von den Deutschen besetzten Teil des Hauses nach Viola suchte. Seit Tagen beobachtete sie, wie Männer in beigefarbenen Mänteln und Aktenkoffern ein und aus gingen. Je öfter sie kamen, desto schweigsamer und jähzorniger wurde Hauptmann Meyer. Lia verspürte zum ersten Mal Angst, seit er und die Soldaten La Gioiosa besetzt hatten.

Von diesem Tag an hatte sie beschlossen, mit den Mädchen in der Küche zu essen, und hatte kaum mehr ein Wort mit den Besatzern gewechselt. Klavier spielen war fortan verboten, in den Garten durften Clio und Viola nur noch in Begleitung.

»Ich vertraue diesen Menschen nicht«, hatte Lia zur Köchin gesagt. Als sie nun vor Meyers Büro stand, konnte sie durch die halb geöffnete Tür sehen, wie er vor dem Fenster auf und ab ging. Auf dem Schreibtisch lag ein kleiner Koffer, und daneben eine Pistole. Da wusste sie, dass etwas Schwerwiegendes vor sich ging und ihre Angst begründet war.

Ihr erster Gedanke war, die Kinder zu schnappen und so weit wie möglich davonzulaufen, doch dann hörte sie plötzlich ein unterdrücktes Schluchzen und statt zurückzuweichen, klopfte sie an die Tür. »Herr Hauptmann?«, fragte sie leise.

Sofort hielt Meyer inne, er wischte sich übers Gesicht und richtete seine Uniform »Ja, bitte?«, antwortete er kühl, in einem befremdlichen Ton, der so gar nicht zu ihm zu passen schien.

Sie betrat das Zimmer, sah auf die Pistole und dann zu ihm: »Wollen Sie mich und die Kinder erschießen?«

Meyer wandte sich um, die Augen rot vom Weinen. »Warum sollte ich?«

»Weil Sie den Krieg verloren haben. Der Verlust Roms ist nur die nächste Etappe Ihrer Niederlage.«

Er verzog den Mund zu einem schiefen Lächeln. »Ja, wir werden diesen Krieg verlieren. Oder besser, wir haben ihn schon verloren«, flüsterte er.

»Dann ist die Pistole für Sie gedacht?«

»Für meine Familie.«

Lia runzelte die Stirn und sah sich um, als müsste jeden Moment Meyers wunderschöne Frau auftauchen, von der er so oft sprach. »Das verstehe ich nicht.«

»Sie sind tot. Die Bomben der Amerikaner haben meine Stadt dem Erdboden gleichgemacht. Unser Haus wurde von einer 500-Kilo-Bombe getroffen.«

»Sie haben diesen Krieg gewollt, wissen Sie noch?«

»Ich weiß. Nichts an diesem Krieg hat irgendeinen Sinn, ich habe ihn vom ersten Augenblick an gehasst. Jetzt hat er mir meine Familie genommen, die Menschen, die ich am meisten liebe. Und mir bleibt nur noch eines zu tun«, fügte er hinzu und strich über die Pistole, die Lia weiterhin unverwandt anstarrte. Sie löste ihren Blick, sah Meyer in die Augen und drehte sich um.

»Adieu, Herr Hauptmann.«

»Adieu, Signora Fontamara«, antwortete er.

Lia schloss die Tür und hielt den Atem an.

Stille, dann ein Schuss.

22

Auch der Juni begann mit Schüssen. Zu den Aktionen des Widerstands waren die Angriffe der Stadtguerilla gekommen, ein Kampf für die Freiheit, der in den ersten Junitagen in den Straßen der Hauptstadt tobte, während das Umland von Rom, laut Radio London, bereits von den Nazis befreit war.

Und aus dem Radio, das für viele zur Stimme der Hoffnung geworden waren, schallte allerorten die Parole »Elefant«, das Codewort für die letzte Militäroffensive zur Befreiung Roms, die am 2. Juni beginnen sollte. Von dem Moment an häuften sich die Kämpfe und Vergeltungsschläge.

»Ich muss hier weg, verstehst du?«, schrie Giovanni Myriam an, die sich ihm am Eingang zur Station in den Weg stellte.

»Du gehst nirgendwohin«, sagte sie resolut und verschränkte die Arme vor der Brust. »Es ist deine Pflicht, bei deinen Patienten zu bleiben, und nicht noch in der letzten Stunde den Rächer zu spielen.« Ihre Stimme klang so rau, dass sie ihr selbst fremd erschien. Giovanni sah sie wütend an.

»Aber die SS in der Via Tasso hat eine Lektion verdient. Ich will mich den Kameraden anschließen und für Gerechtigkeit sorgen, bevor sie dort alles verbrennen und die restlichen Gefangenen töten.«

»Gerechtigkeit oder Rache? Denn das sind zwei verschiedene Dinge.«

»In diesem Fall ist es dasselbe«, antwortete er und blickte ihr direkt in die Augen.

»Rache hat nie etwas mit Gerechtigkeit zu tun, Giovanni«, entgegnete sie und schüttelte verbittert den Kopf. »Ich weiß nicht mehr, wer du bist. Jedenfalls nicht mehr der Mann, der mir damals, als ich so verzweifelt war wie nie zuvor, eine zweite Chance gegeben hat.«

»O doch, ich bin noch genau derselbe«, antwortete er und ging auf sie zu. »Ich bin derselbe, der um das Leben eines jeden Patienten gekämpft hat, der in den Straßen Männern und Frauen Erste Hilfe geleistet hat. Monatelang habe ich dir geholfen, jüdische Kinder und ihre Familien in Klöstern zu verstecken. Ich bin immer noch derselbe, Myriam, aber zu viele meiner Freunde sind von diesen Bestien umgebracht worden.« Er hielt inne, ehe er fortfuhr: »Ich habe zu viele Menschen verloren, um jetzt nichts zu tun. Das ist unser Moment.«

»Und was für ein Moment soll das sein? Der Moment, dich wie ein Tier zu benehmen, wie die Mörder deiner Freunde? Bist du das wirklich, Giovanni? Und wenn es so ist, was willst du dann für meine Schwester sein?«, fügte sie hinzu, in der Hoffnung, sie könne ihn umstimmen, wenn sie Diana erwähnte. »Du hast mir gesagt, dass du sie heiraten willst. Dann denk mal drüber nach: Was für ein Mann willst du für sie sein?«

Er starrte sie an, die Hand um die Pistole gelegt, die er unter dem Kittel trug, und plötzlich kamen ihm Zweifel. Verwundert schaute er die kleine Frau vor sich an, die er einmal zu lieben geglaubt hatte.

»Der Mann, der ich für Diana sein möchte, der werde ich morgen sein. Heute bin ich ein Partisan von vielen, der Gerechtigkeit fordert für seine Brüder und Schwestern, die gefoltert und getötet wurden, die man ins Arbeitslager nach Deutschland geschickt oder in den Ardeatinischen Höhlen erschossen hat. Heute bin ich nur ein Mann, dem der Tod all dieser Menschen das Herz gebrochen hat. Der Verlust all dieser Freunde, mit denen ich nie wieder eine Zigarette rauchen, über Frauen reden oder einen Ball kicken kann. Ich habe mir geschworen, sie zu rächen, und heute ist der Moment gekommen.«

»Giovanni …«

»Geh zur Seite, Myriam, denn sosehr ich dich respektiere und schätze, du wirst du mich nicht aufhalten«, drohte er und deutete auf seine Pistole. Also gab sie sich geschlagen, trat mit gesenktem Kopf beiseite und ließ ihn vorbei.

»Dann geh, wenn du unbedingt willst. Aber eines sage ich dir: Du wirst ab heute kein Gewissen mehr haben.«

Er drehte sich nicht einmal mehr zu ihr um. »Vielleicht, aber meine Freunde können dann endlich in Frieden ruhen. Das bedeutet mir unendlich viel mehr als mein Gewissen.« Daraufhin verließ er das Krankenhaus und machte sich auf den Weg zur Gestapo-Kommandozentrale, gemeinsam mit seinen Kameraden, die wie er entschlossen waren, die Toten der Via Tasso zu rächen.

»Ich muss gehen, Diana, ich kann nicht hier stillsitzen und mir den Kopf darüber zermartern, was mit den Kindern und mit deiner Tante ist«, protestierte Eva, der sich ihre Tochter entschlossen entgegengestellt hatte, als sie das Büro verlassen wollte.

»Das kannst du nicht, es ist zu gefährlich, die Deutschen sind auf der Flucht. Sie sollen einige Zonen der Stadt vermint haben. Außerdem kannst du ihnen überall in die Arme laufen. Was, wenn dir etwas passiert? Was wird dann aus uns, aus Myriam, Clio, Viola und mir?«

»Diana …«

»Nein, hör mir zu: Clio hat nicht einmal ihren Vater kennenlernen können, willst du jetzt auch noch dein Leben aufs Spiel setzen?«

Eva schwankte auf ihrem Stuhl, erschöpft vergrub sie das Gesicht in den Händen. »Ich kann doch nicht die Kinder und deine Tante in den Händen der Faschisten lassen. Ermes ist zu alt, um sie zu verteidigen. Er könnte nicht viel ausrichten, wenn irgendetwas passiert.«

»Diana hat recht, es ist zu gefährlich«, stimmte Andrea zu, der immer wieder auf die Straße sah, über die in einem fort deutsche Militärfahrzeuge rollten. »Aber ich kann fahren. Wenn ich einen der Lieferwagen nehme, bin ich schnell dort. Angehalten werde ich damit bestimmt nicht. Ich komme sofort zurück, und wenn das nicht geht, gebe ich euch Bescheid. Was meinst du?«

Eva sah von einem zum anderen. »Was soll ich schon dazu sagen, Andrea? So, wie das klingt, hast du dich bereits entschieden. Dann muss ich wohl nachgeben.«

»Gut, dann ist es also abgemacht.«

»Ich komme mit.«

Eva und Andrea wechselten einen Blick und antworteten dann unisono: »Nein.«

»O doch. Sonst wird Andrea diesen Raum nicht verlassen«, erwiderte Diana.

»Bitte, Diana«, sagte Eva, aber Diana tat so, als hätte sie sie nicht gehört.

»Ich möchte mitfahren. Ich kann mich doch im Lieferwagen verstecken, wenn ihr denkt, es ist zu gefährlich. Aber ich will mit, ich lasse Andrea nicht allein nach La Gioiosa fahren«, fügte sie hinzu und sah Andrea herausfordernd an.

Da wandte auch Eva sich zu ihm und griff nach seinen Händen: »Sie wird sich nicht davon abbringen lassen, also versprich mir, dass du mir alle heil herbringst.«

»Versprochen«, antwortete er ernst, während Diana bereits zur Tür ging.

»Komm, Andrea, es wird bald dunkel.« Die beiden verschwanden eilig in Richtung Fabrik, vorbei an dem Laden, der schon seit Jahren geschlossen war.

»Das ist verrückt«, sagte Andrea, aber sie zuckte nur mit den Schultern. »Diana, das ist kein Spiel! Es ist gefährlich, nach La Gioiosa zu fahren, mit all den Soldaten, die auf der Flucht sind. Wer weiß, was in ihnen vorgeht. Menschen, die nichts mehr zu verlieren haben, sind zu allem fähig.«

»Ich weiß, was du denkst.«

»Und was?«

»Du hältst mich für naiv. Aber ich bin mir der Gefahr sehr wohl bewusst. Trotzdem bin ich entschlossen, das Risiko einzugehen.« Sie hielt inne und räusperte sich. »Und jetzt lass uns fahren.«

Die Fabrik war seit ein paar Tagen geschlossen, seit die Front die Außenbezirke der Stadt erreicht hatte, waren auch die Lieferwege abgeschnitten, und es gab keine

Rohstoffe mehr ... Im Gebäude waren nur noch ein paar Flüchtlinge versteckt.

Von den wenigen noch verbliebenen Lieferwagen schienen zwei in einem guten Zustand zu sein. Als sie jedoch den Motor starten wollten, mussten sie feststellen, dass beide kein Benzin im Tank hatten.

»Wie kann das sein?« Diana trat verärgert gegen ein Rad, während Andrea die Tür zuschlug.

»So kommen wir nirgends hin.«

»Verdammt!«, schimpfte Diana.

»Das Benzin haben sich heute Morgen ein paar Männer genommen«, hörten sie eine hohe Kinderstimme aus der Dunkelheit sagen.

Die beiden beugten sich in die Richtung, aus der die Stimme gekommen war. »Weißt du, wer das war? Soldaten oder Partisanen?«, fragte Diana.

»Was spielt das jetzt noch für eine Rolle?«, wollte Andrea wissen.

»Es waren Partisanen, ich habe sie belauscht. Sie meinten, sie bräuchten Benzin, um die Deutschen zu verfolgen«, antwortete der kleine Junge.

Diana und Andrea schüttelten verzweifelt den Kopf.

»Na großartig«, befand Andrea, bevor sie sich von dem Kleinen verabschiedeten.

»Nur nicht verzweifeln, wir finden schon eine Lösung.«

»Unmöglich, Diana. Bald wird es dunkel, und dann ist es noch gefährlicher, auf der Straße unterwegs zu sein.«

»Gibt es noch eine andere Möglichkeit?«

»Ohne Benzin? Hier gibt es nicht mal mehr Fahrräder.«

»Damit könnten wir meine Tante und die Kinder wohl auch kaum herbringen.«

Andrea kratzte sich unschlüssig am Kinn. »Ich weiß nicht, Diana«, sagte er noch, als plötzlich Schüsse knallten. Sofort rannten sie in die Produktionshalle und versteckten sich im ehemaligen Gärraum, in dem die Teigkübel für die Flüchtlinge aufbewahrt wurden. Dort verharrten sie mit angehaltenem Atem, all ihre Sinne in höchster Alarmbereitschaft.

»Meinst du, es ist eine gute Idee, sich hier zu verstecken? Man hört ja gar nichts«, flüsterte Diana. Andrea lud seine Pistole durch. »Ich wusste gar nicht, dass du bewaffnet bist«, sagte sie verwundert.

»In diesen Zeiten braucht man eine Waffe, wenn man mit heiler Haut nach Hause kommen will.« Erneut hallten Schüsse durch die Straßen, während über der Stadt langsam die Nacht hereinbrach.

»Was sollen wir tun?«, fragte Diana und lehnte den Kopf gegen die Wand. »Wir haben meiner Mutter gesagt, dass wir nach La Gioiosa fahren, stattdessen stecken wir hier in der Firma fest.«

»Ich weiß, aber im Moment können wir nichts tun. Ich würde dich gerne nach Hause bringen, aber nicht, solange draußen geschossen wird.«

»Das heißt, wir müssen hierbleiben?«

Andrea nickte.

»Na toll«, murrte Diana. Doch dann wandte sie sich zu ihm und schaute ihn aufmerksam an. Er hatte sich sehr verändert: Der Bart verlieh ihm ein raueres Aussehen, seine Augen unter den langen Wimpern waren von einer neuen Tiefe, sein Blick war intensiver. Sie legte den Kopf an seine Schulter, während die Zeit langsam verrann. Sein Duft erinnerte sie an die vielen Male, die sie zusammen eingeschlafen waren. Sie lächelte bei diesem Gedanken, und Giovanni verblasste mehr und mehr. Andrea war ihre Heimat, ihr Fluchtort gewesen, und doch hatte sie mit aller Kraft gegen ihn angekämpft, gegen diese Liebe, die sie jetzt vermisste. Sie versuchte eine bequemere Position zu finden. »Dieser verdammte Krieg hat deine Knochen noch spitzer gemacht, ich wusste gar nicht, dass du so ungemütlich bist!«

»Tut mir leid. Versuch es mal hier, vielleicht ist das besser.« Er legte den Arm um sie und zog sie an seine Brust.

»Viel bequemer«, sagte sie und legte ihren Kopf auf sein Herz. Sie schloss die Augen und ließ sich von seinem regelmäßigen Pochen wiegen. Langsam wich die Anspannung, und die ständige Selbstkontrolle, die sie mit der Zeit verinnerlicht hatte, verschwand. Noch mehr Erinnerungen stiegen in ihr auf: die langen Spaziergänge im Park, die Schneeballschlachten und entspannte Sonntagnachmittage am Strand, nachdem sie geschwommen waren. Sie dachte an die Pläne, über die Andrea so oft gesprochen hatte, seinen Wunsch, seiner Mutter zu beweisen, wozu er fähig war. Er hatte sich für seine bescheidene Herkunft geschämt und von vielen Kindern geträumt, um ihnen eine glückliche Kindheit zu schenken. Ein Thema, bei dem sie sich unbehaglich fühlte.

Mit Andrea hätte ich glücklich sein können. Diese bittersüße Erkenntnis durchdrang sie wie ein Geistesblitz.

»Ich habe alles falsch gemacht«, flüsterte sie und schaute ins Leere. »Ich habe alles falsch gemacht, und das bereue ich sehr.«

Andrea legte seine Wange an ihre Stirn. »Ich weiß. Wir haben beide Fehler gemacht. Ich auch«, fügte er hinzu.

»Wenn ich die Zeit zurückdrehen könnte, würde ich alles anders machen. Wenn ich daran denke, wie ich mich die letzten beiden Jahre benommen habe, läuft es mir kalt den Rücken runter. Ich habe eine Katastrophe nach der anderen verursacht«, sagte sie reumütig. »Der Krieg hat uns viel genommen, aber irgendwie hat er uns auch die Möglichkeit gegeben, in uns hineinzusehen, oder? Zu verstehen, wo wir Fehler gemacht haben, die wir wiedergutzumachen versuchen sollten, um sie nicht zu wiederholen.« Er sah versonnen vor sich hin.

»Das stimmt«, sagte er leise. »Die langen Nächte in den Luftschutzkellern, die Angst, dort nicht mehr lebend herauszukommen, die Menschen, die wir verloren, und die, die wir gerettet haben: All das war hart. Aber es hat uns auch gelehrt, dass wir immer etwas verändern können. Dass wir bessere Menschen werden können und ein Recht darauf haben, glücklich zu sein. Auch du, Diana.«

Sie hob den Kopf und suchte seinen Blick. Diana war bereit, Giovanni zu vergessen und für Andrea ein besserer Mensch zu werden. Sie wollte für diese Liebe kämpfen, die sie in Enrique gefunden zu haben glaubte, als sie noch ein junges Mädchen gewesen war, aber tatsächlich jetzt in diesem einfachen Mann entdeckt hatte. Diesem Mann, der sie mehr geliebt hatte als sich selbst. »Auch du hast ein Recht darauf, glücklich zu sein …«

»Ja. Und das will ich, mit Rachele, wenn sie zurückkehrt. Denn sie wird zurückkehren«, antwortete er. »Du warst mit mir nicht glücklich, Diana, aber das habe ich erst zu spät erkannt.«

Sie schluckte. »Nein, das stimmt nicht«, entgegnete sie mit leiser Stimme, das Echo einer zerstörten Hoffnung.

»O doch, Diana, mit mir warst du nicht glücklich. Vielleicht wirst du es mit Giovanni sein, so wie ich mit Rachele. Sie hat die Wunden geheilt, die wir einander zugefügt haben, und wenn Giovanni es ernst meint, dann wird er das Gleiche für dich tun. Rachele hat ein reines Herz.«

Diana wandte sich von ihm ab. »Wie spät ist es wohl, was denkst du?«

»Etwa vier Uhr morgens.«

»Welcher Tag ist heute?«

»Der vierte oder der fünfte Juni, ich habe den Überblick verloren. Warum?«

Sie lächelte. »Weil man sich an diesen Tag erinnern wird.«

Andrea runzelte die Stirn. »Wegen Rom, meinst du?«

»Ja, wegen Rom«, log sie. »Wegen der Stadt. Wegen uns allen. Meinetwegen«, fügte sie hinzu, während sie einen brennenden Schmerz in ihrer Brust verspürte. *Heute ist der Tag, an dem ich dich verloren habe*, sagte sie sich und atmete tief durch, während die Sonne über einem Tag aufging, der für die Römer in die Geschichte eingehen sollte. Nach vier dunklen Jahren brach eine neue Zeit an.

23

Rom wurde in der Nacht vom 4. auf den 5. Juni 1944 durch die Fünfte US-Armee befreit, die nach dem Durchbruch der feindlichen Linien entschlossen nach Rom vorgestoßen war, das der Feind in aller Eile aufgegeben hatte. In der Stadt gab es keine Zusammenstöße, auch keine Minen, wie viele befürchtet hatten.

Die alliierten Truppen wurden von der Bevölkerung mit großem Wohlwollen empfangen, nur auf dem Aventin gab es vereinzelte Gefechte mit flüchtenden Deutschen. Die Hauptstadt konnte wieder an eine Zukunft denken, der Krieg war endgültig vorbei.

Nach der Flucht der Deutschen strömten die Menschen auf die Straßen, sie lachten und tanzten, winkten den alliierten Truppen mit ihren Taschentüchern zu. Einige nahmen die Soldaten mit der für viele unverständlichen Sprache in den Arm, dankbar für ihr Kommen wie auch für die Lebensmittel, die sie mitbrachten.

»Es ist vorbei!«, jubelte Eva und nahm Diana und Andrea glücklich in den Arm. Sie stellte keine Fragen, machte ihnen auch keine Vorwürfe, weil sie nicht bei Lia gewesen waren, wie sie es versprochen hatten. Sie war einfach froh, dass sie hier bei ihr in Sicherheit waren und sie gemeinsam diese gute Nachricht feiern konnten. Sie drückte ihre Tochter an die Brust und dankte dem Herrn, dass diese Prüfung jetzt hinter ihnen lag. »Ich hatte solche Angst, dass ihr nicht zurückkommt, dass euch etwas zugstoßen ist. Ich habe die ganze Nacht gewartet und Radio London gehört, und als gemeldet wurde, dass der Krieg vorbei ist und ihr dann hier auf der Schwelle standet, da …« Sie brach in Tränen der Erlösung aus.

»Ich fahre alleine nach La Gioiosa«, schlug Andrea vor. »Wir wissen ja nicht, wie die Situation dort wirklich ist. Wer weiß, ob es nicht doch noch Straßenkämpfe gibt. Es ist sicherer, wenn du heute bei deiner Mutter bleibst.« Diana nickte wortlos. Eva warf ihm einen dankbaren Blick zu, und er fuhr los.

»Er hat ein Herz aus Gold«, sagte Eva und schaute ihm nach. Kurze Zeit später wurde im Radio die Ernennung von General Roberto Bencivenga als Verwalter der Hauptstadt bekannt gegeben. Eva versuchte gerade in La Gioiosa anzurufen, als es an der Tür klingelte.

Diana warf ihrer Mutter, die wie versteinert schien, einen überraschten Blick zu.

»Wer kann das sein, um diese Uhrzeit?«, fragte Eva besorgt.

»Vielleicht Myriam. Ich mache auf«, sagte Diana, doch als sie die Tür öffnete, war es nicht ihre Schwester, sondern ihr Bruder Gabriel, der in einer schlammverkrusteten Uniform mit der Waffe über der Schulter vor ihr stand.

»Mama!«, schrie Diana, dann nahm sie ihren Bruder fest in den Arm. Als Eva den Schopf ihres Sohnes sah, um den sie sich Tag und Nacht gesorgt hatte, blieb ihr fast das Herz stehen.

»Gabriel«, flüsterte sie und streckte die Arme nach ihm aus, der sich sofort von Diana löste und in ihre Arme warf, während hinter ihm jetzt auch Myriam auftauchte, die sich die Freudentränen abwischte. »Bist du es wirklich, mein Sohn?«, fragte Eva und betastete ungläubig sein Gesicht.

»Ja, ich bin es, Mama«, antwortete er gerührt.

»Warum bist du nicht früher gekommen?«, fragte Diana ihre Schwester. »Ich dachte, sobald du von der Befreiung hörst, bist du da.«

»Das wäre ich gerne, aber es ging nicht. Als sich die Nachricht von der Befreiung verbreitet hat, sind viele Ärzte und Schwestern auf die Straße gegangen, um zu feiern. Und irgendjemand musste ja im Krankenhaus bleiben. Wir konnten die Schwerverletzten ja nicht einfach ihrem Schicksal überlassen, das wäre unverantwortlich gewesen. Außerdem sind ja auch sie befreit worden«, erklärte Myriam, während Eva das Gesicht ihres Sohnes über und über mit Küssen bedeckte. »Nach dem Schichtwechsel wollte ich sofort zu euch kommen, um diesen Moment mit euch zu teilen, und unterwegs habe ich Gabriel gefunden. Er lief völlig orientierungslos durch die Straßen. Als ich seinen Namen gerufen habe, hat er sich umgedreht, und dann kam er gleich zu mir gerannt und hat mich durch die Luft gewirbelt, als wäre ich acht Jahre alt«, erzählte sie lächelnd. »Es klingt vielleicht komisch, aber in diesem Moment hatte ich das Gefühl, wir wären noch die Fontamaras aus Kuba«, gestand sie und schaute lächelnd zu ihrem Bruder.

»Stattdessen sind wir im Krieg erwachsen geworden«, meinte Diana finster.

»Diesmal ist der Krieg wirklich vorbei.«

Diana senkte den Blick und dachte an die dunkelste Nacht ihres Lebens zurück. »Dieser Krieg vielleicht, aber es gibt andere Kriege, die nie enden, die du immer in dir trägst.«

Eva sank auf den Stuhl. »Was soll das heißen, du gehst? Du bist gerade mal einen Tag hier und willst schon wieder weg?«, fragte sie ihren Sohn erregt. »Tommaso und Matteo kommen, und bald kommt sicher auch Andrea mit Clio und den anderen. Willst du wirklich gehen, ohne sie gesehen zu haben? Willst du nicht wenigstens ein paar Tage mit deiner Familie verbringen?«

»Ich muss, Mama. Rom ist frei, aber weiter im Norden sind immer noch die Deutschen. Es gibt immer noch so viele, die von ihnen unterdrückt werden, und das kann ich nicht zulassen«, erklärte er.

»Die Deutschen werden verschwinden, Gabriel, aber wir sind deine Familie«, protestierte sie. »Zählt das etwa nicht?«

Er wich ihrem Blick aus und hielt seine Waffe fest umklammert. »Natürlich zählt das. Ich komme doch zurück. Aber man braucht dort unsere Hilfe. Diese Stadt hat doch auch Hilfe bekommen.« Er hielt kurz inne, verletzt von Evas wütendem Blick. »Du hast uns immer beigebracht, an die anderen zu denken. Und Vater ebenfalls.«

»Ja, aber …«

»Ich werde genau das tun, was ihr mir beigebracht habt, und mich der Brigade anschließen, die noch heute nach Norden an die Front marschiert. Ich bin fest entschlossen, Mama. Ich weiß, dass ich dir damit wehtue, aber ich kann nicht bleiben. Nicht, wenn noch so viele Menschen Hilfe brauchen. Ich kann meine Kameraden nicht im Stich lassen. Es ist meine moralische Pflicht.«

Eva schüttelte den Kopf. »Und was ist mit der Pflicht, bei deiner Familie zu bleiben?«

Sie wirkte plötzlich klein und zerbrechlich. Gabriel beugte sich zu ihr und küsste sie auf die Stirn. »Ihr werdet immer bei mir sein, und ich bei euch.«

Diana und Myriam sahen sich erschöpft an. Sie hatten geglaubt, den Kummer hinter sich gelassen zu haben, doch jetzt war er plötzlich wieder da, als hätte man die Zeit zurückgedreht.

Wieder einmal mussten sie Abschied nehmen, und wieder nahm der Schmerz ihnen den Atem.

Die Standuhr schlug zur vollen Stunde. Es war früher Morgen, die Straßen waren noch feucht vom Regen, der in der Nacht gefallen war, die Gärten benetzt vom Tau, ein Fest für die Zugvögel, die aus dem Süden zurückgekehrt waren. Myriam schaute gedankenverloren nach draußen. Sie wollte sich nicht wieder von Gabriel trennen, sie hätte ihn gerne noch länger bei sich gehabt. Doch sie spürte seine Unruhe, die gleiche, die auch sie empfand, das Bedürfnis, an etwas teilzuhaben, das größer war als man selbst. *Ich bin genau wie er*, dachte sie lächelnd und ging auf Gabriel zu.

»Es zerreißt mir das Herz, dass du wieder gehst«, gestand sie, während sie ihn innig umarmte. »Als ich dich gesehen habe, habe ich gedacht, oder besser gehofft, dass du diesmal für immer bleiben würdest. Dass mein großer Bruder, mein Leuchtturm, endlich nach Hause kommt.«

»Myriam, ich …«

»Ich weiß«, unterbrach sie ihn und hob beschwichtigend die Hände. »Ich weiß genau, wer du bist, Gabriel, du musst mir nichts erklären. Wir haben uns so oft geschrieben, uns so häufig über Politik unterhalten, soweit es die Zensur zuließ: Wir teilen die Vision von einer neuen Gesellschaft, die auf der Gleichheit der Menschen basiert und in der keiner zurückgelassen wird. Wir haben unsere Angst um Rachele geteilt, um sie und ihr Volk«, fügte sie hinzu und hoffte, nicht von ihren Gefühlen überwältigt zu werden. »Ich weiß, dass du deine Kameraden nicht im Stich lassen und so lange kämpfen wirst, bis das Übel des Nazifaschismus endgültig ausgerottet ist, und dass du erst dann, vielleicht, nach Hause zurückkehren wirst. Gestern hast du mich nach Rachele gefragt, und auch wenn du sie nicht mehr liebst, wirst du dich doch immer um sie sorgen, und ich weiß, dass du so lange kämpfen wirst, bis auch ihr Gerechtigkeit widerfahren wird. Ich kenne dich so gut, und ich weiß genau, dass auch du darunter leidest, dass du wieder gehen musst.« Sie wischte sich die Tränen aus dem Gesicht. »Aber ich weiß auch, dass du es dir nie verzeihen würdest, wenn du jetzt nicht gehst. Deshalb geh! Ich glaube, dass du zu deinen Kameraden zurückkehren musst. Und auch wenn es für uns schmerzhaft ist, werden wir lernen, dein Handeln zu schätzen. Und wir werden stolz auf dich sein.«

Gabriel atmete erleichtert auf. »Ich wusste, dass du mich verstehen würdest.«

»Ich verstehe dich. Aber ich bin noch nicht fertig.«

»Was gibt es noch?«

»Du musst mir versprechen, dass du zurückkommst, Gabriel. Und nicht in einem Sarg mit einem lächerlichen Halstuch darauf. Ich will, dass du mir versprichst, dass du lebend zurückkommst. Sonst werde ich dir nie verzeihen«, fügte sie hinzu. Sie unterdrückte ein Husten und streckte ihrem Bruder die Hand hin. »Versprich es.«

»Komm nach Hause, mein Schatz«, sagte auch Eva und nahm sein Gesicht in die Hände. »Ich weiß, dass eine gute Mutter ihre Kinder gehen lassen muss, und ich habe euch nie Steine in den Weg gelegt. Ich bin stolz auf dich und deine Prinzipien, aber es fällt mir schwer. Am liebsten wäre ich heute eine schlechte Mutter und würde euch nie wieder loslassen«, erklärte sie mit zitternder Stimme.

Gabriel nahm seine Mutter fest in den Arm. »Ich werde bald wieder da sein, Mama, das verspreche ich.« Dann umarmte er auch Diana, die ihn gar nicht mehr loslassen wollte.

»Kein Wort zu Clio und den anderen, ich möchte ihnen den Abschiedsschmerz ersparen. Sobald alles vorbei ist, komme ich wieder – und dann für immer.«

»Ist das ein Versprechen?«, fragte Myriam.

»Das ist es, Schwesterherz.«

»Dann bis bald, mein Sohn«, verabschiedete sich Eva mit schmerzverzerrtem Gesicht und wandte sich ab.

»Er wird wiederkommen, Mama«, versprach Myriam und legte den Arm um sie.

»Er muss«, presste Diana mit erstickter Stimme hervor, dann lief sie ins Bad und schloss sich dort ein, öffnete die Tür erst wieder, als Myriam anklopfte. »Was willst du?«

»Mama ist wieder schlafen gegangen, sie war todmüde. Ich habe ihr ein Schlafmittel gegeben. Aber was ist mit dir?«

»Ach, nichts«, antwortete Diana ausweichend, aber

Myriam zog sie in ihr Zimmer, setzte sie aufs Bett und schloss die Tür.

»Mit dir stimmt doch etwas nicht, Diana. Ich mache mir Sorgen.«

Diana senkte den Blick und seufzte. »Giovanni hat mich gefragt, ob ich ihn heiraten will.«

»Wann?«

»Noch vor der Befreiung. Du warst im Krankenhaus, er ist vor der Nachtschicht vorbeigekommen. Ich war allein zu Hause, Mama war noch in der Firma. Ich glaube, es war der letzte Tag vor der Schließung. Als ich die Tür geöffnet habe, hat er sich vor mich hingekniet und mich gefragt. Mit einem Ring in der Hand.«

Myriam stutzte. »Aber du trägst gar keinen Ring. Hast du Nein gesagt?«

»Ich trage keinen Schmuck, solange ich auf der Straße jederzeit ausgeraubt werden kann. Wir wissen alle, wie es da draußen zugeht.«

»Dann hast du Ja gesagt?«

Diana wandte den Blick ab.

»Du hast Ja gesagt?«, wiederholte Myriam ihre Frage, worauf Diana in Tränen ausbrach. Verwirrt kniete sich Myriam vor sie hin. »Diana, liebst du Giovanni? So wie du reagierst, muss ich das fragen.« Sie wartete einen Moment, aber ihre Schwester hörte nicht auf zu weinen. »Diana«, sagte sie noch einmal, und Diana hob ihr wunderschönes Gesicht.

»Ich liebe Andrea, Myriam. Ich habe Ja gesagt, weil er nicht mehr zu mir zurückkommen wird.«

»Aber warum? Willst du dein Glück einfach wegwerfen?«

»Ich habe Andrea verloren. Sein Herz gehört Rachele«, fügte sie hinzu. »Wenn ich daran denke, dass ich das alles hatte. Und ich habe ihn gehen lassen, nur wegen meiner dummen Eifersucht. Monatelang ist er mir hinterhergelaufen und hat auf mich gewartet, aber ich hatte nur Rache im Sinn. Wenn ich heute daran zurückdenke, würde ich am liebsten sterben. Deshalb habe ich Giovannis Antrag angenommen: Er liebt mich so sehr, dass es für uns beide reicht.«

Myriam seufzte. »Diana, wenn du ihn nicht liebst, dann heirate ihn nicht.«

»Zu spät.«

»Sag ihm, dass du noch einmal darüber nachgedacht und einen Fehler gemacht hast. Wenn du willst, kann ich das für dich machen. Aber einen Mann zu heiraten, den du nicht liebst, macht dich auf ewig unglücklich.«

Diana schüttelte resigniert den Kopf. »Ist doch egal, ob Giovanni oder irgendein anderer.«

»Sag doch so etwas nicht.«

»Giovanni liebt mich wenigstens, er trägt mich auf Händen. Ich weiß, dass er mich wie eine Königin behandeln wird, bei ihm werde ich es gut haben.«

»Aber früher oder später wird er merken, dass du ihn nicht liebst, und dann werdet ihr beide darunter leiden.«

»Er weiß es schon. Er weiß, dass ich ihn nie so lieben werde wie er mich.«

Myriam sah sie verblüfft an. »Und das macht ihm nichts?«

»Nein. Weißt du, Gabriel und dich über Rachele sprechen zu hören, hat mich ziemlich aufgewühlt.«

Myriam nickte. »Das verstehe ich.« Voller Mitleid sah sie ihre Schwester an. »Und wann werdet ihr heiraten? Ich nehme an, Giovanni wird ebenfalls mit den Kameraden nach Norden gehen. Also wenn er zurück ist, oder?«

Diana räusperte sich. »Nein, vorher. In drei oder vier Tagen.«

»Bist du verrückt?«

»Bitte hilf mir, es Mama zu sagen, alleine schaffe ich das nicht. Und ich muss Onkel Tommaso bitten, mich zum Altar zu führen. Er ist der Mann, der mir am nächsten steht, seit wir hier sind.«

Myriam schüttelte den Kopf. »Diana, das ist das Dümmste, was du machen kannst. Es wird dir leidtun, aber dann wird es zu spät sein.« Ihre Schwester lächelte.

»Vielleicht hast du recht, aber ich muss meinem Leben einen Sinn geben. Unsere Mutter hat die Fabrik, Tommaso hat Matteo und du deine Arbeit, und sobald es wieder möglich ist, wirst du Mosè zu dir nehmen. Clio und Viola haben das Leben noch vor sich und noch jede Menge Zeit, um herauszufinden, wer sie sind und wer sie sein wollen, Gabriel hat seine Ideale. Und ich habe nichts als meine Schönheit, die vergänglich ist.«

»Hör auf, so zu reden und dich selbst runterzumachen«, sagte Myriam vorwurfsvoll, aber Diana schüttelte den Kopf.

»Es ist die Wahrheit.«

Myriam ließ sich rücklings aufs Bett fallen. Sie wusste, dass sie ihre Schwester nicht umstimmen konnte, sie würde nur ihre Zeit und ihre Energie verschwenden. »Wo wollt ihr heiraten?«

»Es gibt nur einen Ort, der dafür infrage kommt«, antwortete Diana und sah ihr fest in die Augen.

Die Hochzeit von Diana Fontamara und Giovanni Guida fand am 10. Juni 1944 statt.

Der Bräutigam war erklärter Atheist, doch auf Wunsch der Fontamaras gaben sich die beiden in der Kirche das Jawort. Anfangs führte dies zu einigen Spannungen, die sich aber schnell auflösten, als alle Freunde und die Familie das Ereignis gemeinsam in La Gioiosa feierten.

Es wurde gelacht, getanzt und getrunken, die Freude über die Hochzeit so kurz nach der Wiedergeburt Italiens war groß. Doch Diana freute sich nicht. Sie lachte nur für Matteos Fotos.

Zwar tanzte sie mit ihrem Ehemann den ersten Tanz, doch danach spielte sie abseits der Gäste mit Clio und Viola. Andrea beobachtete das Treiben und trank ein Glas Wein nach dem anderen, um die Erinnerungen an ihre gemeinsame Zeit auszulöschen, doch vergeblich. Die Art, in der er Diana ansah, offenbarte all die Liebe, die auch dann weiterbestehen würde, wenn sie die Frau eines anderen war. Er hob sein Glas und trank auf diesen Fluch, während Freunde und Verwandte das Hochzeitspaar im Garten hochleben ließen. Überglücklich betonte Tommaso immer wieder, wie sehr er sich darüber gefreut habe, Diana zum Altar führen zu dürfen. Eva hatte sich nach einiger Zeit in ihr Arbeitszimmer zurückgezogen, um den Brief zu lesen, den Myriam ihr am Morgen zusammen mit der anderen Post aus Rom mitgebracht hatte. Ihre Tochter war gerade noch rechtzeitig zur Trauung gekommen.

»Wir haben im Krankenhaus noch so viel zu tun, Mama. Befreiung hin oder her, Menschen werden krank, aber Krankenschwestern und Ärzte gibt es immer weniger.«

»Stimmt etwas nicht?«, fragte Lia, als sie das Arbeitszimmer betrat und Eva am Schreibtisch vorfand – dort, wo in den vergangenen Wochen noch Hauptmann Meyer gesessen hatte. Eva hob den Kopf und legte die Hände über die Augen.

»Eva, hast du schlechte Nachrichten bekommen?«, fragte Lia besorgt.

Eva zeigte ihr das Foto, das dem Brief beigelegt gewesen war. Das sepiabraune Bild zeigte eine dunkelhaarige Frau mit langem Zopf, die ein Gewehr über der Schulter trug und offensichtlich schwanger war. Die Wölbung unter ihrem geblümten Kleid war deutlich zu erkennen. Im Hintergrund waren ein jahrhundertealter windzerzauster Olivenbaum, zerklüftete Felsen und ein weites Meer zu sehen. Lia runzelte die Stirn und gab Eva das Foto zurück. »Entschuldige, aber ich verstehe nicht ganz. Wer ist diese Frau? Warum hat sie dir ein Bild geschickt, auf dem sie schwanger ist?«

Eva seufzte. »Sie heißt Maria Vardelos, und das Kind ist mein Enkel. Gabriel ist der Vater.«

Lia umarmte sie. »Freust du dich?« Ihre Schwägerin zuckte mit den Schultern.

»Ehrlich gesagt, ich weiß es nicht.«

»Du wirst Großmutter, stell dir das mal vor. Im Bauch dieser Frau wächst ein kleiner Fontamara. Das wird ein wunderschönes Baby werden und du eine …«

»Sag es nicht. Es war schon aufregend genug, dass

Diana so plötzlich geheiratet hat. Und jetzt auch noch ein Kind. Wer weiß, was dieses Jahr noch alles für uns in petto hat«, fügte sie hinzu. Lia räusperte sich. »Sag nicht, du hast auch noch eine Neuigkeit für mich, noch mehr kann ich nicht gebrauchen.«

»Doch«, erwiderte sie strahlend. Aber diesmal ist es eine schöne Neuigkeit.«

»Lass mich das lieber beurteilen.«

Lia griff nach den Händen ihrer Schwägerin. »Eva, ich werde fortgehen.«

»Das weiß ich, das hast du mir schon erzählt. Du willst nach Kuba zurück.«

»Und das werde ich auch tun. Aber es gibt noch etwas.«

Eva griff sich an die Brust: »Und was, Lia?«

Lia küsste ihre Hand und legte sie an ihre Wange. »Ich werde heiraten, ganz offiziell. Sobald ich in Kuba bin, werde ich Carlos heiraten. In ein paar Tagen besteige ich ein Schiff in Richtung USA.«

»Lia, bist du sicher, dass du das schaffst?«

»Ich habe bei einem amerikanischen Offizier, den ich über Matteo kennengelernt habe, eine Passage gebucht. Vielleicht hätte ich warten sollen, bis Tommaso es dir selbst sagt, aber er und Matteo werden in einigen Monaten ebenfalls aufbrechen, sobald es etwas sicherer ist, den Atlantik zu überqueren. Ich fahre sofort. Ich möchte keine Zeit mehr verlieren, sondern gleich in mein neues Leben starten. Dieser Krieg hat mir so viel genommen, aber mir auch gezeigt, wie kostbar das Leben ist.«

Eva schluckte und stützte sich auf die Stuhllehne. »Ich kann dich nicht aufhalten, Lia. Niemand kann das Leben aufhalten. Wenn das der Weg ist, der dich zu einer glücklichen Frau macht, dann musst du ihn gehen. Aber du wirst mir fehlen. Du warst die Schwester, die ich mir immer gewünscht habe. Du warst Freundin, Vertraute und Schwester zugleich, und sogar eine Mutter für die Mädchen in all diesen Monaten. Und wenn ich daran denke, dass ich dich bald nicht mehr sehen und den Duft deines Spezialkaffees nicht mehr riechen werde, zerreißt es mir das Herz.«

Lia wischte ihr sanft die Tränen aus dem Gesicht und fragte dann mit einem liebevollen Lächeln: »Soll ich dir noch mal aus dem Kaffeesatz lesen?«

Epilog

Nach diesen langen Wochen voller Veränderungen nach Rom zurückzukehren, fiel Eva nicht leicht. Lia war nach Kuba abgereist, und Tommaso und Matteo würden ihr nach einem kurzen Aufenthalt in Neapel, von wo ihr Schiff auslief, folgen. Diana war mit Clio und Viola in La Gioiosa geblieben, um die letzten Tage der Sommerferien zu genießen, bevor sie wieder in die Schule mussten, und Myriam rieb sich für ihre Arbeit im Krankenhaus auf. Sie wartete darauf, dass sie mithilfe ihrer Kontakte den kleinen Mosè zurückholen konnte, der in einem Kloster untergebracht war, das nur schlecht zu erreichen war. Myriam würde sich der Politik widmen, etwas Größeres leisten, für Mosè eine neue Gesellschaft gestalten, den Jungen, den sie wie ein eigenes Kind liebte. Auch Giovanni wäre stolz auf sie gewesen.

»Ich möchte eine gute Mutter für Mosè sein, ein Beispiel für die Frauen, die so viel verloren haben, aber immer noch daran glauben, dass wir eine bessere Gesellschaft schaffen können.«

Deshalb kehrte Eva allein in ihr Haus in Rom zurück und bat Ermes, sie zu fahren. Die Eisenbahnlinie war immer noch an mehreren Stellen unterbrochen, und auch die Straßen waren in einem kritischen Zustand.

»Bring mich in die Firma, ich will noch nicht nach Hause«, hatte sie ihm gesagt, und als er sie vor der Fabrik abgesetzt hatte, bat sie ihn, nach La Gioiosa zurückzufahren.

»Sind Sie sicher, Signora Fontamara?«, fragte er besorgt.

Eva lächelte und nickte. »Ich bin sicher. Und jetzt fahren Sie nach Hause. Ich bleibe, zumindest so lange, bis ich die Situation besser einschätzen kann und weiß, wann ich die Produktion wiederaufnehmen kann.« Sie schlug die Autotür zu, und Ermes fuhr davon.

Eva blieb auf dem Bürgersteig stehen und betrachtete die Bäume, die zerbombten Häuser, die Patronenhülsen, die an die jahrelangen Auseinandersetzungen erinnerten. Langsam setzte sie einen Fuß vor den anderen. Ihr kam der Moment wieder in den Sinn, in dem sie mit ihrem Schwager Giacomo und ihren Töchtern die Firma zum ersten Mal besichtigt hatte, und der Moment, in dem sie den Entschluss gefasst hatte, sie eines Tages ihren Nachkommen zu vererben. Den Kindern, die flügge geworden waren und jetzt ihr eigenes Leben und ihre eigenen Träume hatten. *Wofür habe ich all die Jahre so hart gearbeitet? Was bleibt mir?*, fragte sie sich. Die spätsommerliche Luft war lau, die ersten Blätter taumelten zu Boden. Vor dem Eingangstor bemerkte Eva einen Mann mit Trenchcoat und einem Hut, unter dem dunkle Haare hervorblitzten.

Sie befürchtete sofort einen Investor, der Informationen über die schon seit geraumer Zeit geschlossene Fabrik herausfinden wollte. Als ihr Blick jedoch auf die handgenähten Schuhe fiel, dachte sie zunächst an Martelli, den seit Langem vermissten Bankdirektor. Doch als der Mann sich umdrehte und sie sein Gesicht sah, blieb Eva fast das Herz stehen. Sie griff sich an die Brust und wich verwirrt einen Schritt zurück.

»Miguel, bist du das wirklich?«

Er lächelte und breitete die Arme aus. »Aus Fleisch und Blut, Eva«, antwortete er. »Auch wenn das Herz gerade verrücktspielt.« Er nahm den Hut ab, seine Haare waren von grauen Strähnen durchzogen, und auch sein Gesicht war vom Alter gezeichnet. Seine Augen jedoch funkelten so lebhaft wie eh und je, und auch sein unverschämtes Lächeln war dasselbe geblieben.

Da stand ihr erklärter Feind, der Konkurrent, der sie vor vielen Jahren dazu gebracht hatte, ihre Heimat zu verlassen, der hinter ihrem Rücken intrigiert hatte, um sie dafür zu bestrafen, dass sie nicht ihn, sondern Fernando liebte. Miguel Ferrer war der gierigste Emporkömmling gewesen, den sie je kennengelernt hatte, der Mann, der zu allem bereit gewesen war, um seinen Profit zu steigern.

Jetzt sah Eva einen Mann, in dessen Gesicht Leid und Schmerz ihre Spuren hinterlassen hatten. Sie hatte sich ein neues Leben aufgebaut, und auch er hatte sich in den furchtbaren Kriegsjahren verändert.

»Der Krieg ist vorbei, Eva«, sagte er leise, während sie langsam aufeinander zugingen und sie ihn ungläubig anstarrte, mit einem Lächeln in den Augen, die zitternden Hände verschränkt, um ihre Emotionen zu unterdrücken.

Doch die Emotionen kamen, mit unvermuteter Macht.

Es kam die Erschöpfung all dieser Jahre, von den endlosen Kämpfen, den Gebeten im Halbdunkel der Luftschutzkeller, der Stille, wenn die Menschen auf den Lastwagen vorübergefahren waren.

Sie kam und ließ ihre Knie weich werden. Sie zitterte und konnte die Tränen nicht mehr aufhalten, während ihre Hände sich an den Mann klammerten, den sie ebenso sehr gehasst wie geliebt hatte und der sie zart in den Nacken küsste – mit der Zärtlichkeit eines Mannes, dessen beste Jahre vorbei waren.

»Ich habe auf dich gewartet«, sagte er leise und blickte sie liebevoll an, verlor sich in ihren Augen, wie er sich als junger Mann darin verloren hatte, in den Augen der einzigen Frau, die er je wirklich geliebt hatte. »Ich habe so lange auf dich gewartet, *mi amor*. Mein ganzes Leben.«